O FORTE

Obras do autor publicadas pela Editora Record

1356
Azincourt
O condenado
Stonehenge
O forte
Tolos e mortais

Trilogia *As Crônicas de Artur*

O rei do inverno
O inimigo de Deus
Excalibur

Trilogia *A Busca do Graal*

O arqueiro
O andarilho
O herege

Série *As Aventuras de um Soldado nas Guerras Napoleônicas*

O tigre de Sharpe (Índia, 1799)
O triunfo de Sharpe (Índia, setembro de 1803)
A fortaleza de Sharpe (Índia, dezembro de 1803)
Sharpe em Trafalgar (Espanha, 1805)
A presa de Sharpe (Dinamarca, 1807)
Os fuzileiros de Sharpe (Espanha, janeiro de 1809)
A devastação de Sharpe (Portugal, maio de 1809)
A águia de Sharpe (Espanha, julho de 1809)
O ouro de Sharpe (Portugal, agosto de 1810)
A fuga de Sharpe (Portugal, setembro de 1810)
A fúria de Sharpe (Espanha, março de 1811)
A batalha de Sharpe (Espanha, maio de 1811)
A companhia de Sharpe (Espanha, janeiro a abril de 1812)
A espada de Sharpe (Espanha, junho e julho de 1812)

Série *Crônicas Saxônicas*

O último reino
O cavaleiro da morte
Os senhores do norte
A canção da espada
Terra em chamas
Morte dos reis
O guerreiro pagão
O trono vazio
Guerreiros da tempestade
O Portador do Fogo
A guerra do lobo
A espada dos reis
O senhor da guerra

Série *As Crônicas de Starbuck*

Rebelde
Traidor
Inimigo
Herói

O FORTE

BERNARD CORNWELL

Tradução de
ALVES CALADO

4ª edição

EDITORA RECORD
RIO DE JANEIRO • SÃO PAULO
2022

CIP-BRASIL. CATALOGAÇÃO-NA-FONTE
SINDICATO NACIONAL DOS EDITORES DE LIVROS, RJ

Cornwell, Bernard, 1944-
C835f   O forte / Bernard Cornwell; tradução de Alves Calado. – 4ª ed. – Rio de Janeiro:
4ª ed. Record, 2022.

    Tradução de: The Fort
    ISBN 978-85-01-09292-2

    1. Estados Unidos – História – Revolução, 1775-1783 – Campanhas e batalhas – Ficção. 2. Ficção inglesa. I. Alves Calado, Ivanir, 1953-. II. Título.

                                     CDD: 823
11-6045   CDU: 821.111-3

TÍTULO ORIGINAL EM INGLÊS:
The Fort

Copyright © Bernard Cornwell, 2010

Revisão técnica: Paloma Roriz Espínola

Texto revisado segundo o novo Acordo Ortográfico da Língua Portuguesa.

Todos os direitos reservados. Proibida a reprodução, no todo ou em parte, através de quaisquer meios. Os direitos morais do autor foram assegurados.

Direitos exclusivos de publicação em língua portuguesa somente para o Brasil adquiridos pela
EDITORA RECORD LTDA.
Rua Argentina, 171 – Rio de Janeiro, RJ – 20921-380 – Tel.: (21) 2585-2000, que se reserva a propriedade literária desta tradução.

Impresso no Brasil

ISBN 978-85-01-09292-2

Seja um leitor preferencial Record.
Cadastre-se em www.record.com.br e receba
informações sobre nossos lançamentos e nossas promoções.

Atendimento e venda direta ao leitor:
sac@record.com.br

O FORTE
é dedicado, com grande admiração, ao
coronel John Wessmiller, do Exército dos Estados Unidos (reformado),
que saberia exatamente o que fazer.

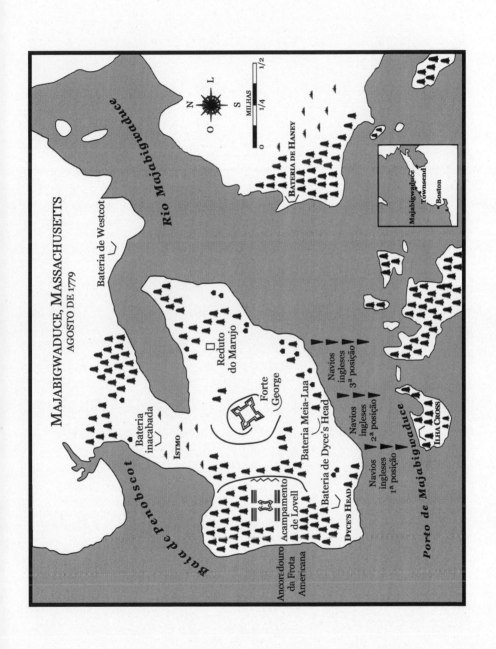

Uma voz na escuridão, uma batida à porta,
E uma palavra que ecoará para sempre!
Pois, nascido no vento noturno do Passado,
Através de toda a nossa história, até o fim,
Na hora das trevas, do perigo e da necessidade,
O povo despertará e então ouvirá
Os cascos apressados daquele garanhão
E a mensagem noturna de Paul Revere.
The Midnight Ride of Paul Revere
Henry Longfellow

Devagar e com tristeza o deitamos,
Tirado do campo de sua fama recente e sangrenta;
Não gravamos uma linha sequer, não erigimos nenhuma pedra,
E o deixamos sozinho em sua glória.
The Burial of Sir John Moore after Corunna
Charles Wolfe

NOTA SOBRE NOMES E TERMOS

Em 1779 não existia o estado do Maine. Na época o local era a província oriental de Massachusetts. Alguns nomes de lugares também mudaram. Majabigwaduce é chamado agora de Castine, Townsend é Bucks Harbor e Falmouth é Portland, Maine. A plantação de Buck (cujo nome correto era "Plantação Número Um") é Bucksport, Orphan Island é Verona Island, Long Island (no rio Penobscot) é agora Islesboro Island, Wasaumkeag Point é agora Cape Jellison e Cross Island chama-se hoje em dia Nautilus Island.

O romance refere-se constantemente a "navios", "chalupas", "brigues" e "escunas". Todos, claro, são navios, no mesmo sentido em que todos são barcos, mas, para ser exato, um navio era uma embarcação grande, de vela redonda e três mastros, como uma fragata (pense na USS *Constitution*) ou um navio de linha (como o HMS *Victory*). Hoje em dia pensamos numa chalupa como um barco de mastro único, mas em 1779 a palavra indicava uma embarcação de três mastros que geralmente era menor do que um navio e com a característica de ter um convés principal plano (e nenhum convés de popa elevado). As chalupas, como os navios, tinham velas redondas (o que significa que levavam velas retangulares presas em vergas transversais). Um brigue, ou bergantim, também era uma embarcação grande, de vela redonda, mas com apenas dois mastros. As escunas, como os brigues, usavam dois mastros, mas eram providas de velas de proa e popa que, ao serem içadas, ficavam ao longo da linha central da embarcação, e não em posição transversal. Existiam variações, como os brigues-chalupas, mas na baía de Penobscot em 1779 só havia navios, chalupas, brigues e escunas. Com exceção do *Felicity*, todos os nomes de barcos são históricos.

A maioria dos personagens do romance existiu. Os únicos nomes fictícios são os de qualquer personagem cujo sobrenome comece com F (com a exceção do Capitão Thomas Farnham, da Marinha Real), e os nomes de soldados e oficiais ingleses não comissionados (com exceção do sargento Lawrence, da Artilharia Real).

Trecho da carta do Conselho de Massachusetts ao general de brigada Solomon Lovell, 2 de julho de 1779:

Em todas as suas operações o senhor consultará o Comandante da frota para que a Força Naval possa cooperar com as tropas sob seu comando na Missão de Aprisionar, Matar ou Destruir toda a força do Inimigo tanto por mar quanto por terra. E como há um bom motivo para acreditar que alguns dos homens mais Importantes em Majorbagaduce requisitaram ao inimigo para ir lá e tomar posse o senhor deverá ser peculiarmente cuidadoso em não deixar nenhum deles escapar, mas sim prendê-los por seus malfeitos... Agora nós o recomendamos ao ser Supremo Sinceramente rezando para que ele preserve você e as Forças sob seu Comando em saúde e segurança, e o Retorne Coroado com Vitória e Louros.

De um pós-escrito no diário do Dr. John Calef, 1780, relativo a Majabigwaduce:

A este novo território os Legalistas acorrem com suas famílias... e encontram asilo da tirania do Congresso e seus cobradores de impostos... e ali continuam com toda a esperança e expectativa agradável de que logo possam re-desfrutar das liberdades e privilégios que lhes seriam mais bem garantidos pela... Constituição Britânica.

Carta do capitão Henry Mowat, da Marinha Real, a Jonathan Buck, escrita a bordo do HMS *Albany*, no rio Penobscot, 15 de junho de 1779:

Senhor, Sabendo que está no comando de um Regimento dos iludidos Súditos do Rei neste Rio e partes adjacentes e que possui uma Comissão de Coronel sob a influência de um conjunto de homens chamados de Congresso Geral dos Estados Unidos da América, torna-se portanto meu dever requerer que compareça sem perda de tempo diante do general McLean e do Oficial comandante dos Navios do Rei agora a bordo do Blonde, nas proximidades de Majorbigwaduce, com uma lista das Pessoas sob seu comando.

1

Não ventava muito, de modo que os navios iam se arrastando rio acima. Eram dez: cinco navios de guerra escoltando cinco embarcações de transporte, e a maré agitada fazia mais para carregá-los em direção ao norte do que a brisa espasmódica. Havia parado de chover, mas as nuvens estavam baixas, cinzentas e sinistras. A água pingava lentamente das velas e dos cordames.

    Havia pouco a se ver no horizonte, ainda que todas as amuradas estivessem cheias de homens observando as margens do rio que se alargava até formar um grande lago interior. Os morros ao redor do lago eram baixos e cobertos de árvores, enquanto a margem era intricada com riachos, promontórios, ilhas cobertas de mato e pequenas praias pedregosas. Aqui e ali, em meio às árvores, existiam espaços abertos onde troncos eram empilhados ou então uma cabana de madeira se erguia junto a um pequeno milharal. A fumaça subia dessas clareiras e alguns homens a bordo dos navios imaginavam se os fogos distantes seriam sinais para alertar o território sobre a chegada da frota. As únicas pessoas que eles viram foram um homem e um garoto pescando em um pequeno barco aberto. O garoto, que se chamava William Hutchings, acenou empolgado para os navios, mas seu tio cuspiu.

— Lá vêm os diabos — disse ele.

Os diabos estavam, em sua maioria, silenciosos. A bordo do maior navio de guerra, uma fragata de 32 peças chamada *Blonde*, um diabo de casaca azul e bicorne coberto com oleado baixou seu telescópio. Franziu a testa pensativamente para a floresta escura e silenciosa pela qual seu navio passava.

— Para mim — disse ele — isso parece a Escócia.

— Parece mesmo — respondeu cautelosamente seu companheiro, um diabo de casaca vermelha. — Certamente há uma semelhança.

— Porém há mais florestas do que na Escócia, não é?

— Muito mais — disse o segundo homem.

— Mas é parecido com a costa oeste da Escócia, não diria?

— Não é diferente — concordou o segundo diabo. Tinha 62 anos, era um tanto baixo, com um rosto astuto gasto pelo tempo. Era um rosto gentil com olhos azuis, pequenos e brilhantes. Tinha sido soldado por mais de quarenta anos e, nesse tempo, passara por uma quantidade de batalhas duras que o deixaram com o braço direito quase inútil, uma ligeira coxeadura e uma visão tolerante quanto à humanidade pecadora. Seu nome era Francis McLean e era general de brigada, escocês, oficial comandante do 82º Regimento de Infantaria de Sua Majestade, governador de Halifax, e agora, pelo menos segundo os ditames do rei da Inglaterra, governador de tudo que examinava a partir do tombadilho superior do *Blonde*. Estava a bordo da fragata havia 13 dias, o tempo necessário para realizar a viagem desde Halifax, na Nova Escócia, e sentia uma pontada de preocupação de que a duração do percurso pudesse significar má sorte. Imaginou se teria sido melhor fazê-la em 14 dias, e tocou disfarçadamente a madeira da amurada. Havia um destroço queimado na margem leste. Aquilo já fora um eficiente navio capaz de cruzar um oceano, mas agora não passava de costelas de madeira queimada meio encobertas pela maré que carregava o *Blonde* rio acima. — A que distância estamos do mar aberto? — perguntou ao capitão da embarcação, de uniforme azul.

— Vinte e seis milhas náuticas — respondeu rapidamente o capitão Andrew Barkley. — E ali — ele apontou por cima da proa a estibordo e para além da serviola com cabeça de leão, onde uma das âncoras da fragata estava suspensa — é o seu novo lar.

McLean pegou emprestado o telescópio do capitão e, usando o desajeitado braço direito como apoio para os tubos, apontou-o para a frente. Por um instante os pequenos movimentos do navio o derrotaram, de modo que só conseguiu vislumbrar um borrão de nuvens cinza e água escura e carrancuda, mas firmou-se até ver que o rio Penobscot se alargava até formar o grande lago que o capitão Barkley chamava de baía de Penobscot. A baía, pensou McLean, era na verdade um grande braço de mar que, como ele sabia a partir do estudo dos mapas de Barkley, tinha cerca de 13 quilômetros de leste a oeste e 5 quilômetros de norte a sul. Um porto se abria na sua margem leste. A boca do porto era ladeada por rochas, enquanto no lado norte havia um morro coroado por árvores densas. Um povoado se localizava na encosta sul desse morro; mais de vinte casas e celeiros de madeira se espalhavam entre plantações de milho, canteiros de legumes e verduras e pilhas de lenha. Um punhado de barcos de pesca estava ancorado no porto, junto com um pequeno brigue que McLean presumiu que fosse uma embarcação mercante.

— Então isso é Majabigwaduce — disse baixinho.

— Soltar velas de gávea! — gritou o capitão. — Ordene que a frota fique à capa. Vou incomodá-lo para que sinalize pedindo um piloto, Sr. Fennel!

— Sim, senhor!

De repente a fragata fervilhou com homens correndo para soltar as velas.

— Aquilo é Majabigwaduce — disse Barkley num tom indicativo de que considerava o nome tão risível quanto o lugar.

— Canhão número um! — gritou o tenente Fennel, provocando outra corrida de homens para o canhão mais à frente a estibordo.

— O senhor tem alguma ideia do significado de Majabigwaduce? — perguntou McLean ao capitão.

— Do significado?

— O nome quer dizer alguma coisa?

— Não faço ideia, não faço ideia — respondeu Barkley, aparentemente irritado com a pergunta. — Agora, Sr. Fennel!

O canhão, carregado e com bucha, mas sem bala, foi disparado. Houve um coice fraco, mas o som pareceu extremamente alto e a nuvem de fumaça envolveu metade do convés do *Blonde*. O som se esvaiu e em seguida foi ecoado de volta pela margem, antes de sumir pela segunda vez.

— Agora deveremos descobrir alguma coisa, não? — perguntou Barkley.

— O quê? — indagou McLean.

— Se eles são leais, general, se são leais. Se foram infectados pela rebelião, dificilmente fornecerão um piloto, não é?

— Imagino que não — respondeu McLean, apesar de suspeitar que um piloto desleal poderia muito bem servir à sua causa guiando o HMS *Blonde* na direção de uma pedra. Havia muitas delas rompendo a superfície da baía. Numa delas, a menos de 50 passos da amurada de bombordo da fragata, um cormorão abriu as asas escuras para secá-las.

Esperaram. O canhão fora disparado, o sinal costumeiro pedindo um piloto, mas a fumaça impedia que qualquer pessoa a bordo visse se o povoado de Majabigwaduce responderia. Os cinco navios de transporte, quatro chalupas e uma fragata deslizavam rio acima com a maré. O barulho mais alto eram os gemidos, os chiados e o som de água espirrando na bomba de uma chalupa, a HMS *North*. A água esguichava ritmicamente a partir da ponta de um tubo de olmo preso ao casco enquanto os marinheiros a bombeavam no porão.

— Ele deveria ser desmanchado para fazer lenha — disse azedamente o capitão Barkley.

— Não há como remendar? — perguntou McLean.

— A madeira está podre. É uma peneira.

Pequenas ondas batiam no casco do *Blonde*, e a bandeira azul em sua popa balançava devagar ao vento espasmódico. Nenhum barco apareceu, e por isso Barkley ordenou que o canhão sinalizador disparasse uma segunda vez. O som ecoou e sumiu de novo e, justamente quando Barkley estava pensando em levar a flotilha para o porto sem a ajuda de um piloto, um marinheiro gritou do topo do mastro de vante.

— Barco vindo, senhor!

Quando a fumaça da pólvora se dissipou, os homens no *Blonde* viram um pequeno barco aberto que de fato vinha bordejando do porto. A brisa do sudoeste era tão fraca que as velas castanhas mal conseguiam levar a embarcação contra a maré, de maneira que um rapaz usava dois remos compridos. Assim que chegou à baía mais ampla ele pôs os remos dentro do barco e caçou tanto as velas que o barquinho foi se aproximando lentamente da flotilha. Havia uma garota sentada junto à cana do leme, e ela guiou a pequena embarcação até o flanco de estibordo do *Blonde*, onde o rapaz saltou agilmente para os degraus que levavam ao tombadilho. Era alto, louro, com mãos calejadas e enegrecidas pelo manuseio de cordas e redes de pesca alcatroadas. Usava calções de pano feito em casa, um casaco de lona, botas desajeitadas e um gorro de tricô. Subiu ao convés e gritou para a garota embaixo:

— Cuide bem dele, Beth!

— Parem de ficar olhando de boca aberta, seus desgraçados cabeças de pudim! — gritou o contramestre para os marinheiros que espiavam a garota loura. Ela usou um remo para afastar o escaler do casco da fragata.

— Você é o piloto? — perguntou o contramestre ao rapaz.

— James Fletcher — respondeu ele —, e acho que sou, mas o senhor não precisa de piloto. — Ele riu enquanto andava na direção dos oficiais na popa do *Blonde*. — Algum dos senhores tem tabaco? — perguntou enquanto subia a escada de tombadilho até o convés de popa. Foi recompensado com silêncio até que o general McLean enfiou a mão no bolso e pegou um curto cachimbo de barro, com o fornilho já enchido com tabaco.

— Isso basta? — perguntou o general.

— Está perfeito — respondeu Fletcher, agradecendo, e então tirou o chumaço de fumo do fornilho e enfiou-o na boca. Devolveu o cachimbo vazio ao general. — Não tenho tabaco há dois meses — explicou, assentindo com familiaridade para Barkley. — Não existem realmente perigos em Bagaduce, capitão, desde que o senhor fique longe de Dyce's Head, está vendo? — Ele apontou para o morro coroado de árvores no lado norte da entrada do porto. — Ali há pedras. E mais outras perto da ilha Cross, do outro lado. Mantenha o navio no centro do canal e vai estar em segurança total.

— Bagaduce? — perguntou o general McLean.

— É como nós chamamos aqui, excelência. Bagaduce. É mais fácil de dizer do que Majabigwaduce. — O piloto riu; depois cuspiu sumo de tabaco nas pranchas muito limpas do *Blonde*. O silêncio dominou o tombadilho superior enquanto os oficiais olhavam a mancha escura.

— Majabigwaduce significa alguma coisa? — perguntou McLean, rompendo o silêncio.

— Grande baía com grandes marés — respondeu Fletcher. — Pelo menos é o que meu pai sempre dizia. Claro que é um nome indígena, de modo que pode significar qualquer coisa. — O rapaz olhou ao redor do convés da fragata, com evidente apreciação. — Dia empolgante, esse — observou, afável.

— Empolgante? — perguntou o general McLean.

— Phoebe Perkins está esperando um bebê. Todos nós achávamos que ele já teria caído de dentro dela, mas não caiu. E vai ser uma menina!

— Como você sabe? — perguntou o general McLean, achando graça.

— Phoebe já teve seis bebês e todos são meninas. O senhor deveria disparar outro tiro de canhão, capitão, para espantar essa novinha de dentro dela!

— Sr. Fennel! — gritou o capitão Barkley através de um tom de trombeta. — Caçar velas, por favor.

O *Blonde* ganhou ímpeto.

— Leve-o — disse Barkley ao timoneiro, e assim o *Blonde*, o *North*, o *Albany*, o *Nautilus*, o *Hope* e os cinco transportes que eles escoltavam chegaram a Majabigwaduce. Aportaram em segurança e ancoraram. Era 17 de junho de 1779 e, pela primeira vez desde que tinham sido expulsos de Boston em março de 1776, os ingleses estavam de volta em Massachusetts.

A cerca de 320 quilômetros a oeste e um pouco ao sul de onde os diabos chegaram, o general de brigada Peleg Wadsworth desfilava com seu batalhão na praça da cidade. Apenas 17 pessoas estavam presentes, e nenhum deles poderia ser descrito como correto. O mais novo, Alexander, tinha 5 anos, e os mais velhos eram as gêmeas Fowler, de 12, Rebecca e Dorcas, e todos olhavam sérios para o brigadeiro, que tinha 31.

— O que quero que vocês façam — disse o general — é marchar em fila única. Quando eu der a palavra de ordem vocês param. Qual é a palavra de ordem, Jared?

Jared, que tinha 9 anos, pensou um segundo.

— Alto?

— Muito bem, Jared. Depois disso a próxima ordem será "preparar para formar fileira", e vocês farão nada! — O brigadeiro espiou com solenidade sua tropa diminuta que estava numa coluna de marcha virada para o norte. — Entendido? Farão nada! Depois vou gritar para as companhias um, dois, três e quatro virarem à esquerda. Essas companhias — e ali o general andou pela linha indicando que crianças compunham as quatro companhias da frente — são a ala esquerda. O que você é, Jared?

— A ala esquerda — disse Jared, balançando os braços.

— Excelente! E vocês — o general andou pelo resto da linha — são as companhias cinco, seis, sete e oito, a ala direita, e vão virar à direita. Então darei a ordem para virar para a frente e vocês viram. Depois vamos girar em contramarcha. Alexander? Você é o porta-bandeira, e por isso não se move.

— Quero matar um casaca vermelha, papai — implorou Alexander.

— Você não se move, Alexander — insistiu o pai do porta-bandeira, repetindo depois tudo que havia dito. Alexander estava segurando uma vara comprida que, nas circunstâncias, substituía a bandeira americana. Ele apontou-a para a igreja e fingiu atirar em casacas vermelhas, de modo que teve de ser empurrado de volta para a coluna que concordou, individualmente e em conjunto, que tinham entendido o que o ex-professor de escola queria que fizessem. — Agora lembrem-se — encorajou Peleg Wadsworth — de que quando eu der a ordem de girar em contramarcha vocês marcharão na direção para onde estão virados, mas girarão como o ponteiro de um relógio! Quero ver vocês girarem com suavidade. Estamos todos prontos?

Um pequeno grupo havia se reunido para olhar e aconselhar. Um homem, pastor visitante, ficara pasmo ao ver crianças tão pequenas aprendendo as rudes manobras militares e havia censurado o general Wadsworth por isso, mas o brigadeiro garantira ao homem de Deus que não eram as crianças que estavam sendo treinadas, e sim ele próprio. Desejava entender exatamente como uma coluna de companhias se organizava numa linha regimental capaz de destruir um inimigo com o fogo de mosquetes. Era difícil avançar tropas em linha porque uma longa fila de homens inevitavelmente perdia o rumo e a coesão e, para evitar isso, os homens deviam avançar em companhias, uma atrás da outra. Mas uma coluna assim ficava fatalmente vulnerável ao fogo dos canhões e se tornava praticamente incapaz de usar a maior parte de seus mosquetes, de modo que a arte da manobra era avançar em coluna e depois se organizar rapidamente em fileira. Wadsworth queria dominar esse tipo de exercício, mas como era general da Milícia de Massachusetts, e como os milicianos estavam quase todos em suas plantações ou nas oficinas, estava usando crianças. A companhia da frente, que normalmente teria três fileiras de trinta homens ou mais, aquele dia era composta por Rebecca Fowler, de 12 anos, e seu primo de 9, Jared, ambos crianças inteligentes e, assim esperava Wadsworth, capazes de dar um exemplo que as demais copiariam. A manobra que estava tentando era difícil. O batalhão marcharia em coluna em direção ao inimigo e pararia. As companhias da frente se virariam numa direção, as companhias de trás se virariam na oposta, e então toda a linha giraria em contramarcha ao redor das bandeiras num eixo suave até que recebesse a ordem de parar. Isso deixaria as quatro primeiras companhias viradas de costas para o inimigo e Wadsworth precisaria ordenar que essas oito crianças dessem meia-volta, e nesse ponto todo o formidável batalhão estaria pronto para abrir fogo. Wadsworth vira regimentos ingleses realizando uma manobra semelhante em Long Island e havia admirado com relutância a precisão e visto por si mesmo a rapidez com que haviam se transformado de uma coluna em uma linha comprida que disparou uma torrente de fogo de mosquete contra as forças americanas.

— Estamos prontos? — perguntou Wadsworth outra vez. Tinha decidido que, se pudesse explicar o sistema a crianças, seria bastante fácil ensiná-lo a uma milícia do Estado. — Em frente, marchem!

As crianças marcharam razoavelmente bem, embora Alexander errasse com frequência ao tentar combinar os passos com os dos companheiros.

— Batalhão! — gritou Wadsworth. — Alto!

Eles pararam. Até agora, tudo bem.

— Batalhão! Preparar para formar fileira! Não se movam ainda! — Ele parou por um momento. — A ala esquerda virará à esquerda! A ala direita virará à direita, quando eu der a ordem! Batalhão! Virar à frente!

Rebecca virou à direita, em vez de à esquerda, e o batalhão se transformou em uma confusão por um momento até que o cabelo de alguém foi puxado e Alexander começou a gritar "pou" atirando em casacas vermelhas imaginários que vinham do Cemitério Comunitário.

— Girar em contramarcha! — gritou Wadsworth, e as crianças giraram em direções diferentes e agora, pensou o general desanimado, as tropas britânicas teriam disparado duas saraivadas assassinas contra seu regimento. Talvez, imaginou, usar as crianças da escola onde ele dera aulas antes de virar soldado não fosse o melhor modo de desenvolver seu domínio das táticas de infantaria. — Formar fileira — gritou.

— O modo de fazer isso — sugeriu um homem de muletas no meio da multidão — é companhia por companhia. É mais lento, general, mas a lentidão e a firmeza garantem a vitória.

— Não, não, não! — interveio outra pessoa. — O homem-base da frente à direita na primeira companhia dá um passo à esquerda e mais um adiante, então ele se torna o homem-base da esquerda, levanta a mão, e o resto o acompanha. Ou "a" acompanha, no seu regimento, general.

— É melhor fazer companhia por companhia — insistiu o aleijado. — Era assim que fazíamos em Germantown.

— Mas vocês perderam em Germantown — observou o segundo homem.

Johnny Fiske fingiu levar um tiro, cambaleou dramaticamente e caiu, e Peleg Wadsworth — ele achava difícil pensar em si mesmo como um general — decidiu que havia fracassado em sua tentativa de explicar a manobra adequadamente. Imaginou se algum dia necessitaria dominar as complicações da ordem-unida de infantaria. Os franceses tinham se juntado à luta dos Estados Unidos pela liberdade e mandado um exército através do Atlântico, e agora a guerra estava sendo travada nos estados do sul, muito longe de Massachusetts.

— A guerra foi vencida? — disse uma voz interrompendo seus pensamentos, e ele se virou e viu sua esposa, Elizabeth, carregando no colo a filha de um ano, Zilpha.

— Acredito que as crianças mataram todos os casacas vermelhas que restaram na América — respondeu Peleg Wadsworth.

— Deus seja louvado — disse Elizabeth despreocupadamente. Tinha 26 anos, cinco a menos do que o marido, e estava grávida de novo. Alexander era o mais velho, depois vinha Charles, de três anos, e a bebê Zilpha, que olhava arregalada e solene para o pai. Elizabeth era quase tão alta quanto o marido, que estava guardando o caderno e o lápis em um bolso do uniforme novamente. Ele ficava bem de uniforme, pensou ela, embora a casaca azul com debruns brancos e a elegante aba abotoada estivesse precisando desesperadamente de remendos. Mas não havia tecido azul disponível, nem mesmo em Boston, pelo menos não a um preço que Peleg e Elizabeth Wadsworth pudessem pagar. Elizabeth se divertiu secretamente com a expressão intensa e preocupada do marido. Ele era um bom homem, pensou com carinho, honesto até não poder mais e digno da confiança de todos os vizinhos. Precisava de um corte de cabelo, se bem que os cachos ligeiramente desgrenhados davam ao rosto magro uma expressão atrativamente jovial. — Lamento interromper a guerra — disse ela — mas você tem visita. — Ela assentiu na direção da casa deles, onde um homem de uniforme amarrava o cavalo ao poste.

O visitante era magro, com rosto redondo, de óculos, familiar para Wadsworth, mas ele não conseguiu identificar o sujeito que, com o cavalo amarrado em segurança, pegou um papel no bolso da casaca e caminhou pela praça ensolarada. Seu uniforme era castanho-claro com debruns brancos. Um sabre pendia em tiras de couro presas ao cinto.

— General Wadsworth — disse ele enquanto se aproximava. — É bom vê-lo com saúde, senhor — acrescentou, e por um segundo Wadsworth tentou desesperadamente juntar um nome ao rosto até que, abençoadamente, o nome veio.

— Capitão Todd — disse, escondendo o alívio.

— Agora major Todd, senhor.

— Parabéns, major.

— Fui nomeado assessor do general Ward, que lhe envia isto. — Ele entregou o papel a Wadsworth. Era uma folha simples, dobrada e lacrada, com o nome do general Artemas Ward escrito em letras compridas e finas sob o lacre.

O major Todd olhou sério para as crianças. Ainda enfileiradas desajeitadamente, elas o espiavam de volta, intrigadas com a espada curva pendurada na cintura.

— Descansar — ordenou Todd, depois sorrindo para Wadsworth.

— O senhor os recruta ainda muito jovens, hein, general?

Um tanto embaraçado por ser descoberto treinando crianças, Wadsworth não respondeu. Partiu o lacre e leu a breve mensagem. O general Artemas Ward cumprimentava o general de brigada Wadsworth e lamentava informar que fora feita uma acusação contra o tenente-coronel Paul Revere, comandante do Regimento de Artilharia de Massachusetts, mais especificamente que ele vinha retirando rações e pagamento para trinta homens inexistentes, e agora o general Ward pedia que Wadsworth fizesse investigações sobre a veracidade de tal alegação.

Wadsworth leu a mensagem pela segunda vez, depois dispensou as crianças e então chamou Todd para caminhar com ele em direção ao cemitério.

— O general Ward está bem? — perguntou educadamente. Artemas Ward comandava a Milícia de Massachusetts.

— Bastante bem — respondeu Todd —, à exceção de algumas dores nas pernas.

25

— Ele está ficando velho. — Por um momento de obrigação os dois trocaram notícias sobre nascimentos, casamentos, doenças e mortes, os pequenos diálogos de uma comunidade. Haviam parado à sombra de um olmo, e depois de um tempo Wadsworth gesticulou com a carta. — Parece-me estranho — disse cautelosamente — que um major traga uma mensagem tão trivial.

— Trivial? — perguntou Todd com seriedade. — Estamos falando de peculato, general.

— Que, se for verdade, terá sido registrado nos livros de contabilidade. É necessário um general para inspecionar os livros? Um escrivão poderia fazer isso.

— Um escrivão fez isso — disse Todd, carrancudo —, mas o nome de um escrivão no relatório oficial não tem peso.

Wadsworth entendeu a irritação.

— E vocês procuram peso?

— O general mandaria a questão ser investigada meticulosamente — respondeu Todd com firmeza — e o senhor é o general-adjunto da Milícia, o que o torna responsável pela boa disciplina das forças.

Wadsworth se encolheu diante do que considerava uma lembrança impertinente e desnecessária de seus deveres, mas deixou a insolência passar sem censura. Todd tinha a reputação de ser um homem meticuloso e diligente, mas Wadsworth também se lembrava de um boato de que o major William Todd e o tenente-coronel Paul Revere alimentavam uma forte aversão mútua. Todd havia servido com Revere na artilharia, mas tinha se demitido em protesto contra a desorganização do regimento. Wadsworth suspeitava de que Todd estava usando seu novo posto para atacar o velho inimigo, e não gostou disso.

— O coronel Revere desfruta da reputação de ser um patriota excelente e fervoroso — disse em tom ameno, mas com uma provocação deliberada.

— Ele é um homem desonesto — retrucou Todd com veemência.

— Se as guerras fossem travadas apenas pelos honestos certamente teríamos paz perpétua?

— O senhor conhece o coronel Revere?
— Não posso dizer que o conheça mais do que superficialmente.
Todd assentiu, como se a resposta fosse adequada.
— Sua reputação, general, é intocável — disse. — Se provar a existência de peculato, nenhum homem em Massachusetts questionará o veredicto.
Wadsworth olhou de novo para a mensagem.
— Somente trinta homens? — perguntou em dúvida. — Você cavalgou desde Boston por um assunto tão pequeno?
— Não é uma cavalgada longa — disse Todd defensivamente —, e tenho negócios em Plymouth, de modo que era conveniente visitá-lo.
— Se tem negócios, major, não vou retardá-lo. — A cortesia exigia que ele ao menos oferecesse algo para comer e beber, e Wadsworth era um homem cortês, mas estava irritado por ter sido envolvido no que suspeitava fortemente ser uma rixa pessoal.
— Fala-se num ataque contra o Canadá — observou Todd enquanto os dois voltavam pela praça.
— Sempre se fala de um ataque contra o Canadá — disse Wadsworth com alguma aspereza.
— Se um ataque assim acontecer, gostaríamos de que nossa artilharia fosse comandada pelo melhor homem disponível.
— Eu presumiria que desejaríamos isso, quer marchássemos contra o Canadá quer não.
— Precisamos de um homem íntegro — disse Todd.
— Precisamos de um homem que saiba atirar — reagiu Wadsworth bruscamente, e imaginou se Todd aspirava a comandar o regimento de artilharia, mas não falou mais sobre isso. Sua esposa esperava ao lado do poste de amarrar cavalos, com um copo d'água que Todd aceitou agradecido antes de cavalgar para o sul na direção de Plymouth. Wadsworth entrou e mostrou a carta a Elizabeth. — Temo que seja política, minha querida. Política.
— Isso é ruim?
— É incômodo. O coronel Revere é um homem de facção.

— Facção?

— O coronel Revere é zeloso — disse Wadsworth com cuidado —, e seu zelo cria inimigos, bem como amigos. Suspeito que o major Todd tenha feito a acusação. É uma questão de ciúme.

— Então você acha que a alegação é inverídica?

— Não tenho opinião e gostaria imensamente de continuar nessa ignorância. — Wadsworth pegou a carta de volta e leu mais uma vez.

— Mesmo assim é uma coisa errada — disse Elizabeth, séria.

— Ou uma alegação falsa? Um erro do contador? Mas me envolve em uma facção, e eu não gosto de facções. Se provar o malfeito transformarei metade de Boston em inimigos e ganharei o ódio de todos os maçons. Motivo pelo qual preferiria permanecer na ignorância.

— Então vai ignorar isso?

— Devo cumprir com meu dever, minha querida. — Wadsworth sempre cumprira muito bem com seu dever. Quando estudante em Harvard, quando era professor, como capitão da tropa da cidade de Lexington, como ajudante do general Washington no Exército Continental e agora como brigadeiro da milícia. Mas havia ocasiões, pensou, em que seu próprio lado era muito mais difícil do que o dos ingleses. Dobrou a carta e foi jantar.

Majabigwaduce era uma coluna de terra, quase uma ilha, em forma de bigorna. De leste a oeste tinha cerca de 3 quilômetros de comprimento, e de norte a sul raramente mais de 800 metros de largura, e a crista dessa coluna rochosa subia de leste para oeste, onde terminava num penhasco rombudo, alto, coberto de árvores, que dava para a ampla baía de Penobscot. O povoado ficava no lado sul da encosta, onde a frota britânica estava ancorada no porto. Era um povoado de casas pequenas, celeiros e depósitos. As casas menores eram simples cabanas de troncos, mas algumas eram moradias mais substanciais, de dois andares, com as estruturas cobertas por telhas de cedro que pareciam prateadas à luz aquosa do sol. Ainda não havia igreja.

A crista acima do povoado era densamente ocupada por pinheiros, mas a oeste, onde a terra era mais alta, havia belos bordos, faias e bétulas. Carvalhos cresciam perto da água. Boa parte da terra ao redor do povoado fora desmatada e plantada com milho, e agora machados mordiam os pinheiros enquanto os casacas vermelhas começavam a limpar a crista acima do povoado.

Setecentos soldados tinham vindo a Majabigwaduce. Quatrocentos e cinquenta eram escoceses das Terras Altas que usavam saiotes, os *highlanders** do 74º Regimento, outros duzentos eram das Terras Baixas, do 82º, e os cinquenta restantes eram soldados de engenharia e artilheiros. A frota que os trouxera havia se dispersado, o *Blonde* navegara em direção a Nova York deixando atrás apenas os três navios de transporte vazios e três pequenas chalupas de guerra cujos mastros agora dominavam o porto de Majabigwaduce. A praia estava atulhada de suprimentos desembarcados e uma nova trilha de terra batida subia diretamente pela longa encosta, desde a beira d'água até a crista do morro. O brigadeiro McLean subiu por essa trilha, andando com a ajuda de uma bengala torcida, feita de ameixeira-brava, acompanhado por um civil.

— Somos uma força pequena, Dr. Calef — disse McLean —, mas o senhor pode ter certeza de que cumpriremos com nosso dever.

— Calf — disse Calef.

— Perdão?

— Meu nome, general, pronuncia-se "calf".

— Realmente peço perdão, doutor — disse McLean, inclinando a cabeça.

O Dr. Calef era um homem atarracado, alguns anos mais novo do que McLean. Usava um chapéu de copa baixa sobre uma peruca que não era empoada havia semanas e que emoldurava um rosto rude cuja principal característica era o maxilar decidido. Tinha se apresentado a McLean, oferecendo conselhos, ajuda profissional e qualquer outro apoio que pudesse dar.

— Os senhores ficarão por aqui, não? — perguntou o doutor.

— Decididamente, senhor, decididamente — respondeu McLean cravando a bengala no solo fino. — Ah, de fato, pretendemos ficar.

— Para fazer o quê? — perguntou Calef, secamente.

---

*Highlanders: Habitantes das "Highlands", Terras Altas da Escócia.

— Deixe-me ver agora. — McLean parou, olhando dois homens se afastarem de uma árvore meio derrubada que tombou, lentamente a princípio, e depois com um estrondo numa explosão de galhos partidos, agulhas de pinheiro e poeira. — Minha primeira tarefa, doutor, é impedir que os rebeldes usem a baía como porto para seus navios corsários. Esses piratas têm sido um incômodo. — Isso era dizer pouco. Os rebeldes americanos dominavam todo o litoral entre o Canadá e Nova York, exceto a guarnição inglesa sitiada em Newport, Rhode Island; e os navios mercantes britânicos, fazendo essa longa viagem, estavam sempre sob o risco de ser atacados pelos corsários rebeldes, bem-armados e rápidos no mar. Ao ocupar Majabigwaduce, os ingleses dominariam a baía de Penobscot e assim negariam aos rebeldes aquele excelente ancoradouro que deveria se tornar a base da Marinha Real inglesa. — Ao mesmo tempo — continuou McLean — recebi a ordem de deter qualquer ataque rebelde contra o Canadá, e em terceiro lugar, doutor, devo encorajar o comércio aqui.

— Madeira para mastros — resmungou Calef.

— Especialmente madeira para mastros — concordou McLean. — E em quarto lugar devemos colonizar esta região.

— Colonizar?

— Para a coroa, doutor, para a coroa. — McLean sorriu e balançou sua bengala, indicando a paisagem. — Veja, Dr. Calef, a província da Nova Irlanda, pertencente a Sua Majestade.

— Nova Irlanda? — perguntou Calef.

— Entre a fronteira do Canadá e 130 quilômetros ao sul é tudo Nova Irlanda.

— Confiemos em que não seja tão papista quanto a velha Irlanda — disse Calef azedamente.

— Tenho certeza de que será temente a Deus — observou McLean com tato. O general havia servido muitos anos em Portugal e não compartilhava a aversão de seu compatriota pelos católicos romanos, mas era um soldado suficientemente bom para saber quando evitar o confronto. — E o que o trouxe à Nova Irlanda, doutor? — perguntou, mudando de assunto.

— Fui expulso de Boston pelos malditos rebeldes — respondeu Calef com raiva.

— E escolheu vir para cá? — McLean parecia incapaz de esconder a surpresa com o fato do doutor ter fugido de Boston para aquele lugar ermo coberto de névoa.

— Aonde mais eu poderia levar minha família? — perguntou Calef, ainda com raiva. — Santo Deus, general, não existe governo legítimo entre aqui e Nova York! As colônias já são independentes em tudo, menos no nome! Em Boston os desgraçados têm uma administração, um poder legislativo, cargos de estado, um poder judiciário! Por quê? Por que isso é permitido?

— O senhor poderia ter se mudado para Nova York, não? — sugeriu McLean, ignorando a pergunta indignada de Calef. — Ou Halifax.

— Sou um homem de Massachusetts, e confio que um dia retornarei a Boston, mas uma Boston livre dos rebeldes.

— Também rezo por isso. Diga, doutor, a mulher deu à luz em segurança?

O Dr. Calef piscou, como se a pergunta o surpreendesse.

— A mulher? Ah, quer dizer, a esposa de Joseph Perkins. Sim, deu à luz em segurança. Uma bela menina.

— Outra menina, hein? — disse McLean, e virou-se para olhar a baía ampla, para além da entrada do porto. — Grande baía com grandes marés — disse em tom despreocupado, e então viu a incompreensão do doutor. — Disseram-me que esse era o significado de Majabigwaduce.

Calef franziu a testa, fazendo então um breve gesto, como se a questão fosse irrelevante.

— Não faço ideia do significado do nome, general. O senhor deve perguntar aos selvagens. Eles deram esse nome ao lugar.

— Bom, agora tudo isso é a Nova Irlanda — disse McLean, e em seguida tocou o chapéu. — Bom-dia, doutor. Tenho certeza de que conversaremos novamente. Agradeço seu apoio, sinceramente, mas, se me der licença, o dever chama.

Calef olhou o general subir o morro mancando, depois do que gritou para ele:

— General McLean!

— Senhor? — McLean girou.

— Não acredita que os rebeldes deixarão que o senhor fique aqui, não é?

McLean pareceu considerar a pergunta por alguns segundos, quase como se nunca tivesse pensado nisso antes.

— Creio que não — disse em tom ameno.

— Eles virão atrás do senhor — alertou Calef. — Assim que souberem que está aqui, general, eles virão.

— Sabe de uma coisa? Creio que virão mesmo. — Ele tocou o chapéu de novo. — Bom-dia, doutor. Fico feliz pela Sra. Perkins.

— Dane-se a Sra. Perkins — disse o doutor, porém baixo demais para que o general ouvisse. Então, virou-se e olhou para o sul, ao longo da baía comprida, para além de Long Island, até onde o rio desaparecia a caminho do mar distante, e imaginou quanto tempo iria demorar para uma frota rebelde aparecer no canal.

A frota viria, tinha certeza. Boston ficaria sabendo da chegada de McLean e desejaria livrar esse local dos casacas vermelhas. E Calef conhecia Boston. Tinha sido membro da Assembleia Geral de lá, tinha sido um legislador de Massachusetts, mas também era um teimoso legalista que fora expulso de casa depois de os ingleses saírem da cidade. Agora morava ali, em Majabigwaduce, e os rebeldes viriam atrás dele de novo. Sabia disso, temia a chegada deles e temia que um general que se importava com uma mulher e seu bebê fosse frouxo demais para fazer o que era necessário.

— Simplesmente mate todos eles — resmungou para si mesmo —, simplesmente mate todos.

Seis dias depois de o general de brigada Wadsworth ensaiar a formação com as crianças, e depois de o general de brigada McLean ter entrado no aconchegante porto de Majabigwaduce, um capitão andava de um lado para o outro no tombadilho superior de seu navio, a fragata *Warren*, da Marinha Continental. Era uma manhã quente em Boston. Havia névoa nas ilhas do porto e um úmido vento sudoeste trazia uma promessa de trovoadas à tarde.

— O barômetro? — pediu bruscamente o capitão.

— Baixando, senhor — respondeu um aspirante.

— Como pensei — disse o capitão Dudley Saltonstall —, como pensei.

Andou de bombordo a estibordo e de estibordo a bombordo embaixo da vela de ré perfeitamente enrolada em sua longa retranca. Seu rosto de queixo comprido estava sombreado pelo bico da frente do chapéu, sob o qual seus olhos espiavam argutos, indo da infinidade de navios ancorados até sua tripulação que, embora reduzida, enxameava o convés, os costados e o cordame da fragata para a limpeza matinal. Saltonstall fora recém-nomeado para o *Warren* e estava decidido a transformá-lo em um navio impecável.

— Como pensei — repetiu Saltonstall. O aspirante, parado respeitosamente ao lado do canhão de bombordo na popa, firmou a perna contra o suporte da peça e não disse nada. O vento tinha força suficiente para puxar o *Warren* nos cabos das âncoras e fazê-lo estremecer com as pequenas ondas que tremeluziam brancas no porto. O *Warren*, assim como as duas embarcações próximas que também pertenciam à Marinha Continental, mostrava a bandeira de listras vermelhas e brancas onde uma cobra ficava acima das palavras "Don't Tread On Me". Muitos dos outros navios no porto apinhado exibiam a nova e ousada bandeira dos Estados Unidos, com listras e estrelas, mas dois brigues elegantes, ambos armados com 14 canhões de seis libras e ancorados perto do *Warren*, exibiam a bandeira da Marinha de Massachusetts que exibia um pinheiro verde em um campo branco e tinha as palavras "An Appeal to Heaven".

— Um apelo ao absurdo — resmungou Saltonstall.

— Senhor? — perguntou nervosamente o aspirante.

— Se nossa causa é justa, Sr. Coningsby, por que precisamos apelar ao céu? Devemos apelar à força, à justiça, à razão.

— Sim, senhor — disse o aspirante, incomodado com o hábito do capitão de olhar para além da pessoa com quem falava.

— Apelar ao céu! — zombou Saltonstall, ainda olhando para além da orelha do aspirante, em direção à ofensiva bandeira. — Na guerra, Sr. Coningsby, é melhor apelarmos ao inferno.

As bandeiras das outras embarcações eram mais cômicas. Um navio de costado baixo, com os mastros muito inclinados para trás e as portinholas dos canhões pintadas de preto, tinha uma cascavel enrolada no brasão da bandeira, enquanto outro exibia um crânio com as tíbias cruzadas e um terceiro mostrava o rei George da Inglaterra perdendo a coroa para um ianque de aparência alegre que usava um porrete cheio de espetos. O capitão Saltonstall desaprovava essas bandeiras feitas em casa. Significavam desleixo. Uma dúzia de outros navios tinha bandeiras inglesas, mas todas elas balançavam abaixo das americanas, indicando que haviam sido capturados, e o capitão Saltonstall desaprovava isso também. Não o fato de os navios mercantes britânicos terem sido capturados, isso era claramente uma boa coisa, nem que as bandeiras proclamassem as vitórias, já que isso também era desejável, mas porque agora os navios capturados eram supostamente propriedades particulares. Não dos Estados Unidos, mas sim dos corsários, como a chalupa de costado baixo e mastros inclinados, decorada com a cascavel.

— Eles são piratas, Sr. Coningsby — resmungou Saltonstall.

— Sim, senhor. — respondeu o aspirante Fanning. O aspirante Coningsby tinha morrido de febre na semana anterior, mas todas as nervosas tentativas de Fanning para corrigir o capitão haviam fracassado e ele abandonara qualquer esperança de ser chamado pelo nome verdadeiro.

Saltonstall ainda estava franzindo a testa na direção dos corsários.

— Como podemos encontrar uma tripulação decente quando a pirataria acena? — reclamou. — Diga, Sr. Coningsby!

— Não sei, senhor.

— Não podemos, Sr. Coningsby, não podemos. — Saltonstall estremeceu diante da injustiça da lei. Era verdade que os corsários eram piratas patriotas, ferozes como lobos em batalha, mas lutavam por seu ganho particular, e isso tornava impossível para um navio de guerra da Marinha Continental, como o *Warren*, encontrar bons tripulantes. Que rapaz de Boston serviria ao país em troca de algumas moedas quando podia entrar para um navio corsário e ganhar uma parte dos saques? Não era de espantar que o *Warren* estivesse carente de tripulantes! A fragata levava 32 canhões e era tão boa quanto qualquer outra no litoral americano, mas Saltonstall tinha homens suficientes para lutar com apenas metade dessas armas, enquanto todos os corsários estavam completamente tripulados.

— É uma abominação, Sr. Coningsby!

— Sim, senhor — respondeu o aspirante Fanning.

— Olhe aquilo! — Saltonstall parou de andar e apontou um dedo para o *Ariadne*, um gordo mercante inglês que fora capturado por um corsário. — Sabe o que ele estava transportando, Sr. Coningsby?

— Nogueira-preta de Nova York para Londres, senhor?

— E levava seis canhões, Sr. Coningsby! Canhões de nove libras! Seis. Canhões de nove libras, bons e longos! E novos! Onde estão esses canhões agora?

— Não sei, senhor.

— Foram postos à venda em Boston! — Saltonstall cuspiu as palavras. — À venda, Sr. Coningsby, em Boston, quando nosso país precisa desesperadamente de canhões! Isso me deixa furioso, Sr. Coningsby, me deixa muito furioso.

— Sim, senhor.

— Esses canhões serão derretidos para construírem inutilidades. Inutilidades! Isso me deixa furioso, por minha alma, realmente me deixa!

— O capitão Saltonstall carregou sua fúria até a amurada de estibordo, onde parou para olhar um pequeno cúter que se aproximava vindo do norte. As velas escuras apareceram primeiro como um remendo na névoa, e depois o remendo tomou forma e se endureceu até revelar uma embarcação de mastro único com cerca de 12 metros de comprimento. Não era um barco de pesca, sendo estreito demais para essa função, mas os costados eram cortados por toletes mostrando que podia usar uma dúzia de remos e assim mover-se nos dias de calmaria, e Saltonstall reconheceu-o como um dos rápidos barcos mensageiros usados pelo governo de Massachusetts. Havia um homem de pé a meia-nau, com as mãos em concha, evidentemente gritando suas novidades para as embarcações atracadas pelas quais o cúter deslizava próximo. Saltonstall gostaria muito de saber o que o homem gritava, mas achou que fazer indagações vulgares estava abaixo de sua dignidade como capitão da Marinha Continental, por isso deu as costas no instante em que uma escuna, com a amurada pontuada por portinholas de canhões, ganhava impulso para passar pelo *Warren*. Era um navio corsário de casco preto com o nome *Matador de Reis* proeminente em tinta branca no costado. As velas com riscas de sujeira estavam bastante caçadas para tirá-lo do porto. Levava uma dúzia de canhões no convés, o bastante para obrigar a maioria dos mercantes ingleses a uma rendição rápida, e era construído para ser veloz, de modo que poderia escapar de qualquer navio de guerra da Marinha Britânica. Seu convés estava apinhado de homens e na carangueja da mezena havia uma bandeira azul com a palavra *Liberdade* bordada em letras brancas. Saltonstall esperou que essa bandeira fosse baixada em saudação ao seu estandarte, mas a escuna preta não deu nenhum sinal de reconhecimento enquanto passava. Um homem no corrimão de popa olhou para Saltonstall, depois cuspiu no mar, e o capitão do *Warren* se eriçou, suspeitando de um insulto. Olhou o navio ir em direção à névoa. O *Matador de Reis* saía para caçar, atravessando a baía, ao redor da ponta norte do Cape Cod e saindo para o Atlântico, onde os gordos navios cargueiros ingleses bamboleavam nas corridas para oeste, desde Halifax até Nova York.

— Inutilidades — resmungou Saltonstall.

Uma barca aberta, com mastros atarracados, pintada de branco com uma tira preta ao redor da amurada, saiu do cais da ilha Castle. Uma dúzia de homens manobrava os remos, fazendo força contra as ondas pequenas, e a visão da barca fez o capitão Saltonstall buscar um relógio em seu bolso. Abriu a tampa e viu que eram 8h10. A barca estava precisamente pontual, e em menos de uma hora ele iria vê-la retornar de Boston, desta vez trazendo o comandante da guarnição da ilha Castle, que preferia dormir na cidade. Saltonstall aprovava a barca da ilha Castle. Era pintada com elegância, e sua tripulação, ainda que não usasse uniformes de verdade, tinha camisas parecidas. Havia uma tentativa de ordem, de disciplina, de decoro.

O capitão voltou a andar, de bombordo a estibordo, de estibordo a bombordo.

O *Matador de Reis* desapareceu na névoa.

A barca da ilha Castle abria caminho pelo ancoradouro. Um sino de igreja começou a tocar.

Porto de Boston, uma manhã quente, 23 de junho de 1779.

O tesoureiro do 82º Regimento de Infantaria de Sua Majestade caminhava para o oeste ao longo da crista de Majabigwaduce. De trás dele vinha o som de machados golpeando árvores, e a toda volta havia névoa. Uma névoa densa. Todas as manhãs, desde que a frota havia chegado, ela estivera presente.

— Ela vai se dissipar — disse animado o tesoureiro.

— Sim, senhor — respondeu obedientemente o sargento McClure. Ele tinha um piquete de seis homens do 82º Regimento de Infantaria, o regimento do duque de Hamilton, e por isso eram conhecidos como Hamiltons. McClure tinha 30 anos, era muito mais velho do que seus homens e 12 anos mais velho do que o tesoureiro, um tenente, que ia à frente do piquete num passo rápido e entusiasmado. Suas ordens eram estabelecer um posto de sentinela no ponto mais alto da península, a oeste, de onde poderia ser mantida uma vigilância sobre a ampla baía de Penobscot. Se algum inimigo viesse, a baía era o caminho de aproximação mais provável. Agora o piquete estava em um terreno com árvores densas, parecendo extremamente diminuto diante das árvores altas, escuras, amortalhadas pela névoa. — O brigadeiro, senhor — aventurou-se o sargento McClure —, disse que poderia haver rebeldes aqui.

— Absurdo! Não há rebeldes aqui! Todos fugiram, sargento!

— Se o senhor diz...

— Digo sim — respondeu entusiasmado o jovem oficial, que então parou subitamente e apontou para o mato baixo. — Ali!

— Um rebelde, senhor? — perguntou McClure obedientemente, sem ver nada digno de nota entre os pinheiros.

— Aquilo é um tordo?

— Ah. — McClure viu o que havia interessado ao tesoureiro e olhou com mais atenção. — É um pássaro, senhor.

— Estranhamente, sargento, eu tinha consciência desse fato — disse o tenente, alegremente. — Observe o peito, sargento.

O sargento McClure observou obedientemente o peito do pássaro.

— Vermelho, senhor?

— Vermelho, sim. Parabéns, sargento, e isso não lhe traz à mente os tordos de nossa terra? Mas este sujeito é maior, muito maior! Um sujeito bonito, não é?

— Quer que eu atire nele, senhor? — perguntou McClure.

— Não, sargento, simplesmente desejo que admire a plumagem. Um tordo está usando a casaca vermelha de Sua Majestade, você não acha que é um presságio de boa sorte?

— Ah, sim, senhor, acho.

— Detecto em você, sargento, uma falta de zelo. — O tenente de 18 anos sorriu para mostrar que não estava falando sério. Era um rapaz alto, uma cabeça maior do que o atarracado sargento, e tinha um rosto redondo, ansioso e móvel, sorriso rápido como um raio e olhos astutos e observadores. Sua casaca vermelha era cortada a partir de um caro pano escarlate, com acabamentos pretos e cheia de botões brilhantes que, segundo boatos, eram feitos do ouro mais fino. O tenente John Moore não era rico, era filho de um médico, mas todo mundo sabia que ele era amigo do jovem duque, que diziam ser mais rico do que os dez homens mais ricos de toda a Escócia, e ter um amigo com tanto dinheiro, como todo mundo também sabia, era quase tão bom quanto ter dinheiro. O duque de Hamilton era tão rico que havia pago todas as despesas para formar o 82º Regimento de Infantaria, comprando uniformes, mosquetes, baionetas e, segundo boatos, provavelmente poderia se dar ao luxo de montar mais dez regimentos iguais sem nem ao menos notar as despesas. — Em frente — disse Moore. — Em frente, sempre em frente.

Os seis soldados, todos das Terras Baixas da Escócia, não se moveram. Apenas olharam o tenente Moore como se ele fosse uma espécie estranha vinda de algum país distante e pagão.

— Em frente! — gritou Moore de novo, caminhando rapidamente outra vez entre as árvores. A névoa abafava o som áspero dos machados, vindo de onde os homens do general de brigada McLean limpavam a crista do morro de modo que o forte que planejava construir tivesse campos de fogo abertos. Enquanto isso, o piquete do 82º subia uma encosta suave que se nivelava num platô amplo, coberto por um denso mato baixo e abetos escuros. Moore foi pisoteando os arbustos e parou de novo abruptamente.

— Ali — disse apontando. — *Thalassa, Thalassa.*

— Tá lá? — perguntou McClure.

— Você não leu *Anábase*, de Xenofonte, sargento? — perguntou Moore, fingindo estar horrorizado.

— É o que vem depois do Levítico, senhor?

Moore sorriu.

— *Thalassa*, sargento, *Thalassa* — disse, em uma censura fingida — foi o grito dos dez mil quando finalmente, depois da longa marcha e dos sofrimentos sinistros, chegaram ao mar. É isso que significa! O mar! O mar! E eles gritavam de júbilo porque viram a segurança nas ondas suaves do seio marítimo.

— O seio dele, senhor — ecoou McClure, espiando para baixo sobre um penhasco súbito e íngreme, coberto de árvores, para vislumbrar o mar frio através da folhagem e por baixo da névoa em movimento. — Não é exatamente aconchegante, senhor.

— E é do outro lado dessa água, sargento, de seu covil nas terras sombrias de Boston, que os inimigos virão. Chegarão às centenas e aos milhares, atacarão como as negras hordas dos midianitas, baixarão sobre nós como os assírios!

— Não se essa névoa durar, senhor. Os desgraçados vão se perder.

Pela primeira vez Moore não disse nada. Estava olhando para baixo do morro. Não era exatamente um penhasco, mas nenhum homem poderia escalá-lo com facilidade. Um atacante precisaria se arrastar subindo os 60 metros agarrando-se às poucas árvores pequenas, e um homem que tivesse de usar as mãos para se firmar não poderia usar o mosquete. A praia, quase invisível, era pequena e pedregosa.

— Mas os desgraçados vêm, senhor? — perguntou McClure.

— Não sabemos — respondeu Moore distraidamente.

— Mas o brigadeiro acha que sim, não é, senhor? — perguntou McClure ansioso. Os soldados ouviam, olhando nervosos do sargento baixo para o alto oficial.

— Devemos presumir, sargento — disse Moore mais tranquilamente —, que aquelas criaturas abomináveis se ressentirão de nossa presença. Nós tornamos a vida deles difícil. Ao nos estabelecermos nesta terra de leite azedo e mel amargo negamos aos corsários os portos de que eles necessitam para suas depredações imundas. Somos um espinho no pé deles, um inconveniente, um desafio à sua quietude.

McClure franziu a testa e coçou a cabeça.

— Então está dizendo que os desgraçados vêm, senhor?

— Espero sinceramente que sim — respondeu Moore com súbita veemência.

— Aqui não, senhor — disse McClure cheio de confiança. — É íngreme demais.

— Eles preferirão desembarcar em algum lugar ao alcance dos canhões de seus navios.

— Canhões, senhor?

— Grandes tubos de metal que cospem balas, sargento.

— Ah, obrigado, senhor. Eu estava me perguntando o que seriam — disse McClure com um sorriso.

Moore tentou conter um sorriso e fracassou.

— Devemos ser cumulados de tiros, sargento, não tenha dúvida. E não tenho dúvidas de que navios podem cobrir esta encosta com balas de canhão, mas como os homens poderiam subi-la em direção ao fogo dos nossos mosquetes? Mas mesmo assim esperemos que eles desembarquem aqui. Nenhuma tropa poderia subir esta encosta se estivermos esperando no topo, não é? Por Deus, sargento, vamos transformar os desgraçados rebeldes num belo monte de entulho!

— Vamos mesmo, senhor — disse McClure com lealdade, ainda que em seus 16 anos de serviço tivesse se acostumado a jovens oficiais exibicionistas cuja confiança excedia a experiência. O tenente John Moore, decidiu o sargento, era outro desses, embora McClure gostasse dele.

O tesoureiro possuía uma autoridade tranquila, rara num homem tão jovem, e era reconhecido como um oficial justo que se importava com as tropas. Mesmo assim, pensou McClure, John Moore precisaria aprender um pouco de bom-senso para não morrer jovem.

— Vamos trucidá-los — disse Moore entusiasmado, e então estendeu a mão. — Seu mosquete, sargento.

McClure entregou o mosquete ao oficial e olhou enquanto Moore colocava um guinéu no chão.

— O soldado que conseguir atirar mais rápido do que eu será recompensado com o guinéu — disse Moore. — O alvo é aquela árvore meio apodrecida, inclinada na encosta, estão vendo?

— Mirem na árvore torta e morta — explicou McClure aos soldados. — Senhor?

— Sargento?

— O som dos mosquetes não assustará o acampamento?

— Eu alertei ao brigadeiro de que iríamos atirar. Sargento, sua caixa de cartuchos, por favor.

— Sejam rápidos, rapazes — encorajou McClure. — Vamos tirar o dinheiro do oficial!

— Vocês podem carregar e escorvar — disse Moore. — Proponho que disparemos cinco tiros. Se algum de vocês conseguir os cinco antes de mim, receberá o guinéu. Imaginem, senhores, que uma horda de rebeldes fétidos está subindo o penhasco; então, façam o trabalho do rei e mandem os desgraçados para o inferno.

Os mosquetes foram carregados; a pólvora, a mecha e a carga foram socadas nos canos, os fechos foram escorvados e os fuzis fechados. Os estalos das pederneiras sendo armadas pareciam estranhamente altos na manhã amortalhada pela névoa.

— Cavalheiros do 82º — clamou Moore em tom grandioso —, estão prontos?

— Os desgraçados estão prontos, senhor — disse McClure.

— Apontar! — ordenou Moore. — Fogo!

Sete mosquetes tossiram, lançando uma fedorenta fumaça de pólvora muito mais espessa do que a névoa em redemoinho. A fumaça se demorou enquanto pássaros voavam por entre as árvores densas e as gaivotas gritavam da água. Através do eco dos tiros McClure ouviu as balas dilacerando folhas e batendo nas pedras da pequena praia. Os homens estavam rasgando os próximos cartuchos de papel com os dentes, mas o tenente Moore já se encontrava adiante. Tinha escorvado o mosquete, fechado a chave e agora baixado a culatra pesada no chão e derramado a pólvora. Empurrou o papel do cartucho e a bala dentro do cano, levantou a vareta, enfiou-a para baixo com força, soltou-a com o retinido do choque entre os metais, depois cravou a vareta no chão, levou a arma ao ombro, mirou e atirou.

Ninguém havia vencido ainda o tenente John Moore. O major Dunlop tinha marcado o tempo de Moore uma vez e, com incredulidade, anunciara que o tenente havia disparado cinco tiros em menos de sessenta segundos. A maioria dos homens conseguia três disparos em um minuto com um mosquete limpo, alguns conseguiam disparar quatro vezes, mas o filho do doutor, amigo de um duque, podia disparar cinco. Moore fora treinado no mosquete por um prussiano e, quando menino, havia praticado e praticado, aperfeiçoando a habilidade essencial de um soldado, e tinha tanta certeza de sua capacidade que, enquanto carregava os dois últimos tiros, nem se incomodou em olhar para a arma emprestada. Em vez disso deu um sorriso torto para o sargento McClure.

— Cinco! — anunciou, com os ouvidos retinindo por causa das explosões. — Algum homem me derrotou, sargento?

— Não, senhor. O soldado Neill conseguiu dar três tiros, senhor. O resto deu dois.

— Então meu guinéu está seguro — disse Moore, pegando-o.

— Mas nós estamos? — murmurou McClure.

— O que disse, sargento?

McClure olhou para baixo da ribanceira. A fumaça estava se dissipando e ele pôde ver que a árvore inclinada, a apenas 30 passos de distância, estava sem nenhuma marca de bala de mosquete.

— Nós somos pouquíssimos, senhor — disse ele. — Estamos sozinhos aqui e há um monte de rebeldes.

— Mais para serem mortos — respondeu Moore. — Vamos manter o posto aqui até a névoa se dissipar, sargento, depois vamos procurar um ponto de observação melhor.

— Sim, senhor.

O piquete estava postado; a tarefa era vigiar a chegada de algum inimigo. Ele viria, como garantira o brigadeiro aos seus oficiais. Disso McLean tinha certeza. Por isso cortava árvores e marcava o local onde seria erguido o forte.

Para defender as terras do rei de seus inimigos.

Trecho de carta do Conselho de Massachusetts à Chefia da Marinha Continental em Boston, 30 de junho de 1779:

Senhores: a Assembleia Geral deste estado determinou uma Expedição a Penobscot para Desalojar o Inimigo dos Estados Unidos que penetrou Ali recentemente e supostamente estaria cometendo Hostilidades contra o Bom Povo deste Estado... fortificando-se em Baggobagadoos, e como Eles são apoiados por uma Considerável Força Naval, para Realizar nosso Desígnio, será conveniente mandar para lá, para ajudar nossas Operações Terrestres, uma Força Naval Superior. Portanto... escrevemos aos senhores... requisitando que ajudem aos nossos Desígnios, somando à Força Naval deste Estado, agora, com preparativos a toda Velocidade Possível, para uma expedição a Penobscot; a Fragata Continental agora neste Porto e as outras embarcações Continentais armadas que aqui estiverem.

Trecho do Mandado de Recrutamento Compulsório emitido aos xerifes de Massachusetts, 3 de julho de 1779:

Os senhores estão portanto autorizados e Ordenados a usar qualquer Auxílio que julgarem apropriado, com o objetivo de tomar e recrutar compulsoriamente qualquer Marinheiro ou Navegante capaz que encontrem em seu Distrito... para servir a bordo de qualquer Embarcação que seja posta a Serviço deste Estado para ser empregada na proposta expedição a Penobscot... Estão por meio deste Autorizados a entrar a bordo e revistar qualquer Navio ou Embarcação ou abrir e revistar qualquer Moradia ou outro prédio em que suspeitem que algum Marinheiro ou Navegante esteja escondido.

Trecho de uma carta enviada pelo general de brigada Charles Cushing ao Conselho do Estado de Massachusetts, 19 de junho de 1779:

Dei ordens aos oficiais de minha Brigada requisitando que alistem homens habilitados para esse fim. Gostaria de informar a Vossas Senhorias que até o momento não parece haver perspectiva de conseguir homem algum, já que o Butim oferecido é considerado inadequado na Avaliação das pessoas.

2

O tenente-coronel Paul Revere estava parado de pé no pátio do Arsenal de Boston. Usava um uniforme composto por casaca azul-clara com acabamento em marrom, calção branco de pele de cervo, botas até os joelhos e um alfanje naval pendurado num cinturão marrom. Seu chapéu de aba larga era feito de feltro e sombreava um rosto largo, teimoso, imerso em pensamentos.

— Está fazendo a lista, garoto? — perguntou bruscamente.

— Sim, senhor — respondeu o garoto.

Ele tinha 12 anos e era filho de Josiah Flint, que administrava o arsenal em sua cadeira de encosto alto e bem-acolchoada, que fora arrastada do escritório e posta ao lado da mesa de cavalete onde o garoto fazia a lista. Flint gostava de sentar-se no pátio quando o tempo permitia, para ficar de olho nas idas e vindas de seu domínio.

— Correntes de arraste — disse Revere —, esponjas, rastreadores, silenciadores, estou indo depressa demais?

— Silenciadores — murmurou o garoto, mergulhando a pena no tinteiro.

— Está quente hoje — resmungou Josiah Flint das profundezas de sua cadeira.

— É verão — disse Revere — e deveria estar quente mesmo. Soquetes e ganchos de bucha. Espigões, tapas, bota-fogos, tampões de ouvidos. O que esqueci, Sr. Flint?

— Arames de escorva, coronel.

— Arames de escorva, garoto.

— Arames de escorva — disse o garoto, terminando a lista.

— E acho que esqueci alguma coisa — disse Flint, franzindo a testa, e pensou um momento antes de balançar a cabeça. — Talvez seja nada.

— Procure nos suprimentos do seu pai, garoto — disse Revere —, e faça pilhas de todas essas coisas. Precisamos saber o quanto temos de cada uma delas. Anote e me diga. Vá.

— E baldes — acrescentou Josiah Flint apressadamente.

— E baldes! — gritou Revere para o garoto. — E que não estejam vazando! — Em seguida ocupou a cadeira deixada pelo garoto e assistiu a Josiah Flint morder uma coxa de galinha. Flint era um homem enorme, a barriga se derramando por cima do cinto, e parecia estar decidido a se tornar mais gordo ainda, porque sempre que Revere visitava o arsenal encontrava o amigo comendo. Estava com um prato de pão de milho, rabanetes e galinha, na direção do qual sinalizou vagamente, como se convidasse o coronel Revere a compartilhá-lo.

— Ainda não recebeu ordens, coronel? — perguntou Flint. Seu nariz fora despedaçado por uma bala em Saratoga, minutos antes de uma bala de canhão tirar sua perna direita. Não podia mais respirar pelo nariz, de modo que o ar precisava ser puxado através da comida meio mastigada que enchia a boca, o que produzia um chiado. — Eles deveriam ter lhe dado ordens, coronel.

— Eles nem sabem se estão mijando ou vomitando, Sr. Flint, mas não posso ficar esperando enquanto se decidem. Os canhões precisam estar prontos!

— Não há homem melhor do que o senhor, coronel — disse Josiah Flint, tirando uma lasca de rabanete dos dentes da frente.

— Mas eu não estudei em Harvard, não é? — perguntou Revere com um riso forçado. — Se eu falasse latim, Sr. Flint, já seria general.

— *Hic, haec, hoc* — disse Flint através de um bocado de pão.

— Espero que sim — respondeu Revere. Em seguida apanhou um exemplar dobrado do *Boston Intelligencer* no bolso, abriu-o sobre a mesa e pegou seus óculos de leitura. Não gostava de usá-los porque suspeitava que lhe davam uma aparência pouco militar, mas precisava deles para ler o relato da incursão britânica no leste de Massachusetts. — Quem acreditaria — disse — que os desgraçados daqueles casacas vermelhas retornariam à Nova Inglaterra!

— Não por muito tempo, coronel.

— Espero que não. — O governo de Massachusetts, ao saber que os ingleses haviam desembarcado homens em Majabigwaduce, tinha decidido mandar uma expedição ao rio Penobscot, e com esse objetivo estava sendo reunida uma frota, ordens estavam sendo delegadas à milícia e oficiais estavam sendo nomeados. — Ora, ora — disse Revere perscrutando o jornal. — Parece que os espanhóis declararam guerra contra a Inglaterra!

— A Espanha e também a França — disse Flint. — Agora os desgraçados não vão durar muito.

— Rezemos que durem o suficiente para nos dar a chance de lutar contra eles em Maja... — Revere fez uma pausa. — Majabigwaduce. O que será que esse nome significa?

— É só alguma bobagem indígena. O Lugar Onde o Rato-Almiscarado Mijou Pelas Pernas, provavelmente.

— Provavelmente — disse Revere com ar distante. Em seguida tirou os óculos e olhou para um par de tripés com sarilhos que esperavam para levantar um cano de canhão de uma carreta apodrecida pela umidade. — Eles lhe deram uma requisição para canhões, Sr. Flint?

— Só para quinhentos mosquetes, coronel, para serem alugados à milícia por um dólar cada.

— Alugados!

— Alugados — confirmou Flint.

— Se são para matar ingleses, o dinheiro não deveria ser levado em consideração.

— O dinheiro sempre é levado em consideração. Há seis novos canhões ingleses de nove libras no pátio de Appleby, mas não podemos tocar neles. Vão ser leiloados.

— O Conselho deveria comprá-los.

— O Conselho não tem dinheiro — respondeu Flint, tirando a carne de uma coxa de galinha — nem cunhagem suficiente para pagar os soldos, alugar os navios corsários, comprar suprimentos e canhões. Vocês terão de se virar com as armas que temos.

— Elas serão o bastante, elas serão o bastante — disse Revere, de má vontade.

— E espero que o Conselho tenha o bom-senso de nomear o senhor para comandar essas armas, coronel!

Revere não respondeu; simplesmente olhou para os tripés. Ele possuía um sorriso cativante que aquecia o coração dos homens, mas não estava sorrindo agora. Estava fumegando.

Estava assim porque o Conselho havia nomeado os comandantes da expedição para expulsar os ingleses de Majabigwaduce, mas até então ninguém fora nomeado para comandar a artilharia e Revere sabia que canhões seriam necessários. Sabia também que era o homem mais indicado para comandar esses canhões, já que era o oficial comandante do Regimento de Artilharia do Estado da Baía de Massachusetts. No entanto, o Conselho havia obviamente decidido não lhe mandar nenhuma ordem.

— Eles vão nomeá-lo, coronel — disse Flint com lealdade. — Eles têm de fazer isso!

— Não se o major Todd conseguir o que quer — respondeu Revere com amargura.

— Imagino que ele tenha estudado em Harvard. *Hic, haec, hoc.*

— Harvard ou Yale, provavelmente, e queria comandar a artilharia como um escritório de contabilidade! Listas e regulamentos! Eu lhe disse: primeiro transforme os homens em artilheiros, então mate os ingleses e depois disso faça as listas, mas ele não ouviu. Vivia dizendo que eu era desorganizado, mas eu conheço minhas armas, Sr. Flint, eu as conheço.

Há uma habilidade na artilharia, uma arte, e nem todo mundo tem talento. Ele não vem da leitura de livros, não na artilharia. Ela é uma arte.

— Isso é bem verdade — chiou Flint, com a boca cheia.

— Mas vou preparar os canhões deles — disse Revere — de modo que quem os comandar tenha as coisas bem-feitas. Pode não haver listas suficientes, Sr. Flint — ele deu um risinho ao dizer isso —, mas eles terão canhões bons e preparados. De 18 libras e mais ainda! Assassinos dos casacas sangrentas! Armas para matar os ingleses, eles terão armas. Eu garantirei isso.

Flint parou para soltar um arroto e então franziu a testa.

— Tem certeza de que quer ir a Maja, onde quer que isso seja?

— Claro que tenho!

Flint deu um tapinha na barriga, colocando depois dois nabos na boca.

— Não é confortável, coronel.

— O que isso quer dizer, Josiah?

— Lá no leste? — perguntou Flint. — Lá no leste o senhor não terá nada a não ser mosquitos, chuva e precisar dormir embaixo de uma árvore. — Ele temia que seu amigo não recebesse o comando da artilharia da expedição e, a seu modo desajeitado, tentava dar algum consolo. — E o senhor não é mais tão jovem, coronel!

— Quarenta e cinco anos não significa estar velho! — protestou Revere.

— É velho o bastante para ter bom-senso e apreciar uma cama de verdade com uma mulher em cima.

— Uma cama de verdade, Sr. Flint, é ao lado dos meus canhões. Ao lado dos meus canhões apontados para os ingleses! É só isso que peço, uma chance de servir ao meu país.

Revere havia tentado se juntar à luta desde o início da rebelião, mas suas propostas de entrar para o Exército Continental haviam sido recusadas por motivos dos quais ele só podia suspeitar e os quais jamais conseguiria confirmar. O general Washington, segundo se dizia, queria homens bem-nascidos e de honra, e esse boato só deixara Revere mais ressentido. A Milícia de Massachusetts não era tão exigente, mas o serviço de Revere até agora fora monótono. Certo, ele fora a Newport ajudar a expulsar os ingleses, mas essa campanha havia fracassado antes que Revere e seus canhões chegassem, de modo que ele fora obrigado a comandar a guarnição na ilha Castle, e suas orações para que uma frota inglesa chegasse para ser destruída por seus canhões não foram atendidas. Paul Revere, que odiava os ingleses com uma força capaz de sacudir seu corpo com sua pura veemência, ainda não havia matado um casaca vermelha sequer.

— O senhor ouviu o toque da trombeta, coronel — disse Flint respeitosamente.

— Ouvi o toque da trombeta — concordou Revere.

Uma sentinela abriu a porta do arsenal e um homem com o desbotado uniforme azul do Exército Continental entrou no pátio vindo da rua. Era alto, bem-apessoado e alguns anos mais novo do que Revere, que ficou de pé, num cumprimento cauteloso.

— Coronel Revere? — perguntou o recém-chegado.

— A seu serviço, general.

— Sou Peleg Wadsworth.

— Sei quem é o senhor, general — disse Revere, sorrindo e apertando a mão estendida. Notou que Wadsworth não devolveu o sorriso. — Espero que me traga boas notícias do Conselho, general.

— Gostaria de trocar uma palavra rápida com o senhor, coronel. — O brigadeiro olhou para o monstruoso Josiah Flint em sua cadeira almofadada. — Uma palavra em particular — acrescentou sério.

Assim o chamado da trombeta teria de esperar.

O capitão Henry Mowat estava parado na praia de Majabigwaduce. Era um homem atarracado, com um rosto vermelho agora sombreado pelo bico longo do chapéu. Sua casaca naval era azul-escura com debruns em um tom mais claro, toda manchada de branco pelo sal. Tinha 40 e poucos anos, havia sido marinheiro durante boa parte da vida e estava com os pés plantados separados, como se quisesse se equilibrar num passadiço.

O cabelo escuro estava empoado e uma leve trilha do pó havia escorrido pelas costas da casaca do uniforme. Estava olhando irritado para os barcos ao lado de seu navio, o *Albany*.

— Que diabos faz com que demorem tanto? — resmungou.

Seu companheiro, o Dr. John Calef, não fazia ideia do que provocava o atraso a bordo do *Albany*; por isso não respondeu.

— O senhor recebeu alguma informação de Boston? — perguntou em vez disso.

— Não precisamos de informações — respondeu Mowat bruscamente. Era o oficial naval superior em Majabigwaduce e, como o brigadeiro McLean, era escocês, mas, enquanto o conterrâneo era afável e de fala macia, Mowat era famoso por sua rudeza. Ficou remexendo o punho da espada enrolado com cordel. — Os desgraçados virão, doutor, ouça o que eu digo, os desgraçados virão. Como moscas atraídas por esterco, eles virão.

Calef pensou que comparar a presença dos britânicos em Majabigwaduce com esterco era uma escolha infeliz, mas não comentou sobre isso.

— Em força total? — perguntou.

— Eles podem ser uns malditos rebeldes, mas não são uns malditos idiotas. Claro que virão em força total. — Mowat ainda olhava para o navio ancorado; então, pôs as mãos em concha. — Sr. Farraby — gritou por cima da água —, que diabo está acontecendo?

— Estão trazendo uma talha nova, senhor! — foi o grito de resposta.

— Quantos canhões vocês trarão para a terra? — perguntou o doutor.

— Quantos McLean quiser. — As três chalupas de guerra de Mowat estavam ancoradas pela popa e pela proa, formando uma linha que atravessava a boca do porto, as bandas de artilharia de estibordo viradas para a entrada, com o objetivo de receber qualquer navio rebelde que ousasse se intrometer. Essas bandas de artilharia eram ridículas. O HMS *North*, que estava mais perto da praia de Majabigwaduce, carregava vinte canhões, dez de cada lado, enquanto o *Albany*, no centro, e o *Nautilus* carregavam nove canhões nos costados, cada um. Assim, um navio inimigo seria recebido por 28 canhões, nenhum capaz de atirar uma bala sequer com mais de nove libras, e as últimas informações que Mowat havia recebido de Boston indicavam que uma fragata rebelde estava naquele porto, armada com 32 canhões que, em sua maioria, eram muito maiores do que suas pequenas peças. E a fragata rebelde *Warren* seria apoiada pelos navios corsários de Massachusetts, que em geral eram tão fortemente providos de canhões quanto suas próprias chalupas de guerra. — Vai ser uma luta — disse azedamente —, uma luta especialmente boa.

A talha nova evidentemente fora trazida porque o cano de um canhão de nove libras estava sendo erguido do convés do *Albany* e baixado lentamente num dos barcos que esperavam. Mais de uma tonelada de metal pendia do lais da verga, acima da cabeça dos marinheiros com os cabelos em tranças, esperando no pequeno barco embaixo. Mowat estava trazendo suas peças de bombordo para a terra, de modo que as armas pudessem proteger o forte que McLean estava construindo na crista de Majabigwaduce.

— Se o senhor abandona seus canhões de bombordo — perguntou Calef num tom perplexo —, o que acontece se o inimigo passar por vocês?

— Então, senhor, seremos homens mortos — respondeu Mowat peremptoriamente. Em seguida observou o barco abaixar precariamente na água agitada ao receber todo o peso do cano do canhão. A carreta seria trazida para terra em outro escaler e, como o cano, seria puxada morro acima até o local do forte por uma das duas parelhas de bois confiscadas da fazenda Hutchings. — Homens mortos! — disse Mowat, quase animado. — Mas para nos matar, doutor, primeiro eles terão de passar por nós, e não pretendo deixar isso acontecer.

Calef sentiu alívio diante da beligerância de Mowat. O capitão escocês era famoso em Massachusetts, ou talvez infame fosse uma palavra melhor, mas para todos os legalistas, como Calef, Mowat era um herói que inspirava confiança. Tinha sido capturado por civis rebeldes, os autointitulados "Filhos da Liberdade", enquanto caminhava no litoral em Falmouth. Sua libertação fora negociada pelos principais cidadãos daquela orgulhosa cidade portuária, e a condição para a libertação de Mowat fora que ele se rendesse no dia seguinte, de modo que a legalidade de sua prisão fosse estabelecida por advogados, mas em vez disso Mowat retornou com uma flotilha que bombardeou a cidade do nascer ao pôr do sol e, quando a maioria das casas estava destruída, ele mandou que marinheiros fossem a terra para incendiar os destroços. Dois terços de Falmouth foram destruídos para dar a mensagem de que o capitão Mowat não era um homem a ser desconsiderado.

Calef franziu a testa ligeiramente quando o brigadeiro McLean e dois oficiais inferiores caminharam pela praia pedregosa em direção a Mowat. Calef ainda tinha dúvidas quanto ao brigadeiro escocês, temendo que ele fosse gentil demais em sua postura, mas o capitão Mowat evidentemente não compartilhava sua apreensão porque abriu um sorriso largo enquanto McLean se aproximava.

— Você não veio pegar no meu pé, McLean — disse com severidade fingida. — Seus preciosos canhões estão chegando!

— Jamais duvidei disso, Mowat, jamais duvidei. Nem por um momento. — McLean tocou seu chapéu cumprimentando o Dr. Calef e se virou de novo para Mowat. — E como vão seus bons rapazes esta manhã, Mowat?

— Trabalhando, McLean, trabalhando!

McLean indicou seus dois companheiros.

— Doutor, permita-me apresentar o tenente Campbell, do 74º — McLean fez uma pausa permitindo que Campbell, vestido com saiote escuro, fizesse uma pequena reverência ao doutor — e o tesoureiro Moore, do 82º. — John Moore fez uma reverência mais elegante. Calef levantou seu chapéu em resposta e McLean se virou para olhar as três chalupas com os escaleres cujos flancos se destacavam. — Todos os seus escaleres estão ocupados, Mowat?

— Estão ocupados, e deveriam estar mesmo. A preguiça encoraja o diabo.

— É verdade — concordou Calef.

— E eu que estava procurando um momento de preguiça — disse McLean, animado.

— Você precisa de um barco? — perguntou Mowat.

— Não vou tirar seus marujos do serviço — disse o brigadeiro, olhando então para além de Mowat, onde um rapaz e uma mulher estavam puxando um pesado barco a remo até a maré que subia. — Não é aquele rapaz que nos conduziu até o porto?

O Dr. Calef se virou.

— James Fletcher — disse sério.

— Ele é leal? — perguntou McLean.

— É um maldito idiota de cabeça oca — respondeu Calef, emendando de má vontade: — mas o pai dele era um homem leal.

— Então tal pai, tal filho, espero — disse McLean, e se virou para Moore. — John? Pergunte ao Sr. Fletcher se ele pode nos conceder uma hora. — Era evidente que Fletcher e sua irmã estavam planejando remar até seu barco de pesca, o *Felicity*, que se encontrava em águas mais profundas. — Diga a ele que desejo conhecer Majabigwaduce visto do rio, e que pagarei pelo tempo.

Moore foi cumprir sua tarefa e McLean ficou olhando enquanto outro cano de canhão era erguido acima do convés do *Albany*. Barcos menores transportavam outros suprimentos para terra: cartuchos e carne-seca, barris de rum e balas de canhão, mechas e soquetes, toda a parafernália de guerra que estava sendo puxada ou carregada para onde seu forte ainda era pouco mais do que um quadrado riscado na terra fina do topo da encosta. John Nutting, um americano legalista e engenheiro que tinha viajado à Inglaterra para encorajar a ocupação de Majabigwaduce, estava fazendo o projeto da fortaleza na terra recém-desmatada. O forte seria bastante simples, apenas um quadrado de muros de terra com bastiões em forma de losango nos quatro cantos. Cada um dos muros teria 250 passos de comprimento e acompanharia um fosso íngreme, mas até mesmo um forte simples assim exigia plataformas de tiro e troneiras, precisava de paióis de alvenaria que mantivessem a munição longe da umidade e de um poço suficientemente fundo para fornecer bastante água. Por enquanto barracas abrigavam os soldados, mas McLean queria que esses acampamentos vulneráveis fossem protegidos pelo forte. Queria muros altos, grossos, vigiados por homens e armados com canhões, pois sabia que o vento sudoeste traria mais do que o cheiro de sal e mariscos. Traria rebeldes, um enxame deles, e o ar federia a fumaça de pólvora, a bosta e sangue.

— A filha de Phoebe Perkins contraiu uma febre ontem à noite — disse Calef com brutalidade.

— Espero que ela sobreviva — respondeu McLean.

— A vontade de Deus será feita — disse Calef num tom sugestivo de que talvez Deus não se importasse muito. — Deram a ela o nome de Temperance.

— Temperance! Santo Deus, pobre, pobre menina. Rezarei por ela — disse McLean, e pensou: rezarei por nós também. Mas não disse isso.

Porque os rebeldes estavam vindo.

Peleg Wadsworth sentia-se constrangido enquanto levava o tenente-coronel Revere para a vastidão sombreada de um dos depósitos do arsenal, onde pardais discutiam nos altos caibros acima das caixas de mosquetes, fardos de tecido e pilhas de barris com aros de ferro. Era verdade que Wadsworth tinha um posto mais alto do que Revere, mas era quase 15 anos mais novo do que o coronel e sentia uma vaga inadequação na presença de um homem de competência tão óbvia. Revere tinha reputação de gravador, artesão em prata e metalúrgico, e isso transparecia em suas mãos fortes e marcadas pelo fogo, mãos de um homem capaz de fazer e consertar, de um homem prático. Peleg Wadsworth tinha sido professor, e dos bons, mas conhecera o escárnio dos pais dos alunos que achavam que o futuro dos filhos não estava na gramática ou nas frações, e sim no domínio de ferramentas e no trabalho com metal, madeira ou pedra. Wadsworth podia construir frases em latim e grego, era íntimo das obras de Shakespeare e Montaigne, mas diante de uma cadeira quebrada sentia-se impotente. Revere, ele sabia, era o oposto. Se alguém desse uma cadeira quebrada a Revere, o oficial iria consertá-la com competência de modo que, como ele próprio, ela ficasse forte, firme e confiável.

Seria mesmo confiável? Essa era a questão que trouxera Wadsworth a esse arsenal, e ele desejou que a tarefa jamais tivesse lhe sido dada. Sentiu-se sem palavras quando Revere parou e se virou para ele no centro do armazém, mas então um som de algo se mexendo, vindo de trás de uma pilha de mosquetes quebrados, serviu como distração bem-vinda para Wadsworth.

— Não estamos sozinhos? — perguntou.

— São ratos, general — disse Revere, achando graça. — Ratos. Eles gostam da graxa dos cartuchos.

— Eu achava que os cartuchos eram guardados no Paiol Público.

— Um número suficiente é mantido aqui para testes, general, e os ratos gostam deles. Nós os chamamos de casacas vermelhas, porque são inimigos.

— Mas certamente os gatos vão derrotá-los, não?

— Nós temos gatos, general, mas é uma batalha difícil. Os bons gatos americanos e os terriers patriotas contra os imundos ratos ingleses. Presumo que o senhor queira saber o estado do material de artilharia, não, general?

— Tenho certeza de que está tudo em ordem.

— Ah, está mesmo, pode contar com isso. No momento, general, temos duas peças de 18 libras, três de nove libras, um obus e quatro pequenos.

— Obuses pequenos?

— Canhões de quatro libras, general, e eu não os usaria para atirar em ratos. É preciso algo mais pesado para isso, como os de quatro libras franceses. E se tiver influência, general, como estou certo de que é o caso, peça ao Conselho de Guerra para liberar mais peças de 18 libras.

Wadsworth assentiu.

— Tomarei nota disso — prometeu.

— O senhor tem seus canhões, general, garanto, com todas as armas de mão, pólvora e balas. Praticamente não vi a ilha Castle nos últimos dias, por estar preparando o material.

— Sim, de fato, a ilha Castle. — Wadsworth tinha uma cabeça mais alta do que Revere, o que lhe dava uma desculpa para não encará-lo, mas tinha consciência de que o coronel olhava-o com atenção, como se o desafiasse a lhe dar más notícias. — O senhor é o comandante da ilha Castle? — perguntou, não porque precisasse de uma confirmação, mas pelo desespero de dizer alguma coisa.

— O senhor não precisaria vir aqui para saber isso — disse Revere, divertindo-se. — Mas sim, general, eu comando o Regimento de Artilharia de Massachusetts e, como a maioria de nossas armas está montada na ilha, comando lá também. E o senhor, general, vai comandar em Majajuce?

— Majajuce? — perguntou Wadsworth, percebendo depois que Revere queria dizer Majabigwaduce. — Sou o segundo no comando, abaixo do general Lovell.

— E há ratos ingleses em Majajuce — disse Revere.

— Até onde conseguimos determinar — disse Wadsworth —, eles desembarcaram pelo menos mil homens e possuem três chalupas de guerra. Não é uma força enorme, mas também não é risível.

— Risível — repetiu Revere, como se achasse a palavra divertida. — Mas para livrar Massachusetts daqueles ratos, general, os senhores vão precisar de canhões.

— Vamos mesmo.

— E os canhões precisarão de um oficial no comando — acrescentou Revere objetivamente.

— Precisarão mesmo.

Todas as principais nomeações para a expedição que estava sendo preparada às pressas para expulsar os ingleses de Majabigwaduce já tinham sido feitas. Solomon Lovell comandaria as forças de terra, o comandante Dudley Saltonstall, da fragata continental *Warren,* seria o comandante naval e Wadsworth seria o segundo em comando de Lovell. As tropas, trazidas das milícias dos condados de York, Cumberland e Lincoln, tinham seus oficiais comandantes, enquanto o general adjunto, o general intendente, o comandante médico e os majores de brigada tinham recebido suas ordens, e agora somente o comandante da artilharia precisava ser nomeado.

— Os canhões precisarão de um oficial comandante — pressionou Revere —, e eu comando o Regimento de Artilharia.

Wadsworth olhou para um gato cor de gengibre que se lavava em cima de um barril.

— Ninguém — ele disse, cuidadosamente — pode negar que o senhor é o homem mais qualificado para assumir a artilharia em Majabigwaduce.

— Sendo assim, posso esperar uma carta do Conselho de Guerra?

— Se eu ficar satisfeito — disse Wadsworth, obrigando-se a levantar o assunto que o trouxera ao arsenal.

— Satisfeito com o quê, general? — perguntou Revere, ainda olhando o rosto de Wadsworth.

Peleg Wadsworth obrigou-se a encarar os firmes olhos castanhos.

— Foi feita uma reclamação — disse — a respeito dos pedidos de ração para a ilha Castle, uma questão de excesso, coronel...

— Excesso! — interrompeu Revere, não com raiva, mas em um tom sugestivo de que achava a palavra divertida. Sorriu, e Wadsworth se pegou inesperadamente gostando do sujeito. — Diga, general, quantos soldados vocês levarão para Majabigwaduce?

— Não temos certeza, mas esperamos levar uma força de infantaria com pelo menos mil e quinhentos homens.

— E o senhor pediu rações para essa quantidade?

— Claro.

— E se apenas mil e quatrocentos aparecerem para o serviço, general, o que o senhor fará com a ração em excesso?

— Ela será contabilizada, é claro.

— Isso é uma guerra! — disse Revere energicamente. — Guerra e sangue, fogo e ferro, morte e danos, e não é possível fazer contabilidade de tudo na guerra! Farei quantas listas o senhor quiser quando a guerra estiver terminada.

Wadsworth franziu a testa. Sem dúvida era uma guerra, mas a guarnição da ilha Castle, assim como o próprio tenente-coronel Revere, ainda não havia disparado um tiro sequer contra o inimigo.

— Alega-se, coronel — disse Wadsworth com firmeza —, que sua guarnição era composta por um número fixo de homens, e no entanto os pedidos de ração citavam consistentemente trinta artilheiros inexistentes.

Revere deu um sorriso tolerante, sugerindo que já ouvira tudo isso.

— Consistentemente — disse com desprezo. — Consistentemente, hein? Palavras compridas não matam o inimigo, general.

— Peculato é outra palavra comprida — reagiu Wadsworth.

Agora a acusação era explícita. A palavra pairou no ar poeirento. Revere havia sido acusado de pedir rações extras que teria vendido com ganho pessoal, mas Wadsworth não articulou essa acusação inteira. Não era preciso. O coronel Revere olhou o rosto de Wadsworth e em seguida balançou a cabeça com tristeza. Virou-se e andou lentamente até um canhão de nove libras que estava no fundo do armazém. A peça fora capturada em Saratoga, e Revere acariciou seu cano comprido com uma mão capaz, de dedos grossos.

— Durante anos, general — disse ele baixinho —, eu persegui e promovi a causa da liberdade. — Ele estava olhando para o brasão real na culatra do canhão. — Enquanto o senhor lia livros, general, eu cavalgava até Filadélfia e Nova York para espalhar a ideia de liberdade. Arrisquei-me a ser capturado e preso por causa dela. Joguei chá no porto de Boston e cavalguei para alertar Lexington quando os ingleses começaram esta guerra. Foi quando nos conhecemos, general, em Lexington.

— Eu me lembro... — começou Wadsworth.

— E eu arrisquei o bem-estar de minha querida esposa — interrompeu Revere acalorado — e o bem-estar de meus filhos para servir a uma causa que amo, general. — Ele se virou e olhou para Wadsworth, que estava sobre uma faixa de sol lançada pela porta escancarada. — Tenho sido um patriota, general, e provei meu patriotismo...

— Ninguém está sugerindo...

— Estão sim, general! — disse Revere, subitamente passional. — Estão sugerindo que sou desonesto! Que eu roubaria da causa à qual dediquei a vida! É o major Todd, não é?

— Não tenho autorização para revelar...

— Não precisa — disse Revere com repulsa. — É o major Todd. Ele não gosta de mim, general, e lamento isso, e lamento que o major não saiba absolutamente nada sobre o que está falando! Disseram-me, general, que trinta homens da milícia do condado de Barnstable estavam sendo mandados para mim, para treinamento em artilharia, e eu requisitei rações para eles; então o major Fellows, por motivos próprios, general, por bons motivos próprios, segurou os homens, e eu expliquei tudo isso, mas o major Todd não é um homem que escuta a voz da razão, general.

— O major Todd é um homem diligente — disse Wadsworth, sério — e não estou dizendo que ele fez a reclamação, apenas que é um oficial eficiente e honrado.

— Ele é um homem de Harvard, não é? — perguntou Revere enfaticamente.

Wadsworth franziu a testa.

— Não creio que isso seja relevante, coronel.

— Não tenho dúvida de que o senhor não crê, mas mesmo assim o major Todd entendeu errado a situação, general. — Revere fez uma pausa, e por um momento pareceu que sua indignação explodiria com a violência de um trovão, mas em vez disso ele sorriu. — Não é peculato, general, e não duvido que eu tenha sido descuidado em não verificar os livros, mas erros acontecem. Eu me concentrei em tornar os canhões eficientes, general, eficientes! — Ele andou na direção de Wadsworth, mantendo a voz baixa. — Tudo que pedi, general, foi uma chance de lutar por meu país. De lutar pela causa que amo. Lutar pelo futuro de meus filhos queridos. O senhor tem filhos, general?

— Tenho.

— Assim como eu. Filhos queridos. E o senhor acha que eu arriscaria o nome da minha família, a sua reputação e a causa que eu amo em troca de trinta pães? Ou por trinta moedas de prata?

Como professor, Wadsworth aprendera a avaliar seus alunos por seu comportamento. Tinha descoberto que os garotos raramente olhavam para a figura de autoridade nos olhos quando mentiam. As meninas eram muito mais difíceis de decifrar, mas os garotos, quando mentiam, quase sempre pareciam desconfortáveis. Seu olhar se desviava, mas o de Revere era firme, o rosto era sério, e Wadsworth sentiu uma enorme onda de alívio. Pôs a mão dentro da casaca do uniforme e pegou um papel, dobrado e lacrado.

— Eu esperava que o senhor me satisfizesse, coronel, por minha alma, esperava isso. E o senhor me satisfez. — Ele sorriu e estendeu o papel para Revere.

Os olhos de Revere brilharam quando pegou o mandado. Partiu o lacre e abriu o papel, descobrindo uma carta escrita por John Avery, subsecretário do Conselho de Estado, e contra-assinada pelo general Solomon Lovell. A carta o nomeava como comandante do comboio de artilharia que iria acompanhar a expedição a Majabigwaduce, onde deveria fazer todo o possível para "aprisionar, matar ou destruir toda a força do inimigo". Revere leu o mandado pela segunda vez, depois enxugou a bochecha.

— General — disse, com voz embargada —, isto é tudo que eu desejo.

— Fico feliz, coronel — respondeu Wadsworth, calorosamente. — O senhor receberá ordens ainda hoje, mas posso dizer o principal. Seus canhões devem ser levados ao cais Long, prontos para serem embarcados, e o senhor deve tirar do paiol público toda a pólvora de que precisar.

— Shubael Hewes precisa autorizar isso — disse Revere distraidamente, ainda lendo o mandado.

— Shubael Hewes?

— O subxerife, general, mas não se preocupe, eu conheço Shubael. — Revere dobrou o mandado cuidadosamente, passou o punho nos olhos e fungou. — Vamos aprisionar, matar e destruí-los, general. Vamos fazer com que aqueles casacas vermelhas desgraçados desejem nunca ter saído da Inglaterra.

— Certamente vamos desalojá-los — disse Wadsworth, sorrindo.

— Vamos mais do que desalojar os monstros — respondeu Revere em tom vingativo. — Vamos trucidá-los! E os que não matarmos, general, vamos fazer marchar pela cidade de um lado para o outro, só para dar àquelas pessoas a chance de saber como são bem-vindas em Massachusetts.

Wadsworth estendeu a mão.

— Estou ansioso para servir com o senhor, coronel.

— Estou ansioso para compartilhar a vitória com o senhor, general — disse Revere, apertando a mão estendida.

Revere olhou Wadsworth partir e ainda segurando o mandado como se fosse o Santo Graal, voltou ao pátio onde Josiah Flint estava misturando manteiga num prato de nabos amassados.

— Vou à guerra, Josiah — disse Revere, com reverência.

— Eu já fui, e nunca passei tanta fome desde que nasci.

— Eu esperava isso.

— Não haverá nabos de Nantucket no lugar aonde você vai. Não sei por que eles são mais gostosos, mas, por minha alma, nada pode ser melhor do que um nabo de Nantucket. Será que é o ar salino?

— Vou comandar a Artilharia do Estado!

— Já viajou lá pelo leste? Não é um lugar cristão, coronel. É cheio de neblina e moscas, e é só isso: neblina e moscas, a neblina gela a gente e as moscas picam como o diabo em pessoa.

— Vou à guerra. É tudo que sempre pedi! Uma chance, Josiah! — O rosto de Revere estava radiante. Ele girou num círculo triunfante e então bateu com o punho na mesa. — Vou à guerra!

O tenente-coronel Paul Revere tinha ouvido a trombeta e ia à guerra.

O barco de James Fletcher lutava contra a maré vazante, empurrado por um conveniente vento sudoeste que impelia o *Felicity* rio acima, passando pelo alto morro de Majabigwaduce. O *Felicity* era um barco pequeno, com apenas 7 metros de comprimento e um mastro atarracado de onde pendia uma vela vermelha e desbotada, em uma carangueja alta. O sol faiscava lindamente as pequenas ondas da baía de Penobscot, mas atrás do *Felicity* uma névoa densa encobria a vista na direção do oceano distante. O brigadeiro McLean, entronizado sobre um monte de redes alcatroadas na barriga do barco, queria ver Majabigwaduce exatamente como o inimigo a veria pela primeira vez, da água. Queria se colocar em sua posição e decidir como atacaria a península se fosse um rebelde. Olhou fixamente para o litoral, observando mais uma vez como o cenário lhe lembrava a costa oeste da Escócia.

— Não concorda, Sr. Moore? — perguntou ao tenente John Moore, um dos dois oficiais inferiores que tinham recebido ordem de acompanhar o brigadeiro.

— Não é dessemelhante, senhor — respondeu Moore, ainda que distraidamente, como se apenas ensaiasse uma cortesia e não uma resposta pensada.

— Há mais árvores aqui, claro — disse o brigadeiro.

— De fato, senhor. De fato. — Moore continuava sem prestar a atenção devida ao seu oficial comandante. Em vez disso olhava a irmã de James Fletcher, Bethany, que segurava a cana do leme do *Felicity* com a mão direita.

McLean suspirou. Gostava muito de Moore, considerava que o rapaz era bastante promissor, mas também sabia que qualquer rapaz preferiria olhar para Bethany Fletcher do que conversar educadamente com um oficial superior. Ela era uma beldade rara de se encontrar naquele lugar distante. Seu cabelo era de um dourado pálido, emoldurando um rosto queimado de sol, forte devido ao nariz comprido. Os olhos azuis eram confiantes e amigáveis, mas a característica que a tornava linda, que seria capaz de iluminar a noite mais escura, era o sorriso. Era um sorriso extraordinário, largo e generoso, que havia maravilhado John Moore e seu companheiro, o tenente Campbell, que também olhava boquiaberto para Bethany como se nunca tivesse visto uma jovem. Ele repuxava o saiote escuro enquanto o vento o levantava das coxas.

— E os monstros marinhos daqui são extraordinários — continuou McLean. — Parecidos com dragões, não acha, John? Dragões cor-de-rosa com manchas verdes?

— De fato, senhor — respondeu Moore, levando um susto ao perceber, tarde demais, que o brigadeiro o estava provocando. Teve a gentileza de parecer sem graça. — Desculpe, senhor.

James Fletcher gargalhou.

— Não há dragões aqui, general.

McLean sorriu. Olhou a névoa distante.

— Vocês têm muita névoa aqui, Sr. Fletcher?

— Temos névoa na primavera, general, e névoa no verão, e depois vem a névoa do outono e então a neve, que geralmente não conseguimos ver porque fica escondida sob a névoa — disse Fletcher com um sorriso tão largo quanto o da irmã. — Névoa e mais névoa.

— No entanto gostam de morar aqui? — perguntou McLean gentilmente.

— A terra é de Deus, general — respondeu Fletcher entusiasmado —, e Ele a esconde dos pagãos envolvendo-a em névoa.

— E você, Srta. Fletcher? — perguntou McLean a Bethany. — Gosta de morar em Majabigwaduce?

— Gosto muito, senhor — respondeu ela com um sorriso.

— Não chegue muito perto de terra, Srta. Fletcher. Eu jamais me perdoaria se algum inimigo atirasse contra nossos uniformes e acertasse a senhorita. — McLean havia tentado dissuadir Bethany de acompanhar o passeio de reconhecimento, mas não exageradamente, reconhecendo que a companhia de uma jovem bonita era um raro deleite.

James Fletcher desconsiderou aquele temor.

— Ninguém vai atirar contra o *Felicity* — disse, cheio de confiança. — E, além disso, a maior parte das pessoas daqui é leal a Sua Majestade.

— Assim como o senhor, Sr. Fletcher? — perguntou o tenente John Moore.

James fez uma pausa, e o brigadeiro viu o olhar rápido dele para a irmã. Então James riu.

— Não tenho contendas com o rei. Ele me deixa em paz e eu o deixo em paz, e assim nos damos muito bem.

— Então vai fazer o juramento? — perguntou McLean, e viu a solenidade com que Beth olhou o irmão.

— Não tenho muita escolha, tenho, senhor? Não se eu quiser pescar o pouco de que preciso para viver.

O brigadeiro McLean havia emitido uma proclamação ao território nos arredores de Majabigwaduce, garantindo aos habitantes que, se fossem leais a Sua Majestade e fizessem o juramento de lealdade, não teriam o que temer de suas forças, mas, se algum homem se recusasse a prestar juramento, tempos difíceis aguardariam ele e sua família.

— O senhor tem na verdade uma escolha — disse McLean.

— Nós fomos criados para amar o rei, senhor — disse James.

— Fico feliz em saber. — McLean olhou para a floresta escura. — Fiquei sabendo que as autoridades de Boston andaram convocando homens. É verdade?

— Andaram sim — concordou James.

— Porém o senhor não foi convocado?

— Ah, eles tentaram — disse James, sem dar importância. — Mas as pessoas são desconfiadas nessa parte de Massachusetts.

— Desconfiadas?

— Não existe muita simpatia pela rebelião aqui, general.

— Mas algumas pessoas daqui estão insatisfeitas, não é?

— Algumas, mas tem gente que nunca está satisfeita.

— Muitas pessoas que estão aqui vieram fugidas de Boston — disse Bethany — e mesmo assim são legalistas.

— Quando os ingleses saíram, Srta. Fletcher? É isso que quer dizer?

— Sim, senhor. Como o Dr. Calef. Ele não queria ficar numa cidade governada pela rebelião.

— Foi o que aconteceu com vocês? — perguntou John Moore.

— Ah, não — respondeu James. — Nossa família está aqui desde que Deus fez o mundo.

— Seus pais moram em Majabigwaduce? — perguntou o brigadeiro.

— Nosso pai está no cemitério, que Deus o tenha.

— Sinto muito — disse McLean.

— E nossa mãe está praticamente morta — continuou James.

— James! — censurou Bethany.

— Está aleijada, de cama e sem falar — disse James. Seis anos antes, explicou, quando Bethany tinha 12 anos e James 14, a mãe viúva fora chifrada por um touro que ela estava levando ao pasto. E dois anos depois sofrera um derrame que a deixara gaguejando e confusa.

— A vida é dura conosco — observou McLean. Em seguida olhou para uma casa de troncos construída na margem do rio e notou o enorme monte de lenha empilhado contra uma parede. — E deve ser difícil fazer uma vida nova em um lugar ermo, se você está acostumado a uma cidade como Boston.

— Ermo, general? — perguntou James, achando divertido.

— É difícil para as pessoas de Boston que vieram para cá, senhor — disse Bethany, mais solícita.

— Elas precisam aprender a pescar, general — observou James —, ou plantar, ou cortar madeira.

— Vocês plantam muitas coisas? — perguntou McLean.

— Centeio, aveia e batata — respondeu Bethany. — E milho, senhor.

— Eles sabem caçar com armadilhas, general — interveio James. — Nosso pai vivia muito bem da caça! Castores, martas, doninhas.

— Uma vez ele pegou um arminho — disse Bethany, com orgulho.

— E sem dúvida aquele pedaço de pele está em volta do pescoço de alguma bela dama em Londres, general — observou James. — E há madeira para mastros. Não tanto em Majabigwaduce, mas existe muita madeira rio acima e qualquer um pode aprender a cortar e aparar uma árvore. E há muitas serrarias! Ora, deve haver umas trinta entre aqui e a cabeceira do rio. Dá para fazer caibros ou aduelas, tábuas ou postes, qualquer coisa que se quiser!

— Vocês comerciam madeira?

— Eu pesco, general, e um homem que não possa manter a família viva dessa maneira é pobre.

— O que o senhor pesca?

— Bacalhau, general, e melopes, hadoque, badejo, enguia, linguado, pescada, arraia, cavalinha, salmão, savelhas. Temos tanto peixe que nem dá para saber o que fazer com eles! E todos bons de comer! É o que faz nossa Beth ter pele bonita, todo esse peixe!

Bethany deu um olhar carinhoso para o irmão.

— Você é bobo, James — disse ela.

— Você não é casada, Srta. Fletcher? — perguntou o general.

— Não, senhor.

— A nossa Beth foi prometida a um bom homem, general — explicou James. — Capitão de uma escuna. Iam se casar nessa primavera.

McLean olhou gentilmente para a jovem.

— Iam?

— Ele se perdeu no mar, senhor — respondeu Bethany.

— Pescando nos bancos — explicou James. — Foi apanhado por um nordeste, general, e os nordestes já sopraram muitos homens bons deste mundo para o outro.

— Sinto muito.

— Ela vai encontrar outro — disse James descuidadamente. — Não é a garota mais feia do mundo. — Ele riu. — É?

O brigadeiro voltou o olhar para o litoral. Às vezes se dava ao pequeno luxo de imaginar que nenhum inimigo viria atacá-lo, mas sabia que isso era improvável. A pequena força de McLean era agora a única presença britânica entre a fronteira do Canadá e Rhode Island, e os rebeldes certamente desejariam destruir essa presença. Eles viriam. Apontou para o sul.

— Podemos voltar agora? — sugeriu, e Bethany obedeceu virando o *Felicity* contra o vento. Seu irmão caçou a bujarrona, a vela de estai e a mestra, de modo que o pequeno barco se inclinou para a frente enquanto fazia força contra a brisa rápida, e borrifos d'água bateram nas casacas vermelhas dos três oficiais. McLean olhou de novo para o alto penhasco a oeste de Majabigwaduce que se abria para o rio amplo. — Se vocês estivessem no comando aqui — perguntou aos dois tenentes —, como defenderiam este lugar?

O tenente Campbell, um rapaz magro com nariz e pomo de adão proeminentes, engoliu em seco, nervoso, e ficou calado, enquanto o jovem Moore simplesmente se inclinou para trás no monte de redes como se meditasse em meio a um cochilo durante a tarde.

— Vamos lá, vamos lá — instigou o brigadeiro. — Digam o que fariam.

— Isso não depende das ações do inimigo, senhor? — perguntou Moore preguiçosamente.

— Então vamos dizer que eles cheguem com uma dúzia de navios ou mais e em torno de mil e quinhentos homens.

Moore fechou os olhos, enquanto o tenente Campbell tentava parecer entusiasmado.

— Colocamos nossos canhões no penhasco, senhor — sugeriu, fazendo um gesto na direção do terreno alto que dominava o rio e a entrada do porto.

— Mas a baía é larga — observou McLean — de modo que o inimigo pode passar por nós junto à outra margem e desembarcar rio acima, para então atravessar o istmo — ele apontou para o istmo fechado, em terreno baixo, que ligava Majabigwaduce ao continente — e nos atacar pelo lado em direção a terra.

Campbell franziu a testa e mordeu o lábio enquanto ponderava a possibilidade.

— Então colocamos canhões lá também, senhor — sugeriu. — Talvez uma fortaleza menor?

McLean assentiu de modo encorajador e depois olhou para Moore.

— Dormindo, Sr. Moore?

Moore sorriu, mas não abriu os olhos.

— *Wer alles verteidigt, verteidigt nichts* — disse.

— Acredito que *der alte Fritz* pensou nisso muito antes de você, Sr. Moore — respondeu McLean, sorrindo para Bethany. — Nosso tesoureiro está se exibindo, Srta. Fletcher, ao citar Frederico, o Grande. Além disso ele está certo: quem defende tudo nada defende. Então — o brigadeiro olhou de volta para Moore —, o que você defenderia aqui em Majabigwaduce?

— Eu defenderia, senhor, aquilo que o inimigo deseja possuir.

— E isso é...?

— O porto, senhor.

— Então você permitiria que o inimigo desembarcasse as tropas no istmo? — perguntou McLean.

O reconhecimento feito pelo brigadeiro o havia convencido de que os rebeldes provavelmente desembarcariam a norte de Majabigwaduce. Eles poderiam tentar entrar no porto, lutando para passar pelas chalupas de Mowat para desembarcar tropas na praia abaixo do forte, mas se McLean estivesse no comando dos rebeldes achava que escolheria desembarcar na ampla praia, em declive, do istmo. Fazendo isso, o inimigo o isolaria do continente e poderia atacar suas fortificações a salvo do fogo dos canhões das embarcações da Marinha Real. Havia uma pequena chance de serem ousados e atacarem o penhasco para ficarem com o terreno elevado da península, mas a encosta era desafiadoramente íngreme. Suspirou por dentro. Não podia defender tudo porque, como dissera o grande Frederico, ao defender tudo estaria defendendo nada.

— Eles vão desembarcar em algum ponto, senhor — respondeu Moore à pergunta do brigadeiro — e podemos fazer pouca coisa para impedir que desembarquem, principalmente se vierem em força suficiente. Mas por que eles desembarcarão, senhor?

— Diga você.

— Para capturar o porto, senhor, porque esse é o ponto mais valioso do lugar.

— Não está muito longe do Reino dos Céus, Sr. Moore — disse McLean. — E eles de fato querem o porto e virão para tomá-lo, mas esperemos que não venham cedo demais.

— Quanto antes vierem, senhor — disse Moore —, mais cedo poderemos matá-los.

— Primeiro eu gostaria de terminar o forte. — O forte, que ele decidira chamar de Forte George, mal havia começado. O solo era fino, pedregoso, difícil de trabalhar, e o morro era tão denso de árvores que o trabalho de uma semana mal havia limpado um terreno de matança. Se o inimigo viesse cedo, McLean sabia, ele teria pouca opção além de disparar algumas vezes em desafio e depois baixar a bandeira. — O senhor é um homem de fé, Sr. Moore? — perguntou McLean.

— Sou, senhor.

— Então reze para que o inimigo se atrase — disse McLean com fervor, e olhou para James Fletcher. — Sr. Fletcher, poderia nos deixar de volta na praia?

— Farei isso, general — respondeu James, animado.

— E reze por nós, Sr. Fletcher.

— Não sei se o bom Deus me ouve, senhor.

— James! — reagiu Bethany, censurando o irmão.

James riu.

— O senhor precisa de orações para se proteger aqui, general?

McLean fez uma pausa, então deu de ombros.

— Depende, Sr. Fletcher, da força do inimigo. Mas eu gostaria de ter o dobro de homens e de navios, para me sentir seguro.

— Talvez eles não venham, senhor — disse Fletcher. — Aquele pessoal de Boston nunca prestou muita atenção ao que acontece aqui.

Fiapos de névoa moviam-se com o vento enquanto o *Felicity* passava pelas três chalupas de guerra que vigiavam a entrada do porto. James Fletcher notou que os três navios estavam ancorados pela proa e pela popa, tornando impossível que girassem com a maré ou o vento, permitindo assim que cada chalupa mantivesse o costado apontando para a entrada do porto. O navio mais perto da praia, o *North*, tinha dois jatos intermitentes de água pulsando de seu lado de bombordo, e James podia ouvir o barulho das bombas de madeira de olmo enquanto os homens faziam força nos cabos compridos. Essas bombas raramente paravam, o que indicava que o *North* era um navio em dificuldades, ainda que sem dúvida seus canhões fossem eficientes o bastante para ajudar a proteger a boca do porto. Além do mais, brigadistas da Marinha Real, de casacas vermelhas, estavam fazendo uma bateria ali, protegendo ainda mais aquela entrada. Atrás das três chalupas e formando uma segunda linha que atravessava o porto, estavam três dos navios de transporte que haviam carregado os casacas vermelhas até Majabigwaduce. Essas embarcações não estavam armadas, porém seu tamanho, simplesmente, as tornava um obstáculo formidável para qualquer navio que tentasse passar pelas chalupas, que eram menores.

McLean entregou a Fletcher um pacote de tabaco embrulhado em pano impermeável e um dos dólares de prata espanhóis que eram a moeda comum, como pagamento pelo uso do barco.

— Venha, Sr. Moore — gritou rapidamente enquanto o tesoureiro oferecia o braço a Bethany para ajudá-la a descer no terreno irregular da praia. — Temos trabalho a fazer!

James Fletcher também tinha trabalho a fazer. Ainda era o auge do verão, mas a pilha de lenha para o inverno tinha de ser preparada e, naquela tarde, ele rachou madeira do lado de fora de casa. Trabalhou até o crepúsculo avançar, batendo o machado com força para transformar toras em lenha usável.

— Você está pensativo, James. — Bethany tinha vindo de dentro de casa e estava olhando-o. Usava um avental sobre o vestido cinza.

— Isso é ruim?

— Você sempre trabalha demais quando está pensativo. — Ela sentou-se num banco diante da casa. — Mamãe está dormindo.

— Bom. — James deixou o machado cravado num toco e sentou-se ao lado da irmã no banco virado para o porto. O céu era roxo e preto, a água brilhava com pequenas ondulações de prata desbotada ao redor dos barcos ancorados; a claridade dos lampiões se refletia nas ondas pequenas. Uma corneta soou na crista onde dois acampamentos de barracas abrigavam os casacas vermelhas. Um piquete de seis homens vigiava as armas e a munição que tinham sido deixadas na praia, acima da linha da maré.

— Aquele oficial mais novo gostou de você, Beth — disse James. Bethany apenas sorriu, em silêncio. — Eles são uns sujeitos bem agradáveis.

— Gosto do general — disse Bethany.

— Ele parece decente.

— O que terá acontecido com o braço dele?

— Soldados, Beth. Os soldados se ferem.

— E são mortos.

— Sim.

Ficaram sentados em um silêncio cheio de companheirismo durante um tempo, enquanto a escuridão baixava lentamente sobre o rio, o porto e o penhasco.

— Então você vai assinar o juramento? — perguntou Bethany depois de um tempo.

— Não sei se tenho outra opção — respondeu James, soturno.

— Mas vai?

James tirou um fiapo de tabaco do meio dos dentes.

— Papai gostaria que eu assinasse.

— Não sei se papai pensava muito nisso. Nunca tivemos ninguém do governo aqui, nem real nem rebelde.

— Ele amava o rei. Odiava os franceses e amava o rei. — James suspirou. — Precisamos ganhar a vida, Beth. Se eu não fizer o juramento eles vão tirar o *Felicity* de nós, e o que vamos fazer? Não posso deixar que isso aconteça. — Um cachorro uivou em algum lugar no povoado e James esperou até que o som morresse. — Gosto bastante de McLean, mas... — Ele deixou o pensamento se desfazer na escuridão.

— Mas? — perguntou Bethany. Seu irmão deu de ombros e não respondeu. Beth deu um tapa num mosquito. — "Escolhei hoje a quem quereis servir:" — citou —, "se aos deuses, a quem serviram os vossos pais além do rio,..." — Ela deixou o versículo da Bíblia no ar, sem terminar.

— Há amargura demais — disse James.

— Você achava que isso iria passar sem nos afetar?

— Esperava. O que alguém vai querer com Bagaduce, afinal?

Bethany sorriu.

— Os holandeses estiveram aqui, os franceses fizeram um forte aqui... parece que o mundo inteiro nos quer.

— Mas é a nossa casa, Beth. Nós fizemos esse lugar, ele é nosso. — James fez uma pausa. Não tinha certeza de que conseguiria articular o que estava na mente. — Sabia que o coronel Buck foi embora?

Buck era o comandante local da Milícia de Massachusetts e tinha fugido para o norte, subindo o rio Penobscot, quando os ingleses chegaram.

— Ouvi dizer — respondeu Bethany.

— John Lymburner e seus amigos estão dizendo que Buck é um covarde, mas isso é simplesmente bobagem! É tudo amargura, Beth.

— Então você vai ignorar? Simplesmente assinar o juramento e fingir que isso não está acontecendo?

James olhou para as mãos.

— O que você acha que eu deveria fazer?

— Você sabe o que eu acho — respondeu Bethany, com firmeza.

— Só porque o seu pretendente era um desgraçado de um rebelde — disse James, sorrindo. Em seguida olhou para os reflexos trêmulos lançados pelos lampiões a bordo das três chalupas. — O que eu quero, Beth, é que todos eles nos deixem em paz.

— Eles não vão fazer isso por agora.

James concordou.

— Não, por isso vou escrever uma carta, Beth, e você pode levá-la a John Brewer, do outro lado do rio. Ele vai dar um jeito de mandá-la a Boston.

Bethany ficou em silêncio durante um tempo; depois franziu a testa.

— E o juramento? Você vai assinar?

— Vamos pensar nisso quando chegar a hora. Não sei, Beth, honestamente não sei.

James escreveu a carta em uma página em branco arrancada da parte de trás da Bíblia da família. Escreveu com simplicidade, dizendo o que tinha visto em Majabigwaduce e seu porto. Contou quantos canhões estavam sendo montados nas chalupas e onde os ingleses estavam fazendo fortificações, quantos soldados acreditava terem vindo ao povoado e quantos canhões tinham sido trazidos à praia. Usou o outro lado do papel para fazer o esboço de um mapa da península, onde desenhou a posição do forte e o local onde as três chalupas de guerra estavam ancoradas. Marcou a bateria na ilha Cross, virou a página e assinou a carta com seu nome, mordendo o lábio inferior enquanto formava as letras desajeitadas.

— Talvez você não devesse colocar seu nome na carta — disse Bethany.

James lacrou o papel dobrado com cera de vela.

— Os soldados provavelmente não vão incomodar você, Beth, de modo que você é que deve levar a carta. Mas se eles lhe incomodarem e encontrarem o papel, não quero que você seja culpada por ele. Diga que não sabia dele e deixe que eu seja castigado.

— Então agora você é rebelde?

James hesitou, e depois concordou.

— É, acho que sou.

— Bom.

O som de uma flauta veio de uma casa mais acima no morro. As luzes ainda tremeluziam na água do porto e a noite escura chegou a Majabigwaduce.

Trecho de uma carta dos Conselheiros Municipais de Newburyport, Massachusetts, à Corte Geral de Massachusetts, 12 de julho de 1779:

Na sexta-feira passada um tal de James Collins, Morador de Penobscot, indo de Boston para casa, passou por esta Cidade... depois de Examinar descobrimos que ele tem sido Inimigo dos Estados unidos da América... e que imediatamente depois da chegada da Frota Britânica em Penobscot esse tal de Collins... foi de Kennebeck a Boston... aonde chegou na terça-feira passada e, pelo que descobrimos, conseguiu todas as Informações que Pôde conseguir, Relativas aos movimentos de nossa Frota e nosso Exército... suspeitamos que ele seja Espião e, por isso, o Detivemos na Cadeia desta Cidade.

Ordem endereçada ao Conselho de Guerra de Massachusetts, 3 de julho de 1779:

É ordenado que o Conselho de Guerra seja e que portanto está autorizado a confiscar trezentos e cinquenta Barris de Farinha, 116 Barris de Carne de Porco, Cento e Sessenta e cinco Barris de Carne de Boi, 11 Terças de Arroz, Trezentos e Cinquenta alqueires de Ervilhas, 552 Galões de Melado, Duas Mil, Cento e Setenta e Cinco libras de Sabão e 778 libras de Velas sendo uma Quantidade deficiente... a bordo dos Transportes para a futura Expedição a Penobscot.

3

No domingo, 18 de julho de 1779, Peleg Wadsworth rezava na Igreja de Cristo na rua Salem, onde o reitor era o reverendo Stephen Lewis, que, até dois anos antes, tinha sido capelão do Exército britânico. Ele fora capturado com o resto do exército inglês derrotado em Saratoga, mas no cativeiro havia mudado de lado e feito um juramento de lealdade aos Estados Unidos da América, o que significava que sua congregação nesse domingo ensolarado estava lotada de pessoas da cidade, curiosas em ver como ele pregaria no momento em que seu país de adoção estava para lançar uma expedição contra seus ex-aliados. O reverendo Lewis escolheu seu texto no Livro de Daniel. Relatou a história de Sadraque, Mesaque e Abednego, os três homens que tinham sido lançados à fornalha do rei Nabucodonosor e que, pela graça salvadora de Deus, tinham sobrevivido às chamas. Durante mais de uma hora Wadsworth ficou imaginando como aquele texto das Escrituras seria relevante para os preparativos militares que dominavam Boston, ou então se alguma antiga lealdade que ainda existisse estaria tornando o reitor ambivalente, até que o reverendo Lewis passou à peroração final. Contou como todos os homens do rei haviam se reunido para assistir à execução e em vez disso viram que "o fogo não tinha poder".

— Os homens do rei — repetiu ferozmente o reitor — viram que "o fogo não tinha poder!" Existe a promessa de Deus, no vigésimo sétimo versículo do terceiro capítulo de Daniel! O fogo ateado pelos homens do rei não tinha poder! — O reverendo Lewis olhou diretamente para Wadsworth enquanto repetia as últimas três palavras, e Wadsworth pensou nos casacas vermelhas esperando em Majabigwaduce, rezando para que o fogo deles não tivesse mesmo poder. Pensou nos navios ancorados no porto de Boston, na Milícia reunida em Townsend onde os navios iriam se encontrar com as tropas e rezou de novo para que o fogo do inimigo se mostrasse impotente.

Depois do serviço religioso Wadsworth apertou uma infinidade de mãos e recebeu votos de felicidade de muitos membros da congregação, mas não saiu da igreja. Em vez disso, esperou sob a plataforma do órgão até estar sozinho, então voltou pelo corredor, abriu ao acaso a portinhola de um dos bancos reservados e se ajoelhou numa almofada recém-bordada com a bandeira dos Estados Unidos. Ao redor da bandeira estavam bordadas as palavras "Deus Olha por Nós", e Wadsworth rezou para que isso fosse verdade, e para que Deus vigiasse seus familiares, que ele citou um por um: Elizabeth, sua querida esposa, depois Alexander, Charles e Zilpha. Rezou para que a campanha contra os ingleses em Majabigwaduce fosse breve e bem-sucedida. Breve porque o próximo filho de Elizabeth chegaria em cinco ou seis semanas e ele temia por ela e queria estar a seu lado quando o bebê nascesse. Rezou pelos homens que comandaria em batalha, as palavras saindo em um murmúrio incompleto, mas cada uma delas nítida e fervorosa em seu espírito. A causa é justa, disse a Deus, e é preciso que homens morram por ela. Implorou que Deus recebesse esses homens em seu novo lar celestial e rezou pelas viúvas que seriam feitas e pelos órfãos que seriam deixados.

— E se isso vos agradar, Deus — disse em tom ligeiramente mais alto —, não deixeis que Elizabeth fique viúva, e permitais que meus filhos cresçam com um pai em casa. — Imaginou quantas orações como essa estariam sendo feitas naquela manhã de domingo.

— General Wadsworth? — disse uma voz hesitante atrás dele.

Wadsworth se virou e viu um rapaz alto e magro, com uma casaca de uniforme verde-escura atravessada por um cinturão branco. O rapaz parecia ansioso, talvez preocupado por ter atrapalhado as orações de Wadsworth. Tinha cabelo escuro amarrado num rabicho curto e grosso. Por um momento Wadsworth supôs que o homem havia sido enviado com ordens para ele. Então a lembrança de um garoto muito mais novo inundou sua mente e a lembrança permitiu que ele o reconhecesse.

— William Dennis! — disse Wadsworth com prazer sincero. Fez uma soma rápida na cabeça e percebeu que Dennis devia estar com 19 anos. — Faz oito anos que nos vimos pela última vez!

— Eu esperava que o senhor se lembrasse de mim — respondeu Dennis, satisfeito.

— Claro que me lembro! — Wadsworth estendeu a mão por cima da portinhola do banco para apertar a mão do rapaz. — E me lembro muito bem!

— Ouvi dizer que o senhor estava aqui e por isso tomei a liberdade de procurá-lo.

— Fico feliz!

— Agora o senhor é general.

— Um salto desde os tempos de professor, não é? — disse Wadsworth, em tom maroto. — E você?

— Sou tenente da Brigada da Marinha Continental, senhor.

— Parabéns!

— E vou a Penobscot, como o senhor.

— Você está no *Warren*?

— Estou, senhor, mas fui postado no *Vengeance*. — O *Vengeance* era um dos navios corsários, de vinte canhões.

— Então vamos compartilhar a vitória. — Wadsworth abriu a portinhola do banco e sinalizou em direção à rua. — Quer me acompanhar até o porto?

— Claro, senhor.

— Você participou do culto, espero.

— O reverendo Frobisher pregou na West Church, e eu queria ouvi-lo.

— Você não parece impressionado — disse Wadsworth, em tom divertido.

— Ele escolheu um texto do Sermão da Montanha. "Ele faz nascer o sol tanto sobre os maus como sobre os bons, e faz chover sobre os justos e sobre os injustos."

— Ah! — disse Wadsworth, com uma careta. — Estava dizendo que Deus não está do nosso lado? Nesse caso, parece desanimador.

— Estava nos garantindo, senhor, que as verdades reveladas de nossa fé não podem depender do resultado de uma batalha, de uma campanha ou mesmo de uma guerra. Disse que não podemos saber qual é a vontade de Deus, a não ser aquela que ilumina nossa própria consciência.

— Imagino que seja verdade — concedeu Wadsworth.

— E disse que a guerra é negócio do diabo, senhor.

— Certamente é verdade — disse Wadsworth enquanto saíam da igreja. — Mas dificilmente seria um sermão adequado para uma cidade prestes a enviar seus homens à guerra, não é? — Ele fechou a porta da igreja e viu que a garoa impelida pelo vento que soprava do porto em direção ao morro havia parado e que o céu estava se limpando das nuvens altas e rápidas. Caminhou com Dennis em direção à água, imaginando quando a frota partiria. O comodoro Saltonstall dera a ordem de içar as velas na quinta-feira anterior, mas adiara a partida porque o vento havia aumentado até virar uma tempestade suficientemente forte para partir os cabos dos navios. Contudo, a grande frota deveria zarpar logo. Iria para o leste, em direção ao inimigo, em direção ao negócio do diabo.

Olhou para Dennis. Ele havia se tornado um rapaz bonito. Sua casaca verde tinha acabamentos em branco e o calção branco tinha debruns verdes. Usava uma espada reta numa bainha de couro enfeitada com folhas de carvalho feitas de prata.

— Nunca entendi — disse Wadsworth — por que a brigada de marinha usa verde. O azul não seria mais... digamos... naval?

— Já me disseram que o único tecido disponível em Filadélfia era verde, senhor.

— Ah! Esse pensamento não me ocorreu. Como vão os seus pais?

— Muito bem, senhor, obrigado — respondeu Dennis, com entusiasmo. — Ficarão felizes em saber que eu o encontrei.

— Mande minhas lembranças a eles. — Wadsworth havia ensinado William Dennis a ler e escrever, assim como gramática em latim e inglês, mas então a família dele se mudou para Connecticut e Wadsworth perdeu o contato. Mas lembrava-se bem de Dennis. Era um garoto inteligente, atento e travesso, mas nunca maldoso. — Eu bati uma vez em você, não foi? — perguntou.

— Duas, senhor — disse Dennis, com um sorriso —, e eu mereci os dois castigos.

— Esse era um dever do qual jamais gostei.

— Mas era necessário?

— Ah, sem dúvida.

A conversa deles era constantemente interrompida por homens que queriam apertar suas mãos e desejar sucesso contra os ingleses. "Mostre o que é o inferno a eles, general", disse um homem, e todos que encontravam os dois ecoavam esse sentimento. Wadsworth sorria, apertava as mãos e finalmente conseguiu escapar dos que desejavam boa sorte entrando na *Bunch of Grapes*, uma taverna perto do cais Long.

— Acho que Deus vai nos perdoar por entrar em uma taverna no dia do descanso — disse.

— Esse lugar mais parece o quartel-general do Exército hoje em dia — disse Dennis, achando graça. A taverna estava apinhada de homens uniformizados, muitos dos quais reunidos perto de uma parede onde tinham sido pregados avisos, em uma quantidade tão grande que se sobrepunham uns aos outros. Alguns ofereciam butim para homens dispostos a servir em navios corsários, outros tinham sido postos pelo pessoal de Solomon Lovell.

— Devemos dormir a bordo dos navios esta noite! — gritou um homem, e em seguida viu Wadsworth. — Isso significa que vamos zarpar amanhã, general?

— Espero que sim — respondeu Wadsworth —, mas certifiquem-se de estarem todos a bordo ao anoitecer.

— Posso levá-la? — perguntou o homem. Ele estava com o braço em volta de uma das prostitutas da taverna, uma garota bonita e ruiva que já parecia bêbada.

Wadsworth ignorou a pergunta e guiou Dennis até uma mesa vazia nos fundos do salão, que estava animado pelas conversas, por esperança e otimismo. Um homem corpulento, com uma casaca de marinheiro manchada de sal, levantou-se e bateu com o punho em uma mesa. Levantou uma caneca quando o salão ficou silencioso.

— À vitória em Bagaduce! — gritou. — Morte aos *tories*, e um brinde ao dia em que carregaremos a cabeça de George através de Boston na ponta de uma baioneta!

— Muito é esperado de nós — disse Wadsworth quando os gritos terminaram.

— O rei George pode não nos ceder a cabeça — observou Dennis, em tom divertido —, mas tenho certeza de que não vamos desapontar as outras expectativas. — Ele esperou enquanto Wadsworth pedia um cozido de ostras e cervejas. — Sabia que as pessoas estão comprando cotas da expedição?

— Cotas?

— Os donos dos corsários estão vendendo o saque que esperam conquistar. Presumo que o senhor não tenha investido.

— Nunca fui especulador. Como isso funciona?

— Bom, senhor, o capitão Thomas, do *Vengeance*, espera capturar um saque no valor de mil e quinhentas libras, e está oferecendo cem cotas nessa expectativa, por quinze libras cada.

— Santo Deus! E se ele não capturar mil e quinhentas libras em material?

— Então os especuladores perdem, senhor.

— Imagino que sim. E as pessoas estão comprando?

— Muitas! Creio que as cotas do *Vengeance* estão subindo de valor, chegando a 22 libras cada.

— Que mundo é este em que vivemos! — disse Wadsworth, descontraído. — Diga — e empurrou a jarra de cerveja para Dennis —, o que você estava fazendo antes de entrar para a Brigada Naval?

— Estudando, senhor.

— Harvard?

— Yale.

— Então eu não bati em você tanto quanto devia ou com força suficiente.

Dennis gargalhou.

— Minha ambição está no Direito.

— Uma ambição nobre.

— Espero que sim, senhor. Quando os ingleses estiverem derrotados voltarei aos estudos.

— Vejo que você os está levando consigo — disse Wadsworth, balançando a cabeça na direção de um volume em forma de livro na aba da casaca do tenente. — Ou serão as Escrituras?

— Beccaria, senhor — respondeu Dennis, tirando o livro do bolso da aba. — Estou lendo por prazer, ou deveria dizer esclarecimento?

— As duas coisas, espero. Já ouvi falar dele, e desejo muito ler.

— O senhor permite que eu lhe empreste o livro quando terminar?

— Seria gentil da sua parte. — Wadsworth abriu o livro, *Dos Delitos e das Penas*, de Cesare Beccaria, recém-traduzido do italiano, observando as anotações meticulosas a lápis nas margens de quase todas as páginas, e imaginou como era triste que um rapaz brilhante como Dennis precisasse ir à guerra. Então pensou que, ainda que a chuva de fato caísse igualmente sobre justos e injustos, era impossível cogitar que Deus pudesse permitir que homens decentes que lutavam por uma causa nobre perdessem. Esta era uma reflexão reconfortante. — Beccaria não tem ideias estranhas? — perguntou.

— Ele acredita que a execução judicial é errada e ineficaz, senhor.

— Verdade?

— Ele argumenta de modo convincente, senhor.

— E de fato vai precisar!

85

Comeram e depois caminharam o curto trajeto até o porto, onde os mastros dos navios formavam uma floresta. Wadsworth procurou a chalupa que iria levá-lo à batalha, mas não conseguiu identificar o *Sally* em meio ao emaranhado de cascos, mastros e cordame. Uma gaivota gritou acima deles, um cachorro correu pelo cais com uma cabeça de bacalhau na boca e um mendigo perneta veio se arrastando em sua direção.

— Fui ferido em Saratoga, senhor — disse o mendigo, e Wadsworth entregou um xelim ao sujeito.

— Posso chamar um barco para o senhor? — perguntou Dennis.

— Seria gentileza.

Peleg Wadsworth olhou para a frota e se lembrou das orações matinais. Havia muita confiança em Boston, esperança e expectativas em excesso, mas a guerra, como ele sabia por experiência, era de fato o negócio do diabo.

E estava na hora de ir à guerra.

— Isso não é adequado — disse o Dr. Calef.

O brigadeiro McLean, parado diante do doutor, ignorou o protesto.

— Não é adequado! — repetiu Calef, mais alto.

— É necessário — retrucou o brigadeiro McLean, em um tom suficientemente áspero para dar um susto no doutor. As tropas haviam rezado ao ar livre naquela manhã de domingo, as vozes escocesas cantando com força ao vento forte que lançava jatos de chuva que salpicavam o porto. O reverendo Campbell, capelão do 82º, tinha pregado a partir de um texto de Isaías: "Naquele dia o Senhor ferirá, com sua espada pesada, grande e forte, Leviatã", um texto que McLean considerava relevante, mas imaginava se teria uma espada suficientemente forte, grande e pesada para castigar as tropas que, ele sabia, certamente viriam tentar desalojá-lo. Agora a chuva caía mais firme, encharcando a crista onde o forte estava sendo construído e os dois regimentos se perfilavam num quadrado vazio.

— Esses homens são novos na guerra — explicou McLean a Calef — e a maioria nunca viu uma batalha, de modo que precisam aprender as consequências da desobediência. — Ele foi em direção ao centro da praça, onde uma cruz de Santo André tinha sido erguida. Um rapaz, nu da cintura para cima, estava amarrado à cruz com as costas expostas ao vento e à chuva.

Um sargento enfiou uma tira de couro dobrada entre os dentes do rapaz.

— Morda isso, garoto, e receba seu castigo como homem.

McLean levantou a voz para que cada soldado o ouvisse.

— O soldado Macintosh tentou desertar. Ao fazer isso violou o juramento ao seu rei, ao seu país e a Deus. Por isso será castigado, assim como qualquer homem que tentar seguir seu exemplo.

— Não me importo que ele seja castigado — disse Calef quando o brigadeiro se juntou a ele de novo —, mas isso deveria ser feito justamente no dia de nosso Senhor? Não pode esperar até amanhã?

— Não, não pode. — McLean se dirigiu ao sargento. — Cumpra o seu dever.

Dois garotos tocadores de tambor dariam as chicotadas enquanto um terceiro acompanharia os golpes batendo no tambor. O soldado Macintosh fora apanhado tentando se esgueirar pelo istmo baixo e pantanoso que unia Majabigwaduce ao continente. Era a única rota possível para fora da península, a não ser que alguém roubasse um barco ou, em último caso, atravessasse o porto a nado, e McLean havia posto um piquete nas árvores perto do istmo. Eles haviam trazido Macintosh de volta e este foi condenado a duzentas chicotadas, o castigo mais severo que McLean já havia ordenado, mas ele tinha muito poucos homens e precisava impedir que outros desertassem.

A deserção era um problema. A maioria dos homens estava bastante contente, mas sempre havia aqueles que viam a promessa de uma existência melhor na vastidão da América do Norte. A vida ali era muito mais fácil do que nas terras altas da Escócia. Macintosh havia tentado e agora seria castigado.

— Um! — gritou o sargento.

— Batam com força — disse McLean aos dois garotos. — Vocês não estão aqui para fazer cócegas nele.

— Dois!

McLean deixou a mente vaguear enquanto os chicotes de couro se entrecruzavam nas costas do sujeito. Tinha visto muitos açoitamentos em seus anos de serviço e também havia ordenado execuções, porque os açoitamentos e as execuções eram o que fazia o dever ser cumprido. Viu muitos soldados horrorizados diante daquela visão, de modo que o castigo provavelmente estava funcionando. McLean não gostava das formações de castigo, assim como qualquer pessoa de mente sã, mas elas eram inevitáveis e, com sorte, Macintosh viraria um soldado decente.

E contra qual Leviatã, pensou McLean, Macintosh teria de lutar? Uma escuna capitaneada por um legalista havia entrado em Majabigwaduce uma semana antes, trazendo um informe de que os rebeldes de Boston estavam juntando uma frota e um exército.

— Disseram-nos que havia quarenta navios ou mais vindo para cá, senhor — disse o capitão da escuna —, e estão juntando mais de três mil homens.

Talvez fosse verdade, talvez não. O capitão da escuna não tinha visitado Boston; só ouvira um boato em Nantucket, e os boatos, como McLean sabia, podiam inflar uma companhia transformando-a em um batalhão, e um batalhão em um exército. Mesmo assim, levava a informação suficientemente a sério para mandar a escuna de volta ao sul com um despacho para Sir Henry Clinton, em Nova York. O despacho dizia meramente que McLean esperava ser atacado logo e não poderia se sustentar sem reforços. Por que, pensou, havia recebido tão poucos homens e navios? Se a coroa desejava esse pedaço de terra, por que não enviara uma força adequada?

— Trinta e oito! — gritou o sargento.

Sangue escorria pelas costas de Macintosh, diluído pela chuva mas em quantidade suficiente para gotejar e manchar o cós de seu saiote.

— Trinta e nove! — berrou o sargento. — E batam com força!

McLean se ressentia do tempo que essa formação de castigo roubava de seus preparativos. Sabia que não dispunham de muito tempo, e o forte estava longe de ser terminado. A trincheira que acompanhava os quatro muros ainda nem tinha 60 centímetros de profundidade, e os muros propriamente ditos não eram muito mais altos do que isso. Era um protótipo de forte, uma parede de terra pateticamente pequena, e ele precisava de homens e de tempo. Tinha oferecido pagamento a qualquer civil disposto a trabalhar e, quando um número insuficiente de homens se apresentou, mandou patrulhas para convocar serviço à força.

— Sessenta e um! — gritou o sargento. Agora Macintosh estava gemendo, o som abafado pela mordaça de couro. Ele mudou o peso do corpo e o sangue escorreu sobre um dos sapatos, derramando-se pela borda do pé.

— Ele não vai aguentar muito mais — resmungou Calef. Ele estava substituindo o médico do batalhão, que estava doente, com febre.

— Continue! — disse McLean.

— O senhor quer matá-lo?

— Quero que o batalhão tenha mais medo do chicote do que do inimigo — respondeu McLean.

— Sessenta e dois! — gritou o sargento.

— Diga — McLean se virou de repente para o doutor —, por que está sendo espalhado o boato de que eu planejo enforcar qualquer civil que apoie a rebelião?

Calef pareceu desconfortável. Encolheu-se quando o homem açoitado gemeu de novo e então olhou em desafio para o general.

— Para convencer as pessoas insatisfeitas a sair da região, claro. O senhor não quer rebeldes espreitando pelo mato aqui perto.

— Nem quero ganhar uma reputação de carrasco! Nós não viemos aqui para perseguir as pessoas, mas para convencê-las a retornar à aliança adequada. Eu agradeceria, doutor, se um boato contrário fosse propagado. Que não tenho intenções de enforcar homem algum, seja rebelde ou não.

— Pelo sangue de Deus, homem, estou vendo osso! — protestou o doutor, ignorando a determinação de McLean. Os gemidos tinham aumentado de volume. McLean viu que os garotos dos tambores estavam usando menos força agora, não porque os braços estivessem enfraquecendo, mas por pena, e nem ele nem o sargento os corrigiram.

McLean parou o castigo na centéssima chibatada.

— Desamarre-o, sargento — ordenou —, e leve-o à casa do doutor. — Em seguida deu as costas para a massa sangrenta presa à cruz. — Qualquer um de vocês que seguir o exemplo de Macintosh vai segui-lo aqui também! Agora dispense os homens para as tarefas.

Os civis que tinham se oferecido como voluntários ou sido convocados para o trabalho subiram o morro. Um homem, alto e magro, com cabelo escuro e revolto e olhos irados, passou entre os ajudantes de McLean para confrontá-lo.

— O senhor será castigado por isso! — rosnou ele.

— Pelo quê? — perguntou McLean.

— Por trabalhar no dia santo! — O homem empertigou-se mais alto do que McLean. — Em toda a minha vida nunca trabalhei no domingo, nunca! O senhor fez de mim um pecador!

McLean se conteve. Uma dúzia de homens, aproximadamente, havia parado e observava o homem magro, e McLean suspeitou que eles se juntariam ao protesto e se recusariam a profanar um domingo trabalhando, caso ele cedesse.

— E por que o senhor não trabalha no domingo? — perguntou McLean.

— É o dia do Senhor, e ele ordena que o domingo seja santo. — O homem apontou um dedo para o brigadeiro, parando pouco antes de acertar seu peito. — É o mandamento de Deus.

— E Cristo ordenou que vocês entregassem a César o que é de César — retrucou McLean. — E hoje César exige que façam um muro de terra. Mas vou fazer uma concessão ao senhor, vou fazer uma concessão não lhe pagando. O trabalho é uma labuta paga, mas hoje os senhores vão me oferecer gratuitamente sua ajuda, o que é um ato cristão.

— Eu não vou... — começou o homem.

— Tenente Moore! — McLean levantou sua bengala de ameixeira-brava para chamar o tenente, mas o gesto pareceu ameaçador e o homem magro deu um passo para trás. — Chame de volta os tambores! — gritou McLean. — Preciso que outro homem seja chicoteado! — Ele voltou o olhar para o homem. — Ou o senhor me ajuda — disse baixinho —, ou vou açoitá-lo.

O homem olhou para a cruz de Santo André vazia.

— Vou rezar por sua destruição — prometeu, mas o fogo havia sumido de sua voz. Deu um último olhar desafiador para McLean e então se virou.

Os civis trabalharam. Levantaram o muro do forte mais 30 centímetros colocando troncos ao longo do barranco baixo. Alguns cortaram mais árvores, abrindo campos de tiro para o forte, enquanto outros usavam picaretas e pás para criar um poço no bastião nordeste da construção. McLean ordenou que um longo tronco de pinheiro fosse aparado e descascado, em seguida um marujo do *Albany* prendeu uma pequena polia na ponta mais fina do tronco e um cabo comprido foi passado pelo bloco do instrumento. Um buraco fundo foi aberto no bastião sudoeste e o tronco de pinheiro foi erguido como um mastro de bandeira. Soldados encheram o buraco com pedras e, quando o mastro foi considerado estável, McLean ordenou que a bandeira inglesa fosse içada no céu úmido.

— Vamos chamar este local de... — ele parou quando o vento acertou a bandeira e estendeu-a à luz amortalhada pelas nuvens. — Forte George — disse hesitante, como se testasse o nome. Gostou. — Forte George — anunciou com firmeza e tirou o chapéu. — Deus salve o rei!

Os *highlanders*, do 74º, começaram uma fortificação de terra menor, uma plataforma de canhões, perto da margem e virada para a boca do porto. O solo era menos duro perto da praia e eles rapidamente levantaram um monte de terra que reforçaram com pedras e troncos. Outros troncos foram rachados para fazer plataformas para os canhões viradas na direção da entrada do porto. Uma bateria semelhante estava sendo construída na ilha Cross, de modo que um navio inimigo que ousasse chegar à entrada do porto enfrentaria as três bandas de artilharia do capitão Mowat e o fogo dos bastiões dos dois lados da entrada.

A chuva cessou e a névoa pairou sobre a amplidão do rio. A nova bandeira balançava colorida acima de Majabigwaduce, mas durante quanto tempo ficaria assim, pensou McLean, durante quanto tempo?

A aurora de segunda-feira chegou com tempo bom em Boston. O vento vinha do sudoeste e o céu estava claro.

— O barômetro sobe — anunciou o comodoro Saltonstall ao general Solomon Lovell a bordo da fragata continental *Warren*. — Navegaremos, general.

— E que Deus nos conceda uma boa viagem e um retorno triunfante — respondeu Lovell.

— Amém — disse Saltonstall com relutância. Então gritou ordens para que fossem feitos sinais ordenando à frota que levantasse âncoras e seguisse a nau capitânia para fora do porto.

Solomon Lovell, com quase cinquenta anos, era mais alto do que o comodoro. Lovell era fazendeiro, legislador e patriota, e dizia-se em Massachusetts que Solomon Lovell tinha recebido o nome adequado, porque desfrutava da reputação de homem sábio, judicioso e sensato. Seus vizinhos em Weymouth o haviam elegido para a Assembleia em Boston, onde era benquisto porque, num legislativo dividido em facções, Lovell era um pacificador. Possuía um otimismo inabalável de que a justiça e a disposição de ver o ponto de vista do outro garantiriam a prosperidade mútua, enquanto sua altura e seu corpo forte — obtido com anos de trabalho duro em sua fazenda — contribuíam para a impressão de absoluta confiabilidade. Seu rosto era comprido e de queixo firme, e seus olhos se franziam divertidamente com facilidade. O cabelo escuro e denso era grisalho nas têmporas, dando-lhe uma aparência muito distinta. Assim não era surpreendente que seus colegas legisladores tivessem achado justo dar a Solomon Lovell o alto posto na Milícia de Massachusetts. Lovell, segundo eles, era confiável. Uns poucos descontentes resmungavam que sua experiência militar era praticamente nula, mas seus defensores, que eram muitos, acreditavam que ele era o homem certo para a tarefa. Solomon Lovell fazia com que as coisas acontecessem. E sua falta de experiência era compensada por seu segundo em comando, Peleg Wadsworth, que havia lutado sob o comando do general Washington, e pelo comodoro Saltonstall, o comandante naval, que era um oficial mais experiente ainda. Lovell nunca iria carecer de conselhos experientes para ajudar em seu julgamento sólido.

O grande cabo da âncora foi subindo lentamente a bordo. Os marinheiros junto ao cabrestante cantavam enquanto giravam e giravam.

— Aqui está uma corda! — gritou um contramestre.

— Para enforcar o papa! — responderam os homens.

— E uma fatia de queijo!

— Para ele engasgar!

Lovell sorriu em aprovação, e em seguida caminhou até a amurada da popa onde olhou para a frota, maravilhando-se com o fato de Massachusetts ter reunido tantos navios em tão pouco tempo. Mais perto do *Warren* estava um brigue, o *Diligent*, que fora capturado da Marinha Real inglesa, e depois dele uma chalupa, a *Providence*, que o havia capturado, ambas as embarcações com 12 canhões e pertencentes à Marinha Continental. Ancorados atrás delas, com a bandeira do pinheiro da Marinha de Massachusetts, havia dois brigues, o *Tyrannicide* e o *Hazard*, e um bergantim, o *Active*. Todos estavam armados com 14 canhões e totalmente tripulados, como o *Warren*, porque a Corte Geral e o Conselho de Guerra haviam dado permissão para que grupos de alistamento tirassem marinheiros à força das tavernas de Boston e de navios mercantes no porto.

O *Warren*, com seus canhões de 12 e 18 libras, era o navio mais poderoso da frota, mas outros sete se igualavam ou possuíam mais peças de artilharia do que qualquer uma das três chalupas inglesas que supostamente estariam esperando em Majabigwaduce. Todos esses sete navios eram corsários. O *Hector* e o *Hunter* levavam 18 canhões, cada, enquanto o *Charming Sally*, o *General Putnam*, o *Black Prince*, o *Monmouth* e o *Vengeance* levavam vinte canhões. Também havia corsários menores, como o *Sky Rocket*, com seus 16 canhões. No total, 18 navios de guerra navegariam para Majabigwaduce, e essas embarcações tinham em soma mais de trezentos canhões, enquanto os 21 navios de transporte carregariam os homens, os suprimentos, as armas e as esperanças fervorosas de Massachusetts. Lovell sentia orgulho de seu estado, que havia compensado as deficiências de suprimentos, e agora seus navios carregavam comida suficiente para alimentar mil e seiscentos homens durante dois meses. Ora, somente de farinha havia seis toneladas! Seis toneladas!

Pensando nos esforços extraordinários feitos para prover a expedição, Lovell percebeu lentamente que os homens estavam gritando dos outros navios para o *Warren*. A âncora ainda não estava levantada, mas o contramestre ordenou que os marinheiros interrompessem o canto e o trabalho. Aparentemente a frota não partiria, no fim das contas. O comodoro Saltonstall, que estivera de pé junto ao timão da fragata, virou-se e andou de volta até Lovell.

— Parece — disse azedamente o comodoro — que o comandante da sua artilharia não está a bordo do navio dele.

— Ele deve estar — disse Lovell.

— Deve?

— As ordens foram claras. Os oficiais deveriam estar a bordo ontem à noite.

— O *Samuel* informa que o coronel Revere não está a bordo. Então o que faremos, general?

Lovell ficou espantado com a pergunta. Imaginara que estava recebendo uma informação, e não que lhe pediam para tomar uma decisão. Olhou por cima da água que refletia o brilho do sol, como se o distante *Samuel*, um brigue que carregava os canhões da expedição, pudesse sugerir uma resposta.

— E então — pressionou Saltonstall —, partimos sem ele e seus oficiais?

— Seus oficiais? — perguntou Lovell.

— Parece — Saltonstall parecia estar adorando transmitir a má notícia — que o coronel Revere permitiu que seus oficiais passassem a noite em terra.

— Em terra? — perguntou Lovell, atônito, olhando novamente para o brigue distante. — Precisamos do coronel Revere.

— Precisamos? — perguntou Saltonstall, sarcástico.

— Ah, ele é um bom oficial! — respondeu Lovell com entusiasmo. — Foi um dos homens que cavalgou para avisar Concord e Lexington. O Dr. Warren, que Deus o tenha, os mandou, e este navio recebeu seu nome, não é?

— É mesmo? — perguntou Saltonstall, descuidadamente.

— Um grande patriota, o Dr. Warren — disse Lovell, cheio de sentimento.

— E como isso afeta a ausência do coronel Revere? — perguntou rudemente Saltonstall.

— Isso... — começou Lovell, mas percebeu que não tinha ideia do que responder, de modo que se empertigou e ajeitou os ombros. — Vamos esperar — anunciou com firmeza.

— Vamos esperar! — gritou Saltonstall para seus oficiais. Ele começou a andar de novo pelo tombadilho, de estibordo para bombordo e de bombordo para estibordo, lançando ocasionalmente um olhar maldoso para Lovell, como se o general fosse pessoalmente responsável pelo oficial ausente. Lovell achou a hostilidade do comodoro desconfortável, e por isso virou-se para olhar a frota mais uma vez. Muitos navios haviam soltado as velas de gávea e agora sua tripulação corria pelas vergas para enrolar o pano.

— General Lovell? — uma nova voz perturbou-o e Lovell se virou, vendo um alto oficial da Brigada Naval cuja presença súbita o fez recuar involuntariamente. Havia uma intensidade no rosto do brigadista e uma ferocidade que tornava o rosto formidável. Simplesmente ver aquele homem era o bastante para se impressionar. Era ainda mais alto do que Lovell, que não era baixo, e tinha ombros largos que forçavam o tecido verde do paletó do uniforme. Estava segurando o chapéu respeitosamente, revelando um cabelo preto cortado curto sobre quase todo o crânio, mas que ele permitia continuar comprido na parte de trás, para usar um pequeno rabicho endurecido com alcatrão. — Meu nome é Welch, senhor — disse o brigadista numa voz suficientemente profunda para combinar com o rosto duro. — Capitão John Welch, da Brigada da Marinha Continental.

— É um prazer conhecê-lo, capitão Welch — disse Lovell, e era verdade. Se um homem precisasse navegar em direção à batalha, ele rezaria para ter alguém como Welch ao lado. O punho do sabre do brigadista estava gasto pelo uso e, como o dono, parecia feito para o uso eficiente da violência.

— Falei com o comodoro, senhor — disse Welch, muito formalmente —, e ele deu o consentimento para que meus homens fiquem à sua disposição quando não forem necessários nos serviços navais.

— Isso é muito encorajador.

— Duzentos e vinte e sete brigadistas, senhor, em condições de serviço. Bons homens, senhor.

— Não tenho dúvida.

— Bem-treinados — continuou Welch, olhando fixamente, sem piscar, para os olhos de Lovell — e bem disciplinados.

— Um acréscimo bastante valioso para nossas forças — observou Lovell, sem saber o que mais poderia dizer.

— Quero lutar, senhor — disse Welch, como se suspeitasse de que Lovell poderia não usar seus brigadistas.

— Tenho certeza de que a oportunidade virá — respondeu Lovell, sem jeito.

— Espero que sim, senhor. — Então, por fim, Welch afastou o olhar do general e apontou a cabeça na direção de um belo navio, o *General Putnam*, um dos quatro corsários que tinham sido confiscados pela Marinha de Massachusetts porque os donos hesitaram em oferecer suas embarcações. O *General Putnam* levava vinte canhões, todos de nove libras, e era considerado um dos melhores navios no litoral da Nova Inglaterra.

— Pusemos vinte brigadistas no *Putnam*, senhor — disse Welch —, e são comandados pelo capitão Carnes. O senhor o conhece?

— Conheço John Carnes. É o capitão do *Hector*.

— Esse é o irmão dele, senhor, e é um ótimo oficial. Serviu com o general Washington como capitão de artilharia.

— Um ótimo posto, mas ele o trocou pela Brigada Naval?

— O capitão Carnes prefere ver os homens de perto quando os mata, senhor — disse Welch em tom tranquilo —, mas conhece artilharia. É um artilheiro muito competente.

Lovell entendeu imediatamente que Saltonstall havia despachado Welch com a notícia, sugerindo implicitamente que o coronel Revere poderia ser deixado para trás e substituído pelo capitão Carnes, e Lovell se irritou com a sugestão.

— Nós precisamos do coronel Revere e de seus oficiais — disse.

— Jamais sugeri outra coisa, senhor — respondeu Welch. — Meramente observei que o capitão Carnes tem um conhecimento que pode ser útil ao senhor.

Lovell sentiu-se extremamente desconfortável. Percebia que Welch tinha pouca fé na milícia e estava tentando enrijecer as forças de Lovell com o profissionalismo de seus brigadistas, mas estava decidido a fazer com que Massachusetts ficasse com o crédito pela expulsão dos ingleses.

— Tenho certeza de que o coronel Revere conhece seu ofício — disse com voz firme. Welch não respondeu a isso; apenas olhou outra vez para Lovell, que mais uma vez ficou desconcertado com a intensidade do olhar. — Claro, qualquer conselho do capitão Carnes tem... — disse Lovell, e deixou o resto no ar.

— Eu só queria que o senhor soubesse que temos um artilheiro entre os brigadistas, senhor.

Em seguida Welch deu um passo atrás e prestou continência.

— Obrigado, capitão — disse Lovell, e se sentiu aliviado quando o enorme brigadista se afastou.

Os minutos passaram. Os relógios das igrejas em Boston marcaram a hora cheia, os quartos de hora e a hora completa de novo. O major William Todd, um dos dois majores de brigada da expedição, trouxe uma caneca de chá para o general.

— Feito agora mesmo na cozinha, senhor.

— Obrigado.

— São as folhas capturadas pelo brigue *Matador de Reis*, senhor — disse Todd, tomando o próprio chá.

— É gentileza do inimigo nos fornecer chá — observou Lovell com leveza.

— De fato, senhor — concordou Todd e, depois de uma pausa: — Então o Sr. Revere está nos atrasando?

Lovell sabia da antipatia entre Todd e Revere, e fez o máximo que podia para diminuir qualquer irritação que houvesse na mente do major. Todd era um bom homem, meticuloso e trabalhador, mas um pouco rígido demais.

— Tenho certeza de que o tenente-coronel Revere tem boas razões para estar ausente — respondeu com firmeza.

— Ele sempre tem. Durante todo o tempo em que comandou a ilha Castle duvido que tenha passado uma única noite lá. O Sr. Revere gosta do conforto da cama da esposa.

— E qual de nós não gosta?

Todd espanou um fiapo da casaca azul do uniforme.

— Ele disse ao general Wadsworth que forneceu rações para os homens do major Fellows.

— Tenho certeza de que teve motivo para isso.

— Fellows morreu de febre em agosto passado. — Em seguida Todd deu um passo atrás devido à aproximação do comodoro.

Saltonstall olhou Lovell com irritação de novo, por baixo do bico do chapéu.

— Se o seu maldito sujeito não vem — disse — talvez devêssemos ter permissão de prosseguir com essa maldita guerra sem ele, não é?

— Tenho certeza de que o coronel Revere estará aqui em breve — disse Lovell com afabilidade —, ou então receberemos notícias dele. Um mensageiro foi mandado a terra, comodoro.

Saltonstall resmungou e se afastou. O major Todd franziu a testa na direção do comodoro que se retirava.

— Ele puxou à família da mãe, acho. Os Saltonstall geralmente são pessoas muito agradáveis.

Lovell foi salvo da necessidade de responder graças a uma saudação vinda do brigue *Diligent*. Aparentemente, o coronel Revere tinha sido avistado. Ele e três outros oficiais estavam sendo trazidos na elegante barca a remos, pintada de branco, que servia à ilha Castle, e os panos de popa da barca, cujos remos eram manobrados por uma dúzia de homens de camisa azul, carregavam uma quantidade enorme de bagagens. O coronel Revere estava sentado logo à frente da bagagem e, à medida que a barca se aproximava do *Warren* a caminho do brigue *Samuel*, acenou para Lovell.

— Que Deus nos dê asas, general! — gritou.

— Onde o senhor esteve? — perguntou Lovell, enfaticamente.

— Uma última noite com a família, general! — gritou Revere animado, saindo em seguida do alcance da audição.

— Uma última noite com a família? — perguntou Todd, espantado.

— Ele deve ter entendido mal minhas ordens — disse Lovell, desconfortável.

— Acho que o senhor vai descobrir que o coronel Revere entende mal todas as ordens que não são do seu agrado.

— Ele é um patriota, major — reprovou Lovell. — Um excelente patriota!

Demorou ainda mais tempo para que a bagagem do excelente patriota fosse içada a bordo do brigue, e depois a barca teve de ser preparada para a viagem. Parecia que o coronel Revere desejava que a barca da ilha Castle fizesse parte de seu equipamento, já que seus remos foram amarrados aos bancos e em seguida ela foi presa por um cabo de reboque ao *Samuel*. Então, finalmente, no momento em que o sol chegava ao ponto mais alto, a frota estava pronta. Os cabrestantes giraram de novo, as grandes âncoras se soltaram e, com as velas luminosas sob o sol de verão, a força de Massachusetts zarpou do porto de Boston.

Para aprisionar, matar e destruir.

O tenente John Moore estava montado numa banqueta de acampamento, as pernas dos dois lados de um barril de pólvora vazio que servia de mesa. Uma tenda o abrigava de um forte vento oeste que trazia borrifos de chuva que batiam com força na lona amarelada. O trabalho de Moore como tesoureiro do 84º Regimento o entediava, ainda que o serviço detalhado fosse feito pelo cabo Brown, que servira num escritório de contabilidade de Leith antes de se embebedar uma certa manhã e se apresentar como voluntário ao Exército. Moore virava as páginas do livro-caixa encadernado em preto, com os registros dos soldos do regimento.

— Por que o soldado Neill está sendo descontado em quatro pence por semana? — perguntou Moore ao cabo.

— Perdeu a graxa para as botas, senhor.

— Graxa de bota não custa tanto assim, não é?

— É um material caro, senhor — disse o cabo Brown.

— Sem dúvida. Eu deveria comprar um pouco e revender para o regimento.

— O major Fraser não iria gostar, senhor. O irmão dele já faz isso.

Moore suspirou e virou outra página rígida do grosso livro de pagamentos. Deveria verificar os números, mas sabia que o cabo Brown tinha feito um serviço meticuloso; então, em vez disso, olhou pelas abas abertas da barraca em direção ao muro a oeste do Forte George, onde alguns artilheiros estavam fazendo uma plataforma para canhões. O muro de terra ainda chegava somente à altura da cintura, mesmo que agora o fosso do outro lado tivesse uma fileira de espetos de pau que eram mais formidáveis de se olhar do que de passar por cima. Para além do muro havia um longo trecho de terreno desmatado cheio de cotocos de pinheiros cortados. Essa terra subia suavemente até o penhasco da península, onde as árvores ainda eram densas e fiapos de névoa pairavam entre os troncos escuros. O cabo Brown acompanhou o olhar de Moore.

— Posso perguntar uma coisa, senhor?

— O que estiver na sua cabeça, Brown.

O cabo apontou para o penhasco coberto de árvores que ficava a pouco mais de 800 metros do forte.

— Por que o brigadeiro não fez o forte lá, senhor?

— Você faria, cabo, se estivesse no comando aqui?

— É o terreno mais alto, senhor. Não é onde se faz um forte?

Moore franziu a testa, não porque desaprovasse a pergunta que, em sua opinião, era bastante sensata, mas porque não sabia como responder. Para Moore era óbvio o motivo de McLean ter escolhido a posição mais baixa. A intenção era entrecruzar os canhões dos navios com os do forte, aproveitar do melhor modo possível um serviço difícil, mas, mesmo tendo a resposta, não sabia exatamente como exprimi-la.

— Daqui — disse ele — nossos canhões dominam tanto a entrada do porto quanto o porto propriamente dito. Imagine que estivéssemos naquele terreno mais elevado. O inimigo poderia navegar além de nossas posições, tomar o porto e o povoado e depois nos fazer passar fome enquanto quisesses.

— Mas se os desgraçados tomarem aquele terreno elevado, senhor... — disse Brown em dúvida, deixando o pensamento no ar.

— Se os desgraçados tomarem aquele terreno elevado, cabo, vão colocar canhões lá e disparar contra o forte. — Esse era o risco que McLean havia escolhido correr. Ele dera ao inimigo a chance de tomar o terreno elevado, mas só para conseguir fazer da melhor maneira o seu serviço, que era defender o porto. — Não temos homens suficientes para defender o penhasco, mas não creio que eles coloquem homens lá. É íngreme demais.

No entanto os rebeldes desembarcariam em algum local. Inclinando-se para a frente em seu banco improvisado, Moore podia ver as três chalupas de guerra ancoradas em fila atravessando a boca do porto. O general McLean tinha sugerido que o inimigo poderia tentar atacar essa linha, rompê-la e depois desembarcar homens na praia abaixo do forte, e Moore tentou imaginar essa luta. Tentou transformar os fiapos de névoa em fumaça de pólvora, mas sua imaginação fracassou. Aos 18 anos John Moore nunca havia vivenciando uma batalha, e a cada dia se perguntava como reagiria ao cheiro da pólvora, aos gritos dos feridos e ao caos.

— Dama se aproximando, senhor — alertou o cabo Brown.

— Dama? — perguntou Moore, espantado do devaneio, e então viu que Bethany Fletcher caminhava em direção à tenda. Levantou-se e passou abaixado pela entrada para cumprimentá-la, mas a visão do rosto da jovem prendeu sua língua. Por isso simplesmente ficou parado, sem jeito, chapéu na mão, sorrindo.

— Tenente Moore — disse Bethany, parando a um passo de distância.

— Srta. Fletcher — conseguiu dizer —, como sempre é um prazer. — E fez uma reverência.

— Disseram-me para lhe dar isso, senhor. — Bethany estendeu um pedaço de papel.

Era um recibo para o milho e o peixe que James Fletcher tinha vendido ao contramestre.

— Quatro xelins! — disse Moore.

— O contramestre disse que o senhor me pagaria.

— Se o Sr. Reidhead ordena, obedecerei. E o prazer será meu pagar à senhorita. — Moore olhou de novo para o recibo. — Deve ter sido uma quantidade excepcional de milho e peixe! Quatro xelins!

Bethany se irritou.

— Foi o Sr. Reidhead que decidiu a quantia, senhor.

— Ah, não estou sugerindo que a quantia seja excessiva — disse Moore, enrubescendo. Se perdia a compostura diante de uma garota, pensou, como conseguiria enfrentar o inimigo? — Cabo Brown!

— Senhor?

— Quatro xelins para a dama!

— Imediatamente, senhor — disse Brown, saindo da barraca. Contudo, em vez de estender algumas moedas a Bethany, trouxe um martelo e um cinzel que levou até um bloco de madeira ali perto. Trazia também um dólar de prata, que pôs na madeira, e em seguida colocou cuidadosamente a lâmina do cinzel para fazer um único corte radial na moeda. O martelo bateu com força e a moeda saltou, cortada pelo cinzel. — É uma tolice cortar uma moeda em cinco pedaços, senhor — resmungou Brown, recolocando o dólar no lugar. — Por que não podemos fazer quatro pedaços valendo um xelim e três *pence* cada?

— Porque é mais fácil cortar uma moeda em quatro partes do que em cinco? — perguntou Moore.

— Claro que é, senhor. Para cortar em quatro só é necessário uma lâmina de cinzel larga e dois cortes — resmungou Brown, fazendo outro corte no dólar, separando uma cunha de prata que empurrou por cima do bloco de corte, na direção de Bethany. — Pronto, senhorita, um xelim.

Bethany pegou a fatia de bordas afiadas.

— É assim que os senhores pagam aos soldados? — perguntou a Moore.

— Ah, nós não somos pagos, senhorita — respondeu o cabo Brown —, a não ser em notas promissórias.

— Dê o resto da moeda à Srta. Fletcher — sugeriu Moore —, e ela terá seus quatro xelins e você não precisará cortar mais. — Havia uma escassez de moedas, de modo que o brigadeiro decretara que cada dólar de prata valia cinco xelins. — Parem de ficar olhando! — gritou Moore rispidamente aos artilheiros que tinham interrompido o serviço para admirar Beth Fletcher. Moore pegou a moeda partida e estendeu-a para Bethany. — Pronto, Srta. Fletcher, seu pagamento.

— Obrigada, senhor. — Bethany pôs a outra fatia de dólar de volta no bloco. — E quantas notas promissórias o senhor precisa assinar a cada semana? — perguntou.

— Quantas? — Moore ficou momentaneamente perplexo com a pergunta. — Ah, nós não emitimos notas desse modo, Srtª. Fletcher, só registramos no livro-caixa os pagamentos devidos. O dinheiro em espécie é guardado para coisas mais importantes, como pagar à senhorita pelo milho e pelo peixe.

— E vocês devem precisar de muito milho e peixe para dois regimentos inteiros. Quantos são? Dois mil homens?

— Se ao menos fôssemos tão numerosos — disse Moore com um sorriso. — Na verdade, Srta. Fletcher, o 74º tem apenas quatrocentos e quarenta homens, e nós, os Hamiltons, apenas metade disso. E agora sabemos que os rebeldes estão preparando uma frota e um exército para nos atacar!

— E o senhor acha que essa informação é verdadeira?

— A frota pode já estar a caminho.

Bethany olhou para além das três chalupas, até onde os fiapos de névoa pairavam sobre o amplo rio Penobscot.

— Rezo, senhor — disse ela —, para que não haja luta.

— E eu rezo pelo contrário.

— Verdade? — Bethany pareceu surpresa. Virou-se para olhar o jovem tenente como se nunca realmente o tivesse visto antes. — O senhor quer que haja uma batalha?

— Ser soldado é a profissão que escolhi, Srta. Fletcher — disse Moore, e sentiu-se muito desonesto ao dizer isso —, e a batalha é o fogo que cria a fibra dos soldados.

— O mundo seria melhor sem esse fogo.

— Verdade, sem dúvida, mas não fomos nós que batemos com a pederneira no ferro, Srta. Fletcher. Os rebeldes fizeram isso, atearam o fogo, e nossa tarefa é extinguir a chama. — Bethany não disse nada, e Moore acreditou ter parecido pomposo. — A senhorita e seu irmão deveriam vir à casa do Dr. Calef à noite.

— Deveríamos, senhor? — perguntou Bethany, olhando de novo para Moore.

— Há música no jardim quando o tempo permite, e dança.

— Eu não danço, senhor — disse Bethany. Seu irmão não aprovava isso, e Bethany ficou ruborizada.

— Ah, são os oficiais que dançam — disse Moore rapidamente. — A dança da espada. — Ele conteve a ânsia de demonstrar com uma cabriola. — A senhorita seria bem-vinda — disse em vez disso.

— Obrigada, senhor.

Em seguida Bethany enfiou no bolso a moeda partida e se virou.

— Srta. Fletcher! — chamou Moore.

Ela se virou de volta.

— Senhor?

Porém Moore não tinha ideia do que dizer e havia surpreendido a si mesmo chamando-a. Ela o estava olhando, esperando.

— Obrigado pelos suprimentos — conseguiu dizer ele.

— São negócios, tenente.

— Mesmo assim, obrigado — disse Moore, confuso.

— Isso significa que a senhorita venderia para os ianques também? — perguntou em tom de brincadeira o cabo Brown.

— Nós poderíamos dar de graça a eles — disse Beth, e Moore não conseguiu saber se ela estava apenas brincando ou não. Ela o olhou, deu um meio sorriso e foi andando.

— Uma garota de beleza rara — disse o cabo Brown.

— É mesmo? — perguntou Moore, nem um pouco convincente. Estava olhando encosta abaixo, para onde as casas do povoado se espalhavam ao longo do porto. Tentou imaginar homens lutando ali, fileiras de soldados disparando tiros de mosquete, os canhões trovejando, o porto cheio de navios parcialmente afundados, e pensou em como seria triste morrer no meio de um caos como aquele sem jamais ter tido nos braços uma garota como Bethany.

— Terminamos com o livro-caixa, senhor? — perguntou Brown.

— Terminamos com o livro-caixa.

Moore se perguntou se era mesmo um soldado. Imaginou se teria a coragem para enfrentar uma batalha. Olhou para Bethany e sentiu-se perdido.

— Relutância, senhor, relutância. Relutância grosseira. — O coronel Jonathan Mitchell, que comandava a milícia do condado de Cumberland, olhava furioso para o general de brigada Peleg Wadsworth como se tudo fosse culpa deste. — Relutância culpável.

— Vocês recrutaram à força? — perguntou Wadsworth.

— Claro que recrutamos à força. Tivemos de fazer isso! Metade dos desgraçados relutantes são recrutados à força. Não conseguimos voluntários, somente desculpas esfarrapadas, de modo que decretamos lei marcial, senhor, e mandei tropas a cada cidade para arrebanhar os desgraçados, mas um número muito grande fugiu e se escondeu. Eles são relutantes, estou dizendo, relutantes!

A frota havia demorado dois dias para navegar até Townsend, onde a milícia recebera a ordem de se reunir. O general Lovell e o general de brigada Wadsworth esperavam encontrar mil e quinhentos homens, mas menos de novecentos esperavam para embarcar.

— Oitocentos e noventa e quatro, senhor, para ser exato — informou Marston, o secretário de Lovell.

— Santo Deus — disse Lovell.

— Certamente ainda é possível requisitar um batalhão continental, não é? — sugeriu Wadsworth.

— É impensável — respondeu Lovell imediatamente. O Estado de Massachusetts havia se declarado capaz de expulsar os ingleses sozinho, e a Corte Geral não ficaria feliz com um pedido de ajuda das tropas do general Washington. De fato, a Corte fora relutante em aceitar a ajuda do comodoro Saltonstall, mas o *Warren* era um navio de guerra obviamente formidável, e ignorar sua presença nas águas de Massachusetts seria insensato. — Nós temos a Brigada Naval do comodoro — observou

Lovell —, e me garantiram que ele vai liberá-la de boa vontade para o serviço terrestre em Majabigwaduce.

— Vamos precisar dela — disse Wadsworth. Ele havia inspecionado os três batalhões da milícia e ficara pasmo com o que encontrara. Alguns soldados pareciam em forma, jovens e dispostos, mas havia um número grande demais de homens muito velhos, muito novos ou muito doentes. Havia até mesmo um homem de muletas na formação.

— Você não pode lutar — dissera Wadsworth ao sujeito.

— Foi o que eu disse aos soldados quando vieram nos pegar — respondeu o homem. Tinha barba grisalha, era magro e estava desgrenhado.

— Então vá para casa — disse Wadsworth.

— Como?

— Do mesmo modo como chegou aqui — respondeu Wadsworth, com o desespero deixando-o irritado. Alguns passos adiante na fila encontrou um menino de cabelo encaracolado com bochechas que nunca haviam sido tocadas por uma navalha. — Qual é o seu nome, filho? — perguntou.

— Israel, senhor.

— Israel de quê?

— Trask, senhor.

— Quantos anos você tem, Israel Trask?

— Quinze, senhor — disse o garoto, tentando se empertigar mais. Sua voz ainda não havia mudado e Wadsworth achou que ele nem teria 14 anos. — Estou há três anos no Exército, senhor — disse Trask.

— Três anos? — perguntou Wadsworth, incrédulo.

— Eu era pífaro da Infantaria, senhor. — Trask trazia uma sacola de pano pendurada às costas, da qual se projetava um fino pífaro de madeira.

— Você se demitiu da Infantaria? — perguntou Wadsworth, achando divertido.

— Fui feito prisioneiro, senhor — respondeu Trask, obviamente ofendido com a pergunta —, e trocado. E aqui estou, senhor, pronto para lutar de novo contra aqueles desgraçados sifilíticos.

Se um garoto usasse aquela linguagem na sala de aula de Wadsworth receberia uma surra de vara, mas esses eram tempos estranhos, e assim

Wadsworth apenas deu um tapa no ombro do garoto antes de continuar andando pela longa fileira. Alguns homens o olhavam com ressentimento e ele supôs que fossem os que haviam sido convocados à força pela milícia. Talvez dois terços parecessem saudáveis e suficientemente jovens para trabalhar como soldados, mas o resto era de criaturas miseráveis.

— Achei que o senhor tivesse mil homens alistados somente no condado de Cumberland — observara Wadsworth ao coronel Mitchell.

— Rá — disse Mitchel.

— Rá? — respondeu Wadsworth friamente.

— O Exército Continental leva os nossos melhores. Encontramos uma dúzia de recrutas decentes e os continentais levam seis, e os que sobram fogem para se juntar aos corsários. — Mitchell enfiou um chumaço de tabaco na boca. — Eu desejaria, por Deus, que tivéssemos mil, mas Boston não paga o soldo deles e nós não temos rações. E há alguns lugares onde não podemos recrutar.

— Lugares de legalistas?

— Lugares de legalistas — concordou Mitchell, sério.

Wadsworth havia andado ao longo da linha, notando um homem de um olho só afligido por algum tipo de problema nervoso que produzia tremores em seus músculos faciais. O homem riu e Wadsworth estremeceu.

— Ele tem todas as capacidades? — perguntou ao coronel Mitchell.

— O bastante para atirar para a frente — disse Mitchell com azedume.

— Metade nem tem mosquetes!

A frota havia comprado quinhentos mosquetes do arsenal de Boston, que seriam alugados à Milícia. A maioria dos homens pelo menos sabia usá-los porque, naqueles condados do leste, as pessoas normalmente matavam o que comiam e esfolavam a presa para fazer roupas. Usavam gibões e calças de pele de cervo, sapatos de pele de cervo e carregavam bolsas e sacolas de pele de cervo. Wadsworth inspecionou-os todos e achou que teria sorte se quinhentos deles se mostrassem úteis. Então pegou um cavalo emprestado com o pastor e fez um discurso montado na sela.

— Os ingleses invadiram Massachusetts! — gritou. — Eles devem nos desprezar, porque mandaram poucos homens e navios! Acreditam que não podemos expulsá-los, mas vamos mostrar que os homens de Massachusetts vão defender sua terra! Vamos embarcar na nossa frota! — Ele acenou na direção dos mastros que apareciam sobre os telhados ao sul. — E vamos lutar contra eles, derrotá-los e expulsá-los! Vocês retornarão para casa com louros na testa! — Não era um discurso muito inspirador, pensou Wadsworth, mas ficou encorajado quando os homens aplaudiram. Os aplausos demoraram a começar e foram fracos a princípio, mas depois as fileiras em formação ficaram entusiasmadas.

O pastor, um homem afável, cerca de dez anos mais velho do que Wadsworth, ajudou o brigadeiro a descer da sela.

— Tenho fé que eles retornarão com louros na testa — disse o pastor —, mas a maioria preferiria bife no estômago.

— Tenho fé que encontrarão isso também — respondeu Wadsworth.

O reverendo Jonathan Murray pegou as rédeas do cavalo e o levou para casa.

— Eles podem não impressionar, general, mas são bons homens!

— Que precisaram ser recrutados à força? — perguntou Wadsworth, com frieza.

— Só alguns. Eles se preocupam com as famílias, as plantações. Leve-os a Majabigwaduce e eles servirão de boa vontade.

— Os cegos, os coxos e os aleijados?

— Esses homens foram suficientemente bons para Nosso Senhor — respondeu Murray, com seriedade evidente. — E se alguns são meio cegos? Só é preciso um olho para mirar com o mosquete.

O general Lovell havia se alojado na ampla casa do pastor e, naquela noite, convocou todos os oficiais superiores da expedição. Murray possuía uma bela mesa redonda, feita de madeira de bordo, na qual normalmente conduzia estudos das Escrituras, mas que naquela noite serviu para acomodar os comandantes navais e terrestres. Os que não puderam encontrar uma cadeira ficaram de pé junto às paredes da sala iluminada por oito velas sobre castiçais de estanho, agrupados no centro da mesa. Mariposas batiam suas asas junto às chamas. O general Lovell, que havia assumido a cadeira de encosto alto do pastor, bateu suavemente na mesa pedindo silêncio.

— Esta é a primeira vez que todos nos reunimos — disse. — Provavelmente todos se conhecem, mas permitam-me fazer as apresentações. — Ele citou os nomes dos que se reuniam à mesa, começando por Wadsworth, seguido pelo comodoro Saltonstall e pelos três coronéis dos regimentos da Milícia. O major Jeremiah Hill, administrador-geral da expedição, fez um gesto solene com a cabeça quando seu nome foi pronunciado, assim como os dois majores de brigada, William Todd e Gawen Brown. O intendente, coronel Tyler, estava sentado ao lado do Dr. Eliphalet Downer, médico-chefe.

— Espero que não precisemos dos serviços do Dr. Downer — disse Lovell com um sorriso, indicando em seguida os homens que estavam nas laterais da sala. O capitão John Welch, da Brigada Naval Continental, estava com aparência mal-humorada ao lado do capitão Hoysteed Hacker, da Marinha Continental, que comandava o *Providence*, enquanto o capitão Philip Brown comandava o brigue *Diligent*. Seis capitães de corsários tinham vindo à casa, e Lovell citou todos eles, sorrindo depois para o tenente-coronel Revere, que estava perto da porta. — E por fim, mas não menos importante, nosso comandante do comboio de artilharia, o coronel Revere.

— De cujos serviços — disse Revere — espero que o senhor precise!

Um murmúrio de risos se espalhou pela sala, mas Wadsworth notou a expressão de amarga aversão no rosto de Todd, sob seus óculos. O major virou o olhar uma vez para Revere, depois evitou deliberadamente olhar o inimigo.

— Também requisitei que o reverendo Murray comparecesse a este conselho — continuou Lovell quando os risos baixos terminaram — e agora peço que ele abra os serviços com uma oração.

Os homens juntaram as mãos e baixaram a cabeça enquanto Murray pedia ao Todo-Poderoso para derramar suas bênçãos sobre os homens e navios reunidos em Townsend. Wadsworth estava de cabeça baixa, mas lançou um olhar de soslaio para Revere que, ele notou, não havia baixado a cabeça, e olhava com uma expressão sinistra para Todd. Wadsworth fechou os olhos de novo.

— Dai força a esses homens, Senhor — rezou o reverendo Murray —, e trazei esses guerreiros de volta em segurança, vitoriosos, para suas esposas, filhos e famílias. Pedimos isso em Vosso santo nome, Senhor. Amém.

— Amém — ecoaram os oficiais.

— Obrigado, reverendo — disse Lovell, sorrindo feliz. Em seguida respirou fundo e olhou ao redor, declarando então o motivo para estarem reunidos. — Os ingleses desembarcaram em Majabigwaduce, como os senhores sabem, e nossas ordens são para aprisionar, matar ou destruí-los. Major Todd, poderia fazer a gentileza de nos dizer o que sabemos sobre as disposições do inimigo?

William Todd, com os óculos refletindo a luz das velas, juntou alguns papéis.

— Recebemos informações de patriotas da região do Penobscot — disse com sua voz seca. — Especialmente do coronel Buck, mas também de outros. Sabemos com certeza que uma força considerável do inimigo desembarcou, que eles estão sendo guardados por três chalupas de guerra e que são comandados pelo general de brigada Francis McLean. — Todd examinou os rostos sérios ao redor da mesa. — McLean — continuou — é um soldado experiente. A maior parte de seus serviços foi prestada aos portugueses.

— É um mercenário? — perguntou o comodoro Saltonstall, com uma voz cheia de desprezo.

— Pelo que eu soube, ele foi cedido a serviço dos portugueses pelo rei da Inglaterra — respondeu Todd. — Portanto, não, não é um mercenário. Recentemente foi governador de Halifax e agora está no comando das forças em Majabigwaduce. Minha avaliação sobre ele — Todd se recostou, como se quisesse sugerir que agora estava especulando — é que é um velho que foi colocado no pasto, em Halifax, e cujos melhores dias talvez estejam no passado. — Ele deu de ombros, exprimindo incerteza. — Comanda dois regimentos, nenhum dos quais serviu recentemente. De fato, seu próprio regimento foi montado há pouco tempo e, portanto, é totalmente sem experiência. O tamanho normal de um regimento britânico é de mil homens, mas raramente os números verdadeiros excedem a oitocentos, de modo que um cálculo razoável sugere que nosso inimigo seja composto de mil e quinhentos ou mil e seiscentos soldados de infantaria com apoio da artilharia e, claro, da Brigada Real da Marinha e das tripulações dos três navios. — Todd desenrolou uma folha grande de papel onde estava desenhado um mapa grosseiro de Majabigwaduce e, enquanto os homens se inclinavam para ver, mostrou onde estavam situadas as defesas. Começou com o forte, marcado com um quadrado. — Até quarta-feira os muros ainda eram suficientemente baixos para um homem pular por cima. Pelo que soubemos, o trabalho prossegue lento. — Ele bateu nas três chalupas que formavam uma barreira logo depois da entrada do porto. — Os canhões estão virados para a baía de Penobscot, e as embarcações são apoiadas por baterias em terra firme. Há uma bateria dessas aqui — ele apontou para a ilha Cross — e outra nessa península. Essas duas baterias vão abrir fogo contra a entrada do porto.

— Nenhuma em Dyce's Head? — perguntou Hoysteed Hacker.

— Dyce's Head? — perguntou Lovell, e Hacker, que conhecia bem o litoral, apontou para o lado sul do porto e explicou que a entrada era cercada por um alto penhasco que tinha o nome de Dyce's Head.

— Se me lembro bem — continuou Hacker —, esse terreno é o mais alto de toda a península.

— Não fomos informados sobre nenhuma bateria em Dyce's Head — disse Todd cautelosamente.

— Então eles cederam o terreno mais elevado? — perguntou Wadsworth, incrédulo.

— Essa informação já tem alguns dias — alertou Todd.

— O terreno elevado — disse Lovell, inseguro — seria um local esplêndido para nossos canhões.

— Ah, de fato — concordou Wadsworth, e Lovell pareceu aliviado.

— Meus canhões estarão preparados — disse Revere com beligerância.

Lovell sorriu para Revere.

— Poderia fazer a gentileza de dizer aos coronéis da milícia que apoio de artilharia o senhor irá oferecer a eles?

Revere se empertigou e William Todd olhou fixamente para o tampo da mesa.

— Tenho seis canhões de 18 libras — disse Revere com robustez —, com quatrocentas balas cada. São mortais, senhores, e ouso dizer que mais pesados do que qualquer canhão que os ingleses terão esperando por nós. Tenho dois de nove libras com trezentas balas cada, e um par de obuses de cinco polegadas e meia com cem projéteis cada. — John Welch ficou espantado com isso, franzindo a testa. Começou a dizer alguma coisa, mas conteve as palavras antes de ficarem inteligíveis.

— Tinha algo a dizer, capitão? — perguntou Wadsworth, interrompendo Revere.

O alto brigadista, com seu uniforme verde-escuro, ainda estava franzindo a testa.

— Se eu fosse bombardear um forte, general — disse ele —, desejaria ter mais obuses. Para bombardear por cima do muro e matar os desgraçados lá dentro. Obuses e morteiros. Nós temos morteiros?

— Temos morteiros? — Wadsworth fez a pergunta a Revere.

Revere pareceu ofendido.

— Os canhões de 18 libras vão derrubar os muros deles como as trombetas de Jericó — respondeu. — E, para terminar — ele olhou para Lovell um tanto indignado, como se ressentido pelo fato de o general ter permitido a interrupção —, temos 4 de quatro libras, dois dos quais são franceses e equivalentes a qualquer um de seis libras.

O coronel Samuel McCobb, que comandava a milícia do condado de Lincoln, levantou a mão.

— Podemos oferecer uma peça de campanha de 12 libras — disse.

— É muita generosidade — respondeu Lovell, abrindo a discussão em seguida, mas de fato nada foi decidido naquela noite. Durante mais de duas horas os homens fizeram sugestões e Lovell recebeu todas com gratidão, mas não opinou sobre nenhuma delas. O comodoro Saltonstall concordou que as três chalupas inglesas deviam ser destruídas para que sua esquadra pudesse entrar no porto e usar os canhões de costado para bombardear o forte, mas recusou-se a sugerir em que tempo isso poderia ser feito.

— Devemos avaliar as defesas deles — insistiu o comodoro com grandiosidade. — Tenho certeza de que todos os senhores apreciarão o bom-senso de um reconhecimento meticuloso. — Ele falava de modo condescendente, como se ofendesse a sua dignidade de oficial continental estar lidando com meros milicianos.

— Todos apreciamos o valor de um reconhecimento meticuloso — concordou Lovell. Ele deu um sorriso suave para os homens ao redor. — Inspecionarei a milícia de manhã, e depois embarcaremos. Quando chegarmos ao rio Penobscot descobriremos que obstáculos iremos enfrentar, mas tenho confiança de que vamos suplantá-los. Agradeço a todos os senhores. — E com isso o conselho de guerra terminou.

Alguns homens se reuniram na escuridão do lado de fora da casa do pastor.

— Eles têm mil e quinhentos ou mil e seiscentos homens — resmungou um oficial da milícia — e nós só temos novecentos?

— Vocês também têm os brigadistas — rosnou o capitão Welch nas sombras, mas então, antes que alguém pudesse responder, um tiro soou. Cães começaram a latir. Oficiais seguraram as bainhas das espadas enquanto corriam para os lampiões da Main Street, onde homens gritavam, mas nenhum outro som de mosquete foi ouvido.

— Que foi isso? — perguntou Lovell, quando a agitação havia cessado.

— Um homem do condado de Lincoln — disse Wadsworth.

— Disparou o mosquete por engano?

— Arrancou os dedos do pé esquerdo.

— Ah, coitado.

— De propósito, senhor. Para não servir.

De modo que agora havia um homem a menos para navegar até o leste, e um número grande demais dos que restavam eram meninos, aleijados ou velhos. Mas havia a Brigada Naval. Graças a Deus, pensou Wadsworth, havia a Brigada Naval.

De uma carta de John Brewer, escrita em 1779 e publicada no *Bangor Whig and Courier*, 13 de agosto de 1846:

Então eu disse ao Comodoro que... achava que enquanto o vento aumentava ele poderia entrar com seus navios, silenciar as duas (sic) embarcações e a bateria de seis canhões, e desembarcar as tropas sob a cobertura de seus próprios canhões, e em meia hora tomar tudo. Em resposta a isso ele levantou o queixo comprido e disse: "O senhor parece saber muito sobre o assunto! Não vou arriscar meus navios naquele maldito buraco!"

Trechos de uma carta de John Preble ao ilustre Jeremiah Powell, presidente do Conselho do Estado da Baía de Massachusetts, 24 de julho de 1779:

Estive em Contato com os Índios cinco Semanas agora há cerca de 60 guerreiros em grande parte ansiosos em Guerrear e esperam apenas Ordens para marchar e ajudar a seus Irmãos os Americanos. O Inimigo não poderia incorrer mais no desprazer deles do que vindo em seu Rio ou perto dele para fortificar eles me declararam que vão Derramar Cada gota de seu Sangue em defesa de sua Terra e Liberdade eles parecem cada vez mais Sensíveis às intenções diabólicas do Inimigo e à Justiça da nossa Causa... Este momento em que a Frota aparece à Vista dá Júbilo sem igual a Soldados Brancos e Negros Todos estão Ansiosos e desejosos de ação e posso garantir a Suas Excelências que na minha passagem por aqui numa Canoa de árvore as pessoas em Naskeeg e subindo por um longo litoral declararam que estão Prontas... a lutar por nós apesar de terem feito o Juramento de Fidelidade aos Ingleses.

4

A frota navegou para o leste, impelida por um sudoeste rápido, embora os corsários e os navios da Marinha, que eram mais rápidos, precisassem reduzir velas para não se adiantar muito aos lentos barcos de transporte. Demorou apenas um dia de navegação para alcançarem o rio Penobscot, mas foi um dia longo, do alvorecer ao crepúsculo, subitamente animado quando uma vela estranha foi vista ao sul. O comodoro Saltonstall ordenou que o *Hazard* e o *Diligent*, ambos rápidos bergantins, investigassem o estranho. Saltonstall ficou perto do litoral enquanto os dois brigues caçavam mais velas e iam a toda velocidade para o sul, deixando a frota se esgueirando costa acima, passando por pontas de terra rochosas onde as grandes ondas brancas se partiam. A intervalos de alguns instantes uma pancada ecoava por um navio quando a proa batia num tronco errante que descera por um dos rios, escapando dos madeireiros na foz.

Essa era a primeira viagem do comodoro Saltonstall no *Warren*, e ele se agitava com o progresso do navio, ordenando que o lastro fosse movido para a proa com o objetivo de melhorar o desempenho. Por duas vezes ordenou que fossem postas mais velas e deixou a fragata correr a toda velocidade através da frota.

— Como está o navio? — perguntou ao timoneiro durante a segunda corrida, depois de o aspirante Fanning ter supervisionado o transporte de mais meia tonelada de lastro vindo da popa.

— Não está corcoveando tanto, senhor. Acho que o senhor o domou!

— Sete nós e mais um bocado! — gritou um marinheiro que havia desenrolado um cabo de nós preso ao corrimão de popa. Homens nos navios de transporte aplaudiram a bela visão da fragata disparando sob velas plenas em meio à frota.

— Poderíamos tê-lo domado contra o vento — disse Saltonstall, cauteloso —, mas ouso dizer que ele vai precisar de ajustes de novo antes de chegar perto do destino.

— Ouso dizer que sim, senhor — concordou o timoneiro. Era um homem idoso, com peito largo, cabelo branco comprido preso num rabicho que chegava à cintura. Seus antebraços nus eram cobertos de tatuagens de âncoras e coroas enredadas, prova de que havia navegado na Marinha da Inglaterra. Soltou o timão, que girou em sentido horário, depois parou e moveu-se lentamente de volta. — Está vendo, senhor? Ele está gostando bastante.

— Assim como eu — disse Saltonstall —, mas podemos fazer melhor. Sr. Coningsby! Mais duzentos de peso à proa! Rápido agora!

— Sim, senhor — respondeu o aspirante Fanning.

O *Hazard* e o *Diligent* alcançaram a frota no fim da tarde. O *Diligent* encurtou as velas enquanto ia para sota-vento do *Warren* e fazia o relatório sobre o navio estranho que fora vislumbrado ao sul.

— Era o *General Glover*, vindo de Marblehead, senhor! — O capitão Philip Brown saudou Saltonstall. — Uma embarcação de carga, senhor, carregando tabaco, rum e madeira para a França!

— Ao seu posto! — gritou Saltonstall de volta, e observou enquanto o brigue se posicionava atrás dele. O capitão Brown, recém-nomeado para esse comando, servira como primeiro-tenente na chalupa *Providence* quando ela capturara o *Diligent* da Marinha Real, e seu navio ainda trazia as marcas da batalha. O antigo navio de Brown, o *Providence*, com o casco igualmente remendado com madeira nova, agora navegava à frente da frota, mostrando a bandeira da Marinha rebelde, com a cobra e as listras.

A frota era impressionante, e a ela haviam se juntado mais três navios que tinham navegado direto para Townsend, de modo que 42 embarcações, metade das quais eram navios de guerra, agora velejavam para leste. O general de brigada Lovell, olhando do tombadilho superior da chalupa *Sally* para a vastidão de velas, sentiu orgulho porque seu Estado, ou melhor, seu país podia juntar um número tão grande de navios. O *Warren* era o maior, mas uma dúzia de outros navios de guerra eram quase tão formidáveis quanto a fragata. O *Hampden*, que levava 22 canhões e desse modo era o segundo mais poderoso da frota, fora mandado pelo estado de New Hampshire, e quando chegara a Townsend disparara uma salva, com os canhões de nove libras sacudindo o ar com a saudação percussiva.

— Só desejo que encontremos agora um dos navios do rei George — disse Solomon Lovell. — Ouça o que eu digo, nós vamos lhe dar uma surra!

— Vamos mesmo, pela graça de Deus, vamos mesmo! — concordou com sinceridade o reverendo Jonathan Murray. Peleg Wadsworth ficara um tanto surpreso com o fato de o reitor de Townsend ter sido convidado a se juntar à expedição, mas era evidente que Murray e Lovell gostavam um do outro, e assim o clérigo, que aparecera a bordo do *Sally* com algumas grandes pistolas presas à cintura, era agora o capelão da expedição. Lovell insistira em que partissem de Townsend na *Sally*, e não na fragata de Saltonstall, que era maior.

— É melhor estar com os homens, não acha? — perguntou o brigadeiro a Wadsworth.

— De fato, senhor — concordou Wadsworth, ainda que em particular suspeitasse de que Solomon Lovell achava difícil conviver com o comodoro Saltonstall. Lovell era um homem gregário, enquanto Saltonstall era reticente a ponto de grosseria. — Se bem que os homens me preocupam, senhor — acrescentou Wadsworth.

— Eles o preocupam! — reagiu Lovell com jovialidade. — Ora, por quê? — Ele havia pegado emprestado o telescópio do capitão Carver e estava olhando para a ilha Monhegan.

Wadsworth hesitou, não querendo introduzir uma nota de pessimismo em uma manhã de sol brilhante e vento propício.

— Estávamos esperando entre mil e quinhentos e mil e seiscentos homens, senhor, e temos menos de novecentos. E muitos desses são de utilidade questionável.

O reverendo Murray, segurando um chapéu de aba larga, fez um gesto sugerindo que as preocupações de Wadsworth eram equivocadas.

— Deixe-me dizer uma coisa que aprendi — disse o reverendo. — Em todos os empreendimentos, general Wadsworth, sempre que os homens se juntam para o bom propósito de Deus, há um núcleo de homens, só um núcleo, que faz o serviço! O resto meramente olha.

— Temos homens suficientes — disse Lovell, fechando o telescópio e virando-se para Wadsworth. — O que não quer dizer que eu não desejaria mais, porém temos o bastante. Temos navios suficientes e Deus está do nosso lado!

— Amém — concordou o reverendo Murray. — E temos o senhor, general! — Ele fez uma reverência a Lovell.

— Ah, o senhor é muito gentil — disse Lovell, sem graça.

— Deus, em sua infinita sabedoria, escolhe seus instrumentos — disse Murray efusivamente, fazendo uma segunda reverência a Lovell.

— E tenho certeza de que Deus mandará mais homens para se juntarem a nós — continuou Lovell apressadamente. — Não tenho dúvida de que há patriotas ávidos na região do Penobscot que servirão à nossa causa. E os índios mandarão guerreiros. Ouça minhas palavras, Wadsworth, vamos destruir os casacas vermelhas, vamos destruí-los!

— Eu ainda gostaria de ter mais homens — disse Wadsworth baixinho.

— Eu também gostaria — concordou Lovell com fervor —, mas devemos fazer o melhor com o que o bom Senhor nos dá, e lembre-se de que somos americanos!

— Amém — disse o reverendo Murray. — E amém de novo.

A parte central do *Sally* estava ocupada por quatro batelões de fundo chato confiscados do porto de Boston. Todos os transportes levavam cargas semelhantes. Os barcos de fundo chato serviriam para desembarcar as tropas, e agora Wadsworth olhava para aqueles milicianos que, por sua vez, olhavam o litoral parados junto ao corrimão de bombordo. Altas torres de fumaça subiam misteriosamente dos morros escuros cobertos de florestas e Wadsworth teve o sentimento desconfortável de que os pilares de fumaça eram fogueiras de sinalização. Será que o litoral estaria infestado de legalistas avisando aos ingleses que os americanos estavam chegando?

— O capitão Carver andou resmungando comigo — disse Lovell, invadindo os pensamentos de Wadsworth. Nathaniel Carver era o capitão do *Sally*. — Estava reclamando que o Estado confiscou navios de transporte demais!

— Nós prevíamos ter mais homens — disse Wadsworth.

— E eu disse a ele — continuou Lovell, animadamente: — Como você espera levar os prisioneiros ingleses para Boston sem embarcações adequadas? Ele não teve como responder a isso!

— Mil e quinhentos prisioneiros — disse o reverendo Murray com um risinho. — Vai ser preciso bastante comida!

— Ah, acho que serão mais de mil e quinhentos! — argumentou Lovell, cheio de confiança. — O major Todd esteve estimando, apenas um cálculo por cima, e não posso imaginar que o inimigo tenha mandado menos de dois mil homens! Precisaremos apinhar duzentos prisioneiros em cada navio de transporte, mas Carver me garante que as escotilhas de convés podem ser arrancadas. Que retorno a Boston será, hein, Wadsworth?

— Rezo por esse dia, senhor — respondeu Wadsworth. Será que os ingleses teriam mesmo mil e quinhentos homens, imaginou, e, se tivessem, que motivo Lovell poderia ter para sustentar esse otimismo?

— É simplesmente uma pena não termos uma banda! — disse Lovell. — Poderíamos montar um desfile! — Lovell, um político, estava imaginando as recompensas do sucesso: a multidão aplaudindo, os agradecimentos da Corte Geral e um desfile como os que sucediam os triunfos da Roma antiga, em que os inimigos capturados eram obrigados a marchar em meio à multidão que zombava. — Acredito — continuou o brigadeiro, inclinando-se perto de Wadsworth — que McLean trouxe a maior parte da guarnição de Halifax para Majabigwaduce!

— Tenho certeza de que Halifax não está abandonada, senhor — disse Wadsworth.

— Mas está com poucas defesas! — reagiu Lovell calorosamente.

— Ouça o que eu digo, Wadsworth, talvez devêssemos pensar num ataque!

— Suspeito que o general Ward e a Corte Geral prefiram discutir o assunto primeiro, senhor — disse Wadsworth, secamente.

— Artemas é um homem bom e corajoso, mas devemos olhar adiante, Wadsworth. Assim que derrotarmos McLean, o que nos impede de atacar os ingleses em outros lugares?

— A Marinha Real, senhor? — sugeriu Wadsworth, com um sorriso amarelo.

— Ah, vamos construir mais navios! Mais navios! — Agora Lovell não podia ser parado, imaginando a vitória em Majabigwaduce se expandindo para a captura da Nova Escócia e, quem sabe, talvez de todo o Canadá. — O *Warren* não está ótimo? — exclamou. — Olhe só para ele! Poderá haver navio melhor?

No crepúsculo a frota entrou na vasta foz do rio Penobscot, onde ancorou perto das ilhas Fox, com exceção do *Hazard* e do *Tyrannicide*, que receberam ordem de fazer um reconhecimento rio acima. Os dois pequenos brigues, ambos da Marinha de Massachusetts, navegaram lentamente para o norte, usando a luz suave e longa da tarde para sondar mais perto de Majabigwaduce, que ficava a 26 milhas náuticas do mar aberto.

O comodoro Saltonstall ficou olhando os dois brigues até que a escuridão que se aproximava escondeu as velas. Em seguida, jantou no tombadilho superior, sob um céu iluminado por estrelas. Sua tripulação deixou-o sozinho até que uma figura alta se aproximou.

— Uma jarra de vinho, senhor?

— Capitão Welch — disse Saltonstall, cumprimentando o alto brigadista. — Será um prazer.

Os dois oficiais ficaram de pé, lado a lado, junto à amurada da popa do *Warren*. Um violino soou na proa do brigue *Pallas*, que estava ancorado mais perto da fragata. Durante um tempo nem o comodoro nem o brigadista falaram, simplesmente ouviram a música e o som suave das ondas batendo no casco.

— Então — Saltonstall rompeu o silêncio amistoso —, o que acha?

— O mesmo que o senhor, suponho — disse Welch, em sua voz profunda.

O comodoro fungou.

— Boston deveria ter exigido um Regimento Continental.

— Deveria mesmo, senhor.

— Mas eles querem que todo o crédito vá para Massachusetts! É a ideia deles, Welch. Ouça o que eu digo. Não haverá muitos agradecimentos a nós.

— Mas faremos o serviço, senhor.

— Ah, temos de fazer! — Em seu breve tempo no comando, o comodoro ganhara uma reputação de figura difícil e intimidante, mas havia feito amizade com o brigadista. Saltonstall reconhecia uma alma companheira, um homem que lutava para tornar seus homens tão bons quanto pudessem ser. — Teremos de fazer o serviço deles — continuou Saltonstall —, se é que pode ser feito. — Ele fez uma pausa, oferecendo uma chance para Welch comentar, mas este nada disse. — Pode ser feito? — instigou Saltonstall.

Welch ficou em silêncio por um tempo e depois afirmou que sim.

— Temos a Brigada Naval, senhor, e ouso dizer que cada brigadista vale por dois inimigos. Talvez encontremos quinhentos milicianos capazes de lutar. Isso deve bastar, se o senhor puder cuidar dos navios deles.

— Três chalupas de guerra — disse Saltonstall, em um tom que não sugeria confiança nem pessimismo com as perspectivas de destruir o esquadrão da Marinha Real.

— Meus homens lutarão e, por Cristo, lutarão como demônios! São bons homens, senhor, bem-treinados.

— Disso eu sei, mas, por Deus, não vou deixar que Lovell os desperdice. Você só lutará em terra com minha permissão.

— Claro, senhor.

— E, se receber ordens que não façam sentido, repasse-as para mim, entendeu?

— Perfeitamente, senhor.

— Ele é um fazendeiro — disse Saltonstall, com desprezo. — Não é um soldado, mas sim um maldito fazendeiro.

A bordo do *Sally*, na apinhada cabine do capitão, o fazendeiro estava aninhando uma caneca de chá temperado com rum. Lovell compartilhava a mesa com seu secretário, John Marston, com Wadsworth e com o reverendo Murray, que parecia ter sido promovido a assessor principal.

— Devemos chegar a Majabigwaduce amanhã — disse Lovell, olhando de um rosto para o outro sob a luz débil do lampião pendurado numa trave. — E presumo que o comodoro irá impedir que os navios inimigos deixem o porto e nos obstruam. Nesse caso, deveremos desembarcar imediatamente, não acham?

— Se for possível — respondeu Wadsworth, com cautela.

— Vamos manter a esperança! — disse Lovell. Ele sonhava com o desfile da vitória em Boston e os votos de agradecimento do legislativo, mas pequenas dúvidas invadiam sua mente enquanto ele olhava para o mapa grosseiro da península de Majabigwaduce, aberto na mesa onde ainda estavam os restos do jantar. O cozinheiro do *Sally* havia preparado um belo cozido de peixe, servido com pão fresco. — Precisaremos ancorar longe de terra e lançar os batelões — disse distraidamente, usando depois uma casca de pão de milho para bater no desenho do penhasco no lado oeste da península. — McLean pode realmente ter deixado esse ponto alto sem defesa?

— Sem fortificação, certamente, se os informes forem verdadeiros — respondeu Wadsworth.

— Então devemos aceitar o convite dele, não acham?

Wadsworth respondeu com cautela.

— Saberemos mais amanhã, senhor.

— Quero estar preparado. — Lovell bateu no mapa de novo. — Não podemos deixar nossos colegas sentados à toa enquanto o comodoro destrói os navios inimigos. Devemos colocar os homens em terra o mais cedo possível. — Lovell olhou o mapa como se este fosse apontar alguma solução para os problemas do dia seguinte. Por que McLean não havia posto seu forte no alto do penhasco? Haveria uma armadilha? Se Lovell tivesse recebido a tarefa de defender a península, tinha certeza de que construiria uma fortaleza na entrada do porto, em um terreno elevado da ponta de terra que dominava tanto a baía ampla quanto o porto. Então por que McLean não tinha feito isso? E McLean era um soldado profissional, lembrou Lovell; portanto, o que McLean sabia e ele não? Sentiu um tremor de nervosismo na alma, e em seguida se reconfortou pensando que não estava sozinho nessa responsabilidade. O comodoro Saltonstall era o comandante naval, e seus navios eram em número tão maior do que os do inimigo que certamente nenhuma quantidade de profissionalismo poderia alterar essa vantagem. — Devemos acreditar — disse — que nossos inimigos serão vítimas de seu excesso de confiança.

— Eles são ingleses — disse o reverendo Murray, concordando —, e "a soberba precede a ruína, e o orgulho, à queda". Provérbios, capítulo 18, versículo 16 — acrescentou solícito.

— Palavras sábias — disse Lovell —, e de fato eles nos subestimam! — O general estava analisando o mapa e procurando o otimismo que havia iluminado sua manhã.

— Eles sofrerão por causa de sua arrogância — observou Murray, e levantou a mão com reverência. — "Que estais fazendo? Quereis revoltar-vos contra o rei?' Respondi-lhes: 'O próprio Deus do céu é quem nos fará triunfar.'" — Ele sorriu com serenidade. — Palavras do profeta Neemias, general.

— Ele de fato nos dará prosperidade — ecoou Lovell —, e o senhor poderia nos guiar com uma oração, reverendo.

— Com prazer. — Os homens baixaram a cabeça enquanto o reverendo Murray rezava para que Deus mandasse uma vitória rápida. — Que as forças dos justos glorifiquem Vosso nome, Senhor — suplicou o reverendo Murray —, e que possamos mostrar generosidade no triunfo que Vossas palavras nos prometeram. Pedimos tudo isso em Vosso santo nome, amém.

— Amém — disse Lovell com fervor, os olhos fechados com força —, e amém.

— Amém — murmurou o brigadeiro McLean, em resposta à oração antes do jantar. Ele fora convidado à casa do Dr. Calef que ficava 200 metros a leste do Forte George. Esse nome, pensou com tristeza, era grandioso demais para um forte que mal se podia defender. O capitão Mowat havia mandado cento e oitenta marinheiros corpulentos para ajudar no trabalho, mas os muros ainda chegavam apenas à altura da cintura de um homem, e somente dois canhões tinham sido postos nos bastiões dos cantos.

— Então os desgraçados chegaram? — perguntou Calef.

— Foi o que soubemos, doutor, foi o que soubemos. — As notícias da chegada da frota inimiga tinham vindo da foz do rio, trazidas por um pescador que fugira dos rebeldes tão rapidamente que não fora capaz de contar os navios e só pôde dizer que havia uma quantidade terrível deles.

— Parece que mandaram uma frota considerável — comentou McLean, agradecendo em seguida à esposa do doutor, que lhe havia passado um prato de feijão. Três velas iluminavam a mesa oval de nogueira, muito bem polida. A maior parte dos móveis do doutor tinha vindo de sua casa de Boston e parecia estranha ali, como se o conteúdo de uma bela mansão de Edimburgo fosse transferido para uma chácara nas Hébridas.

— Eles virão esta noite? — perguntou nervosa a Sra. Calef.

— Garantiram-me que ninguém consegue navegar pelo rio no escuro — respondeu McLean. — De modo que não, senhora, não esta noite.

— Eles estarão aqui amanhã — garantiu Calef.

— É o que espero.

— Com força razoável? — perguntou Calef.

— É o que diz o informe, doutor, se bem que me foi negado qualquer detalhe específico. — McLean se encolheu quando mordeu uma lasca de pedra de moinho presa no pão de milho. — Excelente pão, senhora — disse.

— Nós fomos maltratados em Boston — disse Calef.

— Lamento saber.

— Minha esposa foi insultada nas ruas.

McLean sabia o que se passava na mente de Calef. Se os rebeldes tomassem Majabigwaduce, a perseguição aos legalistas recomeçaria.

— Lamento isso, doutor.

— Ouso dizer que se os rebeldes me encontrassem, general, me prenderiam. — O doutor meramente brincava com a comida, enquanto a esposa o observava atentamente.

— Então devo fazer o máximo para impedir que o senhor seja preso e que sua esposa seja insultada — respondeu McLean.

— Destrua-os — disse Calef, furioso.

— Garanto, doutor, que esta é nossa intenção. — Em seguida McLean sorriu para a esposa de Calef. — Esse feijão está excelente, senhora.

Depois disso comeram praticamente em silêncio. McLean desejou poder tranquilizar mais os legalistas de Majabigwaduce, mas a chegada da frota rebelde certamente implicava uma derrota iminente. Seu forte estava inacabado. Certo, ele colocara três baterias para cobrir a entrada do porto. Havia uma na ilha Cross, a grande bateria Meia-Lua na costa e uma terceira, muito menor, no alto penhasco acima da boca do porto, mas nenhuma delas era um forte. Eram bases de canhões que estavam ali para disparar contra os navios inimigos, mas que não poderiam suportar o ataque de uma infantaria determinada. Simplesmente não houvera tempo, e agora o inimigo havia chegado.

Muitos anos antes, enquanto lutava pelos holandeses, McLean fora capturado pelos franceses e feito prisioneiro. Não fora desagradável. Os franceses eram generosos e o haviam tratado com cortesia. Imaginou então como os americanos iriam se comportar e temeu, enquanto comia o feijão duro e mal cozido, que estivesse em via de descobrir.

Amanhã.

O tenente brigadista Downs, do *Tyrannicide*, levou alguns homens para terra na ilha mais ao norte, dentre as que eram chamadas de ilhas Fox. A escuridão era total quando seu escaler encalhou numa praia de cascalho sob as formas negras de meia dúzia de casas que ficavam em terreno mais alto. Luzes fracas brilhavam por trás de postigos e ao redor das portas, e, enquanto os brigadistas arrastavam o barco mais para cima na praia, uma voz gritou no escuro:

— Quem são vocês?

— Brigadistas da Marinha Real de Sua Majestade! — gritou Downs de volta. As ilhas Fox eram notórias por serem legalistas e Downs não queria que um de seus homens fosse morto ou ferido por algum conservador atirando no meio da noite. — Uma frota de apoio para Majabigwaduce!

— O que querem aqui? — gritou a voz, ainda com suspeitas.

— Água fresca, notícias e algumas mulheres também seriam bem-vindas!

Botas soaram no cascalho e um homem alto emergiu das sombras. Carregava um mosquete que pendurou no ombro ao conseguir ver a dúzia de homens no escaler. Tinha notado os cinturões brancos cruzados no peito, mas na escuridão da noite não pôde ver que as casacas eram verdes e não vermelhas.

— Hora estranha para procurar por água — disse.

— Estamos atrás de água e notícias — disse Downs, animado. — O general McLean ainda está em Majabigwaduce?

— Ninguém o chutou para fora.

— O senhor o viu?

— Estive lá ontem.

— Então, senhor, tenha a honra de me acompanhar ao meu navio — disse Downs. Seus brigadistas, como os do *Hazard*, tinham sido enviados para encontrar homens que tivessem visto as fortificações de McLean.

O ilhéu recuou.

— De que navios vocês são? — perguntou, ainda cheio de suspeitas.

— Peguem-no — ordenou Downs, e dois de seus homens agarraram o sujeito, confiscaram seu mosquete e o arrastaram ao escaler. — Não faça barulho — alertou o tenente Downs — ou vamos rachar seu crânio como se fosse um ovo.

— Desgraçados — disse o homem, que grunhiu quando um brigadista lhe deu um soco na barriga.

— Somos patriotas — corrigiu Downs e, deixando dois homens para guardar o prisioneiro, foi encontrar mais legalistas que pudessem contar à expedição o que os esperava rio acima.

O amanhecer trouxe uma névoa densa através da qual o tenente John Moore seguiu com vinte homens até a pequena bateria que McLean tinha posicionado no alto do penhasco de Majabigwaduce. A bateria tinha três canhões de seis libras montados em carretas navais e servidos por marinheiros do HMS *North*, comandados por um aspirante que, para Moore, com seus 18 anos, não parecia ter mais do que 12 ou 13.

— Tenho 15, senhor — respondeu o aspirante à pergunta de Moore —, e estou há três anos na Marinha.

— Sou John Moore — apresentou-se Moore.

— Pearce Fenistone, senhor, e é uma honra conhecê-lo. — A bateria de Fenistone não era nenhuma fortaleza, e sim uma mera base para canhões. Um espaço fora limpo entre as árvores, um trecho de chão fora nivelado e uma plataforma de troncos cortados fora posta para as carretas. Quatro árvores tinham sido deixadas deliberadamente de pé e os artilheiros usavam seus troncos para amarrar as cordas que prendiam os canhões e as talhas das carretas. Os canhões dos navios eram contidos pelas cordas de ancoragem presas ao casco que faziam a arma parar quando ela recuava pelo convés, enquanto as talhas eram usadas para colocar o canhão de volta a sua posição, e os homens de Fenistone estavam usando os troncos das árvores para domar suas feras. — Isso realmente contém o recuo, senhor — disse Fenistone, enquanto Moore admirava o arranjo engenhoso —, mas toda vez que disparamos recebemos uma chuva de agulhas de pinheiro. — A bateria não tinha parapeito e seu paiol era meramente um buraco raso cavado atrás da plataforma improvisada. Duas grades de madeira guardavam fileiras de balas esféricas ao lado das quais ficavam pilhas de algo semelhante a argolas de jogo de malha. — São buchas de aro, senhor — explicou Fenistone.

— Buchas de aro?

— Quando o canhão aponta para baixo, senhor, as buchas de aro seguram as balas no cano. Nós iríamos parecer meio idiotas se carregássemos a peça e as balas rolassem de dentro delas antes de dispararmos. É muito embaraçoso quando isso acontece.

A bateria fora posta acima da boca do porto, e não na margem oeste do penhasco. Os canhões de seis libras, tirados do costado de bombordo do *North*, eram leves demais para causar danos a longa distância, mas se os navios inimigos tentassem entrar no porto seriam forçados a navegar por baixo dos três canhões, que poderiam disparar para baixo, sobre os conveses.

— Eu gostaria de ter metal mais pesado, senhor — disse Fenistone, desejoso.

— E um forte apropriado para defender seus canhões?

— Para o caso de a infantaria deles atacar? Bom, lutar contra a infantaria não é nosso serviço, senhor, é o de vocês. — O aspirante sorriu. Para um garoto de 15 anos, pensou Moore, Fenistone era incrivelmente confiante. — O capitão Mowat nos deu instruções rígidas do que fazer se formos atacados por terra, senhor.

— E quais foram?

— Inutilizar os canhões e fugir feito maricas, senhor — respondeu Fenistone com um riso. — E levar os artilheiros de volta ao *North*. — Ele deu um tapa num mosquito.

Moore olhou para os navios de Mowat lá embaixo, envoltos em névoa. As três chalupas pareciam bastante formidáveis em sua fileira, mas ele sabia que tinham poucas armas em comparação com a maioria dos navios de guerra. Atrás delas, em linha paralela, estavam os três navios de transporte que pareciam muito maiores e mais ameaçadores mas que na verdade eram cascos indefesos, e estavam ali para servir meramente de obstáculos no caso de o inimigo conseguir romper a primeira linha de Mowat.

— Eles vêm hoje, senhor? — perguntou Fenistone, ansioso.

— É o que acreditamos.

— Vamos lhes dar as calorosas boas-vindas britânicas, senhor.

— Tenho certeza de que vocês farão isso — disse Moore com um sorriso, e então ordenou que seus homens parassem de olhar boquiabertos os canhões dos navios e o seguissem para o oeste, em meio às árvores.

Parou à beira do penhasco. À frente estava o amplo rio Penobscot, sob a mortalha de névoa que se ia dissipando. Moore olhou para o sul, mas não pôde ver nada se mexendo na brancura distante.

— Então eles vêm hoje, senhor? — perguntou o sargento McClure.

— Devemos presumir que sim.

— E qual é a nossa missão, senhor?

— Assumir posição aqui, sargento, para o caso de os bandidos tentarem desembarcar. — Moore olhou para a encosta íngreme e pensou que os rebeldes seriam idiotas se tentassem desembarcar na estreita praia pedregosa sob o penhasco. Supunha que eles desembarcariam mais ao norte, talvez além do istmo, e desejava ter sido postado lá. No istmo haveria luta, e ele nunca havia participado de uma; parte dele temia esse batismo, enquanto outra ansiava por experimentá-lo.

— Eles seriam uns maricas idiotas se desembarcassem aqui, senhor — disse McClure, parado ao lado de Moore e olhando para baixo da encosta íngreme.

— Esperemos que eles sejam maricas idiotas.

— Vamos atirar com facilidade nos desgraçados, senhor.

— Se estivermos em número suficiente.

— Verdade, senhor.

A névoa se dissipou mais à medida que o vento aumentava. O tenente Moore havia se postado no canto sudoeste da península, em Dyce's Head, e à medida que o sol subia mais e mais homens iam até aquele ponto de observação para ver a chegada do inimigo. O brigadeiro McLean foi um dos que vieram, mancando com sua bengala pelo caminho estreito entre os pinheiros, à frente de outros seis oficiais de casacas vermelhas que ficaram olhando para o sul, ao longo do rio que brilhava lindamente sob o sol de verão. Mais oficiais chegaram depois, e com eles vieram civis como o Dr. Calef, que ficou perto do brigadeiro e tentou conversar amenidades. O capitão Mowat estava lá, com dois outros oficiais da Marinha, todos segurando longos telescópios, mas não havia nada para se ver. O rio estava vazio.

— Esqueci de perguntar ontem à noite — disse McLean a Calef. — Como vai Temperance?

— Temperance? — perguntou Calef, perplexo, e então se lembrou. — Ah, está se recuperando. Se um bebê sobrevive a um dia de febre, geralmente se recupera. Ela viverá.

— Fico feliz. Há poucas coisas tão perturbadoras quanto um recém-nascido doente.

— O senhor tem filhos, general?

— Nunca me casei — respondeu McLean. Então, tirou o chapéu enquanto mais moradores do povoado vinham ao penhasco junto com o coronel Goldthwait. Goldthwait era americano e legalista, um criador de cavalos cuja patente fora obtida na antiga Milícia Real. Ele temia que qualquer força rebelde no rio perseguisse os legalistas, e por isso trouxera sua família para viver sob a proteção dos homens de McLean. As duas filhas o haviam acompanhado ao penhasco, junto com Bethany Fletcher e as filhas gêmeas de Aaron Bank, e a presença de tantas moças atraiu os jovens oficiais escoceses.

O tenente Moore se ajeitou ao ver Bethany se aproximar. Tirou o chapéu e fez uma reverência.

— Seu irmão não está aqui? — perguntou.

— Foi pescar, tenente — mentiu Bethany.

— Achei que ninguém tinha permissão para sair da península.

— James saiu antes que a ordem fosse dada.

— Rezo para que retorne em segurança — disse Moore. — Se os rebeldes o pegarem, Srta. Fletcher, temo que talvez o prendam.

— Se eles pegarem o senhor, tenente — disse Bethany com um sorriso —, talvez o prendam.

— Então devo garantir que não serei apanhado — respondeu Moore.

— Bom-dia, Srta. Fletcher — disse animado o brigadeiro McLean.

— Bom-dia, general — respondeu Bethany, e iluminou a manhã do brigadeiro com seu sorriso mais ofuscante. Sentia-se sem jeito. Seu vestido de linho verde-claro era remendado com pano azul comum e o toucado, fora de moda, tinha a copa alta. As garotas Goldthwait usavam lindos vestidos de algodão estampado que deviam ter recebido de Boston antes que os ingleses se retirassem da cidade. Os oficiais britânicos, pensou Beth, deviam achar que ela era muito simplória.

Thomas Goldthwait, um homem alto e bonito vestido com uma desbotada casaca vermelha da antiga milícia, puxou McLean de lado.

— Eu queria trocar uma palavra com o senhor, general — disse ele. Parecia sem graça.

— Estou a seu dispor, senhor — respondeu McLean.

Goldthwait olhou para o sul por um breve instante.

— Tenho três filhos — disse finalmente, ainda olhando para o horizonte. — E quando o senhor chegou, general, dei uma opção a eles.

McLean assentiu.

— "Escolhei hoje a quem quereis servir?" — supôs, citando as Escrituras.

— Isso — respondeu Goldthwait. Em seguida pegou uma caixa de rapé num bolso e levantou a tampa. — Lamento que Joseph e Benjamin tenham escolhido se juntar aos rebeldes. — Por fim ele olhou diretamente para McLean. — Esse não era o meu desejo, general, mas gostaria que o senhor soubesse. Não sugeri esse caminho a eles, e garanto que não somos uma família que tenta montar em dois cavalos ao mesmo tempo. — Ele parou abruptamente e deu de ombros.

— Se eu tivesse um filho — disse McLean —, esperaria que ele tivesse as mesmas lealdades que eu, coronel, mas também rezaria para que ele pudesse pensar por si mesmo. Garanto que não pensaremos mal do senhor por causa da tolice de seus filhos.

Obrigado.

— Não falemos mais nisso. — Em seguida McLean se virou abruptamente enquanto o capitão Mowat gritava dizendo que surgiam velas de gávea no horizonte.

E durante um tempo ninguém falou porque não havia nada de útil a se dizer.

O inimigo tinha vindo, e a primeira prova de sua chegada era uma massa de velas de gávea aparecendo entre os restos de névoa acima de uma ponta de terra, mas gradualmente, sem remorso, a frota apareceu no canal ao lado de Long Island e os homens e as mulheres que olhavam não puderam fazer coisa alguma além de ficar pasmos com a visão de tantas velas, tantos cascos escuros, tantos navios.

— É uma armada — disse o coronel Goldthwait, rompendo o silêncio.

— Santo Deus — murmurou McLean. E olhou para a massa de navios que fazia um lento progresso sob o vento fraco. — No entanto é uma bela visão.

— Bela, senhor? — perguntou Bethany.

— Não é sempre que vemos tantos navios juntos. Você deveria se lembrar disso, Srta. Fletcher, como uma visão para descrever aos seus filhos. — Ele sorriu para ela, virando-se depois para os três oficiais da Marinha. — Capitão Mowat! Já determinou o número deles?

— Ainda não — respondeu Mowat. Ele estava olhando por um telescópio pousado no ombro de um casaca vermelha. A frota inimiga permanecera unida enquanto passava pelas pedras traiçoeiras que ficavam abaixo da água a leste de Long Island, mas agora os navios se espalhavam e corriam diante do vento na direção da baía ampla a oeste da península. Os navios de guerra, mais rápidos do que os de transporte, estavam se adiantando muito e Mowat fazia minúsculos ajustes no telescópio enquanto tentava distinguir as diferentes embarcações, tarefa dificultada pelas árvores que obscureciam parte da visão. Passou um longo tempo olhando o *Warren*, contando as portinholas de canhões e tentando avaliar, pelo número de homens visíveis no convés, se o navio era bem tripulado. Resmungou qualquer coisa quando sua inspeção terminou. Então, virou o telescópio para a esquerda, a fim de contar os transportes. — Pelo que vejo, general — respondeu finalmente —, eles têm vinte transportes. Talvez 21.

— Santo Deus nas alturas — disse McLean em tom ameno. — E quantos navios de guerra?

— Mais ou menos o mesmo número — respondeu Mowat.

— Então eles vieram mesmo em força máxima — disse McLean, ainda com voz amena. — Vinte transportes, foi o que disse, Mowat?

— Talvez 21.

— É hora de um pouco de aritmética, tesoureiro — disse McLean ao tenente Moore. — Quantos homens cada um de nossos transportes carregou?

— A maioria dos homens veio em quatro dos nossos transportes, senhor — respondeu Moore —, portanto, duzentos cada?

— Então multiplique isso por vinte.

Houve uma pausa enquanto cada oficial que havia escutado tentava fazer o cálculo mental.

— Quatro mil, senhor — disse Moore finalmente.

— Ah, você aprendeu a mesma aritmética que eu, Sr. Moore — disse McLean, sorrindo.

— Santo Deus — disse um *highland*, assombrado com o tamanho da frota que se aproximava. — Em tantos navios assim? Eles podem ter cinco mil homens!

McLean balançou a cabeça.

— Na ausência de nosso Senhor e Salvador — disse o brigadeiro —, acredito que eles teriam problema para alimentar tantos homens.

— Alguns navios deles são menores do que os nossos — observou Mowat.

— E qual é a sua conclusão, Mowat?

— Entre três e quatro mil homens — respondeu Mowat rigidamente. — O bastante, de qualquer modo. E os desgraçados têm quase trezentos canhoes a bordo.

— Vejo que estaremos ocupados — disse McLean com leveza.

— Com sua permissão, general — Mowat havia terminado de inspecionar e fechou o telescópio —, vou retornar ao *Albany*.

— Permita-me desejar-lhe que aproveite o dia, Mowat.

— Deixe-me desejar o mesmo para você, McLean — respondeu Mowat, parando para apertar a mão do brigadeiro.

Os três oficiais navais partiram para os navios. McLean ficou no penhasco, dizendo pouca coisa enquanto observava o inimigo chegar mais perto. Era uma regra dura e verdadeira da guerra a que dizia que um atacante precisava estar em número superior a três para um com relação ao defensor para ter sucesso no assalto a um forte, mas o Forte George estava inacabado. Os bastiões eram tão baixos que um homem podia pular por cima. As bases dos canhões mal haviam começado a ser feitas. Mil rebeldes tomariam o forte com facilidade, e estava claro, pelo tamanho da frota que entrava na baía, que eles deviam ter trazido pelo menos dois ou três mil homens.

— Devemos fazer o melhor que pudermos — disse finalmente McLean a ninguém em particular, e então sorriu. — Alferes Campbell! — gritou com força. — A mim!

Seis oficiais vestindo saiotes responderam e Bethany ficou perplexa.

— Temos um excesso de Campbells — disse Moore.

— O 74º tem 43 oficiais — explicou McLean de modo mais detalhado — e vem de Argyle, Srta. Fletcher, que é um lugar bastante habitado por Campbells. Vinte e três dos 43 oficiais se chamam Campbell. Se a senhorita gritar esse nome do lado de fora das barracas deles poderá causar um caos. — O brigadeiro sabia que cada legalista que observava a aproximação pressentia o desastre, e estava decidido a demonstrar confiança a eles. — Ocorre-me — falou aos seis jovens oficiais de saiote — que Sir Walter Raleigh jogou boliche enquanto a Armada espanhola se aproximava. Podemos igualar a despreocupação dos ingleses, não acham?

— Jogando boliche, senhor? — perguntou um dos Campbells.

— Prefiro espadas a boliche — disse McLean, e desembainhou sua espada larga. Seu braço direito, aleijado, tinha dificuldades em desembainhá-la, e ele teve de usar a mão esquerda para ajudar a livrar a arma da bainha. Parou e pôs a espada no chão.

Onze outras espadas foram postas no chão. Não havia músicos em Dyce's Head, e assim o brigadeiro bateu palmas ritmadas e os seis alferes começaram a dançar sobre as espadas cruzadas. Alguns outros oficiais do 74º cantaram enquanto acompanhavam palmas. Cantavam em gaélico, e McLean cantou junto, sorrindo.

Bethany bateu palmas junto com os outros espectadores. Os alferes dançavam, os pés chegando perto mas nunca tocando as espadas. Quando a canção gaélica terminou, McLean indicou que a desafiadora dança das espadas podia terminar e os oficiais com jeito de meninos riram enquanto a plateia aplaudia e as espadas eram apanhadas de volta.

— Aos seus postos, senhores — disse McLean aos seus oficiais.

— Senhoras e senhores — ele olhou para os civis —, não posso prever o que acontecerá agora, mas se ficarem em suas casas tenho confiança de que serão tratados com a civilidade adequada. — Ele não tinha a menor confiança nisso, mas o que mais poderia dizer? Virou-se para olhar pela última vez a frota. O som de algo pesado batendo na água e de cabos estrondeando soou nitidamente enquanto o primeiro navio largava a âncora. Suas velas, afrouxadas do aperto do vento, balançaram com força até que os homens domaram os panos nas grandes vergas. Um brilho de luz no tombadilho superior do navio relampejou intensamente nos olhos de McLean e ele soube que um rebelde estava examinando a costa com um telescópio. Virou-se, retornando ao seu forte inacabado.

James Fletcher tinha passado a noite na margem leste do Penobscot, com o *Felicity* escondido em segurança em uma pequena angra. Viu a frota de Massachusetts aparecer vinda do sul e esperou até que os navios tivessem quase chegado a Majabigwaduce antes de sair remando do local abrigado. Então o vento soprou sua vela mestra e ele pôde guardar os remos e deslizar à frente da brisa até onde a frota estava ancorada. Os transportes tinham ido mais para o norte, ancorando a oeste do penhasco da península e, como os navios de guerra, se encontravam bem fora do alcance de qualquer canhão que os britânicos pudessem ter em terra firme.

Fletcher foi na direção do maior navio de guerra, achando que deveria ser a embarcação de comando, mas muito antes de chegar ao *Warren* foi interceptado por um barco de guarda com uma dúzia de remadores e quatro brigadistas de paletós verdes. Eles o chamaram, e ele virou o *Felicity* contra o vento e esperou que o escaler o alcançasse.

— Tenho notícias para o general — gritou para o oficial brigadista.

— Você terá de falar com o comodoro — insistiu o brigadista, e apontou para o *Warren*. Marinheiros na fragata pegaram o cabo lançado por Fletcher; em seguida, ele deixou a carangueja baixar e subiu pelo costado da fragata.

Parou no convés, onde um aspirante jovem e nervoso chegou para servir como seu acompanhante.

— O comodoro está ocupado, Sr. Fletcher — explicou ele.

— Tenho certeza que sim.

— Mas desejará vê-lo.

— Espero que sim! — respondeu James, animado.

Os navios de guerra dos rebeldes haviam ancorado a oeste da boca do porto, que estava ocupada pelas três chalupas de guerra do capitão Mowat. Essas chalupas, ancoradas pela popa e pela proa para manter os costados de estibordo apontados para a baía, tinham as portinholas dos canhões abertas e estavam com a bandeira azul desfraldada na popa, enquanto em cada ponta de mastro, três em cada chalupa, ficava a bandeira inglesa. Duas pulsações de branco brotaram ritmicamente do flanco do *North,* e Fletcher riu.

— Nunca param de bombear a água dele — disse.

— Dele?

— Do *North*. — James apontou. — A chalupa mais perto de Dyce's Head, está vendo? Acho que os ratos roeram o fundo dele completamente.

O aspirante Fanning olhou solenemente para o navio inimigo.

— É um navio velho? — perguntou.

— Velho e podre. Um par de balas de canhão naquele casco vai transformá-lo em lenha.

— Você mora aqui?

— Toda a minha vida.

O comodoro Saltonstall se curvou passando pela porta de sua cabine, seguido por um homem que James Fletcher conhecia bem. John Brewer era capitão da milícia local, mas era tão desprovido de recrutas que tinha poucos homens para comandar. Fora ao capitão Brewer que James Fletcher enviara seu mapa e sua carta, e Brewer sorriu ao vê-lo.

— Bem-vindo, jovem Fletcher! — Brewer indicou o comodoro. — Este é o capitão Saltonstall. Ouso dizer que o jovem James tem notícias para o senhor, capitão.

— Tenho sim, senhor — disse James, ansioso.

Saltonstall não parecia impressionado. Olhou uma vez para James Fletcher e depois se virou para a amurada de bombordo, onde passou um longo tempo espiando os navios de Mowat através de um telescópio.

— Sr. Coningsby! — gritou de repente.

— Senhor? — respondeu o aspirante Fanning.

— As pontas da talha do número quatro parecem uma lua de mel de cobras! Cuide disso.

— Sim, senhor.

O capitão Brewer, um homem jovial trajando roupas tecidas em casa e usando um antiquíssimo alfanje de lâmina larga amarrado à cintura, riu para Fletcher enquanto Saltonstall continuava a inspecionar os três navios que guardavam a entrada do porto.

— Qual é o seu nome? — perguntou bruscamente o comodoro.

James Fletcher deduziu que a pergunta havia sido feita a ele.

— James Fletcher, senhor. Moro em Bagaduce.

— Então venha cá, James Fletcher de Bagaduce — ordenou Saltonstall, e James foi para perto do comodoro e, como ele, olhou para o leste. À esquerda podia ver o penhasco coberto de árvores que escondia o forte das vistas do comodoro. Em seguida vinham as três chalupas com sua banda de artilharia de 28 canhões no total e, logo ao sul delas, os canhões na ilha Cross. — Você mora aqui — disse Saltonstall, em uma voz que sugeria pena por um destino assim —, e vejo três chalupas e uma bateria. O que está escapando à minha visão?

— Outra bateria em Dyce's Head, senhor — disse James, apontando.

— Como eu lhe disse, senhor! — interveio Brewer, animado.

Saltonstall ignorou o capitão da milícia.

— Com que força?

— Só vi três canhões pequenos sendo levados para lá, senhor.

— De seis libras, provavelmente — disse Brewer.

— Mas que vão jogar balas sobre nós quando chegarmos à boca do porto — observou Saltonstall.

— Imagino que seja para isso que tenham sido postos lá em cima, senhor — disse James. — E há outra bateria na margem do porto.

— Então três baterias e três chalupas — disse Saltonstall, fechando o telescópio e se virando para olhar Fletcher. Não pareceu gostar do que via. — Quanta água há?

— Qual é o seu calado, senhor?

— Três metros e 57. — Saltonstall ainda falava com James, mas fixou o olhar logo acima da cabeça do rapaz, na escada do tombadilho.

— Há água suficiente para o senhor — disse James com a animação costumeira.

— A maré?

— De 4,5 a 5,5 metros, o bastante — disse James —, mas mesmo na maré o senhor conseguirá passar por ele. — E apontou para o *Nautilus*, o navio de Mowat que estava mais ao sul. — Pode passar por ele, senhor, com 3 metros de folga, e quando estiver do lado de dentro não terá nenhuma preocupação no mundo.

— Passar por ele? — perguntou Saltonstall, com desprezo.

— Há espaço suficiente, senhor.

— Com uma bateria a menos de 100 passos de distância? — perguntou Saltonstall asperamente, referindo-se aos canhões na ilha Cross. Esses canhões eram razoavelmente visíveis, e atrás deles estavam as barracas dos artilheiros e a bandeira inglesa em um mastro improvisado. — E, quando eu estiver do lado de dentro, como, diabos, vou sair?

— Sair? — perguntou James, desconcertado com a evidente aversão do comodoro por ele.

— Eu sigo seu conselho — disse Saltonstall, com sarcasmo — e entro em Majabigwaduce, mas assim que estiver lá dentro ficarei sob os canhões do forte deles, não é? E incapacitado de sair.

— Incapacitado, senhor? — perguntou James, nervoso com o imaculado Saltonstall.

— Pelo amor de Deus, seu estúpido! Qualquer idiota pode entrar naquele porto, mas como, diabos, sairia de lá? Responda a isso!

— O senhor não precisa sair — disse James. O comodoro estava certo, claro, ao dizer que, apesar de ser fácil usar o vento prevalecente para entrar no porto, seria um trabalho infernal sair contra o vento, especialmente sob fogo dos canhões do forte.

— Ah, louvado seja Deus. Então eu devo ficar lá, permitindo que as baterias de terra reduzam meu navio a destroços?

— Pelo amor do Criador, senhor, não. O senhor pode continuar navegando pelo rio Bagaduce. A água lá é funda, senhor, e longe do alcance de qualquer canhão deles.

— A profundidade deve ser de 9 metros na maré baixa rio acima — interveio Brewer.

— Pelo menos 6 — disse James.

— Você parece saber bastante sobre isso. — Saltonstall virou-se para o capitão Brewer.

— Eu moro aqui — respondeu Brewer.

— Não vou arriscar meus navios naquele buraco desgraçado — disse Saltonstall com voz firme, virando-se de novo para olhar as defesas.

— Que buraco desgraçado, comodoro? — interrompeu uma voz muito viva.

Saltonstall virou-se e viu que Peleg Wadsworth acabara de chegar a bordo da fragata.

— Bom-dia, general — grunhiu o comodoro.

O brigadeiro Wadsworth parecia feliz. Suas preocupações com as condições da milícia tinham sido dissipadas com a primeira análise das defesas inglesas visíveis do convés do *Sally* enquanto este velejava para o norte. Wadsworth olhara por um telescópio para o forte acima do povoado e vira que os muros eram lamentavelmente baixos, confirmando os relatos de que as fortificações estavam inacabadas. Dois moradores do local trazidos à força por brigadistas do *Tyrannicide* também haviam confirmado que o trabalho de McLean estava longe do fim e que os canhões do forte ainda não estavam montados.

— Deus foi bom conosco — disse Wadsworth — e os ingleses estão despreparados. — Em seguida sorriu para Fletcher. — Olá, rapaz, este barco amarrado aí é seu?

— Sim, senhor.

— Parece uma embarcação muito bem-cuidada — disse Wadsworth, indo depois para perto do comodoro. — O general Lovell está decidido a lançar um ataque esta tarde.

Saltonstall grunhiu outra vez.

— E pedimos o favor de dispor de seus brigadistas, senhor.

Saltonstall grunhiu pela terceira vez e então, depois de uma pausa, gritou alto:

— Capitão Welch!

O brigadista alto veio andando pelo convés.

— Senhor?

— Que tipo de ataque, general? — perguntou Saltonstall.

— Diretamente contra o penhasco — respondeu Wadsworth, cheio de confiança.

— Há uma bateria de canhões no penhasco — alertou Saltonstall, indicando Fletcher e o capitão Brewer com um gesto vago. — Eles sabem.

— Provavelmente de seis libras — disse o capitão Brewer —, mas apontados para sul.

— Os canhões estão virados para a boca do porto, senhor — explicou James. — Não apontam para a baía.

— Então não devem nos incomodar — disse Wadsworth, animado. Em seguida fez uma pausa, como se esperasse a concordância do comodoro, mas Saltonstall simplesmente olhou para além do brigadeiro, com o rosto longo de certa forma sugerindo que tinha coisas melhores a fazer do que se preocupar com os problemas de Wadsworth. — Se os seus brigadistas assumirem a direita da linha — sugeriu Wadsworth.

O comodoro olhou para Welch.

— E então?

— Seria uma honra, senhor — respondeu Welch.

Saltonstall assentiu.

— Então pode ter minha brigada, Wadsworth — disse. — Mas cuide bem dela! — Isso era evidentemente uma brincadeira, porque o comodoro deu uma gargalhada breve como um latido.

— Agradeço muitíssimo — respondeu Wadsworth calorosamente.

— E o general Lovell pediu que eu perguntasse, comodoro: o senhor planeja um ataque contra os navios ingleses? — Wadsworth fez a pergunta com tato absoluto.

— Você quer as duas coisas, Wadsworth? — perguntou o comodoro ferozmente. — Quer que meus brigadistas ataquem em terra mas me nega o serviço deles em um ataque contra os navios inimigos? Então o que o senhor quer, terra ou mar?

— Desejo que a causa da liberdade triunfe — respondeu Wadsworth, sabendo que parecia pomposo.

No entanto as palavras pareceram provocar o comodoro, que se encolheu e olhou de novo para as três chalupas inimigas.

— Eles são a rolha num gargalo de garrafa — disse. — A rolha não é grande coisa, vocês devem pensar, mas a garrafa é terrivelmente apertada. Posso destruir os navios deles, Wadsworth, mas a que preço, hein? Diga! A que preço? De metade da nossa frota?

O capitão Brewer e James Fletcher haviam recuado respeitosamente, como se deixassem os dois oficiais superiores ter sua discussão, enquanto o capitão Welch se postava mal-humorado ao lado do comodoro. Somente Wadsworth parecia à vontade. Ele sorriu.

— Três navios podem causar tanto dano assim? — perguntou a Saltonstall.

— Não os malditos navios deles, mas o maldito forte e as malditas baterias. Se eu entrar lá, Wadsworth, minha frota vai ficar sob os canhões do forte deles. Vamos ser massacrados, homem, massacrados.

— O forte não montou... — começou o capitão Brewer.

— Eu sei que eles têm poucos canhões! — Saltonstall se virou com raiva para Brewer. — Mas isso era ontem. Quantos mais eles têm hoje?

Nós sabemos? Não! E quantas peças de campanha estão escondidas no povoado? Sabemos? Não. E assim que estivermos dentro daquela garrafa desgraçada não posso sair a não ser que tenha uma maré vazante e vento leste. E não — ele olhou azedamente para James Fletcher —, não tenho intenção de levar meu navio por um rio onde podem ser colocados canhões inimigos. Portanto, general — ele se virou de novo para Peleg Wadsworth —, você gostaria de ter de explicar à Diretoria da Marinha a perda de mais uma fragata continental?

— O que eu desejo, comodoro — Wadsworth ainda falava respeitosamente —, é que os brigadistas inimigos estejam a bordo dos seus navios e não esperando por nós em terra.

— Ah, isso é diferente — disse Saltonstall de má vontade. — Você quer que eu trave batalha com os navios deles. Muito bem. Mas não levarei minha frota para aquele buraco desgraçado, entendeu? Vamos travar batalha com eles fora do porto.

— E tenho certeza de que somente essa ameaça manterá os brigadistas inimigos onde queremos que estejam.

— Você marcou aquele mapa para mim? — disse Saltonstall virando-se para o capitão Brewer.

— Ainda não, senhor.

— Então faça isso. Muito bem, Wadsworth, vou martelar aqueles navios para você.

Wadsworth deu um passo atrás, sentindo-se como se tivesse balançado uma vela de pavio curto sobre um barril de pólvora aberto e conseguido sobreviver sem provocar uma explosão. Sorriu para James Fletcher.

— É verdade que você é familiarizado com Majabigwaduce, rapaz?

— Bagaduce, senhor? Sim.

— Então faça a gentileza de me acompanhar. O senhor também, capitão Welch? Precisamos esboçar ordens.

O *Felicity* foi deixado amarrado ao *Warren* enquanto James Fletcher era levado com Wadsworth e Welch ao *Sally* que, por enquanto, servia de quartel-general do exército. Wadsworth avaliou James Fletcher e gostou do que viu.

— Então, Sr. Fletcher, por que está aqui?
— Para lutar, senhor.
— Bom homem!

O sol brilhava reluzente na água. A expedição havia chegado a Majabigwaduce e iria direto para a batalha.

O brigadeiro McLean tinha ordenado que cada civil permanecesse em casa porque, se os rebeldes viessem, não queria mortes desnecessárias. Agora estava do lado de fora do grande armazém que fora construído entre os muros inacabados do Forte George. Os preciosos suprimentos da guarnição estavam dentro da longa construção de madeira, mas a munição da artilharia fora enterrada em buracos forrados com pedra logo atrás das fortificações incompletas. A bandeira inglesa tremulava ruidosamente acima do bastião mais próximo da entrada do porto.

— Acho que o vento está aumentando — observou McLean ao tenente John Moore.
— Acredito que sim, senhor.
— Um vento capaz de levar nossos inimigos para dentro do porto.
— Senhor? — Moore pareceu queixoso.
— Sei o que você deseja, John — disse McLean com simpatia.
— Por favor, senhor.

McLean fez uma pausa enquanto um sargento gritava com um soldado para apagar a porcaria do cachimbo. Não era permitido fumar dentro do Forte George porque os paióis de prontidão não estavam totalmente terminados e a pólvora era protegida de fagulhas e do tempo apenas por uma lona de vela número três.

— Você é o tesoureiro, tenente — disse McLean em tom provocador —, não posso me dar ao luxo de perder um bom tesoureiro, posso?
— Sou um soldado, senhor — respondeu Moore com teimosia.

McLean sorriu, depois cedeu.
— Pegue vinte homens. E leve o sargento McClure. Apresente-se ao capitão Campbell, Archibald Campbell. E... John?

Tendo recebido a permissão de se juntar aos piquetes no penhasco, John Moore virou o rosto deliciado para o brigadeiro.

— Senhor?

— O duque não vai me agradecer se você morrer. Cuide-se.

— Sou imortal, senhor — disse Moore, alegre. — E obrigado, senhor.

Moore saiu correndo e McLean se virou para cumprimentar o major Dunlop. Este era o principal oficial do 82º e havia substituído McLean como comandante desse batalhão uma vez que seu superior tinha responsabilidades maiores. O vento estava suficientemente forte para arrancar o bicorne do major Dunlop.

— Mandei Moore se juntar aos piquetes no penhasco, Dunlop — disse McLean, enquanto uma sentinela corria atrás do chapéu desgarrado. — Espero que você não tenha objeções.

— Nenhuma, mas duvido que ele veja qualquer ação por lá.

— Também duvido, mas isso vai manter o rapaz feliz.

— Vai mesmo — concordou Dunlop e os dois conversaram por um momento antes que o brigadeiro fosse até o único canhão de 12 libras que ocupava o bastião sudoeste do Forte George. Os homens de casaca azul da Artilharia Real levantaram-se quando o general se aproximou, mas ele sinalizou para ficarem à vontade. O canhão apontava para a boca do porto, com o cano mirando acima do canhão na bateria Meia-Lua, cavada junto ao litoral. McLean olhou para além dos navios de Mowat, até onde podia apenas vislumbrar alguns dos navios de guerra inimigos, embora a maior parte da frota rebelde estivesse escondida atrás do penhasco.

— Eles virão hoje, senhor? — perguntou um sargento da artilharia.

— Qual é o seu nome, sargento?

— Lawrence, senhor.

— Bom, sargento Lawrence, acho que não posso lhe dizer o que o inimigo fará, mas se eu estivesse no lugar dele certamente faria um ataque hoje.

Lawrence, um homem de rosto largo de 30 e poucos anos, deu um tapa no cano longo de seu canhão.

— Vamos dar a eles uma bela recepção inglesa, senhor.

— E uma bela recepção escocesa também — disse McLean, reprovando.

— Isso também, senhor — respondeu Lawrence enfaticamente.

O brigadeiro andou para o norte, ao longo da fortificação. Era uma defesa digna de pena, mal chegando à cintura de um homem e protegida apenas por dois canhões e uma fileira de espetos de madeira no fosso raso. McLean tinha feito suas disposições, mas era muito velho e experiente para se enganar. O inimigo tinha vindo em força máxima. Estava em maior número, tanto em navios quanto em homens. McLean achava que haveria apenas dois lugares em que eles poderiam desembarcar. Ou abririam caminho à força para o porto e desembarcariam na praia mais próxima ou então colocariam seus homens no istmo. As companhias que ele mandara para esses lugares sem dúvida fariam um bom serviço, mas por fim seriam obrigadas a recuar para o Forte George. Lá os rebeldes avançariam contra os muros patéticos e seus canhões iriam recebê-los, porém o que dois canhões poderiam fazer contra três mil homens ou mais?

— A vontade de Deus será feita — disse McLean.

Imaginou que ao anoitecer seria um prisioneiro. Se tivesse sorte.

O tenente-coronel Paul Revere estava sentado num canto da apinhada cabine de popa do *Sally*. O lugar era dominado por um fogão preto, apagado, ao redor do qual os principais oficiais do exército estavam reunidos. O capitão Welch, cujos brigadistas iriam se juntar à milícia para o ataque, também se encontrava presente. O general Lovell estava de pé sobre os tijolos que rodeavam o fogão, mas as traves da cabine eram tão baixas que ele fora obrigado a se curvar. Um vento refrescante balançava a chalupa presa à âncora, fazendo-a estremecer e se sacudir.

— O general Wadsworth tem boas notícias — disse Lovell, abrindo os trabalhos.

Wadsworth, mais alto ainda do que Lovell, não ficou de pé. Continuou sentado sobre um baú.

— Quarenta e um índios de Penobscot se juntaram a nós — disse.
— O inimigo tentou subverter a tribo com quinquilharias e promessas, mas eles estão decididos a lutar pela liberdade.

— Louvado seja Deus — exclamou o reverendo Jonathan Murray.

— E mais índios virão, tenho certeza — continuou Wadsworth. — E são sujeitos fortes.

— São malditos selvagens — murmurou alguém no canto mais escuro da cabine.

Wadsworth ignorou o comentário e sinalizou para o rapaz bonito agachado na beira da cabine.

— E o Sr. Fletcher esteve em Majabigwaduce ontem mesmo. Ele nos disse que o forte está longe de ser terminado, e que o inimigo tem menos de mil homens.

— Louvado seja — disse o reverendo.

— Assim sendo — Lovell assumiu a palavra —, o comodoro Saltonstall vai atacar os navios inimigos esta tarde! — Ele não disse que o comodoro se recusara a entrar com sua esquadra no porto, e que em vez disso havia escolhido bombardear as chalupas com tiro de longo alcance. — Rezamos pelo sucesso da Marinha — continuou Lovell —, mas não devemos deixar toda a luta por conta dela! Vamos desembarcar, senhores. Vamos atacar o inimigo com todo o ânimo! — O olhar feroz que acompanhou essas palavras foi um pouco encoberto pela postura curvada do general. — O capitão Welch vai desembarcar à direita, comandando seus brigadistas.

— Deus os abençoe — intercedeu o reverendo.

— O coronel McCobb vai destacar duas companhias para apoiar a Brigada Naval — disse Lovell —, enquanto o resto de seu esplêndido regimento atacará no centro.

Samuel McCobb, que comandava a milícia do condado de Lincoln, acenou em concordância. Tinha um rosto magro e marcado pelo tempo, os olhos muito azuis contrastando com o bigode muito branco. Olhou para o capitão Welch e pareceu aprovar o que viu.

— Os homens do condado de Cumberland atacarão à esquerda — disse Lovell — sob o comando do coronel Mitchell. O coronel Davis designará barcos para cada transporte, certo, coronel?

— As ordens estão escritas — disse o coronel Davis. Ele era um dos auxiliares de Lovell, responsável por servir como elemento de ligação entre os capitães civis dos navios de transporte.

— E nós? — perguntou um homem mais ou menos da idade de Wadsworth. Usava roupa de pano grosseiro e pele de cervo, e tinha um rosto forte, entusiasmado, escurecido pelo sol. — Vocês não vão deixar os homens do condado de York fora do jogo, vão, senhor?

— Ah, major Littlefield — disse Lovell cumprimentando-o.

— Nossos colegas estão ansiosos para atacar, senhor, e não ficarão felizes em ser deixados a bordo dos navios — explicou Littlefield.

— É uma questão de botes e batelões — respondeu Lovell. — Não temos o suficiente para desembarcar todos os homens ao mesmo tempo, de modo que os barcos retornarão para pegar a milícia do condado de York.

— Portanto certifique-se de estar com seus companheiros preparados — disse o coronel Davis.

— E certifiquem-se de deixar alguma luta para nós! — respondeu Daniel Littlefield, parecendo desapontado.

— Não temos barcos de desembarque suficientes? — perguntou Revere, falando pela primeira vez. Ele parecia incrédulo. — Não temos barcos suficientes?

— Nem perto disso — respondeu Davis bruscamente. — Por isso vamos desembarcar quantos homens pudermos; depois os barcos retornarão para pegar os outros.

— E meus canhões? — perguntou Revere.

— O general Wadsworth vai comandar o ataque — respondeu Lovell —, de modo que talvez ele possa respondê-lo, coronel Revere.

Wadsworth sorriu para o indignado Revere.

— Espero, coronel, que seus canhões não sejam necessários.

— Que não sejam necessários! Eu não os trouxe até aqui só para servirem de lastro!

— Se nossas informações estiverem corretas — disse Wadsworth em tom apaziguador —, acredito que capturaremos o penhasco e então avançaremos direto para o forte.

— Com velocidade — insistiu Welch.

— Velocidade? — perguntou Lovell.

— Quanto mais rápido formos, maior será o choque — disse Welch. — É como uma luta de boxe. Damos um soco forte no inimigo, depois damos outro enquanto ele ainda está tonto. Depois batemos de novo. Mantemos o inimigo atordoado, desequilibrado, e continuamos batendo.

— Nossa esperança — observou Wadsworth — é avançar com tamanho fervor que dominemos o forte antes que o inimigo possa entender o que está acontecendo.

— Amém — disse o reverendo Murray.

— Mas se o forte não for capturado imediatamente — Wadsworth se dirigia novamente a Revere —, seus canhões serão levados para terra.

— E qualquer canhão que capturarmos pertence ao estado de Massachusetts — insistiu Revere. — Não é?

O capitão Welch se irritou com isso, mas nada disse.

— Claro — respondeu Lovell. — De fato, tudo que capturarmos pertencerá ao grande estado de Massachusetts! — Ele abriu um sorriso largo para o grupo reunido.

— Creio, senhor — sugeriu baixinho John Marston, secretário do general —, que o Conselho decretou que todos os saques tomados pelos corsários serão considerados propriedade privada deles.

— Claro, claro — disse Lovell, desconcertado —, mas tenho certeza de que haverá saque mais do que suficiente para satisfazer os investidores. — Ele se virou para o reverendo Murray. — Capelão? Uma oração antes de nos dispersarmos?

— Antes de vocês rezarem — interrompeu o capitão Welch —, uma última coisa. — Ele olhou com intensidade os homens que comandavam a milícia. — Vai haver barulho, fumaça e confusão. Haverá sangue e gritos. Haverá caos e incerteza. Portanto mandem seus homens calarem as baionetas. Vocês não vão vencer aqueles desgraçados saraivada por saraivada, mas o aço afiado vai fazê-los se cagar de medo. Calem as baionetas e partam direto contra o inimigo. Gritem enquanto atacarem e, acreditem, eles vão fugir. — Ele fez uma pausa, os olhos duros espiando cada um dos comandantes da milícia que, por sua vez, com exceção do major Daniel Littlefield que assentia com entusiasmo, pareciam um tanto intimidados pelas palavras sinistras do oficial da brigada. — Usem aço afiado e coragem dura — rosnou Welch —, e iremos vencer. — Ele disse as últimas três palavras lentamente, com nitidez e uma ênfase sinistra.

A cabine permaneceu em silêncio enquanto os homens pensavam no que o brigadista havia dito, e em seguida o reverendo Murray pigarreou.

— Senhores — disse —, vamos baixar a cabeça. — Ele fez uma pausa. — Ó Senhor, Vós prometestes nos cobrir com Vossos ventos fortes; então nos protejais agora enquanto vamos... — O reverendo foi interrompido pelo som de um canhão disparando. O ruído foi súbito e de um volume chocante. O eco do canhão ricocheteou no penhasco, depois a tarde foi rasgada pelos tiros, canhão após canhão e eco após eco, e o resto da oração ficou sem ser dito enquanto os homens corriam até o convés para ver os navios de guerra do comodoro Saltonstall fazerem seu primeiro ataque.

Do juramento exigido pelo general de brigada Francis McLean aos moradores ao redor do rio Penobscot, julho de 1779:

Invocando ao Deus grandíssimo e sagrado quanto à verdade de meu juramento, prometo solenemente e juro que ouvirei a verdadeira Aliança e serei um súdito fiel de sua mui sagrada Majestade George III, Rei da Grã-Bretanha, da França e da Irlanda, e das Colônias da América do Norte, Agora falsamente denominando-se de Estados Unidos da América...

Da Proclamação aos habitantes da região de Penobscot, emitida pelo general de brigada Solomon Lovell, 29 de julho de 1779:

Eu, por meio desta, garanto aos habitantes de Penobscot e do Condado adjacente que, caso se descubram tão perdidos para todas as virtudes dos bons Cidadãos... tornando-se os primeiros a desertar da causa da Liberdade da Virtude e de Deus... devem esperar ser os primeiros também a experimentar o justo ressentimento deste País ferido e traído, na punição condigna que sua traição merece.

Trecho da carta do coronel John Frost, da Milícia de Massachusetts, 20 de julho de 1779:

Eu gostaria de informar suas Excelências sobre a convocação de Oficiais do Terceiro Regimento de Brigada para minha Surpresa eu descobri que não havia Oficiais no Regimento mencionado... que teve uma Comissão Própria a razão é que todos os Oficiais no Regimento mencionado foram Comissionados no ano de 1776 pelo rei George o Terceiro e o Coronel Tristrum Jordan então comandou o Regimento mencionado mas não tomou o cuidado devido para que as Comissões fossem alteradas de acordo com o Ato desse Estado... devo estar contente do Direcionamento de suas Excelências sobre a Situação e esperar pelas Ordens de suas Excelências.

5

O *Tyrannicide*, onde tremulava a bandeira da Marinha de Massachusetts com a imagem do pinheiro, foi o primeiro navio de guerra a enfrentar o inimigo. Veio do oeste, deslizando diante dos ventos revigorantes em direção à estreita entrada do porto. Aos homens que olhavam da margem parecia que ele estava decidido a forçar a entrada penetrando na estreita abertura entre o HMS *Nautilus* e a bateria na ilha Cross, mas então ele girou para bombordo de modo a velejar em direção ao norte, paralelo às chalupas inglesas. Seu canhão de proa a estibordo deu início à batalha. O *Tyrannicide* carregava canhões de seis libras, sete em cada costado, e o primeiro canhão amortalhou o brigue com uma fumaça densa. A bala acertou o mar 100 metros antes do *Nautilus*, ricocheteou numa onda pequena, ricocheteou uma segunda vez e então afundou enquanto toda a linha britânica sumia atrás de sua própria fumaça enquanto os navios do capitão Mowat aceitavam o desafio. O *Hampden*, o grande navio de New Hampshire, foi o próximo a entrar em ação, com as peças de nove libras disparando contra a fumaça inglesa. Tudo que o capitão Salter, do *Hampden*, podia ver das três chalupas inimigas eram as pontas dos mastros acima da nuvem.

— Espanquem eles, rapazes! — gritou animado para seus artilheiros.

O vento estava suficientemente forte para afastar a fumaça rapidamente. Titus Salter viu o *North* reaparecer entre a fumaça. Em seguida outra pancada de chama luminosa relampejou em uma portinhola de canhão de uma chalupa inglesa e ele ouviu o estrondo quando a bala esférica acertou o *Tyrannicide* adiante, e então sua visão foi obscurecida de novo pela fumaça cinza e acre de seus próprios canhões.

— Recarregar! — gritou um homem.

O *Hampden* velejou para fora da fumaça e o capitão Salter pôs as mãos em concha e gritou:

— Cessar fogo! Cessar! — Uma bala inglesa esbravejou acima, passando perto, abrindo um buraco na vela de mezena do *Hampden*. — Cessar o maldito fogo! — gritou Salter com raiva.

Um brigue havia aparecido de repente a estibordo do *Hampden*. Era uma embarcação muito menor, armada com 14 canhões de seis libras, e seu capitão, em vez de seguir o navio de New Hampshire, estava agora ultrapassando-o e colocando desse modo a embarcação entre os canhões do *Hampden* e as chalupas inglesas.

— Idiota desgraçado — resmungou Salter. — Esperem até ele sair da frente! — gritou para seus artilheiros.

O brigue, com a bandeira da Marinha de Massachusetts, era o *Hazard*, e seu capitão estava vomitando devido a um problema de estômago, de modo que seu primeiro-tenente, George Little, o comandava. Ele não havia percebido o *Hampden*, preocupado apenas em levar seu navio o mais perto possível do inimigo e então golpear as chalupas com seus sete canhões. Queria que o comodoro tivesse ordenado um ataque de verdade, diretamente contra a boca do porto, mas, como recebera ordens de se restringir a um bombardeio, queria que seus canhões causassem dano real.

— Matem os desgraçados — ele gritou aos homens da artilharia. Little era um homem de 20 e poucos anos, um pescador transformado em oficial naval, um patriota apaixonado. Ele ordenou que as escotas fossem soltas para que as velas inflassem e o *Hazard* navegasse mais devagar, dando aos homens da artilharia uma plataforma mais estável. — Atirem, desgraçados! — Ele olhava para a nuvem de fumaça que amortalhava o navio inglês *Nautilus* e a viu se misturar com um brilho vermelho quando um canhão disparou. A bala acertou o *Hazard* em um lugar baixo, perto da linha d'água, fazendo o casco estremecer. O navio se sacudiu de novo quando seus próprios canhões dispararam, o barulho parecendo preencher o universo. — Onde, diabos, está o *Warren*? — protestou Little.

— Eles estão o refreando, senhor — respondeu o timoneiro.

— Para quê?

O timoneiro deu de ombros. Os artilheiros no canhão de seis libras ao lado estavam limpando o cano, propelindo um jato de vapor pelo ouvido da peça, e isso fez Little se lembrar de uma baleia soprando água.

— Cubram esse ouvido! — gritou. O jorro de ar provocado por uma mecha enfiada no cano podia facilmente acender resíduos de pólvora e lançar o soquete de volta contra as tripas do artilheiro. — Use seu protetor de polegar, homem — rosnou para o artilheiro — e bloqueie o ouvido quando fizer a limpeza! — Em seguida olhou com aprovação enquanto a carga, a bucha e a bala eram enfiadas com eficiência no cano limpo, e depois enquanto as cordas da talha eram puxadas e o canhão corria para fora. As rodas ribombaram no convés, a tripulação ficou de lado, o artilheiro encostou a vara flamejante na pena cheia de pólvora e o canhão arrotou sua fúria e fumaça. Little teve certeza de ter ouvido o estalo satisfatório da bala acertando o inimigo. — É assim que se faz, rapazes! — gritou. — Essa é a única mensagem que os desgraçados entendem! Matem eles! — Ele não conseguia ficar parado. Estava movendo o peso do corpo de um pé para o outro, agitado, como se toda a sua energia estivesse frustrada pela incapacidade de chegar mais perto do odiado inimigo.

Agora o capitão Salter tinha conseguido pôr o *Hampden* à frente do *Hazard* outra vez. Mais cedo naquela tarde, na rápida escuna *Rover*, o comodoro havia percorrido a frota ancorada, gritando instruções aos capitães que lutariam contra os ingleses. Havia ordenado que mirassem nos cabos das âncoras, e Salter fazia o máximo para obedecer. Seus canhões estavam carregados com barras e balas de cadeia, destinados a cortar cordames e, ainda que ele duvidasse da precisão de seus artilheiros na tarde coberta de fumaça, Salter entendia o que Saltonstall desejava. As três chalupas inglesas estavam presas na proa e na popa por âncoras às quais estavam ligadas espias, e apertando-se ou soltando-se as espias eles podiam ajustar os cascos com relação ao vento ou à corrente, mantendo assim o alinhamento em forma de parede que atravessava a boca do porto. Se uma espia ou um cabo de âncora pudesse ser cortado, então um dos navios inimigos giraria como um portão se abrindo, deixando um buraco enorme em que um navio rebelde poderia se infiltrar para destroçar as chalupas.

A bala de cadeia era composta por duas metades de uma bala de canhão unidas por um grosso pedaço de corrente. Quando voava, o projétil fazia um barulho súbito e chiado, como uma foice. As metades das balas conectadas giravam ao voar, mas desapareciam na fumaça, e Salter, olhando atentamente os topos dos mastros, não podia ver nenhum sinal de que as correntes estivessem cortando algum cabo. Em vez disso, os artilheiros ingleses devolviam o fogo rapidamente, mantendo a fumaça constante em volta dos três cascos, e mais fogo, dessa vez mais pesado, vinha da bateria na ilha Cross, na direção do *Hampden*. O alto penhasco da península também se envolvia em fumaça cinza-amarelada enquanto a bateria menor, em Dyce's Head, se juntava à luta.

A maré estava subindo, levando os navios para mais perto da boca do porto, e Salter ordenou que suas velas fossem caçadas para que o *Hampten* não corresse nenhum risco de encalhar. O brigue da Marinha Continental *Diligent*, com seus ridículos canhões de três libras, navegou para dentro da nuvem de fumaça deixada pelo *Hampden*, e sua pequena banda de artilharia cuspiu na direção do inimigo. O *Hazard*, percebendo o mesmo perigo de encalhar, havia se desviado e agora atravessava perto da popa de Salter.

— Onde, diabos, está o *Warren*? — gritou o tenente Little para Salter.

— Ainda ancorado! — gritou Salter de volta.

— Ele tem peças de 18 libras! Por que diabos não está golpeando a...?

Salter não escutou a última palavra porque uma bala de seis libras, disparada de Dyce's Head, acertou seu convés e arrancou lascas enormes das tábuas antes de desaparecer pelo lado de bombordo. Por milagre, ninguém se machucou. Agora mais dois navios estavam seguindo o *Diligent* para dentro da fumaça, com as armas cuspindo fogo e ferro contra as chalupas do rei. O ruído era constante, uma percussão interminável que golpeava os ouvidos. O tenente Little ainda gritava, mas o *Hazard* tinha se afastado e Salter não pôde ouvi-lo por cima do barulho que preenchia o céu. Uma bala rugiu passando acima, e Salter, levantando os olhos, ficou surpreso ao ver um segundo buraco em sua vela de mezena. Outra bala esférica acertou o casco, sacudindo o grande navio, e ele prestou atenção esperando ouvir algum grito, sentindo-se aliviado quando nenhum soou. A fumaça sufocante que escondia as três chalupas inglesas estava sendo iluminada constantemente por clarões, de modo que a nuvem cinza reluzia um instante, se desbotava e depois reluzia de novo. Clarão após clarão, de modo incansável, piscando ao longo da linha de fumaça, às vezes se fundindo num vermelho mais forte quando duas, três ou quatro chamas saltavam ao mesmo tempo, e Salter reconheceu a habilidade que havia por trás da frequência daqueles clarões. Os artilheiros eram rápidos. Mowat havia treinado bem seus homens, pensou ele sério.

— Talvez os desgraçados fiquem sem munição — disse a ninguém em particular, e então, enquanto seu navio virava para o leste por baixo de Dyce's Head, levantou os olhos e viu casacas vermelhas em meio às árvores no alto penhasco. Um sopro de fumaça se demorou e Salter presumiu que um mosquete havia sido disparado contra seu navio, mas não fazia ideia de aonde a bala teria ido. Mais dois sopros de fumaça apareceram entre as árvores, e então o *Hampden* estava em água aberta, e Salter virou o navio de novo.

O carpinteiro do *Hazard*, com as calças encharcadas até a cintura, apareceu vindo da escotilha da popa.

— Levamos um tiro logo abaixo da linha d'água — informou ao tenente Little.

— Muito ruim?

— Bem feio. Quebrou um par de tábuas. Acho que o senhor vai precisar das duas bombas.

— Tape o buraco — ordenou Little.

— Matou um rato também — disse o carpinteiro, evidentemente achando aquilo divertido.

— Tape! — gritou Little para o sujeito. — Vamos virar de novo. Balas duplas nos canhões! — Gritou este último comando para o convés, e então virou o rosto raivoso para o timoneiro. — Da próxima vez quero chegar mais perto!

— Há pedras perto da entrada — alertou o timoneiro.

— Eu disse mais perto!

— Sim, senhor, mais perto — respondeu o timoneiro. Sabia que era melhor não discutir, assim como sabia que não deveria levar o navio para mais perto da ilha Cross do que já fizera. Enfiou um chumaço de tabaco na boca e girou o timão a fim de levar o brigue de volta para o sul. Uma bala esférica inglesa passou logo à frente da bujarrona do *Hazard*, quicou fazendo uma onda pequena e finalmente espirrou água e afundou a uns 200 passos do *Warren*, que estava ancorado.

O tenente John Moore observava de cima de Dyce's Head. Para ele a batalha parecia muito lenta. O vento estava forte, mas os navios pareciam se arrastar pela água coberta de fumaça. Os canhões expeliam fumaça em jatos enormes através dos quais os navios se moviam com uma graça imponente. O barulho era terrível. A qualquer momento trinta ou quarenta canhões eram disparados e seus estrondos se fundiam numa concussão que ribombava mais alta e mais prolongada do que qualquer trovão. As chamas davam em alguns momentos um aspecto sinistro à fumaça e de repente Moore foi assolado pelo pensamento de que o próprio inferno seria assim. No entanto, apesar de todo som e toda fúria, parecia haver poucos danos dos dois lados. Os três navios de Mowat permaneciam imóveis, com os costados indiferentes ao fogo inimigo, enquanto os navios americanos velejavam serenamente em meio à água espirrada pelas balas britânicas. Algumas acertavam o alvo; Moore ouvia nitidamente o estalo de madeira sendo lascada, porém não via indícios de danos, e os conveses lavados dos navios inimigos pareciam não ter manchas de sangue.

Um navio rebelde, maior do que os outros, passou perto, abaixo de Dyce's Head, e Moore permitiu que seus homens atirassem com os mosquetes para baixo, mas sabia que a distância era grande demais e suas esperanças de acertar qualquer coisa além de água eram próximas de zero. Viu nitidamente um homem no tombadilho superior do navio virar-se e olhar para o penhasco, e Moore teve o instinto absurdo de acenar para ele. Conteve-se. Um súbito sopro de vento mais forte limpou a fumaça ao redor das três chalupas da Marinha Real e Moore não pôde ver nenhum dano aos cascos. Os mastros continuavam de pé e as bandeiras ainda tremulavam. Um canhão disparou no *Albany* e, logo antes que a fumaça obscurecesse o navio novamente, Moore viu a água à frente da portinhola do canhão se achatar e voar em forma de leque.

Nove navios inimigos atacavam a linha de Mowat, mas, para surpresa de Moore, nenhum deles tentava romper essa linha. Em vez disso circulavam e se revezavam para disparar contra as chalupas. Logo atrás das chalupas de Mowat, ancorados em uma linha semelhante, estavam os três navios de transporte que tinham ajudado a levar os homens de McLean a Majabigwaduce. Suas tripulações se inclinavam sobre as amuradas e olhavam a fumaça dos canhões. Algumas balas do inimigo, passando por entre as chalupas, se chocaram contra os transportes, cujo serviço era esperar e ver se algum navio americano teria sucesso em romper a linha de Mowat para, nesse caso, tentar atrapalhá-lo, mas nenhum inimigo parecia disposto a velejar direto para a boca do porto.

O tenente George Little queria velejar para dentro do porto, mas suas ordens eram para que ficasse a oeste da entrada, e assim ele fez o *Hazard* circular, as velas batendo como tiros de canhão enquanto ele forçava o navio e então fazia o pequeno brigue partir direto para a ilha Cross. Uma bala de canhão, disparada pela bateria da ilha, passou gritando sobre o convés, errando por pouco o timoneiro.

— Maldito desperdício de pólvora — murmurou Little. — Mantenha o navio firme.

— Lajes de pedra à frente, senhor.

— Danem-se as lajes, dane-se você e danem-se os ingleses. Chegue mais perto!

Apesar da ordem, o timoneiro girou o timão para o outro lado, tentando levar o *Hazard* para o norte de modo que seu costado pudesse cuspir ferro desafiadoramente contra as chalupas inglesas, mas Little pegou o timão e o girou de volta.

— Mais perto, eu mandei!

— Santo Cristo — disse o timoneiro, entregando o timão.

Outra bala esférica, que pelo som parecia pesada, acertou a proa do *Hazard*. O navio estremeceu e houve um som raspado quando o casco acertou uma rocha submersa. Little fez uma careta, virou o timão e o *Hazard* hesitou. O ruído raspado continuou lá embaixo, mas então o brigue estremeceu e se soltou da pedra, avançando em seu novo rumo.

— Marinheiros às bombas! — gritou Little. — E artilheiros! Mirem bem! — Os canhões saltaram para trás fazendo força contra as cordas de ancoragem e a fumaça brotou. Uma bala inglesa acertou as malaguetas à frente do mastro de proa, arrebentando-as, e Little gritava com seus artilheiros para recarregarem.

No alto do penhasco Moore olhava o pequeno brigue. Por um momento pensou que seu capitão pretendia abalroar o *Nautilus*, mas então o brigue se virou, cuspindo fogo e ferro, para entrar na fumaça deixada pelos canhões do *Black Prince*, um grande navio corsário.

— Naviozinho corajoso — disse Moore.

— Se chegar mais perto vai vender o casco como lenha para fogueira, senhor — observou o sargento McClure.

Moore viu o *Hazard* velejar ao longo da linha. Viu uma bala esférica acertar seu casco, mas a taxa de disparos do brigue não diminuía. O navio virou para o oeste abaixo de Moore, que viu os artilheiros recarregando.

— Aquele é um terrier — disse.

— Mas não somos ratos, não é, senhor?

— Não somos ratos, sargento — respondeu Moore, achando graça. Os pequenos canhões de Pearce Fenistone, logo atrás do piquete, dispararam, e suas balas caíram na direção do navio inimigo e encheram as árvores de fumaça. Agora o sol estava baixo no oeste e fazia a fumaça reluzir.

— O capitão Campbell está vindo, senhor — murmurou McClure num alerta baixo a Moore.

Moore se virou e viu a alta figura do capitão Archibald Campbell, vestido de saiote, vindo do norte. Campbell, um *highlander* do 74º Regimento, comandava todos os piquetes do penhasco.

— Moore — disse ele cumprimentando o tenente —, acho que os ianques planejam nos incomodar.

— É para isso que eles vieram, senhor — respondeu Moore, animado.

Campbell piscou para o rapaz como se suspeitasse de estar sendo zombado. Encolheu-se quando o canhão mais próximo recuou depois do disparo, com o ruído soando muito alto entre as árvores. As cordas de ancoragem dos três canhões tinham sido amarradas em pinheiros, e cada disparo provocava uma chuva de folhas em formato de agulha e pinhas.

— Venha olhar — ordenou Campbell, e Moore seguiu o magro escocês de volta pelo topo do penhasco até um lugar onde uma abertura entre as árvores permitia uma vista da ampla baía.

Os navios de transporte do inimigo estavam ancorados na baía que era sacudida pelo vento forte que criava ondas brancas. O amontoado de navios estava bem fora do alcance de qualquer canhão que McLean pudesse ter posicionado no terreno alto.

— Está vendo? — Campbell apontou para a frota e Moore, abrigando os olhos do sol poente, viu escaleres aninhados junto aos cascos dos transportes.

Moore pegou um pequeno telescópio no bolso e abriu os tubos. Demorou um momento para acertar e focalizar o instrumento, e então viu homens de casacas verdes descendo para um dos escaleres.

— Acredito que eles estejam planejando nos atacar.

— Não tenho uma luneta — disse Campbell, ressentido.

Moore entendeu a deixa e ofereceu o telescópio ao capitão, que demorou uma eternidade para ajustar as lentes. Campbell, como Moore, viu os homens enchendo os botes. Viu também que estavam carregando mosquetes.

— Acha que eles vão nos atacar? — perguntou, parecendo surpreso com esse pensamento.

— Acho melhor presumirmos que sim — sugeriu Moore. Era possível que os homens estivessem sendo redistribuídos entre os navios de transporte, mas por que fazer isso justamente naquele momento? Parecia muito mais provável que os americanos planejassem um desembarque.

— Traga o seu pessoal para cá — ordenou Campbell.

Os navios de guerra americanos ainda atiravam contra as chalupas de Mowat, embora seu fogo agora fosse incoerente e nenhum deles, nem mesmo o *Hazard*, se aventurasse perto da boca do porto. Dois dos navios atacantes já haviam navegado para fora de alcance e baixado as âncoras. Moore trouxe seus homens para se juntarem ao resto dos piquetes de Campbell no momento em que os escaleres saíam do abrigo dos transportes e remavam em direção à costa. Agora o sol estava muito baixo, ofuscando os casacas vermelhas em meio às árvores do penhasco.

— Eles estão vindo! — O capitão Campbell parecia atônito.

— Os mosquetes dos homens estão carregados, sargento? — perguntou Moore a McClure.

— Sim, senhor.

— Deixem os mosquetes desengatilhados — ordenou Moore. Não queria balas desperdiçadas por algum descuidado que puxasse o gatilho acidentalmente.

— Alferes Campbell, John Campbell! — gritou o capitão Campbell. — Corra de volta ao forte e diga ao brigadeiro que os patifes estão vindo!

O alferes vestido de saiote partiu e Moore olhou os barcos que se aproximavam, notando que estavam com dificuldades por causa do vento forte. As ondas da baía eram curtas e rápidas, batendo com força nos grandes escaleres e cobrindo os remadores e os passageiros com borrifos de água.

— É melhor McLean mandar reforços — disse Campbell nervoso.

— Podemos acabar com esses sujeitos — respondeu Moore, surpreso ao ver como se sentia confiante. Havia cerca de oitenta casacas vermelhas no penhasco, e o inimigo, supôs, teria pelo menos duzentos homens, mas que precisariam escalar o penhasco, e os primeiros 15 ou

18 metros eram tão íngremes que ninguém poderia subir carregando um mosquete ao mesmo tempo. Depois disso a encosta ficava um pouco mais plana, mas ainda era precipitosa e os casacas vermelhas, posicionados no cume, poderiam disparar para baixo contra os homens que subiam exaustos morro acima. Uma última salva de canhões soou no sul, com o trovão ecoando brevemente, e Moore, sem pedir ordens de Campbell, desceu alguns passos da parte superior da encosta com um salto para se posicionar onde pudesse ver os atacantes com clareza.

— Vamos esperar os reforços do brigadeiro — gritou Campbell, reprovando.

— Claro, senhor — disse Moore, escondendo o desdém pelo alto escocês. Campbell tinha mandado o alferes de volta ao forte, mas essa era uma jornada de mais de um quilômetro, boa parte através de mato baixo e emaranhado, e os reforços de McLean precisariam fazer a mesma jornada de volta. Quando chegassem, os ianques já teriam desembarcado muito antes. Se eles deviam ser impedidos, os homens de Campbell precisariam fazer o serviço, mas Moore sentia o nervosismo de seu comandante. — Traga os homens aqui para baixo, sargento — gritou para McClure e, ignorando a pergunta em tom de lamúria de Archibald Campbell sobre o que estava fazendo, guiou McClure e os outros Hamiltons para o norte ao longo da borda do penhasco. Estavam no ponto onde terminava a encosta superior, mais fácil, logo acima da parte mais íngreme do morro, e Moore posicionou seus homens de modo que ficassem diretamente acima da praia para onde os americanos remavam. Sentiu uma empolgação súbita. Tinha sonhado com batalhas por muito tempo e agora aquela era iminente, embora não se parecesse nem um pouco com os sonhos. Neles, ele estava em um amplo campo aberto e o inimigo se encontrava em densas fileiras sob os estandartes, com a cavalaria nos flancos; bandas tocavam, e Moore frequentemente se imaginava sobrevivendo às saraivadas do inimigo até que ordenava a seus homens para atirar de volta; mas em vez disso estava tropeçando entre arbustos e olhando uma flotilha de grandes escaleres remando com força para a praia.

Agora os barcos estavam perto, a menos de 100 passos da praia estreita onde as ondas curtas, impelidas pelo vento, se partiam brancas. Então um canhão soou. Moore viu uma nuvem de fumaça aparecer a meia-nau em um dos navios de transporte, e percebeu que havia um pequeno canhão a bordo ali. A bala esférica se chocou ruidosamente nas árvores do penhasco, espantando pássaros que voaram para o céu da tarde, e Moore pensou que o tiro solitário poderia pressagiar um bombardeio, mas nenhum outro canhão disparou. Em vez disso duas bandeiras surgiram no lais da verga do navio e subitamente os escaleres pararam os remos. Os barcos balançaram na água turbulenta e começaram a dar meia-volta. Estavam retornando.

— Desgraçados — disse Moore. Olhou os barcos virarem desajeitadamente e percebeu que os americanos tinham abandonado o plano. — Dispare uma saraivada contra eles — ordenou a McClure. A distância era grande, mas a frustração de Moore o fazia fumegar. — Fogo! — gritou para o sargento.

Os Hamiltons engatilharam os mosquetes, miraram e dispararam uma saraivada desajeitada. O som dos mosquetes ecoou pelas árvores. Moore estava de pé em um dos lados e teve certeza de que viu um homem no escaler mais próximo se jogar com violência para a frente.

— Cessar fogo! — gritou Campbell com raiva, do cume.

— Nós acertamos um homem — disse Moore a McClure.

— Acertamos? — O sargento pareceu incrédulo.

— Um rebelde a menos, sargento — disse Moore. — Malditas sejam suas almas traidoras.

O vento levou a fumaça de pólvora para longe, e o sol, que momentaneamente fora obscurecido por um filete de nuvem acima da margem oeste da baía, subitamente surgiu luminoso e ofuscante. Houve um silêncio, quebrado apenas pelo sopro do vento e o chiado das ondas se partindo.

Gritos de comemoração soaram à medida que o sol se punha. O brigadeiro McLean tinha levado seus oficiais pela praia até um lugar logo depois da bateria Meia-Lua, e ali, ao alcance da audição das três chalupas da Marinha Real, saudou-as. Para McLean, olhando dos muros baixos e inacabados do Forte George, parecera que os americanos tentaram entrar no porto mas foram repelidos pelos canhões de Mowat, e assim queria agradecer à Marinha. Seus oficiais ficaram de frente para os navios, levantaram os chapéus, e McLean comandou-os em três saudações calorosas.

A bandeira inglesa ainda tremulava sobre o Forte George.

— Um índio chamado John — disse Wadsworth.

— O quê? Quem? — O general Lovell estivera sussurrando com seu secretário e não ouviu direito as palavras de seu auxiliar imediato.

— O homem que morreu, senhor. Era um índio chamado John.

— E era uma vez os quarenta... — reagiu um homem na borda da cabine.

— Então não era um dos nossos — observou Saltonstall.

— Era um homem corajoso — disse Wadsworth, franzindo a testa diante daqueles comentários. O índio fora acertado por uma bala de mosquete na tarde anterior, logo depois que os botes de assalto tinham dado as costas para a praia. Uma pequena saraivada fora disparada na floresta do penhasco e, ainda que a distância fosse muito maior do que qualquer esperança de precisão, a bala inglesa havia acertado o índio no peito, matando-o em segundos. Wadsworth, a bordo do *Sally*, tinha visto os sobreviventes subirem a bordo, com as casacas sujas do sangue de John.

— Exatamente por que abandonamos o desembarque da noite passada? — perguntou Saltonstall azedamente. O comodoro tinha inclinado a cadeira para trás e olhava os oficiais do exército por cima do nariz comprido.

— O vento estava forte demais — explicou Lovell — e imaginamos que teríamos dificuldade para voltar com os barcos até os navios de transporte e embarcar a segunda divisão.

Os líderes da expedição estavam reunidos para um conselho de guerra na cabine do comodoro, no *Warren*. Vinte e um homens se apinhavam ao redor da mesa. Doze eram capitães dos navios de guerra e o resto era formado por majores ou coronéis da milícia. Era a manhã de segunda-feira, o vento havia amainado, não havia névoa e o céu acima da baía de Penobscot estava límpido e azul.

— A questão — Lovell abriu os trabalhos batendo com um dedo comprido na mesa polida do comodoro — é se devemos usar toda a força contra o inimigo hoje.

— O que mais poderíamos fazer? — perguntou o capitão Hallet, que comandava o bergantim *Active*, da Marinha de Massachusetts.

— Se os navios atacarem as embarcações inimigas — sugeriu Lovell acanhado —, e se desembarcarmos os homens, acho que Deus estará a favor de nosso empreendimento.

— Certamente estará — disse cheio de confiança o reverendo Murray.

— Vocês querem que eu entre no porto? — perguntou Saltonstall, alarmado.

— Isso é necessário para destruir as embarcações inimigas? — respondeu Lovell com outra pergunta.

— Deixe-me lembrá-lo. — O comodoro deixou sua cadeira cair para a frente com uma pancada forte. — O inimigo apresenta uma linha de canhões apoiada por baterias e sob a artilharia de um forte. Levar navios para aquele maldito buraco sem um reconhecimento prévio seria o verdadeiro auge da loucura.

— Loucura da batalha — murmurou alguém na parte de trás da cabine, e Saltonstall olhou irado para os oficiais que estavam ali, mas não fez nenhum comentário.

— Você está sugerindo, talvez, que não tenhamos feito reconhecimento suficiente? — Lovell continuava falando sob a forma de perguntas.

— Estou — respondeu Saltonstall com firmeza.

— No entanto sabemos onde os canhões inimigos estão situados — disse Wadsworth com igual firmeza.

Saltonstall olhou furioso para o brigadeiro mais jovem.

— Eu levo minha frota para aquele maldito buraco — disse ele — e fico emaranhado com os malditos navios deles, e tudo que vocês terão será um monte de destroços, talvez em chamas, e o tempo todo o maldito inimigo estará disparando contra nós a partir das baterias de terra. Vocês gostariam de ter de explicar à Diretoria Naval que eu perdi uma preciosa fragata por insistência da Milícia de Massachusetts?

— Deus olhará pelo senhor — garantiu o reverendo Murray ao comodoro.

— Deus não está manobrando meus canhões! — rosnou Saltonstall para o clérigo. — Eu adoraria que Ele estivesse, mas em vez disso tenho uma tripulação de homens convocados à força! Metade dos desgraçados nunca viu um canhão disparando!

— Não vamos nos acalorar — interveio Lovell apressadamente.

— Ajudaria, comodoro, se a bateria na ilha Cross fosse removida? — perguntou Wadsworth.

— A remoção dela é essencial — respondeu o comodoro.

Lovell olhou impotente para Wadsworth, que começou a pensar em que tropas poderia usar para invadir a ilha, mas o capitão Welch interveio:

— Nós podemos fazer isso, senhor — disse o alto brigadista, cheio de confiança.

Lovell sorriu aliviado.

— Então, parece que temos um plano de ação, senhores — disse, e de fato tinham. Foi necessária uma hora de discussão para decidirem os detalhes, mas quando a hora terminou ficara combinado que o capitão Welch comandaria mais de duzentos brigadistas para atacar a bateria inglesa na ilha Cross, e enquanto essa operação estivesse sendo feita os navios de guerra atacariam de novo as três chalupas, de modo que seus canhões não pudessem ser apontados para os homens de Welch. Ao mesmo tempo, para impedir que os ingleses enviassem reforços para o sul atravessando o porto, o general Lovell faria outro ataque contra a península. Lovell ofereceu o plano para aprovação do conselho e foi recompensado com aprovação unânime. — Estou confiante — disse Lovell animado —, imensamente confiante em que o Deus Todo-poderoso mandará uma chuva de bênçãos para os esforços deste dia.

— Amém — disse o reverendo Murray —, e amém.

O capitão Michael Fielding procurou o general McLean pouco depois do amanhecer. O general estava sentado à luz do sol que nascia, junto ao grande depósito que acabara de ser construído dentro do forte. Um soldado estava barbeando McLean, que sorriu pesaroso para Fielding.

— Fazer a barba é difícil com o braço direito meio inutilizado — explicou o general.

— Levante o queixo, senhor — disse o soldado, e não houve conversa enquanto a navalha raspava o pescoço do general.

— O que está pensando, capitão? — perguntou McLean enquanto a navalha era lavada.

— Num abatis, senhor.

— É uma coisa excelente para se pensar — disse McLean em tom despreocupado, e então ficou em silêncio de novo enquanto o soldado enxugava seu rosto com uma toalha. — Obrigado, Laird — disse quando o pano foi afastado de seu pescoço. — Já fez o desjejum, capitão?

— O rancho está com pouca coisa, senhor.

McLean sorriu.

— Disseram-me que as galinhas começaram a chocar. Não posso deixar vocês passando fome. Laird? Seja um bom sujeito e veja se Graham pode nos arranjar alguns ovos escaldados.

— Sim, senhor. — O soldado pegou sua tigela, a toalha, a navalha e o afiador. — Café também, senhor?

— Vou promovê-lo a coronel se você conseguir me arranjar café, Laird.

— O senhor me promoveu a general ontem — disse Laird, rindo.

— Foi? Então me dê motivos para preservar esse posto.

— Farei o máximo que puder, senhor.

McLean levou Fielding até o muro oeste do forte, virado na direção do alto penhasco cheio de árvores. Era ridículo chamar aquilo de muro, porque ainda estava inacabado e um homem em forma poderia saltá-lo com facilidade. O fosso do outro lado era raso e as estacas pontudas no fundo dificilmente atrasariam o inimigo ainda que por um momento. Os homens de McLean tinham começado a trabalhar para reforçar o muro ao alvorecer, mas o general sabia que precisava de trabalho ininterrupto por pelo menos mais uma semana para dar aos muros altura suficiente para deter algum ataque. Usou a bengala para subir pelo monte de troncos e terra compactada que formava o muro e olhou para o porto, para além da flotilha de Mowat, onde os navios de guerra inimigos estavam ancorados na baía.

— Esta manhã não temos névoa, capitão.

— Nenhuma, senhor.

— Deus sorri para nós, não é?

— Ele é inglês, senhor, lembra? — sugeriu Fielding com um sorriso. O capitão Michael Fielding também era inglês, artilheiro e usava uma casaca azul-escura. Tinha trinta anos, era louro, de olhos azuis e com uma elegância desconcertante, que parecia indicar que estaria muito mais à vontade em algum salão de Londres do que na terra erma da América. Era a epítome do tipo de inglês que McLean abominava instintivamente: lânguido, superior e bonito demais. Mas, para surpresa de McLean, o capitão Fielding também era eficiente, cooperador e inteligente. Comandava cinquenta artilheiros e uma estranha variedade de canhões: de seis libras, de nove e de doze, alguns com carretas de campanha, outros com carretas de guarnição e o resto em suportes navais. Os canhões tinham sido reunidos com dificuldade nos depósitos de Halifax, para formar baterias improvisadas. Mas afinal de contas, pensou McLean, tudo nessa expedição era improvisado. Ele não tinha homens suficientes, navios suficientes ou mesmo canhões suficientes.

— É — disse McLean pensativo —, eu gostaria de dispor de um abatis.

— Se o senhor pudesse me emprestar quarenta homens... — sugeriu Fielding.

McLean pensou no pedido. Tinha quase duzentos homens espalhados em uma linha de piquete guardando os lugares onde os ianques poderiam tentar um desembarque. Achava que o fato de o inimigo ter se aproximado do penhasco na tarde anterior fora apenas um blefe. Eles queriam que ele pensasse que atacariam na extremidade oeste da península, mas McLean tinha certeza de que escolheriam o porto ou o istmo, e o istmo era, de longe, o local de desembarque mais provável. No entanto precisava guardar todos os locais de desembarque possíveis, e os piquetes que vigiavam a costa eram formados por quase um terço de seus homens. O resto trabalhava para aprofundar o fosso e levantar os muros do forte, mas para conceder o pedido de Fielding precisaria destacar alguns desses homens, o que significaria tornar o progresso mais lento nos muros vitais. No entanto o abatis era uma boa ideia.

— Quarenta homens bastariam?

— Precisaríamos também de uma parelha de bois, senhor.

— E você terá — disse McLean, embora suas parelhas de bois estivessem ocupadas trazendo material da praia do porto, onde a maioria dos canhões de Fielding ainda estava posicionada.

McLean olhou para os dois bastiões que flanqueavam o muro oeste do forte. Até então tinha apenas dois canhões montados, o que era uma defesa extremamente precária. Seria bastante fácil trazer mais canhões, mas o muro norte se encontrava exatamente na altura em que esses canhões precisavam de plataformas, que exigiam tempo e homens.

— Onde você colocaria o abatis?

Fielding assentiu em direção ao oeste.

— Eu cobriria aquela rota de chegada, senhor, e o lado norte.

— Sim — concordou McLean. Um abatis curvando-se em volta dos lados oeste e norte do forte obstruiria qualquer ataque ianque vindo do penhasco ou do istmo.

— Boa parte da madeira já está cortada, senhor — disse Fielding tentando convencer McLean.

— Está mesmo, está mesmo — respondeu McLean distraidamente. Em seguida chamou o inglês para descer do muro e atravessar o fosso, de modo que ficassem fora do alcance da audição dos grupos de trabalho que colocavam toras em cima da muralha. — Deixe-me ser franco com você, capitão — disse em tom pesaroso.

— Claro, senhor.

— Há milhares de canalhas rebeldes. Se eles vierem, capitão, e eles virão, devo supor que dois ou três mil homens vão nos atacar. Sabe o que isso significa?

Fielding ficou em silêncio por alguns segundos, e então concordou.

— Sei, senhor.

— Já vi guerra suficiente — disse McLean, desgostoso.

— Quer dizer, senhor, que não podemos enfrentar três mil homens?

— Ah, podemos enfrentar, capitão. Podemos deixá-los com o nariz sangrando, sem dúvida, mas podemos derrotá-los? — McLean se virou e indicou o muro inacabado. — Se esse muro tivesse 3 metros de altura eu poderia morrer de velhice dentro do forte, e se tivéssemos uma dúzia de canhões montados ouso dizer que poderíamos derrotar dez mil homens. Mas se eles vierem hoje? Ou amanhã?

— Vão passar por cima de nós, senhor.

— Isso mesmo. E não é covardia falar isso, capitão.

Fielding sorriu.

— Ninguém pode acusar o general McLean de covardia, senhor.

— Obrigado, capitão — disse McLean, que então olhou para o oeste, na direção do terreno elevado. A encosta subia suavemente, cravejada pelos tocos de árvores derrubadas. — Estou sendo sincero com você, capitão. O inimigo virá, e vamos mostrar desafio, mas não quero um massacre. Já vi isso acontecer. Já vi homens tomados pela fúria destroçarem uma guarnição, e não vim aqui para levar escoceses jovens e bons para a sepultura antes do tempo.

— Entendo, senhor.

— Espero que sim. — McLean virou-se para olhar em direção ao norte, onde o terreno limpo descia até a floresta que cobria o largo istmo. — Vamos cumprir com nosso dever, capitão, mas não vou lutar até o último homem a não ser que veja uma chance de derrotar esses cretinos. Um número suficiente de mães na Escócia perdeu os filhos. — Ele fez uma pausa, depois deu um sorriso para o oficial de artilharia. — Mas também não vou me render facilmente, de modo que vamos fazer o seguinte: faça o seu abatis. Comece pelo lado norte, capitão. Quantos canhões com carretas de campanha você tem?

— Três de nove libras, senhor.

— Ponha-os do lado de fora do forte, no canto nordeste. Você tem lanternetas?

— Bastante, senhor, e o capitão Mowat mandou um pouco de metralha.

— Muito bem. Então, se o inimigo vier do norte, o que acho que acontecerá, você pode lhes dar calorosas boas-vindas.

— E se vierem desta direção, senhor? — perguntou Fielding, apontando para o alto penhasco no oeste.

— Perderemos a aposta — admitiu McLean. Esperava ter avaliado corretamente o alto inglês. Um tolo poderia considerar que a conversa fora um ato de covardia, talvez até traiçoeira, porém McLean achava que Fielding era suficientemente sutil e sensato para entender o que acabara de ser dito. O brigadeiro Francis McLean vira guerra suficiente para saber quando a luta era inútil, e não queria centenas de mortes desnecessárias na consciência, mas também não queria entregar uma vitória fácil aos rebeldes. Lutaria, cumpriria com seu dever e encerraria a batalha quando visse que a derrota era inevitável. McLean se virou de novo para o forte, e de repente se lembrou de um assunto que precisava ser abordado. — Seus patifes andaram roubando batatas da horta do Dr. Calef? — perguntou.

— Não que eu saiba, senhor.

— Bem, alguém fez isso, e o doutor não está feliz!

— Não é cedo para cultivar batatas, senhor?

— Isso não iria impedi-los! E sem dúvida elas são bem gostosas. Portanto diga aos seus rapazes que vou açoitar o próximo homem que for apanhado roubando as batatas do doutor. Ou os legumes de qualquer pessoa, por sinal. Eu fico realmente desanimado com os soldados. Seria possível marchar com eles pelo céu e eles roubariam todas as harpas. — McLean fez um gesto na direção do forte. — Agora vamos ver se aqueles ovos estão cozidos.

Havia uma chance, pensou McLean, uma chance ínfima, de que o ataque rebelde pudesse ser repelido, e o abatis proposto por Fielding aumentaria um pouco essa chance. Um abatis era simplesmente um obstáculo feito de madeira rústica; uma linha de grandes galhos e troncos não aparados. Um abatis não poderia impedir um ataque, mas retardaria o avanço do inimigo enquanto seus homens procurassem um modo de atravessar o emaranhado de madeira. E, enquanto os ianques se amontoassem na teia de galhos, os canhões de Fielding poderiam golpeá-los com projéteis de metralha como se fossem grandes espingardas. McLean colocaria os três canhões de nove libras no flanco direito, de modo que, enquanto o inimigo rodeasse pelo espaço aberto no fim do abatis, avançaria direto para o fogo dos canhões, e soldados novos, inexperientes em guerra, ficariam amedrontados com um fogo de artilharia tão concentrado. Talvez, apenas talvez, o abatis desse aos canhões tempo suficiente para convencer o inimigo a não levar o ataque até o fim. Era uma chance pequena, mas se os ianques viessem do oeste, do penhasco, McLean achava que não haveria nenhuma chance. Simplesmente não possuía artilharia suficiente, e por isso iria recebê-los com tiros dos dois canhões colocados no muro oeste e depois se submeteria ao inevitável.

Laird aguardava com os ovos escaldados esperando em uma mesa arrumada ao ar livre.

— E o senhor terá batatas fritas — disse, feliz.

— Batatas, Laird?

— Batatas novíssimas, senhor, frescas como margaridas. E café, senhor.

— Você é um cretino, Laird, é um desgraçado sem princípios.

— Sou sim, senhor, e obrigado, senhor.

McLean sentou-se para o desjejum. Olhou para a bandeira que tremulava tão clara à luz do dia que nascia e imaginou qual bandeira estaria ali quando o sol se pusesse.

— Devemos fazer o melhor que pudermos — disse a Fielding — e é só isso que podemos fazer. O melhor que pudermos.

Os brigadistas atacariam a bateria inglesa na ilha Cross, o que significava que o general Wadsworth não poderia usá-los no ataque ao penhasco.

— Isso realmente não é importante — declarara Solomon Lovell. — Tenho certeza de que os brigadistas são sujeitos muito bons — havia dito a Wadsworth. — Mas nós, os homens de Massachusetts, devemos fazer o serviço! E podemos fazer, por minha alma, podemos sim!

— Sob sua liderança inspirada, general — entoou o reverendo Murray.

— Sob a liderança de Deus — disse Lovell, reprovando.

— O bom Senhor escolhe Seus instrumentos — justificou-se Murray.

— Então esta será uma vitória somente da milícia — disse Lovell a Wadsworth.

Wadsworth pensou que talvez Lovell estivesse certo. Sentia essa esperança, de pé no tombadilho superior da chalupa *Bethaiah*, e ouvia o major Daniel Littlefield falar com os homens da milícia do condado de York.

— Os casacas vermelhas não passam de garotos! — disse Littlefield aos seus homens. — E não são treinados para lutar da maneira como nós somos. Lembram-se de todas aquelas tardes no campo de treino? Alguns de vocês reclamavam, prefeririam estar bebendo a cerveja de espruce de Ichibod Flander, mas vão me agradecer quando tiverem desembarcado! Eles não são espertos como vocês, não atiram tão bem quanto vocês e estão com medo! Lembrem-se disso! São garotos assustados que estão muito longe de casa. — Littlefield riu para seus homens e então apontou para um gigante barbudo que estava agachado na primeira fila de suas tropas. — Isaac Whitney, diga-me: por que os soldados ingleses usam vermelho?

Whitney franziu a testa.

— Será que é para o sangue não aparecer?

— Não! — gritou Littlefield. — Usam vermelho para virar alvos fáceis! — Os homens gargalharam. — E vocês são todos bons atiradores, que hoje atirarão pela liberdade, por seus lares, esposas, namoradas e para que nenhum de nós tenha de viver sob uma tirania estrangeira!

— Amém — gritou um homem.

— Chega de impostos! — gritou outro.

— Amém! — disse Littlefield. O capitão do condado de York exalava confiança, e Wadsworth, olhando e ouvindo, sentiu-se imensamente animado. A milícia estava em número reduzido, e grande parte dos homens tinha barba grisalha ou então praticamente não era adulta ainda; no entanto Daniel Littlefield os estava inspirando. — Vamos desembarcar e temos de subir aquela encosta. Estão vendo, rapazes? — Ele apontou para o penhasco. — Vai ser uma escalada difícil, mas vocês estarão entre as árvores. Os casacas vermelhas não podem vê-los desse modo. Ah, eles vão atirar, mas não estarão mirando. Então simplesmente subam, rapazes. Se não souberem aonde ir, sigam-me. Eu vou subir direto aquela encosta e quando chegar no topo vou atirar em alguns daqueles garotos com casacas vermelhas até eles atravessarem o oceano de volta. E lembrem-se — ele fez uma pausa, olhando sério para os homens, um a um —, lembrem-se! Eles têm muito mais medo de vocês do que vocês deles. Ah, sei que os casacos-vermelhos parecem muito bons e elegantes nos desfiles, mas é quando vocês estão na floresta e as armas começam a falar que o soldado se mostra digno do seu pagamento, e nós somos os melhores soldados. Ouviram? Somos os melhores soldados, e vamos chutar os traseiros reais deles daqui até o fim dos tempos! — Os homens aplaudiram esse sentimento. Littlefield esperou que os gritos terminassem. — Agora, rapazes, vão limpar suas armas, lubrificar os fechos e afiar as baionetas. Temos o grande trabalho de Deus para fazer.

— Belo discurso — parabenizou Wadsworth.

Littlefield sorriu.

— Um discurso verdadeiro, senhor.

— Jamais duvidei disso.

— Aqueles casacas vermelhas não passam de garotos amedrontados. — Littlefield olhou para o penhasco onde, segundo presumia, a infantaria britânica estaria esperando no meio das árvores. — Nós superestimamos o inimigo, senhor. Achamos que porque usam casacas vermelhas devem ser monstros, mas são apenas garotos. Marcham de modo muito bonito e sabem ficar em linha reta, mas isso não os torna soldados! Vamos derrotá-los. O senhor esteve em Lexington, não esteve?

— Estive.

— Então viu os casacas vermelhas fugirem!

— Vi quando eles se retiraram, sim.

— Ah, não nego que eles sejam disciplinados, senhor, mas mesmo assim vocês os venceram. Eles não são treinados para esse tipo de batalha. São treinados para travar grandes confrontos em terreno aberto, e não para ser assassinados no meio do mato. Portanto não tenha nenhuma dúvida, senhor. Vamos vencer.

E o major estava certo, refletiu Wadsworth, os casacas vermelhas eram treinados para travar grandes batalhas onde os homens tinham de ficar em campo aberto e trocar saraivadas de mosquetes. Wadsworth vira isso em Long Island e tinha admirado, relutante, a disciplina extrema do inimigo, mas ali? Ali, no meio das árvores escuras de Majabigwaduce? Certamente a disciplina seria destruída pelo medo.

A bateria inglesa em cima do penhasco fazia barulho e fumaça. Ela era invisível do *Bethaiah* porque os casacas vermelhas a haviam posicionado para disparar em direção ao sul, em direção à entrada do porto e não aos transportes ancorados. Os canhões estavam atirando na direção do *Hampden*, que novamente disparava canhonaços contra as chalupas inglesas. O *Tyrannicide* e o *Black Prince* navegavam por trás do navio de New Hampshire, e seu serviço era distrair os ingleses e manter os brigadistas reais a bordo das chalupas. Wadsworth imaginou se os canhões em Dyce's Head estariam bem-protegidos.

— Sua tarefa — disse a Littlefield — é simplesmente ameaçar o inimigo. Entendeu?

— Uma demonstração destinada a dissuadir o inimigo de reforçar a ilha Cross, senhor?

— Exatamente.

— Mas e se percebermos uma oportunidade? — perguntou Littlefield com um sorriso.

— Certamente seria uma bênção para o comodoro se pudéssemos destruir aqueles canhões — respondeu Wadsworth, assentindo na direção da névoa de pólvora que tomava conta do penhasco.

— Não faço promessas, senhor — disse Littlefield —, mas acho que meus homens vão sentir-se mais felizes tendo a boa terra de Deus sob os pés. Deixe-me farejar o inimigo, senhor. Se estiverem em pequena quantidade, vamos deixá-los com menos ainda.

— Mas sem riscos desnecessários, major — alertou Wadsworth, sério. — Vamos desembarcar em força total amanhã. Não quero perder o senhor esta tarde.

— Ah, o senhor não vai me perder! — disse Littlefield, achando graça. — Pretendo ver o último casaca vermelha ir embora da América, e vou ajudá-lo a ir, acertando uma bota no seu traseiro. — Em seguida ele se virou de novo para seus homens. — Certo, seus canalhas! Para os botes! Temos de matar uns casacas vermelhas.

— Tenha cuidado, major — disse Wadsworth, e se arrependeu imediatamente das palavras porque, para seus ouvidos, elas soaram fracas.

— Não se preocupe, senhor, nós vamos vencer!

E Wadsworth acreditou nele.

Naquela tarde, enquanto os navios americanos se aproximavam de novo da boca do porto e abriam fogo contra as três embarcações inglesas, o capitão Welch, da Brigada Naval, estava a bordo da chalupa continental *Providence*, que liderava os dois brigues da Marinha de Massachusetts, o *Pallas* e o *Defence*. O vento estava fraco e os três navios pequenos usavam remos.

— Nós chamamos esse vento de cinza branca — disse Hoysteed Hacker, o capitão do *Providence*, a Welch.

Os remos eram monstruosamente longos e muito desajeitados, mas a tripulação trabalhava com entusiasmo para levar a chalupa em direção ao sul contra a maré montante. Remavam em direção ao canal que corria ao sul da ilha Cross.

— Há uma pedra bem no maldito centro do canal — disse Hacker — e ninguém sabe a que profundidade ela fica. Mas a maré vai nos ajudar quando estivermos dentro do canal.

Welch sinalizou em concordância mas permaneceu calado. Estava olhando para o norte. Os navios americanos bombardeavam de novo as três chalupas inglesas que agora estavam atirando de volta, encobrindo os cascos com uma fumaça cinza-esbranquiçada. Mais fumaça amortalhava o lado norte da ilha Cross, onde a bateria inglesa disparava contra os atacantes americanos. Mais para o norte Welch podia ver os escaleres remando para longe dos navios de transporte. Bom. Os ingleses deviam saber por que o *Providence*, o *Pallas* e o *Defence* estavam rodeando a ilha Cross, mas não ousavam mandar reforços para lá, principalmente enquanto um grande ataque ameaçava o penhasco.

— Vamos desembarcar logo — rosnou Welch para seus homens enquanto os remadores viravam a chalupa em direção ao canal estreito. — Vamos calar as baionetas e ir depressa! Entenderam? Depressa!

Mas nesse momento um barulho raspado soou no fundo do casco do *Providence* e a chalupa se sacudiu, parando instantaneamente.

— Pedra — explicou laconicamente Hoysteed Hacker.

Assim os brigadistas, mais de duzentos, não podiam ir depressa porque tinham de esperar a maré levantar o casco do *Providence* por cima da pedra submersa. Welch fumegou. Queria matar, queria lutar, e em vez disso estava preso no canal e tudo que podia ver era o calombo coberto de mato da ilha Cross com a fumaça descolorindo o céu acima. Os sons dos canhões eram incessantes, fundindo-se em um trovão, e às vezes, no meio daquele rufar de tambores do demônio, vinha o estalo de um projétil acertando madeira. Welch se remexia. Imaginou casacas vermelhas atravessando de balsa para o outro lado do porto, e ainda assim o *Providence* não conseguia avançar.

— Desgraça! — explodiu ele.

— A maré está subindo — disse Hoysteed Hacker. Era um homem grande, alto como Welch, cujos ombros largos forçavam as costuras do uniforme da Marinha. Tinha um rosto cheio, de sobrancelhas grossas e queixo comprido, com uma cicatriz serrilhada na bochecha esquerda. A cicatriz fora causada por uma lança de abordagem usada por um marinheiro inglês do HMS *Diligent*, o brigue que Hacker havia capturado. Aquele marinheiro tinha morrido, estripado pelo cutelo pesado de Hacker, e agora o *Diligent* estava ancorado na baía de Penobscot, usando a bandeira da Marinha Continental. Hoysteed Hacker não se deixaria intimidar pela impaciência de Welch. — Não é possível apressar a maré.

— Quanto tempo, pelo amor de Deus?
— O tempo que for preciso.

Tiveram de esperar meia hora, mas finalmente a quilha do *Providence* se libertou da pedra submersa e a chalupa continuou na direção de uma pequena praia pedregosa. Sua proa tocou a terra e ficou sustentada ali pelo vento fraco. Os dois brigues menores encalharam dos dois lados e brigadistas de casacas verdes saltaram na água e seguiram até terra firme, carregando caixas de cartuchos e mosquetes acima da cabeça. Welch estava comandando uma companhia enquanto o capitão Davis, que ainda usava a casaca azul do Exército Continental e não a verde dos brigadistas, comandava a outra.

— Vamos — disse Welch.

Os brigadistas calaram as baionetas. As árvores abafavam o som dos canhões da bateria a apenas 300 metros ao norte. Os ingleses não haviam postado nenhuma sentinela no lado sul da ilha, mas Welch sabia que eles já teriam visto os mastros acima da copa das árvores e supunha que estariam virando um canhão em direção ao ataque inesperado.

— Rápido! — gritou Welch enquanto ia à frente.

Duzentos e vinte brigadistas entraram nas árvores. Avançavam em uma ordem confusa, as baionetas brilhando ao sol baixo que tremeluzia por entre os pinheiros densos. Subiram a encosta da ilha, chegaram ao cume e, ali, abaixo deles e pouco visível em meio aos troncos densos, estava um pequeno acampamento na praia. Havia quatro barracas, um mastro de bandeira e a bateria onde se misturavam casacas azuis e vermelhas. E Welch, vendo o inimigo de perto, sentiu a fúria da batalha crescer dentro de si, uma fúria alimentada pelo ódio aos ingleses. Nenhum canhão estava virado para ele. O inimigo desgraçado ainda disparava contra os navios americanos. Ele iria ensiná-lo uma lição por matar americanos! Tirou o cutelo naval de dentro da bainha, soltou um grito de guerra e comandou a carga morro abaixo.

Vinte e dois artilheiros manobravam a bateria e vinte brigadistas reais guardavam-nos. Eles ouviram os brigadistas inimigos gritando e o sol refletindo nas lâminas compridas. Os artilheiros correram. Tinham escaleres encalhados perto da bateria, e abandonaram os canhões, abandonaram tudo, correndo para os barcos. Empurraram os três botes para fora do cascalho e subiram de qualquer maneira enquanto os brigadistas americanos irrompiam das árvores. Um barco foi lento. Estava flutuando, mas, quando os dois homens que estavam empurrando a proa pularam para dentro, o barco encalhou de novo. Um sargento artilheiro pulou para fora e tornou a empurrar o barco, e uma voz gritou em alerta enquanto um alto brigadista corria para a água rasa. O sargento fez força de novo contra a proa do bote, e então sua casaca foi agarrada e ele foi puxado para trás na direção da praia. O escaler flutuou livre e seus remadores fizeram força desesperados, virando o barco na direção do *Nautilus*, a chalupa inglesa mais próxima. Os brigadistas de casacas verdes dispararam contra os remadores. Balas de mosquete batiam nos costados. Um remador soltou o remo para apertar um braço subitamente brilhante de sangue, e então uma saraivada de tiros de mosquete estrondeou no castelo de proa do *Nautilus*, e as balas assobiaram por cima da cabeça dos brigadistas.

O sargento de artilharia com casaca azul girou tentando acertar Welch, que bloqueou o soco com a mão esquerda e, em um acesso de fúria, mandou o cutelo contra o pescoço do sargento. A lâmina o acertou, Welch fez um movimento de serra e o sangue espirrou alto. Ele ainda estava gritando. O vermelho nublou sua visão enquanto agarrava o cabelo do homem ferido e puxava-o para a lâmina recém-afiada. Agora havia ainda mais sangue saindo em jatos, e o sargento artilheiro emitia um som engasgado, gorgolejante. Welch, com a casaca verde escurecida por manchas de sangue inglês, grunhia enquanto tentava cortar ainda mais fundo. A maré diluía o sangue, e então o sargento caiu e a água rasa se nublou momentaneamente em volta do corpo que estremecia. Welch pôs uma bota na cabeça do sujeito e empurrou-o para baixo da água. Segurou o homem agonizante dessa maneira até que o corpo ficasse imóvel.

Mais mosquetes dispararam no *Nautilus*, mas os brigadistas reais no castelo de proa da chalupa estavam disparando de longe, e nenhum americano na praia da ilha Cross foi atingido. O costado do *Nautilus* estava virado para o oeste, e nenhum canhão poderia ser apontado para a praia, e por isso os brigadistas reais disparavam com mosquetes.

— Para a bateria! — gritou o capitão Davis.

A bateria capturada estava virada para o noroeste, e um baixo calombo de terra pedregosa a protegia dos tiros do *Nautilus*, de modo que os rebeldes estavam bem seguros quando entraram na fortificação baixa. Descobriram quatro canhões. Dois ainda tinham canos bastante quentes ao toque, por terem disparado contra os navios inimigos, mas o outro par ainda não fora montado nas carretas que estavam abandonadas ao lado de um buraco que fora precariamente cavado como paiol provisório. O capitão Davis passou um dedo por cima do brasão real num dos canhões não montados e pensou que era gentileza do rei George fornecer canhões para a causa da liberdade. Homens saquearam as barracas. Havia cobertores, facas com cabo de osso, um pedaço de espelho e uma caixa de nogueira com três navalhas com cabo de marfim. Havia uma Bíblia, evidentemente muito manuseada, dois baralhos e um jogo de dados. Havia um barril aberto, com carne de porco seca, uma caixa de bolachas e dois barriletes de rum. Ao lado dos canhões estavam as marretas e as varetas de ferro que deveriam ser usadas para inutilizar os canhões, mas a velocidade do ataque expulsara os ingleses antes que isso pudesse ser feito.

A bandeira inglesa ainda tremulava. Welch baixou-a e, pela primeira vez naquele dia, um sorriso apareceu em seu rosto sujo de sangue. Ele dobrou a bandeira cuidadosamente e então chamou um dos seus sargentos.

— Leve esse trapo de volta ao *Providence* — ordenou — e peça emprestado ao capitão Hacker um bote tripulado. Ele espera esse pedido. Depois leve a bandeira ao general Lovell.

— Ao general Lovell? — perguntou o sargento, surpreso. — Não ao comodoro, senhor? — O comodoro Saltonstall era o comandante da Brigada Naval, e não Lovell.

— Leve ao general Lovell. Aquela bandeira — Welch apontou por cima do calombo de terra pedregosa, onde, à luz da tarde, era possível ver a bandeira acima do Forte George —, aquela bandeira pertencerá aos brigadistas. — Ele olhou para as dobras de pano desbotado pelo sol em suas mãos grandes. Depois, com um tremor, cuspiu nela. — Diga ao general Lovell que isso é um presente. — Ele pôs a bandeira nas mãos do sargento. — Entendeu? Diga que é um presente dos brigadistas.

Welch achava que o maldito general de brigada Solomon Lovell precisava saber quem venceria essa campanha. Não seria a milícia de Lovell, mas sim a Brigada Naval. Os brigadistas, os melhores, os vencedores. E Welch iria levá-los à vitória.

De uma petição assinada por 32 oficiais dos navios de guerra americanos na baía de Penobscot e enviada ao comodoro Saltonstall, 27 de julho de 1779:

> *Ao Digníssimo Comodoro e Comandante em Chefe da Frota... nós, abaixo assinados, fortemente impressionados com a importância da Expedição, e com o sério desejo de prestar ao nosso País todo o Serviço ao nosso dispor Gostaríamos de sugerir a sua Excelência, que os Esforços mais rápidos deveriam ser usados para Realizar os desígnios que enfrentamos. Achamos que Adiamentos no Caso atual são extremamente perigosos: como nossos Inimigos estão construindo Fortificações e se Reforçando diariamente... Não pretendemos Aconselhar ou Censurar Sua Conduta no passado, Mas pretendemos apenas exprimir o desejo de melhorar a Oportunidade atual e entrar Imediatamente no Porto, e Atacar os Navios Inimigos.*

Do diário do Sargento William Lawrence, Artilharia Real, 13 de julho de 1779:

> *A noite é considerada nossa inimiga por ser o tempo mais Favorável para invadir Acampamentos... e Ninguém está tão pronto para aproveitar essa Vantagem quanto os súditos de sua Majestade agora em Rebelião, que em campo Aberto tremem diante de um soldado Inglês.*

Do livro de ordens do general Lovell, 24 de julho de 1779, quartel-general a bordo do navio de transporte *Sally*:

> *Os oficiais terão o cuidado de garantir que cada homem esteja completamente Equipado em Armas e Munição e que tenha o que beber nos Cantis e um farnel para os Bolsos... o General pensa com prazer que se houver uma Oportunidade ele terá o esforço absoluto de cada Oficial e Soldado não somente para manter, mas para acrescentar Lustro à Fama da Milícia de Massachusetts.*

6

a luz do dia estava se desbotando. O céu do oeste brilhava em um tom vermelho e sua luz era refletida em ondas vívidas e mutáveis através da baía. Os navios rebeldes haviam disparado contra as três chalupas inglesas mas, como no dia anterior, nenhum tentara romper a linha de Mowat e entrar no porto. Disparavam de longe, mirando a nuvem de fumaça manchada de vermelho e rompida pelos mastros, amortalhando os navios do rei.

Um grito de comemoração soou nos navios rebeldes quando suas tripulações viram a bandeira britânica ser baixada na ilha Cross. Todos sabiam o que isso significava. Os ingleses tinham perdido a bateria ao sul da entrada do porto e agora os americanos poderiam fazer sua própria ali, uma bateria que estaria perto da linha de Mowat e poderia golpear seus três navios implacavelmente. A ilha Cross, o baluarte sul do porto, fora capturada e, enquanto o sol irradiava fogo escarlate no oeste e os navios rebeldes ainda disparavam seus tiros em direção às chalupas distantes, a milícia do major Daniel Littlefield estava sendo levada em botes a remo na direção do baluarte norte.

O baluarte era Dyce's Head, o alto penhasco rochoso onde os casacas vermelhas esperavam e onde a bateria de canhões de três libras disparava contra os navios que bombardeavam abaixo. A tarde estava tão calma que a fumaça das armas pairava nas árvores. De fato, nem sequer havia brisa suficiente para mover os navios americanos que arrotavam chamas, projéteis de barras, cadeias e balas esféricas em direção às três chalupas de Mowat, mas um sopro desgarrado desse vento fraco, uma súbita agitação no ar de verão, durou apenas o suficiente para soprar a fumaça para longe do HMS *Albany*, que estava no centro da linha de Mowat. E o capitão escocês, parado no tombadilho superior, viu os escaleres remando para longe dos transportes americanos e indo em direção ao penhasco.

— Sr. Frobisher! — gritou Mowat.

O primeiro-tenente do *Albany*, que estava supervisionando os canhões de popa, virou-se na direção de seu capitão.

— Senhor?

Um tiro assobiou no alto. Um projétil de barra ou corrente, supôs Mowat, pelo som. Os rebeldes pareciam estar mirando principalmente o seu cordame, mas a artilharia era ruim e nenhuma chalupa sofrera dano significativo. Alguns ovéns e adriças tinham se partido, e os cascos estavam marcados, mas as chalupas não tinham perdido nem homens nem armas.

— Há escaleres se aproximando do litoral — gritou Mowat a Frobisher. — Está vendo?

— Sim, senhor, estou.

Frobisher deu um tapinha no ombro de um capitão artilheiro. Era um homem de meia-idade com cabelo grisalho e comprido preso num rabicho. Usava um cachecol enrolado nos ouvidos. Ele viu para onde Frobisher apontava e balançou a cabeça para mostrar que entendia o que este queria. Seu canhão de nove libras já estava carregado com uma bala esférica.

— Puxem para fora! — ordenou, e sua equipe pegou o cabo de ancoragem e puxou o canhão de modo que o cano se projetasse da portinhola. Gritou para seus homens um pouco ensurdecidos virarem a carreta pesada, o que fizeram utilizando paus compridos que marcaram o convés cuidadosamente limpo de Mowat. — Não suponha que vamos acertar os desgraçados — disse o capitão artilheiro a Frobisher —, mas podemos fazer com que se molhem. — Ele não podia mais ver os botes dos rebeldes porque o capricho do vento havia parado e a fumaça densa e pungente voltara a envolver o *Albany*, mas achava que seu canhão estava apontado na direção correta. O capitão artilheiro enfiou uma vareta fina pelo ouvido da arma, para furar o saco de lona com pólvora dentro da culatra, e então enfiou um bota-fogo, uma pena cheia de pólvora finamente moída, no buraco que havia feito. — Para trás, seus desgraçados! — gritou, e encostou o fogo na pena.

A arma rasgou o ar da tarde com o barulho. Uma chama se cravou através da fumaça, iluminando-a e se esvaindo instantaneamente. O canhão saltou para trás, com as rodas da carreta gritando, até que as cordas de ancoragem se retesaram, contendo o recuo.

— Limpar! — gritou o capitão artilheiro, mergulhando o polegar protegido com couro no ouvido da arma.

— Mais um tiro contra aqueles escaleres — gritou Frobisher por cima do barulho dos canhões —, depois mire de novo nos navios deles.

— Sim, senhor!

Os canhões haviam disparado contra os navios americanos que manobravam a 1.200 metros a oeste. Os escaleres estavam mais ou menos à mesma distância; por isso o capitão artilheiro não precisara mudar o pequeno ângulo de elevação do cano do canhão. Tinha usado uma carga de um quarto de peso, o que equivalia a um quilo de pólvora, e a bala esférica saiu do cano viajando a 300 metros por segundo. A bala perdeu um pouco da velocidade enquanto cobria os 1.300 metros antes de bater na água, mas levou menos de cinco segundos para cobrir essa distância. Bateu numa onda, ricocheteou ligeiramente para cima e depois, com uma chuva de borrifos, acertou o escaler do major Littlefield a meia-nau.

Para o general Wadsworth, que olhava do *Bethaiah*, pareceu que o escaler da frente simplesmente havia se desintegrado. Pedaços de madeira voaram, um homem deu uma cambalhota, houve um jorro de água branca e em seguida o nada, a não ser remos flutuando, lascas de madeira espalhadas e homens lutando para ficar à tona. Os outros escaleres foram ao resgate, tirando soldados da água quando uma segunda bala esférica caiu inofensivamente ali perto.

Os escaleres tinham parado de remar para o penhasco. Wadsworth esperava que eles desembarcassem e em seguida voltassem para recolher mais homens, até mesmo planejava ir para terra com o segundo grupo, mas em vez disso os escaleres viraram e voltaram na direção dos transportes.

— Espero que Littlefield não tenha sido ferido — disse Wadsworth.

— É preciso mais do que um disparo para derrubar o major, senhor — James Fletcher disse alegremente. Ele agora fazia parte da equipe de Wadsworth como conselheiro extraoficial e guia local.

— Presumo que Littlefield decidiu não desembarcar — disse Wadsworth.

— É difícil lutar quando você está molhado feito um rato afogado, senhor.

— Verdade — disse Wadsworth com um sorriso, e se consolou pensando que o ataque ao penhasco tinha alcançado seu propósito, que era impedir os ingleses de mandar reforços ou uma força de contra-ataque à ilha Cross.

A luz foi sumindo depressa. O céu do leste já estava escuro, embora nenhuma estrela tivesse aparecido, e o fogo dos canhões morreu junto com o dia. Os navios de guerra americanos velejaram lentamente de volta para seu ancoradouro enquanto os homens de Mowat, incólumes do duelo do dia, prendiam seus canhões. Wadsworth se inclinou por cima da amurada do *Bethaiah* e olhou os botes sombreados se aproximando da chalupa.

— Major Littlefield! — gritou ele. — Major Littlefield! — chamou de novo.

— Ele se afogou, senhor — gritou uma voz em resposta.

— Ele o quê?

— Ele e mais dois homens, senhor. Perderam-se.

— Santo Deus — disse Wadsworth. Em terra, no topo do penhasco, uma chama apareceu entre as árvores. Alguém preparando o chá, talvez, ou cozinhando o jantar.

E o major Littlefield estava morto.

— Trágico — disse o general Lovell quando Wadsworth contou a notícia da morte de Daniel Littlefield, mas este não teve certeza absoluta de que seu comandante tivesse escutado o que ele dissera. Em vez disso Lovell estava examinando a bandeira inglesa que fora trazida a bordo do *Sally* por um atarracado sargento brigadista. — Não é esplêndida? — exclamou Lovell. — Vamos presenteá-la à Corte-Geral, acho. Nosso primeiro troféu, Wadsworth!

— O primeiro de muitos que sua Excelência mandará a Boston — observou o reverendo Jonathan Murray.

— É um presente da Brigada Naval — interveio com firmeza o sargento.

— Foi o que você disse, foi o que você disse — respondeu Lovell com uma leve irritação, e então sorriu. — E você deve levar meu agradecimento sincero ao capitão Welch. — Ele olhou para a mesa coberta de papéis. — Levante esses documentos um instante, Marston — ordenou ao secretário e, quando a mesa ficou livre de papéis, tinta e penas, abriu a bandeira sob os lampiões que balançavam suavemente. Estava escuro e a cabine era iluminada por quatro lanternas. — Pela minha alma! — Lovell recuou e admirou o troféu. — Isso vai ficar impressionante em Faneuil Hall!

— O senhor poderia considerar enviá-la à esposa do major Littlefield — disse Wadsworth.

— À esposa dele? — perguntou Lovell, evidentemente perplexo com a sugestão. — Por que diabos ela iria querer uma bandeira?

— Como lembrança da coragem de seu marido?

— Ah, você escreverá a ela e garantirá que o major Littlefield morreu pela causa da liberdade, mas duvido que ela precise de uma bandeira inimiga. Realmente duvido. Preciso ir a Boston. — Ele se virou para o sargento da Brigada Naval. — Obrigado, bom companheiro, obrigado! Vou me certificar de que o comodoro saiba de minha aprovação.

Lovell havia convocado sua família militar. John Marston, o secretário, estava escrevendo no livro de ordens, Wadsworth folheava as listagens da milícia e o tenente-coronel Davis, oficial de ligação com os navios de transporte, contabilizava os pequenos barcos disponíveis para desembarque. O reverendo Murray sorria solícito e o major Todd limpava uma pistola com um pedaço de flanela.

— Você mandou minhas ordens ao Regimento de Artilharia? — perguntou Lovell a Todd.

— Mandei, senhor — respondeu Todd, soprando em seguida o cão da arma para tirar alguma poeira.

— O coronel Revere entende a necessidade de pressa?

— Deixei essa necessidade bastante clara, senhor — respondeu Todd com paciência. O tenente-coronel Revere recebera a ordem de levar os canhões à recém-capturada ilha Cross, que agora seria defendida por uma guarnição de marinheiros do *Providence* e do *Pallas*, sob o comando de Hoysteed Hacker.

— Então os canhões do coronel Revere devem estar preparados ao amanhecer? — perguntou Lovell.

— Não vejo motivo para não estarem — respondeu Wadsworth.

— E isso deve cuidar dos navios inimigos e abrir o caminho para o nosso sucesso — disse Lovell, animado. — Ah, Filmer! Obrigado!

Filmer, um ordenança, havia trazido o jantar composto por toucinho, feijão e pão de milho, que Lovell e seus companheiros comeram à mesa onde a bandeira capturada serviu convenientemente como guardanapo para as mãos engorduradas do general.

— Os brigadistas voltaram aos navios? — perguntou Lovell.

— Voltaram, senhor — respondeu Wadsworth.

— Mas suponho que será necessário pedir ao comodoro o uso deles outra vez — disse Lovell resignadamente.

— Eles são formidáveis — observou Wadsworth.

Lovell exibiu um ar malicioso, com um pequeno meio sorriso em seu rosto geralmente solene.

— Ouviram dizer que os oficiais navais mandaram uma carta ao comodoro? Espantoso! Eles o censuraram por não entrar no porto! Dá para acreditar numa coisa dessas?

— A carta mostra um zelo admirável, senhor — disse Wadsworth, em tom ameno.

— E deve ter causado embaraço a ele! — exclamou Lovell, claramente satisfeito com esse pensamento. — Coitado — acrescentou respeitoso —, mas talvez a censura o instigue a realizar um esforço maior, não?

— Rezemos para que sim — disse o reverendo Murray.

— Rezemos para que isso não o torne mais obstinado — observou Wadsworth —, especialmente porque vamos precisar dos brigadistas dele quando formos atacar de verdade.

— Imagino que precisaremos — disse Lovell de má vontade. — Se o comodoro concordar, claro.

— Isso implica usarmos uma dúzia de escaleres para desembarcar todos os brigadistas — explicou Davis —, e já temos uma grande carência de barcos.

— Não gosto da ideia de desembarcarmos aos poucos — disse Lovell, evidentemente brincando com a ideia de atacar sem a Brigada Naval e com isso manter toda a glória da vitória para a milícia.

— Por que não usar uma das escunas menores? — sugeriu Wadsworth. — Já as vi sendo impelidas com remos. Tenho certeza de que poderíamos levar uma delas para perto de terra, e uma escuna pode carregar pelo menos cem homens.

Davis pensou nessa solução, e então concordou.

— A *Rachel* não tem calado muito fundo.

— E precisamos de fato dos brigadistas — disse Wadsworth objetivamente.

— Imagino que sim, claro — admitiu Lovell. — Bem, vamos requisitar o auxílio deles. — Em seguida fez uma pausa, batendo com a faca no prato de estanho. — Quando capturarmos o forte — ruminou — não quero nenhum casaca vermelha escapando para o norte através do istmo. Deveríamos colocar uma força ao norte de lá, não acham? Uma força de bloqueio.

— Usar os índios? — sugeriu o major Todd, com os óculos refletindo a luz dos lampiões. — Os ingleses têm pavor dos selvagens.

— Eles são guerreiros valiosos demais — disse Wadsworth apressadamente. — Quero que participem do ataque.

— São valiosos, talvez, quando estão sóbrios — disse o major Todd com um tremor —, mas estavam embriagados de novo hoje de manhã.

— Os índios? — perguntou Lovell. — Estavam bêbados?

— Sem sentidos, senhor. Os milicianos deram rum a eles, para se divertir.

— O diabo está entre nós — disse Murray em tom sombrio — e deve ser eliminado.

— Deve estar mesmo, capelão — concordou Lovell, olhando para Marston. — Por isso acrescente um comando às ordens desta noite. Nenhum homem deve fornecer álcool aos índios. E, claro, acrescente uma menção lamentando a morte do major... — ele fez uma pausa.

— Littlefield — disse Wadsworth.

— Littlefield — continuou Lovell como se não tivesse existido a pausa. — Pobre Littlefield. Ele era de Wells, não? Ah, Marston, faça alguma menção aos brigadistas, certo? Devemos elogiar quando é justo, em especial se quisermos requisitá-los outra vez. — Ele enxugou a gordura do prato com um pedaço de pão e colocou-o na boca, no instante em que uma batida forte soava na porta da cabine.

Antes que alguém pudesse reagir, a porta foi aberta revelando o indignado tenente-coronel Revere, que se aproximou da cabeceira da mesa e olhou para Lovell. O general, de boca cheia, só pôde acenar um cumprimento afável.

— O senhor ordenou que eu fosse para terra com os canhões — disse Revere, acusando.

— Ordenei sim — conseguiu dizer Lovell de boca cheia. — Ordenei sim. Eles já estão posicionados?

— O senhor não pode estar querendo me enviar para terra — disse Revere, com indignação evidente. Em seguida lançou um olhar impassível ao seu inimigo, o major Todd, e se virou de novo para o general.

Lovell olhou para o comandante de seu comboio de artilharia com um certo ar cômico.

— Precisamos de canhões na ilha Cross — disse finalmente.

— Eu tenho deveres — respondeu Revere com ferocidade.

— Sim, coronel, claro que tem — disse Lovell.

— O seu dever é estabelecer uma bateria na ilha — enfatizou Wadsworth.

— Não posso estar em todos os lugares — declarou Revere a Lovell, ignorando Wadsworth. — É impossível.

— Creio que minhas ordens foram claras — disse o general —, e elas exigiam que o senhor levasse os canhões necessários para terra.

— E eu lhe digo que tenho responsabilidades — protestou Revere.

— Caro coronel — disse Lovell, inclinando-se para trás —, quero uma bateria na ilha Cross.

— E terá! — respondeu Revere com firmeza. — Mas não é serviço de um coronel limpar o terreno, cavar paióis ou cortar árvores para liberar áreas de tiro!

— Não, não, claro que não — disse Lovell, encolhendo-se diante da raiva de Revere.

— É serviço de um coronel estabelecer e comandar uma bateria — observou Wadsworth.

— Vocês terão sua bateria — rosnou Revere.

— Então ficarei satisfeito — disse Lovell, apaziguador. Revere encarou o general por um breve instante e em seguida, com um leve cumprimento de cabeça, deu meia-volta e saiu. Lovell ouviu seus passos pesados subindo a escada de tombadilho e soltou um longo suspiro. — O que, diabos, provocou essa reação?

— Não faço ideia — respondeu Wadsworth, tão perplexo quanto Lovell.

— Esse sujeito é um encrenqueiro — disse Todd acidamente, lançando um olhar acusador para Wadsworth que, ele sabia, havia liberado a nomeação de Revere para o comando da artilharia.

— Foi um mal-entendido, tenho certeza — observou Lovell. — Ele é um ótimo sujeito! Não cavalgou para alertar vocês em Lexington? — perguntou a Wadsworth.

— Ele e pelo menos outros vinte — respondeu Todd antes que Wadsworth pudesse reagir. — E quem o senhor supõe que foi o único a não conseguir chegar a Concord? O Sr. Revere. — Ele enfatizou o "Sr." maliciosamente. — Foi capturado pelos ingleses.

— Lembro-me de Revere ter nos levado um alerta de que as tropas regulares estavam chegando — disse Wadsworth. — Ele e William Dawes.

— Revere foi capturado pelos britânicos? — perguntou Lovell. — Ah, coitado!

— Nossos inimigos o soltaram, senhor — disse Todd —, mas ficaram com seu cavalo, mostrando com isso uma bela apreciação do valor do Sr. Revere.

— Ah, ora, ora. — Lovell censurou o major de brigada. — Por que sente tanta aversão por ele?

Todd tirou os óculos e limpou-os na borda da bandeira.

— Parece-me, senhor — disse ele, e o tom indicava que havia levado muito a sério a pergunta do general —, que os pontos essenciais para o sucesso militar são organização e cooperação.

— O senhor é o homem mais organizado que conheço! — observou Lovell.

— Obrigado, senhor. Mas o coronel Revere se ressente de ser comandado. Ele acredita, presumo, que deveria estar no comando. Ele agirá então de seu próprio modo, senhor, e nós agiremos do nosso, e não receberemos dele nem cooperação nem organização. — Todd posicionou cuidadosamente os óculos de volta por cima das orelhas. — Eu servi com ele, senhor, e havia atritos, irritação e conflitos constantes.

— Ele é eficiente — disse Lovell sem certeza, e então com mais vigor: — Todo mundo me garante que ele é eficiente.

— Em seus próprios interesses, sim — respondeu Todd.

— E ele conhece os canhões — afirmou Wadsworth.

Todd olhou para Wadsworth e fez uma pausa antes de falar.

— Espero que sim, senhor.

— Ele é um patriota! — disse Lovell em tom definitivo. — Ninguém pode negar! Agora, senhores, de volta ao trabalho.

A lua estava cheia e sua luz respingava em prata na baía. A maré ia baixando para carregar as águas do Penobscot até o amplo Atlântico, enquanto na ilha Cross os rebeldes cavavam uma nova plataforma para os canhões que martelariam os navios de Mowat.

E no penhasco os piquetes dos casacas vermelhas esperavam.

O general McLean sentira uma gratidão sem tamanho pelos dois dias de folga que os rebeldes haviam lhe dado. A frota inimiga chegara no domingo, já era o fim da tarde de terça-feira e ainda não houvera nenhum ataque ao Forte George, o que lhe dera a oportunidade de colocar mais dois canhões ali e levantar o parapeito mais 60 centímetros. Sabia bem demais como sua posição era vulnerável. Estava resignado quanto a isso. Tinha feito o melhor que podia.

Naquela noite parou junto ao portão do forte, que não passava de uma barricada de paus que podia ser puxada de lado pelas duas sentinelas. Olhou para o sul, admirando o brilho do luar na água do porto. Era uma pena os artilheiros terem sido expulsos da bateria na ilha Cross, mas McLean sempre soubera que ela era indefensável. *Wer alles verteidigt, verteidigt nichts.* Fazer aquela bateria consumira homens e tempo que podiam ter sido mais bem-empregados reforçando o Forte George, porém McLean não se arrependia disso. A bateria fizera seu serviço, impedindo a entrada dos navios americanos no porto e assim ganhando os últimos dois dias, mas agora, McLean supunha, os navios rebeldes atacariam, e com eles iria chegar a infantaria rebelde.

— O senhor está pensativo. — O tenente Moore se juntou ao general perto do portão.

— Você não deveria estar dormindo?

— Estou, senhor. Isso é apenas um sonho.

McLean sorriu.

— Quando você vai estar de serviço?

— Ainda faltam duas horas, senhor.

— Então pode me acompanhar — sugeriu o general, e foi andando para o oeste. — Você ouviu dizer que o inimigo se aproximou do penhasco novamente?

— O major Dunlop me contou, senhor.

— E recuou novamente — disse McLean —, o que me sugere que ele está tentando nos enganar.

— Ou que não tem coragem para fazer um ataque, senhor?

McLean balançou a cabeça.

— Nunca subestime um inimigo, tenente. Trate cada um como se ele tivesse trunfos nas mãos, e então, quando as cartas forem baixadas, você não terá uma surpresa desagradável. Acho que nosso inimigo quer que acreditemos que vai atacar o penhasco, obrigando-nos a colocar tropas ali, quando na verdade planeja desembarcar em outro ponto.

— Então me ponha em outro ponto, senhor.

— Você vai ficar no penhasco — disse McLean com firmeza. O general decidira reforçar a linha de piquete virada para o norte, na direção do istmo pantanoso que ligava Majabigwaduce ao continente, porque ainda acreditava que esta era a rota de aproximação mais provável para o inimigo. Essa linha de piquete deveria retardar os rebeldes, e o emaranhado do abatis iria segurá-los por mais algum tempo, mas inevitavelmente eles romperiam essas duas defesas e atacariam o forte. — Se o inimigo desembarcar no istmo — disse ele a Moore — chamarei de volta seu piquete e você vai ajudar a defender o forte.

— Sim, senhor — respondeu Moore, resignado. Ele temia a batalha e ao mesmo tempo a queria. Se a luta principal do dia seguinte (se é que aconteceria uma luta no dia seguinte) seria no istmo, então Moore queria estar lá, mas sabia que não conseguiria mudar o pensamento de McLean; por isso nem tentou.

Os dois homens, um muito jovem e o outro um veterano de Flandres e Portugal, caminharam pelo caminho ao norte do milharal de Hatch. Luzes de lampiões brilhavam nas janelas da casa do Dr. Calef, o destino dos dois. O doutor devia tê-los visto se aproximando sob a luz da lua porque abriu a porta antes que McLean pudesse bater.

— Estou com a casa cheia de mulheres — disse o doutor, cumprimentando-os taciturno.

— Alguns homens são mais abençoados do que outros — respondeu McLean. — Boa-noite, doutor.

— Creio que temos chá — disse Calef. — Ou preferem algo mais forte?

— Chá seria um prazer — respondeu McLean.

Havia uma dúzia de mulheres reunidas na cozinha. A esposa do doutor estava lá, assim como as duas filhas do coronel Goldthwait, as garotas Banks e Bethany Fletcher. Estavam sentadas em cadeiras e bancos ao redor da grande mesa coberta com pedaços de tecido. Era evidente que a reunião da noite estava terminando, porque as mulheres estavam guardando o trabalho em sacolas.

— Uma roda de costura? — perguntou McLean.

— A guerra não faz parar o trabalho das mulheres, general — respondeu a Sra. Calef.

— Nada faz — disse McLean. As mulheres pareciam estar fazendo e remendando roupas de crianças, e McLean se lembrou de sua mãe participando de um grupo assim todas as semanas. As mulheres conversavam, contavam histórias e às vezes cantavam enquanto costuravam e cerziam.

— Fico feliz por estarem aqui — disse McLean —, porque vim avisar ao bom doutor que espero um ataque rebelde amanhã. Ah, obrigado — esta última fala foi para a empregada que lhe havia trazido uma caneca de chá.

— Tem certeza quanto a isso? — perguntou o Dr. Calef.

— Não posso falar pelo inimigo — respondeu McLean —, mas se eu estivesse no lugar dele viria amanhã. — Na verdade, se McLean estivesse no lugar do inimigo, já teria atacado. — Eu gostaria de lhes dizer que no caso de um ataque as senhoras devem permanecer dentro de casa. — Ele olhou os rostos ansiosos, iluminados pelo lampião, ao redor da mesa. — Sempre há a tentação de observar uma luta, mas na confusão, senhoras, um rosto visto através da fumaça pode ser confundido com o do inimigo. Não tenho motivo para crer que os rebeldes desejarão capturar qualquer uma das casas de vocês; portanto, devem ficar em segurança dentro delas.

— Não estaríamos mais seguros dentro do forte? — perguntou o Dr. Calef.

— É o último lugar onde deveriam estar — disse McLean com firmeza. — Por favor, todos vocês, fiquem em casa. Que chá excelente!

— Se os rebeldes... — começou a Sra. Calef, que então pensou no que estava prestes dizer e se conteve.

— Se os rebeldes capturarem o forte? — sugeriu McLean, solícito.

— Eles vão encontrar todos aqueles juramentos — disse a Sra. Calef.

— E vão se vingar — acrescentou Jane Goldthwait, que todos chamavam de Lil por um motivo esquecido havia muito tempo.

— Sr. Moore. — McLean olhou para o jovem tenente. — Se parecer provável que o forte cairá, o senhor será responsável pela queima dos juramentos.

— Eu preferiria matar o inimigo diante dos muros, senhor.

— Tenho certeza de que sim, mas primeiro o senhor destruirá os juramentos. É uma ordem, tenente.

— Sim, senhor — disse Moore num tom de quem fora censurado.

Mais de seiscentas pessoas da região tinham vindo a Majabigwaduce e assinado o juramento de lealdade ao rei George, e Lil Goldthwait estava certa: os rebeldes iriam querer se vingar dessas pessoas. Dezenas de famílias que moravam junto ao rio já haviam sido obrigadas a sair de suas casas em Boston ou nas proximidades, e agora enfrentavam a possibilidade de sofrer outra expulsão. McLean sorriu.

— Mas estamos colocando o carro diante dos bois, senhoras. O forte não caiu e, posso garantir, faremos o máximo para repelir o inimigo. — Isso não era verdade. McLean não pretendia se sustentar até o último homem. Uma defesa assim seria heroica, mas também um desperdício absoluto.

— Há homens que se disporiam a lutar nos muros com o senhor — disse o Dr. Calef.

— Agradeço — respondeu McLean —, mas uma ação dessas iria expor suas famílias à fúria dos inimigos, e eu prefiro que isso não aconteça. Por favor, todos vocês, permaneçam em casa.

O general ficou para terminar seu chá, e então ele e Moore partiram. Ficaram um momento no jardim do doutor, olhando o brilho do luar no porto.

— Acho que amanhã haverá névoa — disse McLean.

— O ar está quente — observou Moore.

McLean se desviou quando um grupo de mulheres saiu da casa. Fez uma reverência para elas. As garotas Banks, ambas jovens, estavam retornando à casa de seu pai no lado oeste do povoado, abaixo do forte, enquanto Bethany Fletcher descia o morro diretamente para a casa onde morava com o irmão.

— Não tenho visto seu irmão ultimamente, Srta. Fletcher — disse McLean.

— Ele saiu para pescar, senhor.

— E não voltou? — perguntou Moore.

— Às vezes ele fica fora durante uma semana — respondeu Bethany, agitada.

— Sr. Moore — disse McLean —, o senhor teria tempo para acompanhar a Srta. Fletcher em segurança até em casa, antes de se apresentar ao serviço?

— Sim, senhor.

— Então faça isso, por obséquio.

— Estou em segurança, senhor — disse Bethany.

— Ceda ao desejo de um velho, Srta. Fletcher — pediu o general, fazendo então uma reverência. — E desejo-lhe boa-noite.

Moore e Bethany desceram o morro em silêncio. A casinha não ficava longe. Pararam perto da pilha de lenha, ambos acanhados.

— Obrigada — disse Bethany.

— O prazer foi meu, Srta. Fletcher — respondeu Moore, e permaneceu imóvel.

— O que vai acontecer amanhã?

Talvez nada.

— Os rebeldes não vão atacar?

— Acho que sim, mas a decisão é deles. Deveriam atacar logo.

— Deveriam? — perguntou Bethany. O luar fez seus olhos brilharem como prata.

— Nós solicitamos reforços. Mas não sei se virá algum.

— Mas se eles atacarem haverá uma luta?

— É para isso que estamos aqui — disse Moore, e sentiu o coração disparar com o pensamento de que no dia seguinte descobriria se era um soldado de verdade, ou talvez o tremor fosse por estar admirando os olhos de Bethany ao luar. Queria dizer coisas a ela, mas sentia-se confuso e com a língua travada.

— Preciso entrar — disse ela. — Molly Hatch está tomando conta da minha mãe.

— Ela não melhorou?

— Ela nunca vai melhorar. Boa-noite, tenente.

— Sou seu servo, Srta. Fletcher — disse Moore, fazendo uma reverência, mas mesmo antes de se empertigar de novo ela havia ido embora. Moore foi chamar seus homens, que assumiriam o posto do piquete em Dyce's Head.

O amanhecer estava amortalhado por uma névoa, mas da nova bateria na ilha Cross os navios eram claramente visíveis. O mais próximo, o HMS *Nautilus*, se encontrava a apenas 400 metros dos grandes canhões que os homens de Revere tinham trazido para terra. Esses homens haviam trabalhado a noite toda, e fizeram um bom serviço. Tinham aberto um caminho entre as árvores da ilha Cross e arrastado dois canhões de 18 libras, um de 12 e um obus de cinco polegadas e meia para o ponto mais alto da ilha, onde a terra pedregosa formava uma plataforma perfeita para a artilharia. Mais árvores tinham sido derrubadas para abrir uma área de tiro para os canhões, e ao alvorecer o capitão Hoysteed Hacker, cujos marinheiros estavam armados com mosquetes para proteger os artilheiros, olhou para as três chalupas inglesas. A mais distante, a *North*, era uma forma cinza na névoa de mesma cor e estava quase totalmente escondida pelo volume das outras duas, porém a mais próxima, a *Nautilus*, estava bem nítida. Sua figura de proa era um marinheiro de peito nu cujo cabelo louro era entrelaçado com algas.

— Não deveríamos estar transformando aquele navio em lascas? — perguntou Hacker ao oficial de artilharia. Os artilheiros estavam parados junto às suas armas formidáveis, mas nenhum parecia estar carregando ou apontando as armas.

— Não temos buchas — explicou o tenente Philip Marett, primo do coronel Revere e oficial comandante da bateria.

— Não têm o quê?

Marett pareceu sem graça.

— Parece que não temos buchas de anel, senhor.

— E além disso as balas esféricas são do tamanho errado — disse, carrancudo, um sargento.

Hacker mal conseguia acreditar no que ouvia.

— As balas? Do tamanho errado?

O sargento demonstrou isso levantando uma bala esférica e enfiando-a no cano de um dos dois canhões de 18 libras. Um de seus homens socou a bala para dentro da arma comprida que, como estava montada no ponto mais alto da ilha Cross, mirava ligeiramente para baixo, apontando para o casco do *Nautilus*. O artilheiro tirou o soquete e se postou de lado. Hacker ouviu um barulho fraco vindo do canhão. O som de metal contra metal ficou mais alto à medida que a bala rolava devagar pelo cano e caía pateticamente da boca batendo nas agulhas de pinheiro que cobriam o chão.

— Ah, meu Deus — disse Hacker.

— Devem ter feito confusão em Boston — disse Marett, impotente. Em seguida apontou para uma bela pirâmide de balas esféricas. — Parece que são para canhões de 12 libras, e, mesmo que pudéssemos prender com buchas, a folga iria deixá-las quase inúteis. — A folga era o espaço minúsculo entre um projétil e o cano do canhão. Todos os canhões tinham alguma folga, mas se fosse grande demais boa parte do propelente da arma se perderia ao redor das bordas da bala.

— Você mandou chamar o coronel Revere?

O olhar de Marett percorreu o espaço limpo de árvores como se procurasse algum esconderijo.

— Tenho certeza de que há munição de 18 libras no *Samuel*, senhor — disse evasivamente.

— Por Cristo — exclamou Hacker violentamente. — Vamos precisar de duas horas para trazê-la pelo rio! — O *Samuel* estava ancorado bem ao norte, a uma longa distância do riacho ao sul da ilha Cross.

— Poderíamos abrir fogo com o de 12 libras — sugeriu Marett.

— Vocês têm bucha para ele?

— Quem sabe poderíamos usar terra?

— Ah, pelo amor de Deus, vamos fazer isso direito — disse Hacker, que então teve uma inspiração súbita. — O *Warren* tem canhões de 18 libras, não tem?

— Não sei, senhor.

— Tem sim, e está muito mais perto do que o *Samuel*. Vamos pedir munição a eles.

A inspiração de Hoysteed Hacker foi feliz. O comodoro Saltonstall fungou com desprezo ao receber o pedido de munição, mas aceitou atendê-lo, e o capitão Welch mandou um mensageiro ao *General Putnam* com a ordem de que o capitão Thomas Carnes juntasse um grupo de brigadistas para carregar as buchas e as balas necessárias para terra. Antes de entrar para a Brigada Naval, Carnes tinha servido no regimento de artilharia do coronel Gridley, e depois comandou uma bateria da Artilharia de Nova Jersey no Exército Continental. Era um homem alegre e enérgico, que esfregou as mãos com prazer ao ver como o *Nautilus* estava perto dos canhões.

— Podemos usar as balas de 12 libras nos de 18 — declarou.

— Podemos? — perguntou Marett.

— Vamos colocar tiro duplo — disse Carnes. — Colocamos uma bala de 18 libras junto à carga e enfiamos uma de 12 por cima. Vamos transformar aquele navio em lenha, rapazes! — Ele olhou para os artilheiros de Massachusetts, todos agora imbuídos de entusiasmo com sua energia, carregando e apontando o canhão. — Mirem ligeiramente mais alto — disse.

— Mais alto? — perguntou Marett. — Quer que miremos nos mastros?

— Um cano frio atira baixo — disse Carnes —, mas à medida que esquenta atira na mira certa. Baixe a elevação depois de três disparos, e ponha um grau a menos do que acha necessário. Não sei por que, mas as balas esféricas sempre sobem ao sair do cano. É uma elevação pequena, mas se você compensá-la vai acertar com força quando os canos estiverem quentes.

O sol estava reluzindo forte na névoa quando, finalmente, a bateria abriu fogo. Os dois grandes canhões de 18 libras eram os destruidores de navios e Carnes usou-os para atirar contra o casco do *Nautilus*, enquanto o de 12 libras disparava barras contra o cordame e o obus lançava projéteis por cima do *Nautilus* para devastar os conveses do *North* e do *Albany*.

Os canhões recuavam com força sobre o terreno pedregoso. Precisavam de realinhamento depois de cada disparo, e as descargas enchiam o espaço entre as árvores cortadas com uma grossa fumaça de pólvora que se demorava no ar imóvel. A fumaça adensava a névoa a tal ponto que era impossível mirar até que a visão retornasse, o que diminuía o ritmo dos disparos, mas Carnes ouvia o estalo satisfatório das balas esféricas batendo na madeira. Os ingleses não podiam atirar de volta. O *Nautilus* não tinha canhões na proa, e sua banda de artilharia com nove peças estava virada para o oeste, em direção à entrada do porto. O capitão Tom Farnham, que comandava o *Nautilus*, poderia ter girado o navio para a ilha Cross, mas então Mowat perderia um terço dos canhões que guardavam o canal, e por isso a chalupa precisava suportar o ataque.

O comodoro, satisfeito porque finalmente a bateria estava em ação, mandou uma ordem para que Carnes e seus brigadistas retornassem aos navios, mas antes de sair Carnes usou um pequeno telescópio para olhar o *Nautilus* e viu os buracos abertos na proa.

— O senhor o está acertando com força, capitão! — disse a Marett. — Lembre-se! Mire baixo a esta distância e vai afundar aquele desgraçado antes do meio-dia! Bom-dia ao senhor! — Este último cumprimento foi dado ao general de brigada Lovell que viera inspecionar a nova bateria em ação.

— Bom-dia! Bom-dia! — Lovell abriu um sorriso para os artilheiros. — Sem dúvida, vocês estão acertando com força aquele navio, rapazes! — Ele pegou emprestado o telescópio de Carnes. — Ora, vocês arrebentaram um braço daquela figura de proa horrorosa! Muito bem! Continuem assim e vão afundá-lo em pouco tempo!

O *Nautilus* ainda flutuava uma hora antes do meio-dia quando o coronel Revere chegou com a munição de 18 libras vinda do *Samuel*. Estava em sua elegante barca pintada de branco que pertencia à guarnição da ilha Castle e que ele havia confiscado para a expedição. Revere ordenou que marinheiros do *Providence* levassem as balas esféricas para a bateria, em seguida subiu o morro e descobriu o general Lovell ainda parado junto aos canhões. A névoa havia se dissipado e o general espiava por um telescópio apoiado no ombro de um artilheiro.

— Coronel! — Ele cumprimentou Revere alegremente. — Vejo que estamos golpeando com força!

— Que diabos você quis dizer com munição errada? — Revere ignorou Lovell e questionou o capitão Marett, que apontou para as balas esféricas de 12 libras e começou uma explicação hesitante, mas Revere o empurrou de lado. — Se você trouxe a bala esférica errada a culpa é sua. — Em seguida olhou enquanto os artilheiros levantavam uma das enormes balas de 18 libras de volta para o lugar. O artilheiro espiou dentro do cano, e então usou uma marreta de cabo comprido para enfiar uma cunha mais fundo embaixo da culatra. A cunha levantou ligeiramente a parte de trás do cano, baixando a boca da arma, e o artilheiro, satisfeito com o ângulo, indicou que a equipe poderia recarregar o canhão.

— Eles devem estar sofrendo, coronel — disse Lovell, animado. — Posso ver danos nítidos no casco!

— O que você está fazendo? — De novo Revere ignorou Lovell, partindo para cima de Marett. O coronel havia espiado pelo cano e não tinha gostado do que vira. — Está atirando na água, capitão? De que adianta isso?

— O capitão Carnes... — começou Marett.

— O capitão Carnes? Ele é oficial deste regimento? Sargento! Quero que o cano seja levantado. Solte a cunha da culatra dois graus. Bom-dia, general — cumprimentou enfim Lovell.

— Vim dar os parabéns aos artilheiros — respondeu Lovell.

— Só estamos cumprindo com nosso dever, general — disse Revere rapidamente, e se agachou de novo atrás do canhão depois de o sargento ter afrouxado a cunha. — Muito melhor!

— Imagino que o senhor estará no conselho de guerra esta tarde, não é? — perguntou Lovell.

— Estarei, general. O que estão esperando? — Esta pergunta foi feita aos artilheiros. — Deem algumas pílulas de ferro aos desgraçados!

O sargento furou o saco de pólvora com um espeto e inseriu o bota-fogo.

— Para trás! — gritou. Depois, satisfeito ao ver que o espaço atrás do canhão estava livre, encostou o pavio ao bota-fogo. Houve um chiado, um sopro de fumaça saiu do ouvido da arma e em seguida o canhão trovejou e a fumaça encheu o céu ao redor da bateria. O canhão saltou para trás, as rodas ricocheteando no solo pedregoso.

A bala voou sobre o convés do *Nautilus* e errou por pouco os mastros, mas passou suficientemente perto para despedaçar uma pilha de lanças de abordagem na base do mastro principal antes de bater inofensivamente na praia da península. Um marinheiro na chalupa girou e caiu, segurando o pescoço, e o capitão Farnham viu sangue onde a lasca de uma lança partida havia se cravado na goela do sujeito.

— Levem-no para baixo — ordenou.

O ajudante do médico de bordo tentou tirar a lasca, mas o homem entrou em convulsão antes que pudesse soltá-la. O sangue espirrou no escuro convés inferior, os olhos do sujeito se arregalaram, espiando vazios o convés acima. Então ele soltou um barulho engasgado, gorgolejante, e mais sangue brotou da garganta e da boca. Ele teve outra convulsão e enfim ficou imóvel. Estava morto, o primeiro a morrer a bordo da chalupa. O próprio médico estava ferido, a coxa rasgada por uma lâmina afiada de madeira arrancada do casco por um dos tiros anteriores. Seis homens estavam na enfermaria, todos com ferimentos semelhantes provocados por lascas. O médico e seu ajudante estavam arrancando os fragmentos de madeira e amarrando bandagens nas feridas, e o tempo todo esperavam a temida pancada do próximo tiro a acertar o casco. O carpinteiro do navio estava martelando cunhas e calafetando o casco danificado, e as bombas do navio faziam barulho constante enquanto os homens tentavam impedir que a água invadisse o porão.

— Acredito — disse o capitão Farnham, depois de outra bala de 18 libras passar gritando logo acima do convés — que levantaram a mira. Agora estão tentando derrubar nossos mastros.

— É melhor do que furarem o casco, senhor — observou seu primeiro-tenente.

— De fato — concordou Farnham, com alívio evidente. — Ah, de fato. — Ele apontou o telescópio para fora do porto e viu, sentindo alívio ainda maior, que os navios de guerra rebeldes não davam nenhum sinal de que se preparavam para outro ataque.

— Sinal do *Albany*, senhor! — gritou um aspirante. — Preparar-se para mover o navio, senhor!

— Isso não é surpresa, é? — perguntou Farnham.

A bateria do coronel Revere na ilha Cross havia começado o dia de modo confuso, mas havia obtido sucesso em uma ambição. As três chalupas inglesas que fechavam a entrada do porto estavam sendo levadas para o leste.

A porta para Majabigwaduce havia sido aberta.

O general McLean estava em Dyce's Head olhando para a bateria inimiga na ilha Cross. Não podia ver nada dos canhões rebeldes porque a fumaça cobria a clareira feita no ponto mais alto da ilha, mas percebia o dano que fora causado às suas defesas. Porém jamais poderia ter cedido homens suficientes para guarnecer a ilha Cross de modo adequado. A queda fora inevitável.

— Os malditos ianques se saíram bem — disse carrancudo.

— É uma taxa de fogo lenta — observou o capitão Michael Fielding.

No entanto, mesmo sendo ligeiramente mais lentos do que os homens da Artilharia Real, os rebeldes haviam desbloqueado o porto. O capitão Mowat mandara um jovem tenente para terra, que encontrou McLean no alto penhasco.

— O capitão lamenta, senhor, mas precisa afastar as chalupas dos canhões inimigos.

— Precisa sim — concordou McLean. — De fato.

— Ele propõe fazer uma nova linha no centro do porto, senhor.

— Diga ao capitão Mowat que desejo sucesso a ele — disse McLean —, e agradeço por ter me informado. — As três chalupas e os navios de transporte já estavam se movendo lentamente para o leste. O capitão Mowat havia marcado o novo ponto de ancoragem com boias improvisadas com barris vazios, e McLean podia ver que a nova posição não era nem de longe tão formidável quanto a antiga. Agora os navios fariam uma linha bem a leste da entrada do porto, não mais como uma rolha num gargalo estreito, mas sim uma na metade da garrafa, e sua retirada certamente convidaria um ataque da frota inimiga. Era uma pena, pensou McLean, mas ele sabia que Mowat não tinha escolha senão recuar agora que os rebeldes possuíam a ilha Cross.

O brigadeiro fora ao penhasco verificar se os canhões de 12 libras de Fielding poderiam ser usados para atirar contra a nova bateria rebelde na ilha Cross. As pequenas peças de seis libras já estavam disparando contra a posição rebelde, mas eram canhões ridículos e, além disso, a nova bateria inimiga estava no centro da ilha e atirava para baixo, através de um corredor de árvores cortadas que apontava para o norte. Os canhões propriamente ditos ficavam escondidos de Dyce's Head, que estava a noroeste da bateria inimiga, e os três canhões do aspirante Fenistone cuspiam suas balas pequenas contra as árvores da ilha Cross numa esperança cega de acertar qualquer coisa escondida pela fumaça e pela folhagem.

— Não sei se ganharemos muito usando os de 12 libras, senhor — disse Fielding — a não ser para causar mais danos àquelas árvores.

McLean concordou, e então andou alguns passos para o oeste, onde poderia enxergar os navios inimigos. Estava atônito porque os americanos não tinham feito nenhum movimento para atacá-lo. Havia esperado que os navios de guerra estivessem na entrada do porto, acrescentando seu fogo à nova bateria, e que a infantaria rebelde já o estivesse atacando, mas a frota permanecia ancorada pacificamente sob o sol. Podia ver as roupas penduradas para secar em varais estendidos entre os mastros dos navios de transporte.

— Minha preocupação — disse a Fielding — é que se pusermos os canhões de 12 libras aqui não teremos tempo para recuá-los quando o inimigo atacar.

— Sem cavalos não teremos como.

— Sinto falta dos meus cavalos — observou McLean em voz baixa. Ele tirou o bicorne e olhou pesaroso para a faixa de couro interna que estava se desfazendo. O cabelo branco se levantou com um sopro súbito de vento. — Bem, ouso dizer que podemos nos dar ao luxo de perder um trio de canhões de seis libras, mas eu não suportaria a perda de nenhum dos de 12. — Em seguida voltou-se para a fumaça que envolvia a ilha Cross, recolocando o chapéu cuidadosamente. — Deixe os de 12 no forte — decidiu. — E obrigado, capitão. — Então, virou-se enquanto chegava o som de passos altos em meio às árvores. O tenente Caffrae, do regimento dos Hamiltons, estava correndo para o general. — Mais notícias ruins, suspeito.

Caffrae, um rapaz ágil e enérgico, estava ofegando quando parou diante de McLean.

— Os rebeldes desembarcaram homens a norte do istmo, senhor.

— É mesmo? Estão avançando?

Caffrae balançou a cabeça.

— Vimos uns sessenta homens em barcos, senhor. Desembarcaram fora das vistas, mas estão nas árvores do outro lado do pântano.

— Só sessenta homens?

— Foi só o que vimos, senhor.

— O major Dunlop está sabendo?

— Ele me mandou contar ao senhor.

— O demônio age de maneiras misteriosas — disse McLean. — Será que está tentando fazer com que olhemos para o norte enquanto ataca aqui? Ou será que aquela é a guarda avançada de seu ataque verdadeiro? — E sorriu para o ofegante Caffrae, que considerava um de seus melhores oficiais jovens. — Teremos de esperar para ver, mas o ataque deve vir logo. Bem, vou retornar ao forte. E você, Caffrae, vai dizer ao major Dunlop que vou reforçar o piquete dele no istmo.

A bordo das chalupas os marinheiros se preparavam para baixar âncoras na nova posição. Os canhões na ilha Cross ainda golpeavam o *Nautilus*, onde homens sangravam e morriam. Ao norte do istmo os rebeldes começaram a fazer uma fortificação de terra onde canhões poderiam tomar conta da rota de fuga dos casacas vermelhas que saíssem de Majabigwaduce. Era terça-feira, 27 de julho, e o cerco em volta do Forte George estava se apertando.

— Acredito que posso dizer com grande confiança — Lovell dirigia-se ao conselho de guerra na cabine do comodoro a bordo do *Warren* — que realizamos feitos esplêndidos! Feitos nobres! — O general estava em seu estilo mais benevolente, sorrindo para os homens apinhados em volta da mesa e ao longo das laterais da cabine. — Agora devemos alcançar desígnios mais amplos. Devemos aprisionar, matar e destruir os tiranos!

Durante um tempo o conselho cedeu à contemplação prazerosa da captura da ilha Cross, uma vitória que certamente pressagiava um triunfo maior no lado norte do porto. Elogios foram feitos à Brigada Naval na pessoa do capitão Welch, que nada disse; simplesmente ficou parado atrás da cadeira de Saltonstall, com semblante sério. O comodoro, também silencioso, parecia entediado. Uma ou duas vezes dignou-se a inclinar a cabeça quando Lovell lhe fazia uma pergunta, mas na maior parte do tempo aparentava se julgar acima das questões discutidas. E não parecia estar nem um pouco incomodado pela petição que lhe fora enviada por 32 oficiais dos navios rebeldes, requisitando respeitosamente que o comodoro destruísse ou capturasse as três chalupas inglesas sem mais demora. A carta fora redigida nos termos mais educados, porém nenhuma cortesia poderia esconder que a petição era uma crítica amarga à liderança de Saltonstall. Quase todos os homens que haviam assinado a carta estavam na cabine, mas o comodoro os ignorava explicitamente.

— Pelo que presumo, senhores, concordamos que devemos fazer o ataque logo, não é? — perguntou Lovell.

Vozes murmuraram confirmando.

— Esta noite, vamos atacar esta noite — sugeriu enfaticamente George Little, primeiro-tenente do *Hazard*.

— Se esperarmos demais — disse o coronel Jonathan Mitchell, comandante da milícia do condado de Cumberland — eles terminarão o maldito forte. Quanto antes atacarmos, mais cedo iremos para casa.

— Se esperarmos demais — alertou George Little — veremos reforços ingleses subindo o rio. — Ele apontou para as amplas janelas de popa da cabine. A maré vazante tinha virado o *Warren* em seu cabo de âncora e agora as janelas estavam voltadas para o sudoeste. Ali o sol ia se pondo, fazendo as águas da baía de Penobscot reluzirem em padrões tremeluzentes de vermelho e dourado.

— Não vamos antecipar esse tipo de coisa — disse Lovell.

Wadsworth achava que valia a pena antecipar esse tipo de coisa, especialmente se elas apressassem por si só.

— Eu sugeriria, senhor — disse calorosamente —, que fizéssemos o ataque esta noite.

— Esta noite! — Lovell encarou seu auxiliar.

— Temos lua cheia — disse Wadsworth — e, com um pouquinho de sorte, o inimigo estará inativo. Sim, senhor, esta noite. — Um resmungo de aprovação ecoou na cabine.

— E quantos homens vocês poderiam colocar nesse ataque? — perguntou uma voz forte, e Wadsworth viu que era o tenente-coronel Revere quem perguntara.

Wadsworth achou a pergunta impertinente. Não era da conta de Revere o número de soldados de infantaria que poderiam ser desembarcados, mas Solomon Lovell parecia não se preocupar com a grosseria da exigência.

— Podemos desembarcar oitocentos homens — respondeu o general, e Revere pareceu estar satisfeito com a resposta.

— E quantos homens o comboio de artilharia pode levar para terra? — perguntou Wadsworth.

Revere se encolheu, como se a pergunta o ofendesse.

— Oitenta homens, fora os oficiais — disse ressentido.

— E dessa vez — Wadsworth chegou a se surpreender com o desafio que havia na própria voz —, espero que a munição seja adequada aos canhões.

Revere parecia ter levado um tapa. Encarou Wadsworth, sua boca se abriu e fechou e ele se empertigou como se fosse lançar uma resposta maldosa, porém o coronel Mitchell interveio:

— E o que mais interessa: quantos homens o inimigo pode usar?

William Todd, que também havia se irritado com a intervenção de Revere, ia dar sua estimativa elevada, mas Peleg Wadsworth o silenciou com um gesto.

— Conversei bastante com o jovem Fletcher — disse Wadsworth — e as informações dele não são suposições ou estimativas, mas vêm diretamente do tesoureiro inimigo. — Ele fez uma pausa, olhando ao redor da mesa. — Estou convencido de que os regimentos inimigos não podem contar com mais do que setecentos soldados de infantaria.

Alguém soltou um assobio baixo, de surpresa. Outros pareciam em dúvida.

— O senhor confia nesses números? — perguntou cético o major Todd.

— Completamente — respondeu Wadsworth com firmeza.

— Eles possuem artilheiros também — alertou Lovell.

— E têm a brigada da Marinha Real — disse um capitão de navio, na extremidade da cabine.

— Nós temos brigadistas melhores — insistiu o capitão Welch.

O comodoro Saltonstall se remexeu, o olhar movendo-se desinteressadamente ao redor da mesa, como se estivesse ficado surpreso ao se descobrir entre aquelas pessoas.

— Vamos emprestar 227 brigadistas à milícia — disse ele.

— Esplêndido — reagiu Lovell, tentando elevar o moral do conselho. — Realmente esplêndido! — Ele se recostou na cadeira, plantou os punhos bem separados na mesa e sorriu para os oficiais reunidos. — Portanto, senhores, temos uma moção! E a moção é que ataquemos esta noite com todas as nossas forças terrestres. Permitam-me colocar uma proposta para ser votada pelo conselho, e será que posso sugerir que cheguemos a um consenso? Assim, senhores, a moção é: os senhores acham que possuímos força o suficiente para atacar o inimigo?

Ninguém respondeu. Todos estavam atônitos demais. Até mesmo Saltonstall, que parecera totalmente desligado da discussão em sua cabine, agora olhava arregalado para Lovell. Por um momento Wadsworth havia tentado pensar que o general estava propondo uma piada ruim, mas pela expressão de Lovell era aparente que ele falava sério. Realmente esperava que cada oficial votasse a moção como se esta fosse uma reunião da Assembleia Geral. O silêncio se estendeu, rompido apenas pelos passos dos vigias no convés acima.

— A favor, sim — conseguiu dizer Wadsworth, e suas palavras romperam a surpresa na cabine. Um coro de vozes aprovou a moção.

— E alguém se opõe? — perguntou Lovell. — Ninguém? Bom! O sim venceu. — Ele olhou para seu secretário, John Marston. — Registre na ata que a moção propondo que possuímos força suficiente para fazer o ataque foi aprovada unanimemente. — Ele sorriu para os oficiais reunidos, e então olhou com ar interrogativo para Saltonstall. — Comodoro? O senhor apoiará nosso ataque com uma ação naval?

Saltonstall olhou para Lovell com um rosto inexpressivo que de qualquer forma conseguia sugerir que o comodoro considerava o general um idiota estúpido.

— Por um lado — Saltonstall finalmente rompeu o silêncio embaraçoso —, o senhor deseja que meus brigadistas participem da investida, e por outro quer que eu ataque as embarcações inimigas sem meus brigadistas?

— Eu, bem... — começou Lovell, sem jeito.

— Bem? — interrompeu Saltonstall asperamente. — O senhor quer os brigadistas ou não?

— Eu gostaria do auxílio deles — respondeu Lovell debilmente.

— Então vamos atacar o inimigo com tiros de canhão — anunciou Saltonstall em tom elevado. Houve um murmúrio de protesto por parte dos oficiais que haviam assinado a carta condenando o comodoro, mas o murmúrio morreu diante do olhar de desprezo de Saltonstall.

Tudo que restava agora era decidir onde e quando atacar, e ninguém recusou a proposta de Wadsworth de atacar o penhasco de novo, mas desta vez ao luar.

— Vamos atacar à meia-noite — disse Wadsworth — e seguiremos diretamente para o penhasco.

Para exaspero de Wadsworth, Lovell insistiu em oferecer tanto o lugar quanto a hora como moções para o conselho votar, mas ninguém se manifestou contra, embora o coronel Mitchell tenha observado timidamente que, sendo o ataque à meia-noite, restava pouco tempo para os preparativos necessários.

— Não há tempo melhor do que o presente — disse Wadsworth.

— Os senhores esperam que eu ataque os navios deles à noite? — perguntou Saltonstall entrando de novo na discussão. — Querem que meus navios encalhem no escuro?

— O senhor pode atacar ao alvorecer, talvez? — sugeriu Lovell, e foi recompensado com uma rápida confirmação de cabeça.

O conselho terminou e os homens voltaram aos seus navios enquanto a lua brilhante subia entre as árvores. Os rebeldes tinham votado unanimemente a favor de realizar o ataque, trazer o inimigo à batalha e, com a ajuda de Deus, obter uma grande vitória.

A névoa chegou lentamente na manhã da quarta-feira, 28 de julho de 1779. A princípio foi uma neblina que se adensou imperceptivelmente para amortalhar a lua assombrada pelas nuvens e seu halo brilhante. A maré ondulava sob os navios ancorados. A meia-noite havia chegado e ido embora, e ainda não houvera ataque. O *Hunter* e o *Sky Rocket*, os dois navios corsários que dispariam seus canhões contra o topo do penhasco enquanto os rebeldes desembarcassem, precisavam ser impelidos com remos rio acima antes de ancorar perto da terra, e ambos chegaram tarde. Alguns navios de transporte tinham um número grande demais de batelões e escaleres, enquanto outros tinham muito poucos, e esse problema precisava ser resolvido. O tempo passava e Peleg Wadsworth se irritava. Este era o ataque que não podia falhar, o ataque para capturar o penhasco e avançar contra o forte. Era por isso que a frota viera à baía de Penobscot, mas a primeira hora da madrugada chegou e passou, e depois a segunda, e a terceira, e as tropas ainda não estavam prontas. Um capitão da milícia sugeriu que o ataque deveria ser abortado porque a névoa iria umedecer a pólvora nos mosquetes, uma ideia que Wadsworth rejeitou com uma raiva que o surpreendeu.

— Se não puder atirar neles, capitão — disse rispidamente —, mate-os de pancadas com as coronhas dos mosquetes. — O capitão olhou-o com expressão incomodada. — Foi para isso que você veio aqui, não foi? — perguntou Wadsworth. — Para matar o inimigo?

James Fletcher, ao lado de Wadsworth, riu. Seu único uniforme era um cinturão branco atravessado no peito, de onde pendia uma bolsa de cartuchos, mas a maior parte dos milicianos se vestia de modo semelhante. Só os brigadistas e alguns oficiais da milícia usavam uniformes tradicionais. O coração de James palpitava. Ele estava nervoso. Seu serviço era mostrar aos atacantes onde havia caminhos que subiam o penhasco, mas nesse momento o penhasco era apenas um barranco sombreado pela névoa. Nenhuma luz aparecia por lá. Os escaleres balançavam e batiam uns nos outros ao lado dos navios de transporte, esperando para levar os soldados a terra, enquanto no convés homens afiavam facas e baionetas e verificavam obsessivamente se as pederneiras nos fechos dos mosquetes estavam bem presas nos cães. Wadsworth e Fletcher estavam a bordo da chalupa *Centurion*, de onde partiriam junto com os brigadistas de Welch. Esses brigadistas, usando casacas verde-escuras, esperavam pacientemente no bojo do *Centurion*, e no meio deles havia um garoto de quem Wadsworth se lembrava, de Townsend. O garoto sorriu para o general, que tentava desesperadamente lembrar o nome dele.

— Israel, não é? — perguntou Wadsworth, quando o nome lhe veio subitamente.

— Agora sou o pífaro Trask, da Brigada Naval, senhor — respondeu o garoto numa voz ainda imatura.

— Você entrou para a brigada! — disse Wadsworth, sorrindo. O menino recebera um uniforme, a casaca verde-escura cortada no seu tamanho diminuto, e da cintura pendia um sabre-baioneta. Não tinha o característico colarinho de couro dos brigadistas; em vez disso, usava um cachecol preto apertado no pescoço magricelo.

— Nós sequestramos o desgraçadozinho, general — disse um brigadista no escuro.

— Então cuidem bem dele — disse Wadsworth. — E toque bem, Israel Trask.

Um bote a remos bateu na lateral do *Centurion* e um agitado tenente de milícia pulou pela amurada com uma mensagem do coronel McCobb.

— Desculpe, senhor, ainda vamos ter de esperar um pouco. O coronel diz que lamenta muito, senhor.

Wadsworth não conseguiu se conter e exclamou:

— Maldição!

— Ainda não há botes suficientes, senhor — explicou o tenente.

— Usem os barcos que vocês tiverem — disse Wadsworth — e mandem eles de volta para pegar o resto dos homens. Avise quando estiverem prontos!

— Sim, senhor. — Envergonhado, o tenente voltou para o seu bote.

— E eles se chamam de "milicianos minuto"? — perguntou o capitão Welch, aparecendo ao lado de Wadsworth com uma mistura de observação e brincadeira.

Wadsworth ficou incomodado simplesmente porque o severo capitão da brigada havia falado algo. Welch era uma presença tão séria e sinistra que seu silêncio costumeiro era bem-vindo, ainda que houvesse soado bastante amigável na escuridão.

— Seus homens têm comida? — perguntou Wadsworth. Era uma pergunta desnecessária, mas o alto brigadista o deixava nervoso.

— Eles têm seu farnel — disse Welch, ainda parecendo estar brincando. O general Lovell mandara uma mensagem de que cada homem deveria levar "um farnel para aliviar a fome", e Wadsworth obedientemente passara a ordem adiante, embora suspeitasse de que a fome seria o menor dos problemas. — Já esteve na Inglaterra, general? — perguntou Welch subitamente.

— Não, não. Nunca.

— É um lugar bonito, em parte.

— O senhor já visitou?

Welch confirmou que sim.

— Não planejei. Nosso navio foi capturado e eu fui levado como prisioneiro.

— Foi trocado?

Welch riu, os dentes muito brancos na escuridão.

— Céus, não. Saí andando da prisão e caminhei até Bristol. Alistei-me como marinheiro em um navio mercante que partia para Nova York. Fui para casa.

— E ninguém suspeitou?

— Nenhuma alma. Eu mendigava e roubava comida. Conheci uma viúva que me alimentou. — Ele sorriu da lembrança. — Fico feliz por ter visto o lugar, mas não voltarei.

— Eu gostaria de ver Oxford um dia — disse Wadsworth, pensativo. — E talvez Londres.

— Vamos construir Londres e Oxford aqui.

Wadsworth imaginou se o geralmente lacônico Welch estaria falante por causa do nervosismo, e então, subitamente, percebeu que o brigadista estava falando porque havia percebido o nervosismo dele próprio. O general olhou para o penhasco escuro que, na névoa que se adensava, era delineado por uma claridade opaca no céu do leste, apenas um traço de cinza contra o preto.

— Está amanhecendo — disse Wadsworth.

E então, subitamente, não houve mais atrasos. O coronel McCobb e a milícia do condado de Lincoln estavam prontos, e assim os homens desceram aos botes e Wadsworth ocupou seu lugar na popa de um escaler. Os brigadistas estavam com o rosto cinzento sob a luz fraca, mas para Wadsworth pareciam tranquilizadoramente decididos, determinados e amedrontadores. Suas baionetas estavam caladas. Os marinheiros do *Centurion* comemoraram baixo enquanto os botes se afastavam do navio.

Uma comemoração mais alta soou no *Sky Rocket*, e então Wadsworth ouviu claramente o capitão William Burke gritar para a sua tripulação:

— Por Deus e pela América! Fogo!

O *Sky Rocket* rompeu o alvorecer com os oito canhões de sua banda de artilharia. Chamas saltaram e se enrolaram, a fumaça se espalhou na água e os primeiros projéteis se chocaram contra a terra.

Os rebeldes estavam chegando.

Trecho de uma carta enviada pelo Conselho de Massachusetts ao general de brigada Solomon Lovell, 23 de julho de 1779:

> *É a Expressão do Conselho... que o senhor realizará suas Operações com todo Vigor e presteza possíveis e cumprirá com o serviço da Expedição antes que qualquer reforço possa chegar ao inimigo em Penobscot. Também foi informado aqui e é acreditado por muitos que um navio de Quarenta Canhões e a Fragata Delaware partiram de Sandy Hook no dia 16 deste e foram para Leste; o destino não era conhecido.*

Trecho de uma Ordem do Conselho do Estado da Baía de Massachusetts, 27 de julho de 1779:

> *É ordenado que o Conselho de Guerra seja e portanto é orientado a fornecer aos dois Índios da Tribo Penobscott, agora na Cidade de Boston Dois Chapéus um deles com galão dois Cobertores e duas Camisas.*

Trecho das ordens diárias do general de brigada Solomon Lovell, Majabigwaduce, 27 de julho de 1779:

> *É ordenado rigidamente a todos os Oficiais e Soldados do Exército que não deem ou vendam rum aos Índios, a não ser os que tenham o comando imediato deles, sob pena do maior desprazer... Deseja-se que os Oficiais prestem Atenção especial a que os homens não desperdicem Munição e que mantenham as Armas em boa Ordem.*

7

as primeiras balas bateram contra as árvores, mandando ramos, agulhas de pinheiro e folhas pelo ar. Pássaros guinchavam e batiam asas alvorecer adentro. Os rebeldes estavam usando balas de cadeia e de barras que giravam no ar e cortavam galhos, fazendo torrões de terra e lascas de pedra saltarem quando batiam na face do penhasco.

— Santo Deus — disse o capitão Archibald Campbell. Ele era o *highlander* que comandava os piquetes no penhasco, e olhava pasmo para a grande quantidade de escaleres que agora emergiam da névoa, remando para a sua posição. No centro, manobrada desajeitadamente por marinheiros usando remos excepcionalmente grandes, uma escuna se esgueirava em direção à praia com o convés apinhado de homens. Dois navios de guerra inimigos haviam ancorado perto da costa e, ainda sendo nada mais do que formas escuras na fumaça e na névoa, começaram a atirar contra o penhasco. O *Hunter* possuía nove canhões de quatro libras disparando contra os casacas vermelhas, enquanto o *Sky Rocket* tinha oito canhões de mesmo porte em seu costado, mas, ainda que as peças fossem pequenas, seus mísseis acertavam com uma brutalidade capaz de entorpecer a mente. Campbell parecia imobilizado. Tinha oitenta homens sob seu comando, a maioria espalhada pela face do penhasco, no ponto em que a encosta íngreme dava lugar a uma subida mais suave.

— Posso dizer aos homens para se deitar, senhor? — sugeriu um sargento.

— Pode — respondeu Campbell, praticamente sem perceber que estava falando. Agora os canhões dos navios disparavam de modo mais irregular à medida que as equipes mais rápidas ultrapassavam as mais lentas. Cada disparo repercutia nos ouvidos e iluminava o penhasco com um súbito clarão de luz que era encoberto quase imediatamente pela fumaça da pólvora. Campbell tremia. Sua barriga estava enjoada, a boca seca e a perna direita com espasmos incontroláveis. Havia centenas de rebeldes vindo! O mar coberto de névoa era coberto pela sombra do penhasco, mas ele podia perceber o brilho das pás dos remos sob a fumaça dos canhões e a luz cinza se refletindo nas baionetas. Gravetos, cascas de árvores despedaçadas, folhas, pinhas e agulhas choviam sobre o piquete à medida que os disparos rasgavam as árvores. Um projétil de corrente despedaçou um tronco podre e caído. Os escoceses mais próximos de Campbell olharam nervosos para o oficial.

— Devo avisar ao general McLean, senhor? — sugeriu estoicamente um sargento.

— Vá — ordenou Campbell bruscamente. — Sim, vá, vá!

O sargento se virou e um projétil de barra acertou seu pescoço. O impacto cortou o rabicho empoado, separou a cabeça do corpo e, na semiescuridão cinzenta do alvorecer, o jato de sangue que se seguiu foi extraordinariamente brilhante, como se formado por gotas de rubis que recebessem brilho extra da luz do sol difusa pela névoa, filtrando-se entre as árvores do leste. Um jorro de sangue pareceu levantar a cabeça, que se virou dando a impressão de exibir um olhar de censura para Campbell. O capitão soltou um grito de horror, e então se dobrou involuntariamente e vomitou. A cabeça, encharcada de sangue, bateu no chão e rolou alguns metros encosta abaixo. Outro disparo com corrente passou acima, despedaçando galhos. Pássaros guincharam. Um casaca vermelha disparou seu mosquete contra a fumaça de canhão e a névoa.

— Não atirem! — gritou Campbell, de maneira muito esganiçada. — Não atirem! Esperem que eles cheguem à praia! — Cuspiu. Sua boca estava azeda e a mão direita tremia. Havia sangue em seu casaco e vômito nos sapatos. O corpo sem cabeça do sargento estava estremecendo, mas finalmente ficou imóvel.

— Por que, em nome de Deus, não devemos atirar? — perguntou o tenente John Moore, postado à esquerda do escocês. Ele comandava 22 Hamiltons assentados em Dyce's Head, no ponto em que a encosta era mais íngreme. Seu piquete estava posicionado diretamente entre os barcos que se aproximavam e a pequena bateria inglesa no topo do penhasco, e Moore estava decidido a proteger essa bateria. Observava o inimigo se aproximando e também a si mesmo com um olhar crítico interno. Uma bala de cadeia acertou uma árvore a menos de cinco passos, e lascas de sua casca bateram em Moore como uma chuva de granizo do inferno, e ele soube que deveria estar apavorado, embora sinceramente não achasse estar. Sentia apreensão, sim, porque ninguém deseja morrer ou ser ferido, mas em vez de um medo debilitante sentia uma empolgação crescente. Que os desgraçados viessem, pensou, e então percebeu que seus pensamentos o estavam consumindo a ponto de ficar parado, absorto e silencioso, enquanto seus homens o olhavam em busca de apoio. Obrigando-se a andar lentamente ao longo da borda do penhasco, desembainhou a espada e balançou a lâmina fina na direção do mato baixo.

— É gentileza do inimigo podar as árvores para nós — disse. — Melhora a vista, não acham?

— Os desgraçados querem podar mais do que as árvores — murmurou o soldado Neill.

— Não sei se o senhor notou uma coisa — disse baixinho o sargento McClure.

— Diga, sargento. Anime um pouco minha manhã.

McClure apontou para os barcos que se aproximavam, ficando mais nítidos à medida que emergiam da névoa adensada pela fumaça.

— Os desgraçados estão de uniforme, senhor. Acho que eles mandaram os melhores contra nós. E os canalhas lá adiante — ele apontou para os escaleres mais ao norte — estão usando qualquer roupa velha. Parecem um punhado de vagabundos.

Moore espiou para o oeste, e depois para os barcos mais ao norte.

— Está certo, sargento — disse. Nos barcos mais próximos podia ver os cinturões brancos atravessados diagonalmente nas casacas verde-escuras dos brigadistas, e presumiu que os uniformes pertencessem a um regimento do Exército Continental do general Washington. — Eles estão mandando as melhores tropas exatamente para cá — disse alto —, e vocês não podem culpá-los.

— Não?

— Eles estão vindo contra o regimento mais formidável do Exército britânico — disse Moore, animado.

— Ah, sim, contra todos os seus 22 soldados — disse McClure.

— Se soubessem o que iam enfrentar — observou Moore —, iriam dar meia-volta e remar para longe.

— Permissão para avisar a eles, senhor? — perguntou McClure, pasmo com a bravata de seu jovem oficial.

— Em vez disso vamos matá-los, sargento — respondeu Moore, mas suas palavras se perderam sob o disparo de uma bala de cadeia que atravessou os galhos com um ruído, fazendo chover pinhas e agulhas de pinheiro sobre o piquete.

— Não atirem ainda! — gritou o capitão Archibald Campbell do centro do penhasco. — Esperem até eles chegarem à praia!

— Idiota — disse Moore. E assim, com a espada desembainhada e sob o bombardeio dos navios inimigos, andou pelo penhasco e viu o inimigo se aproximar. A batalha finalmente viera a ele, pensou, e em todos os seus 18 anos Moore nunca havia se sentido tão vivo.

Wadsworth se encolheu quando os remos jogaram gotas d'água em seu rosto. Podia ser julho, mas o ar estava frio e a água mais fria ainda. Ele tremia em sua casaca do Exército Continental e rezava para que nenhum brigadista confundisse isso com medo. O capitão Welch, ao seu lado, parecia completamente despreocupado, como se o barco estivesse simplesmente o levando para alguma tarefa comum. Israel Trask, o pífaro, estava rindo na proa do escaler, onde ficava se virando para olhar o penhasco em que nenhum inimigo aparecia. O penhasco se erguia 60 metros acima da praia, com boa parte dessa encosta quase perpendicular, mas na névoa parecia muito mais alto. Árvores se despedaçavam sob o impacto dos projéteis de barra e de cadeia e pássaros circulavam acima do terreno alto, mas Wadsworth não podia ver nenhum casaca vermelha ou sopros de fumaça revelando tiros de mosquete. A névoa escorria entre os galhos altos. Os barcos da frente estavam agora ao alcance dos mosquetes, mas o inimigo continuava sem atirar.

— Fique na praia, garoto — disse Welch a Israel Trask.

— Não posso... — começou o garoto.

— Você fica na praia — repetiu Welch, dando então um olhar maroto para Wadsworth — com o general.

— Isso é uma ordem? — perguntou Wadsworth, achando graça.

— O seu dever é mandar os barcos buscarem mais homens, e enviar esses homens para onde eles forem necessários — respondeu Welch, parecendo não ter pudores em dizer a Wadsworth o que ele deveria fazer. — O nosso é matar todos os desgraçados que encontrarmos no topo do morro.

— Se houver algum — disse Wadsworth. O barco estava quase na praia onde ondas pequenas se quebravam debilmente, e o inimigo continuava sem oferecer resistência.

— Talvez estejam dormindo — observou Welch. — Talvez.

Então, quando a proa do barco bateu no cascalho, a face do penhasco explodiu criando barulho e fumaça. Wadsworth viu um jato de chamas lá no alto, ouviu as balas de mosquetes passarem chicoteando, viu água espirrando quando bateram no mar e então os marinheiros estavam gritando ao saltar em terra. Outros barcos bateram na praia estreita que se encheu rapidamente de homens com casacas verdes procurando um caminho para subir o penhasco. Um brigadista cambaleou para trás, com o cinturão branco subitamente se tornando vermelho. Caiu de joelhos nas pequenas ondas e tossiu violentamente, cada tosse trazendo mais sangue escuro.

James Fletcher, com o mosquete na mão, tinha corrido até um enorme pedregulho de granito que bloqueava em certa medida a praia.

— Há um caminho aqui! — gritou.

— Vocês o ouviram — berrou Welch. — Então me sigam! Venham, seus desgraçados!

— Comece a tocar, garoto — disse Wadsworth a Israel Trask. — Dê-nos uma bela melodia!

Os brigadistas escalavam a encosta suficientemente íngreme para exigir que pendurassem os mosquetes nos ombros e usassem as duas mãos para se firmar agarrando arbustos ou pedras. Uma bala de mosquete acertou uma pedra e ricocheteou bem acima da cabeça de Wadsworth. Um homem da Brigada Naval cambaleou para trás, o rosto transformado em uma máscara vermelha. Uma bala de mosquete havia atravessado seu malar e a carne da bochecha pendia por cima da gola de couro. Wadsworth podia ver os dentes do sujeito através da pele rasgada, mas o brigadista se recuperou e continuou subindo, fazendo um barulho desconexo enquanto um projétil de corrente chiava acima, fazendo um lariço explodir em lascas. Wadsworth ouviu uma voz nítida, aguda, gritando para os homens mirarem para baixo e, assustado, percebeu que devia estar escutando um oficial inimigo. Sacou a pistola e apontou para cima do penhasco íngreme, mas não podia distinguir nenhum alvo, só fiapos de fumaça branco-acinzentada que revelavam que o inimigo estava mais ou menos na metade da encosta. Gritou para as tripulações dos escaleres voltarem aos transportes onde mais homens esperavam, e então caminhou para o norte pela praia, as botas esmagando a linha de algas secas e os pequenos destroços que marcavam a maré mais alta. Encontrou uma dúzia de milicianos agachados sob uma prateleira de pedra e instigou-os a subir a encosta. Eles o olharam atordoados, e um acenou em concordância abruptamente e saiu correndo do abrigo. Os outros foram atrás.

Mais barcos raspavam a proa em terra e mais homens se amontoavam passando pelas amuradas. Toda a extensão da pequena praia do penhasco estava tomada por homens que corriam para as árvores e começavam a subir. As balas de mosquete zumbiam, espirravam água ou acertavam pedras, e os canhões do *Hunter* e do *Sky Rocket* estalavam, trovejavam e deixavam o ar confuso com seus projéteis malignos. O barulho de canhões e mosquetes era ensurdecedor na praia coberta de névoa, mas Israel Trask tocava uma melodia no ritmo da percussão das armas. Estava trinando a alegre "Marcha do Patife", exposto de pé na praia onde, enquanto tocava, olhava arregalado para o topo do penhasco. Wadsworth agarrou a gola do garoto, provocando um súbito soluço na música, e arrastou-o para a lateral do enorme pedregulho voltada para o mar.

— Fique aí, Israel — ordenou Wadsworth, achando que o garoto estaria seguro no abrigo de granito.

Um corpo, com o rosto para baixo, estava flutuando perto da pedra. O homem usava um casaco de pele de cervo e um buraco nas costas mostrava onde a bala mortal havia saído do corpo. O cadáver se aproximava carregado pelas ondas pequenas, e era levado novamente para longe. Ia e vinha, implacavelmente. O morto era Benjamin Goldthwait, que optara por abandonar a lealdade do pai e lutar pelos rebeldes.

Um capitão da milícia havia subido até o topo do pedregulho e estava gritando para seus homens subirem a encosta. O inimigo devia tê-lo visto, porque balas de mosquete estalavam na pedra.

— Suba você também — gritou Wadsworth para o capitão, e nesse momento uma bala acertou o oficial da milícia na barriga e seu grito virou um gemido enquanto ele se dobrava ao meio e o sangue escorria pelas calças. Ele caiu lentamente para trás, com o sangue subitamente voando em um arco. O corpo deslizou pela lateral da pedra e bateu nas ondas bem ao lado do cadáver de Ben Goldthwait. Os olhos de Israel Trask se arregalaram.

— Não se incomode com os corpos — disse Wadsworth. — Continue tocando.

James Fletcher, que recebera ordem para ficar perto de Wadsworth, vadeou nas ondas pequenas a fim de puxar o oficial ferido para fora da água, mas no momento em que segurou os ombros do sujeito um jorro de sangue espirrou no rosto de James e o capitão ferido se retorceu em agonia.

— Vocês! — Wadsworth estava apontando para alguns marinheiros que iam remar de volta para os transportes. — Levem este homem! Há um médico no *Hunter!* Levem-no para lá.

— Acho que ele está morto — disse James, estremecendo por causa do sangue que havia espirrado em seu rosto e se espalhava pelas ondas.

— Comigo, Fletcher — disse Wadsworth. — Venha! — E seguiu pelo caminho junto à pedra. À esquerda os milicianos lutavam para atravessar os arbustos densos que cobriam o penhasco, mas Wadsworth sentia que os brigadistas à sua direita estavam muito mais acima na encosta. O caminho se inclinava para o sul, ao longo da face do penhasco, embora não fosse exatamente um caminho, mas sim uma vaga trilha interrompida por pedras, mato ralo e árvores caídas, e Wadsworth precisava usar as mãos para subir nas partes mais difíceis. A trilha ziguezagueou de volta para o norte, e na curva um brigadista ferido estava amarrando uma tira de pano na coxa ensanguentada, e logo adiante outro homem parecia dormir, com a boca aberta, sem nenhum sinal de ferimento. Wadsworth sentiu uma pontada ao olhar o rosto do rapaz; tão bonito, tão desperdiçado!

— Ele está morto, senhor — disse o brigadista ferido.

Uma bala de mosquete bateu numa árvore ao lado de Wadsworth, abrindo uma cicatriz na madeira fresca. Ele se obrigou a seguir morro acima. Podia ouvir os mosquetes logo adiante e escutar Welch rugindo ordens acima daquele ruído ensurdecedor. Os brigadistas continuavam avançando, mas agora a encosta era mais suave, o que liberava suas mãos para usar os mosquetes. Um grito soou no meio das árvores e foi cortado abruptamente.

— Não deixem os desgraçados ficarem de pé! — gritou Welch. — Eles estão correndo! Façam os desgraçados correr!

— Venha, Fletcher — gritou Wadsworth. Sentia uma exaltação súbita. O cheiro de vitória era forte junto ao fedor de ovo podre da fumaça de pólvora. Viu um casaca vermelha no meio das árvores à esquerda; então apontou a pistola e puxou o gatilho. Mesmo duvidando da mira àquela distância, sentiu um deleite feroz ao atirar contra os inimigos de seu país. James Fletcher disparou seu mosquete morro acima, e o coice da arma quase o jogou para fora da trilha. — Continuem! — gritou Wadsworth. Mais milicianos desembarcavam, e eles também sentiam que estavam vencendo a luta e escalavam com novo entusiasmo. Agora mosquetes disparavam ao longo de todo o penhasco, tanto americanos quanto ingleses, e os tiros enchiam as árvores com balas e fumaça, mas Wadsworth sentia que o fogo mais pesado vinha dos americanos. Mais homens gritavam uns com os outros, encorajando-se e urrando de prazer ao verem os casacas vermelhas recuando ainda mais para cima. — Mantenham-nos correndo! — berrou Wadsworth. Meu Deus, pensou, estavam vencendo!

Um miliciano trouxe a bandeira americana para terra e a visão inspirou Wadsworth.

— Venham! — gritou para um grupo de homens do condado de Lincoln, e subiu mais ainda. Uma bala de mosquete passou suficientemente perto de sua bochecha para que o vento deslocado empurrasse sua cabeça de lado, mas Wadsworth sentia-se indestrutível. À direita podia ver uma linha irregular de brigadistas, as baionetas brilhando à medida que escalavam a parte mais fácil no alto do penhasco, enquanto à esquerda a floresta estava cheia de milicianos com seus casacos de pele de cervo. Ouviu os gritos distantes de guerra dos índios à esquerda dos americanos, e então a milícia acompanhou esse som preenchendo as árvores com gritos fantasmagóricos e agudos. O fogo rebelde era muito mais denso do que o dos mosquetes inimigos. Os dois navios de guerra tinham parado de atirar, já que os canhões seriam mais perigosos para seu próprio contingente do que para o inimigo, mas o som dos mosquetes americanos era incessante. O topo do penhasco estava sendo rasgado pelos disparos, e cada momento levava os atacantes mais para o alto.

O *Rachel*, uma das menores escunas de transporte, fora levado sob a força de remos até a costa. Sua proa tocou o cascalho e mais atacantes saltaram na praia. Traziam a bandeira da Milícia de Massachusetts.

Israel Trask parou de tocar para gritar:

— Vão subindo! Vocês vão perder toda a luta! Subam! — Os homens obedeceram, seguindo em um fluxo pelo caminho para reforçar os atacantes. Wadsworth percebeu que agora estava perto do cume e achou que poderia reunir os atacantes ali e mantê-los em movimento ao longo da crista de Majabigwaduce até o próprio forte. Sabia que a construção estava inacabada, que tinha poucos canhões. Tendo homens tão bons e tamanho ímpeto a seu dispor, por que o serviço não poderia ser terminado antes que o sol evaporasse a névoa?

— Em frente! — gritou. — Andem! Andem! Andem! — Ouviu tiros de canhão, um som muito mais profundo e percussivo do que qualquer mosquete, e por um instante temeu que os ingleses tivessem uma artilharia postada na crista do penhasco. Em seguida, viu a fumaça saindo em um jato para o sul e percebeu que o pequeno canhão inimigo em Dyce's Head ainda devia estar atirando contra a ilha Cross. Então aqueles canhões não ofereceriam perigo, e ele gritou para os brigadistas avisando que o fogo não era contra eles. — Continuem! — gritou, e foi subindo no meio de um emaranhado de brigadistas e milicianos. Um homem vestindo uma túnica de pano rústico estava encostado numa árvore caída, ofegando. — Você está ferido? — perguntou Wadsworth, e o homem só balançou a cabeça. — Então continue! Agora não falta muito!

Um corpo estava esparramado no caminho de Wadsworth e ele viu, quase com perplexidade, que era o cadáver de um casaca vermelha. O soldado morto usava um saiote escuro, suas mãos estavam fechadas com força e moscas se arrastavam pela carne exposta que antes era seu peito. Então Wadsworth chegou ao cume. Homens gritavam comemorando. Os ingleses estavam fugindo, as bandeiras americanas iam sendo levadas morro acima e Wadsworth sentia-se em triunfo.

O penhasco fora tomado, os casacas vermelhas estavam derrotados e o caminho para o forte estava aberto.

De repente o tenente John Moore percebeu que o inconcebível acontecia, que os rebeldes estavam vencendo a luta. A percepção era terrível, condenatória, avassaladora, e sua reação foi redobrar os esforços para empurrá-los para trás. Seus homens haviam disparado para baixo do penhasco e a princípio, enquanto os casacas-verdes lutavam na parte mais íngreme da escalada, Moore vira seus disparos jogarem os atacantes para trás. Eles vinham por um caminho áspero e irregular que ziguezagueava pelo penhasco, e os homens de Moore podiam atirar de cima para baixo contra eles, ainda que na escuridão sombreada fosse difícil vê-los.

— Fogo! — gritou Moore, percebendo então que o grito era desnecessário. Seus homens disparavam o mais rápido que podiam recarregar, e ao longo de todo o penhasco os casacas vermelhas mandavam tiros de mosquete para baixo, em meio ao emaranhado de árvores. Durante alguns instantes Moore pensou que estavam vencendo, mas havia uma enorme quantidade de atacantes que, à medida que chegavam ao terreno menos íngreme, começaram a atirar de volta. O penhasco estalava com o interminável fogo de mosquetes, fumaça enchia os galhos, balas pesadas se chocavam contra árvores e carne.

O capitão Archibald Campbell, pasmo diante do número dos atacantes, gritou para seus homens recuarem.

— Ouviu isso, senhor? — perguntou o sargento McClure a Moore.

— Fiquem onde estão! — rosnou Moore a seus homens.

Tentava entender o que havia acontecido, mas o barulho e a fumaça eram caóticos. Só tinha certeza de que abaixo dele, na encosta, havia homens uniformizados, e o dever de Moore era empurrá-los de volta para o mar; por isso, permaneceu na face superior do penhasco enquanto o resto do piquete de Campbell recuava para o cume.

— Continue atirando! — disse a McClure.

— Jesus, Maria e José — murmurou McClure, e disparou seu mosquete contra um grupo de atacantes. A resposta foi um estrondo de mosquetes vindo de baixo, chamas saltando junto com fumaça, e o soldado McPhail, de apenas 17 anos, soltou um som similar a um miado e largou o mosquete. Uma lasca de costela, espantosamente branca ao alvorecer, se projetava da casaca vermelha, e sua calça de pele de cervo se tornava vermelha enquanto ele caía de joelhos e emitia o som novamente. — Não podemos ficar aqui, senhor — gritou McClure acima dos estrondos dos mosquetes.

— Para trás! — admitiu Moore. — Devagar, agora! Continuem atirando! — Ele se curvou ao lado de McPhail, cujos dentes estavam batendo. Então o garoto teve um tremor convulsivo e ficou imóvel, e Moore percebeu que ele havia morrido.

— Olhe à direita, senhor — alertou McClure, e Moore teve um segundo de pânico ao ver os rebeldes passando por ele em meio aos arbustos densos. Dois esquilos saltaram acima de sua cabeça. — É hora de subir esse morro como se o diabo estivesse atrás de nós, senhor — disse McClure.

— Para trás — gritou Moore aos seus homens —, mas devagar! Atirem contra eles! — Em seguida embainhou a espada, soltou a fivela do cinto de McPhail que segurava sua bolsa de cartuchos e carregou o cinto, a bolsa e o mosquete para cima. Os brigadistas ao norte tinham-no visto e suas balas de mosquetes passavam ao redor dele, mas em seguida os inimigos decidiram ir para o outro lado atacar a retaguarda do capitão Campbell, e essa distração deu tempo a Moore para subir os últimos metros até o topo do penhasco, onde gritou para seus homens formarem uma linha e pararem. Algumas agulhas de pinheiro haviam caído em sua nuca e estavam presas no colarinho, causando irritação. Ele não podia ver os homens do capitão Campbell, e parecia que seu pequeno piquete era a única presença britânica que restava no penhasco, mas nesse momento um tenente da artilharia, de casaca azul, veio correndo do leste.

O tenente, um dos homens do capitão Fielding, comandava os três pequenos canhões logo atrás de Dyce's Head. Os artilheiros haviam substituído as tripulações navais, liberando os marinheiros para os navios que esperavam um ataque da frota inimiga. O tenente artilheiro, um garoto que não era mais velho do que Moore, parou ao lado do piquete.

— O que está acontecendo?

— Um ataque — respondeu Moore com uma simplicidade brutal. Tinha passado o cinto do morto pelo seu cinturão da espada e agora mexia na bolsa para pegar um cartucho, porém McClure o distraiu.

— Deveríamos voltar, senhor — declarou o sargento.

— Vamos ficar aqui e continuar atirando! — insistiu Moore. Agora os Hamiltons estavam em fila única no topo do penhasco. Atrás ficava uma pequena clareira, e depois um bosque de pinheiros atrás do qual os três canhões continuavam disparando para o outro lado do porto contra a bateria rebelde na ilha Cross.

— Devo levar os canhões embora? — perguntou o tenente artilheiro.

— Você pode atirar para baixo do penhasco?

— Para baixo do penhasco?

— Contra eles! — respondeu Moore, impaciente, apontando os atacantes de casacas verdes, momentaneamente visíveis no mato baixo e sombreado.

— Não.

Uma saraivada de mosquetes irrompeu à direita de Moore. Dois de seus homens caíram e outro largou o mosquete para segurar o ombro. Um dos caídos estava se retorcendo em agonia enquanto o sangue se espalhava pelo chão. Ele começou a soltar ganidos agudos, e o resto dos homens recuou horrorizado. Mais tiros vieram do meio das árvores e um terceiro homem caiu, tombando de joelhos com a coxa despedaçada por uma bala de mosquete. A pequena linha de Moore estava desfeita e, pior ainda, os homens estavam recuando. Seus rostos estavam pálidos e os olhos saltavam de medo.

— Vocês vão me deixar aqui? — gritou Moore. — Os Hamiltons vão me deixar sozinho? Voltem! Comportem-se como soldados! — Moore se surpreendeu ao parecer tão confiante, e ficou mais surpreso ainda quando o piquete obedeceu. Eles tinham sido apanhados pelo medo que chegara a milímetros do pânico, mas a voz de Moore os contivera. — Fogo! — gritou ele, apontando para a nuvem de fumaça da pólvora que se erguia no lugar onde a saraivada do inimigo fora disparada. Tentou ver quem havia sido o autor da saraivada, mas as casacas verdes dos brigadistas se fundiam com as árvores. Os homens de Moore atiraram, as culatras pesadas dos mosquetes dando coices em seus ombros machucados.

— Precisamos levar os canhões embora! — disse o tenente artilheiro.

— Então faça isso! — rosnou Moore, e se virou. As varetas de seus homens faziam barulho nos canos sujos de pólvora enquanto recarregavam as armas.

Uma bala de mosquete acertou o tenente artilheiro nas costas e ele desmoronou.

— Não — disse ele, mais surpreso do que protestando. — Não! — Suas botas se sacudiram sobre as folhas caídas. — Não — disse de novo, e houve outra saraivada, desta vez vinda do norte, e Moore soube que corria perigo de ser deixado do lado de fora do Forte George.

— Socorro — disse o tenente artilheiro.

— Sargento! — gritou Moore.

— Temos de ir, senhor — disse o sargento McClure. — Somos os únicos que sobraram aqui.

De repente o tenente artilheiro arqueou as costas e deu um berro. Outro homem de Moore estava no chão, com sangue encharcando a calça de couro de cervo desbotada.

— Precisamos voltar, senhor! — gritou McClure com raiva.

— De volta às árvores — gritou Moore aos seus homens. — Firmes, agora! — Ele recuou junto, parando-os de novo quando chegaram ao bosque de pinheiros. Agora os canhões estavam logo atrás deles, enquanto logo à frente ficava a clareira onde os mortos e os agonizantes estavam caídos, e mais além o inimigo se reunia. — Fogo! — gritou rouco. A névoa estava muito menos densa agora e era iluminada pelo sol que nascia, de modo que a fumaça dos mosquetes parecia subir em meio a um vapor reluzente.

— Precisamos ir, senhor — insistiu McClure. — De volta ao forte.

— Os reforços virão — disse Moore, e uma bala de mosquete acertou a boca do sargento McClure, despedaçando os dentes, rasgando a garganta e partindo a coluna. O sargento caiu sem fazer barulho, e seu sangue espirrou no calção imaculado de John Moore. — Fogo! — gritou o tenente, mas poderia ter chorado de frustração. Era sua primeira batalha e ele estava perdendo, mas não desistiria. Sem dúvida o brigadeiro mandaria mais homens, e assim John Moore, com o mosquete do morto ainda na mão, manteve-se firme em terreno perigoso.

E rebeldes continuavam a subir o penhasco.

O capitão Welch estava frustrado. Queria partir para cima do inimigo. Queria aterrorizar, matar e conquistar. Sabia que comandava os melhores soldados e, se pudesse levá-los até o inimigo, os casacas-verdes rasgariam as fileiras vermelhas com uma eficiência feroz. Só precisava chegar perto do inimigo, empurrá-lo para trás aterrorizado e então continuar avançando até o forte, e cada casaca vermelha desgraçado que estivesse lá dentro pertenceria à brigada.

A encosta o frustrava. Era íngreme e o inimigo, recuando lentamente, continuava disparando contra seus homens, enquanto na maior parte do tempo os brigadistas não podiam atirar de volta. Disparavam para cima quando podiam, mas o inimigo estava em certa medida escondido pelas árvores, pela sombra e pela névoa cheia de fumaça, e um número grande demais das balas de mosquete era desviado pelos galhos ou simplesmente se desperdiçava no ar.

— Continuem em frente! — gritava Welch. Quanto mais alto subiam, mais fácil se tornava a encosta, mas até que chegassem àquele terreno mais amigável bons homens continuariam sendo mortos ou feridos, atingidos por balas de mosquete que vinham implacáveis de cima, e cada tiro deixava Welch mais furioso e decidido.

Sentiu, embora não tivesse visto, que era recebido por um grupo pequeno. Eles atiravam constantemente, mas como eram poucos o fogo era limitado.

— Tenente Dennis! Sargento Sykes! — gritou Welch. — Levem seus homens para a esquerda!

Ele iria flanquear os desgraçados.

— Sim, senhor! — gritou Sykes de volta. Welch podia ouvir os canhões disparando acima, porém nenhuma bala esférica ou metralha vinha em sua direção, apenas as malditas balas de mosquete. Agarrou um galho de pinheiro e deslocou-se encosta acima. Uma bala de mosquete acertou o tronco do pinheiro e lançou uma chuva de lascas em seu rosto, mas agora ele estava em terreno mais fácil e gritou para que os homens que vinham atrás se juntassem a ele. Podia ver o inimigo, um grupo pequeno de homens usando casacas vermelhas com debruns em preto que recuava teimosamente por um trecho de terreno aberto.

— Matem-nos! — gritou para seus homens, e os mosquetes dos brigadistas arrotaram fumaça e barulho. Quando a fumaça se dissipou,

Welch pôde ver que tinha ferido o inimigo. Havia alguns homens no chão, mas o resto ainda estava de pé e atirava de volta, e Welch ouviu o oficial gritar com eles. Aquele oficial o irritava. Era uma figura esguia e elegante com uma casaca que, mesmo na névoa do amanhecer, parecia cara e bem-cortada. Os botões reluziam em ouro, havia um galão em volta do seu pescoço, seus calções eram brancos como a neve e as botas altas brilhavam. Um cachorrinho, pensou Welch azedamente, um rebento privilegiado, um alvo. Em seu cativeiro, Welch conhecera alguns britânicos metidos a superiores, e eles haviam gravado a fogo um ódio em sua alma. Eram aqueles homens que tomaram os americanos por idiotas, e que agora deviam aprender uma lição de sangue. — Matem o oficial — disse a seus homens, e os mosquetes dos brigadistas estalaram em outra saraivada.

Homens mordiam cartuchos de papel com pólvora, esfolavam os nós dos dedos nas baionetas caladas enquanto enfiavam as varetas pelos canos, escorvavam os fechos, atiravam de novo, mas o cachorrinho desgraçado ainda vivia. Estava segurando um mosquete, enquanto a espada, que pendia de correntes de prata, permanecia na bainha. Usava um bicorne com acabamento em prata na aba, e embaixo seu rosto sombreado parecia muito jovem e, assim supôs Welch, arrogante. Cachorrinho desgraçado, pensou, e o cachorrinho desgraçado gritou para seus homens dispararem. A pequena saraivada golpeou os brigadistas. Em seguida os homens do tenente Dennis atiraram do norte e esse fogo de flanco impeliu o oficial e seus casacas vermelhas mais para trás, pela clareira. Eles deixaram corpos pelo caminho, mas o arrogante oficial ainda vivia. Ele parou seus casacas vermelhas junto às árvores do outro lado e gritou para matarem os americanos. Welch já havia aguentado o bastante. Tirou seu cutelo pesado da bainha simples de couro. A sensação de ter arma na mão era agradável. Viu que os casacas vermelhas estavam recarregando, rasgando os cartuchos enquanto seus mosquetes permaneciam com as coronhas no chão. Outro casaca vermelha foi derrubado, o sangue sujando a calça branca e limpa do jovem oficial, cujos homens que ainda estavam recarregando suas armas se encontravam indefesos.

— Usem as baionetas! — gritou Welch. — E ataquem!

Welch comandou a carga através da clareira. Ele derrubaria aquele cachorrinho. Iria trucidar os idiotas desgraçados, tomaria os canhões que estavam atrás deles e então comandaria seus brigadistas pela crista de Majabiwaduce para tomar o forte. Os brigadistas haviam chegado ao cume do penhasco e, para o capitão John Welch, isso significava que a batalha estava vencida.

O general McLean havia se convencido de que o ataque rebelde seria lançado através do istmo, e por isso ficou surpreso pelo assalto matinal ao penhasco. A princípio ficou satisfeito com a escolha, achando que o piquete de Archibald Campbell era suficientemente pesado para infligir dano real aos atacantes, mas a brevidade da luta lhe revelou que Campbell havia conseguido pouca coisa. Do forte, McLean não podia ver a luta porque a névoa amortalhava a crista do morro, mas seus ouvidos lhe diziam tudo o que precisava saber, e seu coração se apertou porque havia preparado o forte para um ataque pelo norte. Em vez disso, ele viria do oeste, e a intensidade do fogo dos mosquetes dizia que o inimigo chegaria com força avassaladora. A névoa estava se dissipando rapidamente, transformando-se em fiapos que sopravam como fumaça de canhões por cima dos calombos da crista. Assim que os rebeldes tomassem o cume do penhasco, fato que os ouvidos de McLean diziam já estar acontecendo, e chegassem à beira das árvores naquele terreno elevado a oeste, eles perceberiam que o Forte George era simplesmente um nome, e não uma fortaleza completa. O lugar tinha apenas dois canhões virados para o penhasco, o muro de terra era um obstáculo risível e o abatis não passava de uma frágil barricada para proteger o trabalho inacabado. Os rebeldes certamente capturariam o forte, e Francis McLean lamentava isso.

— As fortunas da guerra — disse.

— McLean? — perguntou o tenente-coronel Campbell, oficial comandante dos *highlanders*. A maior parte do regimento de Campbell, aqueles que não estavam na linha de piquete, agora se encontrava atrás do muro. Suas duas bandeiras ocupavam o centro da linha e McLean sentiu uma pontada de tristeza ao ver que aqueles dois estandartes orgulhosos se transformariam em troféus para os rebeldes. — Você falou, McLean?

— Nada, coronel, nada — respondeu McLean, olhando para o oeste, através da névoa que se dissipava. Em seguida atravessou o muro e andou na direção do abatis porque desejava estar mais perto da luta. O som dos mosquetes ainda aumentava e diminuía, como o de galhos secos queimando e se partindo. Mandou um de seus ajudantes chamar de volta o piquete do major Dunlop, que estivera vigiando o istmo. — E diga ao major Dunlop que preciso da companhia do tenente Caffrae! Rápido, agora! — Ele se apoiou em sua bengala de ameixeira-brava e se virou, vendo que os homens do capitão Fielding já haviam passado um canhão de 12 libras que estava no canto norte do Forte George para o bastião noroeste. Isso é bom, pensou, mas duvidava que qualquer esforço agora seria suficiente. Olhou de novo para o terreno elevado onde a fumaça e a névoa se infiltravam entre as árvores, onde o som dos mosquetes ficava mais alto de novo e os casacas vermelhas apareciam na borda das árvores mais distantes. Portanto seu piquete não havia atrasado o inimigo por muito tempo, lamentou. Viu homens disparando e um homem cair, e então os casacas vermelhas estavam correndo para trás, ao longo do terreno limpo, por entre os tocos das árvores enquanto fugiam de um inimigo cujas casacas se tornavam invisíveis em meio às árvores distantes. A única evidência dos rebeldes era a fumaça dos mosquetes que brotava e se dissipava à brisa leve da manhã.

Havia uma pequena abertura no abatis, deixada deliberadamente para que os defensores pudessem passar pelos galhos emaranhados, e os casacas vermelhas em fuga usaram a abertura, onde McLean os recebeu.

— Formar fileiras — disse ele. Os homens o olharam com expressões espantadas. — Formem suas companhias — disse. — Sargento? Arrume as fileiras!

Os fugitivos fizeram três fileiras, e atrás deles, chamados de seu serviço de piquete no terreno virado para o istmo, chegaram a companhia do major Dunlop e a do tenente Caffrae.

— Espere um momento, major — disse McLean a Dunlop. — Capitão Campbell! — gritou, indicando com a bengala que estava falando com Archibald Campbell, que havia recuado tão precipitadamente quanto seus homens.

Campbell, nervoso e magricela, ficou se remexendo na frente de McLean.

— Senhor?

— Vocês foram impelidos para trás?

— Eles são centenas, senhor — respondeu Campbell, sem encarar McLean. — Centenas!

— E onde está o tenente Moore?

— Foi capturado, senhor — disse Campbell, depois de uma pausa. Seu olhar encontrou o de McLean e se desviou instantaneamente. — Ou coisa pior.

— Então por que há um tiroteio acontecendo?

Campbell se virou e olhou para as árvores mais distantes, onde ainda soavam os disparos de mosquetes.

— Não sei, senhor — respondeu o *highlander*, arrasado.

McLean se virou para o major Dunlop.

— O mais rápido que você puder — disse —, leve a companhia de Caffrae e avancem imediatamente. Vejam se conseguem encontrar o jovem Moore. Não entrem em luta com rebeldes demais; só vejam se Moore pode ser encontrado.

O major Dunlop, comandante temporário do 82°, era um oficial de verve e capacidade raras, e não perdeu tempo. Gritou ordens e sua companhia partiu para o oeste com seus mosquetes. Seria suicídio avançar pela crista limpa, diretamente em direção aos rebeldes que agora se reuniam na borda das árvores. Por isso a companhia usou o terreno baixo perto do porto, onde seria escondida pelas poucas casas e pelas pequenas plantações onde o milho havia crescido mais que um homem. McLean os viu desaparecer, escutou a luta continuando e rezou para que Moore sobrevivesse. O general achava que o jovem Moore era uma promessa, mas isso não era motivo suficiente para resgatá-lo, nem mesmo o fato de

Moore ser amigo do patrono do regimento, o duque de Hamilton, mas o fato de o tenente ter sido entregue aos cuidados de McLean era. McLean não iria abandoná-lo, nem a nenhum outro homem sob seus cuidados, de modo que havia mandado Dunlop e sua companhia em direção ao perigo. Porque era o seu dever.

Solomon Lovell desembarcou na praia estreita uma hora depois de os brigadistas do capitão Welch terem servido como ponta de lança do ataque americano. O general chegou com o tenente-coronel Revere e seus oitenta artilheiros, que hoje estavam armados com mosquetes e serviriam como força de reserva aos novecentos e cinquenta homens que já haviam desembarcado, a maioria agora postada no topo do penhasco. Alguns não tinham conseguido chegar, e seus corpos ficaram para trás na encosta íngreme, enquanto outros, ainda feridos, foram carregados de volta à praia, onde Eliphalet Downer, o médico-chefe da Milícia de Massachusetts, organizava o tratamento e a evacuação estratégica desses homens. Lovell se agachou perto de um ferido que tinha os olhos cobertos por uma bandagem.

— Soldado? — disse ele. — Sou o general Lovell.

— Nós os vencemos, senhor.

— Claro que sim! Está sentindo dor, soldado?

— Estou cego, senhor — respondeu o homem. Uma bala de mosquete havia lançado lascas de faia afiadas como navalhas contra seus olhos.

— Mas você verá o seu país em liberdade. Prometo.

— E como vou alimentar minha família? Eu sou agricultor!

— Tudo vai ficar bem — disse Lovell, dando um tapinha no ombro do sujeito. — Seu país vai cuidar de você. — Em seguida se empertigou, ouvindo os estalos espaçados dos mosquetes no cume do penhasco, o que lhe dizia que alguns casacas vermelhas ainda deviam estar lutando lá no alto. — Teremos de trazer a artilharia para terra, coronel — disse a Revere.

— Assim que o senhor nos liberar, general — respondeu o outro. Havia um leve ressentimento em sua voz, indicando que considerava degradante seus homens carregarem mosquetes em vez de trabalhar nos canhões. — Assim que o senhor nos liberar — repetiu, desta vez com mais boa vontade.

— Primeiro vejamos o que conseguimos. — Lovell deu outro tapinha no ombro do homem que ficara cego e começou a subir o penhasco, agarrando-se em arbustos. — Vai ser difícil subir essa encosta com os canhões, coronel.

— Vamos conseguir — disse Revere, cheio de confiança. Subir com artilharia pesada pela face íngreme de um penhasco era um problema prático, e o tenente-coronel Revere gostava de superar esse tipo de desafio.

— Não tive tempo de parabenizá-lo pelo sucesso de seus artilheiros na ilha Cross — disse Lovell. — Você feriu os navios inimigos! Um feito esplêndido, coronel.

— Só cumprimos com nosso dever, general — respondeu Revere, na realidade satisfeito com o elogio. — Matamos alguns ingleses desgraçados! — continuou, animado. — Eu sonhava em matar aqueles animais malditos!

— E fez os navios inimigos recuarem! De modo que agora não há nada para impedir nossa frota de entrar no porto.

— Absolutamente nada, general — concordou Revere.

O som irregular dos mosquetes ainda soava à direita de Lovell, provando que alguns casacas vermelhas permaneciam no terreno elevado acima da baía. Porém, estava claro que a maior parte do inimigo havia recuado porque, quando Lovell chegou à parte mais fácil da encosta no topo do penhasco, encontrou milicianos rindo. Eles o receberam com gritos de comemoração.

— Nós vencemos, senhor!

— Claro que sim! — disse Lovell, sorrindo. — E todos vocês — ele levantou a voz e ergueu as mãos num gesto de bênção —, todos vocês têm meus agradecimentos e meus parabéns neste magnífico feito de armas!

Agora a floresta no topo do penhasco estava nas mãos dos rebeldes, com exceção de um pequeno bosque de pinheiros acima de Dyce's Head, que ficava muito à direita do general e onde os mosquetes ainda soavam. A milícia de Lovell apinhava a floresta. Os homens tinham subido a encosta precipitosa e sofrido baixas, mas tinham expulsado os ingleses do cume a tiros, fazendo-os voltar ao forte. Os homens pareciam felizes. Falavam empolgados, contando incidentes da luta na encosta íngreme, e Lovell gostou de ver aquela felicidade.

— Muito bem! — ficava repetindo.

Foi à borda das árvores, e ali, à sua frente, estava o inimigo. Agora a névoa havia praticamente sumido e ele podia ver cada detalhe do forte que ficava a apenas 800 metros a leste. O inimigo construíra uma trama de galhos entre a floresta e o forte, mas desse terreno elevado Lovell podia enxergar facilmente por cima da frágil barricada, e podia ver que o Forte George não parecia em nada uma fortaleza. Em vez disso, lembrava uma cicatriz de terra no solo da crista. O muro mais próximo era protegido por uma densa fileira de casacas vermelhas, mas mesmo assim ele sentiu alívio. O forte, que na imaginação de Lovell era uma perspectiva assombrosa de muros de pedra e fortificações íngremes, agora se mostrava um mero arranhão na terra.

O coronel McCobb, da milícia do condado de Lincoln, saudou o general, animado.

— Um bom trabalho matinal, senhor!

— Digno dos livros de história, McCobb! Sem dúvida, digno dos livros de história! Mas ainda não está terminado. Acho que deveríamos continuar seguindo em frente, não acha?

— Por que não, senhor? — respondeu McCobb.

O coração de Solomon Lovell pareceu falhar uma batida. Mal ousava acreditar na velocidade e no tamanho da vitória daquela manhã, mas a visão dos distantes casacas vermelhas atrás do muro baixo lhe dizia que ela ainda não estava completa. Teve uma visão dos mosquetes dos casacas vermelhas disparando saraivadas contra seus homens.

— O general Wadsworth está aqui?

— Estava, senhor. — McCobb explicou que Wadsworth estivera na beira da floresta, onde havia encorajado o coronel McCobb e o coronel Mitchell a manter seus milicianos avançando para o terreno limpo, mas os dois tinham respondido que precisavam de tempo para reorganizar as tropas. As unidades haviam se espalhado enquanto subiam o penhasco, e a necessidade de carregar os feridos de volta à praia fazia com que a maior parte das companhias estivesse com baixas em seu contingente. Além disso, a captura da floresta parecera uma vitória em si, e os homens queriam saborear aquele triunfo antes de avançar para o Forte George. Peleg Wadsworth havia insistido para se apressarem, mas depois fora distraído pelo fogo de mosquetes que ainda preenchia de fumaça as árvores em Dyce's Head. — Acredito que ele foi para a direita — continuou McCobb. — Para os brigadistas.

— Os brigadistas ainda estão lutando? — perguntou Lovell a McCobb.

— Alguns desgraçados teimosos estão se sustentando lá — respondeu McCobb.

Lovell hesitou, mas a visão das bandeiras inimigas fez sua decisão pender na direção da confiança.

— Vamos avançar para a vitória! — anunciou animado. Queria acrescentar aquelas arrogantes bandeiras inimigas aos seus troféus. — Alinhe seus bons homens — disse a McCobb, puxando então a manga do coronel enquanto outra dúvida surgia em sua mente. — O inimigo disparou contra vocês? Quero dizer, com canhões?

— Nenhum tiro, general.

— Bom, vamos tirar seus homens da floresta! Diga a eles que vão comer carne inglesa no jantar! — Os tiros de mosquete em Dyce's Head se intensificaram subitamente num estalar furioso e concentrado, e então, de modo igualmente brusco, silenciaram. Lovell olhou para a fumaça, a única prova visível da batalha que estava sendo travada entre aquelas árvores. — Devemos avisar aos brigadistas que vamos avançar. Major Brown? Poderia dar essa mensagem ao capitão Welch? Diga para avançar conosco assim que estiver pronto.

— Farei isso, senhor. — O major Gawen Brown, segundo-major de brigada de Lovell, partiu para o sul.

O general não conseguia parar de sorrir. A Milícia de Massachusetts havia tomado o penhasco! Tinha escalado a encosta precipitosa, lutado contra os soldados do exército britânico e conquistado.

— Acredito que talvez não precisemos dos canhões, afinal de contas! — disse ao tenente-coronel Revere. — Não se conseguirmos arrancar o inimigo do forte com a infantaria.

— Eu ainda gostaria de ter a chance de golpeá-los — respondeu Revere. Ele estava olhando para o forte e não se impressionava com o que via. O muro era baixo e os bastiões dos flancos estavam inacabados, e achou que sua artilharia poderia reduzir aquele débil projeto de forte a uma mancha de terra ensanguentada.

— O seu zelo lhe dá crédito — disse Lovell. — Dá mesmo, coronel. — Atrás dele os sargentos e oficiais da milícia estavam convocando os homens do meio das árvores e gritando para formarem uma linha no terreno aberto. As bandeiras de Massachusetts e dos Estados Unidos da América tremulavam acima deles. Era hora de lançar o ataque decisivo.

O tenente Moore ouviu a ordem de ataque, viu os homens de uniformes verdes irromperem das árvores e teve consciência de mosquetes chamejando inesperadamente à esquerda, e o caos do momento o dominou. Só havia terror em sua cabeça. Abriu a boca para gritar uma ordem, mas nada saiu. Então, um rebelde gigantesco, com casaca verde, cinturões brancos atravessados no peito, um rabicho comprido balançando na nuca e um cutelo refletindo o sol da manhã na mão direita foi correndo diretamente para ele. Quase sem pensar, John Moore levantou o mosquete que havia resgatado do soldado McPhail. Seu dedo encostou nervoso no gatilho e então ele percebeu que não havia carregado ou engatilhado o mosquete, mas já era tarde demais porque o grande rebelde estava quase em cima dele. O rosto do sujeito era uma careta selvagem e amedrontadora de ódio, e mesmo assim Moore puxou o gatilho convulsivamente e o mosquete disparou.

Ele havia sido carregado e engatilhado e Moore nem notara.

A bala acertou o rebelde embaixo do queixo, atravessou a boca e saiu pelo crânio, jogando seu chapéu pelo ar. A onda de choque da bala, comprimida pelo crânio, arrancou um olho da órbita. O sangue virou névoa, um vermelho turvo respingando em gotas finas enquanto o rebelde, morto num instante, caía para a frente, sobre os joelhos. O cutelo desabou e os braços mortos do sujeito se enrolaram na cintura de Moore e escorregaram lentamente até seus pés. Atordoado, Moore notou que o rabicho pingava sangue.

— Pelo amor de Deus, jovem Moore, quer vencer essa guerra sangrenta sozinho? — disse o major Dunlop, cumprimentando o jovem tenente. Os homens de Dunlop haviam disparado uma intensa saraivada nas árvores à esquerda de Moore, e esse disparo súbito tinha servido para impelir os brigadistas, momentaneamente em menor número, de volta para as árvores.

Moore não conseguia falar. Uma bala de mosquete furou a aba de sua casaca. Ele estava olhando o rebelde morto cuja cabeça era uma mistura de sangue, cabelo vermelho e molhado e pedaços de osso.

— Venha, rapaz. — Dunlop segurou o cotovelo de Moore. — Vamos dar o fora daqui.

A companhia recuou, levando com ela os sobreviventes do grupo de Moore. Eles recuaram pelo terreno mais baixo ao lado do porto, enquanto os brigadistas americanos capturavam os três canhões navais abandonados em Dyce's Head. A bateria rebelde disparava da ilha Cross, golpeando impiedosamente os navios do capitão Mowat com balas esféricas. A crista do penhasco estava apinhada de rebeldes e os casacas vermelhas não tinham para onde ir, a não ser ao inacabado Forte George.

E o capitão John Welch estava morto.

Demorou um tempo para fazer a milícia sair do meio das árvores, mas gradualmente os homens se formaram em uma linha malfeita que se estendia pelo terreno elevado, com os brigadistas à direita, os índios à esquerda e as bandeiras no centro. Os homens de Paul Revere, que eram a reserva de Lovell, estavam em três fileiras atrás das duas bandeiras, uma delas com as orgulhosas listras e estrelas dos Estados Unidos e a outra o estandarte do pinheiro, da Milícia de Massachusetts.

— Que magnífico trabalho matinal! — disse Lovell cumprimentando Peleg Wadsworth.

— Parabéns, senhor.

— Obrigado, Wadsworth, obrigado! Mas vamos à vitória, agora?

— À vitória, senhor. — Wadsworth decidira que não contaria a Lovell sobre a morte do capitão Welch até a batalha estar terminada e a vitória conquistada.

— Deus nos concedeu a vitória! — anunciou o reverendo Jonathan Murray. Ele havia se juntado a Lovell no terreno elevado e, além de suas pistolas, carregava uma Bíblia. Levantou o livro bem alto. — Deus nos promete: "À semelhança do vento de leste, eu o dispersarei!"

— Amém — disse Lovell. Israel Trask tocou seu pífaro atrás dos brigadistas enquanto três tambores e outros dois pífaros tocavam a "Marcha do Patife" ao lado das duas bandeiras. O coração de Lovell se encheu de orgulho. Ele desembainhou a espada, olhou em direção ao inimigo e apontou a lâmina para a frente. — À vitória!

A 800 metros dali, dentro do forte, o general McLean olhava os rebeldes entrando em formação junto à linha das árvores. Tinha visto os homens do major Dunlop subirem até a bateria em Dyce's Head e, com a ajuda de um telescópio, vira que o jovem Moore e seus homens tinham sido resgatados. Agora os casacas vermelhas retornavam ao forte através do terreno baixo ao lado do porto, enquanto os piquetes restantes, que haviam guardado o istmo, estavam todos dentro do Forte George, onde as tropas de McLean formavam três fileiras atrás do muro oeste. Sua nova missão era defender aquele muro baixo com saraivadas. McLean, olhando a linha rebelde se adensar, ainda acreditava estar diante de milhares, e não centenas, de soldados inimigos, e cada vez mais rebeldes apareciam ao norte, surgindo junto às árvores acima do istmo. Então ele seria atacado por dois lados? Olhou para o porto e viu, para sua surpresa, que os navios inimigos não tinham feito nenhum movimento ofensivo, mas por que deveriam fazer? O forte cairia sem a ajuda deles. McLean foi mancando até o inacabado muro oeste.

— Capitão Fielding!

— Senhor? — o comandante da artilharia inglesa veio rapidamente para perto de McLean.

— Vamos lhes dar alguns tiros, não?

— Esperamos até o avanço deles, senhor? — sugeriu Fielding.

— Acho que poderíamos servi-los agora, capitão.

— Eles estão longe demais para lanternetas ou metralhas, senhor.

— Então dê-lhes balas esféricas. — McLean falava em tom cansado. Sabia o que deveria acontecer em seguida. Os rebeldes avançariam, e tamanha era a extensão de sua fileira que eles inevitavelmente cercariam os três lados do forte inacabado. Teriam algumas baixas no abatis, que estava bem ao alcance dos projéteis de metralha que o capitão Mowat mandara para terra, mas os poucos canhões de Fielding só podiam causar danos limitados e os rebeldes certamente avançariam para atacar os muros baixos. Então haveria o caos, o pânico e as baionetas. Seus homens ficariam firmes, disso McLean tinha certeza, mas por fim morreriam.

Portanto a batalha estava perdida. A honra, porém, ditava que ele mostrasse alguma resistência antes de entregar o forte. Ninguém iria culpá-lo pela perda, principalmente estando em número tão inferior, mas seria universalmente desprezado caso cedesse sem mostrar algum desafio. Por isso McLean determinara seu curso de ação. Dispararia balas esféricas e continuaria atirando à medida que os rebeldes começassem o avanço. E então, antes de eles chegarem ao alcance dos disparos mais letais do capitão Fielding, com lanternetas e metralhas, ele baixaria a bandeira. Era triste, pensava, mas a rendição salvaria seus homens do massacre.

McLean caminhou até o mastro da bandeira no bastião sudoeste. Tinha pedido que seus auxiliares pusessem uma mesa ao lado do mastro, mas sua ligeira coxeadura e o braço direito aleijado dificultavam a tarefa de subir na mesa.

— Precisa de uma mão, senhor? — perguntou o sargento Lawrence.

— Obrigado, sargento.

— Quer ver como nossos canhões podem derrubar os rebeldes, senhor? — perguntou o sargento, animado, depois de ajudar McLean.

— Ah, eu sei que vocês podem nos defender — mentiu McLean. Em seguida se levantou na mesa e se perguntou por que nenhum gaiteiro viera com os regimentos. Sorriu porque um pensamento tão estranho lhe ocorrera em um instante daqueles. — Sinto falta das gaitas — disse.

— Gaitas de fole, senhor? — perguntou Lawrence.

— Isso! Música de guerra.

— Nada como uma boa banda inglesa, senhor.

McLean sorriu. A mesa pouco digna em que observava lhe dava uma visão excelente do terreno em que os rebeldes deveriam avançar. Enfiou a mão em um bolso da casaca vermelha e tirou um canivete.

— Sargento, poderia fazer a gentileza de abrir isso?

— Vai furar um rebelde, senhor? — perguntou Lawrence enquanto puxava a lâmina. — Acho que sua espada causaria um dano maior.

McLean pegou o canivete de volta. A mão direita, cujo braço fora ferido, era fraca demais para afrouxar a adriça que segurava a bandeira, de modo que ele segurou a lâmina curta na mão esquerda, pronto para cortar a corda quando chegasse o momento.

O capitão Fielding foi ao bastião, onde insistiu em apontar pessoalmente o canhão de 12 libras.

— Qual é a carga? — perguntou a Lawrence.

— De um quarto, senhor — respondeu Lawrence. — Três libras.

Fielding acenou em concordância e fez alguns cálculos de cabeça. O canhão estava frio, o que significava que o disparo perderia um pouco de pólvora; por isso elevou ligeiramente o cano e então usou a conteira para apontar a peça na direção de um grupo de homens parados perto das coloridas bandeiras dos rebeldes. Satisfeito com a mira e a elevação, recuou e sinalizou para o sargento Lawrence.

— Continue, sargento.

Lawrece escorvou o canhão, ordenou que a equipe cobrisse os ouvidos e ficasse de lado e em seguida encostou a chama no bota-fogo. O canhão rugiu, a fumaça cobriu o bastião e a bala esférica voou.

Passou por cima do abatis e dos tocos de árvores cortadas, perdendo altitude à medida que o chão subia ao seu encontro. Para Peleg Wadsworth, parado à esquerda de Lovell, a bala parecia um risco cinza-chumbo no céu. Era um cinza tremido, um traço de lápis contra o súbito esbranquiçado da fumaça de pólvora que obscurecia o forte, e então o risco desapareceu e a bala chegou. Acertou um miliciano no peito, despedaçando costelas, sangue e carne numa explosão de carnificina, continuou mergulhando, espirrando sangue após a passagem, até rasgar um homem na altura da virilha, lançando mais sangue e carne no ar, e então a bala bateu no chão, ricocheteou e decapitou um dos artilheiros de Revere antes de sumir ruidosamente na floresta atrás.

Salomon Lovell estava parado a apenas dois passos do primeiro homem atingido pela bala esférica. Uma lasca de costela acertou o ombro do general e um pedaço de carne sangrento e esfiapado bateu em seu rosto, molhando-o. E nesse momento o HMS *North*, que era o navio mais próximo do forte, disparou sua banda de artilharia contra os brigadistas que estavam à direita das linhas de Lovell, e o trovão dos disparos da chalupa encheu o céu de Majabigwaduce enquanto o segundo canhão do capitão Fielding atirava. Essa segunda bala acertou um toco de árvore bem na frente dos homens do coronel McCobb com tamanha violência que o cotoco se desenraizou pela metade, despedaçando-se em lascas que se cravaram nos primeiros homens da fileira de McCobb. Um homem gritou de dor.

A hábil e treinada equipe do sargento Lawrence havia limpado e recarregado o primeiro canhão, que foi baixado de volta para a troneira, de modo que Lawrence pudesse disparar pela segunda vez. A bala acertou o chão a poucos passos de Lovell e ricocheteou inofensivamente, mas não antes de lançar uma chuva de terra nos auxiliares do general.

O homem cuja virilha fora esmagada pela primeira bala ainda estava vivo, mas sua barriga fora eviscerada, as tripas caíam pelo chão e ele respirava em espasmos curtos e desesperados. Lovell, hipnotizado, olhava assustado enquanto uma pulsação de sangue obscenamente denso se derramava do tronco estripado. O ferido estava fazendo um ruído patético e o tenente-coronel Revere, cujo uniforme fora sujo de sangue, estava com o rosto branco, olhando arregalado, paralisado. Wadsworth notou as agulhas de pinheiro se grudando nas alças de intestino no chão. De algum modo o homem levantou a cabeça e olhou para Wadsworth parecendo implorar algo, e Wadsworth se moveu involuntariamente para ele, imaginando o que, em nome de Deus, poderia dizer ou fazer, quando outro jorro de sangue brotou das entranhas arruinadas e a cabeça do homem tombou para trás.

— Ah, santo Deus — disse Lovell a ninguém em particular.

— Deus tenha sua alma — disse o reverendo Jonathan Murray, com a voz revelando uma tensão incomum.

Wadsworth olhou o rosto do morto. Não havia nenhum movimento ali, a não ser uma mosca que se arrastava na bochecha barbada. Atrás de Wadsworth um homem vomitou. Ele se virou para olhar para o forte, onde a fumaça do canhão se demorava.

— Deveríamos avançar, senhor — disse a Lovell, e ficou surpreso por ter falado, e mais ainda por ter soado tão distante. Lovell não parecia ter ouvido. — Deveríamos avançar, senhor! — disse Wadsworth em voz mais alta.

Solomon Lovell estava olhando o forte, onde outro jato de fumaça brotou de um bastião inacabado. A bala voou à esquerda do general, chocando-se contra uma árvore atrás da milícia.

— Coronel Revere? — perguntou Lovell, ainda olhando o forte.

— General? — respondeu Revere.

— Sua artilharia pode causar danos ao forte?

— Pode — disse Revere, mas sem nada de sua confiança usual. — Pode — repetiu, incapaz de afastar os olhos da confusão sangrenta no chão.

— Então daremos essa chance aos seus canhões — declarou Lovell. — Os homens vão se abrigar entre as árvores.

Wadsworth começou um protesto:

— Mas agora é o momento de avançar e...

— Não posso investir contra aqueles canhões! — interrompeu Lovell, em um tom esganiçado. Ele piscou, surpreso com a própria voz. — Não posso — começou de novo e pareceu esquecer o que queria falar. — Devemos reduzir os muros deles com artilharia — disse decidido, franzindo a testa quando outro canhão inglês mandou uma bala para a crista do morro. — O inimigo pode contra-atacar — continuou com um tom de pânico —, de modo que devemos estar prontos para repeli-lo. Para as árvores! — Ele se virou e balançou a espada para os oficiais da milícia. — Cavem defesas! Aqui, na linha das árvores. Quero defesas de terra. — Fez uma pausa, olhando seus homens recuarem, e em seguida levou seus auxiliares para a cobertura da floresta no topo do morro.

O general de brigada McLean olhava perplexo seu inimigo desaparecer. Seria um truque? Em um momento houvera centenas de homens formando fileiras, e de repente todos haviam recuado para as árvores. Olhou e esperou, mas à medida que o tempo passava percebeu que os rebeldes tinham mesmo ido para a floresta e não davam sinal de que renovariam o ataque. Soltou um suspiro longo, tirou a mão da adriça da bandeira e enfiou o canivete aberto dentro do bolso.

— Coronel Campbell! — gritou. — Separe três companhias! Forme-as em equipes de trabalho para reforçar os muros!

— Sim, senhor! — gritou Campbell em resposta.

O Forte George viveria mais algumas horas.

De um despacho do general de brigada Lovell a Jeremiah Powell, presidente do Conselho do Estado da Baía de Massachusetts, datado de 28 de julho de 1779:

Hoje de manhã fiz um bom desembarque na Ponta sudoeste da Península que tem 30 metros de altura e é quase perpendicular muito densamente coberta de Arbustos e árvores, os homens escalaram o Precipício com vivacidade e depois de um conflito muito vigoroso fizemo-los debandar, eles deixaram na Floresta um bom número de mortos e feridos e tomamos alguns Prisioneiros nossa perda é de cerca de trinta mortos e feridos, estamos a menos de 500 metros da fortificação principal do Inimigo num trecho de Terreno Elevado, e espero em breve ter a Satisfação de informá-lo da Captura de todo o Exército, por favor desculpe por não ser mais específico, uma vez que o senhor pode Avaliar minha situação.
Seu mais Obediente e Humilde Servidor

Do diário do general de brigada Solomon Lovell. Quarta-feira, 28 de julho de 1779:

Quando retornei à Costa fiquei cheio de admiração ao ver que Precipício havíamos escalado, não tendo sido capaz de escrutinizar uma vista do mesmo na hora da Batalha, onde desembarcamos é uma altura de pelo menos 90 metros de altura, e quase perpendicular e os homens eram obrigados a se agarrar em gravetos e árvores. Não creio que um desembarque assim tenha sido feito desde Wolfe.

Da carta do coronel John Brewer a David Perham, escrita em 1779 e publicada no Bangor Whig and Courier, 13 de agosto de 1846:

> *O general (McLean) me recebeu muito educadamente, e disse...* "Eu não estava em condição de me defender, só pretendia lhes dar um ou dois tiros de canhão, para não ser chamado de covarde, e em seguida baixaria a bandeira, coisa que fiquei pronto a fazer durante algum tempo, já que não queria jogar fora a vida dos meus homens a troca de nada."

8

O capitão da Brigada Naval Thomas Carnes e trinta homens haviam estado no flanco direito dos brigadistas que haviam subido o penhasco. O caminho de Carnes seguia a parte mais íngreme do penhasco e seus homens só chegaram ao cume depois do tiro que acertou Welch e do súbito contra-ataque de uma companhia de casacas vermelhas que, tendo disparado sua saraivada, recuou tão rapidamente quanto havia chegado. O capitão Davis assumiu o comando de Dyce's Head, e seu problema imediato eram os brigadistas feridos.

— Eles precisam de um médico — disse a Carnes.

— O cirurgião mais próximo provavelmente ainda está na praia — respondeu Carnes.

— Desgraça, desgraça. — Davis parecia abalado. — Seus homens podem carregá-los para baixo? Precisamos de cartuchos também.

Assim, Carnes levou seus trinta homens de volta para a praia. Eles escoltavam dois prisioneiros e, como carregavam oito de seus colegas feridos e não queriam causar ainda mais dor a essas baixas, desceram o penhasco bem devagar e com cuidado. Os feridos foram postos no cascalho da praia, juntos aos outros homens que esperavam médicos. Em seguida Carnes levou seus dois cativos até onde outros seis prisioneiros estavam sob a guarda da milícia ao lado do grande pedregulho de granito.

— O que vai acontecer conosco, senhor? — perguntou um dos prisioneiros, mas o sotaque escocês do sujeito era tão estranho que Carnes precisou fazê-lo repetir a pergunta para conseguir entender.

— Vão cuidar de vocês — disse. — E provavelmente muito melhor do que cuidaram de mim — acrescentou com amargura. Carnes fora feito prisioneiro dois anos antes e passara fome por seis meses em Nova York antes de ser trocado.

A estreita faixa de praia estava agitada. O Dr. Downer, reconhecível graças ao avental encharcado de sangue e um antiquíssimo chapéu de palha, estava usando uma sonda para encontrar uma bala de mosquete cravada na nádega de um miliciano. O ferido estava sendo seguro por dois assistentes do doutor, enquanto o reverendo Murray se ajoelhava ao lado de um homem agonizante, apoiando sua mão e recitando o Salmo 23. Marinheiros desembarcavam caixas de munição para mosquetes, enquanto os feridos que não precisavam de tratamento imediato esperavam pacientemente. Vários milicianos, um número demasiado aos olhos de Carnes, pareciam não ter nenhuma razão para estar na praia e permaneciam sentados à toa. Alguns até haviam acendido fogueiras com a madeira trazida pela maré, e algumas delas estavam muito perto das caixas de cartucho recém-chegadas e empilhadas junto à linha da maré alta. Essa munição pertencia à milícia, e Carnes suspeitava que os "milicianos minuto" não seriam generosos se ele requisitasse cartuchos de substituição.

— Sargento Sykes?

— Senhor?

— Quantos ladrões há no seu grupo?

— O grupo inteiro, senhor. Eles são brigadistas.

— Duas ou três caixas destas poderiam ser imensamente úteis.

— Seriam mesmo, senhor.

— Vá em frente, sargento.

— O que está acontecendo lá em cima, capitão? — gritou o Dr. Eliphalet Downer a alguns passos dali. — Achei a bala — disse aos ajudantes enquanto escolhia uma pinça suja de sangue. — Portanto segurem-no com força. Fique quieto, homem, você não está morrendo. Só levou uma bala inglesa em seu traseiro americano. Os casacas vermelhas contra-atacaram?

— Ainda não, doutor — respondeu Carnes.

— Mas isso pode acontecer?

— É no que o general acredita.

A conversa foi interrompida por um som ofegante vindo do homem ferido, e depois pelo estrondo surdo de um canhão inglês disparando do forte distante. Quando Carnes havia saído lá de cima para trazer os feridos à praia, todas as forças americanas estavam recuadas entre as árvores, mas os artilheiros ingleses continuavam sustentando um fogo desconexo, presumivelmente para manter os americanos a distância.

— E o que acontece agora? — perguntou Eliphalet Downer, grunhindo enquanto forçava a pinça no ferimento estreito. — Enxugue esse sangue.

— O general Lovell chamou a artilharia — respondeu Carnes. — Por isso acho que vamos esmagar os desgraçados antes de atacá-los a pé.

— Peguei a bala — disse Downer, sentindo as pontas da pinça rasparem e se fecharem em volta da bala de mosquete.

— Ele desmaiou, senhor — observou um ajudante.

— Sujeito sensato. Aí vem ela. — A extração da bala provocou um jorro de sangue que o assistente estancou com um chumaço de tecido enquanto Downer seguia para o próximo paciente. — Serra de osso e faca — solicitou depois de olhar rapidamente a perna despedaçada do sujeito. — Bom-dia, coronel! — Isto foi dito ao tenente-coronel Revere que acabara de aparecer com três de seus artilheiros na praia apinhada. — Ouvi dizer que vai levar canhões lá para cima, é verdade? — perguntou Downer animado, enquanto se ajoelhava ao lado do ferido.

Revere pareceu espantado com a pergunta, talvez porque achasse que isso não era da conta de Downer, mas confirmou.

— O general quer estabelecer baterias, doutor.

— Espero que isso signifique que não haverá mais trabalho para nós hoje — disse Downer. — Não se seus canhões mantiverem os canalhas bem longe.

— Eles manterão, doutor, não se preocupe — respondeu Revere, seguindo em direção à sua barca pintada de branco, que esperava a alguns passos encalhada no cascalho. — Esperem aqui — gritou para seus homens. — Volto depois do desjejum.

Carnes não tinha certeza de que ouvira corretamente as últimas palavras.

— Senhor? — Ele teve de repetir a palavra para atrair a atenção de Revere. — Senhor? Se precisa de ajuda para levar os canhões para cima, meus brigadistas estão prontos.

Revere parou diante da barca para lançar um olhar desconfiado a Carnes.

— Não precisamos de ajuda — disse bruscamente —, temos homens suficientes. — Ele não conhecia Carnes e não tinha ideia de que este era o oficial brigadista que fora artilheiro no exército do general Washington. Passou pela amurada da barca. — De volta ao *Samuel* — ordenou à tripulação.

O general queria a artilharia no topo do penhasco, mas o coronel Revere queria um desjejum quente, e portanto o general teria de esperar.

O tenente John Moore acompanhou seus dois soldados feridos ao celeiro do Dr. Calef, que agora servia de hospital para a guarnição. Tentava consolá-los, mas sentia que as palavras eram inadequadas. Então, seguiu para a pequena horta onde, dominado pelo remorso, sentou-se na pilha de lenha. Estava tremendo. Estendeu a mão esquerda e sentiu-a se sacudir. Mordeu os lábios porque achava estar prestes a chorar e não queria isso, principalmente onde poderiam vê-lo. Para se distrair, ficou olhando por cima do porto, para onde os navios de Mowat disparavam contra a bateria rebelde na ilha Cross.

Alguém veio de dentro da casa e, sem palavras, ofereceu-lhe uma caneca de chá. Ele ergueu os olhos e viu que era Bethany Fletcher, e a visão dela libertou as lágrimas que estivera tentando conter com tanta força. Elas rolaram pelas bochechas. Moore tentou se levantar, cumprimentando-a, mas estava tremendo demais e o gesto fracassou. Fungou e pegou o chá.

— Obrigado.
— O que aconteceu? — perguntou ela.
— Os rebeldes nos venceram — respondeu Moore, desanimado.
— Eles não tomaram o forte — disse Beth.
— Não. Ainda não. — Moore segurou a caneca com as duas mãos. A fumaça dos canhões parecia névoa sobre o porto, e mais fumaça vinha lentamente do forte, onde os canhões do capitão Fielding disparavam contra as árvores distantes. Os rebeldes, apesar de terem capturado o terreno alto, não estavam dando sinal de que desejavam atacar o forte, mas Moore supunha que estavam organizando esse ataque dentro da cobertura das árvores. — Fracassei — disse com amargura.
— Fracassou?
— Eu deveria ter recuado, mas fiquei. Matei seis dos meus homens. — Moore tomou um pouco de chá, que estava muito doce. — Eu queria vencer; por isso fiquei. — Beth nada disse. Estava usando um avental de linho manchado de sangue, e Moore se encolheu ao se lembrar da morte do sargento McClure. Então se lembrou do alto americano com sua casaca verde, atacando pela clareira. Ainda podia ver a lâmina do alfanje levantado refletindo a luz do amanhecer, os dentes à mostra, a intensidade do ódio em seu rosto, a determinação de matar, e se lembrou de seu próprio pânico e do puro golpe de sorte que salvou sua vida. Obrigou-se a tomar mais um pouco de chá. — Por que eles usam os cinturões brancos cruzados?
— Cinturões brancos? — Beth estava perplexa.
— Não dava para distingui-los entre as árvores, mas eles usavam cintos brancos que os tornavam visíveis. Cinturões pretos. Deveriam ser pretos. — E Moore teve uma visão súbita do jorro de sangue saindo da boca do sargento McClure. — Eu os matei por puro egoísmo.
— Foi sua primeira luta — disse Beth com simpatia.
E fora tão diferente de tudo que Moore havia esperado! Em sua mente, durante anos, sustentara na imaginação uma visão de casacas vermelhas arrumadas em três fileiras, as bandeiras coloridas acima, o inimigo organizado de modo semelhante e as bandas tocando enquanto os mosquetes disparavam saraivadas. A cavalaria era sempre resplandecente

em seus atavios, decorando os campos de sonho e glória, mas em vez disso a primeira batalha de Moore fora uma derrota caótica em uma floresta escura. O inimigo estivera nas árvores e seus soldados, postos em sua fileira vermelha, formavam um alvo fácil para aqueles homens de casacas verdes.

— Mas por que os cinturões brancos? — perguntou de novo.

— Houve muitos mortos? — perguntou Beth.

— Seis dos meus homens — respondeu Moore desanimado. Lembrou-se do fedor de merda que o cadáver de McPhail exalava e fechou os olhos, como se pudesse bloquear essa lembrança.

— E entre os rebeldes? — perguntou Beth ansiosa.

— Alguns, sim, não sei. — Moore estava distraído demais pela culpa para perceber a ansiedade na voz de Bethany. — O resto do piquete fugiu, mas devem ter matado alguns.

— E agora?

Moore terminou o chá. Não estava olhando para Beth, e sim para os navios no porto, e notou que o HMS *Albany* parecia tremer quando os canhões disparavam.

— Nós fizemos tudo errado — disse, franzindo a testa. — Deveríamos ter movido a maior parte do piquete para a praia e atirado neles enquanto remavam para o litoral. Depois, colocaríamos mais homens na metade da encosta. Poderíamos ter vencido! — Pôs a caneca sobre as toras e viu que suas mãos não estavam mais tremendo. Levantou-se. — Desculpe, Srta. Fletcher, não agradeci o chá.

— Agradeceu, tenente. O Dr. Calef disse para eu dá-lo ao senhor — acrescentou.

— Foi gentileza dele. Você o está ajudando?

— Todas estamos — disse Beth, referindo-se às mulheres de Majabigwaduce. Olhou para Moore, notando o sangue em suas roupas muito bem cortadas. Ele parecia bastante jovem, pensou. Era só um garoto com uma espada comprida.

— Preciso voltar ao forte. Obrigado pelo chá.

Seu trabalho, lembrou, era queimar os juramentos antes que os rebeldes os descobrissem. E agora os rebeldes viriam, tinha certeza, e ele só servia para queimar papeis, porque havia fracassado. Tinha matado seis de seus homens ao tomar a decisão errada, e John Moore tinha certeza de que o general McLean não iria deixá-lo comandar mais algum homem para conduzi-lo à morte.

Voltou ao forte onde a bandeira ainda tremulava. O porto se tornava um súbito caldeirão de barulho enquanto mais canhões enchiam a bacia rasa com fumaça e, quando chegou à entrada do forte, Moore viu por quê. Três navios inimigos estavam com traquetes e velas de gávea enfunadas, e navegavam direto para o porto.

Vinham terminar o serviço.

O comodoro Saltonstall havia prometido entrar em combate com o inimigo com disparos de canhão, e por isso autorizara o *Warren* para a ação. A névoa impedira o combate às primeiras luzes, e assim que essa névoa se dissipou houve mais atraso porque o *Charmig Sally*, um dos navios corsários que apoiariam o *Warren*, teve um problema com uma âncora presa, mas finalmente o capitão Holmes o solucionou levantando o cabo da âncora e jogando-o a bordo, e assim os três navios partiram lentamente para o leste sob o vento fraco. O comodoro planejava entrar na boca do porto e dali usar a poderosa banda de artilharia da fragata para golpear as três chalupas inimigas. Os canhões mais pesados naqueles navios eram de nove libras, enquanto o *Warren* tinha peças de 12 e 18 libras, canhões que seriam capazes de mutilar madeira e carne inglesa. O comodoro adoraria ter usado aqueles canhões contra os 32 homens insolentes que tinham ousado mandar-lhe uma carta que, embora nos termos mais educados, o acusava implicitamente de covardia. Como ousavam! Ele tremeu com uma fúria contida enquanto se lembrava do fato. Havia ocasiões, pensou, em que a ideia de que todos os homens eram criados iguais levava apenas à insolência.

Virou-se e viu que o *Black Prince* e o *Charming Sally* estavam seguindo sua fragata. A bateria na ilha Cross já estava disparando contra as três chalupas inglesas que agora formavam uma barricada no centro do porto. Havia água dos dois lados da linha britânica, mas os navios de transporte, que eram maiores, tinham sido ancorados para bloquear esses canais rasos. Não que Saltonstall tivesse qualquer intenção de entrar por aqueles espaços ou flanquear os navios de Mowat; simplesmente queria manter os brigadistas reais a bordo das chalupas inimigas enquanto Lovell atacava o forte.

O vento estava fraco. Saltonstall havia ordenado velas de batalha, o que significa que as duas maiores, a mestra e o traquete, estavam enroladas nas vergas para que a lona não bloqueasse a vista. Tinha mantido a vela de estai enrolada pelo mesmo motivo, de modo que o *Warren* estava sendo impelido pela giba, pela bujarrona e pelas velas de gávea. Seguia lentamente, esgueirando-se cada vez mais perto da entrada estreita entre a ilha Cross e Dyce's Head, que agora estavam nas mãos dos americanos. Saltonstall podia ver as casacas verdes de seus brigadistas naquele ponto alto. Estavam olhando o *Warren* e evidentemente comemorando, porque balançavam os chapéus na direção da fragata.

As três chalupas inglesas atiraram contra a bateria rebelde na ilha Cross até que viram as velas de gávea dos navios inimigos serem enfunadas, quando então cessaram fogo imediatamente para que os canhões pudessem ser girados de modo que apontassem agora contra a boca do porto. Cada canhão tinha projétil duplo, e portanto duas balas esféricas seriam disparadas de cada peça na primeira descarga. O *Warren*, obviamente o maior navio no rio Penobscot, parecia gigantesco ao chegar na entrada estreita. O capitão Mowat, de pé no tombadilho superior do *Albany*, ficou surpreso ao ver que apenas três navios se aproximavam, mas tinha plena consciência de que eram suficientes. Mesmo assim, pensou, se estivesse comandando a frota rebelde, teria mandado todas as embarcações disponíveis num ataque indefensável e avassalador. Apontou a luneta para o *Warren*, notando que não havia brigadistas em seu castelo de proa, o que sugeria que a fragata não planejava abordar as chalupas. Mas talvez os brigadistas estivessem escondidos. O talha-mar da fragata parecia gigantesco em sua luneta. Ele fechou os tubos e fez um sinal para seu primeiro-tenente.

— Pode abrir fogo — disse.

As três chalupas de Mowat tinham 28 canhões no total, uma mistura de peças de nove e seis libras, e todos dispararam duas balas contra o *Warren*. O barulho dos canhões encheu a ampla bacia da baía de Penobscot, enquanto a bateria Meia-Lua, que fora cavada na encosta do porto a oeste do forte, acrescentou seus quatro canhões de 12 libras ao ataque. Todas essas balas esféricas foram apontadas contra a proa do *Warren*, e a fragata estremeceu sob os golpes violentos.

— Você atirará de volta, Sr. Fenwick! — gritou Saltonstall ao seu primeiro-tenente, e Fenwick deu a ordem, mas as únicas peças que o *Warren* podia usar eram seus dois canhões de nove libras que estavam na proa e que dispararam ao mesmo tempo para encobrir o gurupés com fumaça. A proa do *Warren* estava sendo lascada pelas balas esféricas, os impactos reverberando por todo o casco. Um homem estava gritando no castelo de proa, um som que irritou Saltonstall.

Seu navio estava nitidamente mais lento sob os golpes constantes. Dudley Saltonstall, parado perto do timoneiro impassível, podia ouvir o som de madeira lascando. Não era um homem imaginativo, mas de repente percebeu que esse tiroteio maligno, concentrado, era uma forma de expressão da raiva inglesa contra os rebeldes que haviam capturado o terreno elevado de sua península. Derrotados em terra, eles estavam se vingando com tiros de canhão, bem-apontados, rápidos e eficientes, e Saltonstall fumegou de raiva ao pensar que seu belo navio seria vítima daquilo. Uma bala de 12 libras, disparada do porto, acertou um canhão de nove libras da proa, arrebentando seus cabos de ancoragem, despedaçando um munhão e trucidando dois artilheiros cujo sangue espirrou por 6 metros pelo convés. Um pedaço de intestino estava caído como uma corda desenrolada no meio da feia mancha de sangue. O canhão de nove libras estava frouxo em sua carreta. Um dos homens havia perdido metade da cabeça e o outro fora eviscerado pela bala que perdera velocidade e fora parar junto ao portaló de estibordo.

— Lavem o convés! — gritou Saltonstall. — Rápido! — Um tenente chamou alguns marinheiros para pegar baldes d'água, mas, antes que eles pudessem lavar o sangue esparramado nas tábuas, o comodoro gritou de novo: — Esqueçam essa ordem!

O Sr. Fenwick, o primeiro-tenente, olhou para Saltonstall. O comodoro era famoso por manter o navio absolutamente limpo. No entanto, havia voltado atrás na ordem de lavar o convés?

— Senhor? — gritou Fenwick, inseguro.

— Deixe assim — insistiu Saltonstall. E deu um meio sorriso para si mesmo. Uma ideia lhe ocorrera, e gostou dela. — Joguem essa tripa na água — disse indicando o intestino esparramado —, mas deixem o sangue.

Uma bala de 12 libras acertou o mastro principal com força suficiente para fazer a lona da grande vela de gávea estremecer. Saltonstall olhou o mastro, imaginando se ele cairia, mas a grande verga se sustentou.

— Chame o carpinteiro, Sr. Coningsby — ordenou.

— Sim, senhor — respondeu o aspirante Fanning, já resignado a ser chamado de Coningsby.

— Quero um relatório sobre o mastro principal. Não fique aí imóvel! Pareça animado!

Fanning correu até uma escada do tombadilho para procurar o carpinteiro de bordo que, ele suspeitava, estaria em algum lugar à frente, examinando os danos que eram causados à proa do *Warren*, onde a maior parte dos tiros inimigos acertava a fragata. Uma bala de nove libras partiu os ovéns da verga da vela de espicha, que ficou pendurada na água, mas por sorte a vela propriamente dita não estava dobrada sobre a verga, de modo que a lona não podia se arrastar na água diminuindo ainda mais a velocidade do *Warren*. A bujarrona estava cortada e o resto do gurupés estava sendo mantido apenas por um ovém, e as balas de canhão continuavam chegando. O tenente Fenwick pusera seis homens para recolher a verga da vela de espicha, e um deles se virou subitamente com uma expressão atônita e sem o braço esquerdo, apenas com um cotoco sangrento que espirrava sangue no lugar onde o braço deveria estar.

— Ponha um torniquete nisso — ordenou o tenente, maravilhado ao ver que parecia tão calmo, mas antes que alguém pudesse ajudar o homem ferido ele caiu de lado na água, e outra bala de seis libras acertou a amurada arrancando lascas compridas e afiadas que voaram pelo convés. O navio estremeceu de novo e sangue escorreu entre as tábuas do convés. Uma bala acertou a linha d'água e Fenwick percebeu que o *Warren* estava girando, virando muito lentamente para estibordo, para que sua banda de artilharia de bombordo pudesse ser apontada contra o inimigo. Brigadistas em Dyce's Head aplaudiam a fragata, mas esse era um pequeno consolo já que mais duas balas rasgaram o casco. Uma das grandes bombas de olmo estava funcionando agora, com sua equipe trabalhando nas longas alavancas, de modo que a água jorrava ritmicamente pelo costado do *Warren*. Um homem gemia em algum lugar, mas Fenwick não podia vê-lo.

— Jogue isso na água — disse ele rispidamente, apontando para o braço decepado.

A fragata estava virando em uma lentidão agonizante, mas finalmente a proa apontou para o lado sul do porto e a poderosa banda de artilharia podia responder aos tiros ingleses. O comodoro ordenou que os grandes canhões da fragata abrissem fogo assim que o giro lento trouxe a bateria Meia-Lua para a direção de seu costado, e o barulho dos disparos preencheu o universo enquanto eles rugiam contra a posição inglesa. A fumaça subiu até a altura da grande verga. Os canhões recuaram, com as carretas deixando momentaneamente o convés até que os cabos de ancoragem contivessem o ímpeto do recuo. A água sibilava transformando-se em vapor enquanto os artilheiros limpavam os canhões. Uma bala de 12 libras atravessou o convés de popa, milagrosamente não causando nenhum dano a não ser a um balde que foi destroçado em mil pedaços.

— Atirem enquanto estão chegando! — gritou Saltonstall, querendo dizer que seus artilheiros deveriam disparar assim que o navio tivesse virado o suficiente para apontar na direção das chalupas inimigas, mas os artilheiros estavam tão incapacitados por sua própria fumaça que mal podiam ver o inimigo que, por sua vez, também era encoberto pela própria fumaça de pólvora, que se renovava constantemente enquanto as chamas cuspiam em meio à nuvem que se formava, mandando mais balas contra a fragata.

— O carpinteiro disse que vai olhar o mastro principal assim que puder, senhor! — O aspirante Fanning teve de gritar para ser ouvido por cima dos disparos.

— Assim que puder? — repetiu Saltonstall, com raiva.

— A proa está esburacada, senhor. Ele diz que está consertando-a.

Saltnostall resmungou e uma bala de seis libras, disparada pelo HMS *Albany*, acertou Fanning na virilha. Ele gritou e caiu. Osso aparecia em branco-marfim entre os restos mutilados dos quadris. Ele estava olhando para Saltonstall, os dentes à mostra, gritando, e o sangue escorreu pegajoso no timão do navio.

— Mamãe — gemeu Fanning. — Mamãe!

— Ah, pelo amor de Deus — murmurou Saltonstall.

— Vocês dois! — gritou o timoneiro para dois tripulantes agachados perto do corrimão de bombordo. — Levem o garoto para baixo.

— Mamãe — estava gritando Fanning. — Mamãe. — Em seguida estendeu uma das mãos e agarrou a parte de baixo do timão. — Ah, mamãe!

— Fogo! — gritou Saltonstall para suas equipes de artilharia, não porque elas precisassem dessa ordem, mas porque não queria ouvir os patéticos gritos do rapaz que, felizmente, e abruptamente, diminuíram até sumir.

— Ele está morto — disse um dos tripulantes. — Coitado do desgraçado.

— Olha como fala! — rosnou Saltonstall. — E tirem o Sr. Coningsby daqui.

— Tirem ele daí. — O timoneiro apontou para Fanning, percebendo que os marinheiros tinham ficado confusos com a ordem do comodoro. Em seguida se curvou e soltou a mão do rapaz morto do timão.

Agora os canhões do *Warren* estavam disparando contra as chalupas inimigas, mas a tripulação da fragata era inexperiente. Poucos homens eram marinheiros regulares; a maioria fora alistada à força no cais de Boston e trabalhava nos canhões muito mais devagar do que os marinheiros ingleses. O fogo da fragata causava maior estrago porque seus canhões eram mais pesados, mas, para cada disparo dado, o *Warren* recebia seis.

Outra bala acertou o gurupés, quase o partindo em duas grandes lascas, e então uma bala de 12 libras acertou o mastro principal de novo e a longa verga balançou perigosamente antes de ser contida pelos ovéns.

— Enrole a vela de gávea — gritou Saltonstall para o segundo-tenente. Precisava tirar a pressão do mastro danificado; caso contrário, ele cairia na água e o navio viraria um destroço flutuante sob as pancadas dos canhões ingleses. Viu um jato de fumaça saindo do forte no alto do horizonte e um rasgo aparecer em seu joanete de proa. — Tirem os traquetes! Sr. Fenwick! — gritou Saltonstall através de uma trombeta. A bujarrona e a vela de estai despedaçariam o gurupés danificado se não fossem enroladas. Uma bala esférica da bateria Meia-Lua bateu forte no casco, sacudindo os ovéns.

Os dois navios corsários não tinham seguido o *Warren* para a boca do porto; em vez disso, estavam do lado de fora da entrada e disparavam para as chalupas distantes, do outro lado da fragata. Assim, o *Warren* recebia quase todo o fogo dos canhões ingleses e Saltonstall sabia que não poderia simplesmente ficar parado esperando o navio virar lascas.

— Sr. Fenwick! Lance dois escaleres! Reboque a proa!

— Sim, senhor!

— Nós mantivemos os brigadistas deles ocupados — murmurou Saltonstall. Esse fora o acordo, que seus navios ameaçariam a linha inglesa mantendo os brigadistas reais longe do forte que, segundo presumia, o general Lovell estava atacando naquele momento. Achava que tudo deveria estar acabado ao meio-dia, e havia pouco sentido em sofrer mais baixas, de modo que decidiu se retirar. Precisava girar a fragata no espaço estreito, e, como o vento era espasmódico, mandara os homens rebocarem a proa do *Warren*. Balas de canhão inglesas faziam grandes jatos d'água saltarem ao redor dos remadores, mas nenhum tiro acertou os escaleres que finalmente conseguiram virar o *Warren* para o oeste. Saltonstall não ousou usar a bujarrona, a giba ou a vela de estai porque até mesmo esse vento fraco exerceria pressão suficiente nas velas para despedaçar o gurupés danificado; por isso contava com os escaleres para rebocar a fragata em segurança. Os homens faziam força nos remos e, lenta e persistentemente açoitado pelas balas inglesas, o *Warren* foi retornando para a baía mais ampla.

Saltonstall ouviu gritos de comemoração nas três chalupas inglesas. Zombou daquele som. Os idiotas achavam que tinham derrotado sua poderosa fragata, mas ele jamais planejara entrar em combate com eles, simplesmente quisera manter seus brigadistas a bordo enquanto Lovell atacava o forte. Um último tiro bateu na água espirrando-a no tombadilho superior, e então o *Warren* foi rebocado para o norte, a sotavento de Dyce's Head, saindo da vista do abusado inimigo. As duas âncoras de popa foram soltas, os remadores nos escaleres descansaram e os canhões foram abrigados. Era hora de fazer reparos.

Peleg Wadsworth estava agachado diante do prisioneiro escocês sentado com as costas contra uma faia cheia de cicatrizes de balas. O homem fora encontrado escondido numa área de arbustos densos, talvez tentando se esgueirar de volta ao Forte George, mas teria dificuldades em qualquer fuga porque fora acertado no tornozelo por uma bala de mosquete. A bala havia arrebentado a carne, mas não atingira o osso, e o médico da milícia do condado de Lincoln declarou que o sujeito viveria se o ferimento não gangrenasse.

— Você deve manter o ferimento coberto — disse Wadsworth — e a bandagem úmida. Entendeu?

O homem disse que sim. Era um rapaz alto, de 18 ou 19 anos, com cabelo totalmente preto, pele clara, olhos escuros e expressão perplexa, como se não tivesse ideia do que o destino acabara de lhe fazer. Ficava olhando de Wadsworth para James Fletcher, e então de novo para Wadsworth. Fora despido da casaca vermelha e usava apenas uma camisa e o saiote.

— De onde você é, soldado? — perguntou Wadsworth.

O homem respondeu, mas seu sotaque era tão forte que, mesmo quando ele repetiu o nome, Wadsworth não entendeu.

— Você vai ser bem-cuidado — disse Wadsworth. — Com o tempo irá para Boston. — O homem falou de novo, mas era impossível compreender o que ele havia dito. — Quando a guerra terminar — disse Wadsworth lentamente, como se falasse com alguém que não sabia inglês. Presumia que o escocês soubesse, mas não tinha certeza. — Quando a guerra terminar você vai para casa. A não ser, é claro, que escolha ficar aqui. A América recebe bem os homens bons.

James Fletcher ofereceu ao prisioneiro um cantil d'água que o sujeito pegou e bebeu avidamente. Seus lábios estavam manchados pela pólvora dos cartuchos que ele mordera durante a luta, e rasgá-los com os dentes deixava a boca da pessoa seca e com gosto de poeira. Ele devolveu o cantil e fez uma pergunta que nem Fletcher nem Wadsworth entenderam ou responderam.

— Você consegue ficar de pé? — perguntou Wadsworth.

O homem respondeu levantando-se, mas se encolheu quando pôs algum peso na perna esquerda, ferida.

— Ajude-o a descer à praia — ordenou Wadsworth a Fletcher. — Depois me encontre aqui em cima de novo.

Era meio-dia. A fumaça subia por toda a parte superior do penhasco, onde homens haviam feito fogueiras para preparar chá. Os canhões ingleses ainda atiravam do forte, mas o ritmo de disparos havia diminuído. Wadsworth achou que havia intervalos de pelo menos dez minutos entre os tiros, e nenhum causava dano porque os rebeldes estavam fora do campo de visão entre as árvores, o que significava que o inimigo não tinha em que mirar, e que seu fogo, supunha Wadsworth, era uma simples mensagem de desafio.

Andou para o sul até onde os brigadistas mantinham Dyce's Head. Os tiros no porto haviam cessado, deixando longos fiapos de fumaça pairando lentamente sobre a água ondulada pelos raios de sol. O *Warren*, com a proa machucada por balas esféricas, estava procurando abrigo a oeste do penhasco, onde os três canhões ingleses capturados apontavam para o forte, sob a guarda do tenente William Dennis.

Dennis sorriu quando seu antigo professor apareceu.

— Estou felicíssimo por vê-lo ileso, senhor — disse cumprimentando Wadsworth.

— Posso dizer o mesmo a você, tenente — respondeu Wadsworth.

— Estão pensando em usar esses canhões?

— Eu gostaria que pudéssemos — disse Dennis, e apontou para um buraco marcado pelo fogo. — Eles explodiram o paiol de prontidão, senhor. Deveriam ter inutilizado os canhões, mas não fizeram isso. Então solicitamos mais sacos de pólvora.

— Sinto muito pelo capitão Welch.

— É quase impossível de acreditar — disse Dennis em tom perplexo.

— Eu não o conhecia bem. Praticamente não conhecia, na verdade! Mas ele inspirava confiança.

— Nós o considerávamos indestrutível. — Dennis fez um gesto incerto na direção do oeste. — Os homens querem enterrá-lo lá, senhor, onde ele comandou a luta.

Wadsworth olhou para onde Dennis apontava e viu um corpo enrolado em dois cobertores. Percebeu que devia ser o cadáver de Welch.

— Parece justo.

— Quando tomarmos o forte, senhor, ele deveria ganhar o nome de Forte Welch.

— Tenho a suspeita de que em vez disso iremos chamá-lo de Forte Lovell — respondeu Wadsworth secamente.

Dennis sorriu diante do tom de Wadsworth, e então enfiou a mão no bolso da aba da casaca.

— O livro que eu ia lhe dar, senhor — disse, estendendo o volume de Cesare Beccaria.

Wadsworth já ia agradecer quando viu que a capa fora arrancada e as páginas queimadas em uma confusão amarrotada.

— Santo Deus! Uma bala? — O livro estava ilegível, não passava de papel rasgado agora.

— Eu não havia acabado de ler — disse Dennis pesaroso, tentando separar as páginas.

— Uma bala?

— Sim, senhor. Mas não me acertou, o que é um bom presságio, acho.

— Rezo para que sim.

— Vou arranjar outro exemplar para o senhor — disse Dennis, que em seguida chamou um brigadista magro, com rosto comprido, que estava a alguns passos de distância. — Sargento Sykes! Você não disse que meus livros só serviam para acender fogueiras?

— Verdade, senhor — respondeu Sykes. — Eu disse.

— Aqui! — Dennis jogou o livro arruinado para o sargento. — Esse serve!

Sykes riu.

— É o melhor uso para um livro, tenente! — disse ele, olhando depois para Peleg Wadsworth. — Vamos atacar o forte, general?

— Estou certo de que sim. — Wadsworth havia encorajado Lovell a ordenar um ataque mais tarde, no mesmo dia, quando o sol poente estivesse na direção dos olhos dos defensores do forte, mas até então Lovell não se comprometera. Ele queria ter certeza de que as fileiras americanas estariam a salvo de um contra-ataque inglês antes de lançar suas tropas contra o forte, e por isso havia ordenado que a força rebelde cavasse trincheiras e erguesse muros de terra à beira da floresta. Os brigadistas tinham ignorado a ordem. — Vocês não deveriam cavar uma trincheira aqui? — perguntou Wadsworth.

— Por Deus nas alturas, senhor, não precisamos disso. Estamos aqui para atacá-los! — respondeu Dennis.

Wadsworth concordava de todo o coração com esse sentimento, mas não poderia exprimir isso sem parecer desleal a Lovell. Em vez disso pegou uma luneta emprestada com Dennis e usou-a para olhar a pequena plataforma de canhão inglesa que agora era o posto inimigo mais próximo. Não enxergava a bateria com clareza porque ela ficava um pouco escondida por um milharal, mas podia ver o suficiente. O muro de terra era um semicírculo pouco elevado na encosta do porto, e a meio caminho entre os brigadistas e o forte. Os canhões da bateria estavam virados para o sudoeste, na direção da entrada do porto, mas Wadsworth supunha que eles poderiam ser girados facilmente para o oeste, rasgando qualquer ataque de infantaria vindo de Dyce's Head.

— O senhor acha que aqueles canhões são uma ameaça, senhor? — perguntou Dennis, vendo para onde Wadsworth olhava.

— Podem ser.

— Podemos chegar perto — disse Dennis, cheio de confiança. — Eles não vão nos ver no meio do milharal. Cinquenta homens poderiam tomar aquela bateria facilmente.

— Talvez não precisemos capturá-la. — Wadsworth havia girado a luneta para estudar o forte. Os muros eram tão baixos que os casacas vermelhas atrás dele estavam expostos da cintura para cima, mas podia ver homens levantando uma tora enorme para aumentar a altura da fortificação. Então sua vista foi bloqueada por uma rajada de branco e ele baixou a luneta, vendo que um canhão havia disparado, só que a fumaça desse disparo brotava no centro do muro oeste do forte, enquanto todas as outras anteriores haviam surgido dos bastiões nas duas extremidades daquele muro. — Aquilo é um canhão novo?

— Deve ser — respondeu Dennis.

Wadsworth não era um homem que gostava de praguejar, mas sentiu-se tentado a dizer um palavrão. Lovell estava fortificando o terreno elevado; e os ingleses, recebendo o precioso presente do tempo, levantavam o muro do forte e colocavam mais canhões ali, e cada hora que passava tornaria o forte mais difícil de ser atacado.

— Espero que você e seus brigadistas fiquem aqui — disse a Dennis — e participem do ataque.

— Também espero, senhor, mas essa decisão é do comodoro.

— Imagino que sim.

— Ele navegou até a metade da entrada — disse Dennis —, golpeou o inimigo durante meia hora e então retornou. — O rapaz parecia desapontado, como se esperasse mais da nau capitânia dos rebeldes. Olhou para os navios ingleses que tinham recomeçado a disparar contra a bateria rebelde na ilha Cross. — Precisamos de canhões pesados aqui em cima.

— Se tomarmos o forte — disse Wadsworth, desejando ter dito "quando" em vez de "se" — não precisaremos de mais baterias.

Porque assim que os americanos capturassem o forte as três chalupas inglesas estariam condenadas. E o forte era patético, uma cicatriz na terra, nem sequer construído pela metade ainda, mas Solomon Lovell, depois do triunfo em tomar o terreno elevado, decidira cavar defesas em vez de fazer um ataque. Wadsworth devolveu a luneta a Dennis e foi para o norte encontrar Lovell. Eles deviam atacar, pensou, deviam atacar.

Mas não houve ataque. O longo dia de verão passou, os rebeldes fizeram suas trincheiras, os canhões ingleses martelaram as árvores e o general Lovell ordenou que um espaço no topo do penhasco fosse limpo para servir como seu quartel-general. O tenente-coronel Revere, bem-arrumado com uma camisa limpa, descobriu uma rota mais fácil vindo da praia, uma rota que se curvava pelo lado norte do morro, e seus artilheiros cortaram árvores para fazer a trilha. No crepúsculo tinham levado quatro canhões para o cume, mas era tarde demais para posicioná-los, e assim foram estacionados sob as árvores. Mosquitos incomodavam os soldados que, sem barracas, dormiam ao relento. Alguns fizeram abrigos rústicos com galhos.

A noite caiu. Os últimos tiros de canhão ingleses do dia iluminaram a encosta sem árvores com um vermelho enfumaçado dos clarões e projetaram sombras longas e escuras dos tocos. A fumaça pairou para o nordeste e então um silêncio inquieto baixou sobre Majabigwaduce.

— Amanhã — disse o general Lovell, perto de uma fogueira em seu quartel-general recém-estabelecido — faremos um ataque grandioso.

— Bom — respondeu Wadsworth com firmeza.

— Isso é carne de boi? — perguntou Lovell, mexendo com a colher em um prato de estanho.

— Carne-seca de porco, senhor — respondeu Filmer, o ordenança do general.

— Está muito boa — disse Lovell em tom ligeiramente duvidoso. — Quer um pouco, Wadsworth?

— Os brigadistas foram gentis e me deram um pouco de carne dos ingleses, senhor.

— Que gentileza de nossos inimigos em nos alimentar! — observou Lovell, achando graça. E ficou olhando enquanto Wadsworth tirava sua casaca do Exército Continental, acomodava-se junto da fogueira e pegava uma agulha, linha e um botão que evidentemente havia se soltado. — Você não tem alguém para fazer esse tipo de coisa?

— Fico feliz em cuidar de mim mesmo, senhor. — Wadsworth lambeu a linha e conseguiu passá-la pelo buraco da agulha. — Acho que o coronel Revere fez um bom trabalho na nova estrada para subir o penhasco.

— Não foi mesmo? — respondeu Lovell, entusiasmado. — Eu queria lhe dizer isso, mas parece que ele voltou ao *Samuel* quando escureceu.

Wadsworth começou a pregar o botão, e essa tarefa simples trouxe uma visão súbita de sua mulher, Elizabeth. Pensou nela cerzindo meias junto ao fogo no fim da tarde, com o cesto de costura na grande pedra da lareira, e de repente sentiu uma saudade tão grande que seus olhos lacrimejaram.

— Espero que o coronel Revere traga obuses — disse, esperando que ninguém ao redor da fogueira visse o brilho em seus olhos. Os obuses, ao contrário dos canhões, lançavam os projéteis em arcos altos, de modo que os artilheiros podiam atirar em segurança por cima da cabeça das tropas que atacavam.

— Só temos um obus — explicou o major Todd.

— Precisamos dele para o ataque de amanhã — observou Wadsworth.

— Tenho certeza de que o coronel conhece sua obrigação — disse Lovell apressadamente —, mas não haverá ataque a não ser que eu receba a confirmação do comodoro Saltonstall de que nossos bravos navios avançarão de novo pela boca do porto.

Um pequeno sopro de vento fez a fumaça da fogueira redemoinhar em volta do rosto de Wadsworth. Ele piscou e então franziu a testa para o general olhando-o através das chamas que dançavam.

— Não haverá ataque, senhor?

— A não ser que a frota ataque ao mesmo tempo — respondeu Lovell.

— Nós precisamos deles para isso, senhor? Se atacarmos por terra, não consigo imaginar os navios inimigos interferindo. Principalmente se mantivermos nossas tropas na encosta sul e longe dos canhões deles.

— Quero que os brigadistas ingleses sejam mantidos a bordo dos navios — disse Lovell com firmeza.

— Disseram-me que o *Warren* foi danificado — observou Wadsworth. Ele estava pasmo ao ver que Lovell exigia um ataque simultâneo. Não havia necessidade! Tudo que os rebeldes precisavam fazer era atacar por terra e certamente o forte cairia, com ou sem os brigadistas ingleses.

— Temos navios suficientes — disse Lovell sem dar importância.

— E quero nossos navios e homens, nossos soldados e marinheiros, de braços dados, avançando impecavelmente para ganhar os louros. — Ele sorriu. — Tenho certeza de que o comodoro vai ceder.

Amanhã.

A quinta-feira trouxe um céu claro e um vento suave do sul, que ondulou a baía. Escaleres levaram os capitães de todos os navios de guerra até o *Warren*, onde o comodoro Saltonstall os recebeu com uma cortesia exagerada e atípica. Ele havia determinado que todos os capitães visitantes deveriam subir a bordo do *Warren* pela escada de estibordo da proa, porque essa entrada lhes oferecia uma boa vista do convés sujo de sangue e da base do mastro principal despedaçada pelos canhões. Queria que os capitães visitantes imaginassem o dano que o inimigo poderia causar aos seus navios, que não eram tão grandes ou poderosos quanto o *Warren*.

Assim que tinham visto a destruição, foram escoltados à cabine de Saltonstall, onde a mesa comprida fora arrumada com copos e garrafas de rum. O comodoro convidou os capitães a se sentar e achou divertido o desconforto que muitos deles obviamente sentiam diante da elegância pouco usual da mobília. A mesa era de bordo polido e à noite podia ser iluminada por velas de espermacete que agora estavam apagadas sobre elaborados candelabros de prata. Duas janelas de gio tinham sido quebradas por uma bala esférica inglesa e Saltonstall deixara deliberadamente os vidros despedaçados e os caixilhos lascados como lembrança aos capitães do que seus navios poderiam sofrer, caso insistissem em usá-los no ataque.

— Devemos parabenizar o exército — disse Saltonstall, iniciando o conselho de guerra — pelo sucesso de ontem em desalojar o inimigo do terreno elevado, mas lamento profundamente que tenhamos perdido o capitão Welch em meio a esse sucesso.

Alguns homens murmuraram expressões de simpatia, mas a maior parte observava Saltonstall com cautela. Ele era conhecido como um sujeito arrogante e distante, e era o homem a quem, juntos, haviam mandado uma carta com uma censura por não fazer o ataque contra os navios de Mowat, mas agora ele estava aparentemente se mostrando afável.

— Sirvam-se do rum fornecido por nossos inimigos — disse ele, indicando com um gesto as garrafas escuras. — Foi tomado de um mercador em Nantucket.

— Nunca é cedo demais para um gole — disse Nathaniel West, do *Black Prince*, e serviu-se de uma dose generosa. — À sua saúde, comodoro.

— Agradeço seu brinde — disse Saltonstall em voz macia —, assim como agradeceria o conselho de vocês. — Ele fez um gesto indicando que desejava a opinião de todos ao redor da mesa. — Nosso exército agora está acima do forte e deve atacar quando e como quiser. Assim que o forte cair, como deve acontecer, a posição inimiga no porto será insustentável. Os navios deles serão obrigados a velejar para fora, em direção aos nossos canhões, ou então se render.

— Ou afundar intencionalmente — disse James Johnston, do *Palas*.

— Ou afundar intencionalmente — concordou Saltonstall. — Bem, sei que existe uma opinião de que deveríamos nos antecipar penetrando no porto e atacando o inimigo diretamente. Quero discutir sobre se essa ação é apropriada. — Ele fez uma pausa e houve um silêncio acanhado na cabine, cada homem lembrando-se da carta que haviam assinado em conjunto. Essa carta censurava Saltonstall por não penetrar no porto e dar início a uma batalha geral com as três chalupas, uma ação que certamente resultaria na vitória americana. Saltonstall deixou que o silêncio se estendesse por um tempo desconfortável, e então sorriu. — Permitam-me apresentar-lhes as circunstâncias, senhores. O inimigo tem três navios armados, postos em linha e virados para a entrada do porto. Portanto qualquer navio que entrar no porto será devastado pelas bandas de artilharia combinadas. Além disso o inimigo tem uma grande bateria no forte e uma segunda bateria na encosta abaixo do forte. Esses canhões combinados poderão disparar livremente contra qualquer navio que ataque. Não é preciso dizer que as embarcações que forem na frente sofrerão danos consideráveis e sofrerão baixas violentas com os canhões inimigos.

— Como aconteceu com o senhor ontem — disse lealmente o capitão Philip Brown, do brigue *Diligent*, da Marinha Continental.

— Como aconteceu conosco — concordou Saltonstall.

— Mas o inimigo será ferido também — disse John Cathcart, do *Tyrannicide*.

— De fato, será ferido — concordou Saltonstall —, mas não estamos certos de que o inimigo está condenado de qualquer modo? Nossa infantaria está pronta para atacar o forte e, quando ele se render, o mesmo deve acontecer com os navios. Por outro lado — ele fez uma pausa para acrescentar ênfase ao que ia dizer —, a derrota dos navios não força de modo algum o forte a se render. Estou sendo claro? Se tomarmos o forte, os navios estarão condenados. Se tomarmos os navios, o forte ainda sobreviverá. Nossa missão aqui é retirar as tropas inglesas, e com esse objetivo o forte deve ser tomado. Os navios inimigos, senhores, são tão dependentes do forte quando os casacas vermelhas ingleses.

Nenhum dos homens ao redor da mesa era covarde, mas metade deles estava ali a negócios, mais especificamente os da pirataria. Nove capitães à mesa eram donos dos navios que comandavam ou então possuíam uma grande participação na posse deles, e um corsário não lucrava ao lutar contra navios de guerra. Os corsários perseguiam navios mercantes que tinham poucas armas. Se um navio corsário se perdesse, o investimento do dono se perdia com ele, e aqueles capitães, diante da possibilidade de sofrer grandes baixas e danos caros às embarcações, começaram a ver a sabedoria da sugestão de Saltonstall. Todos tinham visto o convés ensanguentado e o mastro rachado do *Warren*, e temiam ver coisa pior em seus caros navios. Então por que não deixar que o exército capturasse o forte? Ele já estava praticamente capturado, afinal de contas, e o comodoro estava obviamente certo ao dizer que os navios ingleses não teriam opção além de se render assim que o forte caísse.

O tenente George Little, da Marinha de Massachusetts, foi mais beligerante.

— Isso não tem a ver com o forte — insistiu. — Tem a ver com matar os desgraçados e tomar os navios deles.

— Os navios serão nossos quando o forte cair — disse Saltonstall, milagrosamente controlando seu temperamento.

— E isso deve acontecer — observou Philip Brown.

— E isso deve acontecer — concordou Saltonstall. Ele se obrigou a encarar os olhos furiosos de Little. — Suponha que vinte dos seus homens sejam mortos em um ataque contra os navios e que depois da batalha o forte continue resistindo. Com que propósito seus homens morreram, então?

— Nós viemos aqui para matar o inimigo — disse Little.

— Nós viemos derrotar o inimigo — corrigiu Saltonstall, e um murmúrio de concordância soou na cabine. O comodoro sentiu o clima e resolveu imitar o general Lovell. — Todos os senhores expressaram seus sentimentos em uma carta, e eu aprecio o zelo demonstrado nela, mas sugeriria humildemente — ele fez uma pausa, tendo surpreendido até mesmo a si próprio ao usar a palavra "humildemente" — que a carta foi mandada sem uma avaliação completa das circunstâncias táticas que nos confrontam. Portanto permitam-me colocar uma moção para ser votada. Considerando as posições do inimigo, não seria mais prudente permitir que o exército complete seu sucesso sem arriscar nossos navios no que deve se mostrar um ataque irrelevante para o objetivo da expedição?

Os capitães reunidos hesitaram, mas um a um os donos dos navios corsários votaram contra um ataque pela entrada do porto, e assim que esses homens começaram o resto foi atrás, com exceção de George Little, que não votou a favor ou contra; simplesmente ficou carrancudo junto à mesa.

— Obrigado, senhores — disse Saltonstall, escondendo a satisfação. Aqueles homens tiveram a ousadia de lhe escrever uma carta que lhe acusava implicitamente de covardia, e no entanto, diante dos fatos da situação, tinham votado de modo avassalador contra os próprios sentimentos expostos na carta. O comodoro os desprezava. — Informarei ao general Lovell a decisão do conselho.

Então os navios não iriam atacar.

E o general Lovell estava cavando trincheiras na floresta para repelir um ataque britânico.

E o general McLean estava reforçando o forte.

O capitão Welch foi enterrado perto de onde tinha morrido, em Dyce's Head. Os brigadistas cavaram a sepultura. Já haviam enterrado seis companheiros mais abaixo na encosta, onde o solo era mais fácil de cavar, e a princípio tinham posto o cadáver de Welch naquela cova comum, mas um sargento ordenara que retirassem o corpo do capitão dali antes que a sepultura fosse enchida de terra.

— Ele tomou o terreno elevado — disse o sargento — e deveria ser dono dele para sempre.

Assim uma nova sepultura foi cavada no cume rochoso. Peleg Wadsworth veio ver o cadáver ser baixado no buraco em companhia do reverendo Murray, que falou algumas palavras sérias no alvorecer cinzento. Um alfanje e uma pistola foram postos em cima do corpo enrolado por cobertores.

— Para que ele possa matar os casacas vermelhas no inferno — explicou o sargento Sykes. O reverendo Murray sorriu abertamente e Wadsworth aprovou. Pedras foram amontoadas em cima da sepultura, para que os animais de rapina não pudessem tirá-lo do chão que ele havia capturado.

Assim que a breve cerimônia terminou, Wadsworth andou até a linha das árvores e olhou o forte. O tenente Dennis se juntou a ele.

— Hoje o muro está mais alto — disse Dennis.

— Está.

— Mas podemos escalá-lo — observou Dennis com vigor.

Wadsworth usou um pequeno telescópio para examinar o trabalho dos ingleses. Casacas vermelhas aprofundavam o fosso oeste, virado para as linhas americanas, e aproveitavam o solo escavado para aumentar o muro, mas a parte mais distante do forte, do lado leste, ainda era pouco mais do que um arranhão no solo.

— Se pudéssemos passar por trás deles... — pensou em voz alta.

— Ah, podemos! — disse Dennis.

— Você acha?

Um trovoar de canhão abafou a resposta do tenente da Brigada Naval. A bateria inglesa semicircular, na parte de baixo da encosta do porto, havia disparado seu canhão na direção da ilha Cross. Nem bem o som se esvaiu, as três chalupas inimigas começaram a disparar.

— O comodoro está atacando? — perguntou Wadsworth.

Os dois foram até a crista sul e viram que dois navios corsários estavam passando diante da entrada do porto, mas nenhum deles fazia tentativa alguma de atravessar a abertura estreita. Atiravam de longe, e as três chalupas atiravam em resposta.

— Treino de canhão — disse Dennis, sem se importar.

— Você acha que podemos ir por trás do forte?

— Basta capturar aquela bateria, senhor — respondeu Dennis, apontando para o semicírculo de terra que protegia os canhões ingleses. — Assim que a conquistarmos, poderemos seguir ao longo do porto. Há cobertura suficiente! — A rota ao longo do porto passava por milharais, pilhas de lenha, casas e celeiros; e tudo isso poderia escondê-los dos canhões do forte e das chalupas.

— O jovem Fletcher nos guiaria — disse Wadsworth. James Fletcher havia resgatado seu barco de pesca, o *Felicity*, e o estava usando para transportar feridos ao hospital que os rebeldes haviam estabelecido na ponta de Wasaumkeag, na outra margem da baía. — Mas acho que um ataque direto seria uma boa ideia.

— Direto contra o forte, senhor?

— Por que não? Vamos atacar antes que eles tornem a parede mais próxima ainda mais alta. — Um canhão disparou para o norte, o ruído soando súbito, próximo e alto. Era uma peça de 18 libras, do Regimento de Artilharia de Massachusetts, e disparou das árvores no terreno elevado contra os casacas vermelhas que trabalhavam para aumentar o muro do forte. O som do canhão animou Wadsworth. — Agora não vamos precisar ir para trás deles — disse a Dennis. — Os canhões do coronel Revere vão derrubar a fortificação.

— Então atacaremos ao longo da crista?

— É o caminho mais simples, e tenho a opinião de que a simplicidade é uma coisa boa.

— O capitão Welch aprovaria, senhor.

— E eu recomendarei — disse Wadsworth.

Estavam muito perto, o forte continuava inacabado e tudo que precisavam fazer era atacar.

— Odeio Nova York — disse Sir George Collier. Ele considerava Nova York uma favela: um buraco fétido, apinhado, mal-educado, pestilento, úmido. — Deveríamos entregá-la aos malditos rebeldes — rosnou. — Deixar os desgraçados cozinharem lá.

— Por favor, fique imóvel, Sir George — disse o doutor.

— Ah, pelos calções de Jesus Cristo, homem, ande logo com isso! Eu achava que Lisboa era o inferno na terra, e é um maldito paraíso comparado com essa cidade desgraçada e imunda.

— Permite-me levantar sua coxa? — pediu o médico.

— É pior do que Bristol — resmungou Sir George.

O almirante Sir George Collier era um homem pequeno, irascível e desagradável que comandava a frota britânica no litoral americano. Estava doente, motivo pelo qual se encontrava em terra, em Nova York, e o doutor tentava aplacar sua febre com sangrias. Estava usando uma das peças mais novas e finas de seu equipamento médico, vinda de Londres, um escarificador, que acionou fazendo com que as 24 lâminas de aço polido desaparecessem suavemente em seu invólucro brilhante.

— Está preparado, Sir George?

— Sem delongas, homem. Simplesmente faça.

— Vai sentir um leve desconforto, Sir George — disse o médico, escondendo seu prazer com esse pensamento, e então encostou a caixa de metal na coxa magricela do paciente e apertou o gatilho. As lâminas acionadas por molas saltaram de suas fendas para furar a pele de Sir George e liberar um fluxo de sangue que o doutor estancou com um pedaço de tecido turco. — Eu gostaria de ver mais sangue, Sir George.

— Não seja idiota, homem. Você me drenou até ficar seco.

— O senhor deveria vestir flanela, Sir George.

— Neste calor desgraçado? — o rosto de raposa de Sir George estava brilhando de suor. O inverno em Nova York era brutalmente frio, o verão era um inferno fumegante e no meio-tempo o lugar era simplesmente insuportável. Na parede de seus aposentos, perto de uma gravura de sua casa na Inglaterra, havia um cartaz emoldurado anunciando que o Teatro Drury Lane, de Londres, apresentava "*Selima e Azor*, um deleite musical em Cinco Atos escrito por Sir George Collier." Londres, pensou ele, isso é que era cidade! Teatro decente, prostitutas bem-vestidas, belos clubes e nada daquela umidade desgraçada. Um dono de teatro em Nova York havia pensado em agradar Sir George oferecendo-se para apresentar *Selima e Azor* em seu palco, mas Sir George havia proibido. Ouvir suas músicas assassinadas por americanos miando como animais no cio? Simplesmente pensar nisso era repulsivo.

— Entre! — gritou em resposta a uma batida na porta. Um tenente naval entrou. O recém-chegado estremeceu diante do sangue que manchava a coxa nua de Sir George, desviou o olhar e ficou parado respeitosamente junto à porta. — E então, Forester? — rosnou Sir George.

— Lamento informar, senhor, que o *Iris* não estará pronto para navegar — respondeu o tenente Forester.

— O cobre?

— Isso mesmo, senhor — respondeu Forester, aliviado porque sua má notícia não fora recebida com raiva.

— Uma pena — resmungou Sir George. O HMS *Iris* era uma bela fragata de 32 canhões que Sir George havia capturado dois anos antes. Na época ela se chamava *Hancock* e era um navio americano, mas, ainda que geralmente a Marinha Real mantivesse os nomes dos navios capturados, Sir George preferia ser amaldiçoado e condenado eternamente ao inferno em Nova York a permitir que um navio de guerra britânico tivesse o nome de um imundo rebelde traidor, e assim o *Hancock* foi rebatizado em homenagem a uma esplêndida atriz inglesa. — Com pernas longas como uma verga da vela de espicha — disse Sir George pensativamente.

— Senhor? — perguntou o tenente Forester.

— Cuide da porcaria da sua vida.

— Sim, senhor.

— O cobre?

— Pelo menos duas semanas de trabalho, senhor.

Sir George resmungou.

— O *Blonde*?

— Está pronto, senhor.

— O *Virginia*?

— Totalmente tripulado e pronto para navegar, senhor.

— Escreva ordens para os dois.

O *Blonde* e o *Virginia* também eram fragatas de 32 canhões, e o *Blonde*, em boa hora, acabara de retornar do rio Penobscot, o que significava que o capitão Barkley conhecia aquelas águas.

— O *Greyhound*? O *Camille*? O *Galatea*?

— O *Greyhound* está embarcando provisões, Sir George. O *Galatea* e o *Camille* precisam de tripulantes.

— Quero os três prontos para navegar em dois dias. Mande as equipes de alistamento forçado.

— Sim, senhor. — O *Greyhound* carregava 28 canhões, enquanto o *Camille* e o *Galatea* eram fragatas menores, com apenas vinte peças cada.

— O *Otter* — disse Sir George —, para carregar despachos. — O *Otter* era um brigue de 14 canhões.

— Sim, senhor.

Sir George ficou olhando o médico pôr a bandagem em sua coxa.

— E o *Raisonable* — disse com um sorriso lupino.

— O *Raisonable*, Sir George? — perguntou Forester, atônito.

— Você ouviu! Diga ao capitão Evans que o navio precisa estar pronto para navegar em dois dias. E avise que ele vai usar minha bandeira.

O *Raisonable* era um navio francês capturado, e além disso era um navio de guerra de verdade, em condições de entrar em linha de batalha. Carregava 64 canhões, sendo os mais pesados de 32 libras, e os rebeldes não tinham nada que pudesse se igualar ao *Raisonable*, ainda que este fosse um dos menores navios da Marinha Real.

— O senhor vai ao mar, Sir George? — perguntou o médico, nervoso.

— Vou ao mar.

— Mas a sua saúde!

— Ah, pare de resmungar, seu imbecil. Como isso pode ser ruim para mim? Até o mar Morto é mais saudável do que Nova York.

Sir George ia ao mar e levaria sete navios comandados por uma vasta belonave com costados cobertos de placas, capaz de explodir qualquer navio rebelde com um único disparo de sua banda de artilharia.

E a frota navegaria para o leste, em direção ao rio Penobscot, à baía Penobscot e a Majabigwaduce.

Trecho das ordens do general de brigada Solomon Lovell para suas tropas, Penobscot, 30 de julho de 1779:

O general está muito alarmado com o Comportamento frouxo e desordenadamente desatento do Acampamento... Como o Sucesso das Armas sob Deus depende principalmente da boa Subordinação o General espera que cada Oficial e Soldado a quem reste a mínima Fagulha de honra ponha suas Ordens em Execução e que o Coronel Revere e o Corpo sob seu Comando acampem no futuro junto com o Exército em Terra, não somente para reforçar as Linhas mas para cuidar dos Canhões.

Trechos de uma carta enviada pelo general George Washington ao Conselho de Massachusetts, 3 de agosto de 1779:

Quartel-general, West Point.
Acabo de receber uma carta de lorde Stirling estacionado nas Jerseys, datada de ontem... pela qual parece que os Navios de Guerra em Nova York foram todos ao mar desde então. Achei ser meu dever comunicar esta Informação para que as Embarcações empregadas na expedição a Penobscot possam ser postas sob Guarda, já que é bastante provável que esses Navios possam ser destinados contra elas e se forem surpreendidas as consequências seriam desagradáveis. Tenho a honra de ser com grande respeito e estima, Cavalheiros, Seu Mais Obediente Servidor.
George Washington

Do depoimento de John Lymburner ao Juiz de Paz Joseph Hibbert, 12 de maio de 1788:

(Eu fui) feito prisioneiro dos Americanos no Cerco de Penobscot, e fiquei em confinamento... fomos tratados muito severamente por termos nos associado às tropas Britânicas, chamadas de Tories e Refugiados, fui ameaçado de enforcamento assim que eles tomassem o forte George.

9

— Onde diabos está Revere? — perguntou Lovell. Tinha feito essa pergunta uma dúzia de vezes nos dois dias que se seguiram à captura do terreno no alto de Majabigwaduce, e a cada vez houvera mais irritação em sua voz geralmente calma. — Ele compareceu a pelo menos um conselho de guerra?

— Ele gosta de dormir a bordo do *Samuel* — disse William Todd.

— Dormir? É dia claro! — Isso era um exagero, porque fazia apenas alguns minutos que o sol iluminara a névoa no leste.

— Acredito que ele acha o alojamento a bordo do *Samuel* mais confortável — disse Todd com cautela. Ele estava limpando os óculos na aba da casaca e seu rosto parecia estranhamente vulnerável sem eles.

— Não estamos aqui pelo conforto — respondeu Lovell.

— Não mesmo, senhor.

— E os homens dele?

— Dormem no *Samuel* também, senhor — respondeu Todd, posicionando cuidadosamente os óculos limpos em cima das orelhas.

— Assim não é possível! — explodiu Lovell.

— Não mesmo, general — concordou o major Todd, e então hesitou. A névoa tornava o topo das árvores vago e inibia os artilheiros na ilha Cross e a bordo dos navios ingleses, de modo que uma espécie de silêncio envolvia Majabigwaduce. A fumaça pairava no meio das árvores, vinda das fogueiras de acampamento onde os soldados ferviam água para o chá.

— Se o senhor aprovar — disse Todd com cuidado, observando Lovell andar de um lado para o outro diante de seu alojamento precário feito de galhos e mato — eu poderia advertir sobre a ausência do coronel Revere nas ordens do dia.

— Você pode advertir? — perguntou Lovell rapidamente. Em seguida parou de andar e se virou para olhar irritado o major. — Advertir?

— O senhor poderia adicionar na ordem do dia uma exigência de que o coronel e seus homens dormissem em terra — sugeriu Todd. Duvidava que Lovell concordasse, porque uma ordem assim seria reconhecida por todo o exército como uma reprimenda pública.

— Muito boa ideia — disse Lovell. — Excelente pensamento! Faça isso. E esboce para mim uma carta ao coronel, também!

Antes que Lovell pudesse mudar de ideia, Peleg Wadsworth chegou à clareira. O jovem general estava usando um sobretudo abotoado por causa do frio do amanhecer.

— Bom-dia! — disse, cumprimentando Lovell e Todd animadamente.

— Esse sobretudo lhe cai mal, general — observou o major Todd, fazendo uma brincadeira.

— Pertenceu ao meu pai, major. Ele era um homem grande.

— Você sabia que Revere dorme a bordo do navio dele? — perguntou Lovell, indignado.

— Sabia, senhor — respondeu Wadsworth —, mas achei que tinha sua permissão.

— Não tem. Não estamos aqui viajando a lazer! Quer chá? — Lovell acenou na direção da fogueira, onde seu serviçal estava agachado perto de um bule. — A água deve ter fervido.

— Primeiro gostaria de trocar uma palavra, senhor.

— Claro, claro. Em particular?

— Por favor, senhor — disse Wadsworth, e os dois generais andaram alguns passos para o oeste, onde as árvores eram mais escassas e de onde podiam olhar as águas assombradas pela névoa na baía de Penobscot. Os topos dos mastros dos navios de transporte apareciam acima da camada mais baixa e densa da neblina, como gravetos em um banco de neve.

— O que aconteceria se todos dormíssemos a bordo dos navios, hein? — perguntou Lovell, ainda indignado.

— Eu mencionei a questão ao coronel Revere — disse Wadsworth.

— Mencionou?

— Ontem, senhor. Disse que ele deveria mudar o alojamento para terra.

— E a resposta dele?

Fúria, pensou Wadsworth. Revere tinha reagido como se fosse insultado. "Os canhões não podem cuspir à noite", dissera ríspido a Wadsworth. "Então por que ficar com eles à noite? Sei como comandar meu regimento!" Wadsworth censurou-se por ter deixado o assunto terminar ali, mas nesse momento tinha uma preocupação maior.

— O coronel discordou de mim, senhor — disse em tom neutro —, mas eu gostaria de falar sobre outra coisa.

— Claro, sim, o que quer que esteja em sua mente. — Lovell franziu a testa na direção dos topos dos mastros. — Dormindo a bordo do navio!

Wadsworth olhou para o sul, para onde agora a névoa parecia um grande rio branco entre os morros que ladeavam o rio Penobscot.

— Se o inimigo mandar reforços, senhor... — começou.

— Eles virão rio acima, certamente — exclamou Lovell, seguindo o olhar de Wadsworth.

— E descobrirão nossa frota, senhor.

— Claro que descobrirão, sim — disse Lovell, como se isso não fosse muito importante.

— Senhor — agora Wadsworth falava com urgência. — Se o inimigo vier em força máxima ele partirá para cima de nossa frota como lobos atacando um rebanho. Será que posso pedir uma precaução?

— Uma precaução — repetiu Lovell, como se a palavra não lhe fosse familiar.

— Permita-me explorar rio acima, senhor — disse Wadsworth, apontando para o norte, para onde o rio Penobscot penetrava na baía mais ampla. — Deixe-me encontrar e fortificar um local para onde possamos recuar caso o reforço inimigo venha. O jovem Fletcher conhece a parte superior do rio. Ele me disse que o canal se estreita, senhor, e se retorce entre margens altas. Se fosse necessário poderíamos levar a frota rio acima e nos abrigarmos atrás de uma pedra. Uma plataforma de canhões na curva do rio poderia conter qualquer perseguição inimiga.

— Encontrar e fortificar, é? — disse Lovell, mais para ganhar tempo do que como uma resposta coerente. Virou-se e olhou para a névoa a norte. — Você faria uma fortificação?

— Certamente colocaria alguns canhões lá, senhor.

— Em muros de terra?

— As baterias precisam ser defendidas. O inimigo certamente trará tropas.

— Se vier — disse Lovell, em dúvida.

— É prudente prepararmo-nos para a eventualidade menos desejável, senhor.

Lovell fez uma careta, colocando a mão de modo paternal no ombro de Wadsworth.

— Você se preocupa demais, Wadsworth. Isso é bom! Devemos nos preocupar com as eventualidades. — Ele concordou sabiamente. — Mas garanto que vamos capturar o forte muito antes que qualquer outro casaca vermelha chegue. — O general viu que Wadsworth ia falar, e prosseguiu depressa: — Você precisaria de homens para fazer uma fortificação, e não podemos nos dar ao luxo de destacar homens para cavar um forte do qual talvez nunca precisemos! Vamos exigir que cada homem que temos participe do ataque assim que o comodoro concordar em penetrar no porto.

— Se ele concordar — disse Wadsworth secamente.

— Ah, ele concordará, tenho certeza. Você não viu? O inimigo foi impelido a recuar mais uma vez! Agora é apenas questão de tempo!

— Impelido a recuar?

— É o que as sentinelas dizem — exultou Lovell. — Dizem mesmo.

— Os três navios de Mowat, golpeados constantemente pelos canhões do coronel Revere na ilha Cross, tinham se movido ainda mais para o leste durante a noite. Os topos de seus mastros, com bandeiras inglesas, eram a única coisa visível no momento, e as sentinelas em Dyce's Head achavam que agora esses mastros estavam a quase 1,5 quilômetro de distância da entrada do porto. — Agora o comodoro não precisa abrir caminho à força para dentro do porto — disse Lovell, animado —, porque nós os expulsamos. Por Deus, fizemos isso! Quase todo o porto nos pertence agora!

— Mas mesmo que o comodoro não entre no porto, senhor... — começou Wadsworth.

— Ah, eu sei! — interrompeu o general mais velho. — Você acha que podemos tomar o forte sem a ajuda da Marinha, mas não podemos, Wadsworth, não podemos. — Lovell repetiu todos os seus velhos argumentos: que os navios ingleses bombardeariam as tropas atacantes e os brigadistas ingleses reforçariam a guarnição, e Wadsworth concordou educado, mas não acreditava nisso. Olhou o rosto sério de Lovell. Agora era um sujeito importante, dono de terras, membro do Conselho Municipal, fabriqueiro da igreja e legislador, mas o professor que havia em Wadsworth estava tentando imaginar Solomon Lovell na infância, e conjurou a imagem de um garoto grande e desajeitado que procuraria desesperadamente ser útil mas que jamais violaria uma regra. Lovell estava declarando a crença de que os homens do general de brigada McLean estavam em maior número do que os seus. — Ah, sei que você discorda, Wadsworth, mas vocês, jovens, podem ser muito insistentes. Na verdade enfrentamos um inimigo cruel e poderoso, e para dominá-lo precisamos juntar todas as nossas forças!

— Devemos atacar, senhor — disse Wadsworth enfaticamente.

Lovell gargalhou, mas sem achar muita graça.

— Em um minuto você diz para nos prepararmos para a derrota, e no outro quer que eu ataque!

— Uma coisa acontecerá se não houver a outra, senhor.

Lovell franziu a testa enquanto pensava no que Wadsworth dissera, e então balançou a cabeça, desconsiderando.

— Vamos conquistar! — disse, e descreveu sua ideia grandiosa de que os navios do comodoro velejariam majestosamente para dentro do porto, com os canhões chamejando, enquanto ao longo de toda a crista o exército rebelde avançaria contra um forte golpeado por fogo naval. — Imagine só — disse com entusiasmo —, todos os nossos navios de guerra bombardeando o forte! Meu Deus, vamos simplesmente caminhar por cima das fortificações!

— Eu preferiria que atacássemos ao alvorecer de amanhã — disse Wadsworth. — Na névoa. Podemos nos aproximar do inimigo ocultos por ela, senhor, e pegá-lo de surpresa.

— O comodoro não pode se deslocar na névoa — disse Lovell, desconsiderando. — É impossível!

Wadsworth olhou para o leste. A névoa parecia ter se adensado, de modo que os topos dos mastros de apenas um navio eram visíveis, e tinha de ser um navio, porque havia três topos de mastros, cada um deles atravessado por uma verga da vela de gávea. Três cruzes. Wadsworth não achava importante considerar se o comodoro atacaria ou não, ou melhor, achava que isso não deveria ser importante, porque Lovell tinha homens o suficiente para atacar o forte quer o comodoro atacasse, quer não. Era como o xadrez, pensou, e teve uma imagem súbita de sua esposa sorrindo enquanto tomava o castelo dele com seu bispo. O forte era o rei, e tudo que Lovell precisava fazer era mover uma peça para alcançar o xeque-mate, mas o general e Saltonstall insistiam em um plano mais complexo. Queriam bispos e cavaleiros ziguezagueando por todo o tabuleiro e Wadsworth sabia que nunca poderia persuadir qualquer um dos dois a tomar uma rota mais simples. Por isso, pensou, era preciso fazer com que os movimentos complicados deles funcionassem, e logo, antes que os ingleses trouxessem novas peças para o tabuleiro.

— O comodoro concordou em entrar no porto? — perguntou a Lovell.

— Não exatamente — respondeu Lovell, desconfortável. — Ainda não.

— Mas o senhor acredita que ele vai concordar?

— Tenho certeza que sim. Com o tempo.

Tempo era exatamente o que os rebeldes não tinham, ou pelo menos era no que Wadsworth acreditava.

— Se controlarmos a entrada do porto... — começou, e de novo foi interrompido por Lovell.

— É aquela bateria desgraçada na beira do porto — disse o general, e Wadsworth soube que ele estava se referindo ao muro de terra semicircular que os ingleses haviam erguido para proteger a entrada do porto. Agora a bateria era o posto inimigo mais próximo.

— De maneira que, se a bateria fosse capturada — sugeriu Wadsworth —, o comodoro se aproveitaria disso?

— Espero que sim.

— Então que tal eu preparar um plano para capturá-la?

Lovell olhou para Wadsworth como se o sujeito tivesse acabado de realizar um milagre.

— Você faria isso? — perguntou o general, imensamente satisfeito. — Sim, faça isso! Então poderemos avançar juntos. Soldados e marinheiros, brigadistas e milicianos, juntos! Em quanto tempo você pode montar um plano desses? Ao meio-dia, talvez?

— Tenho certeza que sim, senhor.

— Então proporei seu plano no conselho desta tarde — disse Lovell — e instigarei cada homem presente a votar nele. Meu Deus, se capturarmos aquela bateria, o comodoro... — Lovell interrompeu o que dizia porque houve um abrupto estalar de mosquetes. O barulho cresceu em intensidade e foi respondido por um disparo de canhão. — Que diabos aqueles canalhas estão fazendo agora? — perguntou em voz lamentosa e foi rapidamente na direção leste para descobrir. Wadsworth seguiu-o.

Um tiroteio irrompia na manhã.

— Não se pode dar descanso ao inimigo — dissera o brigadeiro McLean. O escocês ficara atônito ao ver que os rebeldes não tinham atacado o forte, e mais surpreso ainda quando ficou claro que o general Lovell estava cavando defesas no terreno elevado. Agora McLean sabia o nome de seu oponente, graças a um desertor americano que havia se esgueirado pelo topo da crista à noite e gritado para as sentinelas no abatis. McLean interrogara o sujeito que, tentando ajudar, disse acreditar que Lovell trouxera dois mil soldados à península. — Podem ser mais ainda, senhor.

— Ou menos — retrucou McLean.

— Sim, senhor — dissera o miserável com ar de sofrimento —, mas pareciam muitos em Townsend, senhor. — O que não ajudou em nada. O desertor era um homem de 40 e poucos anos que dizia ter sido obrigado a entrar para a milícia embora não tivesse desejo de lutar. — Só quero ir para casa — disse lamentoso.

— Assim como todos nós — respondera McLean, e colocou o sujeito para trabalhar na cozinha do hospital.

Os canhões rebeldes tinham aberto fogo um dia depois de terem conquistado o terreno elevado. A taxa de disparos não era alta e muitas balas eram desperdiçadas, mas o forte era um alvo grande e próximo, e por isso as balas de 18 libras se chocavam com o muro recém-feito, espalhando terra e madeira. O novo armazém foi atingido repetidamente até que o telhado foi praticamente demolido, mas até então nenhum disparo conseguira acertar um dos canhões de McLean. Agora seis estavam montados no muro oeste e o capitão Fielding mantinha um fogo contínuo contra a distante linha das árvores. Os rebeldes, em vez de montar os canhões na beira da floresta, tinham-nos postos entre as árvores, e depois aberto corredores para dar linhas de tiro às armas.

— É provável que você não acerte grande coisa — dissera McLean a Fielding —, mas irá mantê-los preocupados e vai nos esconder na fumaça.

Mas preocupar os inimigos não era suficiente. McLean sabia que eles precisavam ser mantidos em desequilíbrio, e assim ordenara que o tenente Caffrae juntasse quarenta dos homens mais animados para formar uma companhia de escaramuça. Caffrae era um rapaz sensato e inteligente que gostou das novas ordens. Acrescentou um par de tambores e quatro pífaros à sua unidade, e a companhia usava a névoa, ou as árvores ao norte da península, para se aproximar das linhas inimigas. Assim que chegavam lá, a pequena banda tocava o *Yankee-Doodle*, uma música que, por algum motivo, irritava os rebeldes. Os escaramuçadores gritavam ordens para homens imaginários e atiravam contra as trincheiras rebeldes, e, sempre que um grupo maior do inimigo vinha desafiar a companhia de Caffrae, ele se retirava sob cobertura, aparecendo em outro lugar para provocar e atirar de novo. Temporariamente promovido a capitão, Caffrae dançava diante dos homens de Lovell. Provocava, desafiava. Às vezes ia à noite incomodar o sono dos rebeldes. Os homens de Lovell não teriam descanso ou conforto, e seriam assediados e assustados constantemente.

— Deixe-me ir, senhor — implorou o tenente Moore a McLean.

— Você irá, John, você irá — prometeu McLean. Caffrae estava lá fora, no terreno entre as linhas, e seus homens tinham acabado de disparar uma saraivada para acordar a manhã. Os pífaros dos escaramuçadores estavam trinando sua canção zombeteira, que sempre provocava uma reação selvagem de mosquetes sem mira, vinda das árvores onde os rebeldes se abrigavam. McLean olhou para o oeste tentando descobrir a posição de Caffrae em meio aos fiapos de névoa que se dissipavam lentamente nas alturas, e em vez disso viu os corredores dos canhões rebeldes se engasgando com fumaça enquanto os canhões inimigos começavam a disparar seu fogo diário. As primeiras balas caíram muito antes do alvo, cavando a encosta e levantando grandes pedaços de terra e lascas de madeira.

Os tiros dos rebeldes eram um incômodo, mas McLean sentia-se grato porque não passavam disso. Se o escocês estivesse comandando os sitiadores, teria ordenado que os artilheiros concentrassem as balas em um determinado ponto das defesas e, quando esse lugar estivesse totalmente destruído, mudassem a mira ligeiramente para a esquerda ou a direita, e assim demoliriam o forte sistematicamente. Em vez disso os artilheiros inimigos disparavam contra qualquer coisa que quisessem, ou então só apontavam vagamente em direção ao forte, e McLean estava achando bastante fácil consertar qualquer dano que as balas causassem ao muro oeste e aos bastiões nos flancos. No entanto, se os tiros de canhão não se mostravam tão destrutivos quanto ele temia, ainda assim afetavam a confiança de seus homens. As sentinelas precisavam ficar com a cabeça exposta acima do muro para vigiar o inimigo e, no primeiro dia do bombardeio rebelde, uma delas fora despedaçada por uma bala de canhão em uma massa de sangue, ossos e miolos. Em seguida a bala acertara os restos do telhado do depósito e fora parar, ainda cheia de cabelos ensanguentados, junto a uma pipa d'água. Outros homens foram feridos, principalmente por pedras ou lascas arrancadas do muro por alguma bala de canhão. Os rebeldes também estavam usando um obus, uma arma que McLean temia mais do que o maior canhão deles, mas os artilheiros eram inexperientes e o obus lançava sua carga explosiva aleatoriamente por cima do topo da encosta.

— Tenho um serviço para você agora, tenente — disse McLean a Moore.

— Claro, senhor.

— Venha comigo. — McLean andou na direção do portão do forte, batendo com a bengala de ameixeira-brava no chão a cada passo. Sabia que os tiros de canhão rebeldes deixariam seus homens nervosos e queria aplacar os temores deles. — Capitão Fielding!

— Senhor? — gritou de volta o artilheiro.

— Interrompa o fogo por um momento!

— Farei isso, senhor.

McLean foi para fora, e então levou Moore para o noroeste até ficarem a uns vinte passos de distância do fosso do Forte George e a plena vista das linhas rebeldes.

— Nossa tarefa é simplesmente ficar aqui parados, tenente — explicou McLean.

Moore achou curioso.

— É mesmo, senhor?

— Para mostrar aos homens que eles não têm o que temer.

— Ah, e se formos mortos, senhor?

— Então eles terão algo a temer. — McLean sorriu. — Mas esta é uma parte importante da responsabilidade de um oficial, tenente.

— Morrer na frente de todos, senhor?

— Dar o exemplo. Quero que nossos homens vejam que você e eu não temíamos os canhões. — Ele se virou e olhou para as árvores distantes. — Por que, em nome de Deus, eles não atacam?

— Talvez devêssemos atacá-los, senhor.

McLean sorriu.

— Estou pensando que poderíamos fazer isso — disse lentamente —, mas com que objetivo?

— Derrotá-los, senhor?

— Eles estão fazendo isso sozinhos, tenente.

— Eles vão perceber isso algum momento, não vão, senhor?

— Vão sim. E, quando perceberem como estão em número muito maior do que nós, virão até nós como um enxame. — Ele apontou com a bengala na direção da crista do morro. — Mas agora temos um bom número de canhões posicionados, o muro está mais alto e eles vão achar que somos mais difíceis de derrotar. — O brigadeiro ainda estava convencido de que os rebeldes contavam com pelo menos três mil homens. Por que outro motivo teriam precisado de tantos navios de transporte? — Mas eles precisam fazer isso depressa, tenente, porque ouso ter esperança de que haja reforços a caminho para nós. — Ele entregou a bengala a Moore. — Segure isso para mim, está bem? — pediu e pegou no bolso um isqueiro e um cachimbo cheio de fumo.

Sabendo que o braço direito ferido deixava o general desajeitado, Moore pegou o isqueiro e acendeu uma chama no pano chamuscado. McLean se inclinou adiante para acender o cachimbo e pegou de volta o isqueiro e a bengala.

— Obrigado, John — disse, soltando contente uma baforada, enquanto uma bala de canhão levantava terra a 15 passos de distância e ricocheteava para voar por cima do forte. — E ouso dizer que poderíamos atacá-los — disse McLean continuando o pensamento anterior —, mas não pretendo fazer isso. A luta entre árvores fica muito confusa, e assim que eles virem como somos poucos provavelmente vão se juntar e contra-atacar. A coisa pode se tornar uma desordem lamentável. Não, por enquanto é melhor fazê-los morrer com os canhões do capitão Fielding, não é? E cada dia que passa, tenente, vale como mil homens para nós. O fosso fica mais fundo e o muro mais alto. Está vendo?

— Ele havia se virado para olhar um boi arrastando um tronco de carvalho da aldeia para a encosta. O grande tronco seria usado para aumentar o muro oeste.

McLean se virou enquanto um som crescente de tiros de mosquete soou onde o capitão Caffrae estava evidentemente cutucando o ninho de vespas.

— Por favor, deixe-me acompanhar Caffrae, senhor — implorou Moore de novo.

— Ele sabe quando recuar, tenente — disse McLean, sério.

Moore sofreu com a reprimenda suave.

— Sinto muito, senhor.

— Não, não, você aprendeu a lição. E mostrou o instinto certo, admito. O serviço do soldado é lutar, que Deus o ajude, e você lutou bem. Portanto sim, vou deixá-lo ir, mas obedeça a Caffrae!

— Claro que obedecerei, senhor. E, senhor... — O que quer que Moore fosse dizer ficou no ar, porque um golpe súbito o soprou para trás. Foi como se tivesse levado um soco na barriga. Ele cambaleou meio passo e instintivamente apertou o lugar onde o golpe fora dado, mas descobriu que não estava ferido e que o uniforme continuava incólume. McLean também fora lançado para trás, embora estivesse igualmente intocado. — O que... — começou Moore. Percebia que seus ouvidos zumbiam devido a um ruído gigantesco, mas não sabia o que o causara.

— Não se mexa — disse McLean —, e pareça alegre.

Moore forçou um sorriso.

— Aquilo foi uma bala de canhão?

— Foi, sim, e caiu entre nós. — Ele olhou para o forte, onde o boi estava mugindo.

A bala esférica, que havia voado limpa entre os dois casacas vermelhas, tinha acertado as ancas do boi. O animal caído estava sangrando e bramindo na trilha, a apenas alguns passos da entrada do Forte George. Uma sentinela saiu correndo do portão, engatilhou o mosquete e atirou no animal logo acima dos olhos. O boi estremeceu e ficou parado.

— Carne fresca! — disse McLean.

— Santo Deus — murmurou Moore.

— Você esbarrou na morte, Sr. Moore — disse McLean —, mas acredito que nasceu sob uma estrela da sorte.

— O senhor também.

— Agora vamos esperar mais quatro tiros.

— Quatro, senhor?

— Eles usam quatro canhões contra nós, dois de 18 libras, um de 12 — McLean parou enquanto um canhão rebelde disparava — e um obus. — A bala trovejou no alto, caindo em algum lugar distante a leste. — De modo que o quarto tiro, John, quase certamente será dos mesmos cavalheiros que por muito pouco deixaram de nos matar, e quero ver se vão atirar contra nós outra vez.

— É uma curiosidade bastante natural, senhor — disse Moore, fazendo o brigadeiro rir.

Em seguida o obus disparou, e seu projétil pousou antes do forte, onde ficou soltando fumaça do pavio até explodir inofensivamente. O canhão de 12 libras acertou uma bala no bastião sudoeste, e o de 18 libras que quase matara McLean e Moore disparou de novo. A bala roçou no abatis bem a norte do general, ricocheteou antes do fosso e voou por cima do muro até se chocar contra um pinheiro na propriedade do Dr. Calef.

— Veja que não estão mirando direito — disse McLean. — Não há consistência na mira. Capitão Fielding!

— Senhor?

— Pode atirar contra o inimigo de novo! — gritou McLean enquanto levava Moore de volta para o forte.

Os canhões ingleses abriram fogo. Durante todo o dia as artilharias opostas duelaram, o capitão Caffrae provocou o inimigo, os muros do Forte George ficaram mais altos e o general Lowell esperou uma posição do comodoro Saltonstall.

Peleg Wadsworth queria uma força que unisse a Brigada Naval, os marinheiros e a milícia para seu ataque contra a bateria Meia-Lua. Tinha decidido atacar sob a cobertura da escuridão e fazer isso naquela mesma noite. Os rebeldes já haviam capturado baterias inglesas na ilha Cross e em Dyce's Head e agora tomariam a última fortificação externa dos britânicos. Assim que isso fosse feito só restaria o forte a conquistar.

— O que você não entende — dissera o comodoro Saltonstall a Wadsworth — é que o forte é formidável.

Procurando a ajuda da brigada, Wadsworth fora naquela tarde ao *Warren*, onde descobriu Saltonstall examinando quatro argolas de ferro presas em volta do mastro principal da fragata, que fora danificado. O comodoro recebera Wadsworth com um grunhido, e então convidou-o ao tombadilho superior.

— Presumo que você queira meus brigadistas de novo, não é mesmo? — perguntou.

— Quero, senhor. O conselho do exército votou por fazermos um ataque esta noite e pedir a ajuda de sua brigada.

— Você pode levar Carnes, Dennis e cinquenta homens — respondeu Saltonstall rapidamente, como se concordando depressa pudesse se livrar da companhia de Wadsworth.

— E eu também agradeceria seu conselho, comodoro.

— Meu conselho, é? — Saltonstall pareceu cheio de suspeitas, mas seu tom havia se suavizado. Olhou cautelosamente para Wadsworth, mas o rosto deste era tão aberto e honesto que o comodoro decidiu que não havia nada de traiçoeiro no pedido. — Bom, conselhos são de graça — observou mal-humorado.

— O general Lovell está convencido de que o forte não cairá enquanto os navios inimigos permanecerem — disse Wadsworth.

— E esta não é a sua opinião? — supôs Saltonstall, astutamente.

— Sou o ajudante do general Lovell, senhor — respondeu Wadsworth, com cuidado.

— Ah.

— Os navios inimigos podem ser tomados? — perguntou Wadsworth, abordando o assunto diretamente.

— Ah, eles podem ser tomados! — respondeu Saltonstall, desdenhoso. E desconcertou Wadsworth olhando por cima da orelha direita do brigadeiro, e não para os olhos. — Claro que podem ser tomados.

— Então...
— Mas a que preço, Wadsworth? Diga! A que preço?
— O senhor deve me dizer.

Saltonstall se dignou a olhar diretamente para Wadsworth por um momento, como se decidisse se deveria desperdiçar sua resposta com aquele homem. Evidentemente decidiu que não, porque deu um suspiro pesado como se estivesse cansado de explicar o óbvio.

— O vento sopra do sudoeste — disse olhando de novo para além de Wadsworth —, o que significa que podemos velejar para dentro do porto mas não para fora. Assim que estivermos dentro do porto estaremos sob os canhões inimigos. Esses canhões, Wadsworth, como você pode ter observado, são usados com eficiência. — Ele fez uma pausa, obviamente tentado a fazer uma comparação com a artilharia da milícia, mas conseguiu conter o comentário. — O porto é apertado, e portanto devemos entrar em fila, o que por sua vez significa que o navio da frente deve inevitavelmente sofrer danos pesados com o fogo inimigo. — Ele indicou rapidamente a proa do *Warren* que ainda possuía sinais de ter sido reparada apressadamente no gurupés e no castelo de proa. — Assim que estivermos dentro do porto não teremos espaço para manobrar, de modo que devemos ancorar para preservar a posição diante dos navios inimigos. Ou então velejar diretamente até eles e abordá-los. E durante todo esse tempo, Wadsworth, estaremos sob os canhões do forte, e o que você não entende é que o forte é formidável.

Wadsworth pensou se deveria argumentar, mas decidiu que a discussão simplesmente instigaria Saltonstall a ficar mais teimoso.

— Pelo que entendo, o senhor está dizendo que os navios não cairão enquanto o forte não for tomado?

— Exatamente! — Saltonstall pareceu sentir alívio, como se Wadsworth fosse um aluno burro que finalmente tivesse compreendido a proposta mais simples.

— Já o general Lovell está convencido de que o forte não pode ser tomado enquanto os navios não forem destruídos.

— O general Lovell tem direito à sua opinião — disse Saltonstall altivamente.

— Se tivermos sucesso em capturar a bateria inimiga que resta no porto — sugeriu Wadsworth —, isso tornará sua tarefa mais fácil?
— Minha tarefa?
— Capturar os navios inimigos.
— Minha tarefa, Wadsworth, é apoiar as forças de vocês na captura do forte.
— Obrigado, senhor — disse Wadsworth, escondendo sua exasperação —, mas posso garantir ao general Lovell que o senhor atacará os navios deles se montarmos um assalto ao forte?
— Isso pressupõe que teriam se livrado da bateria inimiga no porto?
— Sim, senhor.
— Um ataque conjunto, hein? — Saltonstall ainda parecia ter suspeitas, mas depois de breve hesitação concordou com cautela. — Eu consideraria um ataque conjunto — disse de má vontade —, mas creio que você percebe que a posição dos navios de Mowat se tornaria insustentável se o forte fosse tomado, não percebe?
— Sim, senhor.
— Mas que a posição de McLean ainda é formidável quer os navios sejam tomados, quer não?
— Também entendo isso, senhor.
Saltonstall se virou para olhar irritado a parte central do *Warren*, mas não viu nada que provocasse uma reclamação.
— O Congresso, Wadsworth, gastou o precioso dinheiro público construindo uma dúzia de fragatas.
— De fato, senhor — disse Wadsworth, imaginando o que isso teria a ver com o forte na península de Majabigwaduce.
— O *Washington*, o *Effingham*, o *Congress* e o *Montgomery* foram afundados intencionalmente, Wadsworth. Foram perdidos.
— Infelizmente, senhor.
As quatro fragatas tinham sido destruídas para não cair em mãos inimigas.
— O *Virginia* foi tomado — continuou Saltonstall sem remorso —, o *Hancock* foi tomado. O *Raleigh*, tomado. O *Randolph*, afundado. Você quer que eu acrescente o *Warren* a essa triste lista?

— Claro que não, senhor. — Wadsworth olhou para a bandeira com a serpente tremulando na popa do *Warren*. Tinha o orgulhoso lema "Don't Tread On Me", mas como os ingleses poderiam sequer tentar atacar se a única ambição da serpente era evitar a batalha?

— Capture a bateria de terra — disse Saltonstall em sua voz mais senhorial — e a frota reconsiderará sua posição.

— Obrigado, senhor.

Wadsworth ficou em silêncio enquanto era levado para terra em um barco a remo. Saltonstall estava certo, Wadsworth discordava de Lovell. Wadsworth sabia que o forte era o rei no tabuleiro de xadrez de Majabigwaduce, e os três navios ingleses eram peões. Caso tomassem o forte, os peões se renderiam, mas se tomassem os peões o rei permaneceria. No entanto, Lovell não seria convencido a atacar o forte, assim como Saltonstall não podia ser convencido a abandonar a cautela ao vento sudoeste e destruir as três chalupas de Mowat. De modo que então a bateria deveria ser atacada, com a esperança de que um assalto bem-sucedido convencesse os dois comandantes a uma ousadia maior.

O tempo era curto e estava encolhendo, e por isso Peleg Wadsworth atacaria naquela noite. No escuro.

James Fletcher levou o *Felicity* para o sul, a partir da ponta de Wasaumkeag, onde os rebeldes haviam ocupado o que restava do Forte Pownall, uma fortaleza arruinada de madeira e terra, erguida cerca de trinta anos antes para deter ataques de piratas franceses que subiam o rio. Não havia abrigo adequado para os homens feridos no cume de Majabigwaduce, de modo que a casa e os depósitos do antigo forte serviam agora como hospital para os rebeldes. A ponta de Wasaumkeag ficava na outra margem da baía de Penobscot, logo ao sul de onde o rio se abria, deixando de ser um canal estreito e rápido entre margens altas cobertas de árvores. Quando sua presença não era necessária a Wadsworth, James usava o *Felicity* para carregar feridos até o hospital, e agora se esforçava para voltar rapidamente, ansioso para se juntar a Wadsworth antes do escurecer e do ataque contra a bateria inglesa.

O curso do *Felicity* era frustrante. Fazia um bom progresso bordejando para estibordo, mas inevitavelmente o vento levava o barco pequeno para cada vez mais perto da margem leste, e então James precisava resistir àquela mudança de direção que, na maré montante, parecia levá-lo progressivamente para longe do penhasco de Majabigwaduce, sob o qual pretendia ancorar o *Felicity*. Mas James estava acostumado com o vento sudoeste. "Não se pode apressar a brisa", dizia seu pai, "e não se pode mudar o pensamento dela; por isso, não adianta ficar irritado." James imaginou o que seu pai pensaria da rebelião. Nada de bom, supôs. Seu pai, como muitos que viviam perto do rio, sentia orgulho de sua origem inglesa. Para ele não importava que os Fletcher vivessem em Massachusetts por mais de cem anos; ainda assim, eram ingleses. Uma velha gravura amarelada do rei Charles I ficou pendurada na casa de troncos durante toda a infância de James, e agora estava presa sobre a cama da mãe doente. O rei parecia altivo, mas um tanto triste, como se soubesse que um dia uma rebelião iria derrubá-lo e levá-lo ao cepo do carrasco. Em Boston, James tinha ouvido, havia uma taverna chamada "Cabeça de Cromwell", cuja placa ficava pendurada tão baixo sobre a porta que os homens precisavam se curvar ao matador de reis sempre que entravam. Essa história deixara seu pai com raiva.

Bordejou o *Felicity* na angra logo ao norte do penhasco. Agora o som dos tiros de canhões disparados entre o forte e as linhas rebeldes estava mais alto, e a fumaça pairava como uma nuvem acima da península. Estava de novo sofrendo uma bordada a bombordo, mas seria curta, e ele sabia que chegaria em terra bem antes do anoitecer. Passou por baixo da popa do *Industry*, uma chalupa de transporte, e acenou para o capitão, Will Young, que gritou alguma observação bem-humorada que se perdeu sob o som dos canhões.

James bordejou para passar pelo flanco do *Industry*, onde estava amarrado um escaler. Três homens se encontravam no escaler, e acima deles, na amurada da chalupa, dois homens ameaçavam o trio com mosquetes. Então, com um choque, James reconheceu os três cativos: Archibald Haney, John Lymburner e William Greenlaw, todos de Majabigwaduce. Haney e

Lymburner haviam sido amigos de seu pai, e Will Greenlaw frequentemente acompanhava James em viagens de pesca rio abaixo e havia cortejado Beth uma ou duas vezes, sempre sem sucesso. Os três eram *tories*, legalistas, e evidentemente haviam sido feitos prisioneiros. James soltou as velas de modo que o *Felicity* diminuiu a velocidade e estremeceu.

— Que diabos você está fazendo com esses desgraçados? — gritou Archibald Haney, que era como um tio para James.

Antes que James pudesse dizer qualquer coisa em resposta, apareceu um marinheiro na amurada acima do escaler. Carregava um balde de madeira.

— Ei, *tories*! — gritou o marinheiro, virando em seguida o balde em uma cascata de urina e bosta sobre a cabeça dos prisioneiros. Os dois guardas gargalharam.

— Por que diabos você fez isso? — perguntou James.

O marinheiro murmurou uma resposta e se virou.

— Eles nos colocam aqui uma hora por dia — disse Will Greenlaw, arrasado — e jogam sujeira em cima de nós.

A maré estava levando o *Felicity* para o norte e James apertou a bujarrona para obter algum controle sobre o barco.

— Sinto muito — gritou.

— Você vai lamentar quando o rei perguntar quem foi leal a ele! — gritou Archibald Haney com raiva.

— Os ingleses tratam nossos prisioneiros de modo muito pior! — berrou Will Young da popa do *Industry*.

James fora obrigado a bordejar a bombordo de novo, e o vento levou-o para longe da chalupa. Archibald Haney gritou alguma coisa, mas as palavras se perderam na brisa, com exceção de uma. Traidor.

James bordejou o barco de novo e levou-o para a praia. Baixou a âncora, enrolou a vela mestra e guardou os traquetes. Então saudou um batelão que passava, pedindo uma carona seca para terra. Traidor, rebelde, *tory*, legalista? Se seu pai fosse vivo, imaginou, ele ousaria ser rebelde?

Subiu o penhasco, pegou o mosquete no abrigo e caminhou pelo sul até Dyce's Head, para encontrar Peleg Wadsworth. Agora o sol estava baixo, lançando uma sombra comprida sobre a crista e ao longo da margem do porto. Os homens de Wadsworth estavam se reunindo nas árvores, onde não podiam ser vistos do forte.

— Você parece pensativo, jovem James — cumprimentou Wadsworth.

— Estou bem, senhor.

Wadsworth olhou-o mais atentamente.

— O que houve?

— O senhor sabe o que estão fazendo com os prisioneiros? — perguntou James, e em seguida contou toda a história. — Eles são meus vizinhos, senhor, e me chamaram de traidor.

Wadsworth escutara tudo com paciência.

— Isso é guerra, James — disse gentilmente —, e ela desperta paixões que não sabíamos que possuíamos.

— Eles são homens bons, senhor!

— E se nós os soltássemos iriam trabalhar para os nossos inimigos.

— Iriam sim — admitiu James.

— Mas isso não é motivo para maltratá-los — disse Wadsworth com firmeza. — Vou conversar com o general, prometo. — Mas ele sabia bem que qualquer protesto que fizesse não mudaria a situação. Os homens estavam frustrados. Queriam que a expedição terminasse. Queriam ir para casa. — E você não é traidor, James.

— Não? Meu pai diria que sou.

— Seu pai era inglês, assim como você e eu nascemos ingleses, mas isso mudou. Somos americanos. — Ele disse a palavra como se não estivesse acostumado com ela, mas sentiu uma pontada de orgulho. E esta noite, pensou, os americanos dariam um pequeno passo na direção da liberdade. Atacariam a bateria.

No escuro.

Os índios se juntaram à milícia de Wadsworth depois do crepúsculo. Apareceram em silêncio e, como sempre, Wadsworth achou sua presença inquietante. Não conseguia deixar de lado a impressão de que os guerreiros de pele escura o avaliavam e o consideravam deficiente, mas forçou um sorriso de boas-vindas na noite escura.

— Fico feliz por vocês estarem aqui — disse a Johnny Feathers que, aparentemente, era o líder dos índios.

Feathers, que recebera esse nome de John Preble que negociou pelo Estado com a tribo Penobscot, não respondeu ou nem sequer pareceu ter percebido o cumprimento. Feathers e seus homens — ele trouxera 16 naquela noite — agacharam-se na borda das árvores e passaram pedras de amolar na lâmina de suas machadinhas. Eram as conhecidas como *tomahawks*, supôs Wadsworth. Imaginou se eles estariam bêbados. A ordem do general de proibir que os índios consumissem álcool tivera pouco sucesso, mas até agora Wadsworth via que aqueles homens estavam sóbrios como fabriqueiros. Não que ele se importasse: bêbados ou sóbrios os índios estavam entre seus melhores guerreiros, ainda que Solomon Lovell fosse mais cético com relação às suas lealdades.

— Eles vão pedir alguma coisa em troca por nos ajudar — dissera a Wadsworth —, e não somente badulaques de contas. Armas, provavelmente, e Deus sabe o que farão com elas.

— Caçar?

— Caçar o quê?

Mas os índios estavam ali. Os 17 bravos guerreiros tinham mosquetes, mas todos haviam optado por carregar machadinhas como arma principal. A milícia e os brigadistas tinham mosquetes com baionetas caladas.

— Não quero nenhum homem disparando prematuramente — disse Wadsworth aos seus milicianos e viu, à pouca luz da lua minguante, o ar de incompreensão em vários rostos. — Não engatilhem os mosquetes enquanto não precisarem atirar. Se tropeçarem e caírem não quero um tiro alertando o inimigo. E você — ele apontou para um menino que estava armado com uma baioneta embainhada e um tambor enorme —, mantenha seu tambor em silêncio até vencermos!

— Sim, senhor.

Wadsworth foi até o garoto que mal parecia ter mais do que 11 ou 12 anos.

— Qual é o seu nome, garoto?

— John, senhor.

— John de quê?

— John Freer, senhor. — A voz de John Freer ainda era fina. Era magro como um ancinho; não tinha nada além de pele, ossos, olhos arregalados mas brilhantes e costas eretas.

— Um bom nome — disse Wadsworth — Freer: livre e cada vez mais livre. Diga, John Freer, você domina as letras?

— As letras, senhor?

— Você sabe ler ou escrever?

O garoto pareceu inquieto.

— Sei ler um pouco, senhor.

— Então quando tudo isso houver terminado devemos lhe ensinar o resto, está bem?

— Sim, senhor — respondeu Freer, sem entusiasmo.

— Ele nos traz sorte, general — disse um homem mais velho. Em seguida pôs a mão protetora no ombro do menino. — Não podemos perder se o Johnny Freer está com a gente, senhor.

— Onde estão seus pais, John? — perguntou Wadsworth.

— Morreram — respondeu o sujeito mais velho. — E eu sou o avô dele.

— Quero ficar com a companhia, senhor! — pediu John Freer, ansioso. Tinha adivinhado que Wadsworth estava pensando em dar uma ordem para ele ficar para trás.

— Vamos cuidar dele, senhor — disse o avô. — Nós sempre cuidamos.

— Só mantenha o tambor quieto até que tenhamos vencido, John Freer. — Wadsworth deu um tapinha na cabeça do menino. — Depois disso, por mim, você pode até acordar os mortos.

Wadsworth tinha trezentos milicianos, ou melhor, 299 e um menino com o tambor. Saltonstall mantivera sua palavra e mandara cinquenta brigadistas junto com mais vinte marinheiros do *Warren* armados com alfanjes, lanças de abordagem e mosquetes.

— A tripulação quer lutar — explicara Carnes quanto à presença dos marinheiros.

— Eles são muito bem-vindos — respondeu Wadsworth.

— E vão lutar — disse Carnes entusiasmado. — São demônios.

Os marinheiros estavam à direita. Os milicianos e índios no centro e o capitão Carnes com seus brigadistas navais na esquerda. Todos estavam alinhados à borda das árvores junto a Dyce's Head, perto da sepultura do capitão Welch, e a leste o terreno descia suavemente em direção à bateria Meia-Lua. Wadsworth podia ver a fortificação de terra do inimigo sob o fraco luar, e mesmo que estivesse escuro sua posição seria entregue por duas pequenas fogueiras de acampamento que ardiam atrás do muro de terra. O forte era uma silhueta escura no horizonte.

Logo além da bateria inimiga estavam as casas do povoado que ficavam mais a oeste. A mais próxima, que parecia minúscula ao lado de um celeiro enorme, estava a apenas alguns passos de distância dos canhões ingleses.

— É a casa de Jacob Dyce — afirmou James Fletcher a Wadsworth.

— É um holandês.

— Portanto não tem amor pelos ingleses?

— Ah, o velho Jacob adora os ingleses. O mais provável é que atire em nós.

— Vamos torcer para que ele esteja dormindo — disse Wadsworth, torcendo para que todos os inimigos estivessem dormindo. Passava da meia-noite, já era domingo e a península estava enluarada em preto e prata. Pequenos fiapos de fumaça pairavam das chaminés e fogueiras de acampamento.

As chalupas inglesas contrastavam com a água distante e não havia luzes a bordo.

Dois dos navios de transporte tinham sido encalhados na ponta leste de Majabigwaduce, enquanto o terceiro fora acrescentado à linha de chalupas porque, em sua nova posição, os ingleses estavam tentando bloquear um trecho muito mais amplo de água. O navio de transporte, ancorado ao sul da linha, parecia muito maior do que as três chalupas, mas Carnes, que havia usado um telescópio para examiná-lo durante o dia, achava que carregava apenas seis canhões pequenos.

— Ele parece grande e mau — disse agora, olhando os navios inimigos no escuro —, mas é frágil.

— Como o forte — interveio o tenente Dennis.

— O forte fica mais formidável a cada dia — disse Wadsworth —, motivo pelo qual precisamos nos apressar.

Ele ficara pasmo quando, no conselho de guerra da tarde, o general Lovell brincara com a ideia de fazer os ingleses morrerem de fome dentro do Forte George. A opinião do conselho fora contrária ao plano, contraposto pela insistência de Wadsworth de que os ingleses certamente estavam preparando uma força de substituição para a guarnição sitiada, mas o general sabia que Lovell não desistiria da ideia facilmente. Isso tornava crucial a ação daquela noite. Uma vitória clara ajudaria a convencer Lovell de que suas tropas podiam vencer os casacas vermelhas e, olhando os brigadistas, Wadsworth não tinha dúvida de que podiam. Os homens de casacas verdes pareciam sérios, magros e imponentes enquanto esperavam. Com tropas assim, pensou Wadsworth, seria possível conquistar o mundo.

A milícia não era tão ameaçadora. Alguns homens aparentavam disposição, mas a maior parte parecia apavorada e alguns rezavam de joelhos, embora o coronel McCobb, com o bigode muito branco contra o rosto bronzeado, estivesse confiante em seus homens.

— Eles se sairão bem — disse a Wadsworth. — Quantos inimigos o senhor acha que existem?

— Não mais de sessenta. Pelo menos não pudemos ver mais de sessenta.

— Vamos chutar seus traseiros direitinho — disse McCobb, animado.

Wadsworth bateu palmas para atrair a atenção dos milicianos de novo.

— Quando eu der a ordem — gritou aos homens agachados na beira da floresta — avançaremos em linha. Não vamos correr, vamos andar! Quando chegarmos perto do inimigo vou dar a ordem de ataque, e então avançaremos direto para o muro deles. — Wadsworth achou que parecia bastante confiante, mas a sensação era pouco natural e ele foi assaltado pelo pensamento de que meramente fingia ser um soldado. Elizabeth e seus filhos estariam dormindo. Desembainhou a espada. — De pé! — Que o inimigo também estivesse dormindo, pensou enquanto esperava a linha se levantar. — Pela América! — gritou. — E pela liberdade, avante!

E ao longo de toda a borda da floresta os homens caminharam ao luar. Wadsworth olhou à esquerda e à direita e ficou atônito ao ver como estavam expostos. A luz prateada se refletia nas baionetas e iluminava os cinturões atravessados no peito dos brigadistas. A linha comprida e irregular descia o morro, passando por entre pastos e árvores esparsas. O inimigo estava em silêncio. O brilho das fogueiras de acampamento marcavam a bateria. Os canhões de lá estavam voltados para a entrada do porto, mas quanto tempo demoraria para os ingleses virá-los na direção dos patriotas que se aproximavam? Ou será que os artilheiros dormiam a sono solto? Os pensamentos de Wadsworth estavam agitados, e ele sabia que isso era causado pelo nervosismo. Sua barriga parecia vazia e azeda. Apertou a espada enquanto olhava para o forte que parecia imponente visto do terreno mais baixo. Era ele que deveriam estar atacando, pensou. Lovell deveria estar com todos os homens sob seu comando atacando o forte, gritando no escuro, e tudo estaria acabado. Mas em vez disso estavam atacando a bateria, o que talvez apressasse o fim da campanha. Assim que a bateria fosse tomada, os americanos poderiam montar seus canhões na margem norte do porto e golpear os navios, e sem as embarcações inimigas Lovell não teria desculpa para não atacar o forte.

Wadsworth saltou uma vala pequena. Podia ouvir as ondas se quebrando no cascalho à direita. A longa linha de atacantes estava muito desorganizada agora, e ele se lembrou das crianças na praça de sua cidade e da maneira como havia tentado ensaiar a manobra para transformar uma coluna em uma linha. Talvez devessem ter avançado em coluna, não? A plataforma de canhões estava a apenas 180 metros, de modo que era tarde demais para tentar mudar a formação. James Fletcher andava ao lado de Wadsworth, com o mosquete firme nas mãos apertadas.

— Eles estão dormindo, senhor — disse Fletcher em voz tensa.
— Espero que sim.
Então a noite explodiu.
O primeiro canhão foi disparado do forte. A chama saltou e se enrolou no céu noturno, o clarão sinistro iluminando até a margem norte do porto antes que a fumaça de pólvora obscurecesse a silhueta do forte. A bala de canhão pousou em algum lugar à direita de Wadsworth, ricocheteando e batendo na campina atrás. Então mais dois canhões rasgaram a noite, e Wadsworth ouviu-se gritando:
— Atacar! Atacar!
À sua frente uma chama apareceu, e ele ficou atordoado ao ouvir o som do canhão e o assobio do projétil de metralha. Um homem gritou. Outros estavam gritando em comemoração e correndo. Wadsworth tropeçou no terreno irregular. Os brigadistas eram formas escuras à esquerda. Outra bala esférica bateu na terra, ricocheteou e continuou voando. Um mosquete inimigo lançou uma lasca de luz na plataforma de canhões, então outro canhão soou e o projétil de metralha fervilhou ao redor de Wadsworth. James Fletcher estava a seu lado, mas quando Wadsworth olhou à esquerda e à direita viu poucos milicianos. Onde estavam? Mais mosquetes cuspiram chamas, fumaça e metal vindo da bateria. Havia homens de pé no muro, homens que desapareciam atrás de um turbilhão de fumaça enquanto mosquetes golpeavam a noite. Agora os brigadistas estavam à frente de Wadsworth, correndo e gritando, os marinheiros vinham da praia e a bateria estava muito perto. Wadsworth não tinha fôlego para gritar, mas seus atacantes não precisavam de ordens. Os índios o ultrapassaram, um canhão disparou da plataforma e o som ensurdeceu Wadsworth, abafou o ar em volta dele, atordoou-o e envolveu-o no fedor de ovo podre da fumaça densa como uma névoa. Ele ouviu um grito logo adiante, o entrechoque de lâminas e uma ordem gritada que foi interrompida abruptamente. E então estava na plataforma e viu um cano de canhão logo à sua direita, enquanto Fletcher o puxava para cima.
O trabalho do diabo estava sendo feito na fortificação, onde brigadistas, índios e marinheiros trucidavam casacas vermelhas. Um canhão

disparou no forte, mas a bala passou muito alta, espirrando água inofensivamente no porto. O tenente Dennis havia cravado uma espada em um sargento inglês que se dobrou ao meio, prendendo o aço na carne. Um brigadista acertou um homem na cabeça com a coronha do mosquete. Os índios soltavam um grito agudo enquanto matavam. Wadsworth viu sangue brilhante como a chama de uma arma espirrar de um crânio rachado por uma machadinha. Virou-se para um oficial inglês de casaca vermelha cujo rosto era uma máscara de terror e girou a espada contra o casaca vermelha. A lâmina sibilou no ar vazio quando um brigadista cravou uma baioneta no baixo-ventre do homem e puxou a lâmina para cima, levantando o inglês do chão enquanto um índio cravava sua machadinha na coluna do sujeito. Outro casaca vermelha estava recuando para as fogueiras, as mãos erguidas, mas um brigadista atirou nele mesmo assim e acertou o cabo do mosquete no rosto do sujeito. O resto dos ingleses estava fugindo. Eles estavam fugindo! Desapareciam no milharal de Jacob Dyce, correndo morro acima até o forte.

— Façam prisioneiros! — gritou Wadsworth.

Não havia necessidade de mais matança. A plataforma de canhões estava tomada e, com uma alegria feroz, Wadsworth soube que a bateria ficava num local muito baixo, junto ao porto, para ser atingida pelos canhões do forte. Esses canhões tentavam, mas os tiros passavam acima, espirrando água inofensivamente no porto.

— Vamos ouvir seu tambor agora, John Freer! — berrou Wadsworth. — Pode tocar seu tambor tão alto quanto quiser!

Mas John Freer, de 12 anos, fora morto por um golpe da coronha de um mosquete inglês com acabamento em latão.

— Santo Deus — disse Wadsworth, olhando o menino caído. O crânio ensanguentado estava escuro ao luar. — Eu não deveria ter deixado que ele viesse. — E sentiu uma lágrima se formar em um olho.

— Foi aquele desgraçado — disse um brigadista, indicando o corpo trêmulo de um casaca vermelha que tentara se render e tinha levado um tiro antes de ter o rosto espancado pelo brigadista. — Eu vi o desgraçado bater no garoto. — O homem foi até o casaca vermelha caído e deu-lhe um chute na barriga. — Seu maldito covarde.

Wadsworth parou ao lado de Freer e pôs um dedo no pescoço do tocador de tambor, mas não havia pulsação. Olhou para James Fletcher.

— Corra de volta para cima e diga ao general Lovell que tomamos posse da bateria. — Em seguida estendeu a mão para conter Fletcher. Wadsworth estava olhando para os navios ingleses, a leste. As formas escuras pareciam muito próximas agora. — Diga ao general que precisamos colocar nossos canhões aqui. — Wadsworth capturara os canhões ingleses, mas eles eram menores do que havia esperado. As peças de 12 libras deviam ter sido levadas de volta ao forte e substituídas pelas de seis. — Diga ao general que precisamos de um par de canhões de 18 libras aqui ao amanhecer.

— Sim, senhor — respondeu Fletcher, e correu de volta para o terreno elevado.

Olhando-o, Wadsworth viu milicianos espalhados na encosta longa que levava a Dyce's Head. Milicianos demais. Pelo menos metade tinha se recusado a atacar, evidentemente aterrorizada com os tiros de canhão ingleses. Alguns haviam seguido em frente e agora estavam na bateria, olhando os 15 prisioneiros que eram revistados, porém a maioria simplesmente correra e Wadsworth estremeceu de raiva. Os brigadistas navais, os índios e os marinheiros tinham feito o serviço da noite, enquanto a maior parte dos "milicianos minuto" havia se encolhido de medo. John Freer fora mais corajoso do que todos os seus colegas, como seu crânio esmagado provava.

— Parabéns, senhor. — O tenente Dennis sorriu para Wadsworth.

— Você e os seus brigadistas conquistaram isso — respondeu Wadsworth, ainda olhando a milícia.

— Nós derrotamos os brigadistas deles, senhor — disse Dennis, animado. A plataforma de canhões fora protegida pela Brigada da Marinha Real. Dennis sentiu a infelicidade de Wadsworth e viu para onde o general olhava. — Eles não são soldados, senhor — disse apontando na direção dos milicianos que tinham se recusado a atacar.

A maioria daqueles retardatários andava agora na direção da bateria, acossados por seus oficiais.

— Mas eles são soldados! — reagiu Wadsworth com amargura. — Todos nós somos!

— Eles querem voltar às suas plantações e famílias — observou Dennis.

— Então como vamos tomar o forte?

— Eles precisam ser inspirados, senhor.

— Inspirados! — riu Wadsworth, mas não por achar aquilo divertido.

— Eles vão segui-lo, senhor.

— Como fizeram esta noite?

— Na próxima vez o senhor fará um discurso — disse Dennis, e Wadsworth sentiu a censura sutil de seu ex-aluno.

Dennis estava certo, pensou. Ele deveria ter feito um discurso para levantar a coragem daqueles homens, deveria ter lembrado à milícia por que ela lutava, mas então um estranho barulho de algo se rasgando interrompeu seu pensamento cheio de arrependimento e ele se virou, vendo um índio agachado perto de um cadáver. O inglês morto fora despido da casaca vermelha e agora estava sendo escalpelado. O índio tinha cortado a pele em volta do cocuruto e estava puxando-a pelo cabelo. O homem sentiu o olhar de Wadsworth e se virou, os olhos e os dentes brilhando ao luar. Quatro outros cadáveres já haviam sido escalpelados. Brigadistas vasculhavam o acampamento, descobrindo tabaco e comida. Os milicianos simplesmente olhavam. O coronel McCobb estava passando um sermão aos trezentos homens, dizendo que deveriam ter se comportado melhor. Um brigadista derrubou a tampa de um dos dois enormes tonéis que estavam na parte de trás da plataforma e Wadsworth imaginou o que eles conteriam. Então foi distraído por um cachorro latindo ferozmente na borda sul da bateria. Um marinheiro tentou acalmar o cachorro, mas ele rosnou para o homem e um brigadista atirou indiferente no animal. Outro brigadista gargalhou.

Foram os últimos tiros da noite. A névoa ficou mais densa no porto. James Fletcher retornou à bateria capturada logo antes do alvorecer, dizendo que o general Lovell queria que Wadsworth voltasse para cima.

— Ele vai mandar os canhões? — perguntou Wadsworth.

— Acho que ele quer que o senhor arranje isso.

O que significava que Lovell queria que Wadsworth falasse com o tenente-coronel Revere. Os marinheiros já haviam retornado aos seus navios e o capitão Carnes fora instruído a voltar com os brigadistas o quanto antes, mas Wadsworth relutava em deixar a milícia vigiando a bateria capturada e Carnes concordou em deixar uma dúzia de brigadistas ali sob o comando do tenente Dennis.

— Vou deixar um bom sargento com o jovem Dennis — disse Carnes.

— Ele precisa disso?

— Todos precisamos, senhor — respondeu Carnes, e gritou para o sargento Sykes escolher uma dúzia de bons homens.

O coronel McCobb estava oficialmente no comando da bateria.

— Você pode começar levantando uma fortificação — sugeriu Wadsworth. A fortificação semicircular existente se abria para o porto, e o general queria um muro de terra voltado para o forte. — Vou trazer os canhões assim que puder.

— Estarei esperando, senhor — prometeu McCobb.

Agora trezentos homens guardavam a bateria capturada que poderia ser usada para destruir os navios. Então Lovell poderia atacar o forte. E os ingleses iriam embora.

O brigadeiro McLean apareceu usando gorro de dormir. Vestia o uniforme e um sobretudo cinza, mas não tivera tempo para ajeitar o cabelo, e por isso o cobria com o gorro e sua grande borla azul. Parou no bastião sudoeste do Forte George e olhou para o terreno baixo onde a bateria Meia-Lua estava quase totalmente escondida pelo milharal.

— Acho que estamos desperdiçando nossos tiros de canhão — disse a Fielding, que também fora acordado pela súbita erupção de disparos.

— Cessar fogo! — gritou Fielding.

Um sargento artilheiro alerta tinha visto os rebeldes descendo a encosta de Dyce's Head e abrira fogo.

— Dê uma cota extra de rum ao sujeito — disse McLean —, e agradeça por mim.

Os artilheiros haviam feito bem, pensou McLean, mas seus esforços não tinham salvado a bateria Meia-Lua. Os brigadistas da Marinha Real e os artilheiros expulsos da bateria estavam chegando aos poucos ao forte e contando sua história sobre o enxame de rebeldes pulando os muros. Diziam que eram centenas de atacantes, e os defensores somavam apenas cinquenta homens.

— Chá — disse McLean.

— Chá? — perguntou Fielding.

— Eles devem preparar um pouco de chá. — McLean indicou os derrotados.

Centenas?, pensou. Talvez duzentos. As sentinelas nos muros do Forte George tiveram uma visão clara dos atacantes, e os homens mais confiáveis diziam ter visto duzentos ou trezentos rebeldes, muitos dos quais não haviam participado do ataque. Agora uma névoa crescente obscurecia todo o terreno mais baixo.

— Mandou me chamar, senhor? — O capitão Iain Campbell, um dos melhores oficiais do 74º, agora se juntou ao brigadeiro no muro.

— Bom-dia, Campbell.

— Bom-dia, senhor.

— Só que não é um bom dia — disse McLean. — Nosso inimigo demonstrou iniciativa.

— Ouvi as notícias, senhor. — Iain Campbell tinha se vestido às pressas, e um dos botões da casaca estava aberto.

— Você já capturou uma fortificação inimiga, Campbell?

— Não, senhor.

— A não ser que seus homens sejam muito disciplinados, isso gera desorganização, o que me leva a acreditar que nosso inimigo esteja bastante desorganizado agora.

— Sim, senhor — disse o *highlander*, sorrindo ao entender o que o brigadeiro insinuava.

— E o capitão Mowat não vai gostar nem um pouco se o inimigo estiver na bateria Meia-Lua.

— E devemos ajudar a Marinha Real, senhor — concordou Campbell, ainda sorrindo.

— Devemos mesmo. É nosso dever dado por Deus. Portanto leve seus bons rapazes lá para baixo, capitão, e expulse aqueles canalhas, está bem?

Cinquenta brigadistas da Marinha Real tinham sido surpreendidos e expulsos da bateria Meia-Lua, e por isso McLean mandaria cinquenta escoceses para tomá-la de volta.

McLean foi ajeitar o cabelo.

Trecho de uma carta do general de brigada Solomon Lovell a Jeremiah Powell, presidente do Conselho do Estado da Baía de Massachusetts, 1º de agosto de 1779:

... que com as Tropas que agora constituem meu Exército não é viável obter uma Conquista em um assalto e não é provável, sem um tempo razoável, reduzi-los através de cerco regular. Para Alcançar a Primeira hipótese devo requisitar algumas tropas regulares disciplinadas e Quinhentas Granadas de mão... pelo menos quatro Morteiros de Nove Libras ou o maior número que sua Reserva possa admitir com um amplo suprimento de Projéteis.

Trecho de uma carta do Conselho de Guerra ao Conselho de Massachusetts, 3 de agosto de 1779:

O Conselho de Guerra gostaria de informar a vossas Senhorias que, devido às grandes despesas da expedição Penobscot, está tão desprovido de Dinheiro que sofre de grandes embaraços na execução dos negócios Comuns da Instituição, e agora está sendo cobrado pelo pagamento de cem mil libras devidas a pessoas pelas provisões mandadas à expedição. A atual escassez de pão nos depósitos públicos tanto estaduais quanto continentais é alarmante e pode levar a consequências fatais...

Trecho de uma carta de Samuel Savage, presidente do Conselho de Guerra, Boston, ao major-general Nathaniel Gates, 3 de agosto de 1779:

Informes dizem que nossas Forças em penobscot, depois de uma resistência vigorosa, obrigaram o Inimigo a se entregar tanto em suas Forças Navais quanto Terrestres, como Prisioneiros de Guerra, e que esse acontecimento glorioso ocorreu no sábado passado.

10

O sol ainda não havia nascido quando Peleg Wadsworth acordou o tenente-coronel Revere, que, tendo recebido publicamente a ordem de dormir em terra, havia erguido as tendas capturadas na ilha Cross e as transformara em seu novo alojamento. Eram as únicas barracas no exército de Lovell, e alguns homens se perguntavam por que não tinham sido oferecidas ao próprio general.

— Fui dormir agora mesmo — resmungou Revere, enquanto abria a porta da barraca. Como a maioria do exército, ele tinha assistido aos clarões dos canhões na escuridão da noite.

— A bateria inimiga foi tomada, coronel — disse Wadsworth.

— Eu vi. Muito satisfatório. — Revere puxou um cobertor de lã em volta dos ombros. — Friar!

Um homem se arrastou para fora de um abrigo feito de madeira e gravetos.

— Senhor?

— Acenda o fogo, homem, está frio.

— Sim, senhor.

— Muito satisfatório — observou Revere, olhando Wadsworth outra vez.

— A bateria capturada está sendo cercada por trincheiras — disse Wadsworth — e precisamos levar nossos canhões mais pesados para lá.

— Canhões mais pesados — repetiu Revere. — E faça um pouco de chá, Friar.

— Chá, senhor, sim.

— Os canhões mais pesados — disse mais uma vez Revere. — Acho que você está se referindo aos de 18 libras?

— Temos seis deles, não é?

— Isso.

— A nova bateria fica perto dos navios inimigos. Quero que eles sejam golpeados com força, coronel.

— Todos nós queremos — disse Revere. Em seguida foi para perto da fogueira que, recém-reavivada, soltava chamas altas. Estremeceu. Podia ser alto verão, mas as noites no leste de Massachusetts eram muitas vezes surpreendentemente frias. Ele parou junto às chamas que iluminaram seu rosto largo. — Temos poucas balas de 18 libras, a não ser que o comodoro possa nos fornecer algumas.

— Tenho certeza de que ele fornecerá. As balas serão utilizadas para atacar os navios inimigos; ele certamente não poderá ser contra.

— Certamente — disse Revere, achando graça de algo, depois balançando a cabeça como se limpasse a mente de algum pensamento desagradável. — O senhor tem filhos, general?

Wadsworth ficou perplexo com a pergunta.

— Tenho — respondeu depois de uma pausa. — Três. Outro vai chegar muito em breve.

— Sinto falta dos meus filhos — comentou Revere com ternura. — Sinto muita falta. — Ele olhou para as chamas. — Bules de chá e baldes — disse pesaroso.

— Bules e baldes? — perguntou Wadsworth, imaginando se seriam os apelidos dos filhos de Revere.

— É como um homem ganha a vida, general. Bules e baldes, leiteiras e talheres. — Revere sorriu e então afastou os pensamentos sobre seu lar. — Bem — suspirou —, você quer levar dois de 18 libras das nossas linhas daqui?

— Se forem os que estão mais perto, sim. Assim que os navios estiverem afundados eles serão devolvidos.

Revere fez uma careta.

— Se eu colocar dois de 18 libras lá embaixo os ingleses não vão gostar. Como vamos defender os canhões?

Era uma boa pergunta. O brigadeiro McLean não ficaria parado enquanto dois canhões de 18 libras arrancavam lascas de suas três chalupas.

— O coronel McCobb tem trezentos homens na bateria — disse a Revere —, e eles ficarão lá até que os navios estejam destruídos.

— Trezentos homens — observou Revere em dúvida.

— E o senhor pode colocar canhões menores para sua defesa — sugeriu Wadsworth. — Nesse momento, as trincheiras já devem estar iniciadas. Acredito que a bateria fique segura.

— Eu poderia levar canhões para baixo no meio da névoa — sugeriu Revere.

O ar estava úmido e fiapos de névoa já apareciam entre as árvores mais altas.

— Então façamos isso — respondeu Wadsworth energicamente.

Se os canhões estivessem posicionados ao meio-dia, os navios inimigos poderiam estar mortalmente feridos no crepúsculo. A distância era curta e as balas de 18 libras acertariam com brutalidade. Bastaria afundar os navios e o porto pertenceria aos patriotas, e depois disso Lovell não teria impedimentos para invadir o forte. Pela primeira vez, desde que os rebeldes haviam tomado as alturas de Majabigwaduce, Wadsworth sentiu otimismo.

Faça isso, pensou. Baixe a bandeira inimiga. Vença.

E então os mosquetes soaram.

O capitão Iain Campbell comandou seus cinquenta *highlanders* até o povoado e depois seguiu uma trilha de carroça para o oeste até a companhia chegar à fronteira da terra de Jacob Dyce. Uma luz fraca tremeluzia atrás dos postigos da casa do holandês, sugerindo que ele devia estar acordado.

Os escoceses se agacharam junto ao milharal, mas Campbell permaneceu de pé.

— Estão escutando bem? — perguntou. — Porque tenho uma coisa a dizer.

Eles estavam escutando. Eram jovens, a maioria ainda com menos de 20 anos, e confiavam em Iain Campbell porque ele era um cavalheiro e um bom oficial. Muitos daqueles homens haviam crescido nas terras do pai do capitão Campbell, o senhor, e a maioria tinha o mesmo sobrenome. Alguns, de fato, eram meio-irmãos do capitão, ainda que isto não fosse assumido por nenhum dos lados. Seus pais lhes diziam que os Campbell de Ballaculish eram pessoas boas e que o senhor era um homem duro mas justo. A maior parte conhecia Iain Campbell desde antes de ele se tornar homem, e supunha que assim seria até que seu caixão fosse levado para o cemitério. Um dia Iain Campbell moraria na casa-grande e aqueles homens, e seus filhos, tirariam o chapéu para ele e pediriam sua ajuda quando tivessem problemas. Diriam aos filhos que Iain Campbell era um homem duro mas justo, e não diriam isso porque ele era seu senhor, mas porque iriam se lembrar de uma noite em que o capitão Campbell correra os mesmos riscos que havia pedido para eles correrem. Ele era um homem privilegiado e corajoso, e um excelente oficial.

— Os rebeldes capturaram ontem à noite a bateria Meia-Lua — disse Campbell em voz baixa e enfática. — Eles estão lá agora, e vamos tomá-la de volta. Conversei com alguns homens que eles expulsaram, e eles ouviram os rebeldes gritando uns com os outros. Ficaram sabendo o nome do líder rebelde, do oficial. É MacDonald.

A companhia agachada fez um barulho similar a um rosnado grave. Iain Campbell poderia ter feito um discurso para levantar o ânimo de seus homens, um discurso com sangue, raiva e um "lutem por seu rei", e ainda que tivesse a língua de um anjo e a eloquência do diabo esse discurso não funcionaria tão bem quanto o nome MacDonald.

Tinha inventado a existência de MacDonald, claro. Não fazia ideia de quem comandava os rebeldes, mas sabia que os Campbell odiavam os MacDonald e que os MacDonald temiam os Campbell, e ao dizer aos seus homens que um MacDonald era o inimigo havia reacendido uma fúria antiquíssima. Aquela não era mais uma guerra para suprimir uma rebelião, mas sim uma rixa de sangue ancestral.

— Vamos passar pela plantação de milho — disse o capitão Campbell — e formar uma linha do outro lado. Então ataquem com as baionetas. Vamos ser rápidos. Vamos vencer.

Não falou mais, a não ser para dar as ordens necessárias, e em seguida levou os cinquenta homens pelo milharal que crescia mais alto do que a cabeça dos escoceses com seus gorros. A névoa vinda da água se espalhava, ficando mais densa sobre a bateria e escondendo as formas escuras dos escoceses.

O céu atrás de Campbell estava clareando em um tom cinza, mas o milho alto sombreava seus homens enquanto eles se espalhavam até formar uma linha. Os mosquetes estavam carregados, mas não engatilhados. Metal raspava em metal enquanto os homens ajustavam as baionetas nos canos das armas. As baionetas eram estacas de 43 centímetros, afiados até formar uma ponta maligna. A bateria estava a apenas 100 passos de distância, e no entanto os rebeldes ainda não tinham visto os escoceses de saiotes. Iain Campbell desembainhou sua espada larga e riu na semiescuridão.

— Vamos ensinar ao clã MacDonald quem manda aqui — disse aos seus homens. — E agora vamos matar os desgraçados.

Atacaram.

Os *highlanders* eram homens rudes das Terras Altas no litoral oeste da Escócia. A guerra estava em seu sangue, eles haviam se alimentado de histórias de batalha junto com o leite de suas mães, e agora, acreditavam, um MacDonald esperava por eles, e atacaram com toda a ferocidade de seu clã. Gritavam enquanto partiam, corriam para ser os primeiros a chegar até os inimigos e tinham a vantagem da surpresa a seu lado.

Mas mesmo assim Iain Campbell não pôde acreditar na rapidez com que o inimigo cedeu. Enquanto se aproximava da bateria e enxergava melhor através da névoa escura, teve um momento de alarme porque parecia haver centenas de rebeldes, que eram muito mais numerosos do que sua companhia, e pensou em como aquele era um lugar ridículo para encontrar a morte. A maior parte dos rebeldes estava na bateria propriamente dita, tão apinhada quanto um culto metodista. Apenas uns vinte homens trabalhavam nas trincheiras e era evidente que não tinham posto piquetes ou, se tinham, as sentinelas estavam dormindo. Rostos atônitos se viraram para olhar os escoceses berrando. Rostos demais, pensou Campbell. Haveria uma placa de mármore no cemitério com seu nome, a data desse dia e um epitáfio digno. Então essa visão desapareceu porque o inimigo já estava correndo.

— Matem! — ouviu-se gritando. — Matem!

E o grito instigou ainda mais os inimigos a fugir para o oeste: eles largaram as picaretas e as pás, pularam de qualquer jeito por cima do muro virado para o oeste e correram. Alguns poucos, muito poucos, dispararam contra os escoceses que se aproximavam, mas a maioria simplesmente esqueceu que estava carregando mosquetes e abandonou a bateria para correr em direção ao morro.

Um grupo de homens vestindo uniformes escuros atravessados por cinturões brancos não fugiu. Tentaram formar uma linha enquanto erguiam os mosquetes e disparavam uma saraivada desconexa contra os homens de Campbell, que pulavam por cima do esboço recém-cavado de uma vala. Iain Campbell sentiu o vento de uma bala passar junto à bochecha; em seguida, estava girando sua espada pesada contra um mosquete fumegante, empurrando-o de lado enquanto voltava com a espada para dar um golpe baixo e rápido. O aço furou pano, pele, carne e músculo, e então os Campbells estavam a toda volta, gritando com ódio e estocando com as baionetas, e o inimigo em número menor se rompeu.

— Uma saraivada contra eles! — gritou Campbell.

Em seguida torceu a espada na barriga de um inimigo e deu um soco com o punho direito no rosto do sujeito. O cabo Campbell acrescentou sua baioneta e o rebelde caiu. O capitão Campbell chutou o mosquete do inimigo para longe e arrancou sua espada da carne que a prendia. Clarões de mosquete lançaram uma luz súbita e nítida sobre o sangue, o caos e a fúria dos Campbell.

Um solitário oficial americano tentou juntar seus homens. Virou a espada contra Campbell, mas o filho do senhor de terras havia aprendido esgrima na Academia do Major Teague no Grassmarket em Edimburgo, e aparou o golpe com facilidade, reverteu, virou o punho e estocou a lâmina contra o peito do oficial americano. Sentiu a espada resvalar em uma costela, fez uma careta e estocou com mais força. O sujeito engasgou, ofegou, cuspiu sangue e caiu.

— Uma saraivada contra eles! — gritou Campbell de novo. Mal precisara pensar em derrotar o oficial rebelde, havia agido instintivamente. Soltou a espada e viu um sargento americano de uniforme verde cambalear e cair. O sargento não estava ferido, mas um escocês havia golpeado a lateral de sua cabeça com uma coronhada de mosquete e ele estava meio tonto. — Pegue o mosquete dele! — bradou Campbell rispidamente. — Não mate! Prenda-o!

— Ele pode ser um MacDonald — disse um soldado de Campbell, pronto para cravar a baioneta na barriga do sargento.

— Prenda-o! — ordenou Campbell. Em seguida se virou e olhou para o morro, onde o alvorecer clareava a encosta, mas a névoa escondia os rebeldes em fuga. Mosquetes escoceses cuspiram fumaça, iluminaram a névoa com chamas e lançaram balas morro acima, onde os americanos recuavam. — Sargento MacKellan! — gritou Campbell. — Monte um piquete! Rápido!

— Tem certeza de que esse desgraçado não é um MacDonald? — perguntou o soldado que estava de pé junto ao sargento aturdido.

— Ele se chama Sykes — disse uma voz, e Campbell se virou e viu que quem falava era o oficial rebelde ferido. O sujeito havia se apoiado sobre um cotovelo. O rosto, muito branco à luz fraca do alvorecer, estava riscado de sangue que escorrera da boca. Ele olhou na direção do sargento de uniforme verde. — Ele não se chama MacDonald — conseguiu dizer. — Chama-se Sykes.

Campbell ficou impressionado ao ver que o jovem oficial, apesar do ferimento no peito, tentava salvar a vida de seu sargento, agora sentado e que era vigiado por Jamie Campbell, o filho mais novo do ferreiro de Ballaculish. O oficial ferido cuspiu mais sangue.

— Ele se chama Sykes — respondeu o jovem de novo —, e eles estavam bêbados.

Campbell se agachou ao lado do oficial ferido.

— Quem estava bêbado? — perguntou.

— Eles encontraram barris de rum — disse o homem — e não consegui impedi-los. A milícia. — Os escoceses ainda estavam atirando contra a névoa, apressando a retirada dos rebeldes que agora haviam desaparecido na névoa que se espalhava inexoravelmente declive acima. — Eu falei com McCobb, mas ele disse que eles mereciam o rum.

— Descanse — disse Campbell ao homem.

Havia dois grandes tonéis na parte de trás da bateria, e evidentemente estavam cheios de rum da Marinha, e os rebeldes, celebrando a vitória, haviam exagerado na comemoração. Campbell encontrou uma mochila abandonada, que pôs embaixo da cabeça do oficial ferido.

— Descanse — disse de novo. — Qual é o seu nome?

— Tenente Dennis.

O sangue na casaca de Dennis parecia preto, e Campbell nem saberia que era sangue se não estivesse brilhando à luz fraca.

— Você é da Brigada Naval?

— Sou. — Dennis engasgava em cada palavra, o sangue se juntava nos lábios e escorria pela bochecha. Sua respiração era áspera. — Nós trocamos de sentinelas — disse, e gemeu sentindo uma dor súbita. Queria explicar que a derrota não era sua culpa, que os brigadistas tinham feito seu serviço, mas o piquete da milícia que substituíra seus brigadistas havia fracassado.

— Não fale — disse Campbell. Ele viu a espada caída ali perto e enfiou-a na bainha de Dennis. Os oficiais capturados tinham permissão de ficar com suas espadas, e Campbell achou que o tenente Dennis merecia isso como recompensa pela coragem. Deu um tapinha no ombro de Dennis, molhado de sangue, e se levantou.

O cabo Robbie Campbell, um idiota quase tão grande quanto seu pai, que era um tropeiro bêbado, havia encontrado um tambor pintado com uma águia e a palavra "Liberdade", e estava batendo nele com os punhos e dando saltos, confirmando o idiota que era.

— Pare com esse barulho, Robbie Campbell! — gritou Campbell, e foi recompensado com o silêncio. O cadáver do menino do tambor estava caído ao lado de uma sepultura recém-cavada. — Jamie Campbell! Você e seu irmão vão fazer uma maca. Dois mosquetes, duas casacas! — O modo mais rápido de fazer uma maca era enfiar as mangas de duas casacas em um par de mosquetes. — Carreguem o tenente Dennis para o hospital.

— Nós matamos MacDonald, senhor?

— MacDonald fugiu — respondeu Campbell sem dar importância. — O que você esperava de um MacDonald?

— Que desgraçados! — disse um soldado com raiva, e Campbell virou-se e viu as cabeças ensanguentadas dos cadáveres dos brigadistas da Marinha Real, cujos escalpos haviam sido cortados e arrancados. — Malditos selvagens pagãos — resmungou o sujeito.

— Levem o tenente Dennis aos cirurgiões e o prisioneiro ao forte — ordenou Campbell. Ele encontrou um trapo em um canto da bateria e limpou a lâmina da espada.

Agora o dia estava quase totalmente claro. Uma chuva pesada começou a cair, batendo nos destroços da bateria e diluindo o sangue.

A bateria Meia-Lua estava de volta às mãos britânicas, e no terreno alto Peleg Wadsworth entrou em desespero.

— Eles são patriotas! — reclamou o general Lovell. — Devem lutar pela liberdade!

— São agricultores — disse Wadsworth, cansado —, carpinteiros, trabalhadores. E são homens que não se ofereceram como voluntários ao Exército Continental, e metade deles não queria lutar mesmo. Foram obrigados a isso pelas equipes de alistamento forçado.

— A Milícia de Massachusetts — disse Lovell em voz magoada. Ele estava sob a cobertura de uma vela que fora pendurada entre duas árvores para fazer uma tenda que servia como quartel-general. A chuva batia na lona e sibilava na fogueira do lado de fora da tenda.

— Não é a mesma milícia que lutou em Lexington — disse Wadsworth — ou que atacou Breed's Hill. Todos aqueles homens foram para o Exército — ou para a sepultura, pensou — e nós ficamos com o que restou.

— Mais 18 desertaram ontem à noite — disse Lovell, desanimado.

Tinha posto no istmo um piquete, mas este pouco fazia para impedir que os homens se esgueirassem na escuridão. Alguns, Lovell supunha, desertaram para o lado inglês, mas a maioria ia para o norte, para a mata, esperando encontrar o caminho de casa. Os que eram apanhados eram condenados ao "Cavalo", um castigo brutal em que um homem era posto montado sobre uma trave estreita com mosquetes amarrados às pernas, mas o castigo evidentemente não era cruel o bastante, porque os milicianos continuavam desertando.

— Estou com vergonha — murmurou Lovell.

— Ainda temos homens suficientes para atacar o forte — disse Wadsworth, sem certeza sobre se acreditava nas próprias palavras.

Lovell ignorou-as de qualquer modo.

— O que podemos fazer? — perguntou desamparado.

Wadsworth queria chutá-lo. Você pode nos liderar, pensou, pode assumir o comando, mas para ser justo, e Peleg Wadsworth era um homem que gostava de ser honesto com relação a si mesmo, não achava que também estivesse demonstrando grande capacidade de liderança. Suspirou. A névoa da manhã se dissipara, revelando que os ingleses tinham abandonado a recapturada bateria Meia-Lua, deixando o lugar vazio, e havia algo insultuoso naquele abandono. Pareciam estar dizendo com isso que poderiam retomá-la quando quisessem, mas Lovell não parecia querer aceitar o desafio.

— Não podemos sustentar a bateria — disse o general, desanimado.

— Claro que podemos, senhor — insistiu Wadsworth.

— Você viu o que aconteceu! Eles fugiram! Os canalhas fugiram! Quer que eu ataque o forte com homens assim?

— Acho que devemos, senhor — respondeu Wadsworth, mas Lovell não disse nada em resposta. A chuva caía mais forte, obrigando Wadsworth a levantar a voz. — E, senhor, pelo menos nós nos livramos da bateria inimiga. O comodoro poderia entrar no porto, não?

— Poderia — disse Lovell, em um tom que sugeria que os porcos poderiam criar asas e circular no alto de Majabigwaduce cantando aleluias. — Mas temo... — começou, e parou.

— Teme, senhor?

— Precisamos de tropas disciplinadas, Wadsworth. Precisamos dos homens do general Washington.

Louvado seja Deus, pensou Wadsworth, sem revelar sua reação. Sabia como fora difícil para Lovell admitir isso. Lovell queria que a glória dessa expedição brilhasse sobre Massachusetts, mas agora o general deveria compartilhar essa fama com os outros estados rebeldes requisitando tropas do Exército Continental. Esse exército tinha soldados de verdade, disciplinados, treinados.

— Um único regimento bastaria — disse Lovell.

— Deixe-me enviar o pedido a Boston — sugeriu o reverendo Jonathan Murray.

— O senhor faria isso? — perguntou Lovell, ansioso. Estava extremamente cansado da confiança devota do reverendo Murray. Deus podia de fato querer que os americanos conquistassem o lugar, mas até mesmo o Todo-Poderoso havia fracassado em fazer os navios do comodoro passarem além de Dyce's Head. O clérigo não era militar, mas possuía poderes de persuasão e Boston certamente ouviria seus pedidos. — O que o senhor diria a eles?

— Que o inimigo é poderoso demais e que nossos homens, ainda que plenos de zelo e imbuídos de amor pela liberdade, carecem de disciplina para derrubar as muralhas de Jericó.

— E peça morteiros — disse Wadsworth.

— Morteiros? — perguntou Lovell.

— Não temos trombetas — disse Wadsworth —, mas podemos fazer com que caia fogo e enxofre sobre a cabeça deles.

— É, morteiros — concordou Lovell. Um morteiro era mais mortal ainda para o trabalho de cerco do que um obus e, de qualquer modo, Lovell possuía só um obus. Os morteiros dispararam seus projéteis bem alto, de modo que caíssem verticalmente no forte. E à medida que os muros ficassem mais altos eles conteriam as explosões e espalhariam a morte entre os casacas vermelhas. — Vou escrever a carta — disse Lovell em tom pesado.

Os rebeldes precisavam de reforços.

No dia seguinte Peleg Wadsworth amarrou um grande pedaço de pano branco em uma vara comprida e andou na direção do forte inimigo. Os canhões do coronel Revere já haviam silenciado, e logo depois os canhões ingleses também se aquietaram.

Wadsworth foi sozinho. Tinha pedido que James Fletcher o acompanhasse, mas Fletcher implorou para não ir.

— Eles me conhecem, senhor.
— E você gosta de alguns deles?
— Sim, senhor.
— Então fique aqui.

E agora Wadsworth descia a encosta suave do morro, entre os tocos de árvores despedaçadas, e viu dois oficiais de casacas vermelhas deixarem o forte e caminharem em sua direção. Pensou que eles não gostariam que ele chegasse perto demais, para que não visse o estado dos muros do forte, mas evidentemente estava errado, porque os dois homens o esperaram do lado de dentro do abatis. Parecia que não se importavam que ele tivesse uma boa visão das fortificações. As fortificações estavam sob bombardeio constante dos canhões de Revere mas, para os olhos de Wadsworth, pareciam notavelmente intactas. Talvez por isso os oficiais ingleses não se incomodassem com o fato de que ele podia ver os muros. Estavam zombando dele.

Havia chovido de novo naquela manhã. A chuva tinha parado mas o vento era úmido e as nuvens continuavam baixas e ameaçadoras. O clima havia encharcado os homens acampados no alto, molhado os cartuchos guardados e aumentado o sofrimento da milícia. Alguns homens sibilaram contra Lovell quando o general acompanhou Wadsworth até a linha das árvores, e Lovell fingiu não escutar.

O abatis fora bastante golpeado pelos tiros de canhão e não era difícil encontrar um caminho entre os galhos emaranhados. Wadsworth sentiu-se idiota segurando a bandeira de trégua acima da cabeça, e por isso baixou-a quando se aproximou dos dois oficiais inimigos. Um deles, o mais baixo, tinha cabelo grisalho por baixo do bicorne. Apoiava-se em uma bengala e sorriu quando Wadsworth se aproximou.

— Bom-dia! — gritou ele afável.

— Bom-dia — respondeu Wadsworth.

— Mas não é um bom dia de verdade, não é? — disse o homem. Seu braço direito era mantido de um modo não natural. — Está um dia frio e molhado. Horrível! Sou o general de brigada McLean. E você?

— O general de brigada Wadsworth — respondeu Wadsworth, e sentiu-se totalmente fraudulento ao afirmar a patente.

— Permita-me apresentar-lhe o tenente Moore, general — disse McLean, indicando o jovem bonito que o acompanhava.

— Senhor. — Moore cumprimentou Wadsworth ficando brevemente em posição de sentido e baixando a cabeça.

— Tenente — cumprimentou Wadsworth, reconhecendo o gesto educado.

— O tenente Moore insistiu em me fazer companhia para o caso de o senhor estar planejando me matar — disse McLean.

— Sob uma bandeira de trégua? — perguntou Wadsworth, sério.

— Desculpe, general — respondeu McLean —, estou apenas brincando. Não imagino que você seja capaz de tamanha perfídia. Posso perguntar o que o traz para falar conosco?

— Havia um rapaz, um oficial da Brigada Naval, chamado Dennis. Sou ligado à família dele. — Wadsworth fez uma pausa. — Eu o ensinei a ler e escrever. Acredito que seja seu prisioneiro.

— Acredito que sim — respondeu McLean gentilmente.

— E ouvi dizer que ele foi ferido ontem. Eu esperava... — Wadsworth hesitou, porque estava prestes a chamar McLean de "senhor", mas conseguiu conter esse impulso tolo a tempo — esperava que você pudesse me tranquilizar quanto ao estado dele.

— Claro — respondeu McLean, e se virou para Moore. — Tenente, faça a gentileza de correr até o hospital, está bem?

Moore se afastou e McLean indicou dois tocos de árvore.

— É melhor ficarmos confortáveis enquanto esperamos — disse. — Espero que me perdoe por não convidá-lo para dentro do forte.

— Eu não esperaria isso — respondeu Wadsworth.

— Então sente-se, por favor. — McLean sentou-se. — Fale do jovem Dennis.

Wadsworth se empoleirou no toco adjacente. A princípio falou acanhadamente, apenas dizendo que conhecia a família Dennis, mas sua voz ficou mais calorosa enquanto contava sobre o caráter alegre e honesto de Dennis.

— Ele sempre foi um garoto ótimo, e se tornou um ótimo homem. Um bom rapaz. — Ele enfatizou o "bom". — E espera se tornar advogado quando tudo isto acabar.

— Ouvi dizer que existem advogados honestos — disse McLean com um sorriso.

— Ele será um advogado honesto — enfatizou Wadsworth.

— Então fará muito bem ao mundo. E você, general? Presumo que era professor, não?

— Era.

— Então fez muito bem ao mundo. Quanto a mim? Tornei-me soldado há quarenta anos e, vinte batalhas depois, ainda estou aqui.

— Sem fazer muito bem ao mundo? — Wadsworth não conseguiu resistir à pergunta.

McLean não se ofendeu.

— Comandei tropas para o rei de Portugal — disse sorrindo —, e todo ano havia uma grande procissão no "Dia de Todos os Santos". Era magnífica! Camelos e cavalos! Bom, dois camelos, uns pobres animais cheios de sarnas. — Ele fez uma pausa, lembrando. — E depois sempre havia esterco na praça que o rei precisava atravessar para chegar à catedral, de modo que um grupo de homens e mulheres era destacado para limpar a praça com vassouras e pás. Eles tiravam o esterco. Esse é o serviço do soldado, general, limpar o esterco que os políticos fazem.

— É o que você está fazendo aqui?

— Claro que é. — McLean havia pegado um cachimbo de barro em um bolso da casaca e colocado entre os dentes. Segurou desajeitadamente um isqueiro na mão direita mutilada e bateu no aço com a esquerda. O pavio de pano pegou fogo, McLean acendeu o cachimbo e, então fechou a caixa para extinguir a chama. — O seu povo — disse quando o cachimbo estava bem aceso — teve um desacordo com o meu, e você ou eu, general, poderíamos ter conversado até chegar a um acordo, mas nossos senhores e comandantes fracassaram em concordar. Por isso agora devemos decidir a discussão deles de um modo diferente.

— Não — disse Wadsworth. — Para mim, general, você é o camelo, e não o limpador.

McLean riu disso.

— Estou com muitas sarnas, Deus sabe. Não, general, eu não provoquei esse esterco, mas sou leal ao meu rei e esta terra é dele, e ele quer que eu a mantenha para ele.

— O rei poderia tê-la mantido se tivesse escolhido qualquer forma de governo que não fosse a tirania.

— Ah, ele é um tremendo tirano! — disse McLean, ainda achando graça. — Os seus líderes são homens ricos, não é mesmo? Donos de terras, não? E mercadores? E advogados? Esta é uma rebelião comandada pelos ricos. É estranho como esses homens prosperaram tanto sob a tirania.

— A liberdade a qual nos referimos não é a de prosperar, e sim a de fazer escolhas que afetam nosso destino.

— Mas uma tirania permitiria que vocês prosperassem?

— Vocês restringiram nosso comércio e cobraram impostos sem nosso consentimento — disse Wadsworth, desejando não parecer tão pedagógico.

— Ah! Então a nossa tirania está em não permitir que vocês se tornem ainda mais ricos?

— Nem todos somos homens ricos — respondeu Wadsworth acaloradamente —, e como o senhor bem sabe, general, a tirania é a negação da liberdade.

— E quantos escravos vocês têm?

Wadsworth ficou tentado a retrucar que a pergunta era uma provocação barata; só que ela o havia ferido.

— Nenhum — respondeu rigidamente. — Manter negros não é comum em Massachusetts. — Sentia-se terrivelmente desconfortável. Sabia que não tinha argumentado bem, mas fora surpreendido pelo inimigo. Tinha previsto um oficial inglês pomposo e metido a superior, e em vez disso encontrava um homem cortês, com idade para ser seu pai, que parecia muito relaxado com aquele encontro pouco natural.

— Bem, aqui estamos nós dois — disse McLean, animado. — Um tirano e sua vítima pisoteada, conversando. — Ele apontou com o cabo do cachimbo para o forte, aonde John Moore havia ido a caminho do hospital. — O jovem Moore gosta de ler sobre história. É um bom rapaz, também. Gosta de história, e aqui está ele, cá estamos nós dois, escrevendo um novo capítulo. Às vezes eu gostaria de espiar o futuro e ler o capítulo que estamos escrevendo.

— Talvez o senhor não goste dele.

— Acho certo que um de nós não vai gostar.

A conversa parou. McLean deu uma tragada no cachimbo e Wadsworth observou a fortificação. Podia ver as estacas pontudas no fosso e, acima delas, o muro de terra e troncos que estava mais alto do que a cabeça de um homem. Agora ninguém poderia saltar o muro, que teria de ser escalado e ultrapassado com luta. Seria uma missão difícil e sangrenta e ele imaginou se até mesmo as tropas do Exército Continental poderiam conseguir isso. Poderiam, se o muro fosse rompido, e Wadsworth procurou alguma prova de que os canhões do coronel Revere estivessem causando algum efeito, mas com exceção do teto arruinado do depósito dentro do forte havia poucos sinais do canhoneio. Havia lugares onde o muro fora arrebentado por balas esféricas, mas todos tinham sido consertados. Morteiros, pensou, morteiros. Precisamos transformar o interior do forte em um caldeirão de metal fervente e chamas abrasadoras. O muro entre os bastiões dos cantos estava cheio de casacas vermelhas que olhavam de volta para Wadsworth, intrigados com a proximidade de um rebelde. Wadsworth tentou contar os homens, mas eram muitos.

— Estou mantendo a maioria dos meus homens escondida — disse McLean.

Wadsworth sentiu-se culpado, o que era ridículo, porque era seu dever examinar o inimigo. De fato, o general Lovell só concordara com sua expedição a fim de descobrir o destino do tenente Dennis porque ela oferecia a Wadsworth a oportunidade de examinar as defesas do inimigo.

— Nós mantemos a maioria dos nossos escondida também.

— O que é sensato da sua parte — disse McLean. — Vejo, pelo seu uniforme, que serviu no exército do Sr. Washington?

— Fui ajudante do general, sim — respondeu Wadsworth, ofendido pelo hábito inglês de se referir a George Washington como "senhor".

— É um homem formidável. Lamento que o jovem Moore esteja demorando tanto. — Wadsworth não respondeu e o escocês deu um sorriso amarelo. — Vocês quase o mataram.

— O tenente Moore?

— Ele insistiu em travar a guerra sozinho, o que acho que é uma falha perdoável em um jovem oficial, mas sinto-me profundamente grato por ele ter sobrevivido. Ele parece ter um futuro brilhante.

— Como soldado?

— Como homem e como soldado. Como o seu tenente Dennis, ele é um bom rapaz. Se eu tivesse um filho, general, gostaria que fosse como Moore. Você tem filhos?

— Dois filhos e uma filha, e outra criança que vai chegar muito em breve.

McLean ouviu o tom caloroso na voz de Wadsworth.

— É um homem de sorte, general.

— Acho que sim.

McLean deu uma tragada no cachimbo e soprou um jato de fumaça no ar úmido.

— Se aprova a oração de um inimigo, general, permita que eu reze para que se reúna à sua família.

— Obrigado.

— Claro — disse McLean, afável — que o senhor poderia alcançar essa reconciliação retirando-se agora, não?

— Mas temos ordens de capturar vocês primeiro — respondeu Wadsworth com um tom de divertimento na voz.

— Não rezarei para isso.

— Acho que talvez devêssemos ter tentado há uma semana — observou Wadsworth, pesaroso, e desejou imediatamente não ter falado essas palavras. McLean ficou em silêncio, meramente inclinando a cabeça em um gesto pequeno que poderia ser interpretado como concordância.

— Mas vamos tentar de novo — terminou.

— Você deve cumprir com seu dever, general, claro que deve — disse McLean, que então se virou porque Wadsworth havia olhado na direção do canto sudoeste do forte.

John Moore tinha aparecido ali e agora andava na direção dos dois com uma espada embainhada, cujo cabo segurava com uma das mãos. O tenente olhou para Wadsworth, curvou-se e sussurrou nos ouvidos de McLean. O general se encolheu e fechou os olhos momentaneamente.

— Lamento, general Wadsworth, mas o tenente Dennis morreu hoje de manhã. Pode ficar certo de que ele recebeu o melhor tratamento que pudemos oferecer, mas infelizmente não foi o bastante. — McLean se levantou.

Wadsworth se levantou também. Olhou o rosto sério de McLean e então, para sua vergonha, lágrimas rolaram pelas suas bochechas. Virou-se abruptamente.

— Não há do que se envergonhar — disse McLean.

— Ele era um bom homem — respondeu Wadsworth, e soube que não estava chorando por causa da morte de Dennis, mas por causa do desperdício e da indecisão dessa campanha. Fungou, recompôs-se e se virou de novo para McLean. — Por favor, agradeça ao seu médico por qualquer coisa que ele tenha tentado.

— Farei isso. E, por favor, saiba que daremos um enterro cristão ao tenente Dennis.

— Enterre-o com o uniforme, por favor.

— Faremos isso, claro. — McLean pegou a espada embainhada que Moore segurava. — Presumo que você tenha trazido isso porque pertencia ao tenente, não é? — perguntou a Moore.

— Sim, senhor.

McLean entregou a espada a Wadsworth.

— Talvez você queira devolver isto à família, general, e pode contar que o próprio inimigo disse que o filho deles morreu lutando heroicamente. Que eles podem ter orgulho.

— Farei isso. — Wadsworth pegou a espada. — Obrigado por atender ao meu pedido — disse a McLean.

— Gostei muito de nossa conversa. — McLean estendeu a mão na direção do abatis, como se fosse um anfitrião conduzindo um convidado de honra para a porta da frente. — Lamento de verdade pelo tenente Dennis — disse andando para o oeste ao lado do americano muito mais alto. — Talvez um dia, general, você e eu possamos nos sentar em paz e conversar sobre essas coisas.

— Eu gostaria.

— Assim como eu. — McLean parou logo antes do abatis. Deu um sorriso maroto. — E, por favor, dê minhas lembranças ao jovem James Fletcher.

— Fletcher — respondeu Wadsworth, como se o nome fosse novo para ele.

— Nós temos telescópios, general — disse McLean, divertindo-se. — Lamento ele ter escolhido a aliança que escolheu. Lamento muito, mas diga que a irmã dele está bem e que os tiranos alimentam ela e sua mãe. — Ele estendeu a mão. — Não retomaremos nosso treino com os canhões até que o senhor esteja de volta ao meio das árvores.

Wadsworth hesitou, mas apertou a mão estendida.

— Obrigado, general. — Em seguida começou a longa caminhada solitária de volta à crista do morro.

McLean ficou junto ao abatis, olhando a caminhada de Wadsworth.

— Ele é um bom homem, acho — disse quando o americano estava fora do alcance da audição.

— É um rebelde — respondeu Moore, desaprovando.

— Como você e eu seríamos, se tivéssemos nascido aqui. Nesse caso certamente seríamos rebeldes também.

— Senhor! — John Moore parecia chocado.

McLean gargalhou.

— Mas nós nascemos do outro lado do mar, e não faz tantos anos que tivemos nossos rebeldes na Escócia. E eu gostei mesmo dele. — Ainda olhava para Wadsworth. — É um homem que usa a honestidade como um distintivo, mas para nossa sorte não é soldado. É um professor, e isso nos torna felizardos com os inimigos que temos. Agora vamos voltar para dentro antes que comecem a atirar de novo.

No crepúsculo do mesmo dia o tenente Dennis foi enterrado com seu uniforme verde. Quatro *highlanders* dispararam uma saraivada na direção da luz que se esvaía, e então uma cruz de madeira foi martelada no solo. O nome Dennis foi escrito na cruz com carvão, mas dois dias depois um cabo pegou a cruz para acender uma fogueira.

E o cerco prosseguiu.

Os três casacas vermelhas se esgueiraram para fora do acampamento de tendas no meio da tarde do dia em que o oficial inimigo viera ao forte sob uma bandeira de trégua. Eles não tinham ideia do motivo para a vinda do rebelde, nem se importavam. Importavam-se com as sentinelas postas para impedir que os homens saíssem do acampamento para a floresta, mas era bem fácil evitar esse piquete, e os três desapareceram nas árvores e se viraram para o oeste na direção do inimigo.

Dois eram irmãos chamados Campbell, e o terceiro era um Mackenzie. Todos usavam o saiote escuro de Argyle e carregavam seus mosquetes. À esquerda os canhões estavam disparando, um som esporádico, súbito, percussivo, e que agora fazia parte do cotidiano.

— Aqui embaixo — disse Jamie Campbell, apontando, e os três seguiram por uma trilha vaga que conduzia morro abaixo por entre as árvores. Todos riam empolgados.

O dia estava cinzento e uma chuva fraca vinha do sudoeste.

A trilha levava ao istmo pantanoso que ligava a península de Majabigwaduce ao continente. Jamie, o mais velho dos irmãos e líder dos três, não queria chegar ao istmo, mas esperava seguir pela encosta coberta de árvores logo acima do pântano. Os rebeldes patrulhavam aquele terreno. Ele os vira ali. Às vezes a companhia do capitão Caffrae ia àquele mesmo terreno e emboscava uma patrulha rebelde, ou então zombava dos americanos com música de pífaros e chacotas. Mas nesta tarde a floresta acima do pântano parecia vazia. Os três se agacharam no mato e olharam na direção das linhas inimigas. À direita as árvores eram mais ralas e à frente havia uma pequena clareira onde borbulhava uma fonte.

— Nenhuma alma por aqui — resmungou Mackenzie.

— Eles costumam vir aqui — disse Jamie. Tinha 19 anos, olhos escuros, cabelo preto e rosto atento de caçador. — Vigie a encosta — disse ao irmão. — Não queremos que o maldito do Caffrae encontre a gente.

Esperaram. Os pássaros, agora tão acostumados aos disparos dos canhões quanto as tropas, cantavam esganiçados nas árvores. Um pequeno animal, estranhamente listado, passou correndo pela clareira. Jamie Campbell acariciou o cabo do mosquete. Adorava sua arma. Tratava a coronha com óleo e graxa de botas, de modo que a madeira era lisa como seda, e o carinho nas curvas escuras da arma trouxe à sua mente a viúva do sargento em Halifax. Sorriu.

— Ali! — sussurrou seu irmão Robbie.

Quatro rebeldes haviam aparecido no outro lado da clareira. Usavam casacos castanhos sem graça, calções e chapéus, e estavam ornamentados com cintos, bolsas e bainhas de baionetas. Três dos homens carregavam dois baldes cada, e o quarto tinha um mosquete nas mãos. Foram até a fonte, onde pararam para encher os baldes.

— Agora! — disse Jamie, e os três mosquetes chamejaram alto. Um dos homens na fonte foi jogado de lado, com o sangue fazendo um clarão vermelho na chuva cinza. O quarto rebelde atirou de volta contra a fumaça no meio das árvores, porém Mackenzie e os irmãos Campbell já estavam fugindo, gritando e gargalhando.

Era um esporte. O general havia proibido e ameaçado com um castigo sério qualquer homem que deixasse as linhas para atirar contra o inimigo sem permissão, mas os jovens escoceses adoravam o risco. Se os rebeldes não vinham a eles, eles iriam aos rebeldes, independentemente do que o general quisesse. Agora só precisavam retornar em segurança às barracas antes de ser encontrados.

E no dia seguinte fariam isso de novo.

Samuel Adams chegou no fim da tarde ao quartel-general do major-general Horatio Gates em Providence, Rhode Island. Nuvens carregadas se amontoavam, e no oeste um trovão já rugia. Estava quente e úmido, e Adams foi levado a uma sala pequena onde, apesar das janelas abertas, nenhum traço de vento trazia alívio. Enxugou o rosto com um grande lenço manchado.

— Gostaria de chá, senhor? — perguntou um tenente pálido, com uniforme do Exército Continental.

— Cerveja — respondeu Samuel Adams com firmeza.

— Cerveja, senhor?

— Cerveja — disse Adams com mais firmeza ainda.

— O general Gates vai receber o senhor imediatamente — disse o tenente em voz distante e, suspeitou Adams, com pouca certeza e em seguida desapareceu dentro da casa.

A cerveja foi trazida. Estava azeda, mas bebível. O trovão soou mais alto, porém nenhuma chuva caiu e nenhum vento soprava pelas janelas abertas. Adams imaginou se estaria ouvindo o som dos canhões de cerco martelando os ingleses em Newport, mas todos os relatórios diziam que as tentativas de expulsar aquela guarnição haviam se mostrado inúteis, e um instante depois o clarão de um raio distante confirmou que era mesmo um trovão. Um cachorro uivou e uma voz irritada de mulher se ergueu. Samuel Adams fechou os olhos e cochilou.

Foi acordado pelo som de botas com cravos no piso de madeira do corredor. Empertigou-se, sentado, no momento em que o major-general Horatio Gates entrou na sala.

— Veio de Boston, Sr. Adams? — estrondeou o general, como um cumprimento.

— Sim.

Apesar do calor, Gates usava um sobretudo, que jogou para o tenente.

— Chá — disse. — Chá, chá, chá.

— Muito bem, excelência — disse o tenente.

— E chá para o Sr. Adams!

— Cerveja! — gritou Adams corrigindo, mas o tenente já se fora.

Gates tirou o cinto da espada que estava usando por cima do uniforme do Exército Continental e jogou-o, fazendo barulho, sobre uma mesa atulhada de papéis.

— Como vão as coisas em Boston, Adams?

— Fazemos o trabalho do Senhor — respondeu Adams gentilmente, mas Gates deixou de perceber completamente a ironia.

O general era um homem alto, alguns anos mais novo do que Samuel Adams que, depois da longa cavalgada pela Estrada do Correio de Boston, estava sentindo cada um dos seus 57 anos. Gates olhou irritado para os papéis sob a espada. Adams achou que ele era um oficial muito dado a olhares irritados. O general tinha papadas e usava uma peruca empoada que não era suficientemente grande para esconder o cabelo grisalho. O suor escorria debaixo da peruca.

— E como vocês estão indo nesta bela ilha? — perguntou Adams.

— Ilha? — perguntou Gates, olhando com suspeitas o visitante.

— Ah, Rhode Island. Nome idiota. É tudo culpa dos franceses, Adams, dos franceses. Se os malditos franceses tivessem mantido a palavra, nós teríamos expulsado o inimigo de Newport. Mas os franceses, aqueles desgraçados, não vão trazer seus navios. São uns peidorreiros todos eles.

— No entanto são nossos valiosos aliados.

— Assim como os malditos dos espanhóis — disse Gates com desprezo.

— Assim como os malditos dos espanhóis — concordou Adams.

— Peidorreiros e papistas. Que tipo de aliados são esses, hein? — Gates sentou-se diante de Adams, com as botas de cano alto esparramadas no tapete desbotado. Lama e esterco de cavalo grudavam-se às solas. Ele juntou as pontas dos dedos das suas mãos e olhou o visitante. — O que o traz a Providence? Não, não diga ainda. Na mesa. Sirva-nos. — As últimas palavras foram dirigidas ao tenente pálido que pôs uma bandeja na mesa e então, em um silêncio embaraçoso, serviu duas xícaras de chá. — Pode ir agora — disse Gates ao tenente desafortunado. — Não se pode viver sem chá — declarou a Adams.

— Uma bênção do império britânico? — sugeriu Adams, malicioso.

— Trovão — disse Gates, falando de um estalo que soou alto e próximo —, mas não vai chegar aqui. Vai morrer com o dia. — Em seguida tomou o chá fazendo barulho. — Você tem ouvido muitas notícias de Filadélfia?

— Pouca coisa que não se possa ler nos jornais.

— Estamos desperdiçando tempo. Desperdiçando, vacilando e vadiando. Precisamos de muito mais energia, Adams.

— Tenho certeza de que Vossa Excelência está certa — disse Adams, usando o modo de tratamento formal empregado pelo tenente.

Gates tinha recebido o apelido de "Vovó", mas Adams achou que isso era gentil demais para um homem tão cheio de não me toques e sensível com sua dignidade. Vovó era nascido e criado na Inglaterra e tinha servido no Exército britânico por muitos anos antes que a falta de dinheiro, a lentidão em ser promovido e uma esposa ambiciosa o haviam levado a se estabelecer na Virgínia. Sua indubitável competência como administrador lhe trouxera o alto posto no Exército Continental, mas não era segredo que Horatio Gates achava que sua patente deveria ser ainda maior. Ele desprezava abertamente o general Washington, acreditando que a vitória só viria quando ele próprio, o major-general Horatio Gates, comandasse os exércitos patriotas.

— E como Vossa Excelência sugeriria que fizéssemos a campanha?

— Bom, não adianta ficar sentado em cima do seu traseiro gordo olhando para o inimigo em Nova York — respondeu Gates energicamente. — Não adianta nem um pouco!

Adams balançou as mãos de um modo que poderia ser considerado concordância. Quando as pousou de novo no colo viu o ligeiro tremor nos dedos. Aquilo não ia embora. Era a idade, supôs, e suspirou em seu íntimo.

— O Congresso pode cair em si — declarou Gates.

— O Congresso, claro, presta muita atenção aos sentimentos de Massachusetts — disse Adams, como se pendurasse uma cenoura grande e gorda diante da boca cobiçosa de Gates. O general queria que Massachusetts exigisse a dispensa de George Washington e sua nomeação como comandante do Exército Continental.

— E você concorda comigo? — perguntou Gates.

— Como poderia discordar de um homem com sua experiência militar, general?

Gates ouviu o que desejava escutar nessa resposta. Levantou-se e serviu-se de mais chá.

— Então o Estado de Massachusetts quer minha ajuda?

— E eu nem havia declarado meu objetivo — disse Adams com admiração fingida.

— Não é difícil de perceber, é? Vocês mandaram seus depravados para a baía de Penobscot e eles não conseguem fazer o serviço. — Ele virou o rosto cheio de desprezo para Adams. — Sam Savage me escreveu contando que os ingleses tinham se rendido. Não é verdade, hein?

— Infelizmente, não é verdade — respondeu Adams com um suspiro. — Parece que a guarnição é mais difícil de ser vencida do que supúnhamos.

— McLean, certo? É um homem competente. Não é brilhante, mas é competente. Quer mais chá?

— Este aqui é tão suficiente quanto delicioso — disse Adams, encostando um dedo na xícara que nem fora provada.

— Vocês mandaram sua milícia. Quantos homens?

— O general Lovell comanda cerca de mil homens.

347

— O que ele quer?

— Tropas regulares.

— Rá! Ele quer soldados de verdade, não é? — Gates tomou sua segunda xícara de chá, encheu uma terceira e sentou-se de novo. — Quem paga por isso?

— Massachusetts.

Deus sabia que Massachusetts já havia gastado uma fortuna com a expedição, mas parecia que outra fortuna deveria ser despendida agora, e ele rezou para que o general de brigada McLean tivesse um grande baú de tesouros escondido em seu forte de brinquedo, ou então a dívida do estado seria avassaladora.

— Rações, transporte — insistiu Gates. — É preciso pagar pelas duas coisas!

— Claro.

— E como vocês vão levar minhas tropas ao rio Penobscot?

— Há embarcações em Boston.

— Vocês deveriam ter me pedido há um mês.

— Deveríamos mesmo.

— Mas imagino que Massachusetts queria ficar com a glória da batalha, não é?

Adams inclinou suavemente a cabeça para confirmar e tentou imaginar aquele inglês irascível, melindroso e ressentido no comando do Exército Continental, e sentiu-se profundamente agradecido por George Washington.

— Tenente! — rugiu Gates.

O tenente pálido apareceu junto à porta.

— Excelência?

— Mande meus cumprimentos ao coronel Jackson. Os homens dele marcharão para Boston ao alvorecer. Levarão armas, munição e ração para um dia. Ordens completas seguirão esta noite. Diga ao coronel que ele deve manter uma lista detalhada, veja bem, detalhada, de todos os gastos. Vá.

O tenente saiu.

— Não é bom ficar delongando — disse Gates a Adams. — Henry Jackson é um bom homem e seu regimento é um dos melhores que já vi. Eles vão acabar com essa atitude absurda do McLean.

— O senhor é muito gentil, general.

— Não sou nem um pouco gentil, sou eficiente. Temos uma guerra a vencer! Não adianta mandar peidorreiros e depravados fazer o serviço de um soldado. Você vai me dar a honra de jantar comigo?

Samuel Adams suspirou em seu íntimo diante da perspectiva, mas a liberdade tinha seu preço.

— Será um privilégio distinto, excelência.

Porque, finalmente, um regimento de soldados americanos treinados iria para a baía de Penobscot.

Carta do general de brigada Lovell ao comodoro Saltonstall, 5 de agosto de 1779:

Prossegui até onde Posso no plano presente e considero-o ineficaz no objetivo de desalojar ou destruir as Embarcações. Portanto devo requisitar uma garantia sua, para saber se levará suas Embarcações Rio acima com o objetivo de destruí-las ou não, para que eu possa Me conduzir de acordo.

Das minutas do conselho de guerra do general de brigada Lovell, Majabigwaduce, 11 de agosto de 1779:

Grande carência de Disciplina e Subordinação muitos Oficiais sendo excessivamente frouxos no cumprimento do Dever, os Soldados tão avessos ao Serviço e a floresta em que acampamos tão densa que em um alarme ou em qualquer ocasião especial quase um quarto do Exército sai do caminho ou se esconde.

Do diário do sargento Lawrence, Artilharia Real, Forte George, Majabigwaduce, 5 de agosto e 12 de agosto de 1779:

O general ficou muito surpreso ao ver tantos Homens deixando o Forte hoje para atirar contra o Inimigo sem autorização. Ele lhes garante que qualquer um que possa ser Culpado disso de novo será severamente castigado por desobedecer às ordens.

11

A quarta-feira, 11 de agosto, começou com uma névoa densa e ar parado. Pequenas ondas batiam preguiçosas no porto onde uma gaivota solitária gritava. Peleg Wadsworth, de pé em Dyce's Head, não podia ver o forte nem os navios do inimigo. A névoa encobria tudo. Nenhum canhão disparava porque a brancura ocultava tanto os alvos rebeldes quanto os homens do rei.

O coronel Samuel McCobb havia trazido duzentos homens de sua milícia do condado de Lincoln à campina logo abaixo de Dyce's Head. Eram os mesmos homens que tinham fugido da bateria Meia-Lua e agora esperavam o general Lovell, que decidira mandá-los de volta à bateria.

— Se você cai de um cavalo — havia perguntado Lovell a Peleg Wadsworth na noite anterior —, o que faz em seguida?

— Monto de novo?

— Parabéns, parabéns — declarara Lovell. O general, que estivera desesperado apenas dois dias antes, aparentemente havia montado de novo em sua sela de confiança. — Você sacode a poeira e monta de novo! Nossos colegas precisam entender que podem vencer o inimigo.

James Fletcher estava esperando com Peleg Wadsworth. Fletcher guiaria os homens de McCobb até o milharal de Jacob Dyce, que ficava a cerca de 100 passos na encosta acima da bateria abandonada. Ali a milícia iria se esconder. Era uma armadilha criada por Lovell, que tinha certeza de que McLean não seria capaz de resistir à isca. Wadsworth havia persuadido Lovell a atacar o forte diretamente, mas o general insistira que os homens de McCobb precisavam ser encorajados.

— Eles precisam de uma vitória, Wadsworth — declarara Lovell.
— Precisam mesmo, senhor.
— Como as coisas estão — admitira Lovell com honestidade opaca —, não estamos prontos para atacar o forte, mas se a confiança da milícia for restaurada, se seu fervor patriótico for estimulado, acredito que não há nada que ela não consiga alcançar.

Peleg Wadsworth torcia para que isso fosse verdade. Havia chegado uma carta de Boston alertando que uma frota de navios de guerra ingleses havia partido do porto de Nova York, e presumia-se, embora ninguém sabia com certeza, que o destino da frota era a baía de Penobscot. O tempo era curto. Era possível que a frota inimiga estivesse navegando para outro lugar, para Halifax ou talvez descendo o litoral em direção às Carolinas, mas Wadsworth se preocupava com a hipótese de que a qualquer dia poderia ver velas de gávea aparecendo acima das ilhas que ficavam na direção do mar, no rio Penobscot. Alguns homens já insistiam para que abandonassem o cerco, mas Lovell não desejava contemplar o fracasso. Em vez disso queria que sua milícia obtivesse uma pequena vitória que levaria a um triunfo maior.

E assim essa emboscada fora concebida. McCobb deveria esconder seus homens no milharal, de onde mandaria uma pequena patrulha para ocupar a bateria deserta. Esses homens levariam picaretas e pás, de modo a parecer que estavam fazendo um novo muro voltado para os ingleses, um ato que Lovell tinha certeza de que provocaria uma reação do Forte George. McLean mandaria homens para expulsar a pequena patrulha e a emboscada seria acionada. Quando os ingleses atacassem os homens que fortificavam os muros, os homens de McCobb irromperiam do milharal e atacariam o flanco inimigo.

— Dispare uma saraivada contra eles — dissera Lovell encorajando McCobb na noite anterior — e depois os expulse na ponta das baionetas. Balas e baionetas! Isso será o bastante.

O general Lovell apareceu em meio à névoa do amanhecer.

— Bom-dia, coronel! — exclamou animado.

— Bom-dia, senhor — respondeu McCobb.

— Bom-dia, bom-dia, bom-dia! — gritou Lovell para os homens reunidos, que na maioria o ignoraram. Um ou dois devolveram o cumprimento, mas nenhum com entusiasmo. — Seus homens estão de bom ânimo? — perguntou o general a McCobb.

— Prontos e entusiasmados para o dia, senhor — respondeu McCobb, embora na verdade seus homens parecessem cansados, carrancudos e desanimados. Dias acampando na floresta os deixaram sujos e a chuva apodrecera o couro dos sapatos, ainda que as armas estivessem bastante limpas. McCobb as inspecionara, puxando pederneiras, tirando baionetas das bainhas e passando o dedo dentro do cano para garantir que nenhum resíduo de pólvora estivesse grudado ao metal. — Eles vão nos deixar orgulhosos, senhor.

— Esperemos que o inimigo faça sua parte! — declarou Lovell. E olhou para cima. — A névoa está se dissipando?

— Um pouco — respondeu Wadsworth.

— Então você deve ir, coronel, mas primeiro poderia me deixar dizer uma ou duas palavras aos homens?

Lovell queria inspirá-los. Sabia que o moral estava perigosamente baixo e ouvia relatórios diários de homens desertando ou então se escondendo na floresta para escapar ao serviço, e por isso parou diante dos homens de McCobb e disse que eles eram americanos, que seus filhos e os filhos deles iriam querer saber sobre seus feitos, que eles deveriam voltar para casa com louros na testa. Alguns homens acenavam em concordância enquanto ele falava, mas a maioria escutava com rostos inexpressivos enquanto Lovell ia em direção ao clímax cuidadosamente preparado.

— Que as eras futuras digam — declarou com um floreio de orador — que ali eles se postaram como homens inspirados, ali eles lutaram, e lutando alguns poucos caíram enquanto o resto se manteve vitorioso, firme, inflexível!

Parou abruptamente, como se esperasse gritos e aplausos, mas os homens apenas o olharam com expressão vazia. Desconcertado, Lovell fez um gesto indicando que McCobb deveria levá-los morro abaixo. Wadsworth olhou-os passar. Um homem havia amarrado as solas das botas à parte de cima delas com barbante. Outro mancava. Alguns estavam descalços, outros eram grisalhos e muitos pareciam absurdamente jovens. Desejou que Lovell tivesse pensado em pedir a Saltonstall uma companhia da Brigada Naval, mas o general e o comodoro mal estavam se falando. Comunicavam-se através de cartas rígidas, o comodoro insistindo que os navios inimigos não podiam ser atacados enquanto o forte existisse e o general com certeza de que o forte era inexpugnável enquanto os navios ingleses ainda flutuassem.

— Acho que foi muito bom — disse Lovell a Wadsworth. — Não acha?

— O seu discurso, senhor? Foi estimulante.

— Foi só uma lembrança do dever deles e do nosso destino — respondeu Lovell. Ele ficou olhando os últimos milicianos desaparecerem na névoa. — Quando o dia clarear você poderia ver aquelas novas baterias?

— Sim, senhor — disse Wadsworth sem entusiasmo.

Lovell queria que ele estabelecesse novas baterias capazes de bombardear os navios ingleses. Essas novas baterias, Lovell insistia, eram a chave para o sucesso do exército, mas a ideia fazia pouco sentido para Wadsworth. Construir novas baterias tiraria os canhões de sua função original de alvejar o forte e, além disso, os artilheiros já haviam alertado Lovell de que estavam ficando sem munição. As balas de 12 libras haviam sido quase totalmente gastas e os canhões de 18 tinham menos de duzentos projéteis no total. O coronel Revere estava sendo culpado pela escassez de pólvora e balas, mas, com justiça, todo mundo havia esperado que os ingleses fossem derrotados menos de uma semana depois da chegada da frota, e o exército já estava acampado diante do Forte George por quase três semanas. Havia até mesmo uma falta de cartuchos para mosquetes porque a munição de reserva não fora adequadamente protegida da chuva.

O general McLean jamais teria permitido que seus cartuchos deteriorassem, pensava Wadsworth amargamente. Tinha ficado abalado pelo encontro com o escocês. Era estranho sentir aquele apreço por um inimigo, e a confiança tranquila de McLean havia roído as esperanças de Wadsworth.

Lovell percebera a falta de entusiasmo na voz de Wadsworth.

— Devemos nos livrar daqueles navios — disse com energia. Agora as pontas dos mastros dos quatro navios ingleses estavam visíveis acima da névoa, e Wadsworth olhou instintivamente para o sul, onde temia ver reforços inimigos chegando, mas a vastidão da baía de Penobscot estava totalmente amortalhada pela névoa. — Se pudermos estabelecer essas novas baterias — continuou Lovell, ainda parecendo se dirigir a uma reunião eleitoral e não fazendo confidências ao seu auxiliar —, podemos danificar o inimigo a tal ponto que o comodoro sentirá que é seguro entrar no porto.

De repente Wadsworth sentiu vontade de cometer um assassinato. A responsabilidade de capturar o forte não era de Saltonstall, e sim de Lovell, que estava fazendo tudo, menos realizar essa obrigação.

A sensação violenta era tão estranha para Peleg Wadsworth que, por um momento, ele ficou calado.

— Senhor — disse finalmente, dominando a ânsia de ser rude — os navios são incapazes...

— Os navios são a chave! — interrompeu Lovell antes que a objeção fosse ao menos articulada. — Como posso mandar os homens adiante se os navios estiverem no flanco deles? — Facilmente, pensou Wadsworth, mas sabia que não chegaria a lugar nenhum dizendo isso. — E, se o comodoro não quer me livrar dos navios — continuou Lovell —, teremos de fazer o serviço nós mesmos. Mais baterias, Wadsworth, mais baterias. — Ele cutucou o auxiliar com um dedo. — Esta é sua tarefa para hoje, general, fazer as plataformas para os canhões.

Para Wadsworth estava claro que Lovell faria qualquer coisa, menos atacar o forte. Beliscaria as bordas, mas jamais morderia o centro. O sujeito mais velho temia o fracasso da grande missão, e por isso buscava sucessos menores, e ao fazer isso arriscava-se à derrota caso os reforços ingleses chegassem antes de alguma tropa auxiliar americana. No entanto, Lovell não podia ser convencido a ousar, e assim Wadsworth esperou que a névoa se dissipasse, descendo então à praia onde descobriu o capitão Carnes, da Brigada Naval, parado junto a dois grandes caixotes. Os canhões no topo do morro tinham começado a disparar e Wadsworth podia ouvir o som mais distante dos canhões ingleses atirando em resposta.

— Munição de 12 libras — disse Carnes, cumprimentando Wadsworth animado e apontando para os dois caixotes. — Cortesia do *Warren*.

— Nós precisamos disso — respondeu Wadsworth. — E obrigado.

Carnes apontou na direção de seu escaler encalhado na praia.

— Meus colegas estão carregando as primeiras caixas até as baterias, e eu estou vigiando o resto para garantir que nenhum canalha corsário roube. — Ele chutou o cascalho. — Ouvi dizer que os seus milicianos estão planejando surpreender o inimigo?

— Espero que o inimigo não tenha ouvido dizer isso também.

— O inimigo provavelmente está contente em não fazer nada, enquanto nós ficamos girando os dedos.

— Podemos fazer mais do que isso — disse Wadsworth, eriçando-se diante da crítica implícita com a qual, se fosse honesto, concordaria.

— Deveríamos estar atacando o forte — observou Carnes.

— Deveríamos mesmo.

Carnes lançou um olhar astuto para o general.

— O senhor acha que a milícia pode fazer isso?

— Se for dito a eles que o caminho mais rápido para casa é através do forte, sim. Mas eu gostaria que alguns brigadistas mostrassem o caminho.

Carnes sorriu.

— E eu gostaria que sua artilharia concentrasse o fogo.

Wadsworth lembrou-se de sua observação de perto do muro norte do Forte George e entendeu que o brigadista estava certo. Pior, Carnes fora oficial de artilharia do Exército Continental, e portanto sabia do que estava falando.

— Você conversou sobre isso com o coronel Revere?

— Não é possível conversar com o coronel Revere, senhor — respondeu Carnes, com amargura.

— Talvez nós dois devêssemos falar com ele — disse Wadsworth, por mais que temesse essa conversa.

O tenente-coronel Revere reagia às críticas com fúria. No entanto, para que o resto da munição fosse usada com sabedoria, os canhões deveriam ser arrumados com habilidade. Wadsworth sentiu uma pontada de culpa por sua participação em nomear Revere para a expedição, mas suprimiu os pensamentos pesarosos. Já havia muita culpa sendo espalhada pela expedição. O exército estava culpando a marinha, a marinha desprezava o exército, e quase todo mundo reclamava da artilharia.

— Podemos conversar com ele — disse Carnes. — Mas, com todo respeito, seria melhor o senhor substituí-lo.

— Ah, certamente não — respondeu Wadsworth, tentando afastar o desânimo que sabia estar se aproximando.

— Ele observa os disparos a 100 passos de seus canhões, e acha que um tiro é bom se meramente acerta o forte. Não o vi corrigir a mira nem uma vez! Eu lhe disse que deveria estar golpeando o mesmo trecho de muro com todos os canhões que tem, mas ele apenas respondeu que eu devia parar com a impertinência.

— Ele pode ser incômodo — disse Wadsworth com simpatia.

— Ele desistiu de ter esperança — respondeu Carnes, desanimado.

— Duvido. Ele detesta os ingleses.

— Então deveria matá-los — reagiu Carnes em tom vingativo. — Mas ouvi dizer que, nos conselhos de guerra, ele vota por abandonarmos o cerco. É verdade?

— Assim como o seu irmão — disse Wadsworth com um sorriso.

Carnes riu.

— John pode perder o navio, general! Ele não está ganhando dinheiro ancorado neste rio. Meu irmão quer o *Hector* no mar, conquistando cargueiros ingleses. O que o coronel Revere tem a perder, ficando? — Carnes não esperou resposta, mas sinalizou em direção ao ancoradouro onde a barca da ilha Castle, pintada de branco, havia acabado de se afastar do *Samuel*. — E por falar no diabo... — disse carrancudo. O tenente-coronel Revere podia ter obedecido à ordem de dormir em terra, mas ainda visitava o *Samuel* duas ou três vezes por dia, e agora evidentemente estava sendo levado para terra depois de uma dessas visitas. — Ele vai ao *Samuel* para tomar o desjejum.

Wadsworth ficou quieto.

— E de novo para o jantar — continuou Carnes, implacável.

Wadsworth continuou sem dizer nada.

— E geralmente para a ceia também.

— Preciso de um barco — disse Wadsworth abruptamente, tentando evitar mais críticas. — E tenho certeza de que o coronel vai me ceder.

Geralmente havia meia dúzia de escaleres no cascalho, cujas tripulações cochilavam acima da linha da maré alta, mas o único barco naquele momento na praia era o que havia trazido Carnes e a munição, e seus remadores estavam carregando essa munição para o topo do penhasco. Por isso Wadsworth foi até onde a barca de Revere chegaria.

— Bom-dia, coronel! — gritou, enquanto Revere se aproximava. — O senhor tem munição fresca para os de 12 libras!

— McCobb já foi? — respondeu Revere.

— Sim, há uma hora e meia.

— Deveríamos ter mandado um de quatro libras com ele. — A barca de Revere encalhou no cascalho e ele foi andando por cima dos bancos dos remadores.

— Agora é tarde demais, infelizmente — disse Wadsworth, e estendeu a mão para firmar Revere enquanto ele passava pela proa da barca. Revere ignorou o gesto. — Você vai ficar em terra por um tempo?

— Claro — respondeu Revere. — Tenho trabalho aqui.

— Então poderia fazer a gentileza de me permitir o uso do seu barco? Preciso visitar a ilha Cross.

Revere se irritou com o pedido.

— Esta barca é para a artilharia! — disse, indignado. — Não pode ser cedida a outras pessoas.

Wadsworth mal podia acreditar no que ouvia.

— Você não vai me cedê-la por cerca de uma hora?

— Nem por um minuto — disse Revere, curto e grosso. — Tenha um bom dia.

Wadsworth olhou o coronel se afastar.

— Se essa guerra continuar por mais vinte anos — disse, com a amargura finalmente se exprimindo —, não servirei mais nem um dia com este homem!

— Minha tripulação voltará logo — disse o capitão Carnes. Ele estava sorrindo, depois de ouvir a observação de Wadsworth. — Pode usar o meu barco. Aonde vamos?

— Ao canal ao sul da ilha Cross.

Os brigadistas de Carnes remaram para levar Wadsworth e o capitão para o sul, penetrando no canal atrás da ilha Cross. A ilha fazia parte do colar de rochas e ilhotas que envolviam uma angra ao sul do porto de Majabigwaduce. Um istmo estreito separava a angra do porto propriamente dito, e Wadsworth desembarcou nesse trecho de praia pedregosa onde desdobrou o mapa grosseiro que James Fletcher havia desenhado para ele. Apontou para o outro lado das águas plácidas do porto interior de Majabigwaduce, na direção da margem leste densamente coberta de árvores.

— Um homem chamado Haney planta naquelas terras — disse a Carnes —, e o general Lovell quer uma bateria lá.

A bateria nas terras de Haney golpearia os navios ingleses a partir do leste. Wadsworth subiu um dos pequenos morros íngremes e cheios de mato que encalombavam o istmo e, assim que estava no cume, usou o poderoso telescópio do capitão Carnes para olhar o inimigo. A princípio examinou os quatro navios ingleses. O mais próximo era o de transporte, o *Santa Helena*, que fazia as chalupas parecerem anãs. No entanto, aqueles três navios menores estavam muito mais armados. As portinholas de canhões no lado leste estavam fechadas, mas Wadsworth achava que não haveria canhões escondidos atrás dos quadrados de madeira. Os rebeldes tinham visto marinheiros ingleses levando canhões para terra, e o veredicto fora que o capitão Mowat havia oferecido suas peças de artilharia de bombordo para a defesa do forte. Se Wadsworth precisava de alguma confirmação dessa suspeita, obteve-a ao ver que as chalupas estavam levemente tombadas para estibordo. Deu o telescópio a Carnes e pediu que ele examinasse os navios.

— O senhor está certo — disse o brigadista. — Eles estão adernados.

— Canhões de um lado só?

— Isso explicaria o adernamento.

Assim, qualquer canhão posto nas terras de Haney não encontraria resistência, pelo menos até que Mowat conseguisse mudar de posição alguns canhões que estavam virados para o oeste. Bastaria colocar canhões nas terras de Haney e os rebeldes estariam a apenas 900 metros das chalupas, um alcance em que as peças de 18 libras seriam mortais.

— Mas como traremos homens e canhões para cá? — pensou Wadsworth em voz alta.

— Do mesmo modo como viemos, senhor. Arrastamos os barcos por cima desta faixa de terra e os lançamos de novo na água.

Wadsworth sentiu uma raiva opaca diante daquele puro desperdício de esforço. Seriam necessários cem homens e dois dias para fazer uma bateria nas terras de Haney, e então? Mesmo que os navios ingleses fossem afundados ou tomados, isso tornaria mais fácil capturar o forte? Certo, os navios americanos poderiam velejar em segurança para dentro do porto e seus canhões poderiam disparar contra o forte, mas que danos poderiam causar a um muro tão acima deles?

Wadsworth apontou o telescópio para o Forte George. A princípio errou a direção do tubo e ficou pasmo porque o forte parecia tão pequeno. Então afastou o olhar da lente e viu que um novo forte estava sendo construído, e era essa segunda estrutura que ele estava vendo. O novo forte, muito menor do que o Forte George, ficava na crista, a leste da obra maior. Apontou o telescópio de novo e viu oficiais navais com casacas azuis, enquanto os homens que cavavam o solo não usavam nenhum tipo de uniforme.

— Marinheiros — disse em voz alta.

— Marinheiros?

— Estão fazendo um novo reduto. Por quê?

— Estão fazendo um refúgio — disse Carnes.

— Um refúgio?

— Se os navios deles forem derrotados, as tripulações irão para terra. É para lá que eles vão.

— Por que não iriam para o forte principal?

— Porque McLean quer uma construção externa. Olhe para o forte, senhor.

Wadsworth virou o telescópio para o oeste. Árvores e casas deslizaram pelas lentes, e então ele firmou o instrumento para examinar o Forte George.

— Santo Deus — disse.

Estava olhando a parede leste do forte, que ficava escondida para quem estivesse no terreno elevado a oeste. E essa parede estava inacabada. Continuava baixa. Wadsworth não podia ver canhões ali; só uma crista baixa de terra que ele supôs estar logo à frente de um fosso, mas o realmente importante, a coisa que fez suas esperanças crescerem e o coração bater mais rápido, era que o muro ainda estava baixo o suficiente para ser facilmente escalado. Desceu a mira do telescópio, examinando o povoado com seus milharais, bosques, celeiros e pomares. Se pudesse chegar àquele terreno baixo, achava que seria capaz de esconder seus homens tanto dos navios quanto do forte. Eles poderiam se reunir e atacar aquele muro baixo. A bandeira insolente acima do forte ainda poderia ser arrancada.

— McLean sabe que o lado leste é vulnerável — disse Carnes. — E esse novo reduto o protege. Vai colocar canhões lá.

— Quando estiver terminado. — Para Wadsworth estava claro que faltava muito para o novo reduto ficar pronto. Devemos atacar pelo leste, pensou, porque era lá que os ingleses estavam fracos.

Apontou o telescópio na direção de Dyce's Head, mas os navios ingleses obstruíam a visão e ele não podia ver nada da emboscada, se de fato ela tivesse sido feita. Nenhuma fumaça de pólvora aparecia no céu acima da bateria abandonada. Virou o telescópio para a direita de novo, olhando por cima da parte leste, a mais baixa da península de Majabigwaduce. Estava olhando a terra ao norte da península. Olhou por longo tempo, e por fim devolveu o telescópio a Carnes.

— Olhe ali — apontou. — Há uma campina junto à água. Dá para ver uma casa acima. É a única que posso ver lá.

Carnes apontou o instrumento.

— Estou vendo.

— A casa pertence a um homem chamado Westcot. O general Lovell quer uma bateria lá em cima também, mas será que os canhões alcançariam os navios ingleses?

— Os de 18 libras, sim, mas é longe demais para os menores. Devem ser uns 2,5 quilômetros, de modo que o senhor precisaria dos de 18.

— O general Lovell insiste que os navios devem ser derrotados — explicou Wadsworth —, e o único modo de fazermos isso é afundando-os com tiros de canhão.

— Ou levando nossos navios para dentro do porto.

— Isso vai acontecer?

Carnes sorriu.

— O comodoro está tão acima de mim, senhor, que jamais ouço uma palavra que ele diz. Mas se vocês enfraquecerem os navios ingleses? Acho que então ele entrará. — Carnes girou o telescópio para examinar as chalupas. — Está vendo aquela chalupa mais perto da costa? Não parou de bombear o porão desde o dia em que chegamos. Vai afundar bem depressa.

— Então vamos construir as baterias e esperar que possamos crivar os navios com balas esféricas.

— E o general Lovell está certo com relação a uma coisa, senhor. Vocês precisam se livrar dos navios.

— Os navios vão se render se capturarmos o forte — disse Wadsworth.

— Sem dúvida, mas, se uma frota inglesa de apoio chegar, vamos querer todos os nossos navios dentro do porto.

Porque então a mesa estaria virada e os ingleses é que precisariam lutar passando pelo fogo dos canhões para atacar o porto, mas somente se o porto pertencesse aos rebeldes, e o único modo de os americanos capturarem o porto era invadindo o forte.

Era tudo simples demais, pensou Wadsworth, simples demais, e no entanto Lovell e o comodoro tornavam tudo muito complicado.

Wadsworth e Carnes foram levados de volta à praia abaixo do penhasco de Majabigwaduce. Enquanto o escaler passava entre os navios de guerra ancorados, Wadsworth olhou para o sul na direção do mar aberto, onde os reforços, ingleses ou americanos, chegariam.

E o rio estava vazio.

— Acredito — McLean estava olhando para o sul através de um telescópio — que é o meu amigo, o brigadeiro Wadsworth. — Ele olhava para os dois homens que estavam na margem sul do porto, um deles de casaca verde. — Duvido que estejam tomando um ar. Acha que estão pensando em novas baterias?

— Seria sensato da parte deles, senhor — respondeu o tenente Moore.

— Tenho certeza de que Mowat os viu, mas vou avisar a ele. — McLean baixou o telescópio e se virou para o oeste. — Se os canalhas ousarem construir uma bateria na margem do porto vamos conduzi-los a uma dança animada. E que passos eles estão fazendo? — Ele apontou para baixo, na direção da abandonada bateria Meia-Lua, onde cerca de vinte rebeldes pareciam cavar um fosso. Era difícil enxergar, porque a casa, o celeiro e o milharal de Jacob Dyce estavam parcialmente no caminho.

— Posso, senhor? — perguntou Moore, estendendo a mão para o telescópio.

— Claro. Seus olhos são mais novos do que os meus.

Moore olhou para os homens.

— Não estão trabalhando com empenho especial, senhor — disse depois de observar durante um tempo.

Seis homens cavavam, enquanto os outros estavam à toa no meio dos destroços da bateria.

— Então o que estão fazendo?

— Tornando a bateria defensável, senhor?

— E, se queriam fazer isso, por que não mandaram cem homens? Duzentos! Trezentos! Para levantar rapidamente um muro. Por que mandar tão poucos homens?

Moore não respondeu porque não sabia a resposta. McLean pegou o telescópio de volta e usou o ombro do tenente como apoio. Olhou rapidamente para a preguiçosa equipe de trabalho e levantou o telescópio para olhar as árvores em Dyce's Head.

— Ah — disse depois de um tempo.

— Ah, senhor?

— Há uns vinte homens no topo do morro. Geralmente eles não ficam ali. Estão olhando e esperando. — McLean fechou os tubos do telescópio. — Acredito, tenente, que nosso inimigo preparou uma armadilha para nós.

Moore sorriu.

— Verdade, senhor?

— O que aqueles sujeitos estão olhando? Não podem estar ali só para dar uma espiada enquanto os outros cavam um fosso!

McLean franziu a testa virando-se para o oeste. Uma bala de canhão rebelde voou acima. Agora o som dos canhões era tão normal que ele mal reparava, mas tomava nota com atenção do efeito dos tiros rebeldes, cuja maioria era desperdiçada, e achava isso divertido porque o capitão Fielding se ofendia com esse fato. Como artilheiro, o capitão inglês esperava coisa melhor dos artilheiros inimigos, porém McLean se deliciava com o desperdício dos disparos rebeldes. Se eles gastassem um minuto extra apontando cada canhão, poderiam ter demolido a maior parte do muro oeste do Forte George, mas pareciam contentes em disparar às cegas. Então o que aqueles homens faziam em Dyce's Head? Estavam claramente olhando para o forte, mas para ver o quê? E por que havia tão poucos homens na bateria Meia-Lua?

— Eles estão lá para nos atrair para fora — declarou McLean.

— Os cavadores do fosso?

— Querem que nós os ataquemos. E por que querem isso?

— Porque têm mais homens lá?

McLean sinalizou em concordância. Achava que metade do trabalho na guerra era ler a mente do inimigo, uma habilidade que agora estava entranhada no escocês. Tinha lutado em Flandres e Portugal, passado toda a vida observando os inimigos e aprendendo a traduzir cada pequeno movimento, para o conhecimento de que, com frequência, esses movimentos eram calculados com o objetivo de enganar. A princípio, quando os rebeldes haviam chegado, McLean ficara perplexo com aqueles inimigos. Tinham praticamente capturado o forte, depois haviam se decidido por um cerco, em vez de um ataque direto, e ele se preocupara com a esperteza que essa tática poderia esconder, mas agora estava quase certo de que não havia esperteza alguma. Seu inimigo era simplesmente cauteloso, e o melhor modo de mantê-lo cauteloso era feri-lo.

— Estamos sendo convidados para dançar ao som de uma música rebelde, tenente.

— E recusaremos a honra, senhor?

— Santo Deus, não! De forma alguma! — respondeu McLean, divertindo-se consigo mesmo. — Em algum lugar lá embaixo existe um grupo muito maior de inimigos. Acho que devemos ocupar a pista de dança com eles!

— Se fizermos isso, senhor, será que...

— Você quer dançar? — interrompeu McLean. — Claro, tenente. — Era hora de soltar Moore da coleira, decidiu o general. O rapaz ainda se culpava, e com razão, pela estupidez corajosa no dia em que os rebeldes haviam capturado o penhasco, mas era hora de oferecer a Moore uma redenção por esse erro. — Você irá com o capitão Caffrae, e vai dançar.

O comodoro Saltonstall declarou que seria responsável pela construção da bateria nas terras de Haney se o general Lovell estivesse preparado para mandar dois canhões de 18 libras para a nova obra. Saltonstall não se comunicou diretamente com Lovell; em vez disso mandou Hoysteed Hacker, capitão da chalupa *Providence*, da Marinha Continental, com a oferta. Ele trouxe o consentimento de Lovell de volta ao comodoro, e naquela tarde oito escaleres partiram dos navios ancorados e remaram para o sul da ilha Cross, desembarcando no istmo estreito. Os barcos eram manobrados por mais de uma centena de marinheiros equipados com pás e picaretas que carregaram, junto com os barcos, pela faixa estreita de terra. Em seguida, colocaram os barcos de novo na água e remaram até o lado leste do porto de Majabigwaduce. Eram comandados pelo próprio comodoro Saltonstall, que queria situar a bateria pessoalmente.

Descobriu o local perfeito, uma ponta de terra baixa que apontava como um dedo diretamente para os navios ingleses, com espaço suficiente para dois canhões, que golpeariam as chalupas inimigas.

— Cavem aqui — ordenou. Levantaria uma fortificação em volta da ponta de terra. Posteriormente, sabia, Mowat levaria alguns canhões para o outro lado do convés das chalupas, com o objetivo de atirar de volta, de modo que o muro precisava ser alto e sólido para proteger os artilheiros.

Evidentemente Mowat estava ocupado, porque Saltonstall podia ver barcos remando constantemente entre as chalupas e a costa. Um forte novo, menor, estava sendo construído a leste do Forte George, e Saltonstall suspeitava que ele estava ali para acrescentar poder de fogo às defesas do porto.

— Se trouxermos nossos navios para cá — disse ao seu primeiro-tenente —, eles vão jogar um rio de balas em cima de nós.

— Vão mesmo, senhor — respondeu com lealdade o tenente Fenwick.

Saltonstall apontou para a nova fortificação de terra que os ingleses estavam fazendo.

— Estão colocando mais canhões lá em cima. Mal podem esperar para ter nossos navios sob seus canhões. É uma armadilha mortal.

— A não ser que Lovell capture o forte, senhor.

— Que ele capture o forte! — repetiu Saltonstall com desprezo. — Ele não seria capaz de capturar uma gota de mijo com um penico. O sujeito é um maldito fazendeiro.

— O que eles estão fazendo? — Fenwick apontou para as chalupas inglesas, de onde quatro escaleres, cada um apinhado de brigadistas reais com casacas vermelhas, remavam para o nordeste, na direção do rio Majabigwaduce.

— Não estão vindo para cá — disse Saltonstall.

— Presumo que postaremos brigadistas aqui, não é, senhor?

— Teremos de fazer isso.

A nova bateria era isolada e, se os ingleses quisessem, poderia ser atacada facilmente. No entanto os canhões não precisavam ficar ali durante muito tempo. Sempre que o fogo rebelde ficava muito quente os navios ingleses mudavam de posição, e Saltonstall estava convencido de que uma bateria ali nas terras de Haney e outra ao norte expulsariam Mowat da posição atual. O escocês levaria suas chalupas para o norte, entrando no canal estreito do rio Majabigwaduce, ou então buscaria refúgio nas partes mais ao sul do porto, mas em qualquer desses lugares não poderia ajudar o forte com seus canhões. Além disso, assim que as chalupas tivessem sido expulsas, Saltonstall poderia contemplar a ideia de trazer seus navios para dentro do porto e usar seus canhões para bombardear o forte no alto. Mas apenas se Lovell atacasse ao mesmo tempo. Olhou os brigadistas reais remando com firmeza pelo rio Majabigwaduce.

— Será que vão pegar provisões? — supôs.

Os barcos desapareceram atrás de uma ponta de terra distante.

Os marinheiros estavam com dificuldades porque o solo era fino. O comodoro, sentindo-se inquieto e entediado pelo trabalho monótono, deixou o tenente Fenwick supervisionando os cavadores enquanto subia uma trilha até uma fazenda. Era um lugar miserável, pouco mais do que uma cabana de troncos coberta de líquen e uma chaminé de pedras, um celeiro arruinado, alguns milharais e um pasto pedregoso com duas vacas magras, tudo isso tirado da floresta à força. A pilha de lenha era maior do que a casa e o monte de esterco era ainda maior. Saía fumaça da chaminé, sugerindo que alguém estava em casa, mas Saltonstall não tinha desejo de conversar com um camponês pobre e sujo, e por isso evitou a moradia, preferindo andar pela margem do pasto e subir para o cume do morro a leste da casa, de onde, pensou, poderia ter uma boa visão do forte inimigo.

Sabia que Solomon Lovell o estava culpando por não atacar os navios ingleses e desprezava Lovell por isso. O sujeito era um fazendeiro de Massachusetts, não um soldado, e não tinha absolutamente nenhuma concepção das questões navais. Para Lovell tudo parecia fácil demais. Os navios americanos deveriam passar ousadamente pela entrada do porto e usar os canhões para despedaçar os navios inimigos, mas Saltonstall sabia o que aconteceria se tentasse essa manobra. O vento e a maré carregariam o *Warren* lentamente, deixando a proa exposta a todos os canhões de Mowat, e os canhões do forte derramariam suas balas pesadas sobre o casco e os embornais estariam pingando sangue quando ele conseguisse virar contra o vento para apontar seus canhões. Então, certo, ele poderia dominar uma das chalupas, e os maiores navios rebeldes estariam lá para ajudar, mas ainda que todos os navios ingleses fossem dominados o forte continuaria mandando balas para baixo do morro. E provavelmente seriam balas aquecidas. McLean não era idiota, e nesse ponto certamente já teria construído uma fornalha para deixar as balas incandescentes, e uma bala assim, alojada nas madeiras de uma fragata, poderia provocar um incêndio que chegaria ao paiol, e então o *Warren* explodiria, espalhando suas preciosas tábuas por todo o porto.

Assim, Saltonstall não tinha muita intenção de atacar, pelo menos até que o forte estivesse sendo distraído por um ataque em terra ao mesmo tempo, e o general Lovell não demonstrava apetite por uma invasão dessas. E isso não era de causar espanto, pensou o comodoro, porque em sua opinião a milícia de Lovell era pouco mais do que uma ralé. Talvez, se aparecessem soldados de verdade, o ataque seria possível, mas até que um milagre assim acontecesse Saltonstall manteria sua preciosa frota bem longe do alcance dos canhões inimigos. O comodoro chegou ao baixo cume do morro, onde tirou o telescópio do bolso da aba da casaca. Queria contar os canhões do Forte George e procurar o brilho revelador de calor vindo de uma fornalha para balas.

Firmou o telescópio em um pinheiro. Demorou um instante para focar as lentes, e então viu casacas vermelhas saindo do forte e descendo pela trilha para o povoado. Levantou o tubo para colocar o forte em sua visão. O instrumento era poderoso, dando a Saltonstall um vislumbre de um canhão disparando. Viu a carreta saltar e rolar para trás, a erupção de fumaça subsequente e os artilheiros se aproximando da arma para prepará-la para um novo disparo. Esperou que o som o alcançasse.

E em vez disso ouviu tiros de mosquete.

Os homens do capitão Caffrae não tinham saído juntos do forte. Em vez disso haviam descido ao povoado em pequenos grupos, de modo que os rebeldes, olhando do ponto elevado a oeste, não pudessem perceber que a companhia estava se movimentando.

Caffrae reuniu-os perto da casa de Perkins, onde a recém-nascida Temperance estava chorando. Inspecionou armas, disse aos seus dois tocadores de tambor e três pífaros para manter os instrumentos em silêncio e levou a companhia para o oeste. Eles se mantiveram nos caminhos que não eram visíveis a partir dos pontos altos, e assim chegaram à casa de Aaron Banks, onde um grande celeiro os escondia.

— Leve um piquete para o milharal — ordenou Caffrae ao tenente Moore. — E não quero heroísmo, Sr. Moore!

— Só vamos até lá para olhar — disse John Moore.

— Olhar — confirmou Caffrae — e rezar se quiserem, mas de olhos abertos.

Moore levou seis homens. Eles passaram pelo celeiro e por uma pequena plantação de nabos ao lado da casa. As duas belas filhas de Aaron Banks, Olive e Esther, lançaram olhares arregalados de uma janela, e Moore, vendo-as, pôs um dedo nos lábios. Olive riu e Esther sinalizou em concordância.

O piquete entrou no milharal.

— Nada de fumar — disse Moore aos seus homens, porque não queria que a fumaça reveladora dos cachimbos indicasse a presença deles.

Os homens se agacharam e deslizaram adiante, esforçando-se ao máximo para não balançar os altos pés de milho. Quando chegaram à borda oeste do milharal ficaram imóveis. Deveriam ficar atentos a qualquer movimento rebelde que pudesse ameaçar os homens de Caffrae que estavam escondidos, mas até ali os rebeldes não davam nenhum sinal de energia. Moore podia ver claramente 16 milicianos na bateria Meia-Lua. Qualquer entusiasmo que tivessem demonstrado por fazer trincheiras havia se dissipado, e agora estavam sentados em grupo dentro da velha plataforma. Dois deles estavam dormindo a sono solto.

À esquerda de Moore ficava a casa de Jacob Dyce, e à direita, 100 passos acima na encosta, o milharal do holandês. À frente dele o morro comprido subia até o penhasco distante. Havia homens lá em cima, evidentemente esperando para ver qualquer acontecimento que ocorresse na bateria. Os canhões rebeldes estavam escondidos entre as árvores além do horizonte, mas seu barulho martelava a tarde e a fumaça branqueava o céu.

Depois de um tempo Jacob Dyce saiu de casa. Era um homem atarracado, de meia-idade, com barba de profeta. Carregava uma enxada que usou para capinar alguns pés de feijão. Trabalhava devagar, chegando cada vez mais perto do milharal de seu vizinho.

— Os canalhas estão no meu milho — disse ele de repente, sem levantar os olhos do trabalho. Parou para puxar um mato ralo. — Tem um monte de canalhas escondidos lá. Estão ouvindo? — Ele continuou sem olhar na direção de Moore e seus homens.

— Ouvi — disse Moore baixinho. — Quantos?

— Um monte — respondeu o holandês, e bateu violentamente com a lâmina da enxada. — Um monte! Eles são *de duivelsgebroed*! — Ele olhou brevemente na direção em que Moore estava escondido. — *De duivelsgebroed*! — repetiu, e foi andando de volta para casa.

Moore mandou o cabo MacRae, um homem confiável, contar a Caffrae que os filhotes do diabo estavam escondidos mais acima no morro. Moore espiou o milharal do holandês e pensou ter visto pés de milho balançando, mas não podia ter certeza. O próprio Caffrae veio se juntar a Moore e espiar a plantação acima.

— Os desgraçados querem nos pegar pelo flanco — disse ele.

— Se avançarmos — respondeu Moore.

— Ah, nós devemos avançar — disse Caffrae em tom lupino. — Por que outro motivo viemos aqui?

— Pode haver trezentos homens escondidos lá.

— Provavelmente não são mais de uma centena que precisa de uma boa surra.

Essa era a tática do brigadeiro McLean. Sempre que os rebeldes tentavam uma manobra tinham de levar um tapa tão forte que faria seu moral cair ainda mais. McLean sabia que os oponentes eram na maior parte milicianos, e enfatizava esse fato para seus oficiais.

— Vocês são profissionais, são soldados — dizia repetidamente. — Eles, não. Façam com que fiquem com pavor de vocês! Pensem que eles são *fencibles*. — Os *fencibles* eram soldados civis na Inglaterra, amadores entusiasmados que, na visão de McLean, simplesmente brincavam de soldados.

— Eles podem ter os brigadistas navais — alertou Moore agora.

— Então vamos dar uma surra neles também — disse Caffrae cheio de confiança. — Ou melhor, você vai dar.

— Eu?

— Vou avançar com a companhia e você a comanda. Avance contra a bateria, mas esteja atento à sua direita. Se eles estiverem lá, vão atacá-lo. Então gire quando estiver preparado, dispare uma saraivada e contra-ataque.

O coração de Moore deu um pulo. Sabia que McLean devia ter sugerido a Caffrae que lhe permitisse comandar a companhia, e sabia, também, que esta era sua chance de redenção. Se cumprisse bem aquela missão seria perdoado pelos pecados do dia do desembarque dos rebeldes.

— Vamos fazer isso com muito barulho — disse Caffrae. — Com tambores e berros. Que eles saibam quem manda por aqui.

Então o que poderia dar errado? Moore supunha que seria um desastre se o inimigo tivesse de fato umas duas centenas de homens, porém o que McLean estaria procurando seria uma prova de que Moore demonstrava bom-senso. Seu serviço era dar uma surra no inimigo, e não vencer a guerra.

— Tambores e berros — disse.

— E baionetas — observou Caffrae com um sorriso. — E divirta-se, tenente. Vou chamar os cães, e você pode começar a caça.

Era hora de dançar.

Os mosquetes estavam perto, tão perto que Saltonstall pulou involuntariamente, chocado. Quase largou o telescópio.

Ao pé do morro, entre ele e o porto, havia casacas vermelhas. Estavam correndo de maneira desorganizada. Evidentemente tinham disparado uma saraivada porque fumaça pairava atrás deles. Não haviam parado para recarregar, mas agora seguiam essa saraivada com uma carga de baioneta, e Saltonstall entendeu que aqueles homens tinham de ser os brigadistas reais que ele vira desaparecendo enquanto subiam pelo rio Majabigwaduce. Tinha pensado que iriam buscar provisões no norte, mas em vez disso haviam desembarcado na margem leste do rio e seguindo para o sul através da floresta, e agora expulsavam os homens que estavam fazendo uma bateria nas terras de Haney. Estavam comemorando. A luz do sol refletia em suas longas baionetas. Saltonstall teve um vislumbre de seus homens correndo para o sul, e então os brigadistas ingleses mais próximos viram o comodoro no topo do morro e meia dúzia deles se virou em sua direção. Um mosquete estrondeou e a bala passou por entre as folhas.

Saltonstall correu. Foi para o leste, morro abaixo, saltando nas partes mais íngremes, atravessando de qualquer jeito os arbustos, o mais rápido que podia. Um cervo de cauda branca corria à sua frente, assustado com os gritos e tiros. Saltonstall atravessou cambaleando um córrego, virou para o sul e continuou correndo até encontrar um trecho denso de mato baixo. Sentia uma pontada na lateral da cintura, estava ofegando e então se agachou em meio às folhas escuras tentando se acalmar.

Seus perseguidores estavam em silêncio. Ou então haviam abandonado a caçada. Mais mosquetes soaram, os estalos nítidos fazendo um barulho inconfundível, mas agora pareciam distantes, como uma cantiga maldosa contrapondo-se ao profundo ritmo de contrabaixo dos grandes canhões do outro lado do porto.

Saltonstall não ousou se mexer até que a luz foi se desbotando. Então, sozinho a não ser por uma nuvem de mosquitos, seguiu cautelosamente para o oeste. Seguia muito devagar, sempre alerta ao inimigo, mas quando chegou à margem viu que os casacas vermelhas tinham ido embora.

Assim como os escaleres que o haviam trazido. Podia vê-los dali. Absolutamente todos haviam sido capturados e levados para as chalupas inimigas. Os ingleses nem se tinham dado ao trabalho de estragar o novo serviço feito pelos homens de Saltonstall na bateria. Sabiam que poderiam recapturá-la quando quisessem, e deixar o muro baixo era um convite para os rebeldes retornarem e serem expulsos de novo.

Saltonstall estava abandonado. O porto cheio de inimigos ficava entre ele e sua frota, e nenhum resgate viria. Não havia opção a não ser andar. Lembrou-se do mapa em sua cabine a bordo do *Warren* e soube que se seguisse a margem do porto acabaria retornando ao rio Penobscot. Oito quilômetros? Talvez dez. A luz havia quase sumido, os mosquitos se refestelavam e o comodoro estava infeliz.

Começou a andar.

Ao norte, do outro lado do largo istmo, Peleg Wadsworth havia encontrado uma saliência de pastagem na fazenda de Westcot. Não precisaria fazer nenhum muro de terra para defender a saliência porque a borda era um barranco íngreme que servia como defesa suficiente. Cinquenta milicianos, reunidos à força e comandados pelo capitão Carnes, da Brigada Naval, haviam colocado um dos canhões de 18 libras do coronel Revere em uma barcaça que fora levada para o norte pela força de remos. O canhão foi desembarcado e depois arrastado por quase 2 quilômetros pela floresta até chegar à fazenda. Ali experimentaram alguns instantes de preocupação quando, pouco depois de Wadsworth e Carnes terem descoberto o local, quatro escaleres cheios de brigadistas ingleses haviam remado pelo rio Majabigwaduce. Wadsworth temeu que eles desembarcassem perto, mas em vez disso tinham seguido para a outra margem do rio onde não ofereceriam perigo ao grande canhão que, finalmente, foi arrastado pelo pasto. Os milicianos haviam carregado trinta balas para o canhão que Carnes arrumou sob a luz do crepúsculo.

— O cano está frio — disse à equipe — e por isso vai disparar um pouco baixo de começo.

O alcance parecia longo demais para o olhar destreinado de Peleg Wadsworth. Diante dele havia uma faixa de água rasa e além dela a longa cauda pantanosa da península de Majabigwaduce. O canhão estava apontado por cima dessa cauda, contra os navios ingleses apenas visíveis no outro lado do porto. Carnes estava apontando para a chalupa central, o HMS *Albany*, mas Wadsworth duvidava que ele estivesse certo de que acertaria qualquer um dos navios àquela distância.

Peleg Wadsworth caminhou por uma grande distância para o leste, até estar suficientemente longe do grande canhão para evitar que a fumaça não bloqueasse sua visão. De novo pegara emprestado o bom telescópio do capitão Carnes e então sentou-se no chão úmido e apoiou os cotovelos nos joelhos para sustentar os longos tubos com firmeza. Viu um grande grupo de escaleres vazios amarrados ao *Albany* e um marinheiro inclinando-se no corrimão acima. A chalupa estremecia a cada disparo de um de seus canhões contra a bateria da ilha Cross, que continuava com seu fogo incômodo. O som agudo de tiros de mosquete soou distante, mas Wadsworth resistiu à tentação de virar o telescópio. Se aquela era a emboscada de Lovell, ela estaria oculta pela curva do morro. Continuou olhando a chalupa inimiga.

Carnes levou um longo tempo para apontar o canhão, mas finalmente ficou satisfeito. Tinha trazido pinos de madeira e cravou três deles na terra, um ao lado de cada roda e o terceiro perto da conteira.

— Se o canhão estiver apontado direito — disse à equipe — esses pinos vão nos orientar de volta. Se estiver errado, sabemos onde começar as correções. — Em seguida alertou para a equipe recuar e cobrir os ouvidos. Soprou a ponta do bota-fogo para clarear o pavio reluzente e se inclinou para encostar o fogo no junco cheio de pólvora enfiado no ouvido da arma.

O canhão saltou para trás. Seu trovão estalou no céu. A fumaça saiu em um jato para além da saliência do pasto e se espalhou sobre a água mais próxima. Uma chama se enrolou e sumiu dentro da fumaça. O barulho foi tão súbito e alto que Wadsworth pulou e perdeu momentaneamente o foco. Em seguida, firmou o telescópio, encontrou o *Albany* e viu um marinheiro fumando cachimbo junto à amurada, e então, para sua perplexidade e júbilo, viu o marinheiro saltar para trás quando um claro rasgo de madeira recém-lascada apareceu no casco da chalupa, logo acima da linha d'água.

— Acertou direto! — gritou. — Muito bem, capitão! Acertou direto!

— Recarreguem e empurrem de volta! — gritou Carnes.

Ele era um brigadista naval. Não errava.

Solomon Lovell achou que sua emboscada cuidadosa havia falhado. Esperou e esperou, e a manhã se transformou em tarde, e a tarde se fundiu no fim de tarde, e os ingleses continuavam sem atacar os homens que tinham ocupado a bateria deserta na margem do porto. Uma pequena multidão havia se reunido no lado leste de Dyce's Head, e grande parte dela era formada por comandantes dos navios ancorados que tinham ouvido dizer que os ingleses receberiam uma surra de verdade, e por isso haviam remado para terra com o objetivo de assistir ao espetáculo. O comodoro Saltonstall não estava presente, já que evidentemente fora fazer uma nova bateria na outra margem do porto, e Peleg Wadsworth estava ocupado com algo semelhante a nordeste do istmo.

— Novas baterias! — exultou Lovell ao major Todd. — E uma vitória hoje! Amanhã estaremos em ótima situação.

Todd olhou para o sul, onde novos navios poderiam aparecer, mas nada surgia nos limites do horizonte.

— O general Wadsworth pediu um canhão de 18 libras — disse a Lovell. — Já deve ter chegado até ele.

— Já? — perguntou Lovell, deliciado. Sentia que toda a expedição tinha virado uma esquina e sua esperança se renovava. — Agora só precisamos que McLean morda nossa isca — disse ansioso. Olhou para baixo, para a bateria onde os milicianos que deveriam fingir que levantavam um muro de defesa estavam sentados à luz do sol-ponente.

— Ele não vai engolir a isca se todos nós estivermos olhando — disse uma voz áspera.

Lovell se virou e viu que o coronel Revere havia chegado ao penhasco.

— Coronel — cumprimentou.

— Há uma multidão boquiaberta aqui em cima, parecendo grã-finos de Boston olhando a cidade na Noite do Papa — disse Revere. Ignorou Todd explicitamente.

— Esperemos que a destruição seja igual à da Noite do Papa — respondeu Lovell jovialmente.

Todos os anos, no dia 5 de novembro, os moradores de Boston faziam efígies gigantescas do papa, com as quais desfilavam pelas ruas. Os grupos com efígies rivais brigavam uns com os outros. Era uma arruaça enorme que deixava ossos quebrados e crânios ensanguentados, e no fim as efígies eram queimadas na noite, enquanto os ex-inimigos bebiam até perder os sentidos.

— McLean não é idiota — disse Revere. — Vai saber que há alguma coisa errada, com toda essa turba aqui em cima!

Lovell temeu que seu comandante de artilharia estivesse certo. Na verdade, já lhe ocorrera o pensamento de que a presença de tantos expectadores poderia sinalizar aos ingleses que algo estava errado, mas queria que aqueles homens testemunhassem o sucesso da emboscada. Precisava que se espalhasse pelo exército e pela frota a notícia de que os casacas vermelhas de McLean podiam levar uma surra. Os homens pareciam ter esquecido sua grande vitória na conquista do penhasco, e toda a expedição havia se atolado em pessimismo e precisava se entusiasmar, nem que fosse a chicotadas.

— Então McLean não é idiota, não é? — perguntou Todd causticamente.

Porque ao pé do morro, entre um celeiro e um milharal, os casacas vermelhas haviam aparecido.

E Solomon Lovell tinha sua emboscada.

— São todos seus, Sr. Moore! — gritou o capitão Caffrae.

Cinquenta homens, dois tambores e três pífaros eram agora responsabilidade de Moore. A companhia tinha se formado logo ao norte da casa de Jacob Dyce. Estavam posicionados em três fileiras, com os músicos atrás. Antes de tirar seus homens do esconderijo, Caffrae havia ordenado que carregassem os mosquetes e fixassem as baionetas.

— Vamos ouvir o *British Grenadier*! — gritou Moore. — Com animação, agora!

Os tambores rufaram, os pífaros encontraram o ritmo e começaram a música empolgada.

— Ninguém dispara até que eu dê a ordem! — disse Moore à companhia. Em seguida andou ao longo da curta fila da frente, depois se virou e então viu que os rebeldes na bateria Meia-Lua tinham se posto de pé com um salto. Estavam observando-o. Desembainhou a espada e estremeceu ao ouvir a lâmina comprida raspar na boca da bainha. Estava nervoso, empolgado, amedrontado e animado. O capitão Caffrae havia se posicionado junto aos músicos, sem dúvida pronto para assumir o comando da companhia caso Moore cometesse algum erro. Ou caso morresse, pensou Moore, e sentiu um nó na garganta. De súbito percebeu que precisava desesperadamente mijar. Ah, meu Deus, pensou, não me deixe molhar a calça. Andou em direção ao lado direito da companhia. — Vamos expulsar aqueles canalhas — disse, tentando parecer casual. Assumiu o posto à direita e inclinou a lâmina da espada sobre o ombro. — Companhia, avançar! Pela direita! Marche!

Os pífaros tocaram, os tambores rufaram e os casacas vermelhas seguiram com passos firmes, pisoteando a plantação de feijões recentemente semeada. A fila da frente mantinha os mosquetes abaixados, as baionetas formando uma linha de aço brilhando com óleo. Canhões estrondearam na crista acima e mais canhões rugiram do outro lado do porto, mas aqueles conflitos pareciam distantes. Moore deliberadamente não olhou à direita porque não queria dar aos rebeldes escondidos nenhuma sugestão de que sabia que estavam presentes. Andou em direção à bateria Meia-Lua e ao punhado de rebeldes que os olhavam se aproximar. Um deles mirou com um mosquete e atirou, mandando a bala muito alto.

— Não atirem! — gritou Moore aos seus homens. — Só os expulsem com o aço!

Os poucos rebeldes recuaram. Estavam em menor número do que a companhia que avançava, e suas ordens eram para atrair os casacas vermelhas até que pudessem cair na armadilha dos duzentos homens de McCobb escondidos no milharal; por isso recuaram pela fortificação semicircular e subiram a encosta do outro lado.

— Firmes! — gritou Moore.

Não pôde resistir a dar um olhada rápida à direita, mas nada se movia naquele terreno mais elevado. Será que os rebeldes teriam abandonado a ideia de uma emboscada? Talvez o holandês estivesse errado e não houvesse rebeldes escondidos no milharal. Um canhão rugiu no topo do morro produzindo uma súbita nuvem de fumaça sobre a qual gaivotas brancas voaram como pedaços de papel em um vendaval. A mente de Moore mudava de direção como as gaivotas. E se houvesse duzentos rebeldes? Trezentos? E se os brigadistas de casacas verdes estivessem ali?

Então veio um grito da direita, o som dos pés de milho sendo pisoteados, mais gritos e o tenente Moore sentiu uma calma estranha.

— Companhia! — ouviu-se gritar. — Alto! — Em seguida deu as costas ao inimigo para olhar seus casacas vermelhas. Eles haviam mantido a formação e suas fileiras estavam organizadas e apertadas. — Pela direita! — comandou em voz alta. — Giro à direita! Meia-volta! — Ele ficou imóvel enquanto as três fileiras curtas giravam como um portão até estarem voltadas para o norte. Moore se virou e olhou para cima da encosta onde, saindo do milharal alto, uma horda de inimigos surgia. Santo Deus, pensou, estavam em maior número do que ele esperava. — Quero ouvir os tambores e os pífaros! — gritou. — Companhia, avançar! Pela direita! Marche!

E agora devia ir direto para eles, pensou. Sem hesitação. Se hesitasse, os inimigos poderiam farejar seu medo e isso lhes daria coragem. Portanto era simplesmente marchar com as baionetas apontadas e o som do *British Grenadier* enchendo o ar com seu desafio. O inimigo não estava em ordem, era apenas uma massa de homens aparecendo do milharal e longe demais para que uma saraivada de seus mosquetes tivesse efeito. Por isso Moore simplesmente marchou subindo a encosta na direção deles, e passou por sua mente a ideia de que o inimigo era numeroso demais e seu dever agora era recuar. Seria isso que McLean gostaria que fizesse? Caffrae não estava oferecendo conselhos e Moore sentiu que não precisava recuar. O inimigo tinha começado a disparar os mosquetes, mas a distância ainda era grande demais. Uma bala passou pelo capim ao lado de Moore, outra zuniu por cima. Um rebelde disparou sua vareta por engano, e a haste comprida voou circulando no ar até cair no capim. O inimigo tinha a visão obscurecida por trechos da fumaça que voltava para o milharal pisoteado, mas Moore podia ver sua desorganização. Os rebeldes olhavam à direita e à esquerda, procurando ver o que os amigos faziam antes de obedecer aos gritos agudos dos oficiais. Um homem tinha cabelo branco caindo quase até a cintura, outro tinha barba branca e alguns pareciam crianças de idade escolar que haviam recebido mosquetes. Estavam claramente nervosos.

E de repente Moore entendeu que a disciplina de seus homens também era uma arma. Os rebeldes, cansados e famintos depois de um longo dia no milharal, estavam apavorados. Não viam cinquenta rapazes igualmente nervosos, mas sim uma máquina assassina vestida com casacas vermelhas. Viam confiança. E apesar de terem saltado para fora do milharal, não tinham feito carga morro abaixo, e agora estavam sendo obrigados por seus oficiais e sargentos a formar fileiras. Tinham cometido um erro, pensou Moore. Deveriam ter feito carga. Em vez disso ele estava atacando e eles estavam na defensiva. Era hora de apavorá-los ainda mais. Mas não de muito perto, pensou. Decidiu que não esperaria até que o inimigo estivesse ao alcance dos mosquetes. Se chegasse perto demais o inimigo poderia perceber a facilidade com que seus cinquenta homens poderiam ser dominados, e assim, quando avaliou que estava a uns 80 passos dos rebeldes, ordenou que parassem.

— Fileira da frente, de joelhos! — gritou.

Um homem na última fileira tombou para trás, e em seu rosto brotou uma súbita flor vermelha onde uma bala de mosquete acertara a bochecha.

— Cerrar fileiras! — gritou Caffrae.

— Companhia! — Moore estendeu a última sílaba. Estava observando o inimigo. — Apontar! — Os mosquetes foram nivelados. Os canos balançavam ligeiramente porque os homens não estavam acostumados a apontar enquanto as baionetas pesadas permaneciam presas aos canos. — Fogo! — gritou.

Os mosquetes chamejaram e soltaram fumaça. As buchas disparadas provocaram pequenos incêndios no capim. A saraivada se chocou contra os rebeldes e os pés de milho.

— Companhia, avançar a passo acelerado!

Moore não perderia tempo recarregando as armas.

— Marchem!

Havia corpos na beira do milharal. Sangue derramado no fim de tarde. Um homem estava se arrastando de volta para os altos pés de milho, deixando uma trilha de sangue no capim. A fumaça era densa como uma névoa.

— Baionetas! — gritou Moore. Não era uma ordem, porque seus homens já estavam com as baionetas caladas, e sim um comando para amedrontar o inimigo já apavorado. — Escócia para sempre! — gritou, e seus homens gritaram junto e correram através dos restos de sua própria fumaça de pólvora. Eram impelidos por tambores, pelo desafio e pelo orgulho, e os rebeldes fugiam. A milícia inimiga corria de volta na direção do penhasco. Todos juntos, como se disputassem corrida. Alguns até jogaram fora os mosquetes para irem mais rápido. Nada de uniformes verdes, observou Moore. Seus escoceses gritavam de júbilo, perdendo coesão, e Moore queria mantê-los sob disciplina.

— Companhia, alto! — gritou. — Alto! — Sua voz aguda conteve os casacas vermelhas. — Sargento Mackenzie! Organize as fileiras, por favor. Pelo menos vamos tentar parecer que somos os soldados de Sua Majestade, e não os vagabundos reais de Sua Majestade! — Moore parecia sério, mas estava rindo. Não conseguia evitar. Seus homens também riam. Sabiam que tinham se saído bem e os mais experientes sabiam que tinham sido bem-comandados. Moore esperou que as fileiras se organizassem. — Companhia, girar à direita! — gritou. — Pela direita, giro à direita, meia-volta!

Os escoceses ainda estavam rindo enquanto marchavam para encarar os espectadores em Dyce's Head. Gritos distantes de comemoração soaram no Forte George. A encosta à frente de Moore estava cheia de rebeldes que corriam, mancavam ou andavam para longe. Os quatro rebeldes mortos ou feridos estavam esparramados no capim. Moore colocou a ponta da espada na bainha e enfiou a lâmina. Olhou para cima da encosta. Vocês, desgraçados, querem nosso forte, pensou. Então deveriam mesmo era vir pegá-lo.

— Parabéns, Moore — disse Caffrae, mas pela primeira vez o cortês Moore não deu uma resposta educada. Estava com uma necessidade urgente de fazer outra coisa. E foi até a beira do milharal do escocês, desabotoou a braguilha e mijou longamente e com força. A companhia gargalhou, e Moore sentiu-se mais feliz do que nunca. Era um soldado.

Trechos da proclamação do general Solomon Lovell às suas tropas, 12 de agosto de 1779:

Agora temos um Trecho de nosso Empreendimento a completar, e se formos bem-sucedidos, e confio que devemos ser, estando em números superiores e tendo aquela Característica Liberal "Filhos da Liberdade e da Virtude" repito de novo, devemos passar triunfantes por cima da diabólica Torrente da Escravidão, e dos Monstros mandados para rebitar suas Correntes... Existirá um homem capaz de portar Armas neste acampamento? que esconderia seu Rosto no dia da Batalha; existe algum americano com esse Caráter? Existe algum homem tão destituído de Honra?... Que cada homem fique junto de seu Oficial, e cada Oficial animado avance para o Objetivo em vista, então vamos atemorizar o Inimigo presunçoso que deseja nos intimidar com um pequeno Desfile, depois levaremos o Terror ao Orgulho da Grã-Bretanha.

De um despacho para o comodoro Saltonstall, do Departamento da Marinha Continental, 12 de agosto de 1779:

Nossas Apreensões sobre o perigo que o senhor corre têm sido com relação a um Reforço para o Inimigo. Não se pode esperar que permaneçam muito tempo sem isso... Portanto suas ordens são que, assim que receber esta, tome as Medidas Mais Eficazes para a Captura ou Destruição dos Navios Inimigos e com a maior rapidez que a natureza e a Situação das coisas Permitam.

De uma Ordem do Conselho, Boston, 8 de agosto de 1779:

É ordenado que Thomas Cushing e Samuel Adams formem um comitê para fazer contato com o capitão da Fragata Francesa para saber se ele estaria disposto a ir a Penobscot com seu Navio com o objetivo de reforçar a frota americana — que informaram que haviam contatado sua Excelência o Chevalier De la Luzerne que lhes informou que falaria com o capitão da dita Fragata e se possível influenciaria sua ida a Penobscot.

De um relatório recebido em Boston, 9 de agosto de 1779:

Gilbert Richmond primeiro Imediato, do Argo — declara que no 6º Instante, próximo de Marthas Vineyard — encontrou oito embarcações — supostamente de força — indo para o sudoeste com intenção de passar ao sul do baixio de Nantucket — O Comodoro levava uma luz de popa. O informante acha — estavam a cerca de 64 quilômetros a sul da extremidade oeste de Vineyard.

12

e de repente havia esperança.

Depois do desapontamento do dia anterior, depois da fuga vergonhosa da milícia diante de uma força com um quarto de seu tamanho, subitamente houve um novo espírito, uma segunda chance, uma expectativa de sucesso.

O motivo era Hoysteed Hacker. Hacker era o alto capitão naval que havia capturado o HMS *Diligent*. Ele foi levado para terra às primeiras luzes e subiu à clareira na floresta que servia como quartel-general de Lovell.

— O comodoro desapareceu — disse a Lovell, que estava tomando o desjejum em uma mesa de cavaletes.

— Desapareceu? — Lovell olhou para o capitão. — Como assim, desapareceu?

— Sumiu — disse Hacker em sua voz profunda e inexpressiva. — Desapareceu. Ele estava com os marinheiros que foram atacados ontem, e suponho que tenha sido capturado. — Hacker fez uma pausa. — Talvez morto. — Ele deu de ombros como se não se importasse muito.

— Sente-se, capitão. O senhor já comeu?

— Já comi.

— Tome um pouco de chá, pelo menos. Wadsworth, ouviu a notícia?
— Ouvi, senhor.
— Sente-se — disse Lovell. — Filmer? Uma xícara para o capitão Hacker. — Wadsworth e Todd estavam compartilhando um banco diante de Lovell. Hacker sentou-se ao lado do general, que olhou para o grande e impassível oficial da marinha como se ele fosse o arcanjo Gabriel trazendo notícias celestiais. A névoa escorria pelas árvores altas. — Espantoso. — Lovell finalmente compreendia a notícia. — Então o comodoro foi capturado? — Ele não parecia lamentar nem um pouco.
— Ou morto — disse Hacker.
— Isso faz do senhor o oficial naval de mais alto posto? — perguntou Lovell.
— Sim, senhor.
— Como isso aconteceu? — perguntou Wadsworth, e ouviu Hacker descrever o ataque inesperado dos brigadistas ingleses que tinham expulsado os marinheiros para o sul da bateria nas terras de Haney. O comodoro estava separado dos outros, que haviam chegado em segurança à margem do rio ao sul da ilha Cross. — Então não houve baixas?
— Nenhuma, senhor, exceto talvez o comodoro. Ele pode ter se ferido.
— Ou coisa pior — disse Lovell, e acrescentou apressadamente: — Deus permita que não.
— Deus permita — concordou Hacker, com igual respeito.
Lovell se encolheu enquanto mordia um pedaço de pão assado duas vezes.
— Mas o senhor está no comando da frota agora? — perguntou.
— Acho que sim, senhor.
— O senhor assumiu o comando do *Warren*? — perguntou Wadsworth.
— Formalmente, não, senhor, mas agora sou o oficial naval de mais alto posto, e por isso vou me transferir para o *Warren* agora de manhã.
— Bem, se o senhor comandar a frota — disse Lovell, sério —, devo fazer-lhe um pedido.

— Senhor? — perguntou Hacker.

— Devo pedir, capitão, que ataque os navios inimigos.

— Foi por isso que vim aqui — disse Hacker com firmeza.

— Foi? — Lovell pareceu surpreso.

— Parece-me, senhor, que devemos atacar logo. Hoje. — Hacker pegou no bolso um pedaço de papel amarrotado e abriu-o sobre a mesa.

— Posso sugerir um método, senhor?

— Por favor — respondeu Lovell.

O papel era um mapa do porto desenhado a lápis, indicando os quatro navios inimigos, mas Hacker fizera uma cruz sobre o casco do *Santa Helena*, o transporte que estava ao sul da linha de Mowat. Ele só estava ali para impedir que os americanos navegassem pelo flanco de Mowat, e seu armamento de seis canhões pequenos era leve demais para causar preocupação.

— Precisamos atacar as três chalupas — disse Hacker. — Por isso proponho levar o *Warren* para atacar o *Albany*. — Ele bateu no mapa, indicando a chalupa central dos três navios de guerra de Mowat. — Serei apoiado pelo *General Putnam* e pelo *Hampden*. Estes vão ancorar ao lado do *North* e do *Nautilus*, senhor, e dispararão contra eles. O *General Putnam* e o *Hampden* serão golpeados com força, senhor, é inevitável, mas acredito que o *Warren* esmagará o *Albany* rapidamente e que então poderemos fazer com que nossos canhões pesados forcem a rendição das outras chalupas. — Hacker falava em um tom inexpressivo que dava a impressão de uma mente lenta, uma impressão que Wadsworth percebeu ser bastante falsa. Hacker havia pensado muito na questão. — Agora, senhor — continuou o capitão —, a preocupação do comodoro sempre foi o forte e seus canhões. Eles podem jogar balas contra nossos navios, e pelo que sabemos podem ter balas aquecidas, senhor.

— Aquecidas? — perguntou Lovell.

— Não é um pensamento agradável, senhor — disse Hacker. — Se uma bala incandescente se alojasse na madeira de um navio, poderia provocar um incêndio. Navios e fogo não são bons amigos, de modo que quero manter as balas inimigas longe dos navios de frente tanto quanto for possível. Estou propondo que o *Sally,* o *Vengeance,* o *Black Prince,* o *Hector,* o *Monmouth,* o *Sky Rocket* e o *Hunter* nos sigam para o porto e formem uma linha de batalha. — Ele indicou uma linha pontilhada que havia desenhado, paralela à margem norte do porto. — Eles podem atirar contra o forte. Vão causar poucos danos, mas devem distrair os artilheiros inimigos, senhor, e atrair o fogo deles para longe do *Warren,* do *General Putnam* e do *Hampden.*

— Isso é viável? — perguntou Lovell, não ousando acreditar no que escutava.

— A maré vai estar correta hoje à tarde — disse Hacker em uma voz muito casual. — Acho que demorarei uma hora e meia para colocar os três primeiros navios em posição e mais uma hora de trabalho para destruir as chalupas deles. Mas estou preocupado porque posicionaríamos a maior parte da frota no porto, senhor, e mesmo depois de tomarmos as embarcações inimigas ainda estaríamos sob a mira dos canhões do forte.

— Então o senhor quer que ataquemos o forte? — supôs Wadsworth.

— Acho que é aconselhável, senhor — respondeu Hacker respeitosamente —, e planejo colocar cem brigadistas em terra para ajudar nesse empreendimento. Posso sugerir que eles ocupem o terreno mais baixo com alguns de seus milicianos? — Ele pôs um dedo grosso, manchado de alcatrão, no mapa, indicando a terra entre o forte e os navios ingleses.

— Por que esse terreno? — perguntou Lovell.

— Para impedir que os brigadistas inimigos desembarquem dos navios derrotados — explicou Hacker. — E se os nossos brigadistas atacarem o forte pelo sul, senhor, o resto de suas forças pode atacar pelo oeste.

— Sim — disse Peleg Wadsworth, com entusiasmo. — Sim!

Lovell ficou em silêncio. A névoa estava densa demais para permitir que qualquer artilheiro atirasse com precisão, e por isso os canhões dos dois lados estavam quietos. Uma gaivota gritou. Lovell estava se lembrando da vergonha do dia anterior, da visão da milícia de McCobb fugindo. Encolheu-se diante dessa lembrança.

— Desta vez será diferente — disse Wadsworth. Ele estivera observando o rosto de Lovell e havia adivinhado os pensamentos do general.

— Em que sentido? — perguntou Lovell.

— Nós nunca usamos todos os nossos homens para atacar o forte, senhor — disse Wadsworth. — Só atacamos o inimigo aos poucos. Desta vez vamos usar toda a nossa força! Quantos canhões vamos levar para dentro do porto? — Essa pergunta foi feita a Hoysteed Hacker.

— Esses navios — Hacker pôs um dedo manchado de alcatrão no mapa — vão levar mais de duzentos canhões, senhor, portanto digamos que cem canhões em cada banda de artilharia.

— Cem canhões, senhor — disse Wadsworth a Lovell. — Cem canhões preenchendo o porto! O barulho vai ser suficiente para distrair o inimigo. E os brigadistas, senhor, indo na frente. Lançaremos mil homens contra o inimigo de uma vez só!

— Isso deve resolver a situação — observou Hacker no mesmo tom que poderia ter usado para descrever a descida de um mastaréu ou a mudança de uma tonelada de lastro.

— Cem brigadistas — disse Lovell em uma voz lamentosa que deixava claro que preferia ter toda a Brigada Naval em terra.

— Preciso de alguns brigadistas para abordar os navios inimigos — respondeu Hacker.

— Claro, claro — admitiu Lovell.

— Mas eles estão implorando por uma boa briga — resmungou Hacker. — Mal podem esperar para provar do que são capazes. E assim que os navios inimigos forem tomados ou destruídos, senhor, ordenarei que o resto dos brigadistas e todos os marinheiros que eu puder dispensar se juntem ao seu ataque.

— Navios e homens lutando como um só, senhor — disse Wadsworth.

O olhar de Lovell passeou inseguro entre Wadsworth e Hacker.

— E o senhor acha que isso pode ser feito? — perguntou ao capitão naval.

— Assim que a maré subir — respondeu Hacker. — O que acontecerá esta tarde.

— Então que seja feito! — decidiu Lovell. Em seguida apoiou os dois punhos na mesa. — Vamos terminar o serviço! Vamos conquistar nossa vitória!

— Senhor? Capitão Hacker? — Um aspirante apareceu na borda da clareira. — Senhor?

— Garoto! — Hacker cumprimentou o rapaz ofegante. — O que foi?

— O comodoro Saltonstall manda os cumprimentos, senhor, e pede que retorne ao *Providence*.

Os homens à mesa olharam o garoto.

— O comodoro Saltonstall? — perguntou Lovell, quebrando por fim o silêncio.

— Ele foi encontrado hoje cedo, senhor.

— Encontrado? — perguntou Lovell com voz opaca.

— Na margem do rio, senhor! — O aspirante parecia acreditar que havia trazido boas notícias. — Está a bordo do *Warren*, senhor.

— Diga a ele... — começou Lovell, e então não pôde pensar no que queria dizer a Saltonstall.

— Senhor?

— Nada, garoto, nada.

Hoysteed Hacker simplesmente amassou o mapa desenhado à mão e o jogou na fogueira do acampamento. O primeiro canhão do novo dia disparou.

O tenente John Moore, tesoureiro do 82º Regimento de Infantaria de Sua Majestade, bateu nervoso à porta da casa. Um gato olhava-o da pilha de lenha. Três galinhas, cuidadosamente presas em um cercado de vime trançado, cacarejaram para ele. Na horta da casa ao lado, a que ficava mais perto do porto, uma mulher batia um tapete pendurado em um varal suspenso entre duas árvores. Ela o olhou tão desconfiada quanto o gato. Moore levantou o chapéu para a mulher, mas ela deu as costas para a cortesia e bateu a poeira do tapete ainda mais energicamente. Um canhão disparou no forte e o som foi abafado pelas árvores em volta das pequenas casas de troncos.

Bethany Fletcher abriu a porta. Estava usando um vestido marrom sem graça debaixo de um avental branco onde enxugou as mãos vermelhas de esfregar roupas. O cabelo estava desarrumado e John Moore achou que ela estava linda.

— Tenente — disse ela com surpresa, piscando à luz do dia.

— Srta. Fletcher — respondeu Moore, fazendo uma reverência e tirando o chapéu.

— O senhor traz notícias? — perguntou Beth, subitamente ansiosa.

— Não, não trago notícias. Trouxe isto. — Ele estendeu um cesto para ela. — É do general McLean, com os cumprimentos dele. — O cesto continha um presunto, um pequeno saco de sal e uma garrafa de vinho.

— Por quê? — perguntou Beth, sem pegar o presente.

— O general gosta da senhorita. — Moore havia tido coragem para enfrentar quatro vezes mais rebeldes do que os homens que comandava, mas não teve coragem de acrescentar "Eu também". — Ele acha que a vida é dura para a senhorita e sua mãe, Srta. Fletcher — explicou em vez disso. — Especialmente com a ausência de seu irmão.

— É — disse Beth, ainda sem pegar o presente estendido. Nunca havia recusado as rações mais simples oferecidas pela guarnição aos habitantes de Majabigwaduce, a farinha, a carne-seca, as ervilhas secas, o arroz e a cerveja de espruce, mas a generosidade de McLean a deixava com vergonha. Afastou-se mais alguns passos da casa para se certificar de que a vizinha poderia vê-la com clareza. Não queria dar motivos para fofocas.

— O vinho é do porto — disse Moore. — Já tomou vinho do porto?

— Não — respondeu Beth, sem jeito.

— É mais forte do que o clarete, e mais doce. O general gosta. Ele serviu em Portugal e adquiriu o gosto pelo vinho, que dizem que é tônico. Meu pai é médico e frequentemente prescreve vinho do porto. Posso colocar aqui? — Moore pôs o cesto na soleira. Dentro da casa, atrás de uma porta interna que estava aberta, ele teve um vislumbre da mãe de Beth. O rosto dela era fundo, branco e estava imóvel; a boca aberta parecia escura e os cabelos eram fiapos brancos espalhados sobre o travesseiro. Parecia um cadáver, e Moore se virou rapidamente. — Pronto — disse, por não ter mais o que falar.

Beth balançou a cabeça.

— Não posso aceitar o presente, tenente.

— Claro que pode, Srta. Fletcher — disse Moore com um sorriso.

— O general não daria... — começou Beth; depois, evidentemente pensou melhor no que estava para dizer e se conteve. Afastou uma mecha de cabelo e enfiou-a embaixo da touca. Olhava para qualquer lugar, menos para Moore.

— O general McLean ficaria magoado se a senhorita recusasse o presente.

— Agradeço a ele. Mas... — De novo ela ficou em silêncio. Pegou um dedal no bolso do avental e girou-o nos dedos. Deu de ombros. — Mas... — disse de novo, ainda sem olhar para Moore.

— Mas seu irmão luta ao lado dos rebeldes — disse Moore.

Ela virou o olhar para ele, e seus olhos se arregalaram de surpresa. Olhos azuis, notou Moore, olhos azuis de uma vitalidade extraordinária.

— O general sabe?

— Que seu irmão luta a favor dos rebeldes? Claro que sabe — disse Moore com um sorriso tranquilizador. Em seguida se curvou e pegou o dedal que havia caído das mãos dela. Estendeu-o, mas Beth não fez nenhum movimento para pegá-lo, e por isso, muito deliberadamente, ele o colocou no cesto. Beth se virou para olhar o porto por entre as árvores. A névoa havia sumido e a água de Majabigwaduce brilhava sob o sol de verão. Ficou em silêncio. — Srta. Fletcher... — começou Moore.

— Não! — interrompeu ela. — Não, não posso aceitar.

— É um presente. Nada mais, nada menos do que isso.

Beth mordeu o lábio inferior e então se virou em desafio de volta para o tenente de casaca vermelha.

— Eu quis que James se juntasse aos rebeldes — disse. — Eu o encorajei! Levei notícias de seus canhões e seus homens ao capitão Brewer! Eu traí vocês! Acha que o general me ofereceria um presente se soubesse que fiz tudo isso? Acha?

— Acho — respondeu Moore.

A resposta espantou-a. Ela pareceu desmoronar e foi até a pilha de lenha onde se sentou e acariciou o gato distraidamente.

— Eu não sabia o que pensar quando vocês vieram para cá. A princípio foi empolgante. — Ela fez uma pausa, pensando. — Era uma coisa nova e diferente, mas então simplesmente havia uniformes demais aqui. Este é o nosso lar, e não de vocês. Vocês tiraram nosso lar de nós. — Ela o olhou pela primeira vez desde que havia se sentado. — Vocês tiraram nosso lar de nós — repetiu.

— Sinto muito — disse Moore, não sabendo mais o que dizer.

Ela concordou com a cabeça.

— Aceite o presente — pediu Moore. — Por favor.

— Por quê?

— Porque o general é um homem decente, Srta. Fletcher. Porque ele o oferece como prova de amizade. Porque quer que a senhorita saiba que pode contar com a proteção dele independentemente de sua opinião. Porque não quero carregar o cesto de volta ao forte. — Beth sorriu com esse último motivo e Moore ficou parado, esperando. Podia ter acrescentado que o presente fora dado porque McLean era tão vulnerável quanto qualquer homem diante de uma jovem de cabelos louros e sorriso encantador, mas em vez disso apenas deu de ombros. — Porque sim — terminou.

— Porque sim?

— Por favor, aceite.

Beth concordou com a cabeça de novo, e enxugou os olhos com o canto do avental.

— Agradeça ao general por mim.

— Farei isso.

Ela se levantou e foi até a porta, onde se virou.

— Adeus, tenente. — Em seguida pegou o cesto e entrou.

— Adeus, Srta. Fletcher — disse Moore para a porta fechada. Caminhou lentamente para o forte e sentiu-se derrotado.

Os três navios balançavam com o vento, mergulhavam nas grandes ondas que batiam brancas no talha-mar; as velas estavam retesadas e o vento era forte nas popas. Longe, a bombordo, ficava o cabo Anne, onde as ondas atormentavam as pedras.

— Devemos ficar perto da costa — disse o capitão Abraham Burroughs ao coronel Henry Jackson.

— Por quê?

— Porque os desgraçados estão lá fora, em algum lugar — respondeu o capitão, apontando para estibordo, onde o banco de névoa havia se retirado para o sul, parecendo uma nuvem comprida e castanho-acinzentada sobre o oceano interminável. — Se encontrarmos uma fragata inglesa, coronel, o senhor pode dizer adeus ao seu regimento. Se eu vir uma fragata lá fora, correrei para bombordo. — E balançou a mão para os outros dois navios. — Não somos guerreiros; somos transportes para eles.

Mas os três navios de transporte levavam o regimento de Henry Jackson, um dos melhores do mundo, e ele estava a caminho de Majabigwaduce.

E na névoa distante, em mar aberto, em um lugar onde não havia marcas, um barco de pesca de Cape Cod via outros navios saindo da brancura. Os pescadores temiam que as grandes embarcações os capturassem, ou então roubassem seu peixe, mas nenhum navio inglês se incomodou com o pequeno pesqueiro de uma vela só. Um a um os grandes navios passaram, com a pintura colorida das figuras de proa e os dourados da popa embotados pela névoa. Todos exibiam bandeiras azuis.

O enorme *Raisonable* ia à frente, seguido por cinco fragatas; a *Virginia*, a *Blonde*, a *Greyhound*, a *Galatea* e a *Camille*. O último navio da frota de apoio, o diminuto *Otter*, havia perdido contato e estava em algum lugar a sudeste, mas sua ausência não diminuía a força esmagadora dos navios de guerra de Sir George Collier. Os pescadores olharam em silêncio enquanto a belonave de proa rombuda e suas cinco fragatas passavam fantasmagóricas. Eles podiam sentir o fedor da frota e das centenas de homens apinhados nos cascos cheios de canhões. Cento e noventa e seis canhões, alguns de 32 libras e capazes de trucidar navios, estavam a caminho de Majabigwaduce.

— Filhos da puta desgraçados — cuspiu o capitão do barco de pesca quando a galeria de popa dourada do *Camille* foi engolida pela névoa. E o oceano se esvaziou outra vez.

Os rebeldes estavam em Penobscot havia 19 dias, e dominavam o terreno elevado durante 16 desses dias. Houvera mais de vinte conselhos de guerra, alguns somente para os capitães de navios, outros para os principais oficiais do exército e mais outros para ambos. Votações tinham sido feitas, moções tinham sido aprovadas, e o inimigo ainda não havia sido aprisionado ou morto.

A ressurreição e o retorno do comodoro havia sufocado o ânimo de Lovell. Ultimamente ele e Saltonstall só se comunicavam por meio de cartas, mas Lovell achava que era seu dever visitar o *Warren* e dar os parabéns a Saltonstall pela sobrevivência, embora o comodoro, cujo rosto comprido estava cheio de calombos vermelhos de picadas de mosquitos, não parecesse grato com a preocupação do general.

— É uma providência de Deus o senhor ter sido poupado da captura ou de coisa pior — disse Lovell desajeitadamente.

Saltonstall grunhiu.

Lovell abordou nervosamente o assunto de uma entrada no porto.

— O capitão Hacker estava esperançoso...

— Eu conheço os sentimentos do capitão Hacker — interrompeu Saltonstall.

— Ele acha que a manobra era viável.

— Ele pode achar a porcaria que quiser — disse Saltonstall, acalorado —, mas não vou levar meus navios para aquele maldito buraco.

— E, a não ser que os navios sejam tomados — continuou Lovell mesmo assim —, não creio que o forte possa ser atacado com alguma esperança de sucesso.

— Você pode ter certeza de uma coisa, general: meus navios não se arriscarão no porto enquanto o forte permanecer em mãos inimigas.

Os dois se encararam. Os canhões estavam funcionando de novo, mas agora o ritmo do fogo rebelde era muito mais lento por causa da escassez de munição. Havia fumaça de pólvora na ilha Cross, nas alturas de Majabigwaduce e do outro lado do istmo ao norte da península. Mais fumaça subia do terreno baixo perto da bateria Meia-Lua. Lovell, com raiva porque a casa e o celeiro de Bank haviam dado cobertura para as tropas escocesas que expulsaram seus homens de modo tão vergonhoso, ordenara que as construções fossem queimadas, como punição.

— E a casa do holandês também — insistira.

Assim, quarenta homens tinham descido o morro às primeiras luzes do dia e incendiado as casas e os celeiros. Não haviam se demorado no terreno baixo, temendo um contra-ataque dos homens de McLean. Apenas haviam posto fogo e se retirado de novo.

— Vou apresentar as circunstâncias aos meus oficiais — disse Lovell então, rigidamente — e vamos discutir a viabilidade de um ataque ao forte. Pode estar certo de que revelarei ao senhor a decisão imediatamente.

Saltonstall concordou.

— Meus cumprimentos, general.

Naquela tarde Lovell foi ao *Hazard*, um dos navios pertencentes à Marinha de Massachusetts e de onde convocou seus majores de brigada, os comandantes da milícia, o coronel Revere e o general Wadsworth. O Conselho de Guerra aconteceria no conforto da cabine de popa do brigue, onde soldados curiosos não poderiam ficar perto entreouvindo as discussões. O capitão John Williams, oficial comandante do *Hazard*, fora convidado a comparecer, como cortesia, e Lovell pediu que ele explicasse aos outros a relutância da marinha em penetrar no porto.

— Nem todo mundo reluta — disse Williams, pensando em seu primeiro-tenente, George Little, que estava pronto para se amotinar se isso significasse que ele poderia levar seu brigue diminuto para o porto de Majabigwaduce e dominar os ingleses. — Mas o comodoro está sendo prudente.

— Em que sentido? — perguntou Wadsworth.

— É possível entrar facilmente com um navio, mas seria um trabalho infernal tirá-lo de novo.

— O objetivo — observou Wadsworth em voz baixa — é ficar no porto. Ocupá-lo.

— O que significa que vocês teriam de destruir os canhões do forte — disse Williams. — E há outra coisa. A frota está ficando sem homens.

— Nós alistamos homens à força em Boston! — reclamou Lovell.

— E eles estão desertando, senhor — respondeu Williams. — E os capitães corsários não estão felizes. Todo dia que passam aqui é mais um dia em que não poderão capturar presas no mar. Estão falando em ir embora.

— Por que nós trouxemos todos esses navios? — perguntou Wadsworth. Havia feito a pergunta a Williams, que simplesmente deu de ombros. — Trouxemos uma frota de navios de guerra e não os usamos? — perguntou Wadsworth mais acaloradamente.

— O senhor deve fazer esta pergunta ao comodoro — respondeu Williams em tom tranquilo.

Houve um silêncio, rompido apenas pelo chacoalhar interminável da bomba do *Hazard*. Os danos que o brigue recebera quando o tenente Little o levou perto demais das chalupas de Mowat ainda não haviam sido adequadamente consertados. O brigue precisaria ser puxado para terra de modo que as madeiras avariadas fossem substituídas, calafetadas e vedadas, mas a bomba o mantinha flutuando com bastante facilidade.

— Então devemos capturar o forte — disse Peleg Wadsworth, rompendo o silêncio taciturno, e então passou por cima do coro de vozes que reclamavam dizendo que esse feito era impossível. — Devemos levar homens para a parte de trás do forte e atacar a partir do sudeste. Os muros ali estão inacabados e a fortificação a leste, pelo que posso ver, não tem canhões.

— Os seus homens não vão atacar — disse Revere com desprezo. Durante uma semana, em todos os conselhos de guerra, o tenente-coronel Revere insistira pelo abandono do cerco, e agora enfatizava esse ponto. — Eles não vão enfrentar o inimigo! Nós vimos isso ontem. Três quartos dos cartuchos para armas pequenas se foram e metade dos homens está escondida no mato!

— Então você fugiria? — perguntou Wadsworth.

— Ninguém me acusa de fugir!

— Então, maldição, fique e lute! — A raiva de Wadsworth finalmente explodiu e seu praguejar bastou para deixar toda a cabine em silêncio. — Maldição! — gritou, e bateu na mesa do capitão Williams com tanta força que um candelabro de estanho tombou. Homens olharam-no atônitos, e Wadsworth surpreendeu até a si mesmo com sua veemência súbita e linguagem áspera. Tentou acalmar a irritação, mas ela ainda era enorme. — Por que estamos aqui? Não é para construir baterias nem para atirar em navios! Estamos aqui para capturar o forte deles!

— Mas... — começou Lovell.

— Nós exigiremos brigadistas do comodoro — disse Wadsworth passando por cima de seu oficial comandante. — E vamos juntar todos os homens, e então atacar! Vamos atacar! — Ele olhou a cabine ao redor, vendo o ceticismo em vários rostos. Os que eram a favor de abandonar a expedição, liderados pelo coronel Revere, defendiam fervorosos seu ponto de vista, enquanto os dispostos a continuar com o cerco estavam mornos, na melhor das hipóteses. — O comodoro — continuou Wadsworth — não está disposto a entrar no porto enquanto os canhões estiverem lá para golpear seus navios. Portanto vamos garantir a ele que silenciaremos os canhões. Vamos levar homens à retaguarda da fortificação inimiga e atacar! E o comodoro vai nos apoiar.

— O comodoro... — começou Lovell.

Wadsworth interrompeu-o de novo.

— Nós nunca oferecemos ao comodoro nosso apoio integral — disse enfaticamente. — Nós pedimos para ele destruir os navios antes de atacarmos e ele pediu para destruirmos o forte antes de atacar. Então por que não usamos um meio-termo? Atacamos ambos ao mesmo tempo. Se ele souber que nossa força terrestre está fazendo um ataque, não terá opção a não ser nos apoiar!

— Talvez as tropas regulares cheguem — sugeriu McCobb.

— O *Diligent* não mandou notícias — disse Lovell.

O *Diligent*, o rápido brigue da Marinha Continental capturado dos ingleses, fora posto na foz do rio Penobscot para servir como barco de guarda e alertar para a aproximação de qualquer navio, mas seu capitão, Philip

Brown, não mandara mensagens, o que sugeria a Lovell que qualquer reforço, para qualquer um dos lados, estava a pelo menos um dia de distância.

— Não podemos esperar para ver se Boston vai nos mandar tropas — insistiu Wadsworth. — E além disso a possibilidade de reforços ingleses é igualmente forte! Fomos mandados aqui para realizar uma tarefa. Então, pelo amor de Deus, vamos fazer isso! E vamos fazer agora, antes que o inimigo esteja com mais forças.

— Duvido que possamos fazer isso agora — disse Lovell. — Quem sabe amanhã?

— Então que seja amanhã! — respondeu Wadsworth exasperado. — Mas vamos fazer! Vamos fazer o que viemos fazer, o que nosso país espera de nós! Vamos fazer!

Houve silêncio, rompido por Lovell que olhou animado a cabine ao redor.

— Certamente temos algo a discutir — disse ele.

— E não vamos discutir — contrapôs Wadsworth asperamente —, e sim tomar uma decisão!

Lovell pareceu espantado com a ênfase de seu auxiliar. Por um momento havia a impressão de que ele lutaria para retomar o comando da cabine, mas o rosto de Wadsworth estava muito sério e Lovell cedeu à exigência.

— Muito bem — disse rigidamente —, vamos tomar uma decisão. Todos os que são a favor da proposta do general Wadsworth, por obséquio indiquem agora.

A mão de Wadsworth saltou para cima. Lovell hesitou, mas levantou a mão. Outros homens seguiram-no, até os que geralmente apoiavam o fim do cerco. Todos menos um.

— E os que se opõem? — perguntou Lovell. O tenente-coronel Revere levantou a mão. — Declaro a moção aprovada — disse Lovell. — Pediremos o apoio do comodoro no ataque de amanhã.

O dia seguinte seria sexta-feira, 13 de agosto.

A sexta-feira, 13 de agosto, amanheceu com tempo bom. O vento estava fraco e não havia névoa, e com isso a bateria rebelde na ilha Cross abriu fogo às primeiras luzes, assim como o canhão de 18 libras mais distante, na margem norte, do outro lado da península. As balas batiam forte contra o casco das chalupas inglesas.

O capitão Mowat estava resignado com o bombardeio. Havia movido seus navios duas vezes, mas não existia outro ancoradouro para onde pudesse recuar dali, a não ser que levasse as chalupas para longe do forte. As bombas nos três navios trabalhavam continuamente, manobradas por marinheiros que cantavam cantigas navais enquanto faziam as grandes alavancas subir e descer. O carpinteiro do *Albany* remendava o casco da melhor forma possível, mas as grandes balas de 18 libras arrebentavam as tábuas de carvalho com força destruidora.

— Vou mantê-lo à tona, senhor — prometeu o carpinteiro a Mowat ao amanhecer. Havia tapado três rombos gigantescos junto à linha d'água da chalupa, mas um reparo adequado teria de esperar até que o navio pudesse ser encalhado ou levado a uma doca.

— Felizmente eles ainda estão atirando alto — disse Mowat.

— Reze a Deus para que continuem fazendo isso.

— Espero que você esteja rezando!

— Dia e noite, senhor, dia e noite. — O carpinteiro era metodista e mantinha um exemplar muito antigo da Bíblia em seu avental de trabalho. Franziu a testa quando uma bala rebelde acertou o corrimão de popa e lançou uma chuva de lascas no tombadilho superior. — Vou remendar as obras mortas quando tivermos terminado com as fiadas de tábuas de baixo, senhor.

— As obras mortas podem esperar — disse Mowat.

O capitão não se importava com a aparência de seu barco desde que ele continuasse flutuando e pudesse carregar os canhões. Por enquanto esses canhões estavam silenciosos. Mowat sabia que suas peças de nove libras podiam causar pouco dano à bateria na ilha Cross, e nenhum de seus canhões era suficientemente poderoso para alcançar a nova bateria no norte, e por isso não desperdiçava pólvora e balas contra os rebeldes. Um dos canhões de 12 libras do capitão Fielding, posicionado no forte, disparava contra a ilha Cross, um fogo que servia meramente para manter os rebeldes escondidos entre as árvores.

Um estalar de mosquetes soou em terra. Nos últimos dias esse barulho era constante, já que os homens de McLean se infiltravam nas árvores perto do istmo ou então caçavam nas plantações e celeiros do povoado em busca de patrulhas rebeldes. Estavam fazendo isso contra suas ordens e, mesmo aprovando os sentimentos por trás dessa caçada aos rebeldes, McLean ordenara que ela fosse interrompida. Mowat achava que os tiros tinham vindo da companhia ligeira do capitão Caffrae, que mantivera seu assédio às linhas inimigas.

— Ó do convés! — gritou um vigia de cima do mastro de popa.
— Nadador!
— Temos algum homem na água? — perguntou Mowat ao oficial de vigia.
— Não, senhor.

Mowat foi para a proa e viu que de fato havia um homem nadando em direção ao *Albany*, vindo da boca do porto. Parecia exausto. Dava algumas braçadas e depois ficava boiando por um tempo antes de tentar debilmente nadar de novo, e Mowat gritou para o contramestre lançar um cabo para o sujeito. Demorou um momento para o homem encontrar o cabo, mas ele enfim foi puxado para a lateral da chalupa e içado ao convés. Era um marinheiro que usava um rabicho comprido pendendo nas costas nuas e imagens de baleias e âncoras tatuadas no peito e nos antebraços. Ficou ali pingando e depois, exausto e tremendo, sentou-se na carreta de uma das peças de nove libras.

— Qual é o seu nome, marinheiro? — perguntou Mowat.
— Freeman, senhor, Malachi Freeman.
— Arranjem um cobertor para ele — ordenou Mowat — e um pouco de chá. Ponham umas gotas de rum no chá. De onde você é, Freeman?
— De Nantucket, senhor.
— Um ótimo lugar. E o que o trouxe aqui?
— Fui convocado à força, senhor. Em Boston.
— Para qual embarcação?

— O *Warren*, senhor.

Freeman era um rapaz, mal teria vinte anos, julgou Mowat, e tinha nadado desde o *Warren* na escuridão da noite. Havia chegado à praia embaixo de Dyce's Head, onde ficou tremendo e esperando que os barcos de guarda se retirassem no alvorecer. Então havia nadado até as chalupas.

— O que você é, Freeman? — perguntou Mowat. Viu como as mãos de Freeman estavam manchadas de preto, de tanto subir pelos cordames cheios de alcatrão. — Gajeiro?

— Sim, senhor, há quatro anos, já.

— Sua Majestade aprecia um bom gajeiro. E você está disposto a servir a Sua Majestade?

— Estou, senhor.

— Vamos tomar o seu juramento — disse Mowat, e esperou enquanto um cobertor era pendurado nos ombros do desertor e uma lata de chá quente temperado com rum era posta em suas mãos. — Beba isso antes.

— Eles virão até o senhor — disse Freeman, com os dentes chacoalhando.

— Virão até mim?

— O comodoro, senhor. Ele vem hoje. Disseram à gente ontem à noite. E ele está fazendo baluartes na proa do *Warren*, senhor.

— Baluartes?

— Estão reforçando a proa, senhor, e colocando três camadas de troncos atravessando o castelo de proa, para proteger os brigadistas.

Mowat olhou o sujeito trêmulo. Considerou a ideia de que os rebeldes teriam mandado Freeman com desinformação intencional, mas isso fazia pouco sentido. Se Saltonstall quisesse enganar Mowat, certamente fingiria que iria se retirar, e não atacar. Então os rebeldes viriam finalmente? Mowat olhou para o oeste, para onde podia entrever os navios ancorados do outro lado de Dyce's Head.

— Quantos navios virão?

— Não sei, senhor.

— Imagino que não. — Mowat foi até os ovéns do mastro principal e apoiou um telescópio sobre um dos enfrechates. Sem dúvida, podia ver homens trabalhando na proa do *Warren*. Pareciam estar levando novos cabos para o gurupés, enquanto outros tiravam troncos de cima de um escaler. Então, finalmente, eles viriam? — Isso não vai acontecer antes da maré da tarde — disse ao seu primeiro-tenente.

— O que nos dá a maior parte do dia para nos prepararmos, senhor.

— Isso mesmo. — Mowat fechou o telescópio e olhou para o céu.

— E o barômetro?

— Continua caindo, senhor.

— Então virá tempo ruim, também.

Agora o céu estava translúcido, mas ele achava que chegariam nuvens, névoa e chuva antes do crepúsculo, hora em que, sabia, estaria morto ou capturado. Não tinha ilusões. Sua pequena flotilha podia causar sérios danos aos navios americanos, mas não derrotá-los. Assim que o *Warren* virasse o costado para as chalupas, poderia golpeá-las com canhões que tinham o dobro do tamanho dos canhões ingleses, e a derrota era uma certeza. O *Warren* poderia ser ferido, mas o *Albany* morreria. Isso era inevitável, e portanto o máximo que Mowat poderia esperar era ferir o *Warren* com força, depois levar seus homens em segurança para terra, onde poderiam ajudar McLean a defender o forte.

— Todos os brigadistas devem ser trazidos de volta a bordo — disse ao primeiro-tenente — e todos os canhões devem ser carregados com balas duplas. Ponham areia no convés. Diga ao cirurgião para afiar suas malditas facas. Vamos afundar rosnando, mas por Deus, eles vão saber que lutaram contra a Marinha Real.

Então mandou uma mensagem a McLean.

Os rebeldes estão vindo.

Peleg Wadsworth pediu voluntários. A milícia, na verdade, tivera um desempenho frustrante e, a não ser pelo primeiro dia em terra, quando subiu o penhasco para expulsar o forte piquete inimigo, não havia lutado com ânimo. Mas isso não significava que não houvesse homens corajosos em seu meio, e eram justamente eles que Wadsworth queria. Andou pela floresta e conversou com grupos de homens, falou com os piquetes que cuidavam das fortificações de terra na beira da floresta e disse a todos o que planejava.

— Vamos ao longo da margem do porto, e assim que estivermos atrás do inimigo, entre ele e os navios dele, vamos atacar. Não vamos estar sozinhos. O comodoro vai entrar no porto e lutar contra o inimigo, e os navios dele vão bombardear o forte enquanto atacamos. Preciso de homens dispostos a fazer esse ataque, dispostos a subir o morro comigo e invadir os muros inimigos. Preciso de homens corajosos.

Quatrocentos e quarenta e quatro homens se ofereceram. Juntaram-se em meio às árvores no topo de Dyce's Head, onde o tenente Downs e cinquenta brigadistas esperavam, e Wadsworth dividiu os voluntários da milícia em quatro companhias. Os índios formaram sua própria pequena companhia. Era o início da tarde. O dia havia nascido muito claro, mas o céu tinha se nublado e uma névoa da tarde começava a subir do mar.

— A névoa vai ajudar a nos esconder — observou Wadsworth.

— Então Deus é americano — disse o tenente Downs, fazendo Wadsworth sorrir, e em seguida o tenente brigadista olhou para além de Wadsworth. — O general Lovell está vindo, senhor — disse em voz baixa.

Wadsworth virou-se e viu Solomon Lovell e o major Todd se aproximando. Seriam más notícias? Será que o comodoro Saltonstall havia mudado de ideia?

— Senhor — cumprimentou ele com cautela.

Lovell parecia pálido e abatido.

— Decidi que devo ir com você — disse ele devagar.

Wadsworth hesitou. Tinha pensado em comandar o ataque e que Lovell faria um avanço separado com o resto dos homens ao longo da crista do morro, mas algo no rosto de Lovell lhe disse para aceitar a decisão. Lovell queria participar do ataque porque precisava provar a si mesmo que tinha feito todo o possível. Ou talvez, considerou Wadsworth menos generosamente, Lovell estivesse pensando na posteridade e sabia que a fama acompanharia o homem que comandasse o ataque bem-sucedido ao Forte George.

— Claro, senhor — respondeu Wadsworth.

Lovell parecia inconsolável.

— Acabei de ordenar que os grandes canhões fossem tirados do terreno alto — disse, fazendo um gesto para o norte, em direção ao ponto em que os canhões de Revere haviam sido postos.

— O senhor ordenou... — começou Wadsworth, perplexo.

— Não há munição — interrompeu Lovell, arrasado.

Wadsworth se preparou para observar que poderia ser fornecida mais munição, se não de Boston, do paiol do *Warren*, mas então entendeu por que Lovell dera a ordem aparentemente derrotista de mover os canhões. Era porque ele finalmente entendia que esta era a última chance dos rebeldes. Se o ataque fracassasse, nada mais daria certo, pelo menos até que chegassem reforços americanos. E até esse dia não haveria necessidade de canhões pesados.

— O coronel McCobb e o coronel Mitchell vão comandar o ataque ao longo da crista — continuou Lovell.

Nem Lovell nem Wadsworth esperavam muita coisa do segundo ataque, que seria feito pelos homens que não tinham se oferecido para o primeiro, mas sua presença visível na crista deveria manter alguns defensores ingleses no lado oeste do forte, e por isso o segundo ataque estava planejado.

— Estamos honrados com sua presença aqui, senhor — disse Wadsworth generosamente.

— Não vou interferir em suas movimentações — prometeu Lovell.

Wadsworth sorriu.

— Agora estamos todos à mercê de Deus, senhor.

E, se Deus fosse misericordioso, os rebeldes desceriam o morro comprido a plena vista do forte e sob o fogo de seus canhões. Passariam pelos restos fumegantes de casas e celeiros queimados, cruzariam milharais, pomares e pequenos quintais onde cresciam verduras. Assim que estivessem abrigados pelo povoado, iriam para um grupo de casas que ficava entre o forte e os navios ingleses, e ali Wadsworth esperaria até que o ataque do comodoro distraísse os defensores do forte e enchesse o porto com barulho, fumaça e chamas.

Com a Brigada Naval e os índios acrescentados à sua força, Wadsworth comandaria quinhentos homens. Os melhores. Bastaria? McLean tinha pelo menos setecentos no forte, mas as tropas comandadas pelo coronel McCobb e o coronel Mitchell manteriam alguns desses defensores virados para o oeste, e assim que os navios ingleses fossem conquistados ou afundados o resto da Brigada Naval americana viria para terra. Os números ficariam mais ou menos iguais, pensou Wadsworth, e chegou à conclusão de que não poderia vencer essa batalha com um exercício de aritmética mental. Podia planejar seus movimentos até a beira do porto, mas depois disso o diabo lançaria seus dados e tudo seria fumaça e chamas, gritos e aço, o caos da raiva e do terror, e então de que adiantaria a matemática? Se os netos de Wadsworth fossem saber daquele dia e daquela vitória, deveriam aprender sobre coragem e homens realizando um grande feito. E se o feito não fosse grandioso não seria memorável. Assim, em algum ponto, ele deveria abandonar os cálculos e se lançar na fúria e na decisão. Não havia um caminho fácil. Tanto Lovell quanto Saltonstall haviam fugido à luta porque buscavam uma solução segura, e esse tipo de resposta fácil não era possível. A expedição só teria sucesso quando se erguesse acima da prudência e desafiasse os homens para realizar grandes feitos. Portanto sim, pensou ele, quinhentos homens bastavam, porque era tudo que ele possuía para fazer o que precisava ser feito em nome da liberdade americana.

— James? — disse a Fletcher. — Vamos.

Quarenta voluntários seguravam cordas amarradas a dois canhões de quatro libras que, até então, praticamente não tinham sido usados. Eram pequenos demais para ser eficazes contra qualquer coisa, a não ser de perto, mas nesse dia poderiam garantir a vitória na batalha. O tenente Marett, um dos oficiais de Revere, comandava as duas peças que tinham um amplo suprimento de balas esféricas, mas o capitão Carnes, antes de retornar ao *General Putnam*, insistira em que as duas armas pequenas também fossem equipadas com uma metralha. Ele próprio havia feito os projéteis, catando pedras da praia que os marinheiros do *General Putnam* haviam costurado em sacos de lona de vela. Os sacos podiam ser enfiados em cima de uma bala esférica, de modo que quando os canhões fossem disparados as pedras se espalhassem em uma carga mortal. O tenente Marett havia reclamado, nervoso, que as pedras arruinariam os canos dos canhões, mas ficou quieto sob o olhar maligno de Carnes.

— Danem-se os canos — dissera Carnes. — O que importa é a destruição que eles vão causar nas tripas dos ingleses.

Os primeiros fiapos de névoa se enrolaram sobre a encosta enquanto os homens desciam para a margem. Iam em formação aberta, correndo pelas campinas e entre as árvores espalhadas. Uma bala esférica disparada do Forte George abriu uma cicatriz no capim. Um segundo canhão disparou, depois um terceiro, mas todas as balas ricochetearam inofensivas no chão. Isso era um bom presságio, pensou Wadsworth, e ficou surpreso por estar procurando presságios. Tinha rezado ao alvorecer. Gostava de pensar que a fé e a oração eram suficientes e que agora estava nas mãos de Deus, mas pegou-se olhando cada fenômeno em busca de sinais de que o ataque teria sucesso. As chalupas inglesas, mesmo com os canhões virados para a margem do porto, não dispararam, e isso era certamente a mão da providência divina. A fumaça das casas incendiadas era soprada na direção do Forte George e, ainda que a mente racional de Wadsworth lhe dissesse que isso era meramente porque o vento continuava soprando do sudoeste, ele queria acreditar que era um sinal de que Deus desejava cegar e sufocar o inimigo. Viu seis índios agachados perto do milharal onde tinha ordenado que os homens se agrupassem. Eles formaram um círculo, com as cabeças escuras bem próximas, e Wadsworth imaginou a que Deus eles rezariam. Lembrou-se de um homem chamado Eliphalet Jenkins que havia fundado uma missão na tribo Wampanoag e cujo corpo, estripado por facas e totalmente esbranquiçado junto ao mar, fora lançado à costa em Fairhaven. Por que estava se lembrando dessa história antiga? E então pensou na história que James Fletcher havia contado, sobre um homem e um menino, ambos ingleses, que muitos anos antes haviam sido castrados e queimados vivos pelos índios de Majabigwaduce. Seria outro presságio?

Os dois canhões chegaram em segurança. Cada um deles estava unido a uma caixa que guardava a munição, e na carroça mais próxima estava pintado um lema: "Liberdade ou Morte". Era fácil de dizer, pensou Wadsworth, mas a morte parecia mais próxima agora. Próxima e permanente. As palavras se batiam em sua cabeça. Por que as chalupas inimigas não disparavam? Estariam dormindo? Um projétil do forte caiu nos restos fumegantes da casa de Jacob Dyce e explodiu inofensivo com um estrondo opaco e impotente e uma erupção de cinzas e madeira em brasa. Próxima, permanente e impotente. Por algum motivo Wadsworth pensou no texto que fora a base de um sermão que o reverendo Jonathan Murray havia feito no primeiro domingo depois de a expedição ter desembarcado: "onde o seu verme não morre e o fogo não se apaga". O verme, disse Murray, era a maldade da tirania britânica e o fogo era a fúria justa dos homens que lutavam pela liberdade. Mas por que queimamos essas casas, pensou Wadsworth, e quantos homens de Majabigwaduce haviam se enfurecido com esse incêndio criminoso e, naquele momento, defendiam os muros do forte? "O verme vai encolher", prometera Murray, "vai encolher e sibilar enquanto queima!" No entanto, a Escritura não prometia esse castigo, pensou Wadsworth. Só que o verme não morreria. Seria um presságio?

— Vamos, senhor? — perguntou Fletcher.

— Vamos, vamos.

— O senhor parecia estar sonhando — disse Fletcher, rindo.

— Estava imaginando quantos civis estarão ajudando à guarnição.

— Ah, alguns — respondeu Fletcher sem dar importância. — O velho Jacob, para começar, mas ele não sabe atirar direito. O Dr. Calef, claro.

— Eu conheci Calef em Boston — disse Wadsworth.

— Não é mau sujeito. Um pouco arrogante. Mas vai estar trabalhando como médico, e não como soldado.

— Vamos — disse Wadsworth.

A coisa toda parecia irreal. Os navios continuavam sem atirar e o bombardeio do forte caiu em silêncio porque os americanos estavam em terreno baixo protegidos dos canhões do muro sul do forte por uma elevação de terra que seguia paralela à crista do morro. Além disso também estavam escondidos por casas, milharais e árvores. Lírios floresciam nos jardins. Uma mulher tirou rapidamente as roupas do varal porque o céu ainda estava escurecendo e prometia chuva. A Brigada Naval, em fila dupla, avançava pela esquerda para se virar e se opor a qualquer investida da guarnição do forte, porém McLean não mandou nenhuma ofensiva. Um cachorro acorrentado latiu para os soldados que passavam, até que uma mulher gritou fazendo-o calar. Wadsworth olhou à esquerda, mas tudo que podia ver do forte era a bandeira balançando devagar no topo do mastro. Atravessou a trilha recém-feita que levava da praia ao portão do forte. Se eu fosse McLean, pensou, mandaria homens para lutar embaixo, mas o escocês não havia feito isso, e Mowat não atirava de suas chalupas, ainda que certamente visse os rebeldes passando pelo povoado.

— Ele não vai desperdiçar balas conosco — sugeriu o tenente Downs quando Wadsworth exprimiu surpresa pelos navios ingleses estarem em silêncio.

— Porque não podemos fazer mal a ele?

— Porque ele colocou balas duplas nos canhões para dar as boas-vindas aos nossos navios. É só com isso que ele está preocupado, senhor, com os navios.

— Ele não tem como saber que os navios estão planejando atacá-lo — observou Wadsworth.

— Se eles viram que nosso castelo de proa estava sendo reforçado, devem ter adivinhado.

E se os navios não viessem? Saltonstall havia concordado com muita relutância em fazer um ataque. E se mudasse de ideia? Os homens de Wadsworth estavam alinhados com os navios, o que significava que estavam entre Mowat e McLean, e Wadsworth podia ver os uniformes vermelhos da Brigada da Marinha Real no convés do HMS *North*. A névoa estava ficando mais densa e uma primeira pancada de chuva caiu fraca.

Então uma jovem loura saiu correndo de uma casa e envolveu o pescoço de James Fletcher com os braços, e Wadsworth soube que haviam chegado. Ordenou que os dois canhões fossem virados para o porto, e o trabalho deles seria abrir fogo se algum homem da Brigada Real viesse dos navios. O resto de seus homens se agachou em quintais e pomares. Estavam a 400 metros do bastião sudeste do forte e escondidos por um grande milharal. Estavam no lugar certo. Estavam prontos. Se McLean podia vê-los, aparentemente não se incomodou, porque nenhum canhão do forte disparou, e agora os costados das chalupas estavam virados para longe dos rebeldes. A partir daqui vamos subir, pensou Wadsworth. Pelo milharal, através do terreno aberto, por cima do fosso e pulando o muro, até a vitória. Isso parecia fácil, mas haveria balas esféricas e metralhas, gritos e sangue, fumaça e saraivadas de mosquetes, morte contorcida em agonia, homens berrando, aço retalhando tripas, calças sujas de merda e o diabo gargalhando enquanto jogava seus dados.

— Eles sabem que estamos aqui. — Solomon Lovell não tinha falado desde que haviam deixado o alto do morro, mas agora, olhando a bandeira acima do forte, parecia nervoso.

— Sabem — disse Wadsworth. — Capitão Burke! — William Burke, capitão do corsário *Sky Rocket*, tinha vindo junto com os soldados, e seu dever agora era retornar e avisar ao comodoro Saltonstall que a força de ataque estava posicionada. Saltonstall insistira em que um marinheiro lhe levasse a notícia, uma insistência que Wadsworth achou curiosa porque sugeria que o oficial da marinha não confiava no exército. — Certificou-se de que estamos posicionados, Sr. Burke?

— Estou bem satisfeito, general.

— Então, por favor, diga ao comodoro que atacaremos assim que ele abrir fogo.

— Sim, senhor — disse Burke, e partiu para o oeste, acompanhado por quatro milicianos. Um escaler esperava por ele sob Dyce's Head.

Demoraria uma hora, pensou Wadsworth, para a mensagem chegar ao seu destino. Começou a chover mais forte. Névoa e chuva em uma sexta-feira 13; mas pelo menos Wadsworth acreditava que, finalmente, os navios viriam.

E o forte, com a ajuda de Deus, cairia.

— Faremos nada, é claro — disse McLean.

— Nada? — perguntou John Moore.

— Poderíamos fazer um lanche fora de hora, não? Disseram-me que há sopa de rabada.

Moore olhou para o bastião sudeste do forte. Os rebeldes, pelo menos quatrocentos, estavam escondidos em algum lugar perto da casa dos Fletcher.

— Poderíamos mandar duas companhias para debandá-los, senhor — sugeriu o tenente.

— Eles têm uma companhia de brigadistas navais, você viu.

— Então mandamos quatro companhias, senhor.

— O que é exatamente o que eles querem que façamos. — A chuva pingava dos bicos do chapéu de McLean. — Eles querem que enfraqueçamos a guarnição.

— Para atacar então de cima do morro?

— Devo presumir que sim. Gosto de sopa de rabada, especialmente temperada com um pouco de xerez. — McLean desceu com cautela o pequeno lance de degraus do bastião, apoiando-se na bengala de ameixeira-brava. — Você servirá com o capitão Caffrae, mas lembre-se de sua outra obrigação caso os rebeldes consigam invadir.

— Destruir os juramentos, senhor?

— Exatamente, mas garanto que eles não vão invadir.

— Não? — perguntou Moore com um sorriso.

— Nossos inimigos cometeram um erro e dividiram sua força, e ouso acreditar que nenhum dos contingentes tem condições de romper nossa defesa. — Ele balançou a cabeça. — Gosto quando o inimigo faz o serviço para mim. Eles não são soldados, John, não são soldados, mas isso não significa que a luta será fácil. Eles têm uma causa, e estão prontos para morrer por ela. Vamos vencer, mas vai ser difícil.

O brigadeiro sabia que a crise viera e estava grato porque ela demorara tanto a chegar. A mensagem do capitão Mowat dissera que os navios rebeldes finalmente estavam decididos a entrar no porto, e agora McLean sabia que o ataque naval seria acompanhado de um assalto por terra. Esperava que o corpo principal dos rebeldes viesse de cima; por isso postara a maioria de seus homens no lado oeste do forte, enquanto três companhias do 82º estavam postas para defender contra o ataque dos homens que tinham ido pela costa para se esconder no terreno baixo.

Essas três companhias eram reforçadas por canhões navais já carregados com metralhas que poderiam transformar o fosso do outro lado do muro leste, ainda baixo, em uma trincheira inundada de sangue. E seria uma luta sangrenta. Dentro de uma ou duas horas McLean sabia que Majabigwaduce estaria tomada pelo barulho, pela fumaça dos canhões e pelos estalos dos mosquetes. As chalupas de Mowat fariam uma defesa robusta, mas certamente seriam destruídas ou tomadas, e isso era triste, mas sua perda não significaria derrota. O importante era sustentar o forte, e McLean estava decidido a fazer isso. Assim, ainda que seus oficiais ansiassem por uma investida contra os rebeldes escondidos, ele manteria os casacas vermelhas dentro dos muros do Forte George e deixaria os rebeldes virem morrer diante de seus canhões e baionetas.

Porque era para isso que ele havia construído o Forte George, para matar os inimigos do rei, e agora esses inimigos estavam fazendo sua vontade. Então ele esperava.

Começou a chover mais forte, uma chuva constante, caindo quase verticalmente porque o vento era muito fraco. A névoa movia-se em blocos, às vezes densa, às vezes rareando, e em alguns momentos trechos inteiros do rio ficavam livres da névoa, revelando uma água cinza e carrancuda sendo ondulada pela chuva. A água pingava das vergas e do cordame, escurecendo o convés dos navios.

— Você confia no exército, Sr. Burke? — perguntou Saltonstall.

— Eles estão posicionados, comodoro, e prontos para ir. Sim, senhor, confio.

— Então acho que devemos fazer a vontade deles.

Cinco navios rebeldes entrariam no porto de Majabigwaduce. O *General Putnam* comandaria o ataque, seguido de perto pelo *Warren* e pelo navio de New Hampshire, o *Hampden*. O *Charming Sally* e o *Black Prince* seguiriam atrás dessas três embarcações.

Fora ideia de Saltonstall mandar o *General Putnam* primeiro. Era um navio grande, bem-construído, que levava vinte canhões de nove libras, e suas ordens eram navegar diretamente para a linha de Mowat e depois virar contra o vento para ancorar diante da chalupa mais ao sul, a *Nautilus*. Assim que estivesse ancorado, o *General Putnam* golpearia o *Nautilus* com sua artilharia de costado enquanto o *Warren*, com canhões muito maiores, entraria em linha diante da nau capitânia inglesa, o *Albany*. Então o *Hampden*, com sua mistura de canhões de nove e seis libras, atacaria o *North* enquanto os dois navios restantes usariam as bandas de artilharia para alvejar o forte.

— Ele quer que a gente morra — comentou Thomas Reardon, primeiro-tenente do *General Putnam*.

— Mas faz sentido nos mandar primeiro — disse desanimado Daniel Waters, o capitão.

— Para nos matar?

— O *Warren* é nosso navio mais poderoso. Não há sentido em mandá-lo de frente para a morte antes de poder abrir fogo.

— Então nós é que vamos ficar à beira da morte?

— Sim — respondeu Waters —, porque esse é o nosso dever. Marinheiros ao cabrestante.

— Ele está querendo salvar a própria pele, é o único sentido para isso.

— Já chega! Ao cabrestante!

Os cabrestantes estalaram enquanto as âncoras eram puxadas. Os joanetes foram as primeiras velas a ser soltas, fazendo chover nos conveses. Areia havia sido espalhada no local para dar firmeza aos pés dos artilheiros nas tábuas que ficariam escorregadias com sangue. Os canhões estavam equipados com balas duplas. Todas as três embarcações da frente levavam brigadistas cujos mosquetes atormentariam os artilheiros inimigos.

As tripulações dos outros navios comemoraram quando as cinco embarcações de ataque partiram. O comodoro Saltonstall observou, com aprovação, quando sua giba foi içada e recuada para colocar o *Warren* contra o vento, e então, enquanto a bujarrona e a vela de estai do mastaréu do velacho eram içadas e firmadas, os joanetes inflaram com o vento fraco e o tenente Fenwick ordenou que as outras velas de gávea fossem soltas. Homens escorregavam pelo cordame, corriam pelas vergas e lutavam com as amarras endurecidas pela chuva para soltar as grandes velas que espalharam mais água presa nas dobras da lona.

— Cacem bem firme! — gritou Fenwick.

E o *Warren* estava em movimento. Adernava ligeiramente ao vento espasmódico. Na popa, a bandeira com a cobra tremulava na carangueja da mezena, enquanto a de estrelas e listras estava desfraldada no mastro principal, as cores orgulhosas reluzindo sob a chuva fraca e os fiapos de névoa. Israel Trask, o pífaro, tocava no castelo de proa da fragata. Começou com a "Marcha do Patife" porque era uma música animada, uma melodia para fazer os homens dançarem ou lutarem. Os artilheiros estavam com cachecóis amarrados em volta dos ouvidos para abafar o som dos canhões, e a maioria, mesmo sendo um dia frio, estava despida até a cintura. Se fossem feridos não queriam que uma bala de mosquete ou uma lasca de madeira enfiasse pano dentro da carne, porque todos sabiam que isso convidava a gangrena. Os canhões estavam negros sob a chuva. Saltonstall gostava de um navio impecável, mas mesmo assim permitira que os artilheiros passassem carvão nos canos dos canhões. "Morte aos reis", dizia um deles. "Liberdade para sempre" estava escrito em outro, e um terceiro, de modo um tanto misterioso, dizia apenas: "Dane-se o papa". O último era um sentimento que parecia irrelevante para os assuntos do dia, mas que combinava tanto com os preconceitos do comodoro que ele permitira que o lema permanecesse.

— Um ponto a estibordo — disse Saltonstall ao timoneiro.

— Sim, senhor, um ponto a estibordo — respondeu o timoneiro, sem fazer a correção.

Sabia o que estava fazendo, e sabia também que o comodoro estava nervoso, e oficiais nervosos tendiam a dar ordens desnecessárias. O timoneiro manteria o *Warren* atrás do *General Putnam*, tão perto que a bujarrona da fragata quase tocava a bandeira do navio menor. Agora a entrada do porto estava a 400 metros. Homens acenavam do topo de Dyce's Head. Outros olhavam da ilha Cross, onde a bandeira americana tremulava. Nenhum canhão disparou. Uma tira de névoa atravessava o centro do porto, amortalhando um pouco os navios ingleses. O forte ainda não estava visível. Havia um sussurro de vento, apenas o bastante para os navios pegarem velocidade e a água no talha-mar do *Warren* espirrar fazendo pequenos ruídos. Dois nós, talvez dois e meio, pensou Saltonstall, e faltando uma milha náutica antes de o timão girar para pôr o costado da fragata diante do *Albany*. O castelo de proa do *Warren* parecia feio porque os brigadistas haviam erguido barricadas de troncos para se proteger contra o fogo inimigo. E esse fogo começaria assim que a fragata passasse por Dyce's Head, mas a maior parte estaria apontada para o *General Putnam*, e durante meia milha náutica o navio teria de suportar esse fogo sem poder reagir. A dois nós de velocidade essa meia milha náutica seria coberta em 15 minutos. Cada canhão inglês dispararia cinco ou seis tiros nesse tempo, de modo que pelo menos trezentos disparos acertariam a proa do *General Putnam*, que o capitão Waters havia reforçado com madeira pesada. Saltonstall sabia que alguns homens o desprezavam por deixar que o *General Putnam* levasse aquela surra, mas que sentido fazia sacrificar o maior navio da frota? O *Warren* era o monarca da baía, a única fragata e o único navio com canhões de 18 libras, e seria idiotice deixar o inimigo aleijá-lo sob trezentas balas esféricas antes de ele ser capaz de usar sua terrível artilharia de costado.

E de que adiantaria esse ataque, afinal de contas? Saltonstall sentiu uma pulsação de raiva porque lhe fora pedido para fazer isso. Lovell deveria ter atacado e tomado o forte dias atrás! A Marinha Continental estava tendo de fazer o serviço da Milícia de Massachusetts, e Lovell, o desgraçado, devia ter reclamado com seus superiores em Boston, que haviam persuadido o Conselho Naval a mandar uma reprimenda a Saltonstall. O que eles sabiam? Eles não estavam ali! A tarefa era capturar o forte, e não afundar três chalupas que, assim que o forte estivesse tomado, estariam condenadas de qualquer modo. Então bons brigadistas e marinheiros morreriam porque Lovell era um idiota nervoso.

— Ele não serve nem para ser eleito caçador de porcos fugidos — zombou Saltonstall.

— Senhor? — perguntou o timoneiro.

— Nada — reagiu o comodoro rispidamente.

— Três, pela marca! — gritou um marinheiro da popa, lançando uma linha com um peso de chumbo para descobrir a profundidade.

— Temos bastante água, senhor — disse o timoneiro, encorajando.

— Lembro da última vez que enfiamos o nariz aí.

— Quieto, seu desgraçado — rosnou Saltonstall.

— Sim, senhor.

Agora o *General Putnam* estava quase diante de Dyce's Head. O vento parou, mas os navios continuaram em frente. A bordo das embarcações inglesas, os artilheiros deviam estar agachados atrás dos canos para garantir que a mira estivesse correta.

— Comodoro, senhor! — gritou o aspirante Ferraby do corrimão de popa.

— O que é?

— Sinal do *Diligent*, senhor. Velas estranhas à vista.

Saltonstall virou-se. Lá longe, ao sul, emergindo de um banco de névoa que obscurecia em parte Long Island, estava seu navio de guarda, o *Diligent*, com bandeiras de sinalização coloridas em um lais da verga.

— Pergunte quantas velas — ordenou.

— Diz que são três navios, senhor.

— Por que diabos você não disse desde o começo, seu idiota desgraçado? Que navios são?

— Ele não sabe, senhor.

— Então mande uma ordem para ele descobrir! — rosnou Saltonstall, em seguida pegando a trombeta de voz em seu gancho na bitácula. — Parar o navio! — gritou e se virou para sinalizar ao aspirante. — Sr. Ferraby, seu idiota, faça um sinal para os outros navios de ataque dizendo que devem retornar ao ancoradouro!

— Vamos voltar, senhor? — o tenente Fenwick foi obrigado a perguntar.

— Não seja idiota também. Claro que vamos voltar! Não faremos nada antes de saber quem são aqueles estranhos!

E assim o ataque foi suspenso. Os navios rebeldes deram a volta, com as velas batendo como monstruosas asas molhadas. Três navios estranhos estavam à vista, o que significava a chegada de reforços.

Mas reforços para quem?

Do depoimento do tenente George Little ao Tribunal de Inquérito de Massachusetts, feito em 25 de setembro de 1779:

Por ordem do capitão Williams fui com cinquenta homens a bordo do Hamden para fazer meu trabalho como deveria para garantir o Ataque ao Inimigo Mais ou menos no Mesmo tempo os Barcos do Comodoro estavam sendo Empregados para Trazer Troncos para Construir um Anteparo em seu Castelo de proa — Frequentemente Ouvi o Capitão Williams dizer que desde o primeiro Conselho de guerra o Comodoro ficava sempre pregando Terror Contra entrar no Porto para Atacar os Navios Inimigos.

Do despacho do general de brigada Lovell a Jeremiah Powell, presidente do Conselho do Estado da Baía de Massachusetts, datado de 13 de agosto de 1779:

Recebi seu favor de 6 de agosto neste dia em que o senhor menciona o desejo de informações sobre o Estado do exército sob meu comando... Não posso deixar de dizer que a Situação do meu Exército no presente é muito crítica... Muitos dos meus Oficiais e Soldados estão insatisfeitos com o Serviço, ainda que existam alguns que mereçam o maior crédito por sua Alacridade e Conduta... Seguem anexos os Procedimentos de cinco Conselhos de Guerra, O senhor pode Avaliar minha Situação quando o Navio mais importante da Frota e quase todos os Navios particulares estão contra o Cerco.

13

Um brigadista da Marinha Real junto ao corrimão de popa do HMS *North* disparou seu mosquete contra o pequeno grupo de americanos que havia se reunido acima da praia. A bala passou sobre as cabeças e se enterrou em um tronco de pinheiro. Nenhum americano pareceu notar, e todos continuaram olhando fixamente para a entrada do porto. Um sargento da brigada gritou para o homem poupar munição.

— Eles estão muito longe, seu idiota desgraçado.
— Só estou dizendo olá para eles, sargento.
— Logo, logo eles vão dizer olá a você.

O capitão Selby, comandante do HMS *North*, estava observando a aproximação dos navios rebeldes. Sua visão era perturbada por fiapos de névoa e cortinas de chuva, mas ele reconheceu o significado das velas mestras enroladas do inimigo. Os rebeldes queriam visão limpa adiante, pois estavam prontos para a batalha. Caminhou pelo convés da chalupa, falando com os artilheiros.

— Vocês vão acertá-los com força, rapazes. Façam com que cada tiro valha a pena. Mirem na linha d'água, afundem os desgraçados antes que eles possam nos abordar! Esse é o modo de vencer! — Selby duvidava que as três chalupas poderiam afundar um navio de guerra inimigo antes que os rebeldes abrissem fogo. Era espantosa a quantidade de danos que um navio podia suportar antes que começasse a afundar, mas era seu dever parecer confiante. Podia ver cinco navios inimigos se aproximando da entrada do porto, e todos pareciam maiores do que a sua chalupa. Achava que o inimigo tentaria abordar e capturar o *North*, de modo que havia preparado as lanças de abordagem, os machados e os alfanjes com que sua tripulação lutaria contra os atacantes.

Parou na proa do *North*, ao lado do poste de sansão que segurava um dos escovéns de 43 centímetros que ligavam sua chalupa ao *Albany*. Podia ver o capitão Mowat na popa do *Albany*, mas resistiu à tentação de conversar amenidades de um barco para o outro. Um rabequista estava tocando a bordo da chalupa de Mowat e a tripulação cantava. E seus homens também cantaram juntos.

Vamos gritar e rugir como verdadeiros marujos ingleses,
Vamos navegar e vagar por todos os mares de sal,
Até chegarmos às águas rasas do canal da velha Inglaterra
De Ushant à Sicília são 35 léguas no total.

Seriam mesmo 35 léguas?, pensou. Lembrava-se da última vez em que havia partido de Ushant para o norte, pelo mar que parecia um monstro cinza e com o vendaval do Atlântico cantando nos ovéns. Tinha parecido mais longe do que 35 léguas. Olhou o inimigo e se distraiu convertendo 35 léguas terrestres em milhas náuticas. Os números flutuaram em sua cabeça e ele se obrigou a se concentrar. Um pouquinho menos de 91 milhas náuticas e um quarto, o que era uma corrida fácil do amanhecer ao crepúsculo para uma chalupa de guerra que tivesse vento fresco e casco limpo. Será que veria a ilha de Ushant outra vez? Ou morreria ali, naquele porto assombrado pela névoa, encharcado pela chuva, esquecido por Deus em uma costa rebelde? Ainda observava o inimigo. Um belo navio de casco escuro vinha à frente, e logo atrás estava o casco maior e os mastros mais altos do *Warren*. Pensar nos grandes canhões da fragata causou uma súbita sensação de vazio no estômago de Selby e, para disfarçar o nervosismo, ele apontou o telescópio para os navios que se aproximavam.

Viu brigadistas navais com casacas verdes nas partes altas do convés da fragata e pensou nos tiros de mosquete que choveriam sobre seu convés, e então, inexplicavelmente, viu algumas velas do navio inimigo balançarem e começarem a virar para o outro lado. Baixou o telescópio, ainda olhando.

— Santo Deus — disse.

A fragata americana estava dando meia-volta. Teria perdido o leme? Selby olhou perplexo e então viu que todos os navios rebeldes seguiam o exemplo da fragata. Estavam saindo do vento, as velas balançando enquanto a tripulação afrouxava os panos.

— Certamente não vão abrir fogo de lá, vão? — pensou em voz alta. Olhou, de certa forma esperando ver o casco do navio da frente desaparecer em meio a uma súbita nuvem de fumaça de pólvora, mas isso não aconteceu. Ele simplesmente se virou lentamente e continuou virando.

— Os desgraçados estão fugindo! — gritou Henry Mowat do *Albany*. A música nas chalupas hesitou e morreu enquanto os homens olhavam para o inimigo que se afastava. — Eles não têm coragem para lutar! — gritou Mowat.

— Santo Deus — disse Selby, atônito. Seu telescópio lhe mostrou o nome na proa do navio que viera liderando o ataque e que agora era a última embarcação da frota que se afastava. — *General Putnam* — leu em voz alta. — E quem, diabos, é o general Putnam?

Mas, quem quer que fosse, o navio que recebera seu nome estava agora se afastando do porto, assim como a fragata rebelde e os outros três navios. Todos navegavam contra a maré montante para retornar ao ancoradouro.

— Ora essa! — disse Selby, fechando o telescópio.

A bordo do *North* e do *Albany* e no convés cheio de areia do *Nautilus* os homens gritavam comemorando. O inimigo havia fugido sem disparar um único tiro. Mowat, geralmente sério e decidido, estava gargalhando. E o capitão Selby ordenou que uma ração extra de rum fosse servida imediatamente.

Pelo jeito, ele veria Ushant outra vez.

Os americanos na praia eram os generais Lovell e Wadsworth, o tenente Downs da Brigada Naval Continental e os quatro majores que comandariam as companhias da milícia morro acima. Só que agora parecia que não haveria ataque, porque os navios do comodoro Saltonstall estavam dando meia-volta. O general Lovell olhou boquiaberto enquanto os navios giravam lentamente para fora da entrada do porto.

— Não — protestou ele, a ninguém em particular.

Wadsworth ficou em silêncio, observando pelo telescópio.

— Ele deu meia-volta! — disse Lovell, com incredulidade óbvia.

— Ataque agora, senhor — insistiu Downs.

— Agora? — perguntou Lovell, confuso.

— Os ingleses estarão olhando a boca do porto — disse Downs.

— Não — respondeu Lovell. — Não, não, não. — Ele parecia inconsolável.

— Ataque, por favor — implorou Downs. E olhou de Lovell para Wadsworth. — Vingue o capitão Welch, ataque!

— Não. — Peleg Wadsworth apoiou a decisão de Lovell. Fechou o telescópio e olhou desanimado para a boca do porto. Podia ouvir as tripulações inglesas comemorando a bordo das chalupas.

— Senhor — Downs começou a apelar.

— Precisamos de todos os homens para atacar — explicou Wadsworth. — Precisamos de homens atacando pela crista e precisamos de tiros de canhão vindos do porto. — O sinal para o coronel Mitchell e o coronel McCobb começarem o avanço seria a visão dos navios americanos enfrentando os ingleses, e parecia que esse sinal não seria mandado. — Se atacarmos sozinhos, capitão, McLean pode concentrar toda a sua força contra nós.

Havia um tempo para o heroísmo, um tempo para o impulso desesperado que traria glória para uma nova página da história americana, mas esse tempo ainda não havia chegado. Atacar agora seria matar seus homens em troca de nada e dar outra vitória a McLean.

— Temos de voltar para cima do morro — disse Lovell.

— Temos de voltar — ecoou Wadsworth.

Começou a chover mais forte ainda.

Foram necessárias mais de duas horas para levar os homens e os dois canhões de volta para o topo do morro, e nesse tempo a escuridão havia caído. A chuva persistia. Lovell se abrigou sob a tenda de lona de vela que havia substituído seu abrigo anterior.

— Deve haver uma explicação! — reclamou, mas nenhuma notícia viera da frota.

Saltonstall havia navegado na direção do inimigo e então, no último instante, dera meia-volta. Segundo boatos, navios estranhos tinham sido avistados perto da foz do rio, mas ninguém confirmara esse informe ainda. Lovell esperou uma explicação, mas o comodoro não deu satisfações, e por isso o major William Todd foi enviado em busca da resposta. Um escaler foi tirado do navio de transporte mais próximo e Todd foi levado para o sul, até onde as lanternas dos navios de guerra luziam através da escuridão úmida.

— Ó de bordo! — gritou o homem do leme do escaler que bateu no casco do *Warren*. Mãos baixaram da amurada de popa para ajudar o major Todd a subir.

— Esperem por mim — ordenou Todd à tripulação do escaler. Em seguida foi atrás do tenente Fenwick pelo convés da fragata, passando pelos grandes canhões que ainda tinham suas inscrições em giz, chegando até a cabine do comodoro. Água pingava da casaca e do chapéu de Todd e suas botas guinchavam no tapete de lona xadrez.

— Major Todd — cumprimentou Saltonstall.

O comodoro estava sentado à sua mesa com uma taça de vinho. Quatro velas de espermacete sobre belos candelabros de prata iluminavam um livro que ele estava lendo.

— O general Lovell manda os cumprimentos, senhor — começou Todd com a mentira educada —, e pergunta por que o ataque não aconteceu.

Saltonstall evidentemente achou a pergunta brusca, porque sacudiu a cabeça para trás, em desafio.

— Eu mandei uma mensagem — disse ele, olhando por cima do ombro de Todd, para a porta de madeira.

— Lamento dizer que nenhuma mensagem chegou, senhor.

Saltonstall marcou a página no livro com uma tira de seda e voltou a atenção para a porta da cabine.

— Navios estranhos foram avistados — disse ele. — Vocês não poderiam esperar que eu entrasse em combate com o inimigo tendo navios estranhos na minha retaguarda.

— Navios, senhor? — perguntou Todd, e teve esperança de que fossem reforços vindos de Boston. Queria ver um regimento de soldados treinados com suas bandeiras tremulando e tambores tocando, um regimento que pudesse atacar o forte e eliminá-lo de Massachusetts.

— Navios inimigos — disse Saltonstall em tom seco.

Houve um silêncio breve. A chuva batia no convés acima e um cronômetro fazia um tique-taque quase indiscernível.

— Navios inimigos? — repetiu Todd debilmente.

— Três fragatas na vanguarda deles — continuou Saltonstall implacável —, e um navio de carreira com mais duas fragatas vindo atrás. — Ele voltou para o livro, tirando o marcador de seda.

— Tem certeza? — perguntou Todd.

Saltonstall dignou-se a lançar um olhar penalizado.

— O capitão Brown, do *Diligent*, é capaz de reconhecer as bandeiras inimigas, major.

— Então o que...? — começou Todd, e logo pensou que não havia sentido em perguntar ao comodoro o que aconteceria em seguida.

— Nós batemos em retirada, claro — disse Saltonstall, adivinhando a pergunta que não fora feita. — Não temos escolha, major. O inimigo ancorou para passar a noite, mas de manhã? De manhã vamos subir o rio para encontrar um local defensável.

— Sim, senhor — hesitou Todd. — Se me der licença, preciso informar ao general Lovell.

— É, precisa sim. Boa-noite — disse Saltonstall, virando uma página.

Todd foi levado de volta à praia. Subiu tropeçando o caminho escorregadio no escuro, caindo duas vezes, de modo que quando apareceu na tenda improvisada de Lovell estava enlameado, além de molhado. Seu rosto contou por antecipação a novidade a Lovell, novidade que Todd relatou mesmo assim. A chuva batia na lona e sibilava na fogueira do lado de fora enquanto o major contava sobre a frota inglesa recém-chegada que havia ancorado ao sul.

— Parece que vieram em força máxima, senhor — disse Todd —, e o comodoro acredita que devemos bater em retirada.

— Retirada — disse Lovell, arrasado.

— De manhã, se houver vento suficiente, o inimigo chegará aqui, senhor.

— Uma frota?

— Cinco fragatas e um navio de carreira, senhor.

— Santo Deus.

— Parece que Ele nos abandonou, senhor.

Lovell parecia ter levado um tapa, mas de repente se empertigou.

— Cada homem, cada canhão, cada mosquete, cada tenda, cada migalha de suprimento, tudo! Tudo deve ir para os navios esta noite! Chame o general Wadsworth e o coronel Revere. Diga a eles que não deixaremos nada para o inimigo. Ordene que os canhões sejam evacuados da ilha Cross. Ouviu? Não vamos deixar nada para o inimigo! Nada!

Havia um exército a ser salvo.

Chovia. A noite estava sem vento, e por isso a chuva caía forte e reta, transformando a trilha precária que ziguezagueava pela extremidade norte do penhasco em uma corredeira de lama. Não havia luar, mas o coronel Revere teve a ideia de acender fogueiras na beira da trilha, e à luz delas os suprimentos foram carregados para a praia, onde mais fogueiras revelaram os escaleres próximos ao cascalho.

Os canhões tinham de ser manobrados trilha abaixo. Cinquenta homens eram necessários para carregar cada peça de 18 libras. Equipes puxavam cordas de ancoragem para impedir que os canhões enormes escapassem, enquanto outros usavam alavancas nas enormes rodas das carretas para guiar as armas até a praia, onde os escaleres esperavam para levar a artilharia de volta ao *Samuel*. Luzes reluziam parecendo úmidas nos navios. A chuva borbulhava. Tendas, cartuchos de mosquetes, barris de farinha, caixas de vela, picaretas, pás, armas, tudo era levado à praia onde os marinheiros carregavam os barcos e remavam até os transportes.

Peleg Wadsworth andava atrapalhadamente entre as árvores escuras e molhadas para garantir que tudo tivesse sido levado embora. Carregava uma lanterna, mas a luz era fraca. Escorregou uma vez e caiu com força em uma trincheira deserta na borda da floresta. Pegou a lanterna que, milagrosamente, havia permanecido acesa, e olhou para o leste, para a escuridão que cercava o Forte George. Algumas lascas minúsculas de luz difusas pela chuva apareciam nas casas abaixo do forte, mas as defesas de McLean estavam invisíveis, até que um canhão disparou e sua chama súbita iluminou toda a crista do morro antes de se esvair. A bala de canhão abriu caminho entre as árvores. Os ingleses disparavam alguns canhões todas as noites, não com esperança de matar alguns rebeldes, mas para atrapalhar seu sono.

— General? General? — Era a voz de James Fletcher.

— Estou aqui, James.

— O general Lovell quer saber se os canhões da ilha Cross foram retirados, senhor.

— Eu mandei o coronel Revere fazer isso — respondeu Wadsworth. Por que Lovell não havia perguntado diretamente a Revere? Andou ao longo da trincheira e viu que ela estava vazia. — Ajude-me, James — disse estendendo a mão.

Voltaram por entre as árvores. A mesa do general Lovell estava sendo carregada e os homens estavam desmontando o abrigo sob o qual Wadsworth havia dormido durante tantas noites. Dois milicianos empilhavam os gravetos e galhos do abrigo em uma fogueira que chamejou forte, criando um rolo de fumaça. Todas as fogueiras foram alimentadas, para que os ingleses não adivinhassem que os rebeldes estavam partindo.

A chuva diminuiu com a aproximação do alvorecer. De algum modo, apesar da escuridão e do tempo, os rebeldes tinham conseguido tirar tudo do topo do morro, mas houve um alarme súbito quando McCobb percebeu que o canhão de 12 libras da milícia do condado de Lincoln ainda estava em Dyce's Head. Homens foram mandados para pegá-lo enquanto Wadsworth descia cuidadosamente a trilha escorregadia devido à chuva.

— Não deixamos nada para eles — disse o major Todd a ele na praia. Wadsworth concordou em silêncio. Tinha sido um feito considerável, sabia, mas não podia deixar de se espantar com o entusiasmo que os homens haviam mostrado em retirar as armas e suprimentos da expedição, um entusiasmo que não ficava evidente quando lhes era pedido para lutar. — O senhor viu o baú de pagamento? — perguntou Todd ansioso.

— Não estava na tenda do general?

— Deve estar junto com a tenda, acho — disse Todd.

A chuva parou totalmente e um alvorecer cinza e aquoso iluminou o céu do leste.

— É hora de ir — disse Wadsworth.

Mas para onde? Olhou para o sul, mas a parte da baía de Penobscot mais próxima do mar estava coberta por uma névoa que escondia os navios inimigos. Uma barcaça esperava para levar o canhão de 12 libras que faltava, mas o único outro barco na praia estava ali para levar Todd e Wadsworth ao *Sally*.

— É hora de ir — repetiu Wadsworth. Em seguida entrou no barco e deixou Majabigwaduce para os ingleses.

Nenhum canhão disparou ao amanhecer. A chuva da noite havia cessado, as nuvens se dissipado, o céu estava límpido, o ar imóvel e nenhuma névoa obscurecia a crista do morro de Majabigwaduce. No entanto nenhum canhão das baterias rebeldes disparava e não havia sequer o menor som de piquetes rebeldes limpando a pólvora umedecida pela noite do cano dos mosquetes. O brigadeiro McLean olhou para o topo do morro através do telescópio. A intervalos de alguns instantes girava o instrumento para o sul, mas a névoa continuava escondendo a parte baixa do rio e era impossível dizer que navios estavam ali. A guarnição tinha visto navios estranhos aparecerem ao crepúsculo, mas ninguém tinha certeza se eram ingleses ou americanos. McLean olhou de novo para a floresta.

— Eles estão muito quietos — disse.

— Deram o fora, com medo, talvez — sugeriu o tenente-coronel Campbell, comandante do 74º.

— Se aqueles navios são nossos...

— Nosso inimigo está com o rabo entre as pernas — disse Campbell — e deve estar correndo para os morros.

— Meu Deus, talvez você esteja certo. — McLean baixou o telescópio. — Tenente Moore?

— Senhor?

— Mande meus cumprimentos ao capitão Caffrae e peça para ele fazer a gentileza de levar sua companhia para dar uma olhada nas linhas inimigas.

— Sim, senhor. E, senhor...

— Sim, você pode acompanhá-lo, tenente.

Os cinquenta homens passaram pelo abatis e foram para o oeste ao longo da crista do morro, mantendo-se perto do lado norte onde as árvores estavam escuras devido à chuva da noite. À esquerda ficavam os tocos dos pinheiros derrubados, muitos com cicatrizes das balas de canhão que haviam caído perto. Aproximadamente na metade do caminho entre o forte e as trincheiras rebeldes Caffrae levou a companhia para as árvores. Agora iam com cautela, ainda em direção ao oeste, mas devagar, sempre alertas a piquetes rebeldes ocultos no mato. Moore sentiu vontade de usar uma casaca verde como a dos brigadistas inimigos. Parou uma vez, com o coração martelando por causa de um barulho súbito à direita, mas era só um esquilo subindo por um tronco.

— Acho que eles foram embora — disse Caffrae baixinho.

— Ou talvez estejam sendo espertos — sugeriu Moore.

— Espertos?

— Atraindo-nos para uma emboscada?

— Vamos descobrir, não é? — Caffrae espiou adiante. Aquela floresta fora palco de suas brincadeiras, onde assustava os rebeldes, mas raramente havia avançado tão longe pela crista. Prestou atenção, mas não ouviu nada estranho. — Ficar aqui não vai adiantar nada, não é? Vamos em frente.

Seguiram entre as árvores molhadas, ainda a passos de tartaruga. Agora Caffrae se desviou de volta para a esquerda para ver o terreno limpo, e percebeu que tinha avançado muito além das primeiras trincheiras rebeldes, e essas trincheiras estavam vazias. Se isso era uma armadilha, certamente já teria sido acionada.

— Eles foram embora — disse tentando se convencer.

Agora iam mais rápido, avançando 10 ou 15 passos de cada vez, e então chegaram a uma clareira que obviamente havia sido um acampamento rebelde. Troncos derrubados rodeavam as cinzas molhadas de três fogueiras, abrigos precários feitos de galhos e relva cercavam as bordas da clareira e uma fossa fedia no mato atrás. Homens espiaram dentro dos abrigos mas não encontraram nada; depois acompanharam Caffrae por uma trilha que levava na direção do rio. Moore viu um pedaço de papel preso no mato baixo e coletou-o com a espada. O papel estava molhado e se desintegrando, mas ainda era possível ver que alguém havia escrito a lápis o nome de uma garota. Adelaide Rebecah. O nome era repetido várias vezes numa letra redonda e infantil. Adelaide Rebecah.

— Alguma coisa interessante? — perguntou Caffrae.

— Só amor mal redigido — respondeu Moore, e jogou o papel fora.

Ao lado do caminho entre dois acampamentos havia uma fileira de sepulturas, cada qual marcada por uma cruz de madeira e um monte de pedras para impedir que animais carniceiros desenterrassem os corpos. Nomes estavam escritos em carvão nas cruzes. Isaac Fulsome, Nehemiah Eldredge, Thomas Snow, John Reardon. Havia 17 nomes e 17 cruzes. Alguém tinha escrito as palavras "para a Liberdade" depois do nome de Thomas Snow, porém faltou espaço e o último "e" estava espremido em um canto da tábua.

— Senhor! — gritou o sargento Logie. — Senhor! — Caffrae correu até o sargento. — Escute, senhor — disse Logie.

Por um momento Caffrae só pôde ouvir água pingando das folhas e o sussurro baixo das ondas fracas na praia do penhasco, mas por fim escutou vozes. Então os rebeldes não tinham ido embora? As vozes pareciam vir da base do penhasco, e Caffrae guiou seus homens para lá, descobrindo uma trilha cortada na face íngreme. A trilha estava esburacada por rodas porque era assim que os canhões tinham sido levados para o topo do morro e depois para baixo de novo, e um canhão ainda estava em terra. Chegando à beira do penhasco, Caffrae viu um barco no cascalho e homens lutando para conseguir carregar um canhão no fim da trilha.

— Vamos pegar aquele canhão, rapazes — disse ele. — Vamos!

Uma dúzia de rebeldes manobrava o canhão de 12 libras para a praia, mas os buracos na trilha estavam cheios d'água, o canhão era pesado e os homens estavam exaustos. Então ouviram os ruídos acima e viram os casacas vermelhas no meio das árvores.

— Levantem o cano! — ordenou o oficial rebelde.

Eles se juntaram em volta do canhão, levantaram o cano alto para fora da carreta e cambalearam carregando o fardo por cima do cascalho. Os casacas vermelhas estavam gritando e correndo. Os rebeldes quase fizeram afundar a barcaça quando largaram o cano na popa, mas o barco permaneceu flutuando e eles subiram a bordo. Os marinheiros fizeram força nos remos enquanto os primeiros escoceses chegavam à praia. Um rebelde tropeçou tentando empurrar o barco para a água. Perdeu o apoio e caiu de corpo inteiro na água no momento em que os remos mergulhavam e carregavam a embarcação para longe. Seus companheiros esticaram os braços para ele, que tentou vadear espirrando água em direção ao barco que se afastava, mas a embarcação ficou distante demais e uma voz escocesa ordenou que o homem voltasse à praia. Ele foi feito prisioneiro, mas o cano do canhão estava salvo. A barcaça seguiu para ainda mais longe enquanto o resto dos homens de Caffrae se espalhava na praia onde um deles, um cabo, levantou seu mosquete.

— Não! — gritou Caffrae rispidamente. — Deixe-os!

Isso não era misericórdia, mas sim cautela, porque alguns navios de transporte levavam canhões pequenos e a praia estava ao alcance deles. Disparar um mosquete era convidar um canhão a responder com uma metralha. O mosquete baixou.

Moore parou junto à carreta abandonada. À frente dele ficava a baía de Penobscot e a frota rebelde. Não havia vento, de modo que a frota continuava ancorada. O sol estava bem acima do horizonte e o dia era límpido como cristal. A névoa do amanhecer tinha se desvanecido, de maneira que agora Moore podia ver a segunda frota, uma frota menor, que estava longe ao sul, e no coração daquela frota havia um navio grande, com dois conveses de canhões, um navio muito maior do que qualquer coisa que os rebeldes possuíam, e pelo tamanho Moore soube que a Marinha Real havia chegado.

E os rebeldes tinham saído de Majabigwaduce.

Peleg Wadsworth havia implorado ao general Lovell que se preparassem exatamente para esse tipo de emergência. Quisera levar alguns homens rio acima e encontrar uma ponta de terra onde baterias de canhões pudessem ser preparadas e, se os ingleses mandassem uma frota, os rebeldes poderiam se retirar para trás das novas defesas e golpear os navios perseguidores com tiros de canhão, mas Lovell se recusara a acatar o pedido.

Agora Lovell queria fazer exatamente o que Wadsworth havia pedido com tanta frequência. James Fletcher foi chamado ao convés de popa do *Sally* e lhe perguntaram o que havia rio acima.

— Uns 10, 11 quilômetros de baía, general — disse Fletcher a Lovell. — Depois disso é um rio estreito. Segue por 30 quilômetros até que não seja possível avançar mais.

— E o rio serpenteia nesses 30 quilômetros?

— Em alguns lugares, sim. Há alguns canais estreitos e curvas apertadas como o rabo de Satã.

— As margens têm morros?

— O tempo todo, senhor.

— Então o nosso objetivo é encontrar uma curva no rio que possamos fortificar. — A frota rebelde poderia se abrigar acima da curva, e cada canhão que pudesse ser carregado para terra seria posto no terreno elevado para despedaçar os navios ingleses que os perseguissem. Assim a frota seria salva e o exército preservado. Lovell deu um sorriso pesaroso a Wadsworth. — Não me censure, Wadsworth. Sei que você previu que isso poderia acontecer.

— Eu torcia para que não acontecesse, senhor.

— Mas vai ficar tudo bem — disse Lovell com confiança sublime. — Um pouco de energia e dedicação vai nos preservar.

Pouco podia ser feito enquanto não houvesse vento para mover os navios. No entanto, Lovell ficou satisfeito com o trabalho noturno. Tudo que poderia ser salvo do terreno alto, com exceção de uma carreta de canhão, fora embarcado, e esse feito, em uma noite de chuva e caos, fora notável. Era um bom sinal para a sobrevivência do exército.

— Temos todos os nossos canhões, todos os nossos homens e todos os nossos suprimentos! — disse Lovell.

— Quase todos os nossos canhões — corrigiu o major Todd.

— Quase? — perguntou Lovell indignado.

— Os canhões da ilha Cross não foram recuperados — disse o major Todd.

— Não foram recuperados! Mas eu dei ordens claras de que deveriam ser tirados de lá!

— O coronel Revere disse que estava ocupado demais, senhor.

Lovell encarou o major.

— Ocupado?

— O coronel Revere também afirmou, senhor — continuou Todd, sentindo algum prazer em apontar as falhas de seu inimigo —, que suas ordens não se aplicavam mais a ele.

Lovell olhou boquiaberto o major.

— Ele disse o quê?

— Afirmou que o cerco fora abandonado, senhor, e que portanto não era mais obrigado a aceitar suas ordens.

— Não é obrigado a aceitar minhas ordens? — perguntou Lovell, incrédulo.

— Foi o que ele disse, senhor — respondeu Todd gelidamente. — Portanto temo que aqueles canhões estejam perdidos, senhor, a não ser que tenhamos tempo de os retirar agora de manhã. Também lamento dizer, senhor, que o baú de pagamento sumiu.

— Ele vai aparecer — disse Lovell sem dar importância, ainda pensando na insolência descarada do tenente-coronel Revere. Não estava obrigado a aceitar suas ordens? Quem Revere achava que era?

— Precisamos do baú de pagamento — insistiu Todd.

— Ele vai ser encontrado, tenho certeza — disse Lovell, teimoso. Houvera caos no escuro e era inevitável que alguns itens tivessem sido levados ao navio errado, mas tudo isso poderia ser resolvido assim que um ancoradouro seguro fosse descoberto e protegido. — Mas primeiro devemos tirar aqueles canhões da ilha Cross — insistiu Lovell. — Não deixarei nada para os ingleses, ouviram? Nada!

Mas não houve tempo para salvar os canhões. Os primeiros sopros de vento tinham acabado de ondular a baía e a frota inglesa já estava levantando as âncoras e soltando as velas. A frota rebelde tinha de se mover, e uma a uma as âncoras foram levantadas e as velas soltas; e os navios, ajudados pela maré montante, retiraram-se para o norte. O vento era fraco e volúvel, apenas o suficiente para agitar a frota, de modo que alguns navios menores usaram seus longos remos de freixo para ajudar o progresso, enquanto outros eram rebocados por escaleres.

Os canhões da ilha Cross foram abandonados, mas todo o resto foi salvo. Todos os canhões e suprimentos rebeldes haviam sido carregados pela trilha lamacenta na escuridão chuvosa, depois levados por barcos a remo até os navios de transporte, que agora se esgueiravam para o norte, para as partes estreitas do rio e para a segurança.

E atrás deles, entre os navios de transporte e a flotilha de Sir George Collier, os navios de guerra rebeldes se prepararam para entrar em ação e se espalharam lentamente pela baía. Se os transportes eram ovelhas, os navios de guerra de Saltonstall eram cães.

E os lobos vinham chegando.

Casacas vermelhas se reuniram em Dyce's Head para assistir ao drama que se desenrolava. O ordenança do brigadeiro McLean havia tido o bomsenso de trazer um banquinho de ordenha até o penhasco, e McLean agradeceu e sentou-se para assistir à batalha que se desdobrava. Seria uma visão privilegiada de algo raro, pensou McLean. Dezessete navios rebeldes esperavam seis embarcações da Marinha Real. Três fragatas inglesas vinham na frente, enquanto a grande, de dois conveses, e as outras duas se aproximavam atrás, mais devagar.

— Acredito que aquele é o *Blonde* — disse McLean, olhando a fragata mais próxima pelo telescópio. — É o nosso velho amigo, o capitão Barkley! — À direita de McLean os 19 transportes rebeldes estavam se arrastando para o norte. Dessa distância parecia que suas velas pendiam frouxas e impotentes, mas a cada minuto elas se afastavam mais.

O *Blonde* disparou seus canhões de proa. Para os espectadores em terra seu gurupés pareceu ter sido bloqueado por uma fumaça fluorescente. Um instante depois o som dos dois canhões sacudiu o penhasco. Um par de fontes brancas apareceu no ponto em que as balas esféricas haviam caído, bem distantes do *Warren*, que estava no centro da linha rebelde. A fumaça ficou mais rala e pairou à frente dos navios ingleses.

— Olhem aquilo! — exclamou o tenente-coronel Campbell. Estava apontando para a boca do porto, onde as três chalupas de Mowat haviam aparecido. Estavam saindo do porto, contra o vento.

Desde que ouvira dizer que os rebeldes haviam abandonado o cerco, Mowat estivera tirando os canhões dos navios de seu posicionamento voltado para terra. Seus homens haviam trabalhado com intensidade e rapidez, desesperados para se juntar à luta que prometia acontecer na baía, e agora, com as bandas de artilharia de bombordo restauradas, as três chalupas iam se juntar à flotilha de Sir George. Escaleres se revezavam para levar as âncoras mais à frente da proa das chalupas. As âncoras foram baixadas, então as chalupas foram rebocadas à frente, presas a elas, enquanto uma segunda âncora era levada por remos ainda mais adiante, para a próxima parte da jornada. Eles pulavam carniça de âncora em âncora saindo do porto, e as bombas do *North* ainda estalavam e borbulhavam. Todos os três navios apresentavam danos nos cascos, resultado do longo bombardeio rebelde, mas seus canhões estavam carregados e as exaustas tripulações se mostravam ansiosas. O *Blonde* disparou de novo, e mais uma vez as balas caíram longe dos navios rebeldes.

— Dizem que disparar com os canhões traz o vento — observou McLean.

— Eu achava que era o contrário — disse Campbell. — Que os tiros de canhão fazem o vento parar.

— Bom, é uma coisa ou outra — respondeu McLean, animado. — Ou talvez nenhuma das duas. Mas me lembro de um sujeito da marinha que me garantiu isso. — E talvez o disparo dos dois canhões do HMS *Blonde* tivesse trazido um pouco de vento porque os navios ingleses pareciam estar ganhando velocidade à medida que se aproximavam da frota rebelde. — Vai ser um ataque sangrento.

As três fragatas mais avançadas teriam muito menos canhões do que os rebeldes, mas o grande *Raisonable* não estava muito atrás e seus enormes canhões inferiores eram suficientes para explodir cada navio rebelde com um único golpe. Até mesmo o *Warren*, com suas peças de 18 libras, estaria muito inferiorizado diante dos canhões de 32 libras do navio de dois conveses.

— Vejam só — continuou McLean —, os marinheiros contam as coisas mais estranhas! Conheci um comandante em Portugal que jurava de pés juntos que o mundo era plano. Dizia ter visto os arco-íris da borda!

— O sujeito que nos levou a Halifax contava histórias de sereias — disse Campbell. — Contou que elas se juntam como ovelhas, e que nos mares do sul tudo são peitos e caudas de um horizonte ao outro.

— Verdade? — perguntou ansioso o major Dunlop.

— Foi o que ele disse! Peitos e caudas!

— Incrível — exclamou McLean. — Vejo que devo navegar para o sul. — Ele se ajeitou no banquinho, olhando as três chalupas. — Ah, muito bem, Mowat! — disse com entusiasmo. As três chalupas haviam usado laboriosamente as âncoras para sair do porto e agora soltaram as velas.

— E o que significa aquilo? — perguntou o major Dunlop. Sua pergunta se referia a uma tira de coloridas bandeiras de sinalização que haviam aparecido no mastro de mezena do *Warren*. As bandeiras não significavam nada para os espectadores no penhasco, aos quais agora havia se juntado a maior parte dos moradores de Majabigwaduce, curiosos para assistir a um acontecimento que certamente tornaria seu povoado famoso.

— Ele os está chamando para a batalha, imagino — sugeriu Campbell.

— Acho que deve ser isso — concordou McLean, mas não viu o que os rebeldes poderiam fazer, além do que já estavam fazendo.

Os 17 navios do comodoro Saltonstall estavam em linha, com todos os costados apontando para os navios que se aproximavam, e isso dava uma vantagem gigantesca aos rebeldes. Eles podiam atirar e atirar, seguros com o fato de que somente os canhões de proa das três fragatas da frente poderiam disparar de volta. A Marinha Real, pensou o brigadeiro, deveria sofrer muitas baixas antes que a grande belonave de dois conveses pudesse abalar o desafio dos americanos.

Só que os americanos não estavam desafiando.

— O que é isso? — perguntou McLean.

— Espantoso — disse Campbell, igualmente atônito.

Porque o significado do sinal de Saltonstall ficou subitamente claro. Não haveria luta, pelo menos não provocada pelo comodoro porque, um a um, os navios de guerra rebeldes estavam se virando. Tinham afrouxado as velas e partiam diante do vento fraco. Correndo para o norte. Fugindo. Fugindo para a segurança do rio estreito.

Seis navios e três chalupas perseguiam 37 embarcações.

Todas fugindo.

Três navios rebeldes decidiram tentar uma fuga para o mar aberto. O *Hampden*, com seus vinte canhões, era o maior, o *Hunter* tinha 18 canhões e o *Defence* apenas 14. As ordens do comodoro eram para que cada navio fizesse o máximo para escapar do inimigo, e assim os três navios bordejaram para o oeste atravessando a baía, querendo pegar o canal do oeste, menos usado, que passava por Long Island, descendo o rio até o oceano que ficava 26 milhas náuticas ao sul. O *Hunter* era uma embarcação nova e tinha a fama de ser a mais rápida da costa, enquanto Nathan Brown, seu capitão, era um homem inteligente que sabia como aproveitar ao máximo a velocidade do casco de seu navio. Havia pouquíssimo vento, nem perto do que Brown desejaria, mas mesmo assim seu casco esguio moveu-se perceptivelmente mais rápido do que o do *Hampden* que, sendo maior, deveria ser a embarcação mais rápida.

Bandeiras de sinalização tremularam em um lais da verga do HMS *Raisonable*. Durante um tempo era difícil dizer o que aquelas bandeiras significavam, porque nada parecera mudar na frota inglesa. Então Brown viu que as duas fragatas na retaguarda da frota inglesa se viravam lentamente para o oeste.

— Os desgraçados querem apostar corrida — disse ele.

Era uma corrida desigual. Os dois navios rebeldes menores podiam ser rápidos e ágeis, mas tinham a desvantagem de navegar contra o vento, e as duas fragatas diminuíram rapidamente a distância de que os rebeldes precisavam para bordejar. Dois canhões disparados do HMS *Galatea* serviram de aviso. Os tiros foram disparados de longe, e ambos caíram para além da proa do *Defence*, mas a mensagem era clara. Se você tentar velejar por essa abertura, seus navios pequenos vão receber toda a descarga de tiros de duas fragatas, e para escapar passando por essas fragatas os rebeldes precisavam bordejar pelo canal onde as fragatas esperavam. Seriam forçados a velejar ao alcance de um tiro de pistola, e John Edmunds, capitão do *Defence*, teve uma imagem de seus dois mastros caindo, do convés se tornando escorregadio com sangue e o casco estremecendo sob os impactos implacáveis. Seus canhões eram meras peças de quatro libras, e o que canhões de quatro libras poderiam fazer contra a artilharia de uma fragata? Era o mesmo que jogar migalhas de pão contra o inimigo.

— Mas de jeito nenhum vou deixar os desgraçados pegarem meu navio — disse Edmunds.

Ele sabia que sua tentativa de passar com o *Defence* pelas fragatas havia fracassado, e por isso deixou a proa de seu brigue sair da direção do vento e em seguida o impeliu, com todas as velas de pé, direto na direção da margem oeste do Penobscot.

— Joshua! — gritou ao imediato. — Vamos queimá-lo! Abra os barris de pólvora.

O *Defence* se chocou com a margem. Seus mastros se curvaram à frente enquanto a proa raspava na praia de cascalho. Edmunds achou que os mastros certamente cairiam, mas os patarrases aguentaram e as velas balançaram batendo nas vergas. O capitão pegou a bandeira na popa e dobrou-a. Sua tripulação estava derramando pólvora e jogando óleo sobre o convés.

— Desçam para terra, rapazes — gritou Edmunds. Em seguida foi para a proa, passando por seus canhões inúteis, e parou. Queria chorar.

O *Defence* era um belo navio. Seu lar era o oceano aberto onde deveria estar vivendo, fazendo-se digno de seu nome marcial perseguindo gordos navios mercantes ingleses para tornar seus donos ricos, mas em vez disso estava preso em um lugar fechado e era hora de dar adeus.

Bateu com a pederneira no aço e jogou o pano aceso de seu isqueiro sobre uma trilha de pólvora. Depois passou por cima da amurada e saltou na praia. Seus olhos estavam molhados quando se virou para assistir ao navio queimar. Demorou muito tempo. A princípio havia mais fumaça do que fogo, mas então as chamas saltaram pelo cordame cheio de alcatrão e as velas se incendiaram. Os mastros e as vergas foram delineados pelo fogo de modo que o *Defence* parecia a embarcação do diabo, um bergantim com cordame em chamas, um navio guerreiro e desafiador velejando para o inferno.

— Ah, malditos desgraçados — disse Edmunds, inconsolável. — Filhos da puta desgraçados!

O *Hunter* buscou abrigo em uma pequena angra. Nathan Brown, seu comandante, encalhou-o gentilmente no espaço apertado e ordenou que uma âncora fosse baixada, as velas enroladas e, assim que o navio estava em segurança, disse à tripulação para procurar abrigo em terra. O *Hunter* podia ser um navio rápido, mas nem mesmo ele poderia velejar mais depressa do que as cargas de artilharia de duas fragatas, e seus canhões de quatro libras não eram páreo para os ingleses. No entanto, Nathan Brown não conseguiria queimar seu navio. Seria como assassinar a própria esposa. O *Hunter* tinha magia em suas tábuas, era rápido e ágil, um navio encantado, e Nathan Brown não ousava ter esperanças de que os ingleses o ignorariam. Rezou para os perseguidores continuarem em direção ao norte, e assim que os navios da Marinha Real tivessem passado poderia soltar o *Hunter* da angra estreita e levá-lo de volta a Boston, mas essa esperança morreu quando viu dois escaleres apinhados de marinheiros deixarem as fragatas inglesas.

Brown havia ordenado que seus homens desembarcassem, para o caso de os ingleses tentarem destruir o *Hunter* com tiros de canhão, mas agora parecia que o inimigo estava decidido a capturá-lo e não a destruí-lo. Os escaleres apinhados chegaram mais perto. Pelo menos metade da tripulação do *Hunter*, que somava cento e trinta homens, estava armada com mosquetes, e começou a atirar quando os escaleres se aproximavam do navio encalhado. Água espirrava em volta dos remadores enquanto as balas de mosquete caíam, e pelo menos um marinheiro inglês foi atingido. Os remos dos barcos se embolaram momentaneamente, mas então os escaleres desapareceram atrás do painel de popa do *Hunter*. Um instante depois os marinheiros inimigos estavam a bordo do navio e amarrando dois cabos à sua popa. A maré traiçoeira levantou-o do cascalho e uma bandeira estranha, a bandeira odiada pelos rebeldes, surgiu no topo da carangueja da mezena e o navio foi rebocado de volta para o rio. Agora ele era o navio de Sua Majestade, o *Hunter*. Logo ao sul, escondido da tripulação de Brown por uma dobra de terreno coberto de mato, o paiol de pólvora do *Defence* explodiu, lançando uma nuvem escura de fumaça acima da terra e uma chuva de madeira incendiada que caiu sibilando na baía e provocou pequenos incêndios em terra.

O *Hampden* era o maior dos três navios que tinham tentado chegar ao mar, e viu o destino do *Hunter* e do *Defence*. Por isso seu capitão, Titus Salter, virou para buscar a segurança da parte estreita do rio. O *Hampden* fora doado pelo estado de New Hampshire e era um navio bem-feito, bem-tripulado e dispendiosamente equipado, mas não era muito rápido, e no fim da tarde o HMS *Blonde* chegou ao seu alcance e abriu fogo. Titus Salter virou o *Hampden* de modo que sua banda de artilharia de bombordo, com dez canhões, estivesse de frente para o inimigo, e disparou em resposta. Seis canhões de nove libras e quatro de seis cuspiram contra o *Blonde*, que era muito maior, e este atirou de volta com peças de 12 e 18 libras. O HMS *Virginia* vinha atrás do *Blonde* e acrescentou sua banda de artilharia ao ataque. Os canhões trovejaram pela baía enquanto a fumaça densa subia para amortalhar os cordames mais baixos. Fogo se retorcia para fora dos canos dos canhões. Homens suavam e puxavam as peças, limpavam os canos, socavam a carga e empurravam de volta. Os artilheiros abaixavam os bota-fogos, os grandes canhões saltavam para trás e as balas esféricas golpeavam sem remorso o casco do *Hampden*. Os tiros despedaçavam as tábuas, e lascas afiadas cravavam-se no corpo dos homens. Sangue escorria pelas emendas do convés. Balas com correntes assobiavam na fumaça, partindo ovéns, estais e cabos. As velas estremeciam e se rasgavam quando tiros de barras retalhavam a lona. O mastro de popa caiu primeiro, tombando pela proa do *Hampden* e cobrindo os canhões da frente com as velas rasgadas, mas a bandeira americana continuava tremulando e os ingleses seguiam golpeando o navio menor. As fragatas chegaram mais perto da presa impotente. Seus canhões maiores estavam concentrados no casco rebelde e a fumaça das peças de 18 libras encobria o *Hampden*. O fogo rebelde ficou mais lento à medida que os homens eram mortos ou feridos. As costelas de um marujo, despedaçadas por uma bala de 18 libras, foram espalhadas pelo convés. A mão decepada de um homem estava no embornal. Um menino cabineiro tentava não chorar enquanto um marinheiro apertava um torniquete em sua coxa ensanguentada. O resto da perna estava a 3 metros dali, reduzida a uma massa amorfa por 12 libras de bala esférica. Outra bala de 18 libras acertou o canhão de nove libras e o barulho, como um grande sino, foi ouvido no distante penhasco de Majabigwaduce. O cano foi arrancado da carreta e tombou sobre um artilheiro que caiu gritando, com as duas pernas esmagadas, e outra bala atravessou a amurada e acertou o mastro principal que primeiro oscilou e depois caiu em direção à popa, arrancando lascas e estalando, estais e ovéns se partindo, homens gritando um alerta, e os tiros implacáveis continuavam chegando.

Quinze minutos depois que o *Blonde* havia começado a luta, Titus Salter encerrou-a. Baixou a bandeira e os canhões ficaram silenciosos. A fumaça pairou pela água manchada pelo sol e uma tripulação veio do *Blonde* para abordar o *Hampden*.

O resto da frota rebelde continuava navegando para o norte.

Em direção às partes estreitas do rio.

Os rebeldes não haviam ocupado nenhuma construção em Majabigwaduce, e o Dr. Eliphalet Downer, médico-chefe da expedição, tinha reclamado por ter de manter homens muito feridos em abrigos improvisados construídos com galhos e pano de vela. Então os rebeldes estabeleceram seu hospital no que restava das construções do forte Pownall na ponta de Wasaumkeag, uns 8 quilômetros rio acima, na margem oposta a Majabigwaduce. Agora, enquanto os canhões trovejavam do outro lado da baía, Peleg Wadsworth levava quarenta homens para evacuar os pacientes para a chalupa *Sparrow*, que estava próxima de terra. Os homens, a maioria com cotocos cobertos por bandagens, caminharam ou foram carregados em macas feitas de remos e casacas. O Dr. Downer parou perto de Wadsworth e olhou as fragatas distantes golpeando o *Hampden*.

— E agora? — perguntou desanimado.

— Vamos subir o rio.

— Para as terras ermas?

— Leve o *Sparrow* o mais ao norte que puder — disse Wadsworth — e encontre um local adequado para o hospital.

— Esses arranjos deveriam ter sido feitos há duas semanas — disse Downer, com raiva.

— Concordo — respondeu Wadsworth. Ele tentara convencer Lovell a fazer os arranjos, mas o general tinha considerado qualquer preparação de retirada como derrotismo. — Mas não foram feitos — continuou com firmeza. — Portanto agora devemos fazer o melhor que pudermos. — Ele se virou e apontou para um pequeno pasto. — Aquelas vacas devem ser mortas ou levadas para longe.

— Vou garantir que isso seja feito. — As vacas estavam ali para dar leite fresco aos pacientes, mas Wadsworth não queria deixar nada que pudesse ser útil ao inimigo. — Então eu virei vaqueiro e açougueiro — disse Downer com amargura. — Devo procurar depois uma casa rio acima e esperar que os ingleses me encontrem?

— Minha intenção é fazer uma fortificação e manter o inimigo rio abaixo — explicou Wadsworth com paciência.

— Se tiver tanto sucesso quanto teve em todo o resto nas últimas três semanas — disse Downer em tom vingativo — é melhor todos atirarmos em nós mesmos agora.

443

— Só obedeça às ordens, doutor — insistiu Wadsworth, irritado. Tinha dormido algumas horas enquanto o *Sally* seguia para o norte, mas estava exausto. — Desculpe — disse.

— Vejo o senhor rio acima. — O tom de Downer indicava que estava arrependido das palavras ditas antes. — Vá fazer seu trabalho, general.

Os navios de transporte estavam na extremidade norte da baía. A maior parte havia ancorado durante a maré vazante e aproveitava o fluxo montante da tarde e o vento fraco para se arrastar na direção das partes estreitas do rio. James Fletcher havia explicado que a entrada daquela área era marcada por um obstáculo, a Laje de Odom, que ficava bem no meio do rio. Havia canais navegáveis dos dois lados da pedra, mas a laje em si era uma assassina de navios.

— Ela é capaz de rasgar o fundo de um barco — dissera James a Wadsworth —, e os ingleses não tentarão passar por ali no escuro. Ninguém poderia tentar passar pela Laje de Odom no escuro.

Wadsworth estava usando o escaler do *Sally*, que o levava com Fletcher para o norte, a partir da ponta de Wasaumkeag. Os remadores permaneciam em silêncio, assim como os canhões das fragatas inimigas, o que significava que o *Hampden* fora tomado. Wadsworth se virou para olhar a paisagem. Era uma tarde de verão e ele estava no meio da maior frota que os rebeldes jamais haviam reunido, uma frota gigantesca, com as velas iluminadas lindamente pelo sol poente, e todas fugiam de uma frota muito menor. Os navios rebeldes convergiam para a laje. As fragatas inglesas disparavam algum canhão de proa ocasionalmente, as balas espirrando água muito antes de alcançar os rebeldes da retaguarda. Os lobos arrebanhavam as ovelhas, pensou Wadsworth com amargura, e o *Warren*, mais alto e bonito do que todas as embarcações ao redor, fugia junto com o resto quando seu dever, certamente, era se virar e lutar, abrindo caminho para se tornar uma lenda.

— Lá está o *Samuel*, senhor. — James Fletcher apontou para o brigue que quase havia chegado à entrada da parte estreita.

— Leve-me para perto do *Samuel* — ordenou Wadsworth ao mestre do barco.

O brigue estava rebocando a barca de Revere e uma barcaça de fundo chato. Wadsworth se levantou e pôs as mãos em concha enquanto seu escaler se aproximava do *Samuel*.

— O coronel Revere está a bordo?

— Estou aqui — trovejou uma voz de volta.

— Continue remando — disse Wadsworth ao mestre, colocando as mãos em concha de novo. — Ponha um canhão na barcaça, coronel!

— Você quer o quê?

Wadsworth falou com mais clareza.

— Ponha um canhão na barcaça! Vou encontrar um local para desembarcá-lo! — Revere gritou alguma coisa em resposta, mas Wadsworth não captou as palavras. — Ouviu, coronel? — gritou.

— Ouvi!

— Ponha um canhão na barcaça! Precisaremos colocar canhões em terra quando acharmos um local para defender!

De novo a resposta de Revere foi indistinta, mas agora o escaler havia passado pelo *Samuel* e Wadsworth acreditou que Revere entendera a ordem. Sentou-se e ficou olhando a água partida acima da laje, no ponto em que as margens do rio, íngremes e cobertas de árvores, se estreitavam abruptamente. A maré estava afrouxando e os morros roubavam boa parte da força do vento fraco. Uma escuna e um navio tinham ancorado em segurança rio acima, além da laje, enquanto, atrás deles, muitos dos outros ainda estavam sendo rebocados por homens exaustos em escaleres.

— O que vamos fazer é descobrir um local que possamos defender — disse Wadsworth tanto para si mesmo quanto aos homens em seu barco.

Ele ficara sabendo que o rio serpenteava além dali, e em sua mente havia uma curva fechada onde poderia desembarcar canhões na margem acima da corrente. Começaria com um dos canhões de Revere, porque assim que a peça estivesse colocada ela marcaria a nova posição rebelde e, à medida que os navios passassem rio acima, poderiam doar canhões, tripulantes e munição de modo que, pela manhã, Wadsworth comandaria uma formidável bateria de artilharia apontando diretamente rio abaixo. Os ingleses que se aproximassem seriam obrigados a velejar diretamente para esses canhões. O rio era estreito demais para permitir que eles virassem e usassem a artilharia dos costados. Então deveriam velejar direto para o bombardeio furioso ou, muito mais provável, ancorar e recusar a luta. A frota rebelde poderia se abrigar atrás da nova fortaleza enquanto o exército acamparia em terra para recuperar a disciplina. Poderia ser aberta uma estrada para o oeste através da floresta de modo que novos homens, nova munição e novos canhões pudessem ser trazidos para renovar o ataque a Majabigwaduce. Quando era criança, Wadsworth adorava a história de Robert Bruce,* o grande herói escocês que fora derrotado por seus inimigos ingleses e fugira para uma caverna onde viu uma aranha tentando fazer uma teia. A aranha fracassava repetidamente, mas sempre tentava de novo, até que por fim teve sucesso, e a persistência da aranha havia inspirado Bruce a tentar de novo e com isso alcançar sua grande vitória. Da mesma forma os rebeldes deviam bancar a aranha e tentar outra vez, e continuar tentando até que finalmente os ingleses saíssem de Massachusetts.

Mas, enquanto a tripulação remava levando-o cada vez mais para cima, pareceu a Wadsworth que o rio praticamente não fazia curvas. Uma ilha, a ilha Órfã, dividia o rio em dois canais, e a Laje de Odom ficava no canal navegável do oeste. Assim que passaram pela ilha Órfã as curvas do rio pareceram suaves. A maré montante ajudava os remadores. Agora estavam muito à frente dos navios, viajando numa tarde amena de verão por um rio silencioso e com minúsculos redemoinhos, ladeado por árvores escuras e altas.

— Onde estão as tais curvas fechadas? — perguntou Wadsworth a James Fletcher, nervoso.

— Adiante — respondeu James Fletcher.

As pás dos remos baixavam, subiam e pingavam, e então, subitamente, ali estava o local perfeito. À frente de Wadsworth o rio se retorcia de modo abrupto para o leste, fazendo uma curva quase em ângulo reto, e a encosta acima da curva era suficientemente íngreme para deter

---

* Robert Bruce (1274-1329), também conhecido como Roberto I, foi um rei da Escócia e herói nacional. (*N. do E.*)

qualquer ataque, mas não tão íngreme de modo que os canhões não pudessem ser postos ali.

— Como se chama este lugar? — perguntou Wadsworth.

Fletcher deu de ombros.

— A curva do rio?

— Deve ter um nome — disse Wadsworth com veemência. — Um nome para os livros de história. A "Curva da Aranha".

— Aranha?

— É uma velha história — respondeu Wadsworth, mas não se aprofundou. Tinha encontrado o local para fazer sua resistência, e agora devia juntar tropas, canhões e força de vontade. — Vamos voltar rio abaixo — disse à tripulação.

Porque Peleg Wadsworth iria contra-atacar.

Os navios de guerra rebeldes eram mais rápidos do que os transportes e gradualmente ultrapassaram as embarcações mais lentas, passando pela Laje de Odom e entrando na parte estreita do rio. Todos os navios de guerra e quase metade dos transportes passaram por esse gargalo, mas uma dúzia de barcos mais lentos ainda estava na baía, onde a maré ia se afrouxando, o vento morrendo e o inimigo se aproximando. Todo marinheiro sabia que havia mais vento no topo de um mastro do que na base, e os mastros dos navios ingleses eram mais altos do que os dos transportes e as fragatas estavam usando todas as suas velas de joanetes, com isso aproveitando a pouca brisa que restava na tarde límpida. Agora o sol estava baixo, de modo que os cascos das fragatas se encontravam na sombra, mas as velas altas refletiam o sol brilhante. Elas se esgueiravam para o norte, cada vez mais próximas dos transportes atulhados de homens, canhões e suprimentos, e vindo atrás, rei daquele rio, estava o altíssimo *Raisonable* com seus canhões enormes.

Logo antes da Laje de Odom, na margem oeste, havia uma angra. Chamava-se Angra da Serraria porque uma serraria fora construída no local onde um córrego se esvaziava na angra, mas o estabelecimento deixara de existir havia muito tempo, sobrando apenas um esqueleto de caibros e uma chaminé de pedra coberta de trepadeiras. A dúzia de transportes, quase parados e cada vez mais ameaçados pelas fragatas, virou para a angra. Estavam sendo rebocados, mas agora a corrente do rio era mais forte do que o final da maré montante, e eles não podiam abrir caminho pelos canais estreitos dos dois lados da laje, e por isso se arrastaram atravessando a corrente até as águas rasas da Angra da Serraria e usaram o resto do vento para impelir as proas contra a margem. Os homens pularam por cima das amuradas. Carregaram seus mosquetes e mochilas, vadearam para terra e juntaram-se desconsolados ao lado das ruínas enquanto olhavam seus navios serem queimados.

Um a um os transportes arderam em chamas. Absolutamente todos os navios eram valiosos. Os construtores de barcos de Massachusetts eram famosos por sua capacidade e dizia-se que um navio construído na Nova Inglaterra podia ser mais rápido do que qualquer embarcação do Velho Mundo, e os ingleses adorariam capturá-los. Eles seriam levados ao Canadá, ou talvez à Grã-Bretanha, vendidos em leilão e o dinheiro do prêmio seria distribuído entre os marinheiros dos navios que os haviam capturado. Os navios de guerra poderiam ser comprados pelo almirantado, como acontecera com a fragata *Hancock*, assim o *Hampden* se tornaria o HMS *Hampden* e o HMS *Hunter* estaria usando sua velocidade e seus canhões fundidos na Nova Inglaterra para caçar contrabandistas no Canal da Mancha.

Mas agora os comandantes dos transportes americanos negariam uma vitória semelhante aos inimigos. Não entregariam os navios a um tribunal de prêmios inglês. Em vez disso queimaram os transportes, e as margens da Angra da Serraria tremeluziram com a luz das chamas. Dois cascos incendiados flutuaram para o centro do rio. Suas velas, o cordame e os mastros estavam iluminados. Quando um mastro principal caiu, causou um colapso curvo de fogo brilhante, fagulhas explodiram no início da noite enquanto os cabos e as vergas cascateavam no rio.

E o fogo fez o que o *Warren* e os outros navios de guerra haviam deixado de fazer. Pararam os ingleses. Nenhum capitão levaria seu navio para perto de um casco em chamas. Velas, cordame alcatroado e cascos de madeira eram perigosamente inflamáveis e uma fagulha levada pelo vento poderia transformar um dos orgulhosos navios de Sua Majestade em um destroço queimado, e assim a frota inglesa baixou âncoras enquanto o último vento da tarde morria.

Rio acima, para além da Laje de Odom, o resto da frota rebelde seguiu com dificuldade para o norte até que a correnteza e a luz agonizante os obrigaram a ancorar. Na Angra da Serraria centenas de homens, sem ordens nem oficiais seguros do que deveria ser feito, começaram a andar para o oeste. Iam através de um território ermo, em direção aos seus lares distantes.

Enquanto isso, no forte, o general de brigada Francis McLean erguia uma taça e sorria para os convidados que tinham se reunido ao redor de sua mesa.

— Brindo à Marinha Real, senhores — disse, e seus oficiais se levantaram, ergueram as taças de vinho e ecoaram o brinde do brigadeiro.

— À Marinha Real!

De uma carta do general Artemas Ward, comandante da Milícia de Massachusetts, ao coronel Joseph Ward, 8 de setembro de 1779:

O comandante da frota está totalmente amaldiçoado, de fio a pavio... O tenente-coronel Paul Revere está preso por desobediência às suas ordens e por comportamento indigno de um soldado, tendendo a covardia.

Do diário do general de brigada Solomon Lovell, 14 de agosto de 1779:

Com a chegada dos Navios Ingleses os Soldados foram obrigados a ir para a Terra e incendiaram suas Embarcações, tentar fazer uma descrição desse Dia terrível está fora do meu Alcance seria um Tema adequado para alguma mão magistral descrevê-lo com suas cores verdadeiras, ver quatro Navios perseguindo 17 Embarcações Armadas, nove das quais eram Navios fortes, Transportes pegando fogo, Belonaves explodindo, Provisões de todos os tipos, e todo tipo de Víveres em Terra (pelo menos em pequenas Quantidades) jogados de qualquer modo, e o máximo de confusão que possa ser concebido.

Trecho de carta do general de brigada Francis McLean a lorde George Germaine, secretário de Estado de Sua Majestade para as colônias americanas, agosto de 1779:

Só me resta fazer justiça à alegria e ao espírito com que todos os homens de nossa pequena guarnição suportaram a excessiva fadiga exigida para sustentar nosso posto. O trabalho foi realizado sob fogo inimigo com um espírito que daria crédito aos soldados mais antigos; desde o momento em que o inimigo abriu suas trincheiras o ânimo dos homens cresceu diariamente, de modo que nossa maior dificuldade era para contê-lo.

14

Peleg Wadsworth dormiu em terra, ou melhor, ficou acordado na margem do rio e devia ter cochilado, porque duas vezes acordou assustado com sonhos vívidos. Em um deles estava acuado pelo Minotauro, que apareceu com a cabeça de Solomon Lovell coroada por um par de chifres pingando sangue. Finalmente sentou-se encostado em uma árvore, com um cobertor nos ombros, e olhou o rio escuro redemoinhar lento e silencioso em direção ao oceano. À esquerda, na direção do mar, havia uma claridade no céu, e ele soube que a luz vermelha era lançada pelos navios que ainda queimavam na Angra da Serraria. Parecia um amanhecer furioso, que o encheu com uma lassidão imensa. Por isso fechou os olhos e rezou a Deus pedindo forças para fazer o necessário. Ainda havia uma frota e um exército para resgatar e um inimigo a ser derrotado, e muito antes das primeiras luzes do dia acordou James Fletcher e seus outros companheiros. Esses companheiros eram Johnny Feathers e sete de seus índios que possuíam duas canoas de casca de bétula. As canoas deslizavam pela água com facilidade muito maior do que os pesados escaleres, e os índios haviam concordado em deixar que Wadsworth usasse as canoas na tentativa de organizar uma defesa.

— Precisamos descer o rio — disse a Feathers.

A maré estava subindo de novo e os navios usavam-na para escapar rio acima. Suas velas de gávea estavam infladas, embora nenhum vento alimentasse as embarcações que flutuavam rio acima na maré ou as que eram rebocadas por escaleres. As canoas passaram por seis navios e Wadsworth gritou para cada uma das tripulações a fim de informar que deveriam levá-los para além do lugar onde o rio fazia uma curva fechada para o leste, e então ancorar.

— Podemos defender o rio lá — gritou, e às vezes um capitão respondia animado, mas na maior parte do tempo as tripulações carrancudas recebiam as ordens em silêncio.

Wadsworth encontrou o *Warren* encalhado onde o rio se alargava brevemente, parecendo um lago. Três outros navios de guerra estavam ancorados ali perto. A fragata evidentemente esperava a maré subir para se soltar de um banco de lama.

— Quer ir a bordo? — perguntou Johnny Feathers.

— Não.

Wadsworth não tinha estômago para um confronto com o comodoro Saltonstall que, ele suspeitava, seria infrutífero. Saltonstall já sabia qual era o seu dever, mas Wadsworth achava que chamar a atenção para essa tarefa meramente provocaria um riso de desprezo e descaso. Se a frota e o exército fossem salvos, seria por outros homens, e Wadsworth procurava encontrar os meios para essa salvação.

Encontrou-a 400 metros abaixo do *Warren*, onde o *Samuel*, o brigue que carregava a artilharia da expedição, estava sendo rebocado para o norte por dois escaleres. A canoa de Wadsworth chegou ao lado do brigue e ele subiu pela amurada do *Samuel*.

— O coronel Revere está aqui?

— Saiu na barca dele, senhor — respondeu um marinheiro.

— Espero que isso seja uma boa notícia — disse Wadsworth, e foi para a popa, onde o capitão James Brown estava junto ao timão. — O coronel Revere colocou um canhão na barcaça? — perguntou a Brown.

— Não — respondeu Brown rapidamente, apontando para o centro do convés, onde os canhões estavam estacionados roda com roda.

— Então onde ele está?
— Não faço a mínima ideia. Ele pegou sua bagagem e foi embora.
— Levou a bagagem?
— Até a última caixa e a última trouxa.
— E seus homens?
— Alguns estão aqui, outros foram com ele.
— Ah, santo Deus — disse Wadsworth. Por um momento ficou indeciso.

O *Samuel* estava subindo o rio lentamente. Ali o curso era tão estreito que às vezes os galhos das árvores roçavam nas vergas inferiores do brigue. Wadsworth havia esperado que um canhão de Revere, posto na Curva da Aranha, servisse como sinalizador para o resto da frota e fosse o primeiro de muitos canhões que poderiam manter os ingleses a distância.

— Você vai continuar rio acima? — sugeriu a Brown.

O capitão do *Samuel* deu uma gargalhada sem nenhum humor.

— O que mais o senhor sugere, general?

— Dezesseis quilômetros contra a corrente o rio faz uma curva fechada à direita. Preciso dos canhões lá.

— Teremos sorte se fizermos 3 quilômetros antes que a maré mude, ou antes que os ingleses malditos nos alcancem.

— Então onde está o coronel Revere? — perguntou Wadsworth, e em resposta recebeu um dar de ombros. Não tinha passado pela barca branca de Revere enquanto descia o rio, o que significava que o coronel e seus artilheiros deviam estar mais abaixo, e isso deu uma leve esperança a Wadsworth. Será que Revere decidira fortificar um local na margem do Penobscot? Será que estaria agora mesmo encontrando um lugar de onde uma bateria poderia golpear os navios ingleses? — Ele lhe deu instruções para os canhões?

— Ele pediu o desjejum.

— Os canhões, homem! O que ele quer que seja feito com os canhões?

Brown virou a cabeça lentamente, cuspiu um jorro de tabaco pelo embornal de bombordo e olhou de volta para Wadsworth.

— Ele não disse — respondeu.

Wadsworth voltou para a canoa. Precisava de Revere! Precisava da artilharia. Queria uma bateria de canhões de 18 libras, os maiores do exército rebelde, queria munição do *Warren* e queria ver as balas esféricas se cravando na proa das fragatas inglesas. Pensou brevemente em voltar ao *Warren*, que também tinha os grandes canhões de que ele necessitava, mas decidiu que primeiro descobriria os planos do coronel Revere.

— Para lá, por favor — disse a Feathers, apontando rio abaixo. Iria ao *Warren* depois e exigiria que Saltonstall entregasse à artilharia todas as balas de 18 libras que precisassem.

Agora o sol estava alto, a luz clara e límpida, o rio rebrilhando e o céu estragado apenas pela mancha de fumaça dos navios que ainda queimavam ao sul da Laje de Odom. Quatrocentos metros depois do *Samuel* havia um grupo de navios de transporte e de guerra ancorados, todos caoticamente amontoados onde o rio se dividia ao redor da ponta norte da ilha Órfã. Na margem leste, rio acima com relação à ilha, havia um pequeno povoado mais ou menos da metade do tamanho de Majabigwaduce.

— Que lugar é aquele? — gritou Wadsworth para James Fletcher, que estava na segunda canoa.

— A plantação de Buck.

Wadsworth sinalizou para os índios pararem de remar. Ali o rio se curvava, e ele imaginou por que não havia escolhido esse local para armar a defesa. Certo, a curva não era tão pronunciada quanto a que ficava mais acima no rio, mas à luz da manhã a dobra no rio parecia suficientemente fechada, e na margem oeste, do lado oposto à plantação de Buck, havia um penhasco alto ao redor do qual o Penobscot se enrolava. Precisava de um lugar na margem oeste, de modo que os suprimentos pudessem vir de Boston sem ser transportados do outro lado do rio, e o penhasco parecia um local bastante adequado. Já havia homens em terra ao pé do penhasco, e existia um número suficiente de canhões a bordo dos navios próximos. Tudo que Wadsworth necessitava estava ali, e ele apontou para a praia estreita na base do penhasco.

— Ponham-me em terra ali, por favor — disse e chamou de novo James Fletcher. — Volte rio acima e encontre o *Samuel* — gritou. — Peça ao capitão Brown para trazê-lo de volta rio abaixo. Diga que preciso dos canhões dele aqui.

— Sim, senhor.

— E depois vá ao *Warren*. Diga ao comodoro que estou fazendo uma bateria aqui. — Ele apontou para o penhasco a oeste. — E diga que espero que o navio dele se junte a nós. Diga que precisamos de sua munição de 18 libras!

— Ele não vai gostar disso.

— Diga assim mesmo! — gritou Wadsworth. A canoa raspou na praia e Wadsworth pulou em terra. — Esperem por mim, por favor — pediu aos índios e andou pela praia na direção dos homens que estavam sentados desconsolados junto à linha da maré alta. — Oficiais! — gritou. — Sargentos! Venham a mim! Oficiais! Sargentos! Venham a mim!

Peleg Wadsworth faria surgir ordem do caos. Ainda estava lutando.

O tenente Fenwick estava obedecendo às ordens do comodoro Saltonstall, mas de coração pesado. O paiol principal do *Warren* tinha sido esvaziado pela metade e as cargas de pólvora iam sendo carregadas para o porão e para o convés principal. Havia uma pilha crescente de sacos de pólvora nas pedras de lastro ao pé do mastro principal na escuridão do porão, outra sob o castelo de proa e uma terceira embaixo da cabine de Saltonstall. No convés havia montes de sacos ao redor de cada mastro. Trilhas brancas de estopim lento foram postas a partir de cada pilha, e as cordas de lona serpenteavam se reunindo em um emaranhado no castelo de proa.

— O que não podemos fazer — disse Saltonstall a Fenwick — é permitir que os inimigos capturem esse navio.

— Claro que não, senhor.

— Não permitirei que a bandeira inglesa tremule no meu navio.

— Claro que não, senhor — repetiu Fenwick. — Mas poderíamos ir rio acima, não é, senhor? — perguntou nervoso.

— Estamos encalhados — respondeu Saltonstall com sarcasmo.

— A maré está subindo, senhor. — Fenwick esperou, mas Saltonstall não fez nenhum comentário. — E há navios franceses, senhor.

— Há navios franceses, tenente? — perguntou Saltonstall, cáustico.

— Uma flotilha francesa pode chegar, senhor.

— Você tem conhecimento dos movimentos da frota francesa, tenente?

— Não, senhor — respondeu Fenwick arrasado.

— Então faça a gentileza de obedecer às minhas ordens e prepare o navio para ser queimado.

— Sim, senhor.

Saltonstall foi até o corrimão de popa. A luz da manhã estava translúcida e o ar parado. A maré vagarosa gorgolejava na linha d'água do *Warren*. Ele estava olhando rio abaixo, onde um amontoado de navios estava reunido perto de um penhasco. Duas chalupas usavam a maré para subir o rio, mas parecia que a maior parte dos navios decidira ficar perto do penhasco onde os escaleres e as barcaças estavam carregando suprimentos para a margem oeste. Os navios ingleses estavam fora de vista, presumivelmente ainda abaixo da Laje de Odom, onde a fumaça subia marcando o céu. A fumaça subia verticalmente, mas Saltonstall sabia que assim que a coluna fosse dispersada pelo vento as chalupas e fragatas inimigas começariam a subir o rio.

Tinha sido uma bagunça, pensou com raiva. Desde o início até o fim, uma grande bagunça, e na mente do comodoro o único sucesso fora obtido pela Marinha Continental. Os brigadistas navais haviam conquistado o penhasco em Dyce's Head, e depois disso Lovell ficou tremendo como um coelho doente e exigiu que Saltonstall fizesse toda a luta.

— E se tivéssemos capturado as chalupas? — perguntou o comodoro com raiva.

— Senhor? — perguntou um marinheiro ali perto.

— Não estou falando com você, seu idiota.

— Sim, senhor.

Será que Lovell teria capturado o forte se as chalupas tivessem sido tomadas? Saltonstall sabia a resposta. Lovell teria encontrado outro obstáculo para impedir um ataque. Teria reclamado, gemido e protelado. Teria exigido uma bateria na lua. Teria cavado mais trincheiras. Era uma bagunça.

O *Warren* tremeu erguido pela maré. Mexeu-se alguns centímetros, acomodou-se de novo, depois tremeu outra vez. Em breve giraria a popa rio acima e puxaria o cabo da âncora. O tenente Fenwick olhou para o comodoro com expressão esperançosa, mas Saltonstall ignorou-o. Fenwick era um bom oficial, mas tinha pouca compreensão do que estava em risco. O *Warren* era um equipamento precioso, uma fragata bem-construída e bem-armada, e os ingleses adorariam pendurar sua bandeira maldita na proa e levá-la para a sua frota, mas Saltonstall preferiria ser enviado ao círculo mais profundo do inferno antes de permitir que isso acontecesse. Por isso recusara a batalha no dia anterior. Ah, ele poderia ter sacrificado o *Warren* e a maior parte das outras embarcações rebeldes para dar aos transportes mais tempo de escapar do inimigo, mas ao fazer esse sacrifício poderia ser abordado e então o *Warren* iria se tornar uma fragata de Sua Majestade. E para Fenwick estava ótimo sugerir que navegassem rio acima, mas o *Warren* tinha o calado mais fundo de toda a frota e não iria muito longe antes de encalhar de novo, e ao vê-lo os ingleses fariam o máximo para capturá-lo.

— Barco se aproximando, senhor! — gritou um contramestre a meia-nau do *Warren*.

Saltonstall resmungou uma confirmação. Foi para perto do timão do navio enquanto o escaler fazia força contra a maré. Olhou o *Pidgeon*, uma escuna de transporte, sendo rebocado rio acima e notou que a corrente do rio lutava contra a maré e causava dificuldade aos remadores. Então o escaler bateu no casco da fragata e um homem subiu ao convés e foi rapidamente na direção do comodoro.

— Sou o tenente Little, senhor — apresentou-se ele. — Primeiro-tenente do *Hazard*.

— Sei quem você é, tenente — disse Saltonstall com frieza. Na opinião do comodoro, Little era um cabeça quente impetuoso da suposta Marinha de Massachusetts que, para o comodoro, não passava de uma força armada de brinquedo. — Onde está o *Hazard*?

— Rio acima, senhor. Eu estava dando uma mão ao *Sky Rocket*. — O *Sky Rocket*, um belo corsário de 16 canhões, estava encalhado perto do penhasco esperando a maré. — O capitão Burke o cumprimenta, senhor.

— Pode cumprimentá-lo de volta, tenente.

Little olhou o convés ao redor. Viu os sacos de pólvora, os estopins lentos e os combustíveis amontoados ao redor dos mastros. Depois olhou de novo para o comodoro imaculado em suas botas de cano alto pretas e brilhantes, calça branca, colete e casaca azuis e o bicorne escovado reluzindo com acabamentos em ouro.

— O capitão Burke deseja ordens, senhor — disse Little em voz sucinta.

— A ordem é para o capitão Burke não entregar seu navio ao inimigo.

Little estremeceu, e se virou tão de repente que Saltonstall levou a mão instintivamente ao punho da espada, mas o tenente estava meramente apontando para o local onde o rio fazia um redemoinho em volta do penhasco.

— É lá que o senhor deveria estar!

— Você está presumindo me dar ordens, tenente? — A voz de Saltonstall saiu gélida.

— O senhor nem sequer disparou um canhão! — protestou Little.

— Tenente Little... — começou Fenwick.

— O tenente Little vai retornar ao seu navio — interrompeu Saltonstall. — Bom-dia, tenente.

— Seu desgraçado! — gritou Little, e os marinheiros pararam de trabalhar para ouvir. — Ponha o seu navio na curva — disse rispidamente, ainda apontando para onde o rio se curvava ao redor do penhasco a oeste. — Ancore na popa e na proa. Ponha regeiras nas âncoras de modo que seu costado aponte rio abaixo e lute com os malditos!

— Tenente... — começou Saltonstall.

— Pelo amor de Deus, lute! — Little, um oficial da Marinha de Massachusetts, estava agora gritando no rosto do comodoro, cuspindo nele. — Mova todos os seus canhões de 18 libras para um dos lados! Vamos ferir os malditos! — O rosto de Little estava a apenas 5 centímetros do de Saltonstall quando gritou as últimas palavras. Nem Saltonstall nem Fenwick disseram qualquer coisa. Fenwick puxou debilmente o braço de Little e Saltonstall meramente pareceu enojado, como se um cocô tivesse surgido de repente em seu convés impecável. — Ah, pelo amor de Deus — disse Little, lutando para controlar a raiva. — O rio abaixo da curva é estreito, senhor! Um navio não pode fazer a volta na largura daquele canal! Os ingleses serão obrigados a vir em fila única, com as proas viradas para nossos canhões, e eles não poderão responder aos tiros. Eles não poderão responder! Não poderão trazer os navios grandes deles aqui para cima, precisam mandar fragatas, e se pusermos canhões ali poderemos despedaçar os desgraçados!

— Agradeço o seu conselho, tenente — disse Saltonstall com desdém absoluto.

— Ah, seu covarde maldito! — cuspiu Little.

— Tenente! — Fenwick segurou o braço de Little. — O senhor não sabe com quem está falando!

Little soltou-se da mão do tenente.

— Sei com quem estou falando — zombou. — Sei onde estou e também sei muito bem onde o inimigo está! Vocês não podem simplesmente queimar este navio sem lutar! Entreguem-no a mim! Eu lutarei com ele!

— Bom-dia, tenente — disse Saltonstall com voz gélida.

Fenwick havia chamado dois tripulantes que agora estavam ameaçadoramente perto do furioso Little. James Fletcher evidentemente subira a bordo durante a discussão.

— Saia do meu navio! — rosnou Saltonstall para Fletcher, virando-se depois de novo para Little. — Eu comando aqui! Neste navio você recebe minhas ordens! E minhas ordens são para que saia antes que eu o ponha a ferros.

— Venha em terra — disse Little ao comodoro —, venha em terra, seu covarde desgraçado, e eu lutarei com você lá. De homem para homem, e o vencedor fica com este navio.

— Retirem-no — disse Saltonstall.

461

Little foi arrastado para longe. Virou-se uma vez e cuspiu na direção de Saltonstall, e então foi empurrado para o escaler que o esperava.

O *Warren* estremeceu e se soltou do banco de areia. Um sopro de vento tocou o rosto do comodoro Saltonstall e levantou a bandeira da cobra na popa da fragata. A fumaça no céu límpido oscilou e começou a ir para o noroeste.

O que significava que os ingleses estavam vindo.

Os homens na praia embaixo do penhasco tinham saído dos transportes ancorados ou encalhados no rio. Agora sentavam-se no cascalho, desconsolados e sem líder.

— Quais são suas ordens? — perguntou Wadsworth a um sargento.

— Não tenho ordens, senhor.

— Vamos para casa! — gritou um homem com raiva.

— De que modo? — perguntou Wadsworth.

O homem havia levantado uma mochila feita com lona de vela.

— De qualquer modo. Vamos andar, acho. Qual é a distância?

— Trezentos quilômetros. E você não vai para casa, pelo menos por enquanto. — Wadsworth se virou para o sargento. — Ponha seus homens em ordem, ainda temos uma guerra para lutar.

Wadsworth caminhou pela praia, gritando para os oficiais e sargentos juntarem seus homens. Se os ingleses pudessem ser parados naquela curva, havia uma boa chance de reorganizar o exército rio acima. Árvores poderiam ser derrubadas, um acampamento poderia ser feito e canhões postados para deter qualquer ataque inglês. Só era necessária uma defesa firme naquela manhã ensolarada. Enquanto ia pela margem mais abaixo, Wadsworth viu como o rio se estreitava em um vale que seguia quase reto para o sul até a Laje de Odom, a cerca de 6 quilômetros. O rio em si tinha uns 300 passos de largura, mas isso era ilusório porque o canal navegável era muito mais estreito e os navios ingleses deveriam se esgueirar por aquele canal em fila única, com o primeiro apontando direto para o penhasco e deixando sua proa vulnerável. Quatro canhões seriam o bastante! Ordenou que os capitães da milícia limpassem uma laje na encosta do penhasco, e quando eles reclamaram que não tinham machados nem enxadas ele gritou para encontrarem um barco e procurarem as ferramentas necessárias nos navios de transporte.

— Façam alguma coisa! Vocês querem ir para casa e contar aos filhos que fugiram dos ingleses? Algum de vocês viu o coronel Revere?

— Ele foi rio abaixo, senhor — respondeu um carrancudo capitão da milícia.

— Rio abaixo?

O capitão apontou para um vale comprido e estreito onde o último navio americano, uma escuna, estava tentando alcançar o resto da frota reunida perto do penhasco. Sua grande vela de mezena estava enfunada a bombordo para captar o vento muito fraco que finalmente começara a provocar ondulações na superfície do rio. Quatro tripulantes da escuna usavam remos enormes para tentar apressar a passagem, mas os remos mergulhavam e puxavam com uma lentidão patética. Então Wadsworth viu por que eles estavam usando os remos longos. Atrás da escuna havia um navio muito maior, com mais velas e mastros mais altos, um navio que subitamente disparou os canhões de proa preenchendo o vale com fumaça e com o eco dos tiros de seus dois canhões. As balas não foram disparadas contra a escuna, e sim para os dois lados do casco, como sinal de que ela deveria baixar a bandeira e deixar que os ingleses a tomassem como prêmio.

Wadsworth correu pela praia. Havia homens na proa da escuna acenando freneticamente. Não tinham nenhum escaler, nenhum tipo de bote, e queriam ser resgatados. E ali, a menos de 50 passos, estava a barca branca de Revere com sua tripulação de remadores. Ela seguia rio acima à frente da escuna, sugerindo que Revere descera o rio, talvez com esperança de escapar passando pelos navios ingleses, mas, ao descobrir a inutilidade daquele ato, fora forçado de volta para o norte. Wadsworth pôde ver o próprio tenente-coronel Revere junto à popa da barca e esperou à beira d'água, com as mãos em concha.

— Coronel Revere!

Revere acenou indicando que tinha ouvido.

Wadsworth apontou para a escuna, que agora reconhecia como a *Nancy*.

— A tripulação do *Nancy* precisa ser resgatada! Leve sua barca e pegue-a!

Revere girou em seu banco para olhar o *Nancy*; em seguida se virou de novo para Wadsworth.

— Você não tem direito de me dar ordens agora, general! — gritou ele, e então disse algo à sua tripulação, que continuou remando rio acima, para longe do condenado *Nancy*.

Wadsworth imaginou se teria ouvido mal.

— Coronel Revere! — gritou lentamente e com clareza, de modo que não houvesse mal-entendido. — Leve sua barca e pegue aqueles tripulantes do *Nancy*! — A escuna tinha poucos tripulantes e havia bastante espaço na proa da barca para todos os marinheiros.

— Eu estava sob seu comando enquanto havia um cerco — gritou Revere em resposta —, mas o cerco terminou e sua autoridade terminou junto com ele.

Por um instante Wadsworth não acreditou no que tinha ouvido. Olhou boquiaberto o coronel, e então foi dominado pela fúria e pela indignação.

— Pelo amor de Deus, homem, eles são americanos! Vá resgatá-los!

— Eu estou com minha bagagem aqui — gritou Revere de volta, e apontou para o monte de caixas cobertas por lona de velas. — Não estou disposto a arriscá-la! Bom-dia, Wadsworth.

— Seu... — começou Wadsworth, mas estava com raiva demais para terminar. Virou-se e subiu pela praia para acompanhar a barca. — Estou dando uma ordem! — gritou para Revere. Os homens na praia olharam, atentos. — Resgate aquela tripulação.

A fragata atrás do *Nancy* disparou seus canhões de proa de novo e as balas passaram perto do casco, levantando grandes esguichos de água.

— Está vendo? — gritou Revere quando o eco dos disparos sumiu. — Não posso arriscar minha bagagem!

— Prometo que você será preso, coronel! — gritou Wadsworth com selvageria. — A menos que obedeça às minhas ordens!

— Você não pode me dar ordens agora! — respondeu Revere, quase alegre. — Acabou. Bom-dia, general.

— Quero os seus canhões no penhasco ali adiante!

Revere balançou a mão com negligência na direção de Wadsworth.

— Continuem remando — disse aos seus homens.

— Vou mandar prendê-lo! — berrou Wadsworth.

Mas a barca seguiu em frente. A bagagem do tenente-coronel Paul Revere estava salva.

O HMS *Galatea* liderava as fragatas inglesas. Em sua proa havia uma figura de Galateia, com a pele pintada tão branca quanto o mármore no qual sua estátua mítica fora esculpida. Segundo o mito ela havia saltado do mármore para a vida, e agora vinha rio acima, nua à exceção de um pedaço de seda cobrindo os quadris, com a cabeça desafiadora erguida e olhando diretamente para a frente com olhos azuis espantosos. A fragata tinha apenas as velas de gávea e os joanetes enfunados, o pano alto pegando o pouco de vento fraco que vinha do sul. À sua frente reinava o caos, e o *Galatea* piorou esse caos. A escuna *Nancy* fora abandonada, mas uma tripulação inglesa havia tomado a embarcação e usava as âncoras para arrastá-la até a margem leste do rio, de modo que o *Galatea* e o HMS *Camille*, que vinha atrás, pudessem passar. A ninfa e seus olhos azuis desapareceram em uma súbita nuvem de fumaça enquanto os dois canhões de nove libras na proa disparavam. As balas quicaram na água em direção à massa de navios rebeldes. Brigadistas da Marinha Real, com casacas vermelhas no castelo de proa do *Galatea*, esperaram a fumaça do canhão se dissipar e então começaram a disparar com mosquetes contra os homens distantes, na margem oeste do rio. Disparavam de muito longe, e nenhuma bala encontrou um alvo, mas a praia se esvaziou depressa enquanto os homens buscavam abrigo entre as árvores.

E agora havia muito mais fumaça. Não vinha dos canhões ingleses, mas sim dos incêndios a bordo dos navios rebeldes. Os capitães batiam pederneiras em aço e acendiam os estopins lentos, ou então encostavam o fogo no combustível empilhado embaixo dos conveses e ao redor dos mastros. Escaleres remavam para terra enquanto a fumaça brotava das escadas de tombadilho.

O *Galatea* e o *Camille* largaram âncoras de popa e tiraram as velas de gávea. Nenhum navio se arriscaria navegando em direção a um inferno. O fogo adorava madeira, alcatrão e linho, e todo marinheiro temia o fogo muito mais do que temia o mar, e assim as duas fragatas ficaram no rio, subindo suavemente na maré montante, e suas tripulações olhavam um inimigo se destruir.

Os navios orgulhosos queimavam. Os esguios corsários e os pesados transportes ardiam. A fumaça engrossava até parecer uma nuvem de tempestade densa e escura que borbulhava no céu de verão, e no meio dela havia línguas de chamas selvagens saltando e se espalhando. Às vezes havia uma explosão quando o fogo faminto encontrava madeira nova, a luz rebrilhava sobre a água e novas chamas irrompiam nos cordames. Esses cordames estavam em chamas; o fogo delineava cada navio, brigue, chalupa e escuna até que um mastro queimava e então, lentamente, uma treliça de chamas tombava, fagulhas subindo rapidamente enquanto as vergas e os cabos desciam em arco, e o rio sibilava e soltava vapor enquanto os mastros caíam.

O *Sky Rocket*, um corsário de 16 canhões, estava encalhado logo depois do penhasco, e na pressa de evacuar Majabigwaduce havia levado o resto da munição das baterias rebeldes. Seu casco estava cheio de pólvora e o fogo encontrou o porão, fazendo o *Sky Rocket* explodir. A força do estrondo fez tremer a fumaça dos outros navios incendiados, lançou madeira e velas flamejantes para o alto onde, como foguetes, voaram deixando uma miríade de trilhas de fumaça curvando-se acima do rio. O barulho era físico, uma pancada de som que foi ouvida no Forte George, e então outros paióis explodiram, como se imitassem o *Sky Rocket*, e os cascos estremeceram, vapor misturou-se com fumaça em rolos, e ratos gritaram nos porões imundos enquanto o fogo consumia tudo, rugindo como fornalhas enlouquecidas. Homens em terra choravam por seus navios perdidos, e o calor do incêndio tocou o rosto dos marinheiros que olhavam espantados do convés de proa do *Galatea*. Vergas em chamas, com as adriças totalmente queimadas, caíam em conveses ferozes e mais cascos se despedaçavam enquanto mais pólvora pegava fogo e estraçalhava os navios de madeira. Cabos de âncora se partiam, as embarcações em chamas se moviam e os cascos colidiam, o fogo se misturando e crescendo, a fumaça se adensando e subindo cada vez mais alto. Alguns navios tinham deixado os canhões carregados, e agora esses canhões disparavam contra a frota em chamas. Canhões despencavam pelos conveses incendiados. A fornalha rugia, os canhões martelavam e o rio sibilava enquanto os destroços afundavam na água imunda de cinzas onde os restos queimados flutuavam para longe.

Atrás do penhasco, ainda ancorado apesar de estar flutuando, o *Warren* fora abandonado. Era maior do que o *Galatea* ou o *Camille*. Levava 32 canhões, contra vinte em cada um dos ingleses, mas não tinha nenhuma ninfa nua protegendo a proa. Tinha sido construído em Providence, Rhode Island, e recebera o nome de Joseph Warren, o médico de Boston que incendiara a revolução mandando os cavaleiros avisarem a Lexington e Concord que os ingleses estavam chegando. Warren fora um patriota e uma inspiração. Foi nomeado general da milícia rebelde mas, como sua comissão não chegara, tinha lutado como soldado em Bunker Hill e ali morrera. A fragata recebera o nome em sua homenagem, e desde que fora posta n'água havia capturado dez ricos navios mercantes ingleses. Era uma máquina mortal, armada pesadamente pelos padrões das outras fragatas, e seus grandes canhões de 18 libras eram maiores do que qualquer um a bordo das fragatas inglesas.

Mas agora, enquanto o resto de sua tripulação remava para terra, o *Warren* queimava. Dudley Saltonstall não olhou para trás para ver a fumaça e, assim que chegou em terra, foi direto para a floresta, de modo que as árvores escondessem a visão da fragata em chamas que subiam rápidas pelo cordame, das velas enfunadas pegando fogo, das fagulhas voando e caindo.

Ao longo de todo o rio os navios queimavam. Não sobrou nenhum.

Peleg Wadsworth olhava em silêncio. Os canhões que deveriam manter os ingleses a distância estavam afundando no leito do rio e os homens que deveriam ter se juntado e lutado estavam dispersos e sem liderança. O pânico havia atacado antes que Wadsworth pudesse animar uma resistência, e agora a grande frota estava queimando e o exército destruído.

— E agora? — perguntou James Fletcher.

A fumaça cobria o céu como uma mortalha.

— Você se lembra da história de Sadraque, Mesaque e Abednego? — perguntou Wadsworth. — Da Bíblia?

James não havia esperado essa resposta, e ficou perplexo por um momento; então, confirmou com a cabeça.

— Mamãe contava essa história — disse. — Não é sobre os homens que foram lançados à fogueira?

— E todos os homens do rei os olhavam, e viram que eles não eram tocados pela fornalha feroz — disse Wadsworth, lembrando-se do sermão que tinha ouvido na Igreja Cristã de Boston um dia antes de a frota zarpar. — A Escritura diz que o fogo não teve poder sobre aqueles homens. — Ele fez uma pausa, olhando a fragata queimar. — Não teve poder — repetiu, pensou em sua querida esposa e na criança que estava prestes a nascer e sorriu para James. — Agora venha, você e eu temos trabalho a fazer.

O resto da pólvora no paiol do *Warren* explodiu. O mastro de proa voou para cima, espalhando fumaça, fagulhas e fogo, o casco se abriu ao longo das emendas em chamas, a luz súbita manchou em vermelho o rio trêmulo e a fragata desapareceu. Estava tudo acabado.

De uma Ordem do Conselho, Boston, datada de 6 de setembro de 1779:

É portanto Decretado que o Tenente-Coronel Paul Revere seja e portanto é ordenado Imediatamente a Entregar o Comando da Ilha Castle e das outras Fortalezas no Porto de Boston ao capitão Perez Cushing, e retirar-se do Castelo e das Fortalezas citadas e se dirigir à sua moradia em Boston e ali continuar até que a questão reclamada possa ser devidamente inquirida no...

De uma petição de Richard Sykes à Casa dos Representantes de Massachusetts, 28 de setembro de 1779:

Seu Requerente era... Sargento da Brigada Naval a bordo do navio General Putnam quando foi feito um ataque contra um dos Redutos... seu Requerente foi feito Prisioneiro e foi levado de Penobscot a Nova York na Belonave Reasonable foi despido de quase todas as Roupas... Seu Requerente pede que suas Excelências lhe permitam Pagar pela roupa que perdeu... 2 Camisas de Linho 3 Pares de Meias 1 Calção de Pele de Cervo 1 Calção de Tecido 1 Chapéu 1 Mochila 1 Lenço 1 par de Sapatos.

NOTA HISTÓRICA

A Expedição Penobscot, em julho e agosto de 1779, é um fato real, e dentro das restrições da ficção tentei descrever o que aconteceu. A ocupação de Majabigwaduce pretendia estabelecer uma província britânica que iria se chamar Nova Irlanda e serviria de base naval e abrigo para legalistas que fugiam da perseguição dos rebeldes. O governo de Massachusetts decidiu "aprisionar, matar ou destruir" os invasores, e por isso lançou a expedição que frequentemente é descrita como o pior desastre naval da história dos Estados Unidos antes de Pearl Harbor. A frota que partiu para o rio Penobscot foi a maior reunida pelos rebeldes durante a Guerra da Independência. As listas de navios diferem em detalhes nas várias fontes, e presumo que dois ou três navios de transporte devem ter partido antes da chegada de Sir George Collier, mas o grosso da frota estava presente, o que tornou a situação um desastre terrível para a Marinha Continental e para Massachusetts. O brigue *Pallas*, de 14 canhões, tinha sido mandado para patrulhar fora da foz do rio Penobscot, de modo que estava ausente quando a força de Sir George Collier chegou, e somente ele sobreviveu à catástrofe. Dois navios americanos, o *Hunter* e o *Hampden*, foram capturados (algumas fontes acrescentam a escuna *Nancy* e nove outros navios de transporte), e o resto dos navios foi queimado. O Dr. John Calef, em seu cargo oficial de escrivão do Conselho de Penobscot (nomeado pelos ingleses), listou 37 navios rebeldes considerados tomados ou queimados, e isso parece bastante correto.

A culpa pelo desastre tem sido posta quase universalmente nos ombros do comodoro Dudley Saltonstall. Saltonstall não foi nenhum herói em Penobscot, e parece ter sido um homem difícil de lidar, pouco sociável, mas certamente não tem toda a responsabilidade pelo fracasso da expedição. Saltonstall passou por uma corte marcial (embora não existam registros do julgamento, de modo que talvez este nunca tenha sido feito), e foi demitido da Marinha Continental. O único outro homem a passar por uma corte marcial por sua conduta em Majabigwaduce foi o tenente-coronel Paul Revere.

É uma coincidência extraordinária que dois homens presentes em Majabigwaduce no verão de 1779 sejam temas de poemas famosos. Paul Revere foi celebrado por Henry Longfellow, e é a presença de Revere em Majabigwaduce que contribui em boa parte para o interesse à expedição. Poucos homens são tão homenageados como heróis da Revolução Americana. Há uma bela estátua equestre de Revere em Boston, e pelo menos na Nova Inglaterra ele é considerado o principal patriota e herói revolucionário da região. No entanto, não deve essa fama extraordinária aos seus atos em Majabigwaduce, nem mesmo à sua cavalgada noturna, e sim ao poema de Henry Longfellow que foi publicado na revista *The Atlantic Monthly* em 1861.

> Prestem atenção, meus filhos, e ouvirão
> Sobre a cavalgada noturna de Paul Revere.

E desde então os americanos ouvem falar da cavalgada noturna, a maioria sem saber que o poema faz a maior confusão com os fatos verdadeiros e atribui a Revere heroísmos de outros homens. Isso foi deliberado; escrevendo no início da Guerra Civil Americana, Longfellow estava lutando para criar uma lenda patriótica, e não para contar a história com precisão. Revere de fato cavalgou para avisar a Concord e Lexington que os soldados ingleses estavam marchando a partir de Boston, mas não completou a missão. Muitos outros homens cavalgaram naquela noite e foram esquecidos, enquanto Paul Revere, somente graças a Henry Longfellow, galopa para a posteridade como o patriota e rebelde imortal. Antes da publicação do poema, Revere era lembrado como um herói folclórico regional, um dentre muitos que tinham sido ativos na causa patriótica, mas em 1861 tornou-se uma lenda. De fato, ele era um patriota apaixonado e foi vigoroso na oposição aos ingleses muito antes do início da revolução, mas a *única* vez em que lutou contra os ingleses foi em Majabigwaduce, e ali, nas palavras do general Artemas Ward, demonstrou "comportamento indigno de um soldado, tendendo a covardia". O general estava citando o capitão da Brigada Naval Thomas Carnes, que observou Revere atentamente durante a expedição, e Carnes, como a maioria dos outros na expedição, acreditava que o comportamento de Revere fora uma desgraça. A reputação atual de Revere deixaria perplexos, e em muitos casos enojaria, seus contemporâneos.

Um segundo homem em Majabigwaduce teria um famoso poema escrito a seu respeito. Esse homem morreu em Corunha, na Espanha, e o poeta irlandês Charles Wolfe começou seu tributo assim:

> Nenhum tambor se ouviu, nenhuma nota fúnebre,
> Enquanto seu cadáver à muralha levamos;
> Nenhum soldado descarregou um tiro de despedida
> Na sepultura onde nosso herói enterramos.
>
> Nós o sepultamos na escuridão da calada da noite,
> Revirando a terra com as baionetas...

O poema, claro, é *The Burial of Sir John Moore after Corunna*. O tenente John Moore revolucionou o Exército britânico e é o homem que forjou a famosa Divisão Ligeira, uma arma que Wellington usou com resultados tão devastadores contra os franceses nas Guerras Napoleônicas. O tenente-general John Moore morreu em 1809 derrotando o marechal Soult em Corunha, mas a primeira ação do tenente John Moore foi travada no litoral nevoento de Massachusetts. Moore deixou um breve relato de seu serviço em Majabigwaduce, mas eu inventei muita coisa sobre ele. Sua extraordinária capacidade de carregar e disparar um mosquete cinco vezes por minuto é registrada, e ele estava no comando do piquete mais próximo de Dyce's Head na manhã do bem-sucedido ataque americano. O tenente Moore foi o único entre os oficiais do piquete que tentou conter o ataque em que perdeu um quarto dos seus homens. Duvido que Moore tenha matado o capitão Welch (embora Moore tivesse um mosquete e pode ter estado bem perto de Welch quando o capitão da Brigada Naval morreu), mas é certo que foi azar de Moore enfrentar os brigadistas americanos que, de longe, eram a tropa mais eficaz do lado rebelde. Esses primeiros *marines* usavam mesmo casacas verdes e é tentador, ainda que não comprovado, pensar que esses uniformes influenciaram a adoção de paletós verdes para os 60º e 95º Regimentos de Fuzileiros, que Moore estimulou e que serviram à Inglaterra com tanta fama nas longas guerras contra a França. A morte de Welch no topo do morro foi um dos golpes de azar que assolaram a expedição. John Welch era um homem extraordinário que escapara da prisão na Inglaterra e voltara através do Atlântico para se juntar de novo à rebelião.

    Peleg Wadsworth, em sua longa declaração ao Tribunal de Inquérito oficial, ofereceu três motivos para o desastre: "A Demora de nossa Chegada diante do Inimigo, o pequeno Tamanho de nossas Forças terrestres e a uniforme Relutância do Comandante da Frota." A história se acomodou sobre o terceiro motivo, e o comodoro Dudley Saltonstall recebeu toda a culpa. Foi demitido da Marinha Continental e chegaram a sugerir, sem um fiapo de prova, que ele era um traidor pago pelos ingleses. Ele não era traidor, e parece chocante escolher seu desempenho como o motivo primário para o fracasso da expedição. Em 2002 a Naval Institute Press (Annapolis, Maryland) publicou o excelente livro de George E. Buker, *The Penobscot Expedition*. George Buker serviu como oficial da Marinha e seu livro é uma defesa empolgada de um colega oficial naval. A principal acusação contra o comodoro foi que ele se recusou a levar seus navios para o porto de Majabigwaduce e assim eliminar as três chalupas do capitão Mowat, e a descrição do porto feita por Saltonstall, "aquele maldito buraco", costuma ser citada como o motivo para sua recusa. George Buker chega a ponto de mostrar as dificuldades enfrentadas por Saltonstall. A força naval britânica podia ser ridícula em comparação com a dos rebeldes, mas ela mantinha uma posição notavelmente forte, e qualquer ataque para além de Dyce's Head colocaria os navios americanos em um caldeirão de canhonaços de onde seria quase impossível escapar sem a ajuda improvável de um vento leste (que, claro, teria impedido que eles entrassem). George Buker é persuasivo, exceto que Nelson enfrentou uma situação bastante semelhante na baía de Aboukir (e contra um inimigo maior do que ele próprio), entrou na baía e venceu, e John Paul Jones (que havia servido sob o comando de Saltonstall e não tinha respeito por ele) certamente teria entrado no porto para afundar as chalupas de Mowat. É muito injusto condenar um homem por não ser um Nelson ou um John Paul Jones, mas apesar dos argumentos de George Buker ainda é difícil acreditar que qualquer comandante naval, tendo uma preponderância de sua frota tão grande sobre o inimigo, se recusasse a enfrentá-lo. Os 32 oficiais navais que assinaram a carta insistindo para que Saltonstall atacasse certamente não acreditavam que as circunstâncias fossem tão ruins a ponto de tornar inviável qualquer ataque. Os navios de Saltonstall sofreriam, mas teriam vencido. As três chalupas inglesas seriam capturadas ou afundadas, e então?

A pergunta nunca foi respondida, e não estava no interesse de Massachusetts responder a ela. O livro de George Buker tem o subtítulo *O Comodoro Saltonstall e a Conspiração de Massachusetts em 1779*, e seu principal argumento é que o governo de Massachusetts conspirou para pôr toda a culpa em Saltonstall, e nessa ambição teve um sucesso brilhante. A expedição foi uma iniciativa de Massachusetts, levada adiante sem consulta ao Congresso Continental e quase totalmente bancada pelo estado. Massachusetts fez o seguro de todos os navios particulares, pagou as tripulações, forneceu a milícia, armas, munição e víveres, e perdeu até o último centavo. O dinheiro inglês ainda era usado em Massachusetts em 1779, e o inquérito oficial revelou que a perda chegava a 1.588.668 libras (e dez *pence!*), e o número verdadeiro provavelmente estava muito mais próximo de 2 milhões de libras. É uma tarefa difícil e incerta descobrir a equivalência entre quantias monetárias históricas e os valores atuais, mas numa estimativa muito conservadora essa perda, em dólares americanos de 2010, chega perto de 300 milhões. Essa quantia enorme efetivamente levou o estado à bancarrota. No entanto Massachusetts teve sorte. O *Warren* estivera no porto de Boston quando chegou a notícia da incursão inglesa, e fizera sentido usar aquele poderoso navio de guerra, e as outras duas embarcações continentais que estavam em Boston, e por isso a permissão de usá-los fora pedida e a Marinha Continental cedeu. Isso significava que uma pequena parte das forças derrotadas era federal, e a culpa poderia ser posta nesse componente, de modo que os outros estados pudessem ser levados a recompensar Massachusetts pela perda. Isso, por sua vez, exigia que Saltonstall fosse apresentado como o vilão da peça. Massachusetts argumentou que o comportamento de Saltonstall havia traído toda a expedição e, apoiado por evidências mentirosas (especialmente da parte de Solomon Lovell), esse argumento prevaleceu. Demorou muitos anos, mas em 1793 o governo federal dos Estados Unidos da América reembolsou Massachusetts amplamente pela perda financeira. Assim, o ato de pôr toda a culpa em Saltonstall teve motivação política e foi muito bem-sucedido, na medida em que o contribuinte americano acabou pagando pelos erros de Massachusetts.

Então por que Saltonstall não atacou? Ele não deixou nenhum relato, e, se sua corte marcial chegou a acontecer, os registros se perderam, de modo que não possuímos seu testemunho. Certamente não foi a covardia que segurou sua mão porque ele provou sua coragem em outros pontos da guerra, e a sugestão de que estava sendo pago pelos ingleses é insustentável. Minha crença é de que Saltonstall não queria sacrificar seus homens e, possivelmente, uma das poucas fragatas que restavam à Marinha Continental, em uma operação que, ainda que bem-sucedida, não faria avançar o objetivo da expedição. Sim, ele poderia ter tomado as três chalupas, mas será que Lovell igualaria o seu feito em terra? Suspeito que Saltonstall acreditava que a Milícia de Massachusetts era inadequada, e para embasar essa crença ele tinha evidências suficientes, e que destruir as chalupas era irrelevante para o objetivo da expedição, que era a captura do Forte George. Se as chalupas fossem tomadas ou afundadas, o forte sobreviveria — ainda que em uma situação menos vantajosa —, enquanto a captura do forte condenava irrevogavelmente as chalupas. Saltonstall sabia disso. O que não tira a culpa do comodoro. Ele era um homem difícil, irritadiço, empedernido em seu relacionamento com Lovell, e fracassou terrivelmente em parar ou mesmo tentar diminuir a velocidade da perseguição britânica durante a retirada rio acima, mas não foi ele quem arruinou a expedição. Mas sim Lovell.

Solomon Lovell foi perdoado pelo fracasso da expedição. No entanto foi ele quem não forçou os ataques contra o Forte George que, no dia em que suas tropas desembarcaram, era praticamente indefensável. Parece verdade que McLean estava totalmente preparado para se render e não provocar uma horrenda luta corpo a corpo em defesa de suas fortificações inadequadas (naquele momento McLean ainda acreditava, provavelmente baseado no número de navios de transporte rebeldes, que estava em menor número, pelo menos em uma relação de quatro para um). Mas Lovell se conteve. E continuou se contendo. Recusou a sugestão eminentemente sensata de Peleg Wadsworth de que os rebeldes deveriam preparar uma fortificação rio acima, para onde poderiam se retirar caso os ingleses mandassem reforços. Jamais fez qualquer tentativa de invadir o forte, e em vez disso convocou intermináveis conselhos de guerra (que tomavam as decisões por meio de votos) e insistiu, em tom cada vez mais petulante, que Saltonstall atacasse as chalupas antes que a milícia atuasse contra o forte. É evidente que a Milícia de Massachusetts era composta de soldados fracos, mas isso também era responsabilidade de Lovell. Eles precisavam de disciplina, encorajamento e liderança. Não receberam nenhuma dessas coisas, e assim acamparam desanimados no topo do morro até que chegou a ordem de retirada. É verdade que, no momento em que os muros do Forte George chegaram a uma altura razoável, as chances de Lovell capturá-lo se tornaram quase inexistentes porque ele não tinha homens em número suficiente e sua artilharia havia fracassado em abrir um buraco nos muros, mas certamente ele tivera todas as esperanças de uma invasão bem-sucedida na primeira semana do cerco. Minha crença é de que Dudley Saltonstall entendia perfeitamente que a destruição das chalupas não levaria à captura do forte, e que portanto qualquer ataque aos navios ingleses simplesmente resultaria em baixas navais desnecessárias. Foi finalmente convencido a entrar no porto na sexta-feira, 13 de agosto, mas abandonou esse ataque por causa da chegada da frota auxiliar de Sir

George Collier. O abortado ataque por terra e mar poderia ter eliminado as chalupas de Mowat, mas as forças de Lovell certamente seriam dizimadas pelos defensores do forte. Tudo foi um pouco tarde demais, um fiasco causado por uma liderança atroz e falta de decisão.

Os ingleses, por outro lado, eram muito bem-comandados por dois profissionais que confiavam um no outro e cooperavam intensamente. A tática de McLean, que era de simplesmente continuar reforçando o Forte George enquanto irritava constantemente os sitiadores com a companhia ligeira de Caffrae, funcionou perfeitamente. Mowat doava canhões e homens sempre que necessário. Os ingleses, afinal de contas, só precisavam sobreviver até a chegada dos reforços, e tiveram sorte porque Sir George Collier (que realmente escreveu o musical apresentado no teatro Drury Lane) venceu o regimento de soldados do Exército Continental de Henry Jackson na corrida para chegar ao rio Penobscot. O general de brigada Francis McLean era um soldado muito bom e, mesmo segundo a avaliação de seus inimigos, era também um homem muito bom, e serviu bem ao seu rei em Majabigwaduce. Assim que tudo acabou, McLean se esforçou para que os rebeldes feridos, abandonados rio acima, recebessem cuidados médicos e arranjou um navio para levá-los de volta a Boston. Há relatos de rebeldes sobre encontros com McLean, e em todos ele é representado como um homem bondoso, generoso e decente. Os dois regimentos que comandou em Majabigwaduce eram tão inexperientes quanto a milícia que eles enfrentavam, e no entanto seus jovens escoceses receberam liderança, inspiração e exemplo. Peleg Wadsworth não se encontrou com Francis McLean durante o cerco, de modo que essa conversa é totalmente ficcional, embora seu motivo, o ferimento e a captura do tenente Dennis, tenha sido bastante real. Foi o capitão Thomas Thomas, contramestre do corsário *Vengeance*, e o secretário de Lovell, John Marston, que se aproximaram do forte sob uma bandeira de trégua para descobrir o triste destino de Dennis, mas eu queria que McLean e Wadsworth se conhecessem — por isso mudei os fatos.

Fiz o mínimo de mudanças que pude. Pelo que sei, Peleg Wadsworth não foi encarregado de investigar a acusação de peculato contra Revere, uma acusação que se esvaiu na confusão maior de Penobscot. Deixei de lado alguns acontecimentos do cerco. O brigadeiro McLean passou alguns dias explorando a baía de Penobscot antes de se decidir por Majabigwaduce como local de seu forte, um reconhecimento que ignorei. Houve duas tentativas de atrair os ingleses para emboscadas na bateria Meia-Lua, ambas desastrosas, mas por motivos ficcionais uma pareceu suficiente, e não tive provas de que John Moore tenha se envolvido em qualquer dessas ações. A imolação final da frota rebelde se estendeu durante três dias, que encolhi para dois.

O número total de baixas em Penobscot é muito difícil de ser estabelecido. Em seu diário, Lovell anotou que os rebeldes só tiveram 14 mortos e vinte feridos no ataque ao penhasco, enquanto Peleg Wadsworth, ao escrever as memórias da mesma ação, estimou em cem o número de rebeldes mortos e feridos. Os registros da milícia não ajudam. Os homens de Lovell foram reforçados por alguns voluntários do local (embora Lovell tenha notado uma relutância geral na milícia do vale de Penobscot em pegar armas contra os ingleses) de modo que, na véspera da chegada de Sir George Collier, o exército rebelde teria 923 homens em condições de cumprir o dever, contra 873 três semanas antes, e isso apesar das perdas nos combates e do número lamentavelmente alto de deserções. As melhores evidências sugerem que as perdas britânicas totais foram de 25 mortos, entre 30 e 40 seriamente feridos e 26 homens feitos prisioneiros. As baixas rebeldes são muito mais difíceis de estimar, mas uma fonte contemporânea afirma que menos de 150 foram mortos e feridos, enquanto outra, acrescentando os homens que não sobreviveram à longa jornada para casa através de um território densamente coberto de florestas, chega ao total de 474 baixas. Minha conclusão é de que as baixas rebeldes foram aproximadamente o dobro das britânicas. Essa pode ser uma estimativa baixa, mas certamente a Expedição Penobscot, mesmo sendo um desastre para os rebeldes, felizmente não foi um banho de sangue.

O confronto raivoso entre o tenente George Little e Saltonstall no fim da expedição é atestado por evidências contemporâneas, assim como o encontro de Peleg Wadsworth com Paul Revere durante a retirada rio acima. Quando foi pedido que Revere resgatasse a tripulação da escuna, ele se recusou, com o argumento pessoal de que não queria arriscar que sua bagagem fosse capturada pelos ingleses e com o argumento mais geral de que, como o cerco havia terminado, ele não era mais obrigado a obedecer às ordens de seus oficiais superiores. Algumas fontes afirmam que ele desembarcou a bagagem e depois mandou a barca de volta para pegar a tripulação da escuna. Isso pode ser verdade, e a tripulação foi de fato resgatada ainda que a escuna provavelmente tenha se tornado uma terceira presa dos ingleses. Mas, depois disso, Revere simplesmente deixou o rio sem ordens e, abandonando a maioria de seus homens, voltou para Boston. Assim que chegou em casa foi suspenso de seu comando do regimento de artilharia, posto sob prisão domiciliar e finalmente julgado por uma corte marcial. Peleg Wadsworth havia ameaçado Revere de prisão, e foi sua insolência truculenta no dia em que Wadsworth lhe ordenou que resgatasse a tripulação da escuna que causou mais problemas a Revere, mas outras acusações importantes foram feitas pelo major de brigada William Todd e pelo capitão da Brigada Naval Thomas Carnes. Essas acusações foram investigadas pelo Comitê de Inquérito estabelecido pela Corte Geral de Massachusetts, convocado para descobrir os motivos do fracasso da expedição.

  Todd e Revere, como é sugerido no romance, tinham uma longa história de animosidade que certamente contribuiu para as acusações de Todd. O major de brigada Todd afirmou que Revere se ausentava frequentemente das linhas americanas, uma acusação sustentada por outras testemunhas e pela Ordem Geral de Lovell em 30 de julho de 1779 (citada no início do capítulo Nove), e mencionou várias ocasiões em que Revere desobedeceu a ordens, especificamente durante a retirada. Thomas Carnes ecoou algumas dessas reclamações. Não sei de nenhum motivo para Carnes, diferentemente de Todd, ter uma aversão pessoal por Revere, mas talvez seja significativo o fato de que Carnes fora oficial na artilharia de Gridley, e Richard Gridley, o fundador e oficial comandante do regimento, havia se desentendido com Revere por questões da maçonaria. Carnes reclamou que, quando os americanos desembarcaram, Revere deveria estar comandando seus artilheiros como um corpo de reserva da infantaria, mas em vez disso voltou ao *Samuel* para tomar o desjejum. Mas as acusações básicas de Carnes tinham a ver com a capacidade de Revere como artilheiro, assunto sobre o qual Carnes podia comentar com propriedade. Segundo Carnes, Revere não estava presente para supervisionar a construção das baterias e não dava aos artilheiros instruções ou supervisão adequada. Durante os interrogatórios, Carnes, um artilheiro experiente, afirmou que era extraordinário que Revere "atirasse tão mal e não soubesse mais sobre artilharia". Foi o depoimento escrito de Carnes que acusou Revere de comportamento "que tende a covardia". Wadsworth testemunhou que Revere se ausentava frequentemente das linhas rebeldes e descreveu a recusa de Revere em obedecer às ordens durante a retirada final. Wadsworth também observou que, quando tinha a chance de votar a favor ou não de continuar o cerco, Revere constantemente se posicionava contra a continuidade. Isso não é prova de covardia, mas as minutas dos conselhos revelam que Revere era de longe o mais veemente na insistência para abandonar o cerco.

O Tribunal de Inquérito publicou suas descobertas em outubro de 1779. Concluiu que o comandante Saltonstall tinha toda a culpa do fracasso da expedição e inocentou especificamente os generais Lovell e Wadsworth. Mas, apesar das evidências, não julgou o comportamento de Paul Revere. George Buker argumenta, de modo convincente, que o comitê não queria diluir sua acusação absurda de que a Marinha Continental, na pessoa de Dudley Saltonstall, era a única responsável pelo desastre.

Revere ficou insatisfeito. Não fora condenado, mas tampouco seu nome fora limpo, e Boston estava cheia dos boatos sobre seu comportamento "indigno de um soldado". Ele exigiu passar por uma corte marcial. Parece-me que Revere era um homem difícil. Um dos seus biógrafos mais simpáticos admite que foram os "traços de personalidade" de Revere que enfraqueceram suas chances de obter uma comissão no Exército Continental. Ele era brigão, extremamente irascível com relação à sua reputação e tendia a disputar com qualquer um que o criticasse. Teve uma discussão com John Hancock que, inspecionando a ilha Castle durante a ausência de Revere em Penobscot, ousou encontrar falhas em suas defesas. Mas a Corte Geral não lhe concedeu a corte marcial; em vez disso, reconvocou o Comitê de Inquérito que agora estava encarregado de investigar o comportamento de Revere, e uma prova crucial apresentada ali foi o "diário" que Revere mantivera ostensivamente em Majabigwaduce e que, de modo pouco surpreendente, o mostra como um modelo de diligência militar. Não tenho provas de que esse "diário" tenha sido forjado para o inquérito, mas parece bastante provável. Revere também apresentou muitas testemunhas para se contrapor às acusações contra ele, e sua vigorosa defesa foi bastante bem-sucedida porque, quando o comitê fez o relatório, em novembro de 1779, inocentou-o da acusação de covardia, mas condenou-o levemente por deixar Penobscot sem ordens e por "questionar as ordens do general de brigada Wadsworth com respeito ao Barco". A única defesa de Revere contra esta última acusação foi que ele havia entendido mal as ordens de Wadsworth.

Porém, mesmo tendo sido inocentado da acusação de covardia, Revere continuou insatisfeito e de novo fez a petição para uma corte marcial. A corte finalmente foi convocada em 1782 e Revere recebeu o que queria: a declaração de inocência. A suspeita é de que as pessoas estavam cansadas daquilo tudo e que, em fevereiro de 1782, quatro meses depois do grande triunfo rebelde em Yorktown, ninguém queria ressuscitar lembranças infelizes da Expedição Penobscot, e assim, ainda que a corte marcial tenha censurado Revere debilmente por sua recusa em resgatar a tripulação da escuna, creditou-o "com honra igual à dos outros oficiais", o que, naquelas circunstâncias, foi um elogio muito fraco. A controvérsia sobre o comportamento de Revere em Majabigwaduce persistiu com uma ácida troca de cartas na imprensa de Boston, mas estava esquecida havia muito tempo em 1861 quando Revere foi abruptamente elevado ao status heroico de que desfruta hoje. Outras ofensas, como ter causado o atraso da partida da frota, sua recusa mesquinha em permitir que qualquer outro usasse a barca da ilha Castle e seu fracasso em retirar os canhões da ilha Cross, são atestadas por várias fontes.

Dudley Saltonstall foi dispensado da Marinha, mas pôde investir em um corsário, o *Minerva*, com o qual, em 1781, capturou uma das presas mais ricas de toda a Guerra Revolucionária. Depois da guerra, Saltonstall se tornou dono de navios mercantes, alguns usados para o tráfico de escravos, e morreu aos 58 anos em 1796. Paul Revere também foi bem-sucedido depois da guerra, abrindo uma metalúrgica e se tornando um proeminente industrial em Boston. Morreu em 1818 aos 83 anos. A carreira política de Solomon Lovell não foi prejudicada pelo fiasco em Penobscot. Continuou sendo membro do conselho municipal de Weymouth, Massachusetts, representante na Corte Geral e ajudou a redigir a nova constituição do estado. Morreu aos 69 anos em 1801. Um memorialista escreveu que Solomon Lovell era "estimado e honrado... respeitado e digno de confiança nos conselhos do estado... seu nome tem sido passado através das gerações". Um julgamento melhor certamente foi feito por um jovem brigadista em Majabigwaduce, que escreveu: "O Sr. Lovell teria feito mais bem, e uma figura muito mais respeitável, como decano de uma igreja de condado do que à frente de um exército americano."

    O capitão Henry Mowat permaneceu na Marinha Real, e seu último comando foi uma fragata em que morreu, provavelmente de ataque cardíaco, perto do litoral da Virgínia em 1798. Está enterrado no pátio da igreja de St. John, Hampton, Virgínia. O general de brigada Francis McLean retornou ao seu comando em Halifax, Nova Escócia, onde morreu aos 63 anos, apenas dois anos depois de sua bem-sucedida defesa do Forte George. John Moore transcendeu em muito a fama de seu antigo comandante e agora é celebrado como um dos maiores e mais compassivos generais a servir no Exército britânico. Morreu aos 48 anos, em Corunha, do mesmo modo como havia lutado em Majabigwaduce: comandando no *front*.

    Em 1780, um ano depois da expedição, Peleg Wadsworth foi mandado de volta ao leste de Massachusetts como comandante da milícia da região do Penobscot. A guarnição inglesa no Forte George ficou sabendo de sua presença e mandou um grupo de ataque que, depois de uma breve luta em que Wadsworth foi ferido, o capturou. Wadsworth ficou preso no Forte George onde sua esposa, tendo recebido a permissão de visitá-lo, ficou sabendo de um plano para transferir Wadsworth para uma prisão na Inglaterra. Wadsworth e um segundo prisioneiro, o major Burton, imaginaram e executaram uma fuga ousada que foi completamente bem-sucedida, e hoje a baía ao norte de Castine (nome atual de Majabigwaduce) e a oeste do istmo chama-se Angra de Wadsworth, por causa do local onde os dois fugitivos encontraram um bote. Peleg Wadsworth permaneceu no leste de Massachusetts. Depois da guerra abriu uma loja de ferramentas e construiu uma casa em Portland que ainda pode ser vista (assim como a casa de Paul Revere em Boston), serviu no Senado de Massachusetts e como representante da Província do Maine no Congresso dos EUA. Tornou-se fazendeiro em Hiram e foi líder do movimento para tornar o Maine um estado separado, ambição realizada em 1820. Ele e sua esposa Elizabeth tiveram dez filhos, e ele morreu em 1829, aos 81 anos. George Washington tinha a mais elevada estima por Peleg Wadsworth, e um dos bens mais valiosos da família Wadsworth era uma mecha de cabelos de Washington, que foi presente do primeiro presidente americano. Para mim, Peleg Wadsworth foi um verdadeiro herói e um grande homem.

Os ingleses ficaram em Majabigwaduce. Na verdade esse foi o último posto britânico a ser evacuado dos Estados Unidos. Muitos legalistas se mudaram para a Nova Escócia quando os ingleses partiram, alguns levando junto suas casas, embora, de modo interessante, uma quantidade de soldados britânicos, incluindo o sargento Lawrence da Artilharia Real, tenha se estabelecido em Majabigwaduce depois da guerra e, segundo todos os relatos, eles foram muito bem-recebidos. A maioria dos canhões afundados com a frota rebelde foi recuperada e posta a serviço dos ingleses, o que explica por que canos de canhão comemorativos com o brasão do estado de Massachusetts são encontrados em lugares distantes, até na Austrália. Depois, na Guerra de 1812, os britânicos retornaram e retomaram Majabigwaduce, e de novo puseram uma guarnição no forte onde ficaram até o fim da guerra. Durante essa segunda ocupação os muros do forte foram reforçados com alvenaria e o Canal Britânico, que agora é uma vala pantanosa, foi cavado como obra de defesa atravessando o istmo. O Forte George ainda existe, e é um monumento nacional. Fica no topo do morro acima da Academia Marítima do Maine em Castine, e é um lugar belo e pacífico. As fortificações estão quase totalmente cobertas de grama e, segundo a lenda em Castine, nas noites calmas o fantasma de um garoto tocador de tambor pode ser ouvido tocando seu instrumento no velho forte. Uma versão diz que o fantasma é de um menino inglês que foi trancado inadvertidamente num paiol quando a guarnição foi evacuada em 1784; outros dizem que é um garoto americano morto na luta de 1779. A referência mais antiga que pude descobrir está nas memórias de William Hutching, onde ele afirma que o garoto, um tocador de tambor rebelde, foi morto na bateria Meia-lua. Há uma trilha que sobe e desce o penhasco junto de Dice Head (como Dyce's Head é conhecido agora), dando ao visitante a chance de admirar o feito dos americanos que, em 28 de julho de 1779, atacaram e ganharam essa posição. A grande pedra na praia chama-se Trask's Rock, por causa do menino pífaro que tocou ali durante todo o ataque. Castine prosperou durante o século XIX, principalmente devido ao comércio de madeira, e agora é uma pitoresca e tranquila cidade portuária, muito consciente de sua história fascinante. Durante uma das minhas visitas disseram-me que Paul Revere havia roubado o baú de pagamento da expedição, alegação que não é sustentada por nenhuma prova direta, mas que indica o escárnio que algumas pessoas nessa parte da Nova Inglaterra sentem por um homem reverenciado em outras áreas da região.

As citações que abrem cada capítulo são, dentro do possível, reproduzidas com a grafia e as maiúsculas do original. Tirei a maioria delas da *Documentary History of the State of Maine*, Volumes XVI e XVII, publicada pela Maine Historical Society em 1910 e 1913, respectivamente. Essas duas coleções de documentos contemporâneos foram de enorme valor, assim como o livro de C.B. Kevitt, *General Solomon Lovell and The Penobscot Expedition*, publicado em 1976, que contém um relato da expedição junto com uma seleção de fontes originais. Também usei o diário de Solomon Lovell sobre a expedição, publicado pela The Weymouth Historical Society em 1881, e *The Penobscot Expedition*, de John E. Cayford, publicado por meios próprios em 1976. Já mencionei o livro inestimável de George Buker, *The Penobscot Expedition*, que argumenta de modo persuasivo que os inquéritos sobre o desastre faziam parte de uma bem-sucedida conspiração de Massachusetts para colocar a culpa e a responsabilidade financeira sobre o governo federal. Sem dúvida a descrição mais vívida e legível de toda a expedição é encontrada no livro de Charles Bracelen Flood, *Rise, and Fight Again*, publicado por *Dodd Mead and Company* em 1976, que aborda quatro instâncias de desastres rebeldes no caminho da independência. O fascinante livro de David Hackett Fischer, *Paul Revere's Ride*, Oxford University Press, 1994, não aborda a expedição de 1779, mas é um guia soberbo para os acontecimentos que levaram à revolução e ao papel influente de Paul Revere naquele período. Os leitores curiosos sobre a origem e as reações ao poema de Longfellow (que Fischer descreve como "grosseiro, sistemático e deliberadamente impreciso") acharão valiosíssimo seu ensaio "Historiography" (publicado no fim do livro). A melhor biografia de Revere é *A True Republican, the Life of Paul Revere*, de Jayne E. Triber, publicada pela Universidade de Massachusetts, Amherst, 1998. O famoso *Life of Colonel Paul Revere*, de Elbridge Goss, publicado em 1891, é escasso em detalhes biográficos, mas contém uma longa descrição da Expedição Penobscot. Uma nova biografia de Sir John Moore é imensamente necessária, mas encontrei uma fonte útil na biografia escrita por seu irmão, em dois volumes, *The Life of Lieutenant-General Sir John Moore*, K.B., de James Carrick Moore, publicada por John Murray, Londres, em 1834. Descobri muitos detalhes sobre a Majabigwaduce do século XVIII na esplêndida *History of Castine, Penobscot and Brookville*, de George Wheeler, publicada em 1875, e nos Wilson Museum Bulletins, publicados pela Castine Scientific Society. O Museu Wilson, na Perkins Street em Castine, vale ser visitado assim como, claro, a própria Castine. Devo agradecer a Rosemary Begley e outros cidadãos de Castine que se demoraram me guiando através de sua cidade e sua história, a Garry Gates, da cidade onde moro — Chatham, Massachusetts —, por desenhar o mapa de Majabigwaduce, a Shannon Eldredge, que esquadrinhou um número espantoso de registros, cartas e diários para produzir uma inestimável linha temporal, a Patrick Mercer,

MP (também um talentoso romancista histórico), por conselhos generosos sobre as ordens-unidas no final do século XVIII e, acima de tudo, à minha esposa, Judy, que suportou minha obsessão por Penobscot com sua graça costumeira.

    Uma última nota, que me parece a suprema ironia da Expedição Penobscot: Peleg Wadsworth, que prometeu prender Paul Revere e que indubitavelmente ficou enfurecido com o comportamento de Revere em Majabigwaduce, era o avô materno de Henry Wadsworth Longfellow, o homem que, sozinho, tornou Revere famoso. A filha de Wadsworth, Zilpha, que aparece rapidamente no início deste livro, foi a mãe do poeta. Peleg Wadsworth ficaria consternado, mas, como ele certamente sabia melhor do que a maioria das pessoas, a história é uma musa caprichosa e a fama é sua filha injusta.

Este livro foi composto na tipografia
ITC Stone Serif Std, em corpo 9,5/16, e impresso em
papel off-white no Sistema Digital Instant Duplex
da Divisão Gráfica da Distribuidora Record.